HEYNE
BÜCHER

Das Buch:
In einer Welt, die der unseren sehr ähnlich ist, lebt das Mädchen Lyra. Wie alle Menschen dort hat sie einen Dæmon, der sie stets begleitet, und wie das bei Kindern üblich ist, kann er seine Gestalt beliebig wechseln. Erst im Erwachsenenalter verlieren die Dæmonen diese Fähigkeit, sie bleiben dann ein bestimmtes Tier. Lyras Dämon heißt Pantalaimon, und er ist ihr bester Freund, ihr Beschützer und Ratgeber, ihr anderes Ich, und sie kann sich nicht vorstellen, ohne Dæmon zu leben. – Lyra kennt ihre Eltern nicht; sie wächst in einem College in Oxford auf. Eines Tages kommt ihr Onkel Lord Asriel zu Besuch, und die neugierige Lyra versteckt sich im Ruheraum der Professoren, wo Lord Asriel einen höchst aufregenden und streng geheimen Lichtbildervortrag hält – er zeigt Bilder von leuchtendem Staub und von einer Stadt, die wie eine Fata Morgana im Nordlicht wirkt. Lyra ist begierig, ihn auf seine Expedition in den Norden zu begleiten, doch Lord Asriel läßt sie zurück. Kurz darauf bietet sich für Lyra doch noch eine Gelegenheit zu einer Reise: die Wissenschaftlerin Mrs. Coulter nimmt sie als ihre Assistentin auf. Aber Lyra hegt einen schrecklichen Verdacht: Steckt Mrs. Coulter hinter den Entführungen von Kindern, die angeblich den ›Gobblern‹ in die Hände gefallen sind? Mit Hilfe eines goldenen Instruments, das denjenigen, die es zu lesen verstehen, die Wahrheit sagt, macht sich Lyra auf die Suche nach ihren verschwundenen Freunden und entdeckt dabei eine ganz unbekannte, märchenhafte Welt.
Der goldene Kompaß ist der erste Band einer Trilogie.

Der Autor:
Philip Pullman zählt zu den angelsächsischen Autoren, die sich über literarische Gattungsgrenzen und die Trennung zwischen Kinder- und Erwachsenenbuch souverän hinwegsetzen. Für seine unterhaltsamen Romane benutzt er Elemente des Abenteuerromans, des Thrillers, der Fantasy und des Märchens.

PHILIP PULLMAN

DER GOLDENE KOMPASS

Roman

Aus dem Englischen
von Wolfram Ströle und Andrea Kann

WILHELM HEYNE VERLAG
MÜNCHEN

HEYNE ALLGEMEINE REIHE
Nr. 01/12313

Titel der Originalausgabe
HIS DARK MATERIALS 1: NORTHERN LIGHTS
errschien 1995 bei Scholastic Children´s Books Ltd., London

Umwelthinweis:
Dieses Buch wurde auf
chlor- und säurefreiem Papier gedruckt

Taschenbuchausgabe 08/2001

Wilhelm Heyne Verlag GmbH & Co. KG, München
Printed in Germany 2001
http://www.heyne.de
Umschlaggestaltung: Hauptmann und Kampa
Werbeagentur, CH-Zug
Umschlagillustration: Anke Siebert c/o Claudia Schönhals,
München
Druck und Bindung: Elsnerdruck, Berlin

ISBN: 3-453-19511-6

In dieser wilden Kluft
Schoß der Natur, und wohl auch deren Grab,
Nicht See, nicht Land, nicht Luft, nicht Feuer noch
Doch angelegt in einem Urgemisch
Auf alle diese hin, im Wirrwarr schwanger,
Die so auf immer sich bekämpfen müssen,
Wenn nicht des Schöpfers Allmacht sie bestimmt
Zum dunklen Rohstoff neuerschaffner Welten –
In diese Kluft hinaus am Höllenrand
Stand der wachsame Feind und überlegte
Ausschauend seine Reise eine Weile …

John Milton, *Das verlorene Paradies,* Zweites Buch

DER GOLDENE KOMPASS ist der erste Teil einer Geschichte in drei Bänden. Der erste Band spielt in einer Welt, die der unseren sehr ähnlich und doch ganz anders ist. Der zweite Band spielt in der Welt, die wir kennen. Der dritte Band bewegt sich zwischen diesen Welten.

I

Oxford

Eins

Die Karaffe

An die Wand gedrückt und von der Küche aus nicht zu sehen, schlichen Lyra und ihr Dæmon durch den dämmrigen Speisesaal. Die drei großen Tische, die die ganze Länge des Saales einnahmen, waren bereits gedeckt, die langen Bänke für die Gäste aufgestellt, und Tafelsilber und Gläser funkelten im letzten Tageslicht. Hoch oben an den Wänden hingen die Porträts früherer Rektoren. Am Saalende angekommen, blickte Lyra zur offenen Küchentür zurück, und als sie dort niemanden sah, stieg sie zu dem Tisch auf dem Podium hinauf. Er war mit Gold statt mit Silber gedeckt, und statt der Eichenbänke standen dort samtgepolsterte Mahagonistühle.

Am Platz des Rektors blieb Lyra stehen und schnippte vorsichtig mit dem Fingernagel an das größte Glas. Der helle Klang war im ganzen Saal zu hören.

»Das ist nicht der Ort für solche Späße«, flüsterte ihr Dæmon. »Reiß dich gefälligst zusammen.«

Lyras Dæmon Pantalaimon hatte die Gestalt einer dunkelbraunen Motte angenommen, um in dem dämmrigen Saal nicht aufzufallen.

»Die machen in der Küche so viel Krach, daß sie das gar nicht hören«, flüsterte Lyra zurück. »Und der Steward kommt erst beim ersten Klingeln. Mach keinen Aufstand.«

Trotzdem legte sie die Hand auf das Glas, und Pantalaimon flatterte voraus und durch die angelehnte Tür am hinteren Ende des Podiums, die zum Ruhezimmer führte. Kurz darauf tauchte er wieder auf.

»Das Zimmer ist leer«, flüsterte er. »Aber wir müssen uns beeilen.«

Gebückt rannte Lyra um den Tisch und durch die Tür ins Ruhezimmer. Dort richtete sie sich auf und sah sich um. Das einzige Licht kam vom offenen Kamin, in dem ein helles Feuer brannte; gerade in diesem Augenblick rutschte ein Scheit nach unten, und eine Fontäne von Funken stieg auf. Obwohl Lyra fast ihr ganzes Leben im College verbracht hatte, war sie noch nie im Ruhezimmer gewesen; nur Wissenschaftler und ihre Gäste durften es betreten, Frauen niemals. Nicht einmal die Putzfrauen durften hier saubermachen, sondern nur der Butler.

Pantalaimon setzte sich auf ihre Schulter.

»Zufrieden?« flüsterte er. »Können wir wieder gehen?«

»Sei nicht albern! Ich will mich umsehen!«

Das Zimmer war geräumig und enthielt einen ovalen Tisch aus poliertem Rosenholz, auf dem verschiedene Karaffen und Gläser und eine silberne Rauchmühle mit einem Pfeifenständer standen. Die Anrichte daneben war mit einer kleinen Warmhalteplatte und einem Korb mit Mohnkapseln gedeckt.

»Die lassen es sich gutgehen, was, Pan?« sagte Lyra leise.

Sie setzte sich in einen grünledernen Armsessel. Er war so tief, daß sie beinah darin lag. Sie setzte sich wieder auf, zog die Beine hoch und betrachtete die Porträts an den Wänden. Wahrscheinlich handelte es sich bei diesen düsteren Gestalten mit Roben und Bärten, die feierlich mißbilligend aus ihren Rahmen auf sie herunterstarrten, um frühere Wissenschaftler.

»Worüber sie heute wohl reden werden?« sagte Lyra, oder vielmehr wollte sie sagen, denn noch bevor sie die Frage beenden konnte, hörte sie vor der Tür Stimmen.

»Hinter den Sessel – schnell!« flüsterte Pantalaimon, und schon war Lyra aufgesprungen und kauerte hinter der Lehne. Der Sessel war allerdings kein gutes Versteck: Er stand in der Mitte des Zimmers, und wenn sie nicht ganz leise war ...

Die Tür ging auf, und es wurde hell: Einer der Ankömmlinge trug eine Lampe, die er auf der Anrichte abstellte. Lyra konnte seine Beine sehen; sie steckten in dunkelgrünen Hosen und schwarz glänzenden Schuhen – ein Diener also.

Dann sagte eine tiefe Stimme: »Ist Lord Asriel schon eingetroffen?«

Das war der Rektor. Lyra hielt den Atem an. Sie sah, wie der Dæmon des Dieners hereintrottete – eine Hündin, wie bei Dienern üblich – und sich still zu seinen Füßen setzte. Dann kamen auch die Füße des Rektors in Sicht, in den abgenutzten schwarzen Schuhen, die er immer trug.

»Nein, Herr«, sagte der Butler. »Wir haben auch vom Luftdock nichts gehört.«

»Er wird Hunger haben, wenn er kommt. Führe ihn gleich in den Speisesaal.«

»Sehr wohl, Herr.«

»Und hast du den speziellen Tokaier für ihn bereitgestellt?«

»Jawohl, Herr. Jahrgang 1898, wie Ihr befohlen habt. Seine Lordschaft schätzt ihn ganz besonders, wie ich mich erinnere.«

»Gut, dann geh jetzt, bitte.«

»Braucht Ihr die Lampe, Herr?«

»Ja, laß sie hier. Sieh während des Essens herein und kürze den Docht.«

Der Butler verbeugte sich leicht und ging, gehorsam gefolgt von seinem Dæmon. Von ihrem Versteck, das eigentlich gar keines war, sah Lyra, wie der Rektor zu einem großen eichenen Kleiderschrank in der Ecke des Zimmers ging, seinen Talar von einem Bügel nahm und umständlich hineinschlüpfte. Einst ein kräftiger Mann, war er inzwischen weit über siebzig und bewegte sich steif und langsam. Sein Dæmon war ein weiblicher Rabe, der, sobald der Rektor den Talar angezogen hatte, vom Schrank herunterflog und sich auf seinem gewohnten Platz auf der rechten Schulter niederließ.

Lyra spürte, wie Pantalaimon vor Aufregung zitterte, obwohl er keinen Laut von sich gab. Sie selbst war angenehm gespannt. Der vom Rektor erwähnte Besucher Lord Asriel war ihr Onkel, ein Mann, den sie über die Maßen bewunderte und zugleich fürchtete. Er hatte angeblich mit der hohen Politik, geheimen Forschungsreisen und fernen Kriegen zu tun, und sie wußte nie, wann er auftauchen würde. Er hatte ein heftiges Temperament: Wenn er sie hier erwischte, würde er sie schwer bestrafen, aber sie würde es schon überstehen.

Was sie dann sah, änderte freilich alles.

Der Rektor nahm aus seiner Tasche ein zusammengefaltetes Blatt Papier und legte es auf den Tisch. Dann entfernte er den Stöpsel einer Karaffe, die mit einem golden leuchtenden Wein gefüllt war, faltete das Papier auf und ließ ein dünnes Rinnsal eines weißen Pulvers hineinrieseln; anschließend zerknüllte er das Papier und warf es ins Feuer. Er nahm einen Stift aus der Tasche, rührte den Wein um, bis das Pulver sich aufgelöst hatte, und verschloß die Karaffe wieder.

Sein Dæmon krächzte leise. Der Rektor antwortete mit gedämpfter Stimme und ließ seine trüben Augen unter den schweren Lidern durch das Zimmer wandern. Dann entfernte er sich durch die Tür, durch die er gekommen war.

»Hast du das gesehen, Pan?« flüsterte Lyra.

»Natürlich! Jetzt schnell raus, bevor der Steward kommt!«

Aber noch während er sprach, ertönte eine Klingel vom anderen Ende des Saales.

»Die Klingel des Stewards!« sagte Lyra. »Ich dachte, wir hätten noch Zeit.«

Pantalaimon flatterte schnell zur Tür und wieder zurück.

»Er kommt schon«, sagte er. »Und durch die andere Tür kannst du nicht raus ...«

Die andere Tür, durch die der Rektor gekommen und gegangen war, ging auf einen belebten Gang zwischen der Bibliothek und dem Gemeinschaftsraum der Wissenschaftler. Zu dieser Tageszeit drängten sich dort Männer, die schnell noch zum Abendessen einen Talar anziehen oder irgendwelche Papiere und Aktentaschen im Gemeinschaftsraum deponieren wollten, bevor sie sich in den Speisesaal begaben. Lyra hatte durch die Tür verschwinden wollen, durch die sie gekommen war, und sie hatte damit gerechnet, daß ihr bis zur Klingel des Stewards noch einige Minuten Zeit blieben.

Wenn sie nicht gesehen hätte, wie der Rektor das Pulver in den Wein schüttete, hätte sie den Zorn des Stewards vielleicht in Kauf genommen oder gehofft, unbemerkt über den belebten Gang verschwinden zu können. Doch sie war verwirrt, und darum zögerte sie.

Dann hörte sie vom Saal her schwere Schritte. Der Steward kam, um nachzusehen, ob im Ruhezimmer der Imbiß aus Mohnkapseln und Wein bereitstand, den die Wissenschaftler nach dem Essen immer zu sich nahmen. Lyra hastete zu dem eichenen Kleiderschrank, öffnete ihn, kroch hinein und konnte gerade noch die Tür hinter sich zuziehen, bevor der Steward eintrat. Um Pantalaimon machte sie sich keine Sorgen; im Zimmer gab es viele dunkle Ecken, und er konnte immer unter einen Sessel schlüpfen.

Sie hörte den pfeifenden Atem des Stewards und sah durch einen Spalt in der Schranktür, wie er die Pfeifen im Ständer neben der Rauchmühle ordnete und einen prüfenden Blick auf Karaffen und Gläser warf. Dann strich er sich mit beiden Händen die Haare über den Ohren glatt und sagte etwas zu seinem Dæmon. Als Diener hatte er eine Hündin; als Steward freilich eine Hündin von edler Rasse, einen rotbraunen Setter. Die Hündin schien mißtrauisch und sah sich um, als ob sie einen Eindringling spürte, doch sie kam zu Lyras großer Erleichterung nicht zum Schrank. Lyra hatte Angst vor dem Steward; er hatte sie zweimal geschlagen.

Sie hörte ein leises Flüstern. Offenbar war Pantalaimon zu ihr hereingekrochen.

»Jetzt sitzen wir hier fest. Warum hörst du auch nicht auf mich!«

Sie antwortete erst, als der Steward gegangen war, um das Servieren der Speisen an dem Tisch auf dem Podium zu überwachen. Offenbar kamen jetzt die Wissenschaftler in den Saal. Lyra hörte Stimmengemurmel und das Schlurfen von Füßen.

»Ein Glück, daß ich nicht auf dich gehört habe«, flüsterte

sie zurück. »Sonst hätten wir nicht gesehen, wie der Rektor Gift in den Wein schüttet. Pan, das war doch der Tokaier, nach dem er den Butler fragte! Sie wollen Lord Asriel töten!«

»Du weißt nicht, ob es Gift ist.«

»Natürlich ist es Gift. Weißt du nicht mehr, daß er den Butler hinausschickte, bevor er es in die Karaffe schüttete? Wenn das Pulver ungefährlich wäre, hätte der Butler doch ruhig zusehen können. Außerdem *weiß* ich, daß etwas im Busch ist – etwas Politisches. Die Diener sprechen seit Tagen davon. Pan, wir können einen Mord verhindern!«

»So einen Blödsinn habe ich noch nie gehört«, sagte Pantalaimon kurz. »Wie willst du denn stundenlang in diesem engen Schrank sitzen, ohne dich zu bewegen? Ich sehe draußen im Gang nach, ob die Luft rein ist.«

Er flog von ihrer Schulter auf, und sie sah seinen kleinen Schatten vor dem hellen Spalt der Schranktür auftauchen.

»Gib dir keine Mühe, Pan, ich bleibe«, sagte sie. »Hier hängt noch ein Talar oder so etwas, den lege ich auf den Boden und mache es mir bequem. Ich *muß* sehen, was sie vorhaben.«

Vorsichtig erhob sie sich aus ihrer hockenden Stellung und tastete nach Kleiderbügeln, um nicht mit ihnen zusammenzustoßen. Der Schrank war größer, als sie angenommen hatte. Er enthielt verschiedene Talare und Überwürfe mit Kapuzen, von denen einige mit Pelz, die meisten aber mit Seide besetzt waren.

»Ob die alle dem Rektor gehören?« flüsterte sie. »Vielleicht bekommt er solche komischen Kostüme, wenn ihm irgendwo ein Ehrendoktor verliehen wird, und bewahrt sie hier auf, damit er sich feinmachen kann ... Pan, glaubst du wirklich, daß im Wein kein Gift ist?«

»Nein«, sagte der Dæmon. »Ich glaube wie du, daß er vergiftet ist. Aber ich glaube auch, daß uns das nichts angeht. Und ich glaube, dich einzumischen wäre das dümmste aller dummen Dinge, die du in deinem Leben bisher angestellt hast. Es geht uns nichts an.«

»Sei nicht blöd«, sagte Lyra. »Ich kann doch nicht hier sitzen und zusehen, wie sie ihn vergiften!«

»Dann laß uns woanders hingehen.«

»Du bist ein Feigling, Pan.«

»Natürlich bin ich das. Darf ich fragen, was du tun willst? Willst du aus dem Schrank springen und seinen zitternden Fingern das Glas entreißen? Was hast du vor?«

»Ich habe noch gar nichts vor, und du weißt das ganz genau«, schimpfte sie leise. »Aber ich habe gesehen, was der Rektor tat, und deshalb habe ich keine Wahl. Du weißt auch, was ein Gewissen ist. Wie kann ich ruhig in der Bibliothek oder sonstwo sitzen und Däumchen drehen, wenn ich weiß, was hier passiert? Däumchen drehe ich ganz bestimmt nicht, darauf kannst du dich verlassen.«

»Du wolltest das von Anfang an«, sagte er nach einer Pause. »Du wolltest dich hier verstecken und sehen, was passiert. Warum habe ich das nicht gleich gemerkt!«

»Also gut, zugegeben«, sagte sie. »Alle wissen, daß hier ein geheimes Treffen stattfinden soll, daß sie irgendein Ritual oder so was veranstalten. Und ich wollte einfach wissen, was es war.«

»Das geht dich nichts an! Wenn sie ihre kleinen Geheimnisse brauchen, laß sie ihnen doch und fühle dich darüber erhaben. Nur dumme Kinder verstecken sich und spionieren.«

»Ich wußte, daß du das sagen würdest. Jetzt hör auf zu meckern.«

Schweigend saßen sie eine Weile da, Lyra auf dem unbequemen harten Boden des Schrankes, Pantalaimon mit gekränkt zuckenden Fühlern auf einem Talar. In Lyras Kopf wirbelten die Gedanken wild durcheinander, und sie hätte sie nur zu gern ihrem Dæmon mitgeteilt, aber auch sie hatte ihren Stolz. Vielleicht sollte sie versuchen, ihre Gedanken ohne Pantalaimons Hilfe zu sortieren.

Vor allem hatte sie Angst, allerdings nicht um sich selbst. Daß sie in der Klemme steckte, war nichts Neues, und sie war daran gewöhnt. Nein, diesmal hatte sie Angst um Lord Asriel und Angst vor dem, was hier vorging. Lord Asriel besuchte das College nicht oft, und daß er jetzt kam, in einer Zeit großer politischer Spannungen, bedeutete, daß er nicht nur mit einigen alten Freunden essen und trinken und rauchen wollte. Sie wußte, daß Lord Asriel und auch der Rektor Mitglieder des Kabinettsrates waren, der den Premierminister beriet, vielleicht hatte die Besprechung also damit etwas zu tun. Die Sitzungen des Rates fanden allerdings im Palast statt, nicht im Ruhezimmer von Jordan College.

Eine andere Sache war das Gerücht, das die Dienerschaft des College seit Tagen in Atem hielt. Es hieß, die Tataren hätten das Moskowiterreich überfallen und seien auf dem Vormarsch nach St. Petersburg im Norden, von wo aus sie die Herrschaft über die Ostsee an sich reißen und schließlich ganz Westeuropa erobern konnten. Und Lord Asriel war im hohen Norden gewesen: Als sie ihn das letztemal gesehen hatte, hatte er gerade eine Expedition nach Lappland vorbereitet ...

»Pan«, flüsterte sie.

»Ja?«

»Glaubst *du*, es wird Krieg geben?«

»Jetzt noch nicht. Lord Asriel wäre nicht zum Abendessen hier, wenn in den nächsten Wochen ein Krieg ausbrechen würde.«

»Stimmt. Aber später?«

»Pst! Jemand kommt.«

Lyra richtete sich auf und spähte durch den Türspalt. Es war der Butler, der den Docht der Lampe kürzen wollte, wie der Rektor ihm aufgetragen hatte. In Gemeinschaftsraum und Bibliothek hatte man anbarisches Licht installiert, aber im Ruhezimmer bevorzugten die Wissenschaftler die alten Naphthalampen mit ihrem weicheren Licht. Daran würde sich zu Lebzeiten des Rektors auch nichts ändern.

Der Butler stutzte den Docht und legte im Kamin ein Scheit nach. Dann horchte er sorgfältig an der Tür zum Saal und nahm sich eine Handvoll Tabakblätter aus der Rauchmühle.

Gerade hatte er den Deckel wieder geschlossen, als die Klinke der anderen Tür niedergedrückt wurde. Er fuhr zusammen, und Lyra mußte sich das Lachen verbeißen. Hastig stopfte sich der Butler die Blätter in die Tasche, dann wandte er sich dem Ankömmling zu.

»Lord Asriel!« sagte er, und ein kalter Schauer der Überraschung lief Lyra über den Rücken. Sie konnte ihren Onkel von ihrem Platz aus nicht sehen und mußte gegen die Versuchung kämpfen, die Tür etwas weiter zu öffnen.

»Guten Abend, Wren«, sagte Lord Asriel. Lyra hörte seine rauhe Stimme immer mit einer Mischung aus Furcht und Freude. »Ich bin zu spät zum Essen eingetroffen. Ich werde hier warten.«

Dem Butler war sichtlich unbehaglich zumute. Gäste betraten den Ruheraum gewöhnlich nur auf Einladung des Rektors, und Lord Asriel wußte das. Doch der Butler sah auch, daß Lord Asriel betont auf die Ausbuchtung in seiner Hosentasche blickte, und entschied, nicht zu protestieren.

»Soll ich den Rektor von Eurer Ankunft verständigen, Mylord?«

»Tun Sie das ruhig. Und bringen Sie mir eine Tasse Kaffee.«

»Sehr wohl, Mylord.«

Der Butler verbeugte sich und eilte hinaus, und sein Dæmon trottete unterwürfig hinter ihm her. Lyras Onkel trat vor das Kaminfeuer, reckte die Arme und gähnte wie ein Löwe. Er trug Reisekleidung. In seiner Gegenwart spürte Lyra jedesmal, wie sehr er sie einschüchterte. Unbemerkt aus dem Zimmer zu schleichen kam jetzt nicht mehr in Frage: Sie konnte nur bewegungslos ausharren und hoffen.

Lord Asriels Dæmon, eine Schneeleopardin, stand hinter ihm.

»Willst du die Bilder hier zeigen?« fragte sie ruhig.

»Ja, das erregt weniger Aufsehen als ein Umzug in den Vortragssaal. Sie werden auch die Beweise sehen wollen. Ich lasse sie gleich vom Portier holen. Wir leben in schwierigen Zeiten, Stelmaria.«

»Du solltest ausruhen.«

Er streckte sich in einem Sessel aus, und Lyra konnte sein Gesicht nicht mehr sehen.

»Ja, natürlich. Und ich sollte mich umziehen. Wahrscheinlich gibt es irgendeine alte Vorschrift, nach der sie mich zu einem Dutzend Flaschen verurteilen können, weil ich hier in diesen Kleidern auftauche. Ich sollte drei Tage lang schlafen. Bleibt nur die Tatsache, daß ...«

Es klopfte, und der Butler trat mit einem silbernen Tablett ein, auf dem eine Kaffeekanne und eine Tasse standen.

»Danke, Wren«, sagte Lord Asriel. »Ist das auf dem Tisch der Tokaier?«

»Der Rektor ließ ihn speziell für Euch heraufbringen, Mylord«, sagte der Butler. »Vom Achtundneunziger sind nur noch drei Dutzend Flaschen übrig.«

»Alle guten Dinge vergehen. Stellen Sie das Tablett hier neben mich. Ach so, sagen Sie bitte dem Portier, er soll die beiden Kisten heraufbringen lassen, die ich in seiner Loge abgestellt habe.«

»Hierher, Mylord?«

»Ja, hierher. Und ich brauche eine Leinwand und eine Projektionslampe, ebenfalls hierher und ebenfalls gleich.«

Es fehlte nicht viel, und der Butler hätte vor Überraschung den Mund aufgerissen. Er konnte seine Frage oder seinen Protest kaum unterdrücken.

»Wren, Sie vergessen sich«, sagte Lord Asriel. »Stellen Sie keine Fragen; tun Sie, was ich Ihnen aufgetragen habe.«

»Sehr wohl, Mylord«, sagte der Butler. »Wenn ich einen Vorschlag machen dürfte: Vielleicht sollte ich Mr. Cawson sagen, was Ihr vorhabt, Mylord, oder er wird etwas erstaunt sein, wenn Ihr versteht, was ich meine.«

»Gut, tun Sie das meinetwegen.«

Mr. Cawson war der Steward, und zwischen ihm und dem Butler bestand eine alte Rivalität. Zwar stand der Steward über dem Butler, doch hatte dieser mehr Gelegenheit, sich bei den Wissenschaftlern einzuschmeicheln, und nutzte das auch weidlich aus. Die Aussicht, dem Steward zeigen zu können, daß er über die Vorgänge im Ruhezimmer besser informiert war als dieser, erfüllte ihn mit Entzücken.

Er verbeugte sich und ging. Lyra sah, wie ihr Onkel sich eine Tasse Kaffee eingoß, sie in einem Zug leerte und sich noch eine Tasse einschenkte, die er langsamer trank. Gespannt überlegte sie, was in den Kisten sein mochte. Und eine Projektionslampe? Was hatte ihr Onkel den Wissenschaftlern zu zeigen, das so dringend und wichtig war?

Lord Asriel stand auf und wandte dem Feuer den Rükken zu. Sie konnte ihn jetzt von vorn sehen. Wie sehr er sich doch von dem feisten Butler oder den Wissenschaftlern mit ihren kraftlos hängenden Schultern unterschied. Lord Asriel war hochgewachsen und breitschultrig, er hatte ein wildes, dunkles Gesicht und Augen, die wie in ausgelassenem Gelächter blitzten und funkelten. Es war ein Gesicht, dem man gehorchte oder gegen das man kämpfte, doch kein Gesicht, dem man mit Herablassung oder Mitleid begegnen konnte. Seine Bewegungen waren kraftvoll und vollkommen beherrscht; wenn er ein Zimmer wie dieses betrat, glich er einem wilden Tier in einem zu kleinen Käfig.

In diesem Augenblick lag ein abwesender und besorgter Ausdruck auf seinem Gesicht. Sein Dæmon kam und lehnte den Kopf an seine Hüfte, und er sah sie mit seinen unergründlichen Augen an und wandte sich dann ab und ging zum Tisch. Lyra spürte, wie ihr Magen einen Satz machte, denn Lord Asriel hatte den Stöpsel aus der mit Tokaier gefüllten Karaffe gezogen und schenkte sich ein.

»Nein!«

Der leise Schrei war ihr entwischt, bevor sie ihn zurückhalten konnte. Lord Asriel fuhr herum.

»Wer ist da?«

Jetzt gab es kein Zurück mehr. Sie stolperte aus dem Schrank, rannte zu ihrem Onkel und schlug ihm das Glas aus der Hand. Der Wein schwappte über und spritzte auf die Tischkante und den Teppich, dann fiel das Glas auf den Boden und zersprang. Lord Asriel packte sie grob am Handgelenk.

»Lyra! Was, zum Teufel, machst du hier?«

»Laß mich los, und ich sage es dir!«

»Zuerst breche ich dir den Arm. Wie kannst du es wagen, hier einzudringen?«

»Ich hab dir gerade das Leben gerettet.«

Einen Augenblick lang schwiegen beide, das Mädchen mit schmerzverzerrtem Gesicht, aber wild entschlossen, nicht zu schreien, ihr Onkel über sie gebeugt und mit finster gerunzelter Stirn.

»Was sagst du da?« fragte er etwas ruhiger.

»Der Wein ist vergiftet«, stieß sie zwischen zusammengebissenen Zähnen hervor. »Ich habe gesehen, wie der Rektor ein Pulver hineingeschüttet hat.«

Er ließ sie los. Sie sank zu Boden, und Pantalaimon flatterte aufgeregt auf ihre Schulter. Ihr Onkel starrte mit unterdrückter Wut auf sie herunter, und sie wagte nicht, ihm in die Augen zu schauen.

»Ich wollte nur wissen, wie es hier aussieht«, sagte sie. »Ich weiß, ich hätte das Zimmer nicht betreten dürfen. Aber ich wollte wieder weg sein, bevor jemand kam, nur hörte ich dann den Rektor kommen und saß in der Falle. Der Kleiderschrank war das einzige Versteck. Und ich sah, wie er das Pulver in den Wein schüttete. Wenn ich nicht ...«

An der Tür klopfte es.

»Das wird der Portier sein«, sagte Lord Asriel. »Zurück in den Schrank! Wenn ich das kleinste Geräusch höre, sorge ich dafür, daß du dir wünschst, tot zu sein.«

Sie rannte zum Schrank zurück, und sobald sie die Tür hinter sich zugezogen hatte, rief Lord Asriel: »Herein!«

Es war der Portier, wie er gesagt hatte.

»Hierher, Mylord?«

Lyra sah den alten Mann zögernd auf der Schwelle stehen, und hinter ihm war die Ecke einer großen Holzkiste.

»Ganz recht, Shuter«, sagte Lord Asriel. »Bringen Sie beide Kisten herein, und stellen Sie sie neben den Tisch.«

Lyra entspannte sich ein wenig und spürte nun die Schmerzen in Schulter und Handgelenk. Sie waren so stark, daß sie hätte losheulen können, wenn sie zu den Mädchen gehört hätte, die heulten. Statt dessen biß sie die Zähne zusammen und bewegte den Arm vorsichtig, bis die Schmerzen etwas nachließen.

Plötzlich klirrte Glas, und sie hörte das Gluckern auslaufender Flüssigkeit.

»Verdammt, Shuter, Sie alter Schussel! Sehen Sie, was Sie angestellt haben!«

Lyra preßte das Auge an den Türspalt. Ihr Onkel hatte die Tokaierkaraffe vom Tisch gestoßen und tat jetzt so, als habe der Portier sie gestreift. Der Alte setzte die Kiste sorgfältig ab und wollte sich entschuldigen.

»Es tut mir aufrichtig leid, Mylord – ich muß dem Tisch näher gekommen sein, als ich dachte ...«

»Holen Sie etwas zum Aufwischen. Schnell, ehe der Wein in den Teppich sickert.«

Der Portier eilte hinaus. Lord Asriel trat zum Schrank und sagte mit gedämpfter Stimme: »Wenn du schon da drin bist, kannst du dich auch nützlich machen. Beobachte den Rektor genau, wenn er hereinkommt. Wenn du mir hinterher etwas Interessantes über ihn sagen kannst, sorge ich dafür, daß du nicht noch tiefer in den Schlamassel gerätst, in dem du steckst. Verstanden?«

»Jawohl, Onkel Asriel.«

»Sobald du ein einziges Geräusch machst, helfe ich dir nicht mehr. Du hast die Wahl.«

Er entfernte sich wieder und stand mit dem Rücken zum Feuer, als der Portier mit Besen und Schaufel für die Scherben, einer Schüssel und einem Wischlappen zurückkehrte.

»Ich kann nur noch einmal sagen, daß ich Euch aufrichtig um Verzeihung bitte, Mylord. Ich weiß nicht, wie ...«

»Wischen Sie einfach nur auf.«

Als der Portier begann, den Teppich trockenzureiben, klopfte es wieder. Diesmal waren es der Butler und Lord Asriels Diener, ein Mann namens Thorold. Zwischen sich trugen sie eine schwere Kiste aus poliertem Holz mit Messinggriffen. Als sie den Portier auf dem Boden knien sahen, blieben sie wie angewurzelt stehen.

»Ja, es war der Tokaier«, sagte Lord Asriel. »Jammerschade. Ist das die Projektionslampe? Baue sie doch bitte neben dem Schrank auf, Thorold. Die Leinwand kommt dann an die gegenüberliegende Wand.«

Lyra stellte fest, daß sie die Leinwand und alles, was auf ihr abgebildet war, durch den Spalt in der Schranktür sehen konnte, und sie überlegte, ob ihr Onkel die Stellung des Projektors absichtlich so gewählt hatte.

Während der Diener geräuschvoll die steife Leinwand ausrollte und in den Rahmen spannte, flüsterte sie: »Siehst du? Es hat sich doch gelohnt zu kommen.«

»Vielleicht«, sagte Pantalaimon mit seiner piepsigen Nachtfalterstimme unnachgiebig. »Und vielleicht auch nicht.«

Am Feuer stehend, schlürfte Lord Asriel den letzten Kaffee und sah düster zu, wie Thorold den Kasten mit dem Projektor öffnete, den Deckel von der Linse nahm und dann in den Ölbehälter sah.

»Es ist noch genug da, Mylord«, sagte er. »Soll ich einen Techniker kommen lassen, der das Gerät bedient?«

»Nein, das mache ich selbst. Danke, Thorold. Wren, ist man mit dem Abendessen schon fertig?«

»Ich glaube fast, Mylord«, erwiderte der Butler. »Wenn ich Mr. Cawson richtig verstanden habe, werden der Rektor und seine Gäste sich jetzt, da sie wissen, daß Ihr hier seid, beeilen. Soll ich das Kaffeetablett mitnehmen?«

»Ja.«

»Sehr wohl, Mylord.«

Mit einer leichten Verbeugung nahm der Butler das Tablett und ging, gefolgt von Thorold, hinaus. Sobald sich die Tür hinter den beiden geschlossen hatte, sah Lord Asriel zum Schrank. Lyra spürte die Macht seines Blickes beinahe körperlich, wie einen Pfeil oder einen Speer. Dann sah er wieder weg und sprach leise mit seinem Dæmon.

Lautlos glitt die Leopardin an seine Seite und setzte sich, wachsam, elegant und gefährlich. Sie ließ ihre grünen Augen durch den Raum schweifen, bevor sie sie, wie Lord Asriel seine schwarzen, auf die Tür zum Saal richtete, deren Klinke niedergedrückt wurde. Lyra konnte die Tür nicht sehen, hörte aber ein überraschtes Luftholen, als der erste Ankömmling eintrat.

»Rektor«, sagte Lord Asriel, »ja, hier bin ich wieder. Bringen Sie Ihre Gäste herein, ich habe Ihnen etwas sehr Interessantes zu zeigen.«

Zwei

Der Norden

»Lord Asriel«, sagte der Rektor schwerfällig und trat vor, um ihm die Hand zu geben. Aus ihrem Versteck beobachtete Lyra seine Augen, und tatsächlich, für den Bruchteil einer Sekunde zuckten sie zum Tisch, auf dem der Tokaier gestanden hatte.

»Rektor«, sagte Lord Asriel, »ich kam zu spät und wollte nicht mehr beim Abendessen stören, deshalb habe ich es mir hier bequem gemacht. Guten Abend, Prorektor. Es freut mich, daß Sie so gesund aussehen. Entschuldigen Sie meine ungepflegte Erscheinung, ich bin soeben erst gelandet. Ja, Rektor, der Tokaier ist weg; ich glaube, Sie stehen mitten drin. Der Portier hat ihn vom Tisch gestoßen, aber es war meine Schuld. Guten Abend, Kaplan. Ich habe Ihren letzten Artikel mit großem Interesse gelesen …«

Er trat mit dem Kaplan zur Seite, und Lyra sah das Gesicht des Rektors wieder unverdeckt. Es zeigte keine Bewegung, doch der Dæmon auf seiner Schulter schüttelte sein Gefieder und trat ruhelos von einem Fuß auf den anderen. Lord Asriel beherrschte den Raum mit seiner Gegenwart, und obwohl er dem Rektor als dem Hausherrn mit ausgesuchter Höflichkeit begegnete, war klar, wer hier das Sagen hatte.

Die Wissenschaftler begrüßten den Besucher und verteilten sich im Zimmer. Einige setzten sich an den Tisch, andere in die Sessel, und bald erfüllte Stimmengewirr den Raum. Lyra beobachtete, wie sie immer wieder neugierig zu dem hölzernen Kasten, der Leinwand und der Projektionslampe sahen. Das Mädchen kannte die Wissenschaftler gut: den Bibliothekar, den Prorektor, den Examinator und die anderen. Diese Männer waren ihr ganzes Leben lang in ihrer Nähe gewesen, hatten sie unterrichtet, bestraft und getröstet, ihr kleine Geschenke gemacht und sie von den Obstbäumen im Garten ferngehalten. Sie waren ihre Familie; eine andere hatte sie nicht. Vielleicht hätte Lyra für sie dieselben Gefühle empfunden wie für eine Familie, wenn sie gewußt hätte, was das war. Allerdings hätte sie dann wohl doch eher das Collegepersonal für ihre Familie gehalten; die Wissenschaftler hatten meist Wichtigeres zu tun, als auf die Bedürfnisse eines halbwilden Mädchens einzugehen, das durch Zufall in ihrer Mitte gelandet war.

Der Rektor zündete die Spirituslampe unter der kleinen silbernen Warmhalteplatte an, erhitzte etwas Butter und schnitt dann ein halbes Dutzend Mohnkapseln auf und legte sie auf die Platte. Nach einem Festessen gab es immer Mohn: Er läuterte den Geist, regte die Zunge an und belebte das Gespräch. Und es war ein alter Brauch, daß der Rektor ihn selbst zubereitete.

Als die Butter zischte und das Gespräch in Gang war, verlagerte Lyra ganz langsam ihr Gewicht, um eine bequemere Stellung zu finden. Mit größter Vorsicht zog sie einen von oben bis unten mit Pelz besetzten Talar vom Bügel und breitete ihn auf dem Boden des Schrankes aus.

»Du hättest dafür einen alten, kratzigen nehmen sollen«, flüsterte Pantalaimon. »Wenn du es dir zu bequem machst, schläfst du ein.«

»Wenn ich einschlafe, ist es deine Aufgabe, mich wieder aufzuwecken«, erwiderte sie.

Sie setzte sich zurecht und lauschte wieder dem Gespräch. Es war sterbenslangweilig und drehte sich fast nur um Politik, allerdings Politik, die London betraf, nichts Aufregendes über die Tataren. Der Geruch des brutzelnden Mohns und der Tabakblätter kam einladend durch die Schranktür, und mehr als einmal nickte Lyra beinahe ein. Doch schließlich hörte sie, wie jemand auf den Tisch klopfte. Die Stimmen verstummten, dann sprach der Rektor.

»Meine Herren«, sagte er, »ich bin sicher, daß ich für alle spreche, wenn ich Lord Asriel bei uns willkommen heiße. Seine Besuche sind selten, aber immer höchst aufschlußreich, und soviel ich weiß, will er uns heute abend etwas ganz besonders Interessantes zeigen. Wie wir alle wissen, leben wir in einer Zeit großer politischer Spannungen. Lord Asriel wird morgen in aller Frühe in White Hall erwartet; am Bahnhof steht bereits der Zug unter Dampf, der ihn nach London bringen wird, sobald wir unser Gespräch hier beendet haben. Lassen sie uns also die Zeit nützen. Wenn Lord Asriel mit dem fertig ist, was er uns zu sagen hat, wird es wahrscheinlich Fragen geben. Ich bitte, diese kurz und präzise zu halten. Lord Asriel, Sie haben das Wort.«

»Danke, Rektor«, sagte Lord Asriel. »Zunächst möchte ich Ihnen einige Lichtbilder zeigen. Prorektor, ich glaube, von hier sehen Sie am besten. Und Rektor, vielleicht nehmen Sie hier am Schrank Platz.«

Der alte Prorektor war fast blind, es war deshalb nur höflich, ihm einen Platz nahe der Leinwand anzubieten, und wenn er nach vorn rückte, kam der Rektor neben dem Bibliothekar zu sitzen, nur etwa einen Meter von Lyras Versteck im Schrank entfernt.

Als der Rektor sich setzte, hörte Lyra ihn murmeln: »Der Teufel! Ich bin sicher, er wußte von dem Wein.«

»Er wird uns um finanzielle Unterstützung bitten«, murmelte der Bibliothekar. »Wenn er eine Abstimmung erzwingt …«

»Wenn er das tut, müssen wir mit all unserer Beredsamkeit dagegen argumentieren.«

Die Lampe begann zu zischen, als Lord Asriel heftig pumpte. Lyra bewegte den Kopf etwas zur Seite, um die Leinwand sehen zu können, auf der jetzt ein heller weißer Kreis leuchtete.

»Kann jemand das Licht ausmachen?« fragte Lord Asriel.

Einer der Wissenschaftler stand auf, und im Zimmer wurde es dunkel.

Lord Asriel begann.

»Wie einige von Ihnen wissen, reiste ich vor zwölf Monaten in diplomatischer Mission nach Norden zum König von Lappland. Das war zumindest die offizielle Version. In Wirklichkeit wollte ich noch weiter in den Norden bis zum Eis vordringen, um herauszufinden, was der Expedition Grummans zugestoßen ist. Grumman sprach in einer seiner letzten Nachrichten an die Berliner Akademie von einer Naturerscheinung, die nur im hohen Norden zu sehen ist. Ich war entschlossen, dieser Naturerscheinung und Grummans Schicksal nachzuspüren. Das erste Bild, das ich Ihnen jetzt zeigen werde, hat mit beidem allerdings nicht direkt zu tun.«

Er steckte das erste Lichtbild in die Halterung und schob es vor die Linse. Auf der Leinwand erschien ein rundes Photogramm in gestochenem Schwarzweiß. In einer Vollmondnacht aufgenommen, zeigte es in mittlerer Entfernung eine Holzhütte; dunkel hoben sich die Wände von dem umgebenden Schnee ab, der auch das Dach mit einer dicken Schicht bedeckte. Neben der Hütte waren einige philosophische Instrumente aufgebaut, die Lyra an die Installationen im Anbarischen Park an der Straße nach Yarnton erinnerten: Antennen, Drähte und Isolatoren aus Porzellan, alle dick mit Eis bedeckt, das im Mondlicht glitzerte. Im Vordergrund stand ein in Pelze vermummter Mann, die Hand wie zum Gruß erhoben und das Gesicht unter einer tiefen Kapuze fast unsichtbar. Neben ihm stand eine kleinere Gestalt. Der Mond tauchte die ganze Szenerie in fahles Licht.

»Dieses Photogramm wurde mit der üblichen Silbernitratemulsion aufgenommen«, sagte Lord Asriel. »Bitte sehen Sie sich jetzt ein weiteres Bild an, das nur eine Minute später von derselben Stelle aufgenommen wurde, allerdings mit einer neuen Spezialemulsion.«

Er zog das erste Lichtbild heraus und steckte ein zweites in die Halterung. Es war viel dunkler, als ob das Mondlicht herausgefiltert worden sei. Der Horizont war immer noch sichtbar, und auch der dunkle Schatten der Hütte und deren helles, schneebedecktes Dach hoben sich ab, aber die Instrumente waren im Dunkel verborgen. Der Mann dagegen hatte sich vollkommen verwandelt: Er war in Licht gebadet, und seiner erhobenen Hand schien ein Strahl leuchtender Teilchen zu entströmen.

»Kommt dieses Licht von unten oder von oben?« fragte der Kaplan.

»Von oben«, sagte Lord Asriel, »aber das ist kein Licht. Es ist Staub.«

Etwas an der Art, wie er das sagte, ließ Lyra unwillkürlich an STAUB in Großbuchstaben denken, als ob es sich nicht um gewöhnlichen Staub handelte. Die Reaktion der Wissenschaftler verstärkte diesen Eindruck. Auf Lord Asriels Worte folgte ein plötzliches Schweigen, gefolgt von ungläubigen Ausrufen.

»Aber wie …«

»Das kann doch …«

»Unmöglich …«

»Meine Herren!« ertönte die Stimme des Kaplans. »Lassen Sie Lord Asriel fortfahren.«

»Es ist Staub«, wiederholte Lord Asriel. »Er wird auf der Platte als Licht abgebildet, weil die Staubpartikel auf die Spezialemulsion dieselbe Wirkung haben wie Photonen auf eine Silbernitratemulsion. Dies zu testen war eines der eigentlichen Ziele meiner Expedition in den Norden. Wie Sie sehen, ist die Gestalt des Mannes deutlich sichtbar. Betrachten Sie jetzt bitte die Gestalt links von ihm.«

Er zeigte auf die verschwommenen Umrisse der kleineren Gestalt.

»Ich dachte, das sei der Dæmon des Mannes«, sagte der Examinator.

»Nein. Sein Dæmon lag zu diesem Zeitpunkt in Gestalt einer Schlange um seinen Hals. Was Sie hier so unscharf sehen, ist ein Kind.«

»Ein abgeschnittenes Kind …?« fragte jemand und brach abrupt ab. Offenbar ging es hier um etwas, das besser ungesagt blieb.

Es wurde totenstill.

Dann sagte Lord Asriel ruhig: »Ein ganzes Kind. Was angesichts der Natur des Staubes natürlich der springende Punkt ist.«

Einige Sekunden lang sagte niemand etwas. Dann war wieder die Stimme des Kaplans zu vernehmen.

»Ah«, sagte er wie ein Verdurstender, der nach einem tiefen Schluck das Glas abstellt und den Atem, den er beim Trinken angehalten hat, herausströmen läßt. »Und die Staubfontäne ...«

»... kommt vom Himmel und badet den Mann wie in Licht. Sie können sich das Bild später noch genauer ansehen, ich lasse es hier, wenn ich gehe. Ich zeige es Ihnen jetzt nur, um die Wirkung der neuen Emulsion vorzuführen. Nun möchte ich Ihnen eine weitere Aufnahme zeigen.«

Er wechselte das Bild. Das nächste war ebenfalls eine Nachtaufnahme, diesmal allerdings ohne Mondlicht. Es zeigte im Vordergrund eine kleine Gruppe von Zelten, die sich schwach gegen den tiefen Horizont abhoben, und daneben einen Haufen Kisten und einen Schlitten. Das eigentlich Interessante war allerdings der Himmel. Ströme und Schleier von Licht hingen daran wie Vorhänge herunter, befestigt und drapiert an unsichtbaren Haken in Hunderten von Kilometern Höhe oder auseinandergeweht vom Strom eines kosmischen Windes.

»Was ist das?« sagte die Stimme des Prorektors.

»Das ist ein Bild der Aurora.«

»Ein sehr schönes Photogramm«, sagte der Inhaber der Palmer-Professur. »Eines der besten, die ich kenne.«

»Entschuldigen Sie meine Ignoranz«, sagte die zittrige Stimme des alten Kantors, »aber wenn ich je wußte, was die Aurora ist, habe ich es vergessen. Handelt es sich dabei um das sogenannte Nordlicht?«

»Ja. Die Erscheinung hat viele Namen. Sie besteht aus Stürmen geladener Teilchen und Sonnenstrahlen außergewöhnlicher Stärke – die selbst unsichtbar sind, aber dieses Leuchten verursachen, wenn sie mit der Atmosphäre reagieren. Wenn genug Zeit gewesen wäre, hätte ich das Bild tönen lassen, um Ihnen die Farben vorzuführen, überwiegend blasse Grün- und Rosatöne mit einem Saum von Karmesin am unteren Rand des vorhangartigen Gebildes. Das Bild wurde mit der herkömmlichen Emulsion aufgenommen. Jetzt möchte ich Ihnen ein Bild zeigen, das mit der Spezialemulsion aufgenommen wurde.«

Er zog das Bild heraus, und Lyra hörte, wie der Rektor leise sagte: »Wenn er abstimmen lassen will, könnten wir sagen, daß er dazu gar nicht berechtigt ist, weil er nicht im College wohnt. Er hat von den letzten zweiundfünfzig Wochen nicht die für Bewohner vorgeschriebenen dreißig im College verbracht.«

»Den Kaplan hat er schon auf seiner Seite ...«, murmelte der Bibliothekar.

Lord Asriel steckte ein neues Lichtbild in die Halterung. Es zeigte dieselbe Szene. Wie bei den beiden Bildern davor waren die bei normaler Beleuchtung sichtbaren Konturen und die leuchtenden Vorhänge am Himmel auch hier viel schwächer.

Doch in der Mitte der Aurora, hoch über der öden Landschaft, erblickte Lyra dafür etwas ganz anderes. Sie drückte ihr Gesicht an den Spalt, um besser sehen zu können, und sie bemerkte, daß auch die Wissenschaftler in der Nähe der Leinwand sich vorbeugten. Je länger Lyra das Bild anstarrte, desto mehr wuchs ihr Staunen, denn was sich dort im Himmel abzeichnete, waren eindeutig die Umrisse einer Stadt mit Türmen, Kuppeln, Mauern, Gebäuden und Straßen – und alles schwebte in der Luft! Sie unterdrückte einen Ausruf des Erstaunens.

Der Cassington-Stipendiat sagte: »Das sieht ja aus wie ... eine Stadt.«

»Exakt«, sagte Lord Asriel.

»Doch sicher eine Stadt in einer anderen Welt?« sagte der Dekan, und in seiner Stimme schwang Spott.

Lord Asriel beachtete ihn nicht. Einige Wissenschaftler blickten ungläubig auf die Leinwand, als hätten sie bisher Abhandlungen über die Existenz des Einhorns geschrieben, ohne je eines gesehen zu haben, und als würde ihnen nun ein eben erst gefangenes, lebendes Exemplar vorgeführt.

»Ist das die Sache, der Barnard und Stokes auf der Spur

waren?« fragte der Palmer-Professor. »Das ist sie doch, oder?«

»Genau das möchte ich herausfinden«, sagte Lord Asriel.

Er stand neben der beleuchteten Leinwand, und Lyra sah, wie seine dunklen Augen suchend über die Wissenschaftler glitten. Neben ihm leuchteten grün die Augen seines Dæmons. Die ehrwürdigen Häupter der Wissenschaftler waren nach vorn gereckt, in ihren Brillen spiegelte sich das Licht; nur der Rektor und der Bibliothekar lehnten sich in ihren Sesseln zurück und steckten die Köpfe zusammen.

Der Kaplan sagte gerade: »Sie sagten vorhin, Sie suchten nach Nachricht von der Expedition Grummans, Lord Asriel. Untersuchte auch Dr. Grumman dieses Phänomen?«

»Ich glaube ja, und ich glaube, daß er bereits einiges darüber wußte. Allerdings wird er uns nichts darüber sagen können, denn er ist tot.«

»Nein!« rief der Kaplan.

»Ich fürchte doch, und den Beweis habe ich mitgebracht.«

Im Zimmer entstand Unruhe. Zwei oder drei jüngere Wissenschaftler brachten, dirigiert von Lord Asriel, die hölzerne Kiste nach vorn. Lord Asriel nahm das letzte Bild heraus, ließ die Projektionslampe allerdings an. Von ihrem grellen Lichtkegel dramatisch beleuchtet, bückte er sich, um die Kiste zu öffnen. Lyra hörte das Knirschen, als er die Nägel aus dem feuchten Holz zog. Der Rektor stand auf und verstellte ihr die Sicht. Dann sprach ihr Onkel wieder.

»Grummans Expedition verschwand, wie Sie sich vielleicht erinnern, vor anderthalb Jahren. Die Deutsche Akademie hatte ihn nach Norden zum Magnetischen Pol geschickt, wo er verschiedene Himmelsbeobachtungen anstellen sollte. Im Verlauf dieser Reise beobachtete er die seltsame Erscheinung, die wir uns soeben angesehen haben. Kurz danach verschwand er. Man nahm an, daß er einen Unfall hatte und seine Leiche in irgendeiner Gletscherspalte lag. Doch es gab keinen solchen Unfall.«

»Was haben Sie da?« fragte der Dekan. »Ist das ein Vakuumbehälter?«

Lord Asriel antwortete nicht gleich. Lyra hörte, daß Metallschlösser aufschnappten und zischend Luft in einen Behälter strömte, dann herrschte Schweigen. Allerdings nicht lange. Nur wenige Augenblicke später brach ein Chaos aus. Lyra hörte entsetzte Schreie, lauten Protest und vor Empörung und Angst erhobene Stimmen.

»Aber was ...«

»... gar nicht menschlich ...«

»... das ist ja ...«

»... wie ist denn das passiert?«

Die Stimme des Rektors schnitt durch den Lärm.

»Lord Asriel, was in Gottes Namen ist das hier?«

»Das ist der Kopf von Stanislaus Grumman«, sagte Lord Asriel.

Durch das Stimmengewirr hörte Lyra, wie jemand mit würgenden Lauten zur Tür hastete. Sie wünschte, sie hätte sehen können, was die anderen sahen.

»Ich fand seine Leiche vor Svalbard, im Eis konserviert«, sagte Lord Asriel. »Der Kopf wurde von seinen Mördern so zugerichtet. Sie sehen, daß er nach einer bestimmten Technik skalpiert wurde. Sie dürfte Ihnen bekannt sein, Prorektor.«

Die Stimme des alten Mannes zitterte nicht, als er antwortete: »Ich kenne sie von den Tataren. Man findet sie bei den Völkern Sibiriens und am Tunguska. Von dort breitete sie sich natürlich zu den Skrälingen aus, obwohl sie in Neudänemark meines Wissens inzwischen verboten ist. Darf ich mir den Kopf genauer ansehen, Lord Asriel?«

Nach kurzem Schweigen sprach er wieder.

»Ich sehe nicht mehr so gut, und das Eis ist schmutzig, aber wie mir scheint, hat die Schädeldecke ein Loch. Stimmt das?«

»Ja.«

»Eine Trepanation?«

»Richtig.«

Erregtes Gemurmel erhob sich. Der Rektor trat aus dem Weg, und Lyra konnte wieder etwas sehen. Im Kegel der Lampe stand der alte Prorektor und hielt sich einen schweren Eisblock dicht vor die Augen, in dem ein Gegenstand eingeschlossen war, eine blutige Masse, die nur noch wenig mit einem menschlichen Kopf gemein hatte. Pantalaimon flatterte unglücklich um Lyra herum.

»Pst!« flüsterte sie. »Hör zu.«

»Dr. Grumman war einst Mitglied dieses College«, sagte der Dekan heftig.

»In die Hände der Tataren zu fallen ...«

»Aber so hoch im Norden?«

»Sie müssen weiter vorgestoßen sein, als irgend jemand für möglich gehalten hätte!«

»Sagten Sie nicht, Sie hätten ihn in der Nähe von Svalbard gefunden?« fragte der Dekan.

»Richtig.«

»Heißt das, die *Panserbjørne* haben etwas damit zu tun?«

Lyra kannte das Wort nicht, aber die anderen Wissenschaftler wußten offensichtlich, was gemeint war.

»Unmöglich«, sagte der Cassington-Stipendiat entschieden. »So etwas würden sie nie tun.«

»Dann kennen Sie Iofur Raknison nicht«, sagte der Palmer-Professor, der selbst einige Expeditionen in die Arktis unternommen hatte. »Es würde mich nicht überraschen zu hören, daß er seine Opfer jetzt wie die Tataren skalpiert.«

Lyra sah wieder zu ihrem Onkel, der die anderen mit einem boshaften Funkeln in den Augen beobachtete und nichts sagte.

»Wer ist Iofur Raknison?« fragte jemand.

»Der König von Svalbard«, sagte der Palmer-Professor. »Es stimmt schon, er ist ein *Panserbjørne* und nur ein Usurpator; er hat den Thron durch Intrigen an sich gerissen, soviel ich weiß. Aber er ist mächtig und keineswegs ein Narr, trotz seiner lächerlichen Angeberei – er läßt sich einen Palast aus importiertem Marmor bauen und will eine Universität gründen, wie er es nennt ...«

»Für wen? Für die Bären?« sagte jemand, und alle lachten.

»So lächerlich das klingt«, fuhr der Professor fort, »ich sage Ihnen, daß er imstande wäre, Grumman so zuzurichten. Dabei kann er, wenn man ihm aus irgendeinem Grunde schmeichelt, auch ganz anders sein.«

»Und Sie wissen natürlich, wie man das macht, Trelawney, nicht?« sagte der Dekan spöttisch.

»Ich weiß es tatsächlich. Wissen Sie, was er sich am meisten wünscht? Noch mehr als einen akademischen Ehrengrad? Einen Dæmon! Verhelfen Sie ihm zu einem Dæmon, und er wird alles für Sie tun.«

Die Wissenschaftler lachten herzhaft.

Lyra hörte verwirrt zu. Was der Professor sagte, ergab für sie überhaupt keinen Sinn. Außerdem wollte sie lieber mehr über das Skalpieren, das Nordlicht und den geheimnisvollen Staub wissen. Zu ihrer Enttäuschung war Lord Asriel mit seinen Bildern und anderen Mitbringseln fertig, und aus dem Gespräch wurde bald ein Streit der Wissenschaftler untereinander, ob sie Lord Asriel Geld für eine neue Expedition geben sollten oder nicht. Die Argumente gingen hin und her, und Lyra merkte, wie ihr die Augen zufielen. Bald schlief sie fest, um den Hals Pantalaimon in Gestalt eines Hermelins, die er zum Schlafen bevorzugte.

Lyra fuhr hoch, als jemand sie an der Schulter schüttelte.

»Pst! Kein Laut«, sagte ihr Onkel. Die Schranktür war offen, und er stand gebückt im Gegenlicht vor ihr. »Sie sind alle weg, aber ein paar Diener sind noch auf den Beinen. Geh jetzt in dein Schlafzimmer, aber erzähle niemandem von heute abend.«

»Haben sie dir das Geld gegeben?« fragte sie schläfrig.

»Ja.«

»Was ist dieser Staub?« Das Aufstehen nach so langer Zeit beengt im Schrank bereitete ihr Schwierigkeiten.

»Das geht dich nichts an.«

»Das geht mich sehr wohl etwas an«, sagte sie. »Wenn ich im Schrank für dich spionieren soll, mußt du mir auch sagen, wofür ich spioniere. Kann ich den Kopf sehen?«

Pantalaimons weißes Hermelinfell sträubte sich; Lyra spürte, wie es sie am Hals kitzelte. Lord Asriel lachte kurz.

»Sei nicht aufsässig«, sagte er und begann, die Lichtbilder und die Kiste zusammenzupacken. »Hast du den Rektor beobachtet?«

»Ja. Er hat zuerst nach dem Wein gesehen.«

»Gut. Aber diesmal habe ich ihm einen Strich durch die Rechnung gemacht. Jetzt tu, was ich dir sage, und geh ins Bett.«

»Aber wohin gehst du?«

»Wieder in den Norden. Ich fahre in zehn Minuten.«

»Kann ich mitkommen?«

Er hielt beim Packen inne und sah sie an, als sehe er sie zum ersten Mal. Auch sein Dæmon sah sie mit großen, grünen Leopardenaugen an, und von beiden so angestarrt, wurde Lyra rot. Aber sie starrte grimmig zurück.

»Dein Platz ist hier«, sagte ihr Onkel schließlich.

»Aber warum? Warum ist mein Platz hier? Warum kann ich nicht mit dir in den Norden kommen? Ich will das Nordlicht sehen und Bären und Eisberge und alles. Ich will wissen, was Staub ist. Und diese Stadt in der Luft. Ist das eine andere Welt?«

»Du kommst nicht mit, Kind. Schlag dir das aus dem Kopf, die Zeiten sind zu gefährlich. Tu, was dir gesagt wird, und geh ins Bett, und wenn du brav bist, bringe ich dir einen Walroßzahn mit einer Eskimoschnitzerei mit. Widersprich mir nicht, sonst werde ich sehr ärgerlich.«

Sein Dæmon ließ ein tiefes, wildes Knurren ertönen, und Lyra stellte sich plötzlich vor, wie die Zähne der Leopardin sich in ihren Hals gruben.

Sie preßte die Lippen aufeinander und starrte ihren Onkel finster an. Er pumpte die Luft aus dem Vakuumbehälter und beachtete sie nicht; es war, als hätte er sie bereits vergessen. Wortlos, aber mit dünnen Lippen und zusammengekniffenen Augen, ging das Mädchen in Begleitung seines Dæmons aus dem Zimmer.

Der Rektor und der Bibliothekar waren alte Freunde und Verbündete, und nach schwierigen Gesprächen pflegten sie zusammen ein Glas Branntwijn zu trinken und einander Mut zuzusprechen. Nachdem sie nun Lord Asriel verabschiedet hatten, schlenderten sie zur Wohnung des Rektors und machten es sich in seinem Arbeitszimmer bequem. Sie zogen die Vorhänge zu und legten Holz für das Feuer nach, und ihre Dæmonen setzten sich auf ihre angestammten Plätze auf dem Knie und der Schulter. Dann sprachen sie über das, was geschehen war.

»Glaubst du wirklich, er wußte von dem Wein?« fragte der Bibliothekar.

»Ganz sicher. Ich habe zwar keine Ahnung woher, aber er wußte davon und hat die Karaffe selbst umgekippt. Ganz sicher wußte er davon.«

»Tut mir leid, Rektor, aber ich bin froh darüber. Ich war nie glücklich über die Vorstellung, ihn zu ...«

»Zu vergiften?«

»Ja. Zu ermorden.«

»Über so etwas ist niemand glücklich, Charles. Die Frage war nur, was schlimmer war: die Tat oder die Folgen der Unterlassung. Gut, das Schicksal hat entschieden, und es ist nicht soweit gekommen. Es tut mir nur leid, daß ich dich mit dem Wissen belastet habe.«

»Überhaupt nicht«, protestierte der Bibliothekar. »Ich wünschte nur, du hättest mir mehr gesagt.«

Der Rektor schwieg, dann sagte er: »Ja, vielleicht hätte ich das tun sollen. Das Alethiometer warnt vor schrecklichen Folgen, wenn Lord Asriel seine Suche fortsetzt. Außerdem wird das Mädchen in die ganze Sache hineingezogen werden, und ich möchte sie so lange wie möglich vor Gefahren schützen.«

»Hat Lord Asriels Unternehmen etwas mit der neuen Initiative des Geistlichen Disziplinargerichts zu tun? Mit der – wie heißt sie doch gleich – der Oblations-Behörde?«

»Lord Asriel – nein, gar nicht. Ganz im Gegenteil. Die Oblations-Behörde ist übrigens auch nicht ausschließlich dem Geistlichen Disziplinargericht unterstellt. Sie ist eine halbprivate Initiative unter Leitung einer Person, die keinerlei Sympathien für Lord Asriel hegt. Ich fürchte beide, Charles.«

Der Bibliothekar blieb stumm. Seit Papst Johannes Calvin

den Sitz des Papsttums nach Genf verlegt und das Geistliche Disziplinargericht eingerichtet hatte, hatte die Kirche absolute Macht über sämtliche Bereiche des Lebens erlangt. Das Papsttum selbst war nach Calvins Tod abgeschafft worden, und an seine Stelle war ein undurchsichtiges System von Gerichten, Kollegien und Räten getreten, das zusammenfassend Magisterium genannt wurde. Diese Behörden arbeiteten nicht immer friedlich zusammen, manchmal waren sie bittere Rivalen. Am mächtigsten war den größten Teil des vergangenen Jahrhunderts das Bischofskollegium gewesen, doch hatte in jüngeren Jahren das Geistliche Disziplinargericht seinen Platz als aktivstes und gefürchtetstes kirchliches Organ eingenommen.

Allerdings konnte es jederzeit geschehen, daß unter dem Schutz einer anderen Abteilung des Magisteriums eine unabhängige Behörde entstand, und eine solche war die Oblations-Behörde, von der der Bibliothekar gesprochen hatte. Er wußte nicht viel von ihr, aber was er gehört hatte, mißfiel ihm und machte ihm angst, deshalb hatte er volles Verständnis für die Besorgnis des Rektors.

»Der Palmer-Professor erwähnte zwei Namen«, sagte er nach einer Weile. »Barnard und Stokes. Worum geht es dabei?«

»Ach das – das geht uns nichts an, Charles. Die Heilige Kirche lehrt, soweit ich es verstehe, daß es zwei Welten gibt: die Welt der Dinge, die wir sehen, hören und anfassen können, und eine zweite Welt, die geistige Welt des Himmels und der Hölle. Barnard und Stokes waren – wie soll ich sagen – abtrünnige Theologen, die an die Existenz zahlreicher anderer Welten glaubten, Welten wie unsere, die weder Himmel noch Hölle sind, sondern materiell und sündig. Diese Welten existieren angeblich neben und um uns, sie sind aber unsichtbar und unerreichbar. Die Heilige Kirche verurteilte das natürlich als Ketzerei und brachte die beiden zum Schweigen. Zum Unglück für das Magisterium scheint es tatsächlich handfeste mathematische Beweise für diese Theorie anderer Welten zu geben. Ich habe das nicht genauer verfolgt, aber der Cassington-Stipendiat hat es mir gesagt.«

»Und jetzt hat Lord Asriel ein Bild einer solchen anderen Welt aufgenommen«, sagte der Bibliothekar. »Und wir haben ihm Geld gegeben, damit er sie findet. Ich verstehe.«

»Genau so ist es. Die Oblations-Behörde und ihre mächtigen Beschützer werden glauben, Jordan College sei eine Brutstätte der Ketzerei. Und ich muß zwischen Disziplinargericht und Oblations-Behörde vermitteln, Charles. Inzwischen wächst das Mädchen heran; man wird sie nicht vergessen haben. Früher oder später wäre sie natürlich sowieso in die Sache hineingezogen worden, aber jetzt wird sie es, ohne daß ich sie schützen kann.«

»Aber woher weißt du das, um Gottes willen? Wieder durch das Alethiometer?«

»Ja. Lyra wird bei alldem eine Rolle spielen, und zwar eine entscheidende. Die Ironie ist nur, daß sie diese Rolle spielen muß, ohne daß sie weiß, was sie tut. Natürlich kann man versuchen ihr zu helfen, und wenn mein Plan mit dem Tokaier aufgegangen wäre, wäre sie noch ein wenig länger sicher gewesen. Ich hätte ihr eine Reise in den Norden gern erspart. Vor allem wünschte ich mir, ich könnte ihr erklären ...«

»Sie würde dir nicht zuhören«, sagte der Bibliothekar. »Ich kenne sie nur zu gut. Wenn du ihr etwas Ernsthaftes erklären willst, hört sie dir fünf Minuten lang halbherzig zu und fängt dann an zu zappeln. Und wenn du sie beim nächstenmal danach fragst, hat sie es schon wieder vollkommen vergessen.«

»Und wenn ich mit ihr über Staub rede? Glaubst du nicht, sie würde dann zuhören?«

Der Bibliothekar gab durch ein Schnalzen der Zunge zu verstehen, für wie unwahrscheinlich er das hielt.

»Warum um alles in der Welt sollte sie?« sagte er. »Warum sollte ein abstraktes theologisches Problem ein gesundes, gedankenloses Kind interessieren?«

»Wegen ihres künftigen Schicksals. Dabei spielt auch ein großer Betrug eine Rolle ...«

»Wer wird sie betrügen?«

»Niemand, das ist ja das Traurige: Sie selbst wird die Betrügerin sein, für sie eine schreckliche Erfahrung. Davon darf sie natürlich nichts wissen, aber es gibt keinen Grund, warum sie vom Problem des Staubes nichts wissen sollte. Und vielleicht hast du unrecht, Charles; vielleicht interessiert sie sich ja doch dafür, wenn man es ihr auf einfache Weise erklärt. Es könnte ihr später weiterhelfen. Und ich würde nicht soviel Angst um sie haben.«

»Das ist die Aufgabe der Alten«, sagte der Bibliothekar, »um die Jungen Angst zu haben. Und die Aufgabe der Jungen ist es, über die Angst der Alten zu lachen.«

Sie saßen noch eine kurze Weile da, dann gingen sie auseinander, denn es war spät, und sie waren alt und ängstlich.

Drei

Lyras Jordan

Jordan College war das imposanteste und reichste College in Oxford. Wahrscheinlich war es auch das größte, obwohl das keiner so genau wußte. Die Gebäude umschlossen drei unregelmäßige Innenhöfe und vereinten in sich sämtliche Stilrichtungen vom frühen Mittelalter bis zur Mitte des 18. Jahrhunderts. Eine einheitliche Planung hatte es nie gegeben. Das College war nach und nach gewachsen, überall stießen Vergangenheit und Gegenwart aneinander, und dadurch entstand der Eindruck einer bizarren und schon etwas verblichenen Pracht. Irgendwo war immer eine Mauer kurz vor dem Einsturz, und seit fünf Generationen arbeitete dieselbe Familie von Steinmetzen und Gerüstbauern, die Parslows, ausschließlich für das College. Der gegenwärtige Mr. Parslow gab sein Wissen an seinen Sohn weiter, und zusammen mit ihren drei Arbeitern kletterten sie unermüdlich wie Termiten über die Gerüste, die sie an der Ecke der Bibliothek oder über dem Dach der Kapelle errichtet hatten, und hievten hellbraune neue Steinquader, glänzende Bleirollen oder Holzbalken hinauf.

Dem College gehörten Höfe und Ländereien in ganz Brytannien. Es hieß, man könne von Oxford nach Bristol in der einen und nach London in der anderen Richtung gehen, ohne das Gebiet des College zu verlassen. Überall im Königreich zahlten Färbereien und Ziegeleien, Wälder und Atomkraftwerke Pacht an das College, und einmal im Quartal rechneten der Finanzverwalter und seine Buchhalter alles zusammen, gaben die Summe dem Konzil bekannt und bestellten zwei Schwäne für das Festessen. Ein Teil des Geldes wurde wieder investiert – das Konzil hatte soeben den Kauf eines Geschäftsgebäudes in Manchester genehmigt –, vom Rest bezahlte man die bescheidenen Gehälter der Wissenschaftler und die Löhne des Personals, darunter die Parslows und das runde Dutzend anderer Handwerker- und Händlerfamilien im Dienste des College, den Wein für den reich gefüllten Weinkeller, die Bücher und Anbarographen für die riesige Bibliothek, die eine ganze Seite des Melrose Quadrangle einnahm und sich höhlenartig über mehrere unterirdische Stockwerke erstreckte, und nicht zuletzt neue philosophische Instrumente für die Kapelle.

Die Kapelle auf dem neuesten Stand zu halten war wichtig, weil Jordan College als Zentrum der Experimentaltheologie in Europa wie in Neufrankreich unumstritten an der Spitze stand. Das wußte auch Lyra. Sie war stolz auf die Bedeutung ihres College und gab damit gern bei ihren Kameraden an, wenn sie mit ihnen am Kanal oder in den Lehmgruben spielte. Für prominente externe Wissenschaftler und Professoren von auswärts hatte sie nur Verachtung übrig, weil sie nicht zu Jordan College gehörten und deshalb zwangsläufig weniger wußten, die Armen, als der letzte Hilfswissenschaftler von Jordan.

Was Experimentaltheologie war, wußte Lyra genauso wenig wie ihre Spielkameraden. Sie hatte zwar eine vage Vorstellung, daß es sich dabei um Zauberei handelte, um die Bahnen von Sternen und Planeten und um kleine Materieteilchen, aber das waren nur Vermutungen. Wahrscheinlich hatten Sterne Dæmonen wie die Menschen, und die Experimentaltheologen sprachen mit ihnen. Lyra stellte sich vor, wie der Kaplan mit seiner gesetzten Stimme etwas sagte, den Antworten der Sterndæmonen lauschte und dann wissend nickte oder bedauernd den Kopf schüttelte. Was er allerdings mit den Sternen besprechen sollte, wußte sie nicht.

Es interessierte sie auch nicht besonders. Lyra bevorzugte handfestere Dinge. Am liebsten kletterte sie mit ihrem besten Freund Roger, dem Küchenjungen, über die Collegedächer und spuckte Pflaumenkerne auf die Köpfe vorbeikommender Wissenschaftler oder schrie vor dem Fenster eines Seminarraumes wie eine Eule; bei anderen Gelegenheiten machten die Kinder Wettrennen durch die engen Gassen, stahlen auf dem Markt Äpfel oder führten Krieg. So wie Lyra nichts von den unter der Oberfläche des Collegealltags verborgenen politischen Strömungen ahnte, wußten die Wissenschaftler ihrerseits nichts von dem wunderbar aufregenden Durcheinander von Bündnissen, Feindschaften, Fehden und Verträgen, das das Leben der Kinder von Oxford bestimmte. Wie schön war es doch, Kindern beim Spielen zuzusehen; was könnte unschuldiger und rührender sein?

Dabei bekämpften Lyra und die anderen Kinder einander in wechselnden Gruppierungen bis aufs Messer. So bekriegten die Kinder von Jordan College (darunter junge Diener, die Kinder von Dienern und Lyra) die Kinder eines anderen College. Dieser Krieg war allerdings vergessen, wenn die Kinder aus der Stadt ein Kind aus dem College angriffen: Dann rückten alle Collegekinder gemeinsam gegen die Stadtkinder vor. Diese Rivalität war viele hundert Jahre alt und tief verwurzelt und besonders befriedigend.

Aber selbst sie war vergessen, wenn andere Feinde drohten. Ein solcher Dauerfeind waren die Kinder der Ziegelbrenner, die bei den Lehmgruben lebten und von College- und Stadtkindern gleichermaßen verachtet wurden. Im vergangenen Jahr hatten Lyra und einige Kinder aus der Stadt vorübergehend Waffenstillstand geschlossen und die Lehmgruben überfallen. Sie hatten die Ziegelbrennerkinder mit schweren Lehmklumpen bombardiert, ihre feuchte Lehmburg zerstört und die Kinder dann in der klebrigen Masse gewälzt, von der ihre Väter lebten, bis Sieger und Besiegte gleichermaßen einer Schar kreischender Golems glichen.

Der andere Dauerfeind kam und ging mit den Jahreszeiten. Die gyptischen Familien, die in Flußbooten lebten und zu den Märkten im Frühjahr und Herbst in der Stadt auftauchten, waren immer für einen Kampf gut. Besonders gegen eine Familie, deren Boot an einem Liegeplatz im Stadtteil Jericho festmachte, führte Lyra eine Fehde, seit sie Steine werfen konnte. Als die Familie das letztemal in Oxford gewesen war, hatten Lyra, Roger und einige andere Küchenjungen aus Jordan und St. Michael sich in den Hinterhalt gelegt und das bunt bemalte Flußboot mit Matsch beworfen, bis die ganze Familie an Land sprang, um die Kinder zu verjagen – in diesem Augenblick hatte Lyra an der Spitze eines Reservekommandos das Boot geentert und es vom Ufer abgestoßen. Sie waren den Kanal entlanggetrieben, hatten den gesamten Bootsverkehr blockiert und das Boot von vorn bis hinten nach seinem Stöpsel durchsucht. Lyra glaubte fest an diesen Stöpsel. Wenn man ihn herauszog, so versicherte sie ihrer Truppe, würde das Boot sofort sinken. Doch sie fanden ihn nicht und mußten das Boot verlassen, als die Gypter sie einholten. Tropfnaß und mit Triumphgeheul waren sie durch die engen Gassen von Jericho geflohen.

In dieser Welt war Lyra zu Hause. Sie war vor allem ein freches kleines Mädchen, das sich holte, was es brauchte. Daneben sagte ihr freilich ein vages Gefühl, daß ihre Welt nicht auf dieses Treiben beschränkt war, daß ein Teil von ihr auch der erhabenen, von Traditionen geprägten Welt von Jordan College angehörte und daß es irgendwo in ihrem Leben auch eine Verbindung zur Welt der hohen Politik gab, die Lord Asriel repräsentierte. Doch bewirkte dieses Gefühl nur, daß sie sich aufspielte und die anderen Kinder herumkommandierte. Es war ihr nie eingefallen, dem Gefühl nachzugehen.

So hat sie ihre Kindheit wie eine halbwilde Katze verbracht. Die einzige Abwechslung stellten die unregelmäßigen Besuche von Lord Asriel im College dar. Mit einem reichen und mächtigen Onkel ließ sich zwar gut angeben, aber der Preis dafür war, daß Lyra sich von dem Wissenschaftler, der am schnellsten rennen konnte, einfangen und zur Haushälterin schleppen lassen mußte, die sie wusch und in ein sauberes Kleid steckte; anschließend wurde sie unter vielen Drohungen zum Dozentenzimmer geleitet, um mit Lord

Asriel Tee zu trinken. Dazu wurden auch einige wichtige Wissenschaftler eingeladen. Lyra ließ sich dann rebellisch in einen Sessel fallen, bis der Rektor ihr scharf befahl, sich gerade hinzusetzen, worauf sie die anderen finster anstarrte, bis sogar der Kaplan lachen mußte.

Der Ablauf dieser unangenehmen, steifen Besuche war immer derselbe. Nach dem Tee ließen der Rektor und die dazugeladenen Wissenschaftler Lyra und ihren Onkel allein, und er befahl ihr, sich vor ihn hinzustellen und zu berichten, was sie seit seinem letzten Besuch gelernt hatte. Sie kratzte dann zusammen, was ihr über Geometrie, Arabisch, Geschichte oder Anbarologie einfiel, und er lehnte sich mit übereinandergeschlagenen Beinen zurück und musterte sie mit unergründlichem Blick, bis sie verstummte.

Im vergangenen Jahr, vor seiner Expedition in den Norden, hatte er anschließend gefragt: »Und was tust du, wenn du nicht fleißig lernst?«

»Ich spiele«, hatte sie gemurmelt. »Im College und in der Umgebung. Ich ... spiele einfach, ja.«

»Laß deine Hände sehen, Kind.«

Sie streckte die Hände aus, und er nahm sie, drehte sie um und sah sich die Fingernägel an. Neben ihm lag wie eine Sphinx sein Dæmon auf dem Teppich und starrte Lyra unverwandt an; nur der Schwanz zuckte gelegentlich.

»Dreckig«, sagte Lord Asriel und schob die Hände weg. »Lernst du hier nicht, die Hände zu waschen?«

»Doch«, sagte sie. »Aber die Nägel des Kaplans sind auch immer dreckig. Sie sind sogar noch dreckiger als meine.«

»Er ist ein Gelehrter. Was ist deine Entschuldigung?«

»Ich muß sie nach dem Waschen dreckig gemacht haben.«

»Wo spielst du, daß du dich so dreckig machst?«

Sie sah ihn mißtrauisch an. Ein Gefühl sagte ihr, daß über die Dächer zu klettern verboten war, auch wenn niemand ein solches Verbot ausgesprochen hatte. »In einigen der alten Räume«, sagte sie schließlich.

»Und wo sonst noch?«

»Manchmal in den Lehmgruben.«

»Und?«

»In Jericho und Port Meadow.«

»Sonst nirgends?«

»Nein.«

»Du lügst. Ich habe dich gestern auf dem Dach gesehen.«

Sie biß sich auf die Lippe und sagte nichts. Er musterte sie spöttisch.

»Du spielst also auch auf dem Dach«, sagte er dann. »Gehst du auch manchmal in die Bibliothek?«

»Nein. Aber auf dem Dach der Bibliothek habe ich einen Raben gesehen.«

»So? Hast du ihn gefangen?«

»Er hatte sich den Fuß verletzt. Ich wollte ihn töten und braten, aber Roger sagte, wir sollten ihm helfen, damit sein Fuß heilt. Also haben wir ihn gefüttert und ihm Wein zu trinken gegeben, und dann ging es ihm besser, und er flog weg.«

»Wer ist Roger?«

»Mein Freund. Der Küchenjunge.«

»Aha. Du warst also auf allen Dächern ...«

»Nicht auf allen. Auf das Sheldon-Gebäude kommt man nicht, weil man vom Pilgerturm über einen Spalt hinüberspringen muß. Es gibt zwar ein Dachfenster zum Sheldon-Gebäude, aber ich bin zu klein, um hinaufzukommen.«

»Du warst also auf allen Dächern außer einem. Und unter der Erde?«

»Unter der Erde?«

»Der unterirdische Teil des College ist genauso groß wie der oberirdische. Es überrascht mich, daß du das noch nicht entdeckt hast. Also, ich muß gleich gehen. Du siehst gesund aus. Hier.«

Er suchte in seiner Tasche, holte eine Handvoll Münzen heraus und gab ihr fünf Golddollar.

»Lernt man hier nicht, danke zu sagen?« sagte er.

»Danke«, murmelte sie undeutlich.

»Tust du, was der Rektor sagt?«

»O ja.«

»Und du bist brav zu den Wissenschaftlern?«

»Ja.«

Lord Asriels Dæmon, die Leopardin, lachte leise. Sie war bisher stumm gewesen, und Lyra wurde rot.

»Dann geh jetzt spielen«, sagte Lord Asriel.

Erleichtert wandte Lyra sich zur Tür. Im letzten Moment fiel ihr noch ein, auf Wiedersehen zu sagen, dann rannte sie hinaus.

Dies war Lyras Leben gewesen, bis zu dem Tag, an dem sie beschlossen hatte, sich im Ruhezimmer zu verstecken, und an dem sie zum ersten Mal von Staub gehört hatte.

Und natürlich hatte der Bibliothekar unrecht, wenn er zum Rektor sagte, Lyra würde ihm sowieso nicht zuhören. Sie hätte jetzt jedem, der ihr etwas über Staub sagen konnte, begierig zugehört. In den kommenden Monaten sollte sie einiges darüber erfahren und zuletzt mehr darüber wissen als irgend jemand sonst auf der Welt. Doch noch war es nicht soweit.

Außerdem waren ihre Gedanken noch mit etwas anderem beschäftigt. Seit einigen Wochen kursierte ein Gerücht auf den Straßen; einige Leute lachten, wenn sie es hörten, andere verstummten, so wie manche Menschen über Gespenster spotten und andere sich vor ihnen fürchten. Niemand kannte den Grund, doch seit einiger Zeit verschwanden Kinder.

Das passierte etwa auf folgende Weise.

Folgt man dem Fluß Isis, einer belebten Wasserstraße mit träge dahingleitenden, mit Ziegeln und Asphalt beladenen Kähnen und Getreidetankern, nach Osten, vorbei an Henley und Maidenhead bis nach Teddington, wohin die Gezeiten des Deutschen Ozeans reichen, und weiter nach Mortlake, vorbei am Haus des großen Magiers Dr. Dee und an Falkeshall mit seinen weitläufigen Lustgärten, in denen tags die Brunnen glitzern und die Fahnen leuchten und nachts Lampions in den Bäumen hängen und Feuerwerk aufsteigt, an White Hall, wo allwöchentlich der Staatsrat des Königs tagt, und am Schrotturm, von dem in endlosem Rinnsal geschmolzenes Blei in Bottiche mit trübem Wasser spritzt, und noch weiter bis dahin, wo der Strom, inzwischen breit und schmutzig, in einem weiten Bogen nach Süden schwingt – so gelangt man nach Limehouse, und hier lebt das Kind, das verschwinden wird.

Der Junge heißt Tony Makarios. Seine Mutter glaubt, daß er neun Jahre alt ist, aber sie hat ein schlechtes, vom Alkohol zerfressenes Gedächtnis; er könnte genausogut acht oder auch zehn sein. Er hat einen griechischen Nachnamen, aber auch das ist, wie sein Alter, nur eine Vermutung der Mutter, denn er sieht mehr aus wie ein Chinese als ein Grieche und hat mütterlicherseits auch Iren, Skrälinge und Laskaren als Vorfahren. Tony ist nicht besonders intelligent, aber eine Art unbeholfener Zärtlichkeit treibt ihn manchmal dazu, die Mutter grob zu umarmen und ihr einen klebrigen Kuß auf die Wange zu drücken. Die arme Frau ist meist zu betrunken, um von sich aus auf einen solchen Gedanken zu kommen, aber wenn sie merkt, was passiert, erwidert sie die Umarmung liebevoll.

In diesem Augenblick treibt sich Tony auf dem Markt in der Pie Street herum. Er hat Hunger. Es ist früh am Abend, und zu Hause bekommt er nichts zu essen. Zwar hat er einen Schilling in der Tasche, den ein Soldat ihm für einen Botengang zu seinem Mädchen gegeben hat, aber den will Tony nicht für Essen verschwenden, das man sich doch meist auch ohne Geld beschaffen kann. Er wandert also über den Markt, zwischen den Ständen der Altkleiderhändler und Wahrsager, der Obstverkäufer und Fischhändler hindurch, seinen kleinen Dæmon, einen Spatzen, auf der Schulter, und blickt nach rechts und links. Wenn eine Marktfrau und ihr Dæmon wegsehen, ertönt ein helles Zwitschern, und Tonys Hand schnellt vor und verschwindet wieder unter seinem weiten Hemd, zunächst mit einem Apfel oder ein paar Nüssen, dann mit einer warmen Pastete.

Die Händlerin sieht das und ruft, und ihr Katzendæmon macht einen Satz, aber schon flattert Tonys Spatz in der Luft, und Tony selbst ist schon fast bis zum Ende der Straße gerannt. Flüche und Geschrei folgen ihm, allerdings nicht weit. An der Treppe zum St.-Catherine-Bethaus setzt er sich und holt die dampfende, zerdrückte Beute, von der Bratensoße auf sein Hemd tropft, heraus.

Er wird beobachtet. Eine Dame in einem langen Mantel aus rotbraunem Fuchspelz, eine schöne junge Dame mit dunkel glänzendem Haar unter einer pelzbesetzten Kapuze, steht am Eingang des Bethauses, ein halbes Dutzend Stufen über ihm. Vielleicht ist gerade ein Gottesdienst aus, denn aus der Tür hinter ihr dringt Licht, drinnen spielt eine Orgel, und die Dame hält ein edelsteinbesetztes Brevier in der Hand.

Tony merkt davon nichts. Das Gesicht tief über die Pastete gesenkt, die Zehen einwärts gedreht und die nackten Sohlen aneinandergedrückt, sitzt er kauend und schluckend da, während sein Dæmon zu einer Maus wird und sich die Barthaare reinigt.

Neben dem Fuchsmantel der jungen Dame erscheint ihr Dæmon in Gestalt eines Affen, allerdings keines gewöhnlichen Affen: Er hat ein langes und seidiges Fell, das tiefgolden schimmert. Geschmeidig und ganz langsam gleitet er die Treppe hinab auf den Jungen zu und bleibt eine Stufe über ihm sitzen.

Dann spürt die Maus etwas. Sie verwandelt sich wieder in einen Spatzen, stellt den Kopf schräg und hüpft über die steinernen Stufen.

Der Affe beobachtet den Spatzen, der Spatz beobachtet den Affen.

Der Affe streckt ganz langsam den Arm aus. Seine kleine Hand ist schwarz, die Nägel vollkommen geformte Klauen aus Horn, die Bewegung sanft und einladend. Der Spatz kann nicht widerstehen. Er hüpft auf den Affen zu, einen Zentimeter, dann noch einen, und dann, mit einem kurzen Flattern, hinauf auf die Hand des Affen.

Der Affe hält ihn hoch, mustert ihn eingehend, erhebt sich und kehrt mit ihm in der Hand zu der Dame zurück. Die Dame neigt ihr duftendes Haupt und flüstert etwas.

Und dann dreht Tony sich um. Er kann nicht anders.

»Ratter!« sagt er alarmiert, mit vollem Mund.

Der Spatz zwitschert. Also ist er sicher. Tony schluckt und starrt nach oben.

»Guten Tag«, sagt die schöne Dame im Fuchsmantel. »Wie heißt du?«

»Tony.«

»Wo wohnst du, Tony?«

»Clarice Walk.«

»Was ist in dieser Pastete?«

»Beefsteak.«

»Trinkst du gern Chokolatl?«

»Au ja!«

»Zufällig habe ich gerade mehr davon, als ich selbst trinken kann. Willst du mitkommen und mir beim Trinken helfen?«

Tony ist bereits verloren. Er war in dem Augenblick verloren, in dem sein Dæmon, der etwas langsam von Begriff ist, auf die Hand des Affen hüpfte. Er folgt der schönen jungen Dame und dem goldenen Affen die Denmark Street entlang zum Henkerskai und die King-George-Treppe hinunter zu einer kleinen grünen Tür an der Seite eines großen Lagerhauses. Die Dame klopft an, die Tür öffnet sich, sie gehen hinein, die Tür schließt sich wieder. Tony wird nie mehr herauskommen – zumindest nicht durch diesen Eingang –, und er wird seine Mutter nie mehr sehen. Seine Mutter, die arme Trinkerin, wird glauben, er sei weggelaufen, und wenn sie an ihn denkt, wird sie sich die Schuld geben und herzzerreißend schluchzen.

Der kleine Tony Makarios war nicht das einzige Kind, das die Dame mit dem goldenen Affen einfing. Im Keller des Lagerhauses begegnete Tony einem Dutzend anderer Jungen und Mädchen. Kein Kind war älter als etwa zwölf, allerdings wußten die Kinder, die alle aus ähnlichen Verhältnissen wie Tony stammten, ihr genaues Alter meist nicht. Und noch etwas hatten alle gemein, auch wenn Tony das natürlich nicht auffiel: Keines der Kinder in jenem heißen und stickigen Keller hatte das Alter der Pubertät erreicht.

Die freundliche Dame sorgte dafür, daß er einen Platz auf

einer Bank an der Wand bekam und ein Dienstmädchen ihm wortlos einen Becher mit Chokolatl aus einem Topf auf dem eisernen Herd brachte. Tony aß den Rest seiner Pastete und trank das süße, heiße Getränk, ohne viel von seiner Umgebung wahrzunehmen, wie umgekehrt auch die anderen ihn kaum zu bemerken schienen. Er war zu klein, um eine Bedrohung zu sein, und zu gleichmütig, um als Opfer viel Befriedigung zu versprechen.

Ein anderer Junge fragte schließlich, was alle beschäftigte.

»Hey, Miß! Wozu haben Sie uns hierher gebracht?«

Er war ein robust aussehender Kerl mit einem dunklen Schokoladenbart auf der Oberlippe und einer dürren schwarzen Ratte als Dæmon. Die Dame, die an der Tür stand und mit einem stämmigen Mann sprach, der wie ein Kapitän aussah, drehte sich um; sie sah in dem zischenden Naphthalicht so engelhaft aus, daß die Kinder verstummten.

»Wir brauchen eure Hilfe«, sagte sie. »Ihr wollt uns doch helfen, oder?«

Niemand sagte etwas. Alle starrten sie nur an, plötzlich scheu geworden. Eine solche Dame hatten die Kinder noch nie gesehen; sie war so anmutig und nett und freundlich, daß sie ihr Glück kaum fassen konnten, und sie hätten alles für sie getan, wenn sie damit nur etwas länger in ihrer Nähe bleiben konnten.

Die Dame sagte den Kindern, daß sie auf Reisen gehen würden. Sie würden gut zu essen und warme Kleider bekommen, und wer wolle, könne seinen Eltern schreiben, damit sie wüßten, daß ihre Kinder in Sicherheit seien. Kapitän Magnusson würde sie bald an Bord seines Schiffes bringen, und dann müßten sie nur noch auf die Flut warten, um auszulaufen und Kurs nach Norden zu nehmen.

Bald saßen die wenigen, die eine Nachricht nach Hause schicken wollten, um die schöne Dame, und diese schrieb nach ihrem Diktat einige Zeilen und steckte sie dann, nachdem die Absender unten auf das Blatt ein unbeholfenes Kreuz gekritzelt hatten, in einen parfümierten Umschlag, auf den sie die angegebene Adresse schrieb. Auch Tony hätte seiner Mutter gern etwas geschrieben, aber er befürchtete zu Recht, daß sie es nicht würde lesen können. Er zupfte die Dame deshalb am Ärmel ihres Fuchspelzes und flüsterte, sie solle seiner Mutter sagen, wohin er fahre, und die Dame hörte dem dreckigen kleinen Jungen mit anmutig geneigtem Kopf zu, strich ihm dann übers Haar und versprach, die Nachricht auszurichten.

Die Kinder umringten sie, um sich zu verabschieden. Der goldene Affe streichelte die Dæmonen der Kinder, und die Kinder berührten den Fuchspelz wie einen Glücksbringer, als ob dadurch Kraft, Hoffnung oder Güte von der Dame auf sie übergehen könnte, und auch die Dame sagte ihnen Lebewohl und übergab sie der Fürsorge des kühnen Kapitäns an der Anlegestelle. Der Himmel war jetzt dunkel, und auf dem Fluß tanzten zahllose Lichter. Die Dame blieb an der Anlegestelle stehen und winkte, bis sie die Gesichter der Kinder nicht mehr erkennen konnte.

Dann kehrte sie, den goldenen Affen an die Brust geschmiegt, in das Lagerhaus zurück. Das kleine Bündel Briefe warf sie in den Ofen, dann verschwand sie durch die Tür, durch die sie gekommen war.

Es war nicht schwer, die Kinder aus den Slums anzulocken, aber nach einiger Zeit fiel es doch auf, und die Polizei bequemte sich widerwillig dazu, tätig zu werden. Eine Zeitlang wurden keine Kinder mehr verhext. Doch das Gerücht war da, und es veränderte sich allmählich und wuchs und breitete sich aus, und als einige Zeit später einige Kinder in Norwich verschwanden und dann in Sheffield und dann in Manchester, ließen die Menschen dort, die von den anderswo verschwundenen Kindern gehört hatten, das Gerücht wiederaufleben und gaben ihm neue Kraft.

Und so wuchs die Legende von einer geheimnisvollen Gruppe von Zauberern, die Kinder weghexten. Einige sagten, ihr Anführer sei eine schöne Frau, anderen zufolge war er ein hochgewachsener Mann mit roten Augen, eine dritte Version sprach von einem jungen Mann, der seine Opfer durch Lachen und Singen dazu brachte, daß sie ihm wie Schafe folgten.

Was den Ort betraf, an den die verschwundenen Kinder gebracht wurden, widersprachen die Geschichten einander. Einige sagten, es sei die Hölle, ein Ort unter der Erde oder ein Feenland, anderen zufolge war es ein Bauernhof, auf dem die Kinder für den Kochtopf gemästet wurden. Wieder andere meinten, die Kinder würden als Sklaven an reiche Tataren verkauft, und so weiter.

In einem stimmten allerdings alle Geschichten überein: dem Namen der unsichtbaren Kidnapper. Man brauchte einen Namen, sonst konnte man nicht über sie sprechen, und über sie zu sprechen war – besonders wenn man behütet und beschützt zu Hause oder in Jordan College saß – ein wunderbares Vergnügen. Der Name also, der nach und nach an ihnen haften blieb, ohne daß jemand wußte warum, war Gobbler.

»Komm vor Einbruch der Nacht wieder, sonst holen dich die Gobbler!«

»Meine Cousine in Northampton kennt eine Frau, deren Junge von den Gobblern geholt wurde ...«

»Die Gobbler waren in Stratford. Es heißt, sie kommen nach Süden.«

Und natürlich:

»Laßt uns Kinder und Gobbler spielen.«

Das sagte Lyra zu Roger, dem Küchenjungen von Jordan College. Er wäre ihr bis ans Ende der Welt gefolgt.

»Wie spielt man das?«

»Du versteckst dich, und ich suche dich und schlitze dich auf, wie es die Gobbler tun.«

»Du weißt doch gar nicht, was sie tun. Vielleicht gibt es sie gar nicht.«

»Du hast ja nur Angst vor ihnen«, sagte Lyra, »das weiß ich genau.«

»Hab' ich nicht. Aber ich glaube trotzdem nicht an sie.«

»Ich schon«, sagte Lyra entschieden. »Aber ich hab' auch keine Angst. Ich würde einfach tun, was mein Onkel getan hat, als er letztes Mal nach Jordan kam. Ich hab' es selbst gesehen. Er war im Ruhezimmer, und da war dieser unhöfliche Gast, und mein Onkel starrt ihn nur böse an, und der fällt auf der Stelle tot um, mit lauter Schaum vor dem Mund.«

»Glaub' ich nicht«, sagte Roger zweifelnd. »Davon hab' ich in der Küche nichts gehört. Und überhaupt, das Ruhezimmer darf man gar nicht betreten.«

»Natürlich hast du nichts gehört. Dem Personal erzählt man doch so was nicht. Und ich *war* im Ruhezimmer, also bitte. Mein Onkel macht das immer so. Er hat es mit einigen Tataren gemacht, als er ihnen einmal in die Hände fiel. Sie fesselten ihn und wollten seine Eingeweide ausschneiden, aber als der erste mit 'nem Messer kam, sah mein Onkel ihn nur an, und der fiel tot um. Dann kam der nächste, und mein Onkel tat dasselbe, und dann war nur noch einer übrig. Mein Onkel sagte, daß er ihm das Leben schenkt, wenn er ihn losbinden würde, also tat er das, und dann hat mein Onkel ihn trotzdem getötet, um ihm einen Denkzettel zu verpassen.«

Roger war von dieser Geschichte nicht sehr überzeugt, aber die Geschichte war einfach zu gut, deshalb spielten sie abwechselnd Lord Asriel und die sterbenden Tataren. Für den Schaum verwendeten sie Brausepulver.

Lyra vergaß ihre ursprüngliche Absicht allerdings nicht. Sie wollte immer noch Gobbler spielen und überredete Roger, mit ihr in den Weinkeller hinunterzusteigen, den sie mit dem Ersatzschlüssel des Butlers aufschloß. Zusammen schlichen sie durch die großen Gewölbe, in denen unter jahrhundertealten Spinnweben der Tokaier und Kanarienwein, der Burgunder und Branntwijn des College lagerten. Über ihnen wölbten sich uralte steinerne Bögen, getragen von zehn Mann dicken Pfeilern, auf dem Boden lagen unregelmäßige Steinplatten, und an den Wänden lagerten in mehrstöckigen Gestellen die Flaschen und Fässer. Die beiden Kinder waren fasziniert, die Gobbler hatten sie vergessen. Eine Kerze in den zitternden Fingern, schlichen sie auf Zehenspitzen von einem Ende zum anderen und spähten in jede Ecke, bis Lyra schließlich nur noch eine einzige Frage beschäftigte: Wie schmeckte der Wein?

Die Frage ließ sich leicht beantworten. Ohne auf Rogers stürmische Proteste einzugehen, zog Lyra die älteste, grünste und am seltsamsten geformte Flasche, die sie finden konnte, aus dem Regal und brach ihr, da sie keinen Korkenzieher dabeihatte, den Hals ab. Tief in einen dunklen Winkel gedrückt, nippten die beiden an der berauschenden, tiefroten Flüssigkeit und überlegten, wann sie betrunken sein würden und woran man das merkte. Lyra mochte den Geschmack nicht besonders, mußte aber zugeben, daß er irgendwie grandios und exotisch war. Am lustigsten war es, zuzusehen, wie die beiden Dæmonen immer beschwipster wurden; sie stolperten übereinander, kicherten sinnlos und wechselten die Gestalt, um häßlicher zu sein als der andere, bis sie wie Wasserspeier aussahen.

Zum Schluß – und fast zu gleichen Zeit – entdeckten die Kinder, wie es war, betrunken zu sein.

»Tun die das *gern?*« keuchte Roger, nachdem er sich heftig erbrochen hatte.

»Ja«, sagte Lyra, der es nicht besser ging. »Und ich auch«, fügte sie trotzig hinzu.

Lyra lernte aus diesem Erlebnis lediglich, daß das Gobbler-Spiel einen an interessante Orte führte. Die Worte ihres Onkels aus ihrem letzten Gespräch fielen ihr ein, und sie begann, ihre Streifzüge unter die Erde auszudehnen, denn was über der Erde lag, war nur ein Bruchteil des Ganzen. Jordan, das über der Erde mit St. Michael's College auf der einen, Gabriel College auf der anderen und der Universitätsbibliothek auf der dritten Seite um Platz konkurrieren mußte, hatte irgendwann im Mittelalter angefangen, sich wie ein gewaltiger Pilz, dessen Wurzelsystem sich über Tausende von Quadratmetern erstreckte, unter der Erde auszudehnen. Unter dem College und im Umkreis von einigen hundert Metern höhlten Tunnel, Schächte, Gewölbe, Keller und Treppen die Erde so sehr aus, daß es fast so viel Luft gab wie über der Erde; Jordan College stand auf einer Art zu Schaum gewordenem Stein.

Sobald Lyra Gefallen an der Erforschung dieser Welt gefunden hatte, gab sie ihre bisherigen Streifzüge über das Gebirge der Collegedächer auf und stürzte sich mit Roger in die Unterwelt. Statt Gobbler zu spielen, machte sie jetzt Jagd auf die Gobbler, denn was lag näher, als daß diese irgendwo außer Sicht unter der Erde lauerten?

So gelangten sie und Roger eines Tages in die Krypta unter dem Bethaus. Hier waren in Nischen entlang der steinernen Wände Generationen von Rektoren in bleigefaßten Eichensärgen begraben. Unter den Nischen standen auf Steintafeln ihre Namen:

Simon Le Clerc, Rektor 1765–1789 Cerebaton
Requiescant in pace

»Was heißt das?« fragte Roger.

»Zuerst kommt der Name, und der letzte Teil ist Lateinisch. In der Mitte steht die Zeit, in der er Rektor war. Und der andere Name ist sicher der seines Dæmons.«

Sie gingen durch das stille Kellergewölbe und entzifferten weitere Inschriften:

Francis Lyall, Rektor 1748–1765 Zohariel
Requiescant in pace
Ignatius Cole, Rektor 1745–1748 Musca
Requiescant in pace

Interessiert sah Lyra, daß auf jedem Sarg eine Messingplakette mit dem Bild eines Lebewesens angebracht war: etwa ein Basilisk, eine Schlange oder ein Affe. Sie begriff, daß es sich um Bilder der Dæmonen der toten Männer handelte. Wenn Menschen erwachsen wurden, verloren ihre Dæmonen die Fähigkeit, sich zu verwandeln, und behielten immer dieselbe Gestalt bei.

»In den Särgen liegen Skelette«, flüsterte Roger.

»Vermoderndes Fleisch«, flüsterte Lyra. »Und Augenhöhlen, in denen es vor Maden und Würmern wimmelt.«

»Hier gibt es sicher Gespenster«, sagte Roger, und ein angenehmer Schauer lief ihm über den Rücken.

Auf der anderen Seite der ersten Krypta stießen sie auf einen von steinernen Regalen gesäumten Gang. Jede Etage war in viereckige Fächer unterteilt, und in jedem Fach lag ein Schädel.

Rogers Dæmon zitterte, den Schwanz fest zwischen die Beine geklemmt, und wimmerte leise.

»Pst!« sagte Roger.

Lyra konnte Pantalaimon nicht sehen, wußte aber, daß er als Nachtfalter auf ihrer Schulter saß und wahrscheinlich auch zitterte.

Sie langte hinauf und holte vorsichtig einen Schädel aus seinem Fach.

»Was tust du da?« fragte Roger. »Du darfst ihn nicht anfassen!«

Sie beachtete ihn nicht und drehte den Schädel in ihren Händen hin und her. Plötzlich fiel etwas durch das Loch in der Schädelbasis – es fiel durch ihre Finger und traf laut klirrend auf dem Boden auf. Vor Schreck hätte sie den Schädel beinahe fallen lassen.

»Ein Münze!« rief Roger und tastete auf dem Boden danach. »Vielleicht ein Schatz!«

Er hielt den Gegenstand ins Licht der Kerze, und sie starrten ihn mit aufgerissenen Augen an. Es handelte sich nicht um eine Münze, sondern um eine kleine Scheibe aus Bronze mit dem roh eingeritzten Bild einer Katze.

»Wie die Bilder auf den Särgen«, sagte Lyra. »Das ist sein Dæmon. Ganz bestimmt.«

»Stell ihn lieber wieder zurück«, sagte Roger ängstlich, und Lyra drehte den Schädel um, ließ die Scheibe wieder dorthin fallen, wo sie seit undenklichen Zeiten gelegen hatte, und stellte den Schädel ins Regal zurück. Sie erkundeten, daß auch die anderen Schädel Dæmonen-Münzen enthielten, so daß der lebenslange Gefährte des Verstorbenen diesem auch im Tod nahe war.

»Wer mögen die Toten gewesen sein?« überlegte Lyra. »Wahrscheinlich Wissenschaftler. Nur die Rektoren bekommen Särge. Wahrscheinlich gab es über die Jahrhunderte so viele Wissenschaftler, daß nicht genug Platz war, sie alle zu begraben, deshalb schnitt man ihnen einfach die Köpfe ab und bewahrte sie hier auf. Das ist sowieso der wichtigste Teil von ihnen.«

Zwar begegneten Lyra und Roger keinem Gobbler, aber die Katakomben unter dem Bethaus hielten sie tagelang in Atem. Eines Tages wollten sie einigen toten Wissenschaftlern einen Streich spielen und tauschten die Münzen in den Schädeln aus, so daß die falschen Dæmonen in den Schädeln lagen. Pantalaimon wurde daraufhin so aufgeregt, daß er sich in eine Fledermaus verwandelte, auf und ab flatterte, spitze Schreie ausstieß und Lyra mit den Flügeln ins Gesicht schlug, aber Lyra ging nicht weiter darauf ein. Dazu fand sie den Scherz zu gut. Später mußte sie allerdings dafür büßen. Nachts im Bett in ihrem engen Zimmer am oberen Ende der Treppe Nr. 12 wurde sie von Geistern heimgesucht. Sie fuhr schreiend hoch, als drei Gestalten in Talaren an ihrem Bett erschienen und mit knochigen Fingern auf sie zeigten; dann schlugen sie ihre Kapuzen zurück, und Lyra sah blutige Stümpfe, wo eigentlich die Köpfe hätten sein sollen. Erst als Pantalaimon sich in einen Löwen verwandelte und die Gestalten anbrüllte, wichen sie zurück und verschmolzen mit der Wand, bis nur noch ihre Arme sichtbar waren, dann die hornigen, graugelben Hände, dann die zuckenden Finger und schließlich nichts mehr. Sobald der Morgen graute, eilte Lyra in die Katakomben hinunter und legte die Münzen wieder an die richtigen Plätze. »Tut mir leid!« flüsterte sie.

Die Katakomben waren viel größer als die Weinkeller, aber auch sie hatten ein Ende. Als Lyra und Roger jeden Winkel erkundet hatten und überzeugt waren, daß es hier keine Gobbler gab, wandten sie ihre Aufmerksamkeit wieder anderen Dingen zu. Jedoch wurden sie, als sie das letztemal aus der Krypta stiegen und das Bethaus verlassen wollten, vom Fürsprecher gesehen. Er rief sie ins Bethaus zurück.

Der Fürsprecher war ein rundlicher, älterer Herr namens Father Heyst. Seine Aufgabe war es, am College Gottesdienste durchzuführen, zu predigen, zu beten und die Beichte abzunehmen. Als Lyra kleiner gewesen war, hatte er sich für ihr geistliches Wohl interessiert, doch hatten ihre Gleichgültigkeit und unaufrichtige Reue ihn enttäuscht: Sie lohnte die Mühe nicht, hatte er gefolgert.

Als Lyra und Roger ihn rufen hörten, blieben sie widerwillig stehen und betraten dann schlurfend das große, dämmrige und muffig riechende Bethaus. Kerzen flackerten vor verschiedenen Heiligenbildern, und von der Orgelempore, wo Reparaturen in Gang waren, kamen ferne Geräusche; ein Diener polierte das Lesepult aus Messing. Father Heyst stand in der Tür der Sakristei und winkte sie zu sich.

»Wo wart ihr?« fragte er. »Ich habe euch jetzt zwei- oder dreimal hier hereinkommen sehen. Was führt ihr im Schilde?«

Sein Ton war nicht anklagend. Er klang, als sei er wirklich interessiert. Sein Dæmon, eine Eidechse, saß auf seiner Schulter und sah die beiden Kinder züngelnd an.

»Wir wollten uns in der Krypta umsehen«, sagte Lyra.

»Warum denn das?«

»Die ... die Särge«, sagte sie. »Wir wollten uns all die Särge ansehen.«

»Aber warum?«

Sie zuckte die Schultern, ihre gewöhnliche Antwort, wenn man sie bedrängte.

»Und du«, fuhr Father Heyst an Roger gewandt fort. Rogers Dæmon wedelte ängstlich mit seinem Terrierschwanz, um ihn zu besänftigen. »Wie heißt du?«

»Roger, Father.«

»Wenn du ein Diener bist, wo arbeitest du?«

»In der Küche, Father.«

»Solltest du jetzt nicht dort sein?«

»Doch, Father.«

»Dann fort mit dir.«

Roger drehte sich um und rannte weg. Lyra zeichnete mit dem Fuß gelangweilt Muster auf den Boden.

»Was dich betrifft, Lyra«, sagte Father Heyst, »so freue ich mich, daß das Bethaus und alles, was dazugehört, dich interessieren. Du hast wirklich Glück, inmitten von so viel Geschichte aufzuwachsen.«

»Mhm«, sagte Lyra.

»Ich verstehe nur nicht ganz, was für Kameraden du dir aussuchst. Bist du einsam?«

»Nein.«

»Vermißt du die Gesellschaft anderer Kinder?«

»Nein.«

»Ich meine damit nicht Küchenjungen wie Roger, sondern Kinder wie dich, von vornehmer Abstammung. Hättest du gerne solche Spielkameraden?«

»Nein.«

»Aber vielleicht andere Mädchen ...«

»Nein.«

»Sieh mal, keiner von uns will, daß du alle Freuden der Kindheit entbehren mußt. Ich denke manchmal, du mußt hier unter all den älteren Wissenschaftlern doch ganz schön einsam sein, Lyra. Bist du das?«

»Nein.«

Er schlug die Daumen über seinen gefalteten Fingern aneinander. Ihm fiel nichts mehr ein, was er dieses sture Kind fragen konnte.

»Wenn du je Sorgen hast«, sagte er schließlich, »kannst du damit immer zu mir kommen. Ich hoffe, du weißt das.«

»Ja«, sagte sie.

»Sagst du deine Gebete?«

»Ja.«

»Braves Mädchen. Dann geh jetzt.«

Mit einem kaum unterdrückten Seufzer der Erleichterung wandte Lyra sich zum Gehen. Da sie die Gobbler nicht unter der Erde gefunden hatte, nahm sie ihre Streifzüge durch die Straßen wieder auf. Dort war sie zu Hause.

Dann, als sie fast schon das Interesse an ihnen verloren hatte, tauchten die Gobbler in Oxford auf.

Das erste, was Lyra hörte, war, daß ein Junge aus einer gyptischen Familie, die sie kannte, vermißt wurde.

Es war zur Zeit des Pferdemarktes. Im Kanalbecken drängten sich Flußboote und Schleppkähne, auf denen Händler und Reisende standen, und auf den Kais im Hafen von Jericho blinkten Pferdegeschirre, Hufgetrappel und das lärmende Feilschen der Händler ertönte. Lyra genoß den Pferdemarkt in vollen Zügen. Man konnte hier nicht nur in einem unbewachten Augenblick Pferde für einen Ritt entführen, es boten sich auch endlose Gelegenheiten, Kämpfe auszutragen.

Außerdem hatte sie in diesem Jahr einen großartigen Plan. Angeregt durch die Entführung des Flußbootes im Vorjahr, wollte sie diesmal eine ganze Reise machen, bevor sie wieder vom Boot vertrieben wurde. Wenn sie und ihre Kameraden aus der Collegeküche es bis Abingdon schafften, konnten sie dort vielleicht das Wehr blockieren …

Doch in diesem Jahr sollte der Krieg ausfallen. Lyra schlenderte gerade mit einigen Kameraden in der Morgensonne am Rand der Bootswerft von Port Meadow entlang, eine gestohlene Zigarette wanderte von Hand zu Hand, und Rauch wurde genießerisch ausgeblasen, als sie den Schrei einer Stimme hörte, die sie kannte.

»Aber was hast du denn mit ihm gemacht, du Hornochse?«

Es war eine mächtige Stimme, die Stimme einer Frau, aber einer Frau mit Lungen wie ein Blasebalg. Lyra hielt sofort nach ihr Ausschau, denn die Frau war Ma Costa, die Lyra bei zwei Gelegenheiten mit einer gewaltigen Ohrfeige halb ohnmächtig geschlagen, ihr aber bei drei Gelegenheiten warme Pfefferkuchen gegeben hatte und deren Familie für die Größe und luxuriöse Ausstattung ihres Bootes bekannt war. Sie waren Fürsten unter den Gyptern, und Lyra bewunderte Ma Costa sehr, wollte ihr aber noch eine Zeitlang nicht zu nahe kommen, denn es war ihr Boot, das sie im letzten Jahr entführt hatte.

Einer der Jungen in Lyras Begleitung hob automatisch einen Stein auf, als er das Geschrei hörte, aber Lyra sagte: »Vergiß es, sie ist schlecht gelaunt. Sie könnte dir das Rückgrat wie einen Zweig brechen.«

Ma Costa sah allerdings eher besorgt als wütend aus. Der Mann, vor dem sie stand, ein Pferdehändler, zuckte die Schultern und breitete die Hände aus.

»Ich weiß nicht«, sagte er gerade. »Er kam und war sofort wieder weg. Ich hab nicht gesehen, wohin er ging …«

»Aber er hat dir geholfen! Er hat deine blöden Pferde für dich gehalten!«

»Na ja, dann hätte er auch hier bleiben sollen, oder? Statt mitten in der Arbeit wegzurennen …«

Weiter kam er nicht, denn Ma Costa versetzte ihm plötzlich eine gewaltige Ohrfeige und ließ eine solche Lawine von Flüchen und Schlägen folgen, daß er schreiend die Flucht ergriff. Die anderen Pferdehändler johlten, und ein Fohlen bäumte sich erschrocken auf.

»Was ist denn los?« fragte Lyra ein gyptisches Kind, das mit offenem Mund zusah. »Warum ist sie wütend?«

»Es geht um ihren Sohn«, sagte das Kind. »Um Billy. Sie hat wohl Angst, daß die Gobbler ihn geschnappt haben. Vielleicht haben sie das ja auch. Ich habe Billy auch nicht mehr gesehen seit …«

»Die Gobbler? Sind die jetzt in Oxford?«

Der gyptische Junge rief seine Freunde, die Ma Costa beobachteten.

»Sie hier weiß nicht, was los ist. Sie weiß nicht, daß die Gobbler hier sind!«

Ein halbes Dutzend Kinder drehte sich um und sah Lyra verächtlich an, und Lyra warf die Zigarette weg, denn dies war das Stichwort für einen Kampf. Sofort nahmen die Dæmonen der Kinder ein kriegerisches Aussehen an; überall tauchten Fänge, Klauen und gesträubte Nackenhaare auf, und Pantalaimon, weit erhaben über die beschränkte Fantasie der gyptischen Dæmonen, verwandelte sich in einen Drachen von der Größe eines Windhundes.

Doch bevor die Kinder sich in die Schlacht stürzen konnten, marschierte Ma Costa herbei, schubste zwei der Gypter zur Seite und baute sich wie ein Preisboxer vor Lyra auf.

»Hast du ihn gesehen?« wollte sie wissen. »Billy?«

»Nein«, sagte Lyra, »wir sind gerade erst gekommen. Ich hab' Billy seit Monaten nicht gesehen.«

Ma Costas Dæmon, ein Falke, kreiste über ihrem Kopf in der Luft, und seine wilden, gelben Augen mit den starren Lidern schossen ruckartig hin und her. Niemand sorgte sich um ein Kind, das seit einigen Stunden vermißt wurde, ganz bestimmt kein Gypter; in ihrer engen Welt der Boote wurden Kinder über die Maßen geliebt und geschätzt, und wenn eine Mutter ihr Kind aus den Augen verlor, konnte sie sicher sein, daß sich sofort jemand anders um es kümmern würde.

Doch hier war Ma Costa, eine Königin unter den Gyptern, in verzweifelter Angst um ein vermißtes Kind. Was war geschehen?

Ma Costa starrte halb blind über die kleine Gruppe von Kindern und schob sich dann durch das Gedränge auf dem Kai und rief immer wieder laut nach ihrem Kind. Sofort wandten sich die Kinder wieder einander zu; ihre Fehde hatten sie allerdings angesichts des Kummers von Ma Costa vergessen.

»Wer sind denn die Gobbler?« fragte Simon Parslow, einer von Lyras Begleitern.

Der erste Gypterjunge sagte: »Das weißt du doch. Sie stehlen überall Kinder. Sie sind Piraten ...«

»Sie sind keine Piraten«, verbesserte ein anderer Gypter, »sondern Kannibalen.«

»Sie *essen* Kinder?« fragte Hugh Lovat, ein anderer Freund Lyras und Küchenjunge in St. Michael.

»Das weiß keiner«, meinte der erste Junge. »Sie entführen sie, und man sieht sie nie wieder.«

»Das wissen wir«, sagte Lyra. »Wir spielen schon seit Monaten Kinder und Gobbler, länger als ihr, wette ich. Aber ich wette, keiner hat sie gesehen.«

»Einige schon«, sagte ein Junge.

»Wer denn?« beharrte Lyra. »Du vielleicht? Woher weißt du, daß es nicht nur eine einzige Person ist?«

»Charlie hat sie in Banbury gesehen«, sagte ein gyptisches Mädchen. »Sie haben mit einer Frau gesprochen, und inzwischen hat ein anderer Mann ihren kleinen Jungen aus dem Garten geholt.«

»Stimmt«, piepste Charlie, ein Gypterjunge, »ich habe es gesehen.«

»Wie sahen sie aus?« fragte Lyra.

»Hm ... ich habe sie nicht genau sehen können«, sagte Charlie. »Aber ihren Lastwagen schon«, fügte er hinzu. »Sie kamen in einem weißen Laster. Sie steckten den Jungen in den Laster und fuhren dann schnell weg.«

»Und sie fressen die Kinder auf«, sagte wieder der erste Junge. »Das hat uns jemand in Northampton gesagt, dort waren sie nämlich auch. Dieses Mädchen in Northampton, also ihr Bruder wurde weggeholt, und sie sagte, die Männer, die ihn holten, hätten gesagt, sie würden ihn auffressen. Das weiß doch jeder. Sie fressen sie auf.«

Ein gyptisches Mädchen begann laut zu weinen.

»Das ist Billys Cousine«, sagte Charlie.

»Wer hat Billy zuletzt gesehen?« fragte Lyra.

»Ich«, antworteten ein halbes Dutzend Stimmen. »Ich habe gesehen, wie er Johnny Fiorellis altes Pferd hielt – Ich habe ihn am Stand mit den kandierten Äpfeln gesehen – Ich habe gesehen, wie er mit dem Kran herumschwang ...«

Lyra entnahm dem allem schließlich, daß Billy vor höchstens zwei Stunden sicher zum letztenmal gesehen worden war.

»Die Gobbler müssen also irgendwann in den letzten beiden Stunden hier gewesen sein«, sagte sie.

Die Kinder sahen sich um und fröstelten trotz der warmen Sonne, des Menschengedränges auf dem Kai und der vertrauten Gerüche nach Teer, Pferden und Tabak. Das Problem war, daß niemand wußte, wie die Gobbler aussahen, und daß deshalb jeder einer sein konnte, erklärte Lyra der entsetzten Truppe von Collegekindern und Gyptern, deren Anführerin sie nun bereits war.

»Sie sehen sogar ganz sicher aus wie gewöhnliche Leute, sonst würde man sie ja sofort erkennen. Wenn sie nur nachts kämen, wäre das egal. Aber wenn sie auch am hellen Tag kommen, müssen sie normal aussehen. Jeder von diesen Leuten da könnte also ein Gobbler sein ...«

»Nein«, sagte ein Gypter unsicher. »Die Leute hier kenne ich alle.«

»Na ja, nicht *die,* aber alle anderen«, sagte Lyra. »Also los, suchen wir sie! Und ihren weißen Lastwagen!«

Hektisches Treiben entstand. Weitere Kinder stießen zu ihnen, und über kurz oder lang waren es dreißig und mehr gyptische Kinder, die über die Kais liefen, in die Ställe hinein- und wieder herausrannten, über die Kräne und Ladebäume der Bootswerft kletterten, über den Zaun auf die große Wiese sprangen, zu fünfzehnt auf der alten Drehbrücke über das grüne Wasser schwangen und durch die engen Straßen von Jericho schwärmten, vorbei an den aus Ziegeln erbauten kleinen Reihenhäusern und hinein in die große Kirche mit ihrem breiten Turm, die dem heiligen Barnabas, dem Alchimisten, geweiht war. Die Hälfte der Kinder wußten nicht, wonach sie suchten; sie hielten das Ganze für einen großen Spaß. Aber die Kinder, die Lyra folgten, erschraken jedesmal zu Tode, wenn sie in einer Gasse oder in der dämmrigen Kirche eine einsame Gestalt erblickten. War das ein Gobbler?

Natürlich nicht. Allmählich, als der Erfolg ausblieb und Billy nicht wiederauftauchte, wurde das Spiel langweilig. Als Lyra und die beiden Jungen aus dem College Jericho zur Abendessenszeit verließen, sahen sie, daß die Gypter sich auf dem Kai in der Nähe der Stelle, an der das Boot der Costas vertäut lag, versammelt hatten. Einige Frauen weinten laut, die Männer standen wütend in Gruppen zusammen, und ihre Dæmonen zuckten nervös bei jedem Geräusch zusammen oder fletschten die Zähne, wenn sich ein Schatten bewegte.

»Ich wette, hier trauen die Gobbler sich nicht herein«, sagte Lyra zu Simon Parslow, als sie die große Eingangshalle von Jordan betraten.

»Nein«, sagte Simon unsicher. »Aber ich weiß, daß auf dem Markt ein Kind vermißt wird.«

»Wer?« fragte Lyra. Sie kannte die meisten Kinder vom Markt, aber davon hatte sie noch nichts gehört.

»Jessie Reynolds, die Tochter des Sattlers. Sie war gestern bei Ladenschluß nicht da, dabei hatte sie nur ihrem Vater einen Fisch zum Tee holen wollen. Sie kam nicht zurück, und niemand hat sie gesehen. Man hat den ganzen Markt und alles nach ihr abgesucht.«

»Davon weiß ich ja gar nichts!« sagte Lyra empört. Sie betrachtete es als schwerwiegendes Versäumnis ihrer Gefolgsleute, ihr nicht alles sofort zu erzählen.

»Es war erst gestern. Vielleicht ist sie schon wieder da.«

»Ich frag mal«, sagte Lyra und wandte sich zum Gehen. Sie war noch nicht durch das Tor, als der Portier sie rief.

»Halt, Lyra! Du sollst heute abend hierbleiben. Befehl des Rektors.«

»Warum?«

»Ich sagte doch, Befehl des Rektors. Er sagt, daß du bleiben sollst, wenn du kommst.«

»Dann fang mich doch«, sagte Lyra und war zur Tür hinausgeschossen, bevor der alte Mann seine Loge verlassen konnte.

Sie rannte über die enge Straße in die Gasse, in der die Lastwagen die Waren für die Markthalle abluden. Da der Markt gerade zumachte, standen nur noch wenige Lastwagen da, aber am Haupteingang gegenüber der hohen Steinwand von St. Michael's College lehnte rauchend und redend eine Gruppe Jugendlicher. Lyra kannte einen von ihnen, einen Sechzehnjährigen, den sie bewunderte, weil er weiter spucken konnte als alle anderen. Zu ihm ging sie jetzt und wartete demütig, bis er sie bemerkte.

»Ja? Was willst du denn?« fragte er endlich.

»Ist Jessie Reynolds verschwunden?«

»Ja. Warum?«

»Weil ein gyptisches Kind heute auch verschwunden ist.«

»Die verschwinden doch immer, die Gypter. Nach jedem Pferdemarkt verschwinden die.«

»Und die Pferde auch«, sagte einer seiner Freunde.

»Dies ist was anderes«, sagte Lyra. »Es ist ein kleiner Junge. Wir haben ihn den ganzen Nachmittag gesucht, und die anderen Kinder sagten, die Gobbler hätten ihn geschnappt.«

»Die was?«

»Die Gobbler«, sagte sie. »Hast du noch nicht von ihnen gehört?«

Auch für die anderen Jungen war das neu, und sie hörten

sich, von einigen groben Kommentaren abgesehen, aufmerksam an, was Lyra ihnen erzählte.

»Gobbler«, sagte Lyras Bekannter, der Dick hieß. »So ein Blödsinn. Die Gypter kommen doch immer auf so blöde Ideen.«

»Sie sagen, vor einigen Wochen seien Gobbler in Banbury aufgetaucht«, beharrte Lyra, »und damals verschwanden fünf Kinder. Wahrscheinlich kommen sie jetzt nach Oxford, um auch von uns Kinder zu holen. Sicher haben sie Jessie entführt.«

»Drüben in Cowley ist auch ein Kind verschwunden«, sagte ein anderer Junge. »Fällt mir jetzt ein. Meine Tante war gestern mit ihrer Fish-and-Chips-Bude dort, und sie hörte davon ... ein kleiner Junge ... Aber das mit den Gobblern, ich weiß nicht. Die gibt es nicht. Die sind erfunden.«

»Es gibt sie!« sagte Lyra. »Die Gypter haben sie gesehen. Sie glauben, daß die Gobbler die Kinder, die sie fangen, auffressen und ...«

Sie brach mitten im Satz ab, weil ihr plötzlich etwas eingefallen war. An jenem merkwürdigen Abend, an dem sie sich im Ruheraum versteckt hatte, hatte Lord Asriel das Bild eines Mannes gezeigt, der einen Stab in die Höhe hielt, auf den Lichtstrahlen einströmten. Neben ihm, mit weniger Licht um sich, hatte eine kleine Gestalt gestanden, und Lord Asriel hatte gesagt, das sei ein Kind. Als jemand gefragt hatte, ob es ein abgeschnittenes Kind sei, hatte ihr Onkel gesagt, nein, und das sei der springende Punkt.

Und dann fiel ihr siedendheiß noch etwas ein: Wo war Roger? Sie hatte ihn seit dem Morgen nicht mehr gesehen ...

Plötzlich hatte sie Angst. Pantalaimon sprang ihr in Gestalt eines kleinen Löwen in die Arme und knurrte. Sie verabschiedete sich von den Jungen am Tor, ging ruhig die Gasse bis zur Turl Street und rannte dann, so schnell sie konnte, zum College zurück. Eine Sekunde vor ihrem Dæmon, der die Gestalt eines Gepards angenommen hatte, schoß sie durch das Tor.

Der Portier zog scheinheilig die Augenbrauen hoch.

»Leider mußte ich den Rektor verständigen«, sagte er.

»Er war nicht gerade erfreut. Ich möchte nicht in deiner Haut stecken, nicht für Geld möchte ich das.«

»Wo ist Roger?« wollte sie wissen.

»Ich habe ihn nicht gesehen. Der kann sich auch auf was gefaßt machen. Oho, wenn Mr. Cawson den in die Finger kriegt …«

Lyra rannte in die Küche. Sie bahnte sich einen Weg durch Hitze, Dampf und Lärm.

»Wo ist Roger?« rief sie.

»Geh, Lyra! Wir haben zu tun!«

»Aber wo ist er? War er da oder nicht?«

Keiner schien sich dafür zu interessieren.

»Wo ist er denn? Ihr *müßt* es doch wissen!« rief sie dem Küchenchef entgegen, der ihr daraufhin eine Ohrfeige verpaßte. Wütend sah sie sich um.

Bernie, der Konditor, versuchte sie zu beruhigen, aber sie wollte nichts davon hören.

»Sie haben ihn erwischt! Diese Gobbler, man sollte sie fangen und umbringen! Ich hasse sie! Euch ist Roger doch ganz egal …«

»Lyra, wir alle haben Roger gern …«

»Ist doch nicht wahr, sonst würdet ihr sofort aufhören zu arbeiten und ihn suchen! Ich hasse euch!«

»Daß Roger nicht da ist, kann doch ein Dutzend Gründe haben. Sei doch vernünftig. Wir müssen das Abendessen machen und in weniger als einer Stunde servieren. Der Rektor hat in seiner Wohnung Gäste und wird dort essen, der Chef muß dafür sorgen, daß das Essen schnell zu ihm rüberkommt und nicht kalt wird. Und davon abgesehen, Lyra, das Leben geht weiter. Roger taucht ganz bestimmt wieder auf …«

Lyra stürmte aus der Küche. Auf dem Weg stieß sie einen Stapel silberner Abdeckhauben um und rannte dann, ohne das wütende Geschrei zu beachten, das hinter ihr ausbrach, die Treppe hinunter und über den Hof zwischen der Kapelle und dem Palmer-Turm zum Yaxley Quadrangle mit den ältesten Gebäuden des College.

Pantalaimon sprang ihr als kleiner Gepard voraus und

flog die Treppe hinauf bis ganz nach oben, wo sich Lyras Schlafzimmer befand. Lyra stieß die Tür auf, schleppte ihren wackligen Stuhl zum Fenster, machte es weit auf und kletterte hinaus. Dicht unter dem Fenster verlief eine breite, bleigefaßte Regenrinne aus Stein. Lyra stieg hinein, drehte sich um und kletterte die unebenen Dachziegel hinauf bis zum First. Dort öffnete sie den Mund und ließ einen Schrei ertönen. Pantalaimon, der sich auf dem Dach immer in einen Vogel verwandelte, umkreiste sie und schrie wie ein Rabe.

Der Abendhimmel war ein Meer zarter pfirsich-, aprikosen- und cremefarbener Sahnewölkchen auf einem weiten, orangefarbenen Himmel. Ringsherum ragten die Türme und Giebel von Oxford auf; im Westen und Osten erstreckten sich die Wälder von Château-Vert und White Ham. Irgendwo krächzten Raben und läuteten Glocken, und von den Ochsenställen her kündigte der stete Takt eines Gasmotors den Aufstieg des Abendzeppelins mit der Post für London an. Lyra beobachtete, wie er sich jenseits der Turmspitze der St. Michael's Chapel entfernte, zunächst noch so groß wie das oberste Glied ihres kleinen Fingers, wenn sie ihn auf Armlänge von sich wegstreckte, dann immer kleiner, bis er nur noch ein Punkt am perlmuttfarbenen Himmel war.

Sie wandte sich ab und sah in den dunkel werdenden Hof hinunter. Einzeln oder zu zweit strebten die schwarzgekleideten Gestalten der Wissenschaftler dem Speisesaal zu; ihre Dæmonen trotteten oder flatterten neben ihnen her oder hockten ruhig auf ihren Schultern. Im Speisesaal gingen die Lichter an; nach und nach begannen die bunten Glasfenster zu leuchten, als die Diener die Tische entlanggingen und die Naphthalampen anzündeten. Die Klingel des Stewards verkündete, daß es noch eine halbe Stunde bis zum Abendessen war.

Das war ihre Welt. Lyra wollte, daß sie in alle Ewigkeit so blieb, aber sie änderte sich, denn da draußen entführte jemand Kinder. Das Kinn in die Hände gestützt, saß sie auf dem Dachfirst.

»Wir müssen ihn retten, Pantalaimon«, sagte sie.

Er antwortete mit seiner krächzenden Rabenstimme vom Schornstein. »Das ist gefährlich.«

»Natürlich! Weiß ich doch.«

»Denk dran, wovon im Ruhezimmer die Rede war.«

»Wovon?«

»Von einem Kind in der Arktis. Einem Kind, das keinen Staub anzog.«

»Einem ganzen Kind, wie die Wissenschaftler sagten … Was heißt das?«

»Vielleicht haben sie mit Roger, den Gyptern und den anderen Kindern dasselbe vor.«

»Was?«

»Naja, was bedeutet *ganz?*«

»Weiß ich doch nicht. Wahrscheinlich schneiden sie sie in der Mitte auseinander. Ich glaube, sie machen sie zu Sklaven. Das wäre viel nützlicher. Wahrscheinlich haben sie da oben Minen. Uranminen für Atomkraftwerke. Ich wette, das ist es. Und wenn sie Erwachsene in die Minen schicken, sind sie tot, also nehmen sie lieber Kinder, weil die weniger kosten. Das machen sie mit Roger.«

»Ich glaube …«

Aber was Pantalaimon glaubte, mußte warten, denn in diesem Augenblick begann von unten jemand zu rufen.

»Lyra! Lyra! Komm sofort runter!«

Jemand schlug an den Fensterrahmen. Lyra kannte die ungeduldige Stimme: Sie gehörte Mrs. Lonsdale, der Haushälterin. Vor ihr gab es kein Versteck.

Mit ärgerlichem Gesicht rutschte Lyra das Dach hinunter und in die Regenrinne und stieg wieder durch das Fenster. Mrs. Lonsdale ließ gerade Wasser in das kleine, schartige Waschbecken laufen, und die Wasserrohre stöhnten und hämmerten.

»Wie oft ich dir schon gesagt habe, du sollst nicht aufs Dach klettern … Sieh dich an! Sieh deinen Rock an – schmutzig von oben bis unten! Zieh ihn sofort aus und wasch dich, während ich nach etwas Anständigem zum Anziehen suche, das nicht zerrissen ist. Warum mußt du dich auch immer schmutzig machen …«

Lyra war so beleidigt, daß sie gar nicht fragte, warum sie sich waschen und umziehen sollte, und Erwachsene begründeten nie etwas freiwillig. Sie zog sich das Kleid über den Kopf, ließ es auf das schmale Bett fallen und begann lustlos, sich zu waschen, während Pantalaimon in Gestalt eines Kanarienvogels auf Mrs. Lonsdales Dæmon, einen stattlichen Retriever, zuhüpfte und vergeblich versuchte, ihn zu ärgern.

»Sieh dir diese Kleider an. Du hast seit Wochen nichts mehr aufgehängt! Sieh nur die Falten in diesem ...«

Sieh dies, sieh das ... Lyra wollte gar nichts sehen. Sie schloß die Augen und trocknete sich mit dem dünnen Handtuch das Gesicht ab.

»Dann mußt du es eben anziehen, wie es ist. Zeit zum Bügeln haben wir nicht mehr. Ach du meine Güte, Mädchen, deine *Knie* – sieh sie dir an ...«

»Ich will überhaupt nichts sehen«, murmelte Lyra.

Mrs. Lonsdale gab ihr einen Klaps auf das Bein. »Du wäschst dich«, sagte sie streng, »bis du ganz sauber bist.«

»Warum denn?« fragte Lyra. »Ich wasche meine Knie doch sonst auch nie. Niemand sieht sie. Wozu muß ich das alles tun? Dir ist Roger ja auch egal, genauso wie denen aus der Küche. Ich bin die einzige, die ...«

Sie bekam einen Klaps auf das andere Bein.

»Hör auf mit dem Unsinn. Ich bin eine Parslow, genau wie Rogers Vater. Er ist mein Cousin zweiten Grades. Ich wette, du weißt das nicht, weil du natürlich nie gefragt hast, mein Fräulein. Ich wette, du wärst nie von selbst darauf gekommen. Also wirf mir nicht vor, der Junge wäre mir egal. Weiß Gott, ich sorge mich ja sogar um dich, obwohl du das eigentlich nicht verdienst und nur undankbar bist.«

Sie griff nach dem Waschlappen und rubbelte Lyras Knie so heftig damit ab, daß die Haut schließlich rot und wund, aber sauber war.

»Der Grund für das Waschen ist, daß du mit dem Rektor und seinen Gästen zu Abend essen wirst. Ich bete zu Gott, du benimmst dich anständig. Sprich nur, wenn du angesprochen wirst, sei höflich und nett und lächle freundlich.

Und daß du mir nicht *Weiß nich* sagst, wenn man dich etwas fragt.«

Mrs. Lonsdale zog das beste Kleid, das sie hatte finden können, über Lyras mageren Körper und zupfte daran, bis es glatt hing. Dann fischte sie aus dem Chaos einer Schublade ein rotes Band und kämmte Lyras Haare mit einer groben Bürste.

»Wenn ich früher davon erfahren hätte, hätte ich deine Haare gründlich gewaschen. Tja, zu spät. Solange man nicht zu genau hinsieht ... So, jetzt steh gerade. Wo sind deine Lackschuhe?«

Fünf Minuten später klopfte Lyra an die Tür der Rektorswohnung, die in einem weitläufigen und etwas düsteren Haus lag, das sich zum Yaxley Quadrangle hin öffnete und mit der Rückseite an den Garten der Bibliothek grenzte. Pantalaimon, zur Feier des Tages ein Hermelin, rieb sich an ihrem Bein. Die Tür wurde von Cousins, dem Diener des Rektors, geöffnet, einem alten Feind Lyras, der freilich genauso wie sie wußte, daß bis auf weiteres Waffenstillstand zwischen ihnen herrschte. »Mrs. Lonsdale sagte, ich solle kommen«, sagte Lyra.

»Ja«, nickte Cousins und trat zur Seite. »Der Rektor ist im Salon.«

Er führte Lyra in ein großes Zimmer mit Blick in den Bibliotheksgarten. Die Abendsonne schien durch die Lücke zwischen Bibliothek und Palmer-Turm herein und beleuchtete die schweren Bilder und das düstere Silber, das der Rektor sammelte. Sie schien auch auf die Gäste, und jetzt verstand Lyra, warum sie nicht im Speisesaal aßen: Drei der Gäste waren Frauen.

»Ah, Lyra«, sagte der Rektor, »schön, daß du kommen konntest. Cousins, bringen Sie Lyra etwas zu trinken. Dame Hannah, ich glaube nicht, daß Sie Lyra kennen ... Lord Asriels Nichte, wie Sie vielleicht wissen.«

Dame Hannah Relf, eine ältere, grauhaarige Frau, deren Dæmon ein Krallenaffe war, leitete eines der Frauen-Colleges. Lyra gab ihr so höflich, wie sie konnte, die Hand, dann wurde sie den anderen Gästen vorgestellt, die wie Dame

Hannah Wissenschaftler anderer Colleges waren und damit für Lyra völlig uninteressant. Dann kam der Rektor zu seinem letzten Gast.

»Mrs. Coulter«, sagte er, »das ist unsere Lyra. Lyra, komm und sage Mrs. Coulter guten Tag.«

»Guten Tag, Lyra«, sagte Mrs. Coulter.

Sie war wunderschön und jung. Schwarzglänzendes Haar umrahmte ihre Wangen, und ihr Dæmon war ein goldener Affe.

Vier

Das Alethiometer

»Ich hoffe, du sitzt beim Essen neben mir«, sagte Mrs. Coulter und machte auf dem Sofa Platz für Lyra. »Ich bin vornehme Rektorswohnungen nämlich nicht gewohnt. Du mußt mir zeigen, welches Messer und welche Gabel ich nehmen muß.«

»Sind Sie Wissenschaftlerin?« fragte Lyra. Als Angehörige von Jordan betrachtete sie weibliche Wissenschaftler mit Verachtung: Es gab sie zwar, die armen Dinger, aber man konnte sie genausowenig ernst nehmen wie aufgeputzte, dressierte Tiere. Mrs. Coulter allerdings glich den Wissenschaftlerinnen, die Lyra kannte, nicht im entferntesten und schon gar nicht den beiden anderen geladenen Frauen, zwei ernsten, älteren Damen. Schon ganz unter dem Bann von Mrs. Coulters Ausstrahlung, erwartete Lyra von vornherein ein Nein auf ihre Frage. Sie konnte kaum die Augen von ihr abwenden.

»Eigentlich nicht«, sagte Mrs. Coulter. »Ich bin zwar Mitglied von Dame Hannahs College, aber ich arbeite überwiegend außerhalb von Oxford ... Aber erzähle mir von dir, Lyra. Lebst du schon immer hier in Jordan College?«

In fünf Minuten hatte Lyra alles über ihr wildes Leben erzählt, über die Klettertouren über die Dächer, über die Kämpfe in den Lehmgruben, darüber, wie sie und Roger einmal einen Raben gefangen und gebraten hatten, über ihren Plan, ein Flußboot von den Gyptern zu kapern und damit nach Abingdon zu fahren, und so weiter. Lyra erzählte ihr sogar, nach einem Blick auf die anderen Gäste, mit gesenkter Stimme, was sie und Roger mit den Schädeln in der Krypta angestellt hatten.

»Und die Geister kamen wirklich, sie kamen ohne ihre Köpfe in mein Schlafzimmer! Sie konnten nicht sprechen, sondern nur eine Art gurgelndes Geräusch machen, aber ich wußte genau, was sie wollten. Gleich am nächsten Tag stieg ich wieder hinunter und legte die Münzen zurück. Wahrscheinlich hätten sie mich sonst umgebracht.«

»Du hast wohl gar keine Angst vor Gefahr, oder?« fragte Mrs. Coulter bewundernd. Inzwischen war das Essen aufgetragen worden, und sie saßen, wie Mrs. Coulter gehofft hatte, nebeneinander. Den Bibliothekar auf ihrer anderen Seite beachtete Lyra überhaupt nicht; sie sprach die ganze Mahlzeit über nur mit Mrs. Coulter.

Als die Damen sich zum Kaffee zurückzogen, fragte Dame Hannah: »Sag mal, Lyra – kommst du eigentlich bald in die Schule?«

Lyra sah sie verständnislos an. »Ich – ich weiß nicht«, erwiderte sie. »Wahrscheinlich nicht«, fügte sie sicherheitshalber hinzu. Und dann sagte sie noch artig: »Ich möchte auch keine Umstände machen. Oder Geld kosten. Es ist wohl besser, ich bleibe hier in Jordan und die Wissenschaftler unterrichten mich, wenn sie gerade Zeit haben. Die sind ja sowieso hier, da kosten sie wahrscheinlich nichts.«

»Und hat dein Onkel Asriel irgendwelche Pläne mit dir?« fragte die andere Frau, die Wissenschaftlerin am anderen Frauen-College war.

»Ja«, sagte Lyra, »das nehme ich schon an. Aber nicht die Schule. Er will mich in den Norden mitnehmen, wenn er das nächstemal hinfährt.«

»Das hat er mir auch gesagt«, sagte Mrs. Coulter.

Lyra starrte sie erstaunt an. Die beiden Wissenschaftlerinnen zuckten kaum merklich zusammen, während ihre Dæmonen, ob nun gut erzogen oder einfach träge, einander lediglich für einen Moment ansahen.

»Ich habe ihn im Royal Arctic Institute kennengelernt«, fuhr Mrs. Coulter fort. »Übrigens bin ich heute abend auch aufgrund dieser Begegnung hier.«

»Machen Sie auch Entdeckungsreisen?« fragte Lyra.

»In gewisser Weise, ja. Ich war bereits mehrere Male im Norden. Letztes Jahr habe ich drei Monate auf Grönland verbracht und Beobachtungen der Aurora angestellt.«

Das war genug: von nun an existierte nichts und niemand anders mehr für Lyra. Anbetend hing ihr Blick an Mrs. Coulter, und sie lauschte mit stummer Begeisterung, wie diese Iglus gebaut, Seehunde gejagt und mit den lappländischen Hexen verhandelt hatte. Die beiden Wissenschaftlerinnen hatten nichts ähnlich Aufregendes zu berichten und schwiegen, bis die Männer hereinkamen.

Später, als die Gäste sich verabschiedeten, sagte der Rektor: »Bleib noch da, Lyra. Ich möchte kurz etwas mit dir besprechen. Setz dich in mein Arbeitszimmer und warte auf mich.«

Verwundert, müde und aufgedreht gehorchte Lyra. Cousins, der Diener des Rektors, führte sie in das Arbeitszimmer. Die Tür ließ er demonstrativ offen, damit er vom Flur aus sehen konnte, was sie machte, während er den Gästen in ihre Mäntel half. Lyra hielt nach Mrs. Coulter Ausschau, sah sie aber nicht mehr, und dann trat der Rektor ins Zimmer und schloß die Tür.

Schwer ließ er sich in den Sessel am Feuer fallen. Sein Dæmon flog auf die Lehne und setzte sich neben seinen Kopf, die alten Augen unter den schweren Lidern waren auf Lyra gerichtet. Die Lampe zischte leise. Dann sprach der Rektor.

»Also Lyra, du hast dich mit Mrs. Coulter unterhalten. War es interessant?«

»Ja!«

»Sie ist eine bemerkenswerte Dame.«

»Sie ist toll. Sie ist der tollste Mensch, den ich kenne.«

Der Rektor seufzte. In seinem schwarzen Anzug und der schwarzen Krawatte sah er seinem Dæmon zum Verwechseln ähnlich, und Lyra mußte auf einmal daran denken, daß man ihn womöglich schon bald in der Krypta unter dem Bethaus begraben würde; ein Künstler würde das Bild seines Dæmons auf die Messingplakette des Sarges gravieren, und darunter würden nebeneinander die beiden Namen stehen.

»Ich hätte schon früher mit dir reden sollen, Lyra«, fuhr der Rektor schließlich fort. »Ich hatte es fest vor, aber jetzt scheint die Zeit knapper, als ich dachte. Du hast in Jordan ein behütetes Leben geführt, Liebes. Ich glaube, du warst glücklich. Es war nicht leicht für dich, uns zu gehorchen, aber wir haben dich sehr lieb, und du bist ein gutes Kind. Du hast ein aufrichtiges Herz, bist ein großes Mädchen, und du weißt, was du willst. Das alles wirst du brauchen. In der Welt draußen geschehen Dinge, vor denen ich dich gerne beschützt hätte – ich meine, indem ich dich hier in Jordan behalte –, aber das ist nun nicht länger möglich.«

Lyra starrte den Rektor verständnislos an. Wollte man sie wegschicken?

»Du weißt, daß du eines Tages zur Schule gehen mußt«, fuhr der Rektor fort. »Zwar haben wir dich hier in einigen Dingen unterrichtet, aber weder gut noch systematisch. Was wir hier wissen, ist etwas anderes. Du mußt Dinge lernen, die ältere Männer dir nicht beibringen können, zumal in deinem Alter. Das hast du sicher auch schon gemerkt. Außerdem bist du nicht das Kind eines Dieners; deshalb konnten wir dich nicht in eine Familie aus der Stadt geben, damit sie dich großzieht. Eine solche Familie hätte in mancher Hinsicht für dich sorgen können, aber du hast auch noch andere Bedürfnisse. Was ich also sagen will, Lyra, ist, daß der Teil deines Lebens, den du in Jordan College verbracht hast, sich dem Ende nähert.«

»Nein«, sagte sie, »nein, ich will nicht von Jordan weg. Mir gefällt es hier. Ich will immer hier bleiben.«

»Wenn man jung ist, glaubt man, daß alles ewig dauert. Leider ist es nicht so. Lyra, es dauert höchstens noch ein paar Jahre, und du bist kein Kind mehr, sondern eine junge Frau. Eine junge Dame. Und glaube mir, dann wird es dir in Jordan College überhaupt nicht mehr gefallen.«

»Aber es ist mein Zuhause!«

»Es war dein Zuhause. Jetzt brauchst du etwas anderes.«

»Aber nicht die Schule. Ich geh nicht zur Schule.«

»Du brauchst weibliche Gesellschaft. Die Anleitung einer Frau.«

Bei dem Wort *weiblich* mußte Lyra sofort an Wissenschaftlerinnen denken, und sie schnitt unwillkürlich eine Grimasse. Das berühmte College verlassen zu müssen, seinen Glanz und seine berühmten Gelehrten, um in ein schäbiges, aus Ziegeln erbautes Internat im Norden Oxfords zu ziehen, wo langweilige Lehrerinnen unterrichteten, die wie die beiden Wissenschaftlerinnen beim Abendessen nach Kohl und Mottenkugeln rochen!

Der Rektor sah ihr Gesicht und Pantalaimons rot blitzende Iltisaugen.

»Und wenn diese Frau Mrs. Coulter wäre?«

Schlagartig verwandelten sich die braunen Borsten von Pantalaimons Fell in weißen Flaum. Lyra riß die Augen auf.

»Wirklich?«

»Sie ist zufällig mit Lord Asriel bekannt. Deinem Onkel liegt dein Wohl natürlich sehr am Herzen, und als Mrs. Coulter von dir hörte, bot sie sofort ihre Hilfe an. Es gibt übrigens keinen Mr. Coulter, sie ist Witwe. Ihr Mann starb bei einem tragischen Unfall vor einigen Jahren. Denk bitte daran, ehe du sie fragst.«

Lyra nickte eifrig. Dann sagte sie: »Und sie will sich wirklich … um mich kümmern?«

»Hättest du das gern?«

»Ja!«

Sie konnte kaum noch stillsitzen. Der Rektor lächelte. Er lächelte so selten, daß er ganz außer Übung war, und wer ihn gesehen hätte – Lyra hatte dafür jetzt keinen Blick –, hätte es eher für eine traurige Grimasse gehalten.

»Ja, dann holen wir sie doch herein und besprechen das mit ihr«, sagte er.

Er ging aus dem Zimmer, und als er wenige Augenblicke später mit Mrs. Coulter zurückkehrte, war Lyra aufgestanden, weil sie vor Aufregung nicht mehr sitzen konnte. Mrs. Coulter lächelte, und ihr Dæmon entblößte seine weißen Zähne zu einem koboldhaften Grinsen. Als Mrs. Coulter auf dem Weg zum Sessel an Lyra vorbeikam, strich sie ihr kurz über die Haare, und Lyra spürte, wie es sie warm durchlief, und wurde rot.

Der Rektor schenkte Mrs. Coulter ein Glas Branntwijn ein, dann sagte sie: »Dann bekomme ich also eine Assistentin, Lyra, ja?«

»Ja«, sagte Lyra nur. Sie hätte zu allem ja gesagt.

»Es gibt viel Arbeit, für die ich Hilfe brauche.«

»Ich kann viel arbeiten!«

»Und vielleicht müssen wir auch reisen.«

»Das macht mir nichts. Ich komme überallhin mit.«

»Aber es könnte gefährlich sein. Vielleicht müssen wir in den Norden.«

Lyra war sprachlos. Schließlich fand sie ihre Stimme wieder. »Bald?«

Mrs. Coulter lachte und sagte: »Möglich. Aber du wirst sehr hart dafür arbeiten müssen. Du mußt Mathematik, Navigation und Himmelsgeographie lernen.«

»Werden *Sie* mich unterrichten?«

»Ja. Und du wirst mir bei meinen Aufzeichnungen helfen, meine Unterlagen für mich ordnen, verschiedene grundlegende Berechnungen anstellen und so weiter. Und wir werden einige wichtige Leute besuchen, wir müssen also ein paar schöne Kleider für dich kaufen. Du mußt eine Menge lernen, Lyra.«

»Das macht nichts. Ich will alles lernen.«

»Natürlich willst du das. Wenn du nach Jordan College zurückkommst, wirst du eine berühmte, weitgereiste Frau sein. Morgen müssen wir in aller Frühe aufbrechen, mit dem ersten Morgenzeppelin, deshalb gehst du jetzt besser gleich ins Bett. Dann also bis zum Frühstück. Gute Nacht!«

»Gute Nacht«, sagte Lyra. An der Tür fiel ihr eine der wenigen Umgangsformen ein, die sie gelernt hatte, und sie drehte sich noch einmal um. »Gute Nacht, Rektor.«

Er nickte. »Schlaf gut.«

»Und danke«, fügte Lyra an Mrs. Coulter gewandt hinzu.

Sie schlief dann schließlich doch ein, obwohl Pantalaimon erst Ruhe gab, als sie ihn anfuhr, worauf er sich gekränkt in einen Igel verwandelte. Es war noch dunkel, als jemand sie wachrüttelte.

»Lyra – pst! – erschrecke nicht – wach auf, Kind.«

Es war Mrs. Lonsdale. In der Hand eine Kerze, stand sie über Lyra gebeugt und sprach ruhig auf sie ein, während sie sie zugleich mit ihrer freien Hand festhielt.

»Hör zu. Der Rektor will dich sprechen, bevor ihr mit Mrs. Coulter frühstückt. Steh schnell auf und renn zu ihm hinüber. Geh in den Garten und klopfe an die Terrassentür des Arbeitszimmers. Hast du verstanden?«

Hellwach und verwirrt nickte Lyra und schlüpfte barfuß in die Schuhe, die Mrs. Lonsdale vor sie hinstellte.

»Du brauchst dich nicht zu waschen – das reicht später noch. Geh gleich runter und komm sofort wieder. Ich packe inzwischen deine Sachen und lege dir Kleider hin. Jetzt mach schnell.«

Der Hof lag dunkel da. Die Nachtluft war kühl, und am Himmel waren noch die letzten Sterne zu sehen, aber im Osten über dem Speisesaal kündigte bereits ein heller Schein den Morgen an. Lyra rannte in den Garten hinter der Bibliothek. Dort blieb sie einen Augenblick stehen, sog die tiefe Stille um sich ein und sah zu den steinernen Fialen der Kapelle, der perlmuttgrünen Kuppel des Sheldon-Gebäudes und der weiß gestrichenen Laterne der Bibliothek hinauf. All das mußte sie jetzt verlassen. Ob sie es sehr vermissen würde?

Hinter dem Fenster des Arbeitszimmers bewegte sich etwas, und einen kurzen Augenblick drang ein Lichtschein nach außen. Lyra fiel ein, warum sie gekommen war, und sie klopfte leise an die Glastür. Die Tür ging fast sofort auf.

»Gutes Kind«, sagte der Rektor. »Komm schnell rein, wir haben nicht viel Zeit.« Sobald sie hineingeschlüpft war, zog er die Vorhänge wieder vor die Tür. Er war vollständig angezogen, wie üblich in Schwarz.

»Reise ich doch nicht ab?« fragte Lyra.

»Doch, ich kann es nicht verhindern«, erwiderte der Rektor, und Lyra fiel in ihrer Aufregung gar nicht auf, wie seltsam diese Worte waren. »Lyra, ich gebe dir jetzt etwas, aber du darfst niemandem davon erzählen. Versprichst du mir das ganz fest?«

»Ja«, sagte Lyra.

Er ging zum Schreibtisch und nahm aus einer Schublade ein kleines, in schwarzen Samt gewickeltes Päckchen. Er wickelte es aus, und zum Vorschein kam ein Gegenstand, der aussah wie eine große Armbanduhr, eine dicke Scheibe aus Messing und Kristall. Es hätte ein Kompaß oder etwas Derartiges sein können.

»Was ist das?« fragte sie.

»Ein Alethiometer, eins der sechs, die je gemacht wurden. Lyra, ich bitte dich noch einmal: Sage niemandem etwas davon. Auch Mrs. Coulter darf nichts davon wissen. Dein Onkel ...«

»Aber wozu ist das gut?«

»Es sagt dir die Wahrheit. Wie man es liest, mußt du allerdings selbst herausfinden. Jetzt geh – draußen wird es hell – geh schnell in dein Zimmer zurück, bevor dich jemand sieht.«

Er faltete den Samt wieder über dem Instrument zusammen und drückte es Lyra in die Hand. Es war erstaunlich schwer. Dann nahm er ihr Gesicht in beide Hände und hielt es einen Augenblick sanft fest.

Sie versuchte, zu ihm aufzusehen und fragte: »Was wolltest du über Onkel Asriel sagen?«

»Dein Onkel hat das Alethiometer vor einigen Jahren dem College geschenkt. Vielleicht hat er ...«

Bevor er den Satz beenden konnte, ertönte ein leises, aber dringliches Klopfen an der Tür. Lyra spürte, wie seine Hände unwillkürlich zuckten.

»Schnell jetzt, Kind«, sagte er ruhig. »Die Mächte dieser Welt sind stark. Männer und Frauen sind Gezeiten ausgeliefert, die viel gewaltiger sind, als du dir vorstellen kannst, und ihr Sog zieht uns alle in die Strömung hinein. Leb wohl, Lyra, und alles Gute, Kind, alles Gute. Paß auf dich auf.«

»Danke, Rektor«, sagte sie artig.

Das Päckchen an die Brust gedrückt, verließ sie das Arbeitszimmer durch die Gartentür. Als sie sich noch einmal kurz umdrehte, saß der Dæmon des Rektors auf dem Fenstersims und blickte ihr nach. Draußen wehte ein frischer Luftzug.

»Was hast du da?« fragte Mrs. Lonsdale und drückte den ramponierten kleinen Koffer mit einem Klicken zu.

»Das hat der Rektor mir gegeben. Paßt es nicht mehr in den Koffer?«

»Zu spät, ich mache ihn jetzt nicht mehr auf. Steck es in die Manteltasche, egal, was es ist. Und jetzt marsch in den Speisesaal. Laß die anderen nicht warten ...«

Erst später, nachdem sie sich von den wenigen Dienern, die schon auf waren, und von Mrs. Lonsdale verabschiedet hatte, fiel ihr Roger ein. Sie bekam ein schlechtes Gewissen, weil sie seit der Begegnung mit Mrs. Coulter kein einziges Mal an ihn gedacht hatte. Wie schnell alles passiert war.

Und jetzt war sie auf dem Weg nach London, auf einem Fensterplatz im Zeppelin, und Pantalaimons Hermelinpfoten mit ihren scharfen kleinen Krallen bohrten sich in ihre Schenkel, während er die Vorderpfoten an die Scheibe stützte, um hinauszusehen. Auf der anderen Seite von Lyra saß Mrs. Coulter. Sie las zunächst noch in einigen Papieren, legte sie allerdings bald weg, um sich mit Lyra zu unterhalten. Wie brillant sie redete! Lyra war wie berauscht.

Diesmal war das Thema nicht der Norden, sondern London mit seinen Restaurants und Ballsälen, den abendlichen Empfängen in Botschaften und Ministerien und den Intrigen zwischen White Hall und Westminster. All das faszinierte Lyra fast noch mehr als die Landschaft, die unter ihnen dahinglitt. Was Mrs. Coulter sagte, war so erwachsen, so aufregend und verlockend zugleich; aus ihren Worten sprach der Glanz der großen Welt.

Dann die Landung in Falkeshall Gardens, die Fahrt mit dem Boot über den breiten, braunen Fluß, das imposante Gebäude am anderen Ufer mit dem livrierten Pförtner, der Mrs. Coulter grüßte und Lyra zuzwinkerte, die sprachlos zu ihm hinaufstarrte ...

Und dann die Wohnung …

Lyra schnappte nach Luft.

Sie hatte in ihrem kurzen Leben schon viele schöne Dinge gesehen, aber es war immer die Schönheit von Jordan College, von Oxford gewesen – großartig, steinern und männlich. In Jordan College war zwar vieles prächtig, aber nichts hübsch. In Mrs. Coulters Wohnung war dagegen alles hübsch. Die Zimmer waren lichtdurchflutet, denn die breiten Fenster gingen nach Süden, und die Wände waren mit feinen, gold-weiß gestreiften Tapeten bedeckt. Dazu kamen wunderschöne Bilder in goldenen Rahmen, ein antiker Spiegel, originelle Wandlampen mit anbarischen Birnen unter fransengesäumten Schirmen, Kissen, die ebenfalls mit Fransen besetzt waren, Volants mit Blumenmustern über den Gardinenstangen und auf dem Boden ein lindgrüner Teppich mit Blattmuster. Und auf jeder verfügbaren freien Fläche, so schien es Lyras unschuldigem Auge, standen verspielte kleine Kästchen, Schäferinnen und Harlekins aus Porzellan.

Mrs. Coulter lächelte, als sie Lyra sah.

»Ja, Lyra«, sagte sie, »ich muß dir so viel zeigen! Zieh den Mantel aus und komm mit ins Bad. Dort kannst du dich waschen, und dann essen wir etwas und gehen einkaufen …«

Das Badezimmer war ein weiteres Wunder. Lyra war es gewohnt, sich mit harter, gelber Seife zu waschen, an einem zerkratzten Waschbecken, aus dessen Hähnen bestenfalls lauwarmes Wasser kam, oft braun vor Rost. Hier dagegen war das Wasser heiß, die Seife rosarot und duftend und die Handtücher dick und flauschig. Um den Spiegel aus Rauchglas liefen kleine rosa Lämpchen, so daß Lyra jedesmal, wenn sie hineinsah, in dem weichen Licht ein Gesicht erblickte, das der Lyra, die sie kannte, überhaupt nicht ähnelte.

Pantalaimon, der Mrs. Coulters Dæmon nachahmte und sich in einen Affen verwandelt hatte, hockte auf der Kante des Waschbeckens und schnitt Grimassen. Lyra schubste ihn in das seifige Wasser, und dann fiel ihr plötzlich das Alethiometer in ihrer Manteltasche ein. Sie hatte den Mantel auf einem Stuhl im anderen Zimmer liegenlassen. Dabei hatte sie dem Rektor versprochen, das Instrument auch vor Mrs. Coulter geheimzuhalten …

Alles war so verwirrend! Mrs. Coulter war so nett und klug, wohingegen Lyra mit eigenen Augen gesehen hatte, wie der Rektor versucht hatte, ihren Onkel zu vergiften. Wem schuldete sie mehr Gehorsam?

Sie trocknete sich hastig ab und eilte ins Wohnzimmer zurück. Natürlich lag ihr Mantel noch unberührt an derselben Stelle.

»Fertig?« fragte Mrs. Coulter. »Ich schlage vor, wir essen im Royal Arctic Institute zu Mittag. Ich bin eines der ganz wenigen weiblichen Mitglieder des Instituts, ich kann meine Privilegien also ruhig einmal in Anspruch nehmen.«

Ein zwanzigminütiger Spaziergang brachte sie zu einem Gebäude mit einer imposanten steinernen Fassade. Dort saßen sie in einem weitläufigen Speisesaal, dessen Tische mit schneeweißen Tischtüchern und glänzendem Silber gedeckt waren, und aßen Kalbsleber und Speck.

»Gegen Kalbsleber ist nichts einzuwenden«, sagte Mrs. Coulter, »und auch nicht gegen Seehundleber. Aber wenn du in der Arktis Hunger hast, darfst du auf keinen Fall Bärenleber essen. Die ist so giftig, daß du in wenigen Minuten daran stirbst.«

Während des Essens machte Mrs. Coulter Lyra auf einige Institutsmitglieder an den anderen Tischen aufmerksam.

»Siehst du den älteren Herrn mit der roten Krawatte? Das ist Colonel Carborn. Er war der erste, der mit einem Ballon über den Nordpol geflogen ist. Und der große Mann am Fenster, der gerade aufsteht, ist Dr. Broken Arrow.«

»Ist er ein Skräling?«

»Ja. Er hat die Meeresströmungen im Großen Nordmeer vermessen …«

Lyra sah sie sich mit einer Mischung aus Neugier und Ehrfurcht genau an, die großen Männer. Natürlich waren sie Wissenschaftler, aber zugleich Entdecker. Dr. Broken Arrow wußte das mit der Bärenleber sicher auch, während Lyra bezweifelte, daß der Bibliothekar von Jordan College es wußte.

Nach dem Essen zeigte Mrs. Coulter Lyra einige der wertvollen arktischen Exponate der Institutsbibliothek – die Harpune, mit der man den legendären Wal Grimssdur getötet hatte, den Stein mit der Inschrift in einer unbekannten Sprache, den man in der Hand des einsam in seinem Zelt erfrorenen Entdeckers Lord Rukh gefunden hatte, und den Feuerschläger, den Captain Hudson auf seiner berühmten Reise nach Van-Tierens-Land benutzt hatte. Zu jedem Gegenstand erzählte Mrs. Coulter die entsprechende Geschichte, und Lyras Herz schlug höher, wenn sie an die tapferen Helden jener fernen Welt dachte.

Dann gingen sie einkaufen. Alles an diesem außergewöhnlichen Tag war neu für Lyra, aber das Einkaufen war der Höhepunkt. In ein riesiges Kaufhaus voller schöner Kleider zu gehen, die man alle anprobieren durfte und wo man sich im Spiegel ansehen konnte … Und ein Kleid schöner als das andere … Bisher hatte immer Mrs. Lonsdale Lyras Kleider ausgesucht, Kleider, die oft gebraucht und vielfach geflickt waren. Lyra hatte fast nie etwas Neues bekommen, und wenn doch, dann weil es praktisch war, nicht weil es gut aussah. Selbst hatte sie nie auswählen dürfen. Und jetzt zeigte ihr Mrs. Coulter dies und lobte das und zahlte für alles und mehr …

Als sie fertig waren, war Lyra rot im Gesicht und hatte glänzende Augen vor Müdigkeit. Mrs. Coulter ließ die meisten Kleider einpacken und nachschicken und nahm nur ein, zwei Dinge gleich mit.

Zurück in der Wohnung, folgte ein Bad mit dickem, duftendem Schaum. Mrs. Coulter kam ins Badezimmer, um Lyra die Haare zu waschen, aber sie rieb und kratzte dabei nicht wie Mrs. Lonsdale. Sie war ganz sanft. Pantalaimon sah mit unbezähmbarer Neugier zu, bis Mrs. Coulter ihn ansah und er verstand und gesittet die Augen vor den weiblichen Geheimnissen niederschlug, wie es auch der goldene Affe tat. Bisher hatte er bei Lyra nie wegsehen müssen.

Nach dem Bad bekam sie ein warmes Getränk aus Milch und Kräutern, ein neues Flanellnachthemd mit aufgedruckten Blumen und Festons und Pantoffeln aus taubenblau gefärbtem Schaffell. Und dann das Bett.

Wie weich es war, dieses Bett! Und das sanfte anbarische Licht der Nachttischlampe! Und das Schlafzimmer so gemütlich mit kleinen Schränken, einem Ankleidetisch und einer Kommode für die neuen Kleider, einem Teppich, der den ganzen Boden bedeckte, und hübschen Vorhängen mit Sternen, Monden und Planeten! Lyra lag ganz steif da, zu müde zum Schlafen und so überwältigt, daß sie alles über sich ergehen ließ.

Als Mrs. Coulter ihr leise gute Nacht gewünscht hatte und hinausgegangen war, zupfte Pantalaimon an Lyras Haaren. Sie schubste ihn weg, aber er flüsterte: »Wo ist das Ding?«

Lyra wußte sofort, was er meinte; ihr alter schäbiger Mantel hing noch immer in der Garderobe. Wenige Sekunden später war sie wieder im Bett. Mit gekreuzten Beinen saß sie im Licht der Lampe, und Pantalaimon verfolgte aufmerksam, wie sie den schwarzen Samt zurückschlug und sich ansah, was der Rektor ihr gegeben hatte.

»Wie hat er es genannt?« flüsterte sie.

»Alethiometer.«

Es war sinnlos, Pantalaimon zu fragen, was das bedeutete. Schwer lag das Instrument mit dem schimmernden Kristallglas und dem fein gearbeiteten Messinggehäuse in ihrer Hand. Es sah aus wie eine Uhr oder ein Kompaß, denn es hatte Zeiger, die auf dem Zifferblatt in verschiedene Richtungen zeigten, nur daß statt der Stunden oder Himmelsrichtungen verschiedene kleine Bilder zu sehen waren, gemalt mit außergewöhnlicher Präzision wie mit einem ganz feinen und dünnen Marderhaarpinsel auf Elfenbein. Lyra drehte das Instrument in der Hand, um die Bilder nacheinander anzusehen. Es gab einen Anker, eine Sanduhr mit einem Schädel darüber, einen Stier, einen Bienenstock … insgesamt sechsunddreißig Bilder, aber sie hatte keine Vorstellung, was sie bedeuteten.

»Sieh mal, da ist ein Rädchen«, sagte Pantalaimon. »Vielleicht kannst du das Ding damit aufziehen.«

Das Alethiometer hatte drei kleine, gerillte Rädchen, und jedes von ihnen bewegte einen der drei kürzeren Zeiger, die dann mit einem leisen, präzisen Klicken um die Anzeige fuhren. Man konnte sie auf ein beliebiges Bild richten, und wenn sie bei dem Bild einrasteten und exakt auf dessen Mitte zeigten, bewegten sie sich nicht mehr.

Der vierte Zeiger war länger und dünner und schien aus einem matteren Metall gemacht als die anderen. Seine Bewegung konnte Lyra überhaupt nicht beeinflussen; er schwang hierhin und dorthin wie eine Kompaßnadel, nur daß er sich nicht auf einen Punkt einpendelte.

»Meter bedeutet Messen«, sagte Pantalaimon. »Wie in Thermometer. Das hat der Kaplan gesagt.«

»Ja, das ist klar«, flüsterte Lyra zurück. »Aber wozu ist das Ding gut?«

Sie hatten beide keine Ahnung. Lyra verbrachte lange Zeit damit, die Zeiger auf verschiedene Symbole wie Engel, Helm, Delphin, Kugel, Laute, Zirkel, Kerze, Blitz und Pferd zu richten und zuzusehen, wie die lange Nadel unaufhörlich hierhin und dorthin schwang, und obwohl sie nichts verstand, war sie fasziniert und begeistert vom Detailreichtum des Instruments. Pantalaimon verwandelte sich in eine Maus, um die Nadel aus nächster Nähe betrachten zu können, die kleinen Pfoten auf den Rand der Kristallscheibe gestützt und die Knopfaugen schwarzglänzend vor Neugier.

»Was, glaubst du, wollte der Rektor über Onkel Asriel sagen?«

»Vielleicht, daß wir es sicher aufbewahren und ihm geben sollen.«

»Aber der Rektor wollte ihn vergiften! Vielleicht meinte er das Gegenteil. Vielleicht wollte er sagen, wir sollten es ihm nicht geben.«

»Nein«, sagte Pantalaimon, »wir sollen es von *ihr* fernhalten ...«

An der Tür klopfte es leise.

»Lyra«, sagte Mrs. Coulter, »ich würde das Licht ausmachen, wenn ich du wäre. Du bist müde, und wir haben morgen viel vor.«

Lyra hatte das Alethiometer mit einer schnellen Bewegung unter die Decke geschoben.

»In Ordnung, Mrs. Coulter«, sagte sie.

»Dann gute Nacht.«

»Gute Nacht.«

Sie kuschelte sich in die Decke und machte das Licht aus. Bevor sie einschlief, steckte sie noch das Alethiometer unter das Kopfkissen, nur für alle Fälle.

Fünf

Die Cocktailparty

In den folgenden Tagen begleitete Lyra Mrs. Coulter wie ein Dæmon überallhin. Mrs. Coulter kannte unendlich viele Leute, und sie begegneten ihnen an den verschiedensten Orten. Am Morgen hörte Lyra etwa bei einer Sitzung der Geographen des Royal Arctic Institute zu, zum Mittagessen war Mrs. Coulter dann in einem eleganten Restaurant mit einem Politiker oder Geistlichen verabredet. Alle waren entzückt von Lyra und bestellten ihr irgendwelche Leckereien, und sie lernte, wie man Spargel aß und wie Bries schmeckte. Am Nachmittag standen vielleicht weitere Einkäufe an, denn Mrs. Coulter brauchte für ihre Expedition Pelze, Ölzeug und wasserdichte Stiefel, ferner Schlafsäcke und Messer und, zu Lyras großen Begeisterung, Zeichenmaterial. Zum Tee traf man sich mit verschiedenen Damen, die genauso vornehm gekleidet waren wie Mrs. Coulter, wenn auch vielleicht nicht so schön oder gebildet; Frauen, die sich so sehr von den Wissenschaftlerinnen, gyptischen Bootsmüttern oder Collegeangestellten unterschieden, daß sie Lyra als ganz neues Geschlecht erschienen, ausgestattet mit verführerischen Kräften und Eigenschaften wie Eleganz, Charme und Anmut. Lyra wurde für diese Gelegenheiten fein herausgeputzt, und die Damen verwöhnten sie und schlossen sie in ihre geistreichen Gespräche ein, die ausschließlich um Menschen kreisten: um diesen Künstler, jenen Politiker und jenen Liebhaber.

Abends ging Mrs. Coulter mit Lyra etwa ins Theater, und

dort begegneten sie wieder zahlreichen faszinierenden Menschen, mit denen man sich unterhielt und von denen man sich bewundern ließ. Mrs. Coulter schien alle wichtigen Persönlichkeiten von London zu kennen.

In den Pausen zwischen all diesen Aktivitäten unterrichtete Mrs. Coulter Lyra in den Grundlagen der Geographie und Mathematik. Lyras Wissen hatte große Löcher, wie eine von Mäusen angeknabberte Weltkarte, denn sie hatte in Jordan keinen zusammenhängenden und systematischen Unterricht bekommen. Dort war ein junger Wissenschaftler beauftragt worden, sie einzufangen und in dem und dem Fach zu unterrichten, und die Unterrichtsstunden mochten sich eine langweilige Woche hinziehen, bis Lyra zur Erleichterung des Wissenschaftlers ›vergaß‹, zum Unterricht zu erscheinen. Oder der Wissenschaftler vergaß, in welchem Fach er Lyra unterrichten sollte, und nahm ausführlich das Thema seiner gegenwärtigen Forschungen durch, egal was das war. Es war kein Wunder, daß Lyras Wissen Stückwerk war. So wußte sie zwar von Atomen und Elementarteilchen, von anbaromagnetischen Ladungen und den vier Grundkräften und anderen vereinzelten Erscheinungen der experimentellen Theologie, aber nichts über das Sonnensystem. Als Mrs. Coulter ihr daraufhin erklärte, daß die Erde und fünf weitere Planeten sich um die Sonne drehten, hielt Lyra das für einen Witz und lachte laut.

Sie wollte jedoch unbedingt zeigen, daß sie manches auch wußte, und als Mrs. Coulter von Elektronen anfing, sagte sie fachmännisch: »Das sind negativ geladene Teilchen. Eine Art Staub, nur daß Staub nicht geladen ist.«

Sobald sie das gesagt hatte, fuhr der Kopf von Mrs. Coulters Dæmon hoch, und der Affe sah sie an, das goldene Fell gesträubt, als sei es selbst geladen. Mrs. Coulter legte ihm die Hand auf den Rücken.

»Staub?« sagte sie.

»Ja, Sie wissen schon, der Staub aus dem Weltraum.«

»Was weißt du davon, Lyra?«

»Och, er kommt also aus dem Weltraum und läßt die Menschen leuchten, wenn man eine Spezialkamera hat, mit der man das sehen kann. Nur Kinder nicht. Bei Kindern wirkt er nicht.«

»Woher weißt du das?«

Jetzt spürte auch Lyra die starke Spannung, die im Zimmer herrschte, denn Pantalaimon war in Gestalt eines Hermelins auf ihren Schoß gekrochen und zitterte heftig.

»Irgend jemand in Jordan«, sagte sie vage. »Ich weiß nicht mehr, wer. Ich glaube, es war einer der Wissenschaftler.«

»Hast du es im Unterricht gehört?«

»Ja, vielleicht. Oder ich habe es irgendwo aufgeschnappt. Ja, ich glaube, so war es. Dieser Wissenschaftler, ich glaube, er kam aus Neudänemark, er sprach mit dem Kaplan über Staub, und ich kam zufällig vorbei, und es klang interessant, also blieb ich stehen und hörte zu. So war es.«

»Ach so«, sagte Mrs. Coulter.

»Hat er mir das richtig erklärt? Oder habe ich es falsch verstanden?«

»Hm, keine Ahnung. Ich bin überzeugt, du kennst dich da viel besser aus als ich. Aber zurück zu den Elektronen ...«

Später sagte Pantalaimon: »Weißt du noch, wie sich das Fell ihres Dæmons sträubte? Ich stand hinter ihm, und sie griff so fest hinein, daß ihre Knöchel weiß hervortraten. Du konntest es nicht sehen. Sein Fell blieb ganz lange gesträubt, und ich dachte schon, er wollte dich anspringen.«

Es war seltsam, aber weder Lyra noch Pantalaimon wußten, was sie davon halten sollten.

Neben dem eigentlichen Unterricht lernte Lyra auch andere Dinge, aber auf so angenehme und geschickte Weise, daß sie es gar nicht als Unterricht empfand. Sie lernte, wie man sich die Haare wusch, welche Farben einem am besten standen, wie man etwas so charmant ablehnte, daß niemand gekränkt war, und wie man Lippenstift, Puder oder Parfüm auftrug. Mrs. Coulter sagte Lyra nicht, wie sie sich schminken sollte, aber sie wußte, daß Lyra sie beobachtete, wenn sie sich selbst zurechtmachte, und sie sorgte dafür, daß Lyra wußte, wo sie ihre Kosmetika aufbewahrte, und diese allein kennenlernen und ausprobieren konnte.

Die Zeit verging, und aus Herbst wurde Winter. Ab und zu dachte Lyra noch an Jordan College, aber es erschien ihr klein und ruhig im Vergleich zu dem geschäftigen Leben, das sie jetzt führte. Manchmal dachte sie auch mit leichten Gewissensbissen an Roger, aber dann stand ein Opernbesuch, ein neues Kleid oder ein Besuch im Royal Arctic Institute auf dem Programm, und sie vergaß ihn wieder.

Als ungefähr sechs Wochen vergangen waren, beschloß Mrs. Coulter, eine Cocktailparty zu veranstalten. Lyra hatte den Eindruck, daß es etwas zu feiern gab, obwohl Mrs. Coulter nicht sagte, was. Mrs. Coulter bestellte Blumen, sprach mit Lieferanten über Häppchen und Getränke und verbrachte einen ganzen Abend damit, zusammen mit Lyra die Gästeliste zu erstellen.

»Den Erzbischof müssen wir einladen. Ich kann mir nicht leisten, ihn zu übergehen, obwohl er ein entsetzlicher Snob ist. Lord Boreal ist in der Stadt; er ist amüsant. Und Prinzessin Postnikova. Findest du, wir sollten Erik Andersson einladen? Ich frage mich, ob es nicht an der Zeit ist, ihn aufzunehmen ...«

Erik Andersson war ein sehr gefragter Tänzer. Lyra hatte zwar keine Ahnung, was mit ›ihn aufnehmen‹ gemeint war, aber sie genoß es trotzdem, nach ihrer Meinung gefragt zu werden. Pflichtbewußt schrieb sie alle Namen auf, die Mrs. Coulter ihr vorschlug – ihre Rechtschreibung war fürchterlich –, und strich sie wieder durch, wenn Mrs. Coulter sich doch noch anders entschied.

Als Lyra an diesem Abend zu Bett ging, flüsterte Pantalaimon aus dem Kissen: »Sie wird nie in den Norden fahren! Sie behält uns für immer hier. Wann laufen wir weg?«

»Unsinn«, flüsterte Lyra zurück. »Du kannst sie nur nicht leiden. Dein Pech! Ich mag sie. Und warum sollte sie uns in Navigation und allem unterrichten, wenn sie nicht mit uns in den Norden fahren will?«

»Damit du nicht ungeduldig wirst, deshalb. In Wirklichkeit willst du doch gar nicht artig und brav auf dieser Cocktailparty herumstehen. Sie macht einen Schoßhund aus dir.«

Lyra drehte ihm den Rücken zu und schloß die Augen.

Doch Pantalaimon hatte recht. So großartig das gesellschaftliche Leben war, das sie führte, sie fühlte sich dadurch eingeengt und eingesperrt. Sie hätte alles für einen Tag mit ihren Oxforder Spielkameraden gegeben, für eine Schlacht in den Lehmgruben und ein Wettrennen entlang des Kanals. Nur die quälende Hoffnung auf eine Reise in den Norden ließ sie weiterhin höflich und aufmerksam zu Mrs. Coulter sein. Vielleicht begegneten sie dort Lord Asriel. Vielleicht verliebten er und Mrs. Coulter sich ineinander und heirateten und adoptierten Lyra, und dann würden sie Roger aus der Hand der Gobbler befreien.

Am Nachmittag der Cocktailparty ging Mrs. Coulter mit Lyra zu einem Modefriseur, der ihre widerspenstigen dunkelblonden Haare zu weichen Wellen fönte und ihre Fingernägel feilte und polierte; man zeigte ihr sogar, wie man etwas Make-up auf Augen und Lippen auftrug. Dann holten sie das neue Kleid ab, das Mrs. Coulter für Lyra bestellt hatte, und kauften ihr Lackschuhe, und dann war es auch schon Zeit, in die Wohnung zurückzukehren, nach den Blumenarrangements zu sehen und sich umzuziehen.

»Nicht die Umhängetasche, Liebes«, sagte Mrs. Coulter, als Lyra voller Stolz auf ihr schönes Aussehen aus dem Schlafzimmer kam.

Lyra hatte sich angewöhnt, eine kleine Umhängetasche aus weißem Leder überallhin mitzunehmen, um das Alethiometer immer in der Nähe zu haben. Mrs. Coulter zupfte gerade einige zu eng in eine Vase gestopfte Rosen zurecht. Als sie merkte, daß Lyra sich nicht bewegte, blickte sie demonstrativ zur Schlafzimmertür.

»Ach, bitte, Mrs. Coulter, ich mag die Tasche so!«

»Nicht in der Wohnung, Lyra. Es sieht absurd aus, bei sich zu Hause eine Umhängetasche zu tragen. Leg sie sofort weg und hilf mir dann mit den Gläsern ...«

Es war weniger ihr barscher Ton als die Formulierung ›bei sich zu Hause‹, die Lyras Starrsinn weckte. Pantalaimon flog auf den Boden, verwandelte sich augenblicklich in einen Iltis und drückte sich mit gekrümmtem Rücken an Lyras kurze, weiße Söckchen. Lyra fühlte sich ermutigt.

»Aber die Tasche stört doch niemanden«, sagte sie, »und sie ist das einzige, das ich wirklich gerne trage. Ich finde wirklich, sie paßt ...«

Sie beendete den Satz nicht, denn Mrs. Coulters Dæmon war wie ein goldener Pfeil vom Sofa gesprungen und drückte Pantalaimon auf den Teppich, bevor dieser eine Bewegung machen konnte. Lyra schrie auf vor Schreck und dann vor Angst und Schmerzen, während Pantalaimon sich kreischend und fauchend auf dem Boden wand, den Griff des goldenen Affen jedoch nicht abschütteln konnte. Nach wenigen Sekunden hatte der Affe ihn ganz überwältigt: Mit einer schwarzen Pfote faßte er ihn grob um den Hals, mit den schwarzen Hinterpfoten hielt er seine unteren Glieder fest und mit der noch freien Pfote packte er sein Ohr und zog daran, als wollte er es abreißen. Dabei wirkte er nicht wütend, sondern zeigte eine merkwürdig kalte Gewalt, die grauenhaft anzusehen und noch schlimmer zu spüren war.

Lyra schluchzte; sie war außer sich.

»Nicht! Bitte! Hör auf, uns weh zu tun.«

Mrs. Coulter sah von ihren Blumen auf.

»Dann tu, was ich dir sage«, befahl sie.

»Ich verspreche es!«

Der goldene Affe ließ Pantalaimon los, als sei er ihm plötzlich langweilig geworden. Pantalaimon floh sofort zu Lyra, und sie nahm ihn hoch und küßte und liebkoste ihn.

»Also, Lyra«, sagte Mrs. Coulter.

Lyra drehte sich abrupt um, marschierte wortlos in ihr Schlafzimmer und knallte die Tür hinter sich zu. Doch im nächsten Augenblick ging die Tür wieder auf, und Mrs. Coulter stand vor ihr.

»Lyra, wenn du dich so rüde und ordinär aufführst, bekommst du es mit mir zu tun, und ich bin stärker als du. Du legst die Tasche jetzt augenblicklich weg. Starr mich nicht so finster an. Und schlage nie wieder eine Tür zu, ob ich dabei bin oder nicht. In wenigen Minuten kommen die ersten Gäste, und sie werden hier ein in jeder Hinsicht wohlerzogenes, liebes, charmantes, unschuldiges, aufmerksames und nettes Mädchen antreffen. Das ist mein Wunsch, Lyra, hast du mich verstanden?«

»Ja, Mrs. Coulter.«

»Dann gib mir einen Kuß.«

Mrs. Coulter beugte sich zu ihr herunter und hielt ihr die Wange hin. Lyra mußte sich auf die Zehenspitzen stellen, um sie zu küssen. Sie spürte, wie glatt Mrs. Coulters Haut war; nur ihr Geruch verwirrte sie etwas: Die Haut roch nach Parfüm, aber zugleich irgendwie metallisch. Lyra legte die Umhängetasche auf ihren Ankleidetisch und folgte Mrs. Coulter dann wieder in den Salon.

»Was hältst du von den Blumen, Liebes?« sagte Mrs. Coulter so freundlich, als sei nichts geschehen. »Mit Rosen kann man eigentlich nichts falsch machen, aber manchmal tut man auch zu viel des Guten ... Haben die Lieferanten genug Eis gebracht? Sei so nett und frage nach. Warme Drinks sind etwas Fürchterliches ...«

Lyra stellte fest, daß es ihr leichtfiel, einen unbeschwerten, heiteren Eindruck zu erwecken, obwohl sie keinen Augenblick Pantalaimons Entsetzen und seinen Haß auf den goldenen Affen vergessen konnte. Im nächsten Moment klingelte es an der Tür, und bald füllte sich der Raum mit elegant gekleideten Damen und gutaussehenden, vornehmen Herren. Lyra ging zwischen ihnen hin und her und bot ihnen Häppchen an, lächelte freundlich und antwortete artig, wenn jemand etwas zu ihr sagte. Sie kam sich vor wie ein Schoßhund, der von allen gestreichelt wurde, und in dem Moment, in dem sie das dachte, breitete Pantalaimon seine Stieglitzflügel aus und zwitscherte laut.

Sie spürte seine Schadenfreude, weil er recht gehabt hatte, und beschloß, sich etwas mehr zurückzuhalten.

»Und wo gehst du zur Schule, Liebes?« fragte eine ältere Dame und musterte Lyra durch eine Lorgnette.

»Ich gehe nicht zur Schule«, sagte Lyra.

»Ach ja? Ich glaubte, deine Mutter hätte dich auf ihre alte Schule geschickt. Ein sehr gutes Institut ...«

Lyra war verwirrt, bis sie den Fehler der alten Dame bemerkte.

»Nein! Sie ist nicht meine Mutter! Ich helfe ihr nur. Ich bin ihre persönliche Assistentin«, sagte sie wichtig.

»Ach so. Und wer sind dann deine Eltern?«

Wieder mußte Lyra überlegen, was sie meinte, bevor sie antwortete.

»Ein Graf und eine Gräfin«, sagte sie. »Aber sie sind beide bei einem Luftunfall auf einer Reise in den Norden ums Leben gekommen.«

»Was für ein Graf?«

»Graf Belacqua. Er war Lord Asriels Bruder.«

Der Dæmon der alten Dame, ein scharlachroter Ara, trat wie verärgert von einem Fuß auf den anderen, und die alte Dame runzelte fragend die Stirn. Lyra lächelte freundlich und ging weiter. Sie kam gerade an einer Gruppe von mehreren jungen Männern und einer Frau in der Nähe des großen Sofas vorbei, als das Wort Staub fiel. Lyra hatte inzwischen genug vom gesellschaftlichen Leben mitbekommen, um zu wissen, wann Männer und Frauen flirteten, und sie sah fasziniert dabei zu, aber noch faszinierter war sie, wenn jemand von Staub sprach. Deshalb blieb sie stehen, um zuzuhören. Die Männer schienen Wissenschaftler zu sein, die junge Frau – den Fragen nach zu schließen, die sie stellte – eine Art Studentin.

»Er wurde von einem Moskowiter entdeckt – unterbrechen Sie mich, wenn Sie das schon wissen …«, sagte gerade ein Mann mittleren Alters, den die junge Frau bewundernd anblickte, »von einem Mann namens Rusakow, nach dem die Teilchen meist Rusakow-Teilchen genannt werden. Es handelt sich um Elementarteilchen, die überhaupt nicht mit anderen Teilchen reagieren. Sie sind sehr schwer ausfindig zu machen, aber das Außergewöhnliche ist, daß Menschen sie anzuziehen scheinen.«

»Tatsächlich?« sagte die junge Frau mit großen Augen.

»Und noch außergewöhnlicher ist«, fuhr der Mann fort, »daß einige Menschen sie mehr anziehen als andere. Erwachsene ziehen sie an, aber nicht Kinder. Zumindest kaum und nicht bis zur Pubertät. Das ist übrigens der Grund …«, er senkte die Stimme, trat näher an die junge Frau heran und legte ihr vertraulich die Hand auf die Schulter, »… das ist der Grund, warum die Oblations-Behörde eingerichtet wurde. Wie unsere ehrenwerte Gastgeberin hier Ihnen sagen könnte.«

»Tatsächlich? Hat sie mit der Oblations-Behörde zu tun?«

»Meine Liebe, sie *ist* die Oblations-Behörde. Die Behörde ist in jeder Beziehung ihre Erfindung …«

Der Mann war im Begriff, fortzufahren, als sein Blick auf Lyra fiel, die ihn unverwandt anstarrte. Er hatte vielleicht zu viel getrunken oder wollte die junge Frau beeindrucken, jedenfalls sagte er: »Ich wette, die kleine Dame hier weiß alles darüber. Du bist vor der Oblations-Behörde ja wohl sicher, oder?«

»O ja«, sagte Lyra. »Mir kann hier nichts passieren. Wo ich früher gewohnt habe, also in Oxford, passierten alle möglichen gefährlichen Sachen. Da wurden Kinder entführt und als Sklaven an die Türken oder so verkauft. Und in Port Meadow gibt es bei Vollmond einen Werwolf, der aus dem alten Nonnenkloster bei Godstow kommt. Ich habe ihn einmal heulen hören. Und die Gobbler …«

»Genau die meine ich«, sagte der Mann. »So heißen doch die Mitglieder der Oblations-Behörde, nicht wahr?«

Lyra spürte, wie Pantalaimon plötzlich zitterte, obwohl er sich sonst untadelig benahm. Die Dæmonen der beiden Erwachsenen, eine Katze und ein Schmetterling, schienen jedenfalls nichts zu bemerken.

»Gobbler?« sagte die junge Frau. »Was für ein seltsamer Name! Warum heißen sie Gobbler?«

Lyra wollte ihr schon eine der blutrünstigen Geschichten über die Gobbler erzählen, die sie sich ausgedacht hatte, um den Kindern in Oxford Angst einzujagen, aber der Mann sprach bereits.

»Nach den Initialen, sehen Sie? General-Oblations-Behörde. Übrigens eine sehr alte Idee. Im Mittelalter übergaben Eltern ihre Kinder der Kirche, damit sie Mönche oder Nonnen wurden. Und diese unglücklichen Kinder nannte man Oblaten. Das bedeutet Opfer, Opfergabe, etwas in der Art. Die Idee wurde aufgegriffen, als man sich an die Erforschung von Staub machte ... Wie unsere kleine Freundin hier vermutlich weiß. Warum sprichst du nicht mit Lord Boreal?« fügte er an Lyra gewandt hinzu. »Er freut sich sicher, Mrs. Coulters Schützling kennenzulernen ... Da drüben steht er, der Mann mit den grauen Haaren und dem Schlangendæmon.«

Lyra begriff sofort, daß er sie nur loswerden wollte, um sich mit der jungen Frau über privatere Dinge unterhalten zu können. Die junge Frau schien sich allerdings mehr für Lyra zu interessieren und ging ihr nach.

»Einen Augenblick ... Wie heißt du denn?«

»Lyra.«

»Ich heiße Adèle Starminster. Ich bin Journalistin. Kann ich in Ruhe mit dir reden?«

Da Lyra es inzwischen für ganz natürlich hielt, daß alle Welt mit ihr reden wollte, sagte sie nur: »Klar.«

Der Schmetterlingsdæmon der Frau flog auf, sah sich nach rechts und nach links um, kam wieder herunter und flüsterte etwas, worauf Adèle Starminster sagte: »Komm mit zum Fensterplatz.«

Das war einer von Lyras Lieblingsplätzen; man sah von dort auf den Fluß, und um diese Abendzeit leuchteten die Lichter am gegenüberliegenden Südufer hell über ihren Spiegelbildern im schwarzen Wasser der Flut. Ein Schlepper zog mehrere Kähne flußaufwärts. Adèle Starminster setzte sich auf das Sitzpolster und rückte dann zur Seite, um Platz zu machen.

»Sagte Professor Docker nicht, du hättest irgend etwas mit Mrs. Coulter zu tun?«

»Ja.«

»Was denn? Du bist doch nicht ihre Tochter? Eigentlich müßte ich es ja wissen ...«

»Nein!« sagte Lyra. »Natürlich nicht. Ich bin ihre persönliche Assistentin.«

»Ihre persönliche Assistentin? Bist du dazu nicht noch zu jung? Ich dachte, du seist mit ihr verwandt oder so etwas. Wie ist sie denn so?«

»Sie ist sehr klug«, sagte Lyra. Vor diesem Abend hätte

sie noch viel mehr gesagt, aber die Lage hatte sich geändert.

»Ja, aber persönlich«, bohrte Adèle Starminster weiter. »Ich meine, ist sie freundlich oder ungeduldig oder was? Wohnst du mit ihr zusammen? Wie ist sie privat?«

»Sie ist sehr nett«, sagte Lyra unerschütterlich.

»Was für eine Arbeit machst du? Wie hilfst du ihr?«

»Ich mache Rechnungen und all das. Zum Beispiel für die Navigation.«

»Aha, verstehe ... Und woher kommst du? Wie heißt du noch?«

»Lyra. Ich komme aus Oxford.«

»Warum hat Mrs. Coulter gerade dich ausgewählt, um ...«

Sie brach ab, weil Mrs. Coulter plötzlich neben ihnen stand. Aus der Art, wie Adèle Starminster zu ihr aufsah, und dem aufgeregten Flattern ihres Dæmons um ihren Kopf folgerte Lyra, daß die junge Frau nicht zur Party eingeladen worden war.

»Ich weiß nicht, wie Sie heißen«, sagte Mrs. Coulter sehr ruhig, »aber ich werde es innerhalb von fünf Minuten herausfinden, und dann werden Sie nie mehr als Journalistin arbeiten. Jetzt stehen Sie ganz ruhig auf, ohne Ärger zu machen, und verschwinden. Ich möchte hinzufügen, daß wer immer Sie hierhergebracht hat, ebenfalls dafür bezahlen wird.«

Mrs. Coulter schien mit einer Art anbarischen Energie geladen. Sie roch sogar anders; ihr Körper verströmte einen Geruch wie nach heißem Metall. Lyra hatte ihn bereits früher wahrgenommen, aber jetzt erlebte sie zum erstenmal, daß er sich gegen jemand anders richtete, und die arme Adèle Starminster war ihm machtlos ausgeliefert. Ihr Dæmon fiel matt auf ihre Schulter, schlug noch ein- oder zweimal mit seinen prächtigen Flügeln und wurde dann ohnmächtig, und die Journalistin selbst schien sich kaum mehr aufrecht halten zu können. Leicht vornübergebeugt schleppte sie sich durch das Gedränge der lärmenden Gäste zur Salontür, eine Hand an der Schulter, um zu verhindern, daß ihr bewußtloser Dæmon herunterfiel.

»Nun?« sagte Mrs. Coulter zu Lyra.

»Ich habe ihr nichts Wichtiges gesagt«, sagte Lyra.

»Was hat sie gefragt?«

»Nur was ich mache, wer ich bin und so weiter.«

Als Lyra das sagte, merkte sie auf einmal, daß Mrs. Coulter allein war, ohne ihren Dæmon. Wie war das möglich? Einen Moment später erschien der goldene Affe jedoch wieder an ihrer Seite, und Mrs. Coulter bückte sich, nahm seine Pfote und schwang ihn sich ohne Anstrengung auf die Schulter. Schlagartig schien die Anspannung von ihr abzufallen.

»Wenn du noch jemandem begegnest, der ganz offensichtlich nicht eingeladen worden ist, Liebes, sagst du mir gleich Bescheid, ja?«

Der scharfe, metallische Geruch war verflogen. Vielleicht hatte Lyra sich ihn nur eingebildet. Sie roch wieder Mrs. Coulters Parfüm, die Rosen, den Rauch der Zigarillos und die Parfüms der anderen Frauen. Mrs. Coulter sah Lyra mit einem Lächeln an, das soviel zu bedeuten schien wie »Wir zwei, wir verstehen uns schon, wie?«, dann ging sie, um einige andere Gäste zu begrüßen.

»Während sie mit dir redete, kam ihr Dæmon aus unserem Schlafzimmer«, flüsterte Pantalaimon Lyra ins Ohr. »Er hat spioniert. Sicher hat er das Alethiometer entdeckt!«

Wahrscheinlich hatte er recht, aber Lyra konnte nichts daran ändern. Was hatte der Professor über die Gobbler gesagt? Sie sah sich suchend nach ihm um, aber in dem Augenblick, in dem sie ihn entdeckte, traten der Pförtner, der für den Abend die Uniform eines Bediensteten angelegt hatte, und ein anderer Mann auf ihn zu, klopften ihm auf die Schulter und sagten leise etwas, worauf er bleich wurde und ihnen nach draußen folgte. Das Ganze dauerte nicht länger als ein paar Sekunden und ging so diskret vonstatten, daß fast niemand es bemerkte. Nur Lyra fühlte sich wie ertappt und hatte auf einmal Angst.

Sie schlenderte durch die beiden Räume, in denen gefeiert wurde, hörte mit einem Ohr den Gesprächen zu, stellte sich den Geschmack der Cocktails vor, von denen sie nicht kosten durfte, und wurde immer unruhiger. Sie merkte nicht, daß sie beobachtet wurde, bis plötzlich der Pförtner neben ihr stand und sie ansprach.

»Miß Lyra, der Herr am Feuer würde gern mit Ihnen sprechen. Für den Fall, daß Sie ihn nicht kennen: Es handelt sich um Lord Boreal.«

Lyra sah in die angegebene Richtung. Der kraftvoll wirkende, grauhaarige Mann sah zu ihr her, und als sich ihre Blicke trafen, nickte er und winkte.

Zögernd, aber neugierig, ging sie hinüber.

»Guten Abend, Kind«, sagte er. Seine Stimme war glatt und befehlsgewohnt. Der geschuppte Kopf und die smaragdgrünen Augen seines Schlangendæmons glänzten im Licht der Lampe aus geschliffenem Glas an der Wand.

»Guten Abend«, sagte Lyra.

»Wie geht es meinem alten Freund, dem Rektor von Jordan?«

»Sehr gut, danke.«

»Dort waren wahrscheinlich alle traurig, daß du gehen mußtest.«

»Ja, stimmt.«

»Und bei Mrs. Coulter hast du viel zu tun? Was lernst du denn bei ihr?«

Weil Lyra in rebellischer Stimmung war und sich unbehaglich fühlte, beantwortete sie die gönnerhafte Frage nicht mit der Wahrheit oder einer ihrer sonstigen fantasievollen Ausführungen. Statt dessen sagte sie: »Ich lerne, was Rusakow-Teilchen sind und was die Oblations-Behörde ist«

Er sah sie plötzlich scharf an, so wie man eine anbarische Lampe scharfstellte. Seine ganze Aufmerksamkeit strömte mit größter Intensität auf sie ein.

»Vielleicht erzählst du mir, was du weißt«, sagte er.

»Im Norden führen sie Experimente durch«, sagte Lyra, der jetzt alles egal war. »Wie Dr. Grumman.«

»Weiter.«

»Es gibt eine besondere Art von Photogramm, auf der man den Staub sieht, und bei einem Erwachsenen sieht man, wie das ganze Licht auf ihn herunterkommt, und bei einem Kind kommt gar nichts. Zumindest nicht soviel.«

»Hat Mrs. Coulter dir ein solches Bild gezeigt?«

Lyra zögerte, denn hier ging es nicht um Lügen, sondern etwas anderes, mit dem sie keine Erfahrung hatte.

»Nein«, sagte sie nach einem Moment. »Ich habe in Jordan College ein Bild gesehen.«

»Wer hat es dir gezeigt?«

»Richtig *gezeigt* hat er es mir nicht«, überlegte Lyra. »Ich kam zufällig vorbei und sah es. Und dann wurde mein Freund Roger von der Oblations-Behörde entführt. Aber ...«

»Wer hat dir das Bild gezeigt?«

»Mein Onkel Asriel.«

»Wann?«

»Als er das letztemal in Jordan College war.«

»Aha. Was hast du sonst noch gelernt? Hast du nicht soeben von der Oblations-Behörde gesprochen?«

»Ja. Aber davon habe ich nicht von ihm gehört, sondern hier.«

Was ja auch stimmte, dachte sie.

Er fixierte sie scharf. Sie starrte in aller Unschuld zurück. Schließlich nickte er.

»Offensichtlich ist Mrs. Coulter zu dem Schluß gelangt, daß du ihr bei dieser Arbeit schon helfen kannst. Interessant. Hast du schon einmal daran teilgenommen?«

»Nein«, sagte Lyra. Wovon redete er? Pantalaimon hatte klugerweise die Gestalt einer Motte angenommen, in der sein Gesicht nichts ausdrückte und Lyras Gefühle nicht verraten konnte, und Lyra selbst war überzeugt, daß sie ihre unschuldige Miene durchhalten würde.

»Und hat sie gesagt, was mit den Kindern passiert?«

»Nein, das nicht. Ich weiß nur, daß es mit Staub zu tun hat und daß sie eine Art Opfer sind.«

Auch das war strenggenommen keine Lüge, dachte sie; sie hatte schließlich nicht behauptet, Mrs. Coulter habe ihr das selbst gesagt.

»*Opfer* ist eine sehr dramatische Formulierung. Es geschieht schließlich nicht nur zu unserem, sondern auch zu ihrem eigenen Nutzen. Und natürlich kommen alle freiwillig zu Mrs. Coulter, deshalb ist sie ja so wertvoll. Sie müssen teilnehmen wollen, und welches Kind könnte Mrs. Coulter widerstehen? Und wenn du ihr helfen kannst, die Kinder heranzuschaffen, um so besser. Das freut mich sehr.«

Er lächelte sie an, wie Mrs. Coulter es getan hatte, als ob sie beide ein Geheimnis teilten. Lyra erwiderte sein Lächeln höflich, dann wandte er sich ab und sprach mit jemand anderem.

Lyra und Pantalaimon spürten beide das Entsetzen des anderen. Lyra wollte allein sein und mit Pantalaimon reden, sie wollte die Wohnung verlassen und nach Jordan College zurückkehren, in ihr kleines, ungepflegtes Schlafzimmer am oberen Ende der Treppe, und sie wollte Lord Asriel suchen …

Wie als Antwort auf diesen letzten Wunsch hörte sie seinen Namen. Unter dem Vorwand, sich von einer Platte auf dem Tisch ein Häppchen zu holen, machte sie einen Schritt auf eine Gruppe von Gästen zu, die sich in der Nähe unterhielten.

Ein Mann in einer purpurnen Bischofsrobe sagte gerade: »… nein, ich glaube nicht, daß Lord Asriel uns in nächster Zeit belästigt.«

»Und wo, sagten Sie, hält man ihn gefangen?«

»In der Festung Svalbard, wurde mir gesagt. Bewacht von *Panserbjørne,* müssen Sie wissen, von gepanzerten Bären. Schreckliche Kreaturen! Denen entkommt er nicht, und wenn er tausend Jahre alt wird. Ich denke wirklich, daß jetzt der Weg frei ist, fast frei …«

»Die letzten Experimente haben bestätigt, was ich immer glaubte – daß Staub eine Aussonderung des Prinzips des Bösen selbst ist, und …«

»Riecht das nicht nach zoroastrischer Ketzerei?«

»Was *früher* Ketzerei war …«

»Und wenn wir das Prinzip des Bösen isolieren könnten …«

»Svalbard, sagten Sie?«

»Gepanzerte Bären …«

»Die Oblations-Behörde …«

»Ich bin sicher, die Kinder leiden nicht …«

»Lord Asriel im Gefängnis ...«

Lyra hatte genug gehört. Sie wandte sich ab und verschwand in ihrem Schlafzimmer, ohne dabei mehr Aufsehen zu erregen als die Motte Pantalaimon. Gedämpft drang der Lärm der Gesellschaft durch die geschlossene Tür.

»Also?« flüsterte sie, und Pantalaimon verwandelte sich auf ihrer Schulter in einen Stieglitz.

»Laufen wir jetzt weg?« flüsterte er zurück.

»Natürlich. Wenn wir es tun, solange so viele Leute da sind, merkt sie es vielleicht eine Weile gar nicht.«

»Aber *er* schon.«

Pantalaimon meinte Mrs. Coulters Dæmon. Als Lyra an den geschmeidigen goldenen Affen dachte, wurde ihr ganz übel vor Angst.

»Diesmal kämpfe ich gegen ihn«, sagte Pantalaimon tapfer. »Ich kann die Gestalt wechseln und er nicht. Ich verändere mich einfach so schnell, daß er mich nicht festhalten kann. Diesmal gewinne ich, du wirst sehen.«

Lyra nickte abwesend. Was sollte sie anziehen? Wie gelangte sie nach draußen, ohne gesehen zu werden?

»Du mußt auskundschaften«, flüsterte sie. »Sobald der Weg frei ist, rennen wir los. Sei eine Motte«, fügte sie hinzu. »Also denk dran, sobald alle abgelenkt sind ...«

Sie öffnete die Tür einen Spalt, und Pantalaimon schlüpfte hinaus, ein kleiner dunkler Schatten in dem warmen rosa Licht des Korridors.

Inzwischen zog Lyra hastig die wärmsten Kleider an, die sie hatte, und stopfte weitere Kleider in eine der Tragetaschen aus Kohleseide aus dem Modegeschäft, in dem sie am Nachmittag gewesen waren. Mrs. Coulter hatte ihr Geld gegeben, als handle es sich um Süßigkeiten, und Lyra hatte das Geld zwar auch großzügig wieder ausgegeben, aber sie hatte noch einige Sovereigns übrig, die sie jetzt in die Tasche ihres dunklen Mantels aus Wolfspelz steckte. Zuletzt packte sie noch das in schwarzen Samt eingewickelte Alethiometer ein. Hatte der abscheuliche Affe es entdeckt? Mit Sicherheit, und er hatte sicher auch Mrs. Coulter davon erzählt. Wenn sie es nur besser versteckt hätte!

Auf Zehenspitzen schlich sie zur Tür. Glücklicherweise lag ihr Zimmer am Ende des Ganges, gleich neben dem Flur, und die meisten Gäste hielten sich in den beiden Zimmern auf der anderen Seite auf. Lyra hörte laute Stimmen, Gelächter, das gleichmäßige Rauschen der Toilette, das Klirren von Gläsern, und dann wisperte die Stimme einer Motte kaum hörbar an ihrem Ohr: »Jetzt! Schnell!«

Sie schlüpfte durch die Tür in den Flur. Im nächsten Augenblick öffnete sie die Eingangstür der Wohnung, dann war sie draußen und zog die Tür leise hinter sich zu. Mit Pantalaimon als Stieglitz auf der Schulter rannte sie die Treppe hinunter.

Sechs

Im Netz

Rasch entfernte Lyra sich vom Fluß, denn die Uferstraße war breit und hell erleuchtet. Zwischen hier und dem Royal Arctic Institute, dem einzigen Ort, zu dem sie den Weg zu kennen glaubte, lag ein Gewirr enger Gassen, und in dieses dunkle Labyrinth tauchte sie jetzt ein.

Hätte sie sich in London bloß so gut ausgekannt wie in Oxford! Dann hätte sie gewußt, welche Straßen sie meiden mußte, wo sie etwas Eßbares finden oder, noch besser, wo sie anklopfen und sich verstecken konnte. Trotz der kalten Nacht pulsierte in den dunklen Gassen ein geheimnisvolles Leben, und Lyra fühlte sich fremd.

Pantalaimon verwandelte sich in eine Wildkatze und spähte mit seinen die Nacht durchdringenden Augen aufmerksam in die Dunkelheit. Ab und zu blieb er mit gesträubtem Fell stehen, und Lyra bog dann nicht in die Gasse ein, in die sie hatte einbiegen wollen, sondern in eine andere. Die Nacht war voller Geräusche: Betrunkene lachten, zwei heisere Stimmen grölten ein Lied, in einem Keller ratterte und kreischte eine schlechtgeölte Maschine. Die Sinne aufs äußerste gespannt und mit denen von Pantalaimon zu einer Einheit verschmolzen, huschte Lyra durch die Schatten.

Von Zeit zu Zeit mußte sie eine breitere, hell erleuchtete Straße überqueren, auf der unter anbarischen Leitungen Straßenbahnen hin und her summten und Funken versprühten. Es gab Verkehrsregeln für das Überqueren solcher Straßen, aber Lyra beachtete sie nicht, und wenn jemand sie anbrüllte, rannte sie nur schnell weiter.

Aber was für ein herrliches Gefühl, wieder frei zu sein! Lyra merkte, daß der auf Katzenpfoten neben ihr her tollende Pantalaimon sich genau wie sie darüber freute, draußen zu sein, auch wenn die Luft in London stickig, rauchig und rußig und voller Lärm war. Sie würden bald über das nachdenken müssen, was sie in Mrs. Coulters Wohnung erfahren hatten, aber noch nicht jetzt. Und irgendwann brauchten sie auch einen Platz zum Schlafen.

An einer Kreuzung in der Nähe eines großen Kaufhauses, dessen Schaufenster sich auf dem nassen Pflaster spiegelten, stand eine Imbißbude, eine kleine Hütte auf Rädern mit einer Theke und einer Holzklappe, die wie ein Vordach hochgeklappt war. Ein gelber Lichtschein fiel nach draußen, und Kaffeeduft wehte Lyra entgegen. Der mit einem weißen Kittel bekleidete Wirt lehnte an der Theke und unterhielt sich mit den zwei, drei Kunden, die vor der Bude standen.

Die Versuchung war groß. Lyra war nun schon seit einer Stunde auf den Beinen und spürte die Kälte und Feuchtigkeit. Mit Pantalaimon als Spatz trat sie an die Theke und reckte sich in die Höhe, um vom Wirt bemerkt zu werden.

»Eine Tasse Kaffee und ein Schinkensandwich, bitte«, sagte sie.

»Du bist aber spät unterwegs, meine Liebe«, sagte ein Herr mit Zylinder und weißem Seidenschal.

»Ja«, antwortete sie kurz und drehte ihm den Rücken zu, um die belebte Kreuzung unter die Lupe zu nehmen. Gerade war die Vorstellung in einem nahe gelegenen Theater zu Ende; Menschen drängten sich im erleuchteten Foyer, riefen nach Taxis und warfen sich Mäntel über. In der anderen Richtung strömten Scharen von Menschen die Treppe am Eingang eines chthonischen Bahnhofes hinauf und hinunter.

»Bitte sehr«, sagte der Imbißbudenwirt. »Macht zwei Schillinge.«

»Lassen Sie mich das bezahlen«, meinte der Mann mit dem Zylinder.

Warum nicht, dachte Lyra. Ich kann schneller laufen als er, und vielleicht brauche ich mein Geld später noch. Der Zylindermann warf eine Münze auf die Theke und sah lächelnd zu ihr herunter. Sein Dæmon, ein Maki, hing an seinem Revers und starrte Lyra aus runden Augen an.

Lyra biß in das Sandwich, ohne die belebte Straße aus den Augen zu lassen. Sie hatte keine Ahnung, wo sie war, denn weder hatte sie jemals einen Plan von London gesehen, noch hatte sie eine Vorstellung davon, wie groß die Stadt war und wie weit sie laufen mußte, um aufs Land zu gelangen.

»Wie heißt du?« fragte der Mann.

»Alice.«

»Ein schöner Name. Komm, nimm einen Tropfen davon in deinen Kaffee ..., das wärmt auf ...«

Er drehte den Deckel einer silbernen Taschenflasche auf.

»Das mag ich nicht«, sagte Lyra. »Ich will nur Kaffee.«

»Ich wette, so einen Brandy hast du noch nie getrunken.«

»Doch, hab' ich. Und mir wurde ganz schlecht davon. Fast eine ganze Flasche habe ich von dem Zeug getrunken.«

»Wie du willst«, meinte der Mann und kippte den Inhalt des Fläschchens in seine eigene Tasse. »Wohin bist du denn unterwegs, so mutterseelenallein?«

»Zu meinem Vater.«

»Wer ist dein Vater denn?«

»Ein Mörder.«

»Ein was?«

»Hab' ich doch gerade gesagt, ein Mörder – und zwar von Beruf. Er erledigt heute nacht einen Auftrag, und ich bringe ihm saubere Kleider, denn nach der Arbeit ist er meistens von oben bis unten mit Blut bespritzt.«

»Ach so! Du machst nur Spaß.«

»Mach ich nicht.«

Der Maki ließ ein leises Miauen hören und kletterte hinter dem Kopf des Mannes langsam nach oben; auf dem Scheitel angekommen, beäugte er Lyra aufmerksam. Lyra trank unbeirrt ihren Kaffee und aß ihr Sandwich auf.

»Gute Nacht«, sagte sie dann. »Dahinten kommt mein Vater. Er sieht eher schlecht gelaunt aus.«

Der Zylindermann drehte sich um, und Lyra ging auf die aus dem Theater strömende Menge zu. Sie hätte sich gern die chthonische Bahn angesehen – Mrs. Coulter hatte gesagt, die Bahn sei eigentlich nicht für vornehme Leute wie Lyra und sie selbst gedacht –, aber sie wollte nicht in eine unterirdische Falle gehen; lieber blieb sie im Freien, wo sie im Notfall wegrennen konnte.

Lyra marschierte immer weiter, und die Straßen wurden immer dunkler und einsamer. Es nieselte, aber selbst wenn der Himmel wolkenlos gewesen wäre, hätte man durch den Lichtschein, der nachts über der Stadt lag, keine Sterne gesehen. Pantalaimon glaubte, daß sie nach Norden gingen, aber sicher war er nicht.

Sie kamen durch endlose Straßen mit kleinen, einander zum Verwechseln ähnlichen Backsteinhäusern, deren Gärten so klein waren, daß gerade noch eine Mülltonne hineinpaßte, vorbei an verlassen daliegenden, großen Fabrikgebäuden, beleuchtet nur vom trüben Licht einer hoch oben an der Mauer angebrachten, einsamen anbarischen Laterne, während der Nachtwächter ein Nickerchen am Ofen machte, und hin und wieder an einem düsteren Bethaus, das sich nur durch das Kreuz von einem Lagerschuppen unterschied. Einmal öffnete Lyra die Tür zu einem solchen Bethaus, aber als von einer Bank, die nur einen Meter vor ihr im Dunkel stand, ein Stöhnen ertönte und sie merkte, das überall schlafende Gestalten lagen, ergriff sie die Flucht.

»Wo sollen wir denn schlafen, Pan?« fragte sie, als sie eine Ladenstraße entlanggingen, vorbei an geschlossenen Geschäften mit heruntergelassenen Rolläden.

»Irgendwo in einer Toreinfahrt.«

»Aber da kann uns jeder sehen.«

»Dahinten ist ein Kanal ...«

Pantalaimon sah in eine Seitenstraße auf der linken Seite. Tatsächlich schimmerte am anderen Ende dunkel Wasser, und als sie sich vorsichtig näherten, sahen sie ein Hafenbekken, an dessen Kais ungefähr ein Dutzend Schleppkähne vertäut waren. Einige ragten hoch aus dem Wasser, andere lagen tief und schwer beladen unter galgenähnlichen Kränen. Aus dem Fenster einer Holzhütte drang ein schwacher Schein, und aus dem Blechschornstein der Hütte stieg ein Rauchfaden auf. Die einzigen anderen Lichter brannten hoch oben an der Mauer einer Lagerhalle und auf dem Portal eines Kranes. Unten am Boden war es dunkel. Auf den Kais stapelten sich Fässer mit Kohlenspiritus, zersägte Baumstämme und Rollen von mit Kautschuk ummantelten Kabeln.

Auf Zehenspitzen schlich Lyra zu der Hütte und lugte durchs Fenster. Ein alter Mann, der eine Pfeife rauchte, las angestrengt in einem Heft mit Bildergeschichten. Sein Dæmon, ein Spaniel, schlief zusammengerollt auf dem Tisch. Während sie noch hineinsah, stand der Mann auf, nahm einen rußgeschwärzten Kessel vom eisernen Herd und goß heißes Wasser in einen gesprungenen Becher; dann setzte er sich wieder mit seiner Zeitung hin.

»Sollen wir fragen, ob er uns reinläßt, Pan?« flüsterte sie, aber Pantalaimon hörte ihr nicht zu. Er verwandelte sich in eine Fledermaus, dann in eine Eule und schließlich wieder in eine Wildkatze. Angesteckt von seiner Panik, sah Lyra sich suchend um, und dann, im selben Augenblick wie Pantalaimon, erkannte sie die Gefahr: Zwei Männer rannten von verschiedenen Seiten auf sie zu; der schnellere hielt ein Wurfnetz in den Händen.

Pantalaimon stieß einen gellenden Schrei aus und stürzte sich in Gestalt eines Leoparden auf den Dæmon des schnelleren Mannes, einen bösartig aussehenden Fuchs, dem er einen Stoß versetzte, der ihn rückwärts vor die Beine des Mannes taumeln ließ. Der Mann sprang fluchend zur Seite, und Lyra rannte an ihm vorbei auf den offenen Kai zu. Auf gar keinen Fall durfte sie sich in eine Ecke drängen lassen.

Pantalaimon, jetzt ein Adler, stieß zu ihr herunter und schrie: »Links! Links!«

Sie schlug einen Haken nach links, sah zwischen Spiritusfässern und einem Wellblechschuppen eine Lücke und schoß wie der Blitz dorthin.

Zu spät! Das Wurfnetz!

Sie hörte ein Zischen in der Luft, und ihre Wange wurde von etwas gestreift, das scharf brannte. Widerlich klebrige Teerschnüre fielen ihr über Gesicht, Arme und Hände, und schon war sie gefesselt und stürzte, und so sehr sie auch um sich schlug, zappelte und sich wehrte, vergeblich.

»Pan! Pan!«

Aber der Fuchsdæmon fiel über Pantalaimon her, der wieder eine Katze war, und Lyra spürte die Schmerzen am eigenen Körper und schrie gepeinigt auf, als Pantalaimon zu Boden ging. Rasch wickelte einer der Männer das Netz eng um Lyras Glieder, Kehle, Rumpf und Kopf und verschnürte sie auf dem nassen Boden zu einem Bündel. Sie war so hilflos wie eine Fliege im Spinnennetz. Der arme Pan schleppte sich verletzt zu ihr. Der Fuchsdæmon hatte sich in seinen Rücken verbissen, und Pantalaimon hatte nicht einmal mehr die Kraft, sich zu verwandeln. Der andere Mann lag in einer Pfütze; ein Pfeil steckte in seinem Hals …

Als der Mann, der das Netz verknotete, das schließlich sah, herrschte plötzlich Totenstille.

Pantalaimon setzte sich auf und blinzelte; dann ertönte ein leises *Plop,* und der Mann mit dem Netz fiel würgend und keuchend auf Lyra, die entsetzt aufschrie, denn was aus ihm heraussprudelte, war *Blut!*

Hastige Schritte näherten sich. Jemand zog den Mann weg und beugte sich über ihn, Hände hoben Lyra hoch, und ein Messer schnitt und zerrte an den Maschen des Netzes, bis sie nacheinander aufgingen und Lyra die Schnur in ihrem Mund ausspucken und das Netz herunterreißen konnte. Sofort kniete sie sich auf den Boden und nahm Pantalaimon in die Arme.

Immer noch kniend, wandte sie den Kopf zu den Neuankömmlingen empor. Drei dunkle Gestalten standen vor ihr, einer mit einem Bogen bewaffnet, die anderen mit Messern, und als Lyra aufsah, entfuhr dem Mann mit dem Bogen ein verblüffter Ausruf.

»Das ist doch Lyra!«

Eine vertraute Stimme, aber Lyra konnte sie erst zuordnen, als der Mann vor sie trat und Licht auf sein Gesicht und den Falkendæmon auf seiner Schulter fiel. Ein Gypter! Ein Gypter aus Oxford!

»Tony Costa«, stellte er sich vor. »Erinnerst du dich? Du hast mit meinem kleinen Bruder Billy immer bei den Booten in Jericho gespielt, ehe die Gobbler ihn holten.«

»Mein Gott, Pan, wir sind gerettet!« schluchzte Lyra, aber dann fiel ihr plötzlich etwas ein: Sie hatte damals doch das Boot der Costas gekapert. Wenn Tony sich nun daran erinnerte?

»Du kommst besser mit uns«, sagte er. »Bist du allein?«

»Ja, ich bin weggelaufen ...«

»Schon gut, sprich jetzt nicht. Bleib ganz ruhig. Jaxer, bring die Leichen in den Schatten. Und du hältst Wache, Kerim.«

Mit wackeligen Beinen stand Lyra auf und drückte Pantalaimon an die Brust. Pantalaimon drehte suchend den Kopf in eine bestimmte Richtung, Lyra folgte seinem Blick, verstand, weshalb, und wurde selbst neugierig: Was war mit den Dæmonen der toten Männer geschehen? Die Antwort war: Sie lösten sich auf. Sie lösten sich auf und wurden wie kleine Rußteilchen weggeweht, mochten sie sich auch noch so sehr an die Männer klammern, zu denen sie gehört hatten. Pantalaimon bedeckte seine Augen, und Lyra hastete blindlings hinter Tony Costa her.

»Was machst du hier?« fragte sie.

»Pst, Mädchen! Wir haben schon genügend Scherereien. Wir reden auf dem Boot darüber.«

Er führte sie über eine kleine Holzbrücke auf ein Dock mitten im Hafenbecken. Die anderen beiden Männer gingen schweigend hinter ihnen her. Nachdem sie eine Weile am Wasser entlanggegangen waren, kamen sie zu einer hölzernen Anlegestelle, an deren Ende ein kleines Boot vertäut war. Tony sprang an Bord und stieß die Tür zur Kajüte auf.

»Komm rein«, sagte er, »schnell.«

Lyra folgte ihm, während sie ihre Tasche betastete, um sich zu vergewissern, daß das Alethiometer noch da war. Sie hatte die Tasche keinen Augenblick losgelassen, nicht einmal, als sie im Netz gefangen gewesen war. In der langgestreckten, engen Kajüte sah sie im Schein einer von einem Haken baumelnden Laterne eine beleibte, grauhaarige Frau am Tisch sitzen und Zeitung lesen. Billys Mutter!

»Wer ist denn das?« fragte die Frau. »Doch nicht Lyra?«

»Doch, aber wir müssen sofort weg, Ma. Wir haben hier im Hafen zwei Männer getötet. Wir hielten sie für Gobbler, aber ich glaube, es waren türkische Händler. Sie hatten Lyra geschnappt. Frag jetzt nicht – wir besprechen das auf der Fahrt.«

»Komm her, Kind«, sagte Ma Costa.

Lyra gehorchte, halb glücklich und halb ängstlich, denn Ma Costa hatte Pranken wie Totschläger, und Lyra war sich inzwischen sicher, daß es tatsächlich das Boot der Costas gewesen war, das sie mit Roger und den anderen Collegekindern gekapert hatte. Aber die Bootsmutter nahm Lyras Gesicht sanft in die Hände, und ihr Dæmon, ein großer, grauer, wolfsähnlicher Hund, beugte sich vorsichtig zu Pantalaimon hinunter und leckte dessen Wildkatzenkopf. Ma Costa schloß Lyra in ihre mächtigen Arme und drückte sie an die Brust.

»Ich weiß zwar nicht, was du angestellt hast, aber du siehst müde aus. Du kannst im Kinderbett von Billy schlafen, aber erst mach ich dir was Heißes zu trinken. Setz dich hierher, Kind.«

Anscheinend hatte sie Lyra die Bootsentführung verziehen oder sie zumindest vergessen. Lyra rutschte auf die gepolsterte Bank hinter der blankgescheuerten Tischplatte aus Kiefernholz. Das leise Rumpeln eines Motors ließ das Boot erzittern.

»Wohin fahren wir?« fragte Lyra.

Ma Costa setzte einen Topf mit Milch auf den eisernen Herd und stocherte in der Glut, um das Feuer zu schüren.

»Fort von hier. Aber jetzt wird nicht mehr geredet. Wir unterhalten uns morgen früh.«

Dann schwieg sie, und als die Milch heiß war, goß sie sie in eine Tasse für Lyra. Sobald das Schiff ablegte, schwang sie sich an Deck, wo sie ab und zu geflüsterte Bemerkungen mit den Männern austauschte. Lyra nippte an der Milch und hob die Ecke des Rollos an, um draußen die dunklen Kais vorbeiziehen zu sehen. Ein oder zwei Minuten später schlief sie bereits wie ein Murmeltier.

Sie erwachte in einem schmalen Bett und hörte das beruhigende Rumpeln des Motors im Bauch des Schiffes. Als sie sich aufsetzen wollte, stieß sie sich den Kopf. Fluchend tastete sie nach allen Seiten und richtete sich dann erneut auf, diesmal vorsichtiger. In dem fahlen Licht, das die kleine Kabine erfüllte, konnte sie noch drei andere Kojen erkennen, alle leer und ordentlich gemacht, eine unter ihrer eigenen und die beiden anderen an der gegenüberliegenden Wand. Sie schwang sich aus dem Bett und stellte fest, daß sie nur ihre Unterwäsche trug. Die anderen Kleider und der Wolfspelzmantel lagen gefaltet am Fußende der Koje, daneben lag die Einkaufstasche. Das Alethiometer war noch da.

Rasch zog sie sich an, öffnete die Tür, trat hinaus und stand in der Kajüte mit dem Ofen, der eine angenehme Wärme verbreitete. Außer ihr war niemand in der Kajüte. Durch die Fenster sah sie auf beiden Seiten graue Nebelschwaden und ab und zu dunkle Schatten vorüberziehen, vielleicht Häuser oder Bäume.

Bevor sie an Deck gehen konnte, öffnete sich die Außentür, und Ma Costa stieg herunter, eingewickelt in einen alten Tweedmantel, auf dem der Dunst Tausende winziger Perlen gebildet hatte.

»Ausgeschlafen?« rief sie und griff nach einer Bratpfanne. »Setz dich hin, ich mach dir was zum Frühstück. Steh nicht herum, dazu ist es hier drin zu eng.«

»Wo sind wir?« wollte Lyra wissen.

»Auf dem Grand Junction Canal. Du bleibst schön hier unten, Kind, wo dich keiner sieht. Ich will dich nicht an Deck sehen! Wir haben schon genug Ärger.«

Sie schnitt ein paar dünne Scheiben Speck in die Pfanne und schlug ein Ei hinein.

»Was denn für Ärger?«

»Wir werden schon damit fertig, wenn du dich raushältst.«

Und dann schwieg sie, bis Lyra aufgegessen hatte. Einmal wurde das Schiff langsamer; etwas knallte gegen die Seite, und Lyra hörte die Männer ärgerlich losbrüllen; aber dann machte jemand einen Witz, und sie lachten, die Stimmen wurden leiser, und das Boot nahm wieder Fahrt auf.

Bald darauf schwang sich Tony Costa in die Kajüte herunter. Auf seinen Kleidern glitzerten wie vorher auf denen seiner Mutter Wasserperlen, und als er seinen Wollhut über dem Ofen ausschüttelte, stoben und sprühten Tropfen nach allen Seiten.

»Was sagen wir ihr, Ma?«

»Frag sie doch zuerst. Erzählen kannst du später.«

Tony goß Kaffee in eine Blechtasse und setzte sich. Er war kräftig und hatte ein dunkles Gesicht, und erst jetzt, bei Tageslicht, sah Lyra, wie traurig und verbittert seine Miene war.

»Gut«, sagte er. »Also, Lyra, dann erzähl uns, was du in London gemacht hast. Wir dachten, die Gobbler hätten dich geholt.«

»Tja, ich habe da bei dieser Frau gewohnt ...«

Stockend erinnerte sich Lyra an ihre Erlebnisse und ordnete sie, wie man einen Kartenstapel vor dem Austeilen ordnet. Sie erzählte alles, nur von dem Alethiometer sagte sie nichts.

»Und gestern abend bei der Cocktailparty fand ich dann heraus, was sie in Wirklichkeit tun. Mrs. Coulter gehört auch zu den Gobblern, und ich sollte ihr helfen, noch mehr Kinder zu fangen. Sie wollen nämlich ...«

Ma Costa verließ die Kajüte und ging ins Cockpit. Tony wartete, bis sie die Tür hinter sich geschlossen hatte, dann sagte er: »Wir wissen, was sie tun, wenigstens zum Teil. Wir wissen, daß die Kinder auf Nimmerwiedersehen verschwinden. Man bringt sie hoch in den Norden, weit weg, und macht dort Experimente mit ihnen. Zuerst haben wir geglaubt, die Gobbler würden mit verschiedenen Krankheiten und Medikamenten experimentieren, aber wieso hätten sie damit so plötzlich vor zwei oder drei Jahren beginnen sollen? Dann dachten wir, sie hätten vielleicht ein geheimes Abkommen mit den Tataren in Sibirien geschlossen; denn die Tataren wollen wie alle anderen wegen der Kohlenspiritusvorkommen und der Feuerminen in den Norden, und schon lange bevor die Gobbler ihr Unwesen trieben, gab es Kriegsgerüchte. Wir nahmen an, die Gobbler würden die Tatarenhäuptlinge mit Kindern bezahlen, weil die Tataren die doch essen, nicht wahr? Sie braten und essen Kinder.«

»Das glaube ich nicht!« sagte Lyra.

»Es stimmt aber. Und das ist noch längst nicht alles, ich könnte dir noch ganz andere Dinge erzählen. Schon mal was von den *Nälkäinen* gehört?«

»Nein«, antwortete Lyra. »Nicht mal bei Mrs. Coulter. Was soll das sein?«

»*Nälkäinen* sind eine Art Geister, die in den Wäldern im Norden vorkommen. Sie sind so groß wie Kinder und haben keine Köpfe. Nachts tasten sie sich durch die Gegend, und wenn jemand im Wald einschläft, packen sie ihn und lassen ihn nicht mehr los. *Nälkäinen* ist ein nordisches Wort. Und dann die *Windsauger,* die sind auch gefährlich. Sie schweben durch die Luft, und manchmal begegnet man ihnen in regelrechten Schwärmen, oder sie bleiben in einem Dornengestrüpp hängen. Wenn sie jemanden berühren, verliert er alle Kraft. Man sieht sie nicht richtig, nur als Schimmern in der Luft. Oder die *Atemlosen ...*«

»Die *Atemlosen?*«

»Halbtote Krieger. Lebendig zu sein ist eine Sache, tot zu sein eine andere, aber halb tot zu sein ist am schlimmsten. Sie können nicht sterben und nicht leben, sondern irren für alle Zeiten durch die Welt. Sie heißen die *Atemlosen,* weil man ihnen etwas Schreckliches angetan hat.«

»Was denn?« fragte Lyra mit großen Augen.

»Die nördlichen Tataren brechen ihnen die Rippen auf und ziehen die Lungen heraus. Sie machen das sehr geschickt, denn sie töten ihre Opfer dabei nicht. Allerdings funktionieren die Lungen der *Atemlosen* nur noch, wenn ihre Dæmonen von Hand Luft hineinpumpen, deshalb schweben sie immer zwischen Atmen und Nichtatmen, Leben und Tod – sie sind eben halb tot, ja? Und ihre Dæmonen müssen Tag und Nacht pumpen und pumpen, sonst würden sie zusammen mit ihnen sterben. Ich habe gehört, daß man im Wald manchmal ganzen Gruppen von *Atemlosen* begegnet. Und dann gibt es noch die *Panserbjørne* – schon mal was von denen gehört? Das sind gepanzerte Bären, eine Art Eisbären, nur daß sie …«

»Natürlich! Von denen habe ich schon gehört! Einer der Männer gestern abend hat erzählt, daß mein Onkel Lord Asriel in einer Festung gefangen ist, die von *Panserbjørne* bewacht wird.«

»Wirklich? Warum war er denn im Norden?«

»Er hat geforscht. Aber so wie der Mann geredet hat, glaube ich nicht, daß mein Onkel auf der Seite der Gobbler steht. Ich glaube, sie waren froh, daß er im Gefängnis ist.«

»Wenn die *Panserbjørne* ihn bewachen, kommt er da nicht mehr raus. Diese Bären sind wie Söldner, wenn du verstehst, was ich meine. Sie verkaufen sich an jeden, der dafür bezahlt. Sie haben Hände wie Menschen und sind erfahrene Schmiede. Meistens verwenden sie Meteoreisen. Sie verarbeiten es zu großen Platten und Schilden, mit denen sie sich panzern. Seit Jahrhunderten überfallen sie die Skrälinge. Sie sind brutale, unbarmherzige Mörder, aber sie halten ihr Wort. Wenn du mit einem *Panserbjørn* etwas abmachst, kannst du dich drauf verlassen, daß er sich daran hält.«

Lyra war von Tonys Greuelgeschichten zutiefst beeindruckt.

»Ma will nichts vom Norden hören«, meinte Tony nach einer Weile, »denn wer weiß, was Billy zugestoßen ist. Wir wissen nämlich, daß man ihn in den Norden gebracht hat.«

»Woher denn?«

»Wir haben einen von den Gobblern erwischt und zum Reden gebracht. Deshalb wissen wir ein paar Sachen über sie. Die beiden Männer letzte Nacht waren keine Gobbler; sie waren zu ungeschickt. Wenn es Gobbler gewesen wären, hätten wir sie lebend mitgenommen. Wir Gypter haben unter den Gobblern mehr gelitten als sonst jemand, und wir treffen uns jetzt, um zu beraten, was wir dagegen tun können. Deshalb waren wir letzte Nacht im Hafen; wir mußten unsere Vorräte aufstocken, denn die Gypter versammeln sich oben in den Fens zu einem Thing, wie wir es nennen. Und ich schätze, wenn wir unsere Erfahrungen ausgetauscht und unser Wissen zusammengebracht haben, werden wir einen Rettungstrupp losschicken. Das würde ich jedenfalls an John Faas Stelle tun.«

»Wer ist John Faa?«

»Der König der Gypter.«

»Ihr wollt wirklich die Kinder retten? Und was ist mit Roger?«

»Wer ist Roger?«

»Der Küchenjunge aus Jordan College. Er wurde genau wie Billy einen Tag, bevor ich mit Mrs. Coulter fortging, entführt. Ich wette, wenn ich entführt worden wäre, würde er kommen und mich befreien. Wenn ihr Billy rettet, komm ich mit und rette Roger.«

Und Onkel Asriel, dachte sie; aber das sagte sie nicht laut.

Sieben

John Faa

Mit diesem Ziel vor Augen ging es Lyra schon viel besser. Mrs. Coulter zu helfen war schön und gut gewesen, aber Pantalaimon hatte recht: Lyra hatte dort im Grunde nichts zu tun gehabt, außer zu allen lieb und nett zu sein. Auf dem gyptischen Boot dagegen gab es richtige Arbeit, und Ma Costa sorgte dafür, daß Lyra diese Arbeit tat. Lyra putzte und fegte, schälte Kartoffeln und kochte Tee, ölte die Welle der Schiffsschraube und entfernte das Gras aus dem Schutzgitter der Schraube, sie wusch ab, öffnete Schleusentore und vertäute das Schiff an den Pollern der Liegeplätze, und innerhalb weniger Tage hatte sie sich so an ihr neues Leben gewöhnt, als wäre sie schon immer eine Gypterin gewesen.

Was sie nicht bemerkte, war, daß die Costas sich auf ihren Landgängen aufmerksam umhörten, ob jemand auffallendes Interesse für Lyra zeigte. Lyra war, auch wenn sie es nicht wußte, eine wichtige Person, und offenbar suchten Mrs. Coulter und die Oblations-Behörde überall nach ihr. Wie Tony unterwegs in Kneipen erfuhr, führte die Polizei ohne jede Erklärung Razzien in Häusern und Farmen, Hinterhöfen und Fabriken durch, und es kursierte das Gerücht, sie würde nach einem vermißten Mädchen fahnden. Und das war schon merkwürdig angesichts der vielen Kinder, die verschwunden waren, ohne daß man nach ihnen gesucht hatte. Gypter und Landbevölkerung waren verunsichert und zutiefst beunruhigt.

Es gab auch noch einen anderen Grund, warum Lyra den

Costas so wichtig war, aber das sollte sie erst ein paar Tage später erfahren.

Lyra mußte unter Deck bleiben, wenn das Boot an der Hütte eines Schleusenwärters, einem Kanalhafen oder einem anderen Ort vorbeikam, wo sie gesehen werden konnte. Einmal fuhren sie durch eine Stadt, in der die Polizei den Verkehr in beiden Richtungen anhielt und alle passierenden Schiffe durchsuchte. Doch die Costas waren gewappnet. Unter Ma Costas Koje befand sich ein Geheimfach, in dem Lyra zwei Stunden lang zusammengekauert lag, während die Polizisten erfolglos jeden Winkel des Bootes durchsuchten.

»Wieso haben ihre Dæmonen mich eigentlich nicht entdeckt?« fragte Lyra hinterher. Ma Costa zeigte ihr, daß das Versteck innen mit Zedernholz ausgekleidet war, das auf Dæmonen wie ein Schlafmittel wirkte. Tatsächlich hatte Pantalaimon die ganze Zeit friedlich an Lyras Kopf geschlafen.

Langsam, mit zahlreichen Unterbrechungen und Umwegen, näherte sich das Boot der Costas den Fens, jener weiten und nie vollständig kartographierten Wildnis in East Anglia. Unter einem unermeßlich hohen Himmel erstreckte sich eine endlose Moorlandschaft, die an ihrem äußersten Saum unmerklich in die Wasserläufe und seichten Buchten des Meeres überging, an dessen anderem Ende ebenso allmählich die Küste Hollands auftauchte. Teile der Fens waren von Holländern trocken gelegt und eingedeicht worden, und einige Holländer hatten sich hier angesiedelt, deshalb war die Sprache der Fens mit vielen holländischen Wörtern durchsetzt. Andere Teile waren jedoch nie trocken gelegt und bepflanzt oder besiedelt worden, und hier, in den wildesten Gegenden im Landesinnern, wo Aale die Flüsse bevölkerten und Schwärme von Wasservögeln brüteten, wo gespenstische Sumpffeuer flackerten und Wegelagerer arglose Reisende auf verhängnisvolle Irrwege in Sümpfe und Schlammlöcher lockten, hatten die Gypter sich stets ungestört versammeln können.

Durch tausend gewundene Kanäle, Bäche und Wasserläufe strebten gyptische Boote den Byanplats zu, dem einzigen etwas höher gelegenen Landstück in der Hunderte von Quadratmeilen großen Sumpf- und Moorlandschaft. Inmitten von Anlegestellen, Hafendämmen, einem Aalmarkt und einer kleinen Siedlung stand dort eine uralte Versammlungshalle aus Holz. Wenn dort ein Thing, eine Versammlung der Gypter, einberufen wurde, drängten sich so viele Boote auf den Wasserstraßen, daß man – so sagte man – über ihre Decks in alle Richtungen eine Meile laufen konnte. In den Sümpfen herrschten die Gypter. Niemand sonst wagte es, sie zu betreten, und solange die Gypter sich friedlich verhielten und die öffentliche Ruhe nicht störten, drückten die Landloper, die Bewohner des Festlandes, bei dem regen Schmuggel und den gelegentlichen Fehden ein Auge zu. Wenn die Leiche eines Gypters an die Küste gespült wurde oder einem Fischer ins Netz ging, na ja – dann war es eben nur ein Gypter.

Lyra lauschte gespannt den Geschichten der Fenbewohner vom großen Geisterhund Black oder den Sumpffeuern, die aufloderten, wenn Hexenöl in Blasen an die Oberfläche stieg, und noch ehe sie die Fens erreichten, fühlte sie sich als Gypterin. Sie war schnell wieder in die Ausdrucksweise ihrer Oxforder Zeit verfallen und bereicherte ihre Sprache jetzt auch noch mit holländischen Worten der gyptischen Fenbewohner. Ma Costa mußte sie an gewisse Dinge erinnern.

»Du bist keine Gypterin, Lyra. Vielleicht sprichst du mit einiger Übung wie wir, aber die Sprache allein macht dich noch lange nicht zu einer Gypterin. In uns gibt es Tiefen und starke Strömungen. Wir sind Wassermenschen durch und durch und du nicht, du bist ein Feuermensch. Du gleichst am meisten dem Sumpffeuer, jedenfalls aus der Perspektive der Gypter; du hast Hexenöl in der Seele. Du führst in die Irre, Kind.«

Lyra war gekränkt.

»Ich habe noch nie jemanden in die Irre geführt! Frag doch ...«

Aber natürlich gab es niemanden, den man hätte fragen

können, und Ma Costa lachte, doch es war ein freundliches Lachen.

»Merkst du nicht, daß ich dir ein Kompliment mache, du Gänschen?« fragte sie, und Lyra war besänftigt, auch wenn sie nichts verstand.

Als sie die Byanplats erreichten, war es Abend, und die Sonne stand tief am blutroten Himmel. Die flache Insel mit dem Zaal inmitten eines Gewirrs von Häusern hob sich als schwarze Masse gegen das Licht ab; Rauchfäden stiegen in die windstille Luft empor, und aus dem Gedränge der Boote ringsum wehte der Geruch von gebratenem Fisch, Tabak und Genever herüber.

Sie vertäuten das Boot an einem Liegeplatz in der Nähe des Zaal, der laut Tony schon seit Generationen von ihrer Familie benutzt wurde. Bald darauf zischten und brutzelten fette Aale in Ma Costas Bratpfanne und im Kessel sprudelte Wasser für Kartoffelpüree. Tony und Kerim ölten sich das Haar ein, zogen ihre schönsten Lederjacken und blau getupfte Halstücher an, schmückten die Finger mit zahlreichen Silberringen und machten sich dann auf, um alte Freunde auf den Nachbarbooten zu begrüßen und in der nächsten Bar etwas zu trinken. Sie kehrten mit wichtigen Neuigkeiten zurück.

»Wir sind gerade rechtzeitig angekommen. Das Thing findet schon heute abend statt. Und wißt ihr, was sie in der Stadt sagen? Es heißt, das vermißte Mädchen befinde sich auf einem gyptischen Boot und würde heute abend beim Thing erscheinen.«

Tony lachte laut und zauste Lyras Haar. Seit sie die Sümpfe erreicht hatten, besserte sich seine Laune zusehends, als sei die grimmige Schwermut, die seine Miene nach außen zeigte, nur eine Maske. Und Lyra wurde immer aufgeregter. Sie schlang das Essen hinunter, wusch das Geschirr ab, kämmte sich die Haare und steckte das Alethiometer in die Tasche des Wolfspelzmantels. Dann sprang sie an Land und folgte den anderen Familien die Anhöhe zum Zaal hinauf.

Sie hatte geglaubt, Tony mache einen Scherz, stellte aber

bald fest, daß dem nicht so war oder daß sie vielleicht doch weniger einer Gypterin glich, als sie geglaubt hatte. Zahlreiche Menschen starrten sie an, und Kinder zeigten auf sie. Als sie die großen Türen des Zaal erreichten, wich die Menge auf beiden Seiten zurück, um ihnen Platz zu machen, und sie schritten durch ein Spalier von Menschen.

Jetzt wurde Lyra erst recht nervös. Sie blieb dicht bei Ma Costa, und Pantalaimon machte sich so groß er konnte und verwandelte sich in einen Panther, um sie zu beruhigen. Ma Costa stapfte die Stufen empor, als könne nichts auf der Welt sie aufhalten oder ihren Schritt beschleunigen, und rechts und links von ihr gingen stolz wie zwei Prinzen Tony und Kerim.

In der Halle brannten Naphthalampen, die Gesichter und Körper der Anwesenden beleuchteten, das Dachgebälk in der Höhe jedoch im Dunkeln ließen. Die hereinströmenden Menschen hatten Mühe, einen Platz zu finden – die meisten Bänke waren bereits voll –, aber die Familien rückten noch enger aneinander und nahmen die Kinder auf den Schoß, um Platz zu machen, und die Dæmonen rollten sich entweder am Boden zusammen oder hockten auf den Balken der grobgezimmerten Holzwände.

An der Stirnseite des Zaal war ein Podium mit acht holzgeschnitzten Stühlen aufgebaut. Als Lyra und die Costas an der seitlichen Wand der Halle schließlich einen Stehplatz gefunden hatten, tauchten acht Männer aus dem Schatten hinter dem Podium auf und traten vor die Stühle. Erregtes Gemurmel ging durch die Menge, und die Anwesenden bedeuteten einander zu schweigen und quetschten sich auf die letzten freien Plätze auf den Bänken. Schließlich herrschte Stille, und sieben der Männer auf dem Podium setzten sich.

Der Mann, der stehen blieb, war in den Siebzigern, aber immer noch hochgewachsen, stiernackig und kräftig. Wie die meisten gyptischen Männer trug er eine schlichte Segeltuchjacke und ein kariertes Hemd; allein durch die Stärke und Autorität, die er ausstrahlte, unterschied er sich von den anderen. Lyra erkannte diese Ausstrahlung wieder: Onkel Asriel hatte sie und ebenso der Rektor von Jordan. Der

Dæmon des Mannes war eine Krähe, die dem Raben des Rektors ähnelte.

»Das ist John Faa, der Herrscher der westlichen Gypter«, flüsterte Tony.

Dann begann John Faa mit einer tiefen, langsamen Stimme zu sprechen.

»Gypter! Willkommen zu unserem Thing. Wir sind hier, um zu beraten und zu entscheiden. Ihr wißt alle, um was es geht. Unter uns sind viele Familien, die ein Kind verloren haben, manche sogar zwei. Jemand raubt sie. Auch die Landloper verlieren Kinder. Sie sind in derselben Lage wie wir.

Es hat viel Gerede gegeben über ein Kind und eine Belohnung. Hier ist die Wahrheit, damit der Klatsch ein Ende hat. Das Kind heißt Lyra Belacqua, und es wird von der Polizei der Landloper gesucht. Wer es der Polizei ausliefert, erhält eine Belohnung von tausend Sovereign. Das Mädchen ist ein Landloperkind, und es befindet sich in unserer Obhut, wo es auch bleiben wird. Wen diese tausend Sovereign in Versuchung führen, der wird weder an Land noch auf dem Wasser vor uns sicher sein. Wir liefern das Mädchen nicht aus.«

Lyra spürte, wie sie von den Haarwurzeln bis zu den Fußsohlen errötete; Pantalaimon verwandelte sich in eine braune Motte, um sich zu verstecken. Aller Augen wandten sich ihnen zu, und Lyra sah hilfesuchend zu Ma Costa auf.

John Faa sprach bereits weiter.

»Aber durch Reden ändern wir nichts. Wenn wir etwas verändern wollen, müssen wir handeln. Was ihr noch wissen solltet: Die Gobbler, diese Kindsräuber, bringen ihre Gefangenen in eine Stadt im hohen Norden, hoch hinauf ins Land der Finsternis. Ich weiß nicht, was sie dort mit ihnen machen. Manche sagen, sie würden sie töten, aber jeder behauptet etwas anderes. Wir wissen es nicht. Wir wissen jedoch, daß Polizei und Klerus ihnen dabei helfen. Die Mächtigen des Landes helfen ihnen. Merkt euch das. Sie alle wissen, was vorgeht, und helfen nach Kräften. Was ich vorhabe, ist daher nicht leicht, und ich brauche dazu eure Zustimmung.

Ich schlage vor, daß wir Krieger in den Norden entsenden, um die Kinder zu retten und zurückzubringen, und daß wir unser Gold und unser ganzes Geschick und unseren Mut in dieses Vorhaben stecken. Ja, Raymond van Gerrit?«

Ein Mann im Publikum hatte die Hand gehoben, und John Faa erteilte ihm das Wort und setzte sich.

»Entschuldigung, Lord Faa. Nicht nur gyptische, sondern auch Landloperkinder wurden gefangengenommen. Soll das heißen, daß wir die auch retten?«

John Faa stand auf, um zu antworten.

»Raymond, willst du damit sagen, wir sollten alle möglichen Gefahren auf uns nehmen, um zu einer Gruppe verängstigter Kinder zu gelangen und dann einigen zu sagen, sie könnten mit nach Hause kommen, und den übrigen, sie müßten dort bleiben? Nein, das willst du sicher nicht. Also, meine Freunde, habe ich euer Einverständnis?«

Niemand hatte mit dieser Frage gerechnet, und im ersten Moment waren alle unschlüssig; doch dann ging ein Aufschrei durch die Halle, Hände hoben sich und applaudierten, Fäuste wurden geschüttelt, und die Stimmen schwollen zum Orkan an. Das Dachgebälk des Zaal erzitterte, und ein Dutzend Vögel, die dort oben im Dunkel geschlafen hatten, wachten erschrocken auf und schlugen mit den Flügeln. Kleine Staubwolken rieselten herab.

John Faa hörte dem Lärmen kurze Zeit zu, dann hob er die Hand, um sich wieder Gehör zu verschaffen.

»Wir werden eine Weile brauchen, um alles zu organisieren. Ich möchte, daß die Familienoberhäupter eine Steuer erheben und eine Truppe aufstellen. In drei Tagen treffen wir uns wieder hier. In der Zwischenzeit werde ich mit besagtem Kind und mit Farder Coram sprechen und einen Plan ausarbeiten, den ich euch beim nächsten Treffen vorlege. Gute Nacht, euch allen.«

Mit seinen entschiedenen, klaren Worten gelang es ihm sofort, die Menge wieder zu beruhigen. Die Menschen strömten durch die großen Türen in die kühle Abendluft hinaus und machten sich auf den Weg zu den Booten oder in die überfüllten Bars.

»Wer waren die anderen Männer auf dem Podium?« fragte Lyra Ma Costa.

»Die Oberhäupter der sechs Familien. Der andere Mann war Farder Coram.«

Es war klar, wen sie mit dem anderen Mann meinte. Er war der älteste gewesen, ging am Stock und hatte, während er hinter John Faa saß, die ganze Zeit gezittert, als habe er Schüttelfrost.

»Komm mit«, sagte Tony. »Ich bring dich am besten zu John Faa, damit du dich vorstellen kannst. Du redest ihn mit Lord Faa an. Ich weiß nicht, was er dich fragen wird, aber gib acht, daß du die Wahrheit sagst.«

Pantalaimon hatte sich in einen Spatz verwandelt. Neugierig saß er auf Lyras Schulter, die Krallen tief im Wolfspelzmantel vergraben, während sie Tony durch die Menge folgte.

Tony hob sie auf das Podium. Sie spürte, wie alle, die noch in der Halle waren, sie anstarrten. Ihr wurde klar, daß sie plötzlich tausend Sovereign wert war, und sie wurde rot und zögerte. Pantalaimon hüpfte ihr auf die Brust und verwandelte sich in eine Wildkatze. Er machte es sich in ihren Armen bequem und sah sich leise fauchend um.

Lyra fühlte einen Stoß im Rücken und trat auf John Faa zu. Mit seinem strengen, kantigen und unbewegten Gesicht ähnelte er mehr einem steinernen Pfeiler als einem Menschen, aber er beugte sich zu ihr herunter und streckte ihr die Hand entgegen. Als sie ihre Hand hineinlegte, verschwand sie fast.

»Willkommen, Lyra«, sagte er.

Seine Stimme klang aus der Nähe wie das Grollen der Erde. Wäre nicht Pantalaimon gewesen und wäre nicht die versteinerte Miene von John Faa etwas weicher geworden, Lyra hätte Angst gehabt. Doch John Faa behandelte sie sehr freundlich.

»Danke, Lord Faa«, antwortete sie.

»Komm mit ins Besprechungszimmer, damit wir reden können«, sagte John Faa. »Bekommst du bei den Costas etwas Anständiges zu essen?«

»O ja, zum Abendessen gab es Aale.«

»Echte Sumpfaale, will ich hoffen.«

Das Besprechungszimmer war ein behaglicher Raum. Im Kamin brannte ein großes Feuer, auf den Anrichten türmten sich Silber und Porzellan, und um einen schweren, alten Tisch, dessen Holz dunkel glänzte, standen zwölf Stühle.

Die anderen Männer, die auf dem Podium gesessen hatten, waren verschwunden, nur der zitternde alte Mann war noch da. John Faa führte ihn zu einem Platz am Tisch.

»Setz dich rechts von mir hin«, sagte John Faa zu Lyra; er selbst nahm auf dem Stuhl am Kopfende des Tisches Platz. Lyra saß Farder Coram gegenüber. Sie fürchtete sich ein wenig vor seinem totenkopfähnlichen Gesicht und seinem unablässigen Zittern. Sein Dæmon war eine schöne, braungoldene Katze von stattlicher Größe, die mit erhobenem Schwanz um den Tisch herumstolzierte, anmutig Pantalaimon beäugte und dessen Nase kurz mit ihrer berührte, bevor sie sich auf dem Schoß von Farder Coram niederließ, die Augen halb schloß und leise schnurrte.

Eine Frau, die Lyra vorher nicht bemerkt hatte, löste sich aus dem Schatten und brachte ein Tablett mit Gläsern, stellte es vor John Faa, knickste und verschwand. John Faa goß sich und Farder Coram aus einem Steinkrug Genever in kleine Gläser, und Lyra bekam Wein.

»So«, sagte John Faa. »Du bist weggelaufen, Lyra.«

»Ja.«

»Und wer war die Frau, vor der du weggelaufen bist?«

»Sie hieß Mrs. Coulter. Am Anfang mochte ich sie, aber dann fand ich heraus, daß sie eine von den Gobblern ist. Ich habe gehört, wie jemand sagte, wer die Gobbler sind. Sie heißen eigentlich General-Oblations-Behörde, und Mrs. Coulter ist die Leiterin dieser Behörde, weil alles ihre Idee war. Sie haben etwas vor, aber ich weiß nicht, was, nur daß ich ihr helfen sollte, Kinder für die Gobbler zu besorgen. Aber sie wußten ja nicht ...«

»Was wußten sie nicht?«

»Also erst mal hatten sie keine Ahnung, daß ich ein paar von den entführten Kindern kannte: meinen Freund Roger, den Küchenjungen von Jordan College, und Billy Costa und ein Mädchen aus der Markthalle von Oxford. Und noch etwas ... Mein Onkel, also Lord Asriel ... ich habe gehört, wie sie über seine Reisen in den Norden gesprochen haben, und ich glaube nicht, daß er etwas mit den Gobblern zu tun hat. Denn ich habe dem Rektor und den Wissenschaftlern von Jordan nachspioniert, ja, und ich habe mich im Ruhezimmer versteckt, das keiner außer ihnen betreten darf, und habe gehört, wie mein Onkel ihnen alles von seiner Expedition in den Norden erzählt hat und von diesem Staub, den er gesehen hat; und er hat den Kopf von Stanislaus Grumman mitgebracht, in den die Tataren ein Loch gebohrt haben. Und jetzt haben die Gobbler ihn irgendwo eingesperrt, wo ihn die gepanzerten Bären bewachen, und ich möchte ihn befreien.«

Sie sah grimmig und wild entschlossen aus, wie sie da saß, ein kleines Mädchen vor der hohen, mit Schnitzereien verzierten Lehne des Stuhles. Die beiden alten Männer konnten ein Lächeln nicht unterdrücken. Während das Lächeln von Farder Coram zögernd und vieldeutig über sein Gesicht huschte wie ein den Schatten hinterherjagender Sonnenstrahl an einem windigen Märztag, war John Faas Lächeln langsam, herzlich, klar und offen.

»Erzähl uns, was dein Onkel an jenem Abend gesagt hat«, meinte John Faa. »Und laß nichts aus. Wir wollen alles hören.«

Lyra gehorchte und berichtete langsamer, aber auch genauer als bei den Costas. Sie hatte Angst vor John Faa, und am meisten fürchtete sie seine Freundlichkeit. Als sie geendet hatte, sprach Farder Coram zum ersten Mal. Seine Stimme war voll und melodisch, mit ebenso vielen Abstufungen im Tonfall, wie Farben im Pelz seines Dæmons schimmerten.

»Lyra«, fragte er, »haben die Wissenschaftler diesen Staub jemals anders genannt?«

»Nein, immer nur Staub. Mrs. Coulter erklärte mir, daß er aus Elementarteilchen besteht, aber anders hat sie ihn auch nicht genannt.«

»Und sie glauben, daß sie durch irgendwelche Experimente mit Kindern mehr über ihn herausfinden können?«

»Ja, aber ich weiß nicht, was. Das heißt, mein Onkel ... Ich hab vergessen, Ihnen etwas zu erzählen. Er hatte noch ein anderes Lichtbild, das er ihnen zeigte. Darauf waren die Rohre zu sehen ...«

»Die was?« fragte John Faa.

»Die Aurora«, sagte Farder Coram. »Stimmt das, Lyra?«

»Ja, genau, das war's. Und im Schein der Rohre sah man so etwas wie eine Stadt, mit Türmen und Kirchen und Kuppeln und so weiter. Ein bißchen wie Oxford, fand ich jedenfalls. Und ich glaube, Onkel Asriel interessierte sich vor allem dafür, aber der Rektor und die Wissenschaftler wollten mehr über Staub hören, genau wie Mrs. Coulter und Lord Boreal und die anderen.«

»Ich verstehe«, sagte Farder Coram. »Das ist sehr interessant.«

»Gut, Lyra«, sagte John Faa, »nun will ich dir etwas erzählen. Unser Farder Coram hier ist ein weiser Mann. Er ist ein Seher. Er hat alles verfolgt, was mit Staub und mit den Gobblern und Lord Asriel und allem anderen zu tun hat und auch mit *dir*. Jedesmal, wenn die Costas und ein halbes Dutzend anderer Familien nach Oxford fuhren, kehrten sie mit ein paar Neuigkeiten zurück. Über dich, mein Kind. Wußtest du das?«

Lyra schüttelte den Kopf. Langsam wurde ihr das unheimlich. Pantalaimon knurrte unhörbar tief in seinem Innern, aber sie spürte es in den Fingerspitzen, die sie in sein Fell gegraben hatte.

»Ja«, sagte John Faa, »unser Farder Coram erfährt alles, was du tust.«

Jetzt platzte es aus Lyra heraus.

»Wir haben es nicht *kaputt* gemacht, Ehrenwort! Nur dreckig! Und wir sind nicht weit gefahren ...«

»Wovon sprichst du, mein Kind?« fragte John Faa.

Farder Coram lachte, und beim Lachen hörte er auf zu zittern, und sein Gesicht strahlte und sah auf einmal sehr jung aus.

Aber Lyra war nicht zum Lachen zumute, und ihre Lippen bebten. »Selbst wenn wir den Stöpsel gefunden hätten, nie im Leben hätten wir ihn herausgezogen! Es war doch alles nur Spaß. Niemals hätten wir es versenkt!«

Da begann auch John Faa zu lachen. Mit der flachen Hand schlug er so kräftig auf den Tisch, daß die Gläser klirrten, und seine massigen Schultern zuckten, und er mußte sich die Tränen aus den Augen wischen. Lyra hatte so etwas noch nie gesehen, geschweige denn ein solches Brüllen gehört; es klang, als lache ein Berg.

»Ach ja«, keuchte er, als er wieder sprechen konnte, »davon haben wir auch gehört, Mädchen! Und ich weiß, daß die Costas seitdem auf Schritt und Tritt daran erinnert werden. ›Laß lieber eine Wache auf deinem Boot, Tony‹, spotten die Leute. ›Hier treiben sich böse kleine Mädchen herum!‹ Diese Geschichte hat sich wie ein Lauffeuer überall in den Fens ausgebreitet. Aber wir bestrafen dich dafür nicht. Nein, nein! Sei unbesorgt.«

Er sah Farder Coram an, und die beiden Männer lachten wieder, wenn auch diesmal leiser.

Lyra war beruhigt.

Schließlich schüttelte John Faa den Kopf und wurde wieder ernst.

»Lyra, was ich sagen wollte, war, daß wir dich von Kind auf kennen. Seit du ein Baby warst. Und du sollst wissen, was wir wissen. Ich habe keine Ahnung, was sie dir in Jordan College über deine Herkunft erzählt haben, jedenfalls kennt man dort nicht die ganze Wahrheit. Haben sie dir je gesagt, wer deine Eltern waren?«

Nun war Lyra völlig verwirrt.

»Ja«, antwortete sie. »Sie sagten, ich sei ... sie sagten, sie ... sie sagten also, Lord Asriel hätte mich ins College gebracht, weil meine Eltern beim Absturz eines Luftschiffes gestorben sind. Das sagten sie.«

»So, so. Na gut, Kind, jetzt erzähle ich dir eine andere Geschichte, eine wahre Geschichte. Daß sie wahr ist, weiß ich, weil eine Gypterin sie mir erzählt hat und kein Gypter jemals John Faa oder Farder Coram belügen würde. Also höre die Wahrheit über dich, Lyra. Dein Vater kam nicht bei einem Luftunfall ums Leben, denn dein Vater ist Lord Asriel.«

Lyra erstarrte.

»Es war so«, fuhr John Faa fort. »Als junger Mann unternahm Lord Asriel ausgedehnte Forschungsreisen in den Norden und kehrte mit einem großen Vermögen zurück. Er war ein temperamentvoller Mensch, aufbrausend und leidenschaftlich. Auch deine Mutter war eine leidenschaftliche Frau. Zwar nicht von so vornehmer Herkunft wie er, aber sehr klug. Sie war Studentin, und alle, die sie sahen, sagten, sie sei sehr schön. Sie und dein Vater verliebten sich gleich bei ihrer ersten Begegnung ineinander. Das Problem war jedoch, daß deine Mutter bereits verheiratet war. Sie hatte einen Politiker geheiratet, ein Mitglied der Partei des Königs und einer von dessen engsten Beratern. Einen aufstrebenden Mann.

Als deine Mutter merkte, daß sie schwanger war, fürchtete sie sich davor, ihrem Mann zu gestehen, daß das Kind nicht von ihm war. Und als das Baby zur Welt kam – und das warst du, Mädchen –, war auf den ersten Blick klar, daß du nicht ihrem Mann, sondern deinem wahren Vater ähnlich sahst, und deshalb hielt deine Mutter es für das beste, dich zu verstecken und so zu tun, als wärst du gestorben.

Also wurdest du nach Oxfordshire gebracht, wo dein Vater Land besaß, und in die Obhut einer gyptischen Amme gegeben. Aber irgend jemand verriet dem Mann deiner Mutter, was geschehen war. Sofort eilte er dorthin und durchsuchte die Hütte der Gypterin, doch sie war in das Herrenhaus geflohen, wohin der Mann deiner Mutter ihr in mörderischem Zorn folgte. Dein Vater war auf der Jagd, aber man benachrichtigte ihn, und er kam gerade noch rechtzeitig, um sich dem Mann deiner Mutter am Fuß der großen Treppe in den Weg zu stellen. Einen Augenblick später, und er hätte den Schrank aufgebrochen, in dem sich die Gypterin mit dir versteckte; so aber forderte Lord Asriel ihn zum Duell, und sie kämpften auf den Stufen, und Lord Asriel tötete ihn. Die Gypterin hat alles gesehen und gehört, Lyra, und von ihr haben wir es erfahren.

Danach kam es zu einem großen Rechtsstreit. Dein Vater ist kein Mann, der die Wahrheit abstreitet oder vertuscht, und der Fall brachte die Richter in Bedrängnis. Zwar hatte dein Vater getötet und Blut vergossen, aber im Grunde hatte er ja nur sein Haus und sein Kind gegen einen Eindringling verteidigt. Andererseits erlaubt das Gesetz jedem Mann, die Vergewaltigung seiner Frau zu rächen, und die Anwälte des Toten behaupteten, nichts anderes hätte ihr Mandant vorgehabt.

Der Fall zog sich wochenlang hin, und Berge von Beweisen und Gegenbeweisen wurden hin- und hergeschoben. Am Ende bestraften die Richter Lord Asriel, indem sie sein ganzes Vermögen und seine Ländereien beschlagnahmten und ihn, der reicher als der König gewesen war, zu einem armen Mann machten.

Was deine Mutter anbelangt: Sie wollte von alldem nichts wissen, auch von dir nicht. Sie ließ dich im Stich. Die gyptische Amme erzählte mir, sie hätte oft Angst gehabt, deine Mutter, eine stolze und hochmütige Frau, könnte dir etwas antun. Soviel zu ihr.

Dann gab es noch dich. Wäre die Sache anders ausgegangen, wärst du vielleicht als Gypterin erzogen worden, Lyra, denn die Gypterin flehte das Gericht an, dich ihr zu überlassen; aber wir Gypter haben einen schweren Stand vor dem Gesetz. Das Gericht entschied, daß du in einem Kloster untergebracht werden solltest, und so kamst du zu den Demütigen Schwestern von Watlington. Daran wirst du dich kaum erinnern.

Doch Lord Asriel widersetzte sich diesem Urteil. Er haßte Äbte, Mönche und Nonnen, und als eigenmächtiger Mann, der er war, kam er eines Tages angeritten und nahm dich mit. Allerdings nicht, um sich selbst deiner anzunehmen oder dich den Gyptern zu überlassen, sondern er brachte dich nach Jordan College und warnte das Gericht davor, seine Tat rückgängig zu machen.

Das Gericht ließ den Dingen ihren Lauf. Lord Asriel widmete sich wieder seinen Forschungen, und du lebtest in Jordan College. Alles, was dein Vater verlangte, seine einzige Bedingung war, daß deine Mutter dich nicht sehen dürfe. Jeder Versuch von ihr mußte verhindert und ihm mitgeteilt werden, denn all sein Zorn richtete sich mittlerweile gegen sie. Der Rektor versprach ihm das hoch und heilig, und so verging die Zeit.

Dann brach plötzlich die Aufregung um diesen Staub aus. Gelehrte Männer und Frauen im ganzen Land und auf der ganzen Welt fingen besorgt an, darüber zu forschen. Uns Gypter hätte das nicht weiter interessiert, wären nicht eines Tages unsere Kinder entführt worden. Von da an wurden wir hellhörig. Wir knüpften Verbindungen, unter anderem zu Jordan College. Wahrscheinlich wußtest du nichts davon, aber es gab dort jemanden, der dich seit deiner Ankunft bewachte und uns darüber berichtete. Denn dein Schicksal lag uns am Herzen, und deine gyptische Amme hörte nie auf, sich um dich zu sorgen.«

»Wer hat denn über mich berichtet?« fragte Lyra. Sie kam sich ungeheuer wichtig vor und war erstaunt, daß ihr Tun mit derartigem Interesse von so weit weg verfolgt worden war.

»Ein Bediensteter aus der Küche, Bernie Johansen, der Konditor. Er ist Halbgypter, was du sicher nicht gewußt hast.«

Bernie war ein freundlicher, alleinstehender Mann gewesen, einer der wenigen Menschen, deren Dæmonen das gleiche Geschlecht hatten wie sie selbst. Bernie war es gewesen, den sie in ihrer Verzweiflung angeschrien hatte, als Roger entführt worden war. Bernie hatte den Gyptern also alles erzählt! Lyra staunte.

»Und dann«, fuhr John Faa fort, »erfuhren wir, daß du Jordan College verlassen solltest, und zwar genau zu der Zeit, als Lord Asriel verhaftet wurde und es nicht verhindern konnte. Wir erinnerten uns daran, daß er dem Rektor befohlen hatte, so etwas niemals zuzulassen; außerdem wußten wir noch, daß der Mann, mit dem deine Mutter verheiratet gewesen war, der Politiker also, den Lord Asriel getötet hatte, Edward Coulter geheißen hatte.«

»Mrs. Coulter?« fragte Lyra bestürzt. »*Sie* ist meine Mutter?«

»Ja. Wenn dein Vater nicht gefangen gewesen wäre, hätte sie niemals gewagt, ihm zu trotzen, und du wärst immer noch in Jordan, ohne davon etwas zu ahnen. Aber daß der Rektor dich gehen ließ, ist ein unerklärliches Rätsel. Er war für dich verantwortlich. Ich kann nur vermuten, daß sie ihn irgendwie in der Hand hatte.«

Plötzlich verstand Lyra das merkwürdige Verhalten des Rektors am Morgen ihrer Abreise.

»Aber er wollte nicht ...«, begann sie und versuchte sich genau zu erinnern. »Er ... Ich sollte an diesem Morgen ganz früh zu ihm kommen und durfte Mrs. Coulter nichts davon sagen ... Er schien mich irgendwie vor Mrs. Coulter schützen zu wollen ...« Sie stockte und warf einen abschätzenden Blick auf die beiden Männer. Dann beschloß sie, ihnen die Wahrheit über den Vorfall im Ruhezimmer zu sagen. »Da war übrigens noch was. An dem Abend, als ich mich im Ruhezimmer versteckte, sah ich, wie der Rektor versuchte, Lord Asriel zu vergiften. Ich beobachtete, wie er ein Pulver in den Wein schüttete, und erzählte meinem Onkel davon. Er stieß die Karaffe vom Tisch und verschüttete den Wein. So habe ich ihm das Leben gerettet. Aber ich konnte nicht verstehen, warum der Rektor, der immer so freundlich war, ihn vergiften wollte. Dann, am Morgen, als ich fortging, rief er mich in aller Frühe in sein Arbeitszimmer. Ich mußte heimlich hingehen, damit niemand davon erfuhr, und er sagte dann ...« Lyra überlegte angestrengt, was genau der Rektor gesagt hatte, doch vergeblich. Sie schüttelte den Kopf. »Ich verstand nur, daß er mir etwas geben wollte, das ich vor Mrs. Coulter geheimhalten mußte. Aber Ihnen kann ich es, glaube ich, verraten ...«

Lyra griff in die Tasche des Wolfspelzmantels und holte das in Samt eingewickelte Päckchen heraus. Sie legte es auf den Tisch und spürte die fragenden Blicke der beiden Männer, die unverhohlene Neugier John Faas und den lebhaften Verstand Farder Corams.

Als sie das Alethiometer ausgewickelt hatte, sprach als erster Farder Coram.

»Nie hätte ich mir träumen lassen, jemals wieder ein solches Instrument zu Gesicht zu bekommen. Das ist ein Zeichendeuter. Hat der Rektor noch etwas darüber gesagt, mein Kind?«

»Nein, nur daß ich selbst herausfinden muß, wie man es liest. Und er nannte es Alethiometer.«

»Was heißt das?« wollte John Faa wissen.

»Alethiometer ist griechisch. Ich glaube, es kommt von *aletheia,* was Wahrheit bedeutet. Es handelt sich also um einen Wahrheitsmesser. Weißt du inzwischen, wie man es benutzt, Lyra?«

»Nein. Ich kann zwar die drei kurzen Zeiger auf verschiedene Bilder stellen, aber mit dem langen kann ich nichts anfangen. Er schlägt nach allen möglichen Seiten aus. Nur manchmal, wenn ich mich konzentriere, kann ich die lange Nadel durch meine Gedanken in die eine oder andere Richtung lenken.«

»Wozu ist es gut, Farder Coram?« fragte John Faa. »Und wie liest man es?«

»All diese Bilder hier am Rand sind Symbole«, sagte Farder Coram und hielt das Alethiometer vorsichtig John Faa entgegen, der verständnislos darauf blickte. »Jedes von ihnen hat verschiedene Bedeutungen. Nimm zum Beispiel den Anker hier. Zunächst einmal bedeutet er Hoffnung, denn die Hoffnung hält dich fest wie ein Anker und verhindert, daß du abtreibst. Seine zweite Bedeutung ist Beständigkeit. Drittens kann er Schwierigkeiten oder ein Hindernis bedeuten. Viertens verkörpert er das Meer, und so weiter. Er kann bis zu zehn, zwölf oder sogar unendlich viele Bedeutungen haben.«

»Und Ihr kennt sie alle?«

»Ich kenne einige, aber um alle zu verstehen, bräuchte ich das Buch. Ich habe das Buch gesehen und weiß, wo es sich befindet, aber ich habe es nicht.«

»Darüber müssen wir noch sprechen«, sagte John Faa. »Aber jetzt erklärt uns weiter, wie man das Instrument liest.«

»Es gibt also drei Zeiger, die man bewegen kann«, sagte Farder Coram, »und man kann mit ihnen eine Frage stellen.

Indem man sie auf drei Symbole richtet, läßt sich jede beliebige Frage stellen, denn jedes Symbol verweist ja wieder auf viele Ebenen. Sobald man eine Frage formuliert hat, schlägt die lange Nadel aus und zeigt auf weitere Symbole, in denen die Antwort steckt.«

»Aber woher weiß die Nadel, welche Ebene mit der jeweiligen Frage angesprochen wird?« fragte John Faa.

»Von allein weiß sie es nicht. Es funktioniert nur, wenn der Fragesteller zur gleichen Zeit an die Ebenen denkt. Zunächst muß er alle Bedeutungen kennen, und das dürften mindestens tausend sein. Dann muß er sie im Gedächtnis behalten und darf weder eingreifen noch ungeduldig werden, wenn die Nadel sich dreht. Wenn sie das Zifferblatt einmal umrundet hat, kennt er die Antwort. Ich weiß, wie es funktioniert, weil ich in Uppsala einmal einem Weisen dabei zugeschaut habe, aber das war bis zum heutigen Tag meine einzige Begegnung mit einem Alethiometer. Weißt du, wie selten sie sind, Lyra?«

»Der Rektor sagte, daß nur sechs gebaut wurden.«

»Wie viele es auch immer sein mögen, jedenfalls sind es nicht viele.«

»Und du hast Mrs. Coulter nichts davon gesagt, wie der Rektor dir aufgetragen hatte?« fragte John Faa.

»Ja. Aber ihr Dæmon schnüffelte oft in meinem Zimmer herum, und ich bin sicher, daß er das Alethiometer entdeckt hat.«

»Ich verstehe. Hör zu, Lyra, ich weiß nicht, ob wir jemals die volle Wahrheit erfahren werden, aber nach allem, was ich weiß, vermute ich folgendes. Der Rektor wurde von Lord Asriel beauftragt, für dich zu sorgen und dich vor deiner Mutter zu schützen, was er auch zehn Jahre oder noch länger tat. Dann gründete Mrs. Coulter mit Unterstützung ihrer Freunde in der Kirche die Oblations-Behörde, wobei wir nicht wissen, welche Absicht dahintersteckte, und wurde auf diese Weise ebenso mächtig wie Lord Asriel. Deine Eltern sind einflußreich und ehrgeizig, und der Rektor von Jordan stand zwischen beiden.

Nun muß sich der Rektor aber um viele Dinge kümmern.

Sein wichtigstes Anliegen ist das College mit seinen Wissenschaftlern. Sieht er es bedroht, muß er etwas unternehmen. Und die Kirche, Lyra, ist in letzter Zeit immer mächtiger geworden. Beim geringsten Anlaß werden Konzile einberufen, und es ist sogar die Rede davon, die Inquisitionsbehörde wiederzubeleben, wovor Gott uns bewahren möge. Der Rektor muß vorsichtig zwischen all diesen Mächten taktieren. Er muß verhindern, daß Jordan College der Kirche abtrünnig wird, sonst könnte es nicht überleben.

Aber auch du liegst dem Rektor am Herzen, mein Kind. Bernie Johansen hat uns das immer wieder versichert. Der Rektor von Jordan und die Wissenschaftler haben dich wie ihr eigenes Kind geliebt. Sie hätten alles getan, um dich zu schützen, und zwar nicht nur, weil sie es Lord Asriel versprochen hatten, sondern deinetwegen. Wenn dich der Rektor also Mrs. Coulter anvertraute, obwohl er Lord Asriel das Gegenteil versprochen hatte, muß er trotz allem geglaubt haben, du wärst bei ihr sicherer aufgehoben als in Jordan College. Und als er versuchte, Lord Asriel zu vergiften, muß er befürchtet haben, Lord Asriels Tun würde euch alle und vielleicht auch uns oder sogar die ganze Welt in Gefahr bringen. Der Rektor ist für mich ein Mann, der vor schreckliche Entscheidungen gestellt ist; wofür er sich auch entscheidet, es wird verhängnisvolle Folgen haben, aber vielleicht richtet die richtige Entscheidung weniger Schaden an als die falsche. Möge Gott mich vor solchen Entscheidungen bewahren.

Und als er dich gehen lassen mußte, gab er dir den Zeichendeuter und beschwor dich, ihn sicher zu verwahren. Ich frage mich, was du seiner Meinung nach damit machen sollst. Da du ihn nicht lesen kannst, ist mir schleierhaft, was er damit beabsichtigt hat.«

»Er meinte, Onkel Asriel hätte das Alethiometer vor Jahren Jordan College geschenkt«, sagte Lyra. Wieder versuchte sie angestrengt, sich zu erinnern. »Und er wollte noch etwas anderes sagen, aber da klopfte es, und er konnte nicht weitersprechen. Vielleicht wollte er mir sagen, ich sollte es auch vor Lord Asriel verstecken.«

»Oder auch das Gegenteil«, sagte John Faa.

»Was meinst du damit, John?« fragte Farder Coram.

»Vielleicht wollte er Lyra bitten, es Lord Asriel zurückzugeben, als eine Art Wiedergutmachung dafür, daß er versucht hatte, ihn zu vergiften. Vielleicht glaubte er, daß von Lord Asriel keine Gefahr mehr ausgehe. Oder daß das Instrument Lord Asriel Dinge offenbaren und ihn damit von seinen Zielen abbringen würde. Wenn Lord Asriel jetzt gefangengehalten wird, könnte es ihm helfen freizukommen. Tja, Lyra, am besten nimmst du den Zeichendeuter wieder an dich und paßt gut auf ihn auf. Du hast ihn ja bis jetzt sicher aufbewahrt, ich überlasse ihn dir unbesorgt. Aber eines Tages brauchen wir vielleicht seinen Rat, und dann werden wir dich wohl darum bitten.«

Er legte den Samt wieder über dem Alethiometer zusammen und schob es über den Tisch zurück.

Lyra hätte gern noch alle möglichen Fragen gestellt, empfand aber plötzlich Scheu vor dem massigen Mann mit den von Falten und Runzeln umgebenen, scharfen und zugleich freundlichen Augen.

Aber eines mußte sie noch wissen.

»Wer war die Gypterin, die mich gestillt hat?«

»Ach so, das war natürlich Billy Costas Mutter. Sie hat es dir nicht gesagt, weil ich es ihr verboten habe, aber sie weiß, worüber wir uns hier unterhalten, und du sollst es ruhig wissen. Du gehst jetzt am besten zu ihr zurück. Du hast eine Menge zum Nachdenken, mein Kind. In drei Tagen haben wir wieder ein Thing, und dort besprechen wir, was wir tun werden. Mach's gut. Gute Nacht, Lyra.«

»Gute Nacht, Lord Faa, gute Nacht, Farder Coram«, sagte Lyra höflich und drückte mit einer Hand das Alethiometer an die Brust, mit der anderen Pantalaimon.

Die beiden Alten lächelten ihr freundlich zu. Vor der Tür des Besprechungszimmers wartete Ma Costa, und als wäre seit Lyras Geburt nichts geschehen, schloß die Bootsmutter sie in ihre mächtigen Arme und gab ihr einen Kuß, bevor sie sie zum Boot zurückbrachte.

Acht

Enttäuschung

Lyra mußte sich erst daran gewöhnen, was sie über ihre Vergangenheit erfahren hatte, und das konnte nicht von heute auf morgen gelingen. Daß Lord Asriel ihr Vater war, nun gut, doch Mrs. Coulter als Mutter zu akzeptieren war längst nicht so einfach, auch wenn sie darüber vor wenigen Monaten noch begeistert gewesen wäre, wie sie sich verwirrt eingestehen mußte.

Doch es war nicht Lyras Art, sich lange zu grämen. Schließlich gab es in der Stadt vieles zu entdecken, und nur zu gern verblüffte sie die gyptischen Kinder mit ihren Geschichten. Noch vor Ablauf der drei Tage war sie eine Meisterin im Stocherkahnfahren – oder hielt sich zumindest dafür – und hatte eine Schar von Kindern um sich versammelt, die gebannt den Geschichten über ihren mächtigen, zu Unrecht gefangengehaltenen Vater lauschten.

»Und dann war eines Abends der türkische Botschafter zum Abendessen in Jordan. Er hatte vom Sultan persönlich den Auftrag, meinen Vater zu töten, und er trug am Finger einen Ring mit einem Stein, der innen hohl und mit Gift gefüllt war. Als der Wein bei Tisch herumgereicht wurde, tat er so, als wolle er über das Glas meines Vaters langen, und dabei schüttete er heimlich das Gift hinein. Das geschah so schnell, daß niemand es sah, außer …«

»Was denn für ein Gift?« wollte ein Mädchen mit magerem Gesicht wissen.

»Das Gift einer ganz besonderen türkischen Schlange«,

fantasierte Lyra, »die durch Flötenspiel angelockt wird. Dann wirft man ihr einen in Honig getränkten Schwamm hin, und wenn die Schlange hineinbeißt, bleibt sie mit ihren Zähnen darin hängen. Dann packt man sie und zapft ihr das Gift ab. Jedenfalls hatte mein Vater gesehen, was der Türke getan hatte, und er sagte: ›Meine Herren, ich möchte einen Toast auf die Freundschaft zwischen Jordan College und dem College von Izmir ausbringen.‹ Dem College von Izmir gehörte nämlich der türkische Botschafter an. Dann sagte er: ›Und zum Zeichen unserer Freundschaft wollen wir die Gläser austauschen und aus dem Glas unseres Nachbarn trinken.‹

Da saß der türkische Botschafter in der Klemme, denn eine Weigerung wäre eine tödliche Beleidigung gewesen, und weil er wußte, daß der Wein vergiftet war, konnte er ihn auch nicht trinken. Er wurde totenblaß und fiel in Ohnmacht. Als er wieder zu sich kam, saßen die anderen alle noch wartend da und sahen ihn an. Und da mußte er entweder das Gift trinken oder alles zugeben.«

»Und was hat er getan?«

»Er hat es getrunken. Er brauchte fünf volle Minuten, um zu sterben, und litt die ganze Zeit furchtbare Qualen.«

»Warst du dabei?«

»Nein, denn Mädchen dürfen nicht am Tisch mit den Ehrengästen sitzen. Aber hinterher, als man ihn aufbahrte, habe ich seine Leiche gesehen. Die Haut war verschrumpelt wie ein alter Apfel, und die Augen waren schon fast aus dem Kopf gesprungen. Man mußte sie wirklich wieder in die Augenhöhlen hineindrücken ...«

Und so weiter.

Zur gleichen Zeit klopfte die Polizei am Rand der Fens an Türen, durchsuchte Dachkammern und Nebengebäude, überprüfte Papiere und verhörte jeden, der behauptete, ein kleines blondes Mädchen gesehen zu haben. In Oxford wurde noch verbissener gefahndet. Jordan College wurde von der staubigsten Rumpelkammer bis zum finstersten Keller durchkämmt, desgleichen die Colleges von Gabriel und St. Michael, bis die Leiter aller Colleges gemeinsam protestierten und auf ihre alten Rechte pochten. Das einzige, was Lyra von dieser Suche mitbekam, war das unaufhörliche Brummen der am Himmel kreuzenden, mit Gasmotoren betriebenen Luftschiffe. Wegen der tiefhängenden Wolken und der gesetzlich vorgeschriebenen Mindestflughöhe über den Fens waren die Luftschiffe zwar nicht zu sehen, aber niemand wußte, ob sie nicht ausgeklügelte Spionagegeräte an Bord hatten. Auf jeden Fall ging Lyra in Deckung, sobald sie sie hörte, oder sie bedeckte ihr auffallend helles Haar mit ihrem Regenhut aus Ölzeug.

Sie fragte Ma Costa über jede Einzelheit ihrer Geburt und der Zeit danach aus. Die einzelnen Ereignisse verwob sie in ihrer Fantasie zu einem Bildteppich, der noch anschaulicher und suggestiver war als ihre erfundenen Geschichten. Immer wieder malte sie sich die Flucht aus der Hütte aus, das Versteck im Schrank, die barsche Herausforderung zum Duell, das Klirren der Schwerter …

»Schwerter? Großer Gott, Mädchen, wo denkst du hin?« rief Ma Costa. »Mr. Coulter hatte ein Gewehr, und Lord Asriel schlug es ihm aus der Hand und streckte ihn mit einem Schlag nieder. Dann fielen zwei Schüsse. Erstaunlich, daß du das nicht mehr weißt, aber du warst noch klein. Den ersten Schuß hatte Edward Coulter abgegeben, der sein Gewehr wieder in die Hände bekam und einfach losfeuerte. Der zweite stammte von Lord Asriel, der Coulter das Gewehr ein zweites Mal entriß und auf ihn anlegte. Lord Asriel schoß ihm genau zwischen die Augen, so daß er keinen Muckser mehr tat. Dann sagte er seelenruhig: ›Kommen Sie raus, Mrs. Costa, und geben Sie mir das Kind‹, denn ihr beide, du und dein Dæmon, habt fürchterlich geschrien. Er nahm dich und wiegte dich in den Armen, nahm dich auf die Schultern, lief glänzend gelaunt mit dir auf und ab, den Toten zwischen den Füßen, rief nach Wein und befahl mir, den Boden aufzuwischen.«

Nach der vierten Wiederholung der Geschichte war Lyra vollkommen überzeugt, sich an alles zu erinnern, und ergänzte sogar noch die Farbe von Mr. Coulters Mantel oder zählte auf, welche Umhänge und Pelze im Schrank hingen. Ma Costa lachte.

Immer wenn Lyra allein war, holte sie das Alethiometer heraus und vertiefte sich in seinen Anblick wie eine Liebende in das Bild des Geliebten. Jedes Bild hatte also mehrere Bedeutungen. Warum sollte sie die nicht herausfinden? Schließlich war sie die Tochter Lord Asriels!

Sie rief sich die Worte Farder Corams in Erinnerung und versuchte, sich auf drei willkürlich ausgewählte Symbole zu konzentrieren, und ließ die Zeiger an den entsprechenden Stellen einrasten. Wenn sie das Alethiometer auf ihre Handfläche legte und es mit einem besonders trägen Blick anschaute und sich hineinvertiefte, schien die lange Nadel sich zielstrebiger zu bewegen. Statt unberechenbar auf dem Zifferblatt hin- und herzupendeln, schwang sie gleichmäßig von Bild zu Bild. Manchmal verweilte sie bei drei, manchmal bei zwei, manchmal bei fünf oder mehr Bildern, und wenn auch Lyra von alldem nichts begriff, bereitete es ihr doch eine tiefe Befriedigung, die anders war als alles, was sie kannte. Pantalaimon beugte sich als Katze oder als Maus über das Zifferblatt und folgte der Nadel mit dem Kopf, und ein- oder zweimal hatten beide das Gefühl, gleichsam ahnungsweise etwas zu verstehen, als würde ein Sonnenstrahl die Wolken durchstoßen und in der Ferne ein majestätisches Gebirge aufleuchten lassen – etwas völlig Unerwartetes, weit jenseits ihrer bisherigen Vorstellungen. Lyra überkam dann dasselbe prickelnde Gefühl, das sie ihr Leben lang gespürt hatte, wenn sie das Wort Norden hörte.

Drei Tage vergingen, in denen zwischen den zahllosen Booten und dem Zaal ein ständiges Kommen und Gehen herrschte. Dann kam der Abend des zweiten Things. Der Saal war noch voller als beim erstenmal, falls das überhaupt möglich war. Lyra und die Costas waren rechtzeitig erschienen und saßen in der ersten Reihe, und sobald man im flakkernden Licht erkennen konnte, daß der Saal voll war, betraten John Faa und Farder Coram das Podium und setzten sich hinter den Tisch. John Faa brauchte nicht um Ruhe zu bitten; es genügte, daß er seine großen Hände flach auf den Tisch legte und zu den Menschen hinunterschaute, und schon erstarb der Lärm.

»Ihr habt getan, worum ich euch gebeten hatte«, begann er. »Meine Hoffnungen wurden sogar noch übertroffen. Ich bitte jetzt die Oberhäupter der sechs Familien heraufzukommen, das Gold zu übergeben und zu sagen, wie viele Männer sie aufstellen können. Nicholas Rokeby, du bist der erste.«

Ein stämmiger Mann mit einem schwarzen Bart stieg aufs Podium und stellte einen schweren Ledersack auf den Tisch.

»Hier ist unser Gold«, sagte er. »Außerdem stellen wir achtunddreißig Mann.«

»Vielen Dank, Nicholas«, sagte John Faa, und Farder Coram notierte etwas. Nicholas Rokeby trat nach hinten, und John Faa rief nacheinander die anderen auf. Sie kamen auf das Podium, legten einen Sack auf den Tisch und gaben die Zahl der Männer bekannt, die sie aufbieten konnten. Die Costas gehörten zur Familie Stefanski, und natürlich hatte sich Tony als einer der ersten freiwillig gemeldet. Lyra bemerkte, daß sein Dæmon, ein Falke, unruhig von einem Fuß auf den anderen trat und die Flügel ausbreitete, als John Faa das Geld der Stefanskis und die Zusage von dreiundzwanzig Mann erhielt.

Als alle sechs Familienoberhäupter auf dem Podium versammelt waren, gab Farder Coram John Faa das Blatt mit seinen Notizen, worauf dieser sich erneut an die Versammelten wandte.

»Freunde, wir haben ein Aufgebot von einhundertsiebzig Mann. Ich bin stolz darauf und danke euch. Und so schwer, wie das Gold ist, zweifle ich nicht daran, daß ihr tief in eure Truhen gegriffen habt, und auch dafür danke ich euch herzlich. Wie geht es jetzt weiter? Wir mieten ein Schiff, fahren nach Norden, suchen die Kinder und befreien sie. Nach allem, was wir wissen, kann es dabei zu Kämpfen kommen. Es wären weder unsere ersten noch unsere letzten, aber wir haben noch nie gegen Menschen kämpfen müssen, die Kinder entführen, und dazu brauchen wir unser ganzes Können. Aber wir werden nicht ohne unsere Kinder zurückkehren. Ja, bitte, Dirk Vries?«

Ein Mann stand auf und sagte: »Lord Faa, wißt Ihr, warum die Kinder entführt wurden?«

»Soviel wir gehört haben, aus einem theologischen Grund. Es geht um ein Experiment, wir wissen aber nicht, was für eins. Ehrlich gesagt wissen wir nicht einmal, ob den Kindern Schaden zugefügt wird. Aber egal, ob es gut oder schlecht ist, was sie tun, sie haben kein Recht, sich nachts an Kinder heranzumachen und sie aus ihren Familien zu reißen. Ja, Raymond van Gerrit?«

Der Mann, der bereits beim ersten Thing gesprochen hatte, erhob sich und sagte: »Es geht um das Kind, von dem Ihr gesagt habt, es würde gesucht, und das heute in der ersten Reihe sitzt. Ich habe gehört, die Häuser der Leute, die am Rand der Fens leben, wurden ihretwegen auf den Kopf gestellt. Und wie ich erfahren habe, soll genau am heutigen Tag wegen dieses Kindes im Parlament die Aufhebung unserer alten Privilegien beantragt werden. Jawohl, Freunde« – er übertönte das erschrockene Geflüster im Saal – »ein Gesetz soll verabschiedet werden, das uns das Recht auf freie Bewegung innerhalb und außerhalb der Fens nimmt. Deshalb, Lord Faa, wollen wir wissen: Wer ist dieses Kind, dessentwegen wir in solche Bedrängnis geraten? Soviel ich weiß, ist es kein gyptisches Kind. Wie konnte es so weit kommen, daß ein Kind von Landlopern uns alle in Gefahr bringt?«

Lyra sah zu John Faas mächtiger Gestalt auf. Ihr Herz pochte so laut, daß sie kaum die ersten Worte seiner Antwort verstehen konnte.

»Sprich es ruhig aus, Raymond, ziere dich nicht«, sagte er. »Du willst also, daß wir das Kind jenen ausliefern, vor denen es geflohen ist, stimmt das?«

Trotzig und mit finsterem Blick stand der Mann da und schwieg.

»Na gut, vielleicht willst du es, vielleicht auch nicht«, fuhr John Faa fort. »Aber wenn hier jemand einen Grund braucht, Gutes zu tun, möge er über folgendes nachdenken. Das kleine Mädchen ist die Tochter von keinem Geringeren als Lord Asriel. Für alle, die es vergessen haben: Es war Lord

Asriel, der sich bei den Türken für das Leben von Sam Broekman eingesetzt hat. Es war Lord Asriel, der den gyptischen Booten freie Fahrt auf den Kanälen seiner Ländereien gewährte. Es war Lord Asriel, der zu unserem großen und nachhaltigen Nutzen im Parlament das Gesetz über Wasserstraßen zu Fall brachte. Und es war Lord Asriel, der beim Hochwasser im Jahre 53 Tag und Nacht aktiv war und zweimal selbst ins Wasser sprang, um die Kinder Ruud und Nellie Koopman zu retten. Hast du das alles vergessen? Schäme dich!

Und nun wird derselbe Lord Asriel in der entlegensten, kältesten und finstersten Wildnis gefangengehalten, in der Festung von Svalbard. Muß ich dir erklären, welche Kreaturen ihn dort bewachen? Seine kleine Tochter befindet sich hier in unserer Obhut, und Raymond van Gerrit will sie für ein wenig Ruhe und Frieden den Behörden übergeben. Stimmt das, Raymond? Steh auf und antworte, Mann.«

Aber Raymond van Gerrit war auf seinen Platz gesunken, und nichts hätte ihn dazu bringen können, wieder aufzustehen. Ein leises mißbilligendes Gemurmel lief durch die Halle, und neben einem tiefen, glühenden Stolz auf ihren tapferen Vater empfand Lyra zugleich die Scham, die van Gerrit verspüren mußte.

John Faa wandte sich an die Männer auf dem Podium.

»Nicholas Rokeby, ich beauftrage dich, ein Schiff zu beschaffen und darauf das Kommando zu führen, wenn wir aufbrechen. Adam Stefanski, du bist für Waffen und Munition zuständig und befehligst die Männer im Kampf. Roger van Poppel, du kümmerst dich um die Einkäufe, von der Verpflegung bis zur warmen Kleidung. Simon Hartmann, du bist Schatzmeister und verantwortlich dafür, daß unser Gold vernünftig eingesetzt wird. Benjamin de Ruyter, du bist für Spionage zuständig. Wir brauchen viele Informationen, die du herausfinden sollst; du wirst Farder Coram Bericht erstatten. Michael Canzona, du bist für die Koordination der Arbeit der vier Befehlshaber verantwortlich, und wenn ich ums Leben komme, wirst du als mein Stellvertreter das Kommando übernehmen.

Nachdem ich nun dem Brauch gemäß meine Vorkehrungen getroffen habe, mögen alle Männer und Frauen, die nicht mit mir übereinstimmen, ihre Meinung äußern.«

Eine Frau stand auf.

»Lord Faa, wollt Ihr bei dieser Expedition keine Frau mitnehmen, die sich um die Kinder kümmert, wenn ihr sie gefunden habt?«

»Nein, Nell. Wie es aussieht, haben wir wenig Platz. Und die Kinder, die wir befreien, sind bei uns in jedem Fall besser aufgehoben als dort, wo sie jetzt sind.«

»Aber angenommen, ihr braucht Frauen, die sich als Wächterinnen oder Kinderpflegerinnen oder was immer verkleiden, um sie zu retten?«

»Darüber habe ich nicht nachgedacht«, gab John Faa zu. »Wir überlegen uns das gründlich, wenn wir uns ins Beratungszimmer zurückziehen, ich verspreche es dir.«

Die Frau setzte sich, und ein Mann stand auf.

»Lord Faa, ich hörte Euch sagen, Lord Asriel befinde sich in Gefangenschaft. Plant Ihr auch, ihn zu befreien? Denn wenn das stimmt und er, wenn ich das richtig verstanden habe, in der Gewalt der Bären ist, brauchte man dazu mehr als hundertsiebzig Mann. Und auch wenn Lord Asriel ein guter Freund von uns ist, weiß ich nicht, ob wir so weit gehen sollten.«

»Du hast nicht unrecht, Adriaan Braks. Was ich vorhatte, war, Augen und Ohren offenzuhalten und zu sehen, was wir in Erfahrung bringen können, solange wir im Norden sind. Vielleicht können wir ihm helfen, vielleicht nicht, aber du kannst dich darauf verlassen, daß ich nichts von dem, was ihr mir an Männern und Gold gegeben habt, zu einem anderen Zweck verwenden werde als dem, unsere Kinder zu finden und nach Hause zu bringen.«

Eine weitere Frau stand auf.

»Lord Faa, wir wissen nicht, was die Gobbler unseren Kindern angetan haben. Wir haben alle schreckliche Gerüchte und Geschichten von Kindern ohne Köpfe gehört, von Kindern, die in zwei Hälften geschnitten und wieder zusammengenäht wurden, und von Dingen, die zu furchtbar sind, um sie auszusprechen. Ich möchte wirklich niemanden unglücklich machen, aber wir haben alle von derartigen Dingen gehört, und ich will, daß sie offen ausgesprochen werden. Falls Ihr auf solche Greuel stoßt, Lord Faa, hoffe ich, daß Ihr furchtbare Rache üben werdet, daß Euch nicht Gnade und Milde daran hindern zurückzuschlagen, und zwar hart zurückzuschlagen und diese teuflische Niedertracht ins Herz zu treffen. Ich bin sicher, daß ich im Namen aller Mütter spreche, die Kinder an die Gobbler verloren haben.«

Als sie sich setzte, wurde zustimmendes Murmeln laut, und im ganzen Zaal wurde genickt.

John Faa wartete, bis wieder Ruhe einkehrte.

»Nichts wird meine Hand aufhalten, Margaret, als das nüchterne Urteil. Wenn ich mich im Norden zurückhalte, dann nur, um im Süden um so heftiger zuzuschlagen. Einen Tag zu früh anzugreifen wäre genauso verkehrt, wie an der falschen Stelle anzugreifen. Sicher, aus deinen Worten spricht der Zorn der Gerechten. Aber wenn ihr euch diesem Zorn überlaßt, Freunde, macht ihr genau das, wovor ich euch stets gewarnt habe: Ihr stellt eure Rachsucht über die Aufgabe, die zu tun ist. Und unsere Aufgabe ist zuallererst die Befreiung der Kinder, erst dann die Bestrafung der Übeltäter. Es geht nicht um die Befriedigung verletzter Gefühle; unsere Gefühle spielen keine Rolle. Wenn wir die Kinder retten, ohne die Gobbler bestrafen zu können, haben wir unsere wichtigste Aufgabe erfüllt. Wenn wir aber danach trachten, zuerst die Gobbler zu bestrafen, und dadurch die Chance verspielen, die Kinder zu befreien, sind wir gescheitert.

Aber verlaß dich darauf, Margaret, wenn die Zeit der Bestrafung gekommen ist, werden wir ihnen einen Schlag versetzen, der ihre Herzen verzagen läßt und sie mit Angst erfüllt. Wir werden ihnen all ihre Kraft rauben. Wir werden sie vernichten und zugrunde richten, zerbrechen und zerschmettern, in tausend Stücke reißen und in alle Winde zerstreuen. Mein Hammer dürstet nach Blut, Freunde. Er hat kein Blut mehr geschmeckt, seit ich den tatarischen

Helden der Steppe von Kasachstan getötet habe; träumend hängt mein Hammer in meinem Boot, aber er wittert Blut in dem Wind, der aus Norden kommt. Letzte Nacht sprach er zu mir von seinem Durst, und ich sagte zu ihm: ›Bald ist es soweit.‹ Margaret, dich mögen viele Sorgen quälen, aber fürchte nicht, daß John Faas Herz zu weich sein könnte, um zuzuschlagen, wenn es an der Zeit ist. Und diese Zeit wird kommen, wenn der Verstand es sagt, nicht der blinde Zorn. – Will sonst noch jemand etwas sagen? Dann sprecht jetzt.«

Aber niemand meldete sich, und nach einer Weile griff John Faa nach der Glocke, um die Versammlung zu beenden. Er schwang sie kraftvoll hin und her und läutete so kräftig und laut, daß das Läuten die ganze Halle erfüllte und das Gebälk zum Klingen brachte.

John Faa und die anderen Männer verließen das Podium und begaben sich ins Besprechungszimmer. Lyra war ein bißchen enttäuscht. Wurde sie nicht aufgefordert mitzukommen?

Tony lachte nur. »Sie müssen jetzt die Reise planen«, sagte er. »Du hast deinen Teil beigetragen, Lyra. Jetzt sind John Faa und der Rat an der Reihe.«

»Aber ich habe doch noch gar nichts gemacht!« protestierte Lyra, als sie widerwillig hinter den anderen herging, zuerst aus der Halle hinaus und dann die mit Kopfsteinen gepflasterte Straße zur Anlegestelle hinunter. »Bisher bin ich doch nur vor Mrs. Coulter davongelaufen! Das war doch erst der Anfang. Ich will in den Norden!«

»Hör zu«, sagte Tony, »ich bring dir einen Walroßzahn mit, das versprech ich dir.«

Lyra machte ein finsteres Gesicht. Pantalaimon war damit beschäftigt, Tonys Dæmon Affengrimassen zu schneiden, aber der schloß verächtlich die gelbbraunen Augen. Ziellos schlenderte Lyra zur Anlegestelle, wo sie sich mit ihren neuen Freunden die Zeit vertrieb und Laternen an Schnüren über das dunkle Wasser baumeln ließ, um die glotzäugigen Fische anzuziehen. Wenn die Fische dann langsam zur Wasseroberfläche schwammen, versuchten die

Kinder sie mit spitzen Stöcken aufzuspießen, allerdings ohne sie zu treffen.

Doch in Gedanken war Lyra im Besprechungszimmer bei John Faa, und schon bald stahl sie sich fort und über das Kopfsteinpflaster wieder zum Zaal hinauf. Im Fenster des Besprechungszimmers brannte Licht. Es war zwar zu hoch, um hineinzuschauen, aber aus dem Innern hörte Lyra gedämpftes Stimmengemurmel.

Sie ging zur Tür und klopfte fünfmal entschlossen an. Das Gespräch brach ab, ein Stuhl schrammte über den Boden, dann ging die Tür auf. Ein breiter Strahl des warmen Naphthalichts fiel auf die feuchten Stufen.

»Ja?« fragte der Mann, der die Tür geöffnet hatte.

Hinter ihm sah Lyra die anderen Männer am Tisch sitzen, vor sich die Säcke mit Gold, Papier und Stifte, Gläser und einen Krug mit Genever.

»Ich will mit in den Norden kommen«, sagte Lyra so laut, daß alle es hören konnten. »Ich will mitkommen und helfen, die Kinder zu befreien. Deswegen bin ich doch von Mrs. Coulter weggelaufen. Und ich wollte sogar schon vorher meinen Freund Roger befreien, den Küchenjungen von Jordan, der auch entführt wurde. Ich will mitkommen und helfen. Ich kenne mich in Navigation aus und kann anbaromagnetische Messungen an der Aurora vornehmen. Ich weiß, welche Teile von Bären eßbar sind, und ich kenne alle möglichen anderen nützlichen Dinge. Sie bereuen es bestimmt, wenn Sie mich hierlassen und dann dort feststellen, daß Sie mich brauchen. Und genauso, wie die Frau vorhin gesagt hat, daß Sie vielleicht auch Frauen brauchen, kann es doch sein, daß Sie auch Kinder brauchen. Sie können es nicht wissen, deshalb sollten Sie mich lieber mitnehmen, Lord Faa, und entschuldigen Sie bitte, daß ich das Gespräch unterbrochen habe.«

Sie stand jetzt mitten im Zimmer, und die Männer und ihre Dæmonen musterten sie aufmerksam, einige schmunzelnd, andere verärgert, aber Lyra hatte nur Augen für John Faa. Pantalaimon setzte sich in ihren Armen auf, und seine Wildkatzenaugen leuchteten grün.

»Daß wir dich mitnehmen und in Gefahr bringen, Lyra, kommt nicht in Frage«, sagte John Faa. »Sei dir darüber im klaren. Bleib hier, wo du sicher bist, und hilf Ma Costa. Das ist deine Aufgabe.«

»Aber ich lerne jetzt allmählich, das Alethiometer zu lesen. Ich verstehe jeden Tag mehr davon! Das brauchen Sie doch unbedingt – unbedingt!«

Er schüttelte den Kopf.

»Nein«, sagte er. »Ich weiß, wieviel dir daran liegt, in den Norden zu fahren, aber ich bin überzeugt, daß nicht einmal Mrs. Coulter dich dorthin mitgenommen hätte. Wenn du den Norden sehen willst, warte, bis der ganze Ärger vorbei ist. Jetzt fort mit dir.«

Pantalaimon fauchte leise, aber da schwang sich der Dæmon John Faas, der auf dessen Stuhllehne gesessen hatte, in die Luft und flog ihnen mit ausgebreiteten schwarzen Schwingen entgegen – nicht drohend, sondern als Ermahnung, sich gefälligst zu benehmen. Die Krähe flog über Lyras Kopf, und als sie kehrt machte, um zu John Faa zurückzukehren, drehte auch Lyra sich um. Hinter ihr fiel die Tür mit einem endgültigen Schnappen ins Schloß.

»Und wir kommen *doch* mit«, sagte sie zu Pantalaimon. »Sollen sie doch versuchen, uns aufzuhalten. Wir kommen mit!«

Neun

Die Spione

Während der nächsten Tage schmiedete Lyra ein Dutzend Pläne, verwarf sie aber ungeduldig sofort wieder, da sie alle darauf hinausliefen, daß sie sich als blinder Passagier an Bord schlich, und wie sollte sie es anstellen, auf einem kleinen Boot unentdeckt zu bleiben? Natürlich, die eigentliche Seereise würde auf einem richtigen Schiff stattfinden; und Lyra kannte aus zahlreichen Geschichten alle möglichen Verstecke auf einem solchen Schiff, etwa die Rettungsboote, den Laderaum oder den Kielraum; aber zuerst mußte sie zum Schiff gelangen, und aus den Fens kam man nur heraus, wenn man reiste wie die Gypter: mit dem Boot.

Und selbst wenn sie die Küste auf eigene Faust erreichte, konnte es immer noch passieren, daß sie sich auf dem falschen Schiff versteckte. Das wäre eine schöne Überraschung, wenn sie sich in einem Rettungsboot verstecken und auf dem Weg nach Hochbrasilien aufwachen würde.

Um sie herum waren inzwischen Tag und Nacht die Expeditionsvorbereitungen in Gang, was ihre Qualen noch steigerte. Lyra sah Adam Seefanski bei der Auswahl der Freiwilligen für die Kampftruppe zu, und sie bombardierte Roger van Poppel mit Vorschlägen, welche Vorräte unbedingt mitzunehmen seien: Hatte er auch an Schneebrillen gedacht? Wußte er, in welchem Laden man die besten Karten der Arktis bekam?

Der Mann, dem sie am liebsten geholfen hätte, war Benjamin de Ruyter, der Spion. Er war allerdings am Morgen nach dem zweiten Thing in aller Frühe verschwunden, und natürlich wußte keiner, wohin er gegangen war und wann er zurückkehren würde. Lyra heftete sich also an Farder Corams Fersen.

»Ich glaube, es ist das beste, wenn ich Ihnen helfe, Farder Coram«, sagte sie, »denn wahrscheinlich weiß ich mehr über die Gobbler als sonst jemand, weil ich fast selbst mal einer war. Wahrscheinlich brauchen Sie meine Hilfe, wenn Sie Mr. de Ruyters Nachrichten verstehen wollen.«

Farder Coram hatte Mitleid mit dem wildentschlossenen Mädchen und schickte sie nicht fort. Statt dessen unterhielt er sich mit ihr, hörte zu, wenn sie von Oxford und Mrs. Coulter erzählte, und beobachtete sie, wenn sie das Alethiometer studierte.

»Wo ist eigentlich das Buch mit den Symbolen?« fragte sie ihn eines Tages.

»In Heidelberg.«

»Und gibt es nur das eine?«

»Vielleicht gibt es noch andere, aber ich kenne nur das.«

»Ich wette, in Bodleys Bibliothek in Oxford gibt es auch eins«, sagte sie.

Sie konnte kaum die Augen von Farder Corams Dæmon abwenden. Noch nie hatte sie einen schöneren Dæmon gesehen. Wenn sich Pantalaimon in eine Katze verwandelte, war er mager und hatte struppiges, rauhes Fell. Sophonax dagegen war eine unbeschreiblich vornehme Erscheinung, mit goldfarbenen Augen und dichtem Fell und etwa der doppelten Größe von einer normalen Katze. Wenn die Sonne auf das Fell schien, leuchtete es gelbbraun, braun, laubfarben, haselnußbraun, goldgelb, golden, herbstfarben und rotbraun; Lyra wußte gar nicht, wie die Farben alle hießen. Wie gern hätte sie dieses Fell gestreichelt und ihre Wange daran geschmiegt, aber das tat sie natürlich nicht, denn einen fremden Dæmon anzufassen galt als der schwerste Verstoß gegen die Etikette, den man sich vorstellen konnte. Dæmonen durften sich gegenseitig berühren oder auch gegeneinander kämpfen, doch das Verbot von Kontakten zwischen Mensch und Dæmon war so streng, daß man nicht einmal im Krieg den Dæmon des Feindes berührt hätte. So etwas war völlig undenkbar. Lyra konnte sich nicht daran erinnern, daß man ihr das jemals hatte sagen müssen, sie wußte es instinktiv, wie sie fühlte, daß Übelkeit schlecht und Wohlbefinden gut war. Deshalb bewunderte sie zwar das Fell von Sophonax und stellte sich vor, wie es sich anfühlen würde, aber sie versuchte nie, Sophonax zu berühren.

So gepflegt, gesund und schön Sophonax war, so entstellt und schwach war Farder Coram. Vielleicht war er krank gewesen oder durch einen Schlaganfall zum Krüppel geworden, jedenfalls konnte er nicht laufen, ohne sich auf zwei Stöcke zu stützen, und er zitterte unaufhörlich wie Espenlaub. Er hatte jedoch einen bemerkenswert scharfen und klaren Verstand, und schon bald hatte Lyra ihn besonders gern, weil er viel wußte und ihr so vieles beibringen konnte.

»Was bedeutet dieses Stundenglas, Farder Coram?« fragte sie, als sie sich eines sonnigen Morgens auf seinem Boot über das Alethiometer beugte. »Die Nadel kehrt immer wieder dorthin zurück.«

»Man findet oft einen Hinweis, wenn man genau hinsieht. Was ist der kleine Gegenstand über dem Stundenglas?«

Lyra sah mit zusammengekniffenen Augen auf das Zifferblatt.

»Ein Schädel!«

»Und was, glaubst du, bedeutet ein Schädel?«

»Tod ... ist das der Tod?«

»Richtig. Eine der vielen Bedeutungen des Stundenglases ist also der Tod. Der Tod ist sogar – nach der Zeit – die zweitwichtigste Bedeutung.«

»Wissen Sie, was mir aufgefallen ist, Farder Coram? Die Nadel hat das Zifferblatt einmal umrundet, und beim zweitenmal ist sie genau an dieser Stelle stehengeblieben! Beim erstenmal hat sie so komisch gezuckt, beim zweitenmal ist sie stehengeblieben. Heißt das, die zweite Bedeutung ist gemeint?«

»Wahrscheinlich. Welche Frage stellst du denn gerade, Lyra?«

»Ich überlege ...« Sie stockte überrascht, als sie merkte, daß sie tatsächlich unbewußt eine Frage gestellt hatte. »Ich habe eigentlich nur drei Bilder verknüpft, weil ... Wissen Sie, ich habe an Mr. Ruyter gedacht ... Und ich habe die Symbole Schlange, Tiegel und Bienenstock verknüpft, um zu fragen, wie er mit der Spionage vorankommt, und ...«

»Warum ausgerechnet diese drei Symbole?«

»Weil ich dachte, daß ein Spion listig sein muß wie eine Schlange, und der Schmelztiegel könnte das Wissen bedeuten, das man aus den Dingen herauszieht, und der Bienenstock den Fleiß, weil Bienen immer so fleißig sind; aus Fleiß und Klugheit entsteht Wissen, ja, und darin besteht doch die Aufgabe des Spions. Also habe ich die Zeiger auf diese Bilder gestellt und in Gedanken diese Frage gestellt, und dann blieb die Nadel beim Tod stehen ... Glauben Sie, daß es wirklich so funktioniert, Farder Coram?«

»Es funktioniert bestimmt, Lyra. Wir wissen nur nicht, ob wir es richtig lesen, denn das ist eine Kunst für sich. Ich frage mich, ob ...«

Bevor er ausreden konnte, ertönte ein dringendes Klopfen an der Tür, und ein junger Gypter trat ein.

»Verzeihung, Farder Coram, gerade ist Jacob Huismans zurückgekehrt. Er ist schwer verletzt.«

»Er hat Benjamin de Ruyter begleitet«, sagte Farder Coram. »Was ist passiert?«

»Er spricht nicht«, antwortete der junge Mann. »Kommt am besten sofort mit, Farder Coram, denn er wird nicht mehr lange durchhalten; er hat innere Blutungen.«

Farder Coram und Lyra wechselten einen bestürzten und zugleich erstaunten Blick, und im nächsten Augenblick humpelte Farder Coram so schnell er konnte auf seinen Krücken hinaus. Sein Dæmon ging voraus, Lyra hüpfte ungeduldig neben ihm her.

Der junge Mann führte sie zu einem Boot, das am Zuckerrübensteg vertäut lag. Eine Frau in roter Flanellschürze hielt ihnen die Tür auf. Sie sah Lyra mißtrauisch an, und als Farder Coram das merkte, sagte er beschwichtigend: »Es ist wichtig, daß das Mädchen hört, was Jacob zu sagen hat.«

Daraufhin trat die Frau zurück und ließ sie herein. Ihr Dæmon, ein Eichhörnchen, hockte stumm auf einer hölzernen Standuhr. In einer Koje lag unter einer Flickendecke ein Mann mit bleichem, schweißüberströmtem Gesicht und glasigen Augen.

»Ich habe nach dem Arzt geschickt, Farder Coram«, sagte die Frau mit bebender Stimme. »Bitte regt ihn nicht auf. Er hat furchtbare Schmerzen. Sie haben ihn eben erst von Peter Hawkers Boot gebracht.«

»Wo ist Peter jetzt?«

»Er macht gerade das Boot fest. Er hat gesagt, ich soll Euch rufen lassen.«

»Das war völlig richtig.« Farder Coram wandte sich dem Verletzten zu. »Jacob, hörst du mich?«

Jacob verdrehte die Augen, um Farder Coram anzublikken, der einen halben Meter entfernt auf der gegenüberliegenden Koje saß.

»Guten Tag, Farder Coram«, murmelte er.

Lyra sah seinen Dæmon an, ein Frettchen, das reglos neben seinem Kopf lag. Es hatte sich zusammengerollt, schlief aber nicht, denn seine Augen waren offen und genauso glasig wie die von Jacob.

»Was ist geschehen?« fragte Farder Coram.

»Benjamin ist tot«, kam die Antwort. »Er ist tot und Gerard gefangen.«

Jacobs Stimme klang heiser, und er atmete nur noch schwach. Als er stockte, streckte sich sein Dæmon unter Schmerzen aus und leckte seine Wange; nachdem er so wieder etwas zu Kräften gekommen war, konnte er fortfahren.

»Wir drangen heimlich ins Ministerium für Theologie ein, denn Benjamin hatte von einem der Gobbler, die wir erwischten, erfahren, daß dort ihr Hauptquartier ist, aus dem sie die Befehle empfangen ...« Wieder versagte ihm die Stimme.

»Ihr habt Gobbler gefangengenommen?« fragte Farder Coram.

Jacob nickte, dann sah er seinen Dæmon an. Dæmonen sprachen normalerweise nicht mit anderen Menschen, sondern nur mit dem, dem sie zugehörten, aber manchmal, so wie jetzt, geschah es doch.

»In Clerkenwell«, sagte das Frettchen, »haben wir drei Gobbler geschnappt und gezwungen, uns zu sagen, für wen sie arbeiten, von wem sie ihre Befehle erhalten und so weiter. Wohin genau die Kinder gebracht werden, wußten sie nicht, nur daß sie nach Norden kommen, nach Lappland ...«

Das Frettchen mußte abbrechen und nach Luft schnappen, bevor es fortfahren konnte. Seine kleine Brust zitterte.

»Die Gobbler haben uns also vom Ministerium für Theologie und von Lord Boreal erzählt. Benjamin meinte, er und Gerard Hook sollten ins Ministerium einbrechen, und Frans Broekman und Tom Mendham sollten versuchen, etwas über Lord Boreal zu erfahren.«

»Haben sie das?«

»Wir wissen es nicht. Sie kamen nicht zurück. Farder Coram, was wir auch anstellten, es war, als kannten sie unsere Pläne schon im voraus. Soweit wir wissen, wurden Frans und Tom, als sie in die Nähe von Lord Boreal kamen, bei lebendigem Leib gefressen.«

»Was geschah mit Benjamin?« fragte Farder Coram, als er bemerkte, daß Jacob immer rasselnder atmete und vor Schmerzen die Augen schloß.

Jacobs Dæmon ließ ein ängstliches und zärtliches Miauen hören, und die Frau schlug die Hände vor den Mund und trat ein oder zwei Schritte näher; sie sagte jedoch nichts, und der Dæmon sprach mit schwacher Stimme weiter.

»Benjamin, Gerard und wir begaben uns zum Ministerium nach White Hall, wo wir einen kleinen, kaum bewachten Nebeneingang fanden. Während die anderen das Schloß öffneten und hineingingen, standen wir draußen Wache. Sie waren kaum eine Minute drin, als wir einen Angstschrei hörten. Benjamins Dæmon kam herausgeflogen, winkte uns zu Hilfe und flog wieder hinein, wir zückten unsere Messer und stürzten ihm nach. Drinnen war es dunkel, und unheimliche Schatten und schreckliche Geräusche kamen von allen Seiten und brachten uns völlig durcheinander. Wir versuchten, etwas zu erkennen, als über uns plötzlich ein Tumult entstand. Ein entsetzlicher Schrei gellte durch das Treppenhaus, und dann stürzten Benjamin und sein Dæmon von oben herunter; der Dæmon versuchte noch verzweifelt, Benjamin aufzufangen, und umkreiste ihn flatternd, aber vergeblich – sie schlugen beide auf dem Steinboden auf und waren sofort tot.

Von Gerard konnten wir zwar nichts sehen, wir hörten ihn aber über uns schreien, und wir waren vor Angst wie gelähmt. Im nächsten Augenblick bohrte sich ein Pfeil, der von oben abgeschossen wurde, tief in unsere Schulter ...«

Die Stimme des Dæmons wurde immer schwächer, und der verletzte Jacob stöhnte auf. Farder Coram lehnte sich vor und schlug sacht die Decke zurück. Aus einem Klumpen geronnenen Blutes an Jacobs Schulter ragte das gefiederte Ende eines Pfeiles. Schaft und Spitze steckten so tief in der Brust des armen Mannes, daß nur noch ungefähr fünfzehn Zentimeter zu sehen waren. Lyra wurde ganz mulmig.

Von der Anlegestelle erklangen Schritte und Stimmen. Farder Coram richtete sich auf und sagte: »Der Arzt ist da, Jacob, wir lassen dich jetzt in Ruhe. Sobald es dir bessergeht, unterhalten wir uns ausführlicher.«

Beim Hinausgehen drückte er der Frau die Schulter. Lyra hielt sich dicht hinter ihm, denn schon versammelten sich an der Anlegestelle Menschen, die tuschelnd auf sie zeigten. Farder Coram befahl Peter Hawker, sofort John Faa aufzusuchen. Dann wandte er sich an Lyra.

»Lyra, sobald wir wissen, ob Jacob überlebt oder stirbt, müssen wir uns noch mal über das Alethiometer unterhalten. Geh jetzt und beschäftige dich eine Weile allein, mein Kind; wir lassen dich rufen.«

Ziellos wanderte Lyra umher und setzte sich schließlich auf das schilfbewachsene Ufer und warf Schlammklumpen ins Wasser. Soviel stand fest: Sie war weder froh noch stolz darüber, das Alethiometer lesen zu können – sie hatte Angst. Welche Macht die Nadel auch ausschwingen und anhalten ließ, sie wußte Dinge wie ein intelligentes Wesen.

»Wahrscheinlich ein Geist«, sagte Lyra, und einen Augenblick lang war sie versucht, das kleine Ding im hohen Bogen in den Sumpf zu werfen.

»Ich würde es sehen, wenn da ein Geist drin wäre«, sagte Pantalaimon. »Wie den alten Geist in Godstow, den ich ja auch sehen konnte, aber du nicht.«

»Aber es gibt verschiedene Sorten Geister«, sagte Lyra verärgert. »Und du kannst auch nicht alle sehen. Und erinnerst du dich nicht an die toten Wissenschaftler ohne Köpfe? Ich hab sie gesehen, vergiß das nicht.«

»Das war doch bloß ein Spuk.«

»Stimmt nicht. Es waren richtige Geister, das weißt du ganz genau. Aber auf jeden Fall gehört der Geist, der die Nadel bewegt, zu einer anderen Sorte.«

»Vielleicht ist es aber kein Geist«, sagte Pantalaimon hartnäckig.

»Was denn dann?«

»Vielleicht ... Vielleicht sind es Elementarteilchen.«

Lyra schnaubte verächtlich.

»Könnte doch sein!« beharrte Pantalaimon. »Erinnerst du dich an die Photomühle, die es in Gabriel College gab? Na bitte.«

In Gabriel College wurde auf dem Hochaltar des Bethauses ein heiliger Gegenstand aufbewahrt, der, wie Lyra jetzt einfiel, ebenfalls in ein schwarzes Samttuch eingehüllt war. Sie hatte ihn gesehen, als sie den Bibliothekar von Jordan zu einem Gottesdienst in Gabriel College begleitet hatte. Auf dem Höhepunkt der Zeremonie hatte der Fürsprecher das Tuch gelüftet, und im Dämmerlicht war eine gläserne Glokke zum Vorschein gekommen, in deren Innern sich etwas befand, das Lyra aus der großen Entfernung nicht erkennen konnte. Erst als der Fürsprecher an einer Schnur zog, die ein Fenster weiter oben öffnete, und ein Sonnenstrahl genau auf die Glasglocke fiel, war es deutlich zu sehen gewesen, das kleine Ding, das aussah wie eine Wetterfahne mit vier Segeln, die auf einer Seite schwarz und auf der anderen weiß waren. Sobald Licht darauf fiel, fing das Ding an, im Kreis herumzuwirbeln. Wie der Fürsprecher erklärte, verdeutlichte es ein moralisches Prinzip, denn das Schwarz der

Unwissenheit floh vor dem Licht, während das Weiß der Weisheit sich ihm entgegendrängte. Lyra nickte zu allem, was er sagte, aber die kleinen herumwirbelnden Fähnchen waren auch ohne ihre tiefere Bedeutung reizend anzusehen gewesen – bewegt nur durch die Kraft der Photonen, wie der Bibliothekar auf dem Heimweg nach Jordan erklärt hatte.

Also hatte Pantalaimon vielleicht doch recht. Wenn Elementarteilchen eine Photomühle antreiben konnten, konnten sie sicher auch eine Nadel bewegen. Trotzdem ließ ihr das Problem keine Ruhe.

»Lyra! Lyra!« Tony winkte von der Anlegestelle.

»Komm her«, rief er. »John Faa erwartet dich im Zaal. Lauf, Mädel, es eilt!«

John Faa empfing sie mit besorgter Miene im Kreis von Farder Coram und den anderen Anführern.

»Lyra, mein Kind«, begann er, »Farder Coram hat mir erzählt, was du von diesem Instrument abgelesen hast. Leider muß ich dir mitteilen, daß der arme Jacob gerade gestorben ist. Ich denke, wir müssen dich jetzt doch mitnehmen, obwohl ich eigentlich dagegen bin. Ich habe dabei ein sehr ungutes Gefühl, aber es scheint keine andere Möglichkeit zu geben. Sobald Jacob begraben ist, wie es bei uns Brauch ist, brechen wir auf. Aber damit eins klar ist, Lyra: Du kommst mit, aber es wird keine Vergnügungsreise. Uns erwarten Schwierigkeiten und Gefahren. Farder Coram wird dich unter seine Fittiche nehmen. Falls du ihm Ärger machst oder ihn in Gefahr bringst, bekommst du meinen Zorn zu spüren. Jetzt beeil dich und sag Ma Costa Bescheid, und dann mach dich bereit.

Obwohl um Lyra herum in den nächsten beiden Wochen mehr los war als je zuvor in ihrem Leben, schien die Zeit nicht vergehen zu wollen. Lyra selbst mußte endlos herumsitzen und sich in feuchten, dunklen Schränken verstecken, während draußen vor dem Fenster eine trostlose, regennasse Herbstlandschaft vorbeizog; sie schlief in der Nähe der Motorabgase und wachte dann mit Kopfschmerzen und

Übelkeit auf, und, am allerschlimmsten, sie durfte kein einziges Mal ins Freie, um am Ufer entlangzulaufen, auf Deck herumzuklettern, Schleusentore aufzuziehen oder ein Tau aufzufangen, das vom Ufer herübergeworfen wurde.

Denn natürlich durfte niemand sie sehen. Tony Costa erzählte ihr den Klatsch aus den Kneipen am Ufer: Im ganzen Königreich wurde Jagd auf ein kleines blondes Mädchen gemacht; für seine Ergreifung war eine große Belohnung ausgesetzt worden, während jedem, der sie versteckte, eine harte Strafe drohte. Außerdem kursierten die seltsamsten Gerüchte. So wurde behauptet, sie sei das einzige Kind, das den Gobblern entkommen sei, und kenne schreckliche Geheimnisse. Einem anderen Gerücht zufolge war sie kein Menschenkind, sondern ein Doppelgeist, halb Kind, halb Dæmon, der im Auftrag teuflischer Mächte die Erde vernichten sollte, und wieder anderen Gerüchten zufolge war sie kein Kind, sondern eine durch einen Zauberspruch geschrumpfte Erwachsene im Sold der Tataren, die das englische Volk auszuspionieren und eine tatarische Invasion vorbereiten sollte.

Am Anfang hörte sich Lyra solche Geschichten noch gern an, später war sie darüber verzweifelt. Daß so viele Menschen sie haßten und fürchteten! Sie hielt es kaum noch in ihrer engen, kistenartigen Kabine aus und sehnte sich danach, endlich im Norden zu sein, auf weiten, verschneiten Flächen unter dem gleißenden Licht der Aurora. Und manchmal wäre sie am liebsten wieder in Jordan College gewesen und mit Roger über die Dächer geklettert, bis eine halbe Stunde vor dem Essen die Glocke des Stewards läutete und Klappern, Brutzeln und Rufen aus der Küche drang … Dann wünschte sie inbrünstig, daß sich nie etwas geändert hätte, daß alles immer gleich wäre und sie für immer und ewig die Lyra aus Jordan College bleiben könnte.

Das einzige, das ihre Langeweile und Gereiztheit vertrieb, war das Alethiometer. Sie übte sich täglich im Lesen, manchmal zusammen mit Farder Coram, manchmal allein, und sie merkte, daß sie immer leichter jenen Zustand der Seelenruhe herstellen konnte, in dem sich die Symbole von selbst erklärten und, von einem Sonnenstrahl getroffen, jenes ferne Gebirge aufleuchtete.

Sie bemühte sich, Farder Coram ihr Gefühl zu erklären.

»Es ist fast, als ob man sich mit jemandem unterhält, bloß daß man die anderen nicht genau verstehen kann, und weil sie klüger sind als man selber, kommt man sich irgendwie blöd vor, obwohl die anderen deshalb nicht böse sind ... Und was sie alles wissen, Farder Coram! Eigentlich alles! Mrs. Coulter war so klug und wußte immer so viel, aber das hier ist eine andere Art von Wissen ... mehr eine Art Verstehen, glaube ich ...«

Oft stellte Farder Coram bestimmte Fragen, und Lyra suchte nach den Antworten.

»Was macht Mrs. Coulter gerade?« wollte er einmal wissen, und sofort begann Lyra, an den Zeigern zu drehen. »Erkläre mir doch, was du tust«, bat er.

»Also, die Madonna ist Mrs. Coulter, und wenn ich den Zeiger auf sie richte, denke ich: *meine Mutter*. Die Ameise steht für *beschäftigt* – das ist leicht, das ist die erste Bedeutung. Und das Stundenglas hat als eine seiner Bedeutungen die *Zeit*, und eine andere Bedeutung ist *jetzt*, und darauf konzentriere ich mich.«

»Woher weißt du, unter welchen Symbolen diese Bedeutungen liegen?«

»Ich sehe sie. Oder besser gesagt, ich fühle sie, als wenn man nachts eine Leiter hinuntersteigt und mit dem Fuß Sprosse für Sprosse abtastet. So taste ich in Gedanken Bedeutung für Bedeutung ab und ahne irgendwie den Sinn. Dann füge ich alles zusammen. Das ist, als wenn man die Augen auf etwas scharfstellt.«

»Dann mach das jetzt, und versuche herauszubekommen, was das Alethiometer sagt.«

Lyra tat, wie ihr geheißen. Sofort schlug die lange Nadel aus, hielt an, pendelte weiter und blieb wieder stehen, in einer präzisen Abfolge von Schwüngen und Pausen. Lyra fühlte sich dabei leicht und beschwingt wie ein junger Vogel, der das Fliegen lernt. Farder Coram, der ihr vom anderen Tischende aus zusah, merkte sich die Stellen, an denen die Nadel stehenblieb, und beobachtete Lyra aufmerksam. Das kleine Mädchen strich sich eine Strähne aus dem Gesicht und kaute auf der Unterlippe, während seine Augen zunächst der Nadel folgten, dann aber, sobald diese sich eingependelt hatte, zielbewußt zu anderen Stellen des Zifferblattes wanderten. Als Schachspieler kannte Farder Coram den Blick, mit dem Schachspieler während einer Partie das Schachbrett betrachten. Und wie das Brett für einen erfahrenen Spieler ein Feld von Kräften zu sein scheint, das er für seine Züge nutzt, schien auch Lyras Blick auf ein ähnlich magnetisches Feld gerichtet, das sie – im Unterschied zu ihm – sehen konnte.

Die Nadel blieb bei den Symbolen Blitz, Kleinkind, Schlange, Elefant und bei einem Wesen stehen, dessen Namen Lyra nicht kannte, einer Art Echse mit großen Augen und einem Schwanz, der sich um den Zweig ringelte, auf dem sie saß. Mit gespannter Aufmerksamkeit verfolgte Lyra, wie die Nadel immer wieder in dieser Reihenfolge um das Zifferblatt kreiste.

»Was bedeutet die Echse?« fragte Farder Coram in die konzentrierte Stille hinein.

»Sie ergibt keinen Sinn ... Wahrscheinlich verstehe ich da etwas falsch. Der Blitz bedeutet glaube ich Zorn, und das Kind ... bin wohl ich ... Ich hatte auch schon fast die Bedeutung von diesem Echsending, aber als Sie mich fragten, war sie wieder weg. Sie ist irgendwo, aber ich kann sie nicht fassen.«

»Verstehe. Tut mir leid, Lyra. Bist du jetzt müde? Willst du lieber aufhören?«

»Nein«, sagte Lyra, ihre Wangen glühten, und ihre Augen glänzten. Sie war völlig überdreht, wozu auch die lange Gefangenschaft in der stickigen Kabine beigetragen hatte.

Farder Coram blickte zum Fenster hinaus. Draußen war es fast dunkel, und sie passierten die letzte Strecke des Binnenlandes; bald würden sie die Küste erreichen. Unter dem düsteren Himmel erstreckte sich die weite, schmutzigbraune Wasserfläche einer Flußmündung; in der Ferne konnte man verrostete und von Rohrleitungen überzogene Kohlenspiritustanks erkennen und daneben eine Raffinerie, aus der dicker Rauch quoll und träge zu den Wolken aufstieg.

»Wo sind wir?« fragte Lyra. »Darf ich kurz raus, Farder Coram?«

»Wir sind in der Bucht von Colby«, antwortete er. »Das ist die Mündung des Cole. Wenn wir in Colby sind, machen wir am Räuchermarkt fest und gehen dann zu Fuß zu den Docks. In ein bis zwei Stunden sind wir dort ...«

Weil es bereits dunkel wurde und in der endlosen Weite der Bucht kein Schiff zu sehen war außer ihrem eigenen Boot und einem weit entfernten, mit Kohle beladenen Lastkahn, der sich langsam auf die Raffinerie zuschob, und weil Lyra so überspannt und müde war und so lange hatte drinnen bleiben müssen, sagte Farder Coram schließlich: »Na gut, ich glaube nicht, daß ein paar Minuten an der frischen Luft schaden können. Obwohl die Luft alles andere als frisch ist, denn der Wind kommt heute nicht vom Meer. Geh ruhig an Deck und sieh dich um, bis wir näher an der Stadt sind.«

Lyra sprang auf, und Pantalaimon verwandelte sich augenblicklich in eine Möwe. Er konnte es kaum erwarten, seine Flügel im Freien auszubreiten. Draußen war es kalt, und obwohl Lyra warm eingemummt war, fröstelte sie schon bald. Pantalaimon aber stieg mit lautem Freudenkrächzen hoch hinauf, kreiste über dem Boot, ließ sich herabfallen und stand im nächsten Moment vor dem Bug und dann wieder hinter dem Heck. Lyra freute sich mit ihm am Fliegen, und in Gedanken feuerte sie ihn an, den Dæmon des alten Steuermanns, einen Kormoran, zu einem Rennen zu provozieren. Der Kormoran beachtete ihn freilich nicht, sondern ließ sich schläfrig auf der Ruderpinne neben seinem Herrn nieder.

Nichts rührte sich in der öden, braunen Weite, und nur das stetige Tuckern des Motors und das gedämpfte Klatschen der Wellen am Bug durchbrachen die tiefe Stille. Schwere Wolken hingen tief am Himmel, ohne daß es regnete, und darunter zogen trübe Rauchschwaden vorbei. Das einzige Lebenszeichen war Pantalaimon, der ausgelassen und elegant wie ein Pfeil den Himmel durchschnitt.

Als er sich nach einem Sturzflug wieder mit ausgebreiteten, vor dem Himmelgrau weiß aufleuchtenden Flügeln emporschwang, wirbelte auf einmal etwas Schwarzes durch die Luft und stieß mit ihm zusammen. Vor Schreck und Schmerzen wie benommen, taumelte er durch die Luft, und Lyra, die seine heftigen Schmerzen spürte, schrie laut auf. Plötzlich tauchte noch ein zweites kleines, schwarzes Wesen auf; beide flogen nicht wie Vögel, sondern wie Käfer schwerfällig und mit einem brummenden Geräusch.

Im Fallen versuchte Pantalaimon abzudrehen, um sich ins Boot und Lyras verzweifelt geöffnete Arme zu retten, aber die mordlüsternen schwarzen Kreaturen stießen weiter brummend und surrend nach ihm. Lyra war vor Angst – Pantalaimons und ihrer eigenen – halb wahnsinnig, als plötzlich etwas an ihr vorbei nach oben rauschte.

Es war der Dæmon des Steuermanns. So plump und schwerfällig er wirkte, sein Flug war kraftvoll und schnell. Er schnappte mit dem Kopf hierhin und dorthin, schwarze Flügel rauschten und etwas Weißes blitzte auf, und dann fiel ein kleines schwarzes Etwas vor Lyra auf das geteerte Dach der Kabine, im selben Moment, in dem Pantalaimon auf ihrer ausgestreckten Hand landete.

Bevor sie ihn beruhigen konnte, hatte er sich schon in eine Wildkatze verwandelt und ging auf das Wesen los. Mit einem Tatzenhieb schlug er es vom Rand des Daches zurück, wohin es bereits hurtig gekrochen war, um zu fliehen. Dann hielt er es mit spitzen Krallen fest und sah zum bereits dämmernden Himmel empor, wo der Kormoran sich mit kräftigen Schlägen seiner schwarzen Schwingen immer höher emporschraubte und dem anderen Wesen nachjagte.

Schließlich kehrte der Kormoran im schnellen Gleitflug zurück und krächzte etwas zum Steuermann, der daraufhin sagte: »Es ist weg. Laß das andere nicht entkommen. Hier ...«, er schüttete den Bodensatz aus einem Zinnbecher, aus dem er getrunken hatte, und warf Lyra den Becher zu.

Sofort stülpte sie ihn über die Kreatur. Im Becher summte und brummte sie wie eine kleine Maschine.

»Halt den Becher ganz ruhig«, ertönte die Stimme von

Farder Coram hinter ihr. Er kniete sich hin, um ein Stück Pappe unter den Becher zu schieben.

»Was ist das, Farder Coram?« fragte Lyra mit zittriger Stimme.

»Laßt uns runtergehen und es ansehen. Sei vorsichtig, Lyra, und drück die Pappe fest auf den Becher.«

Auf dem Weg nach unten sah Lyra zum Dæmon des Steuermanns hinüber, um ihm zu danken, aber er hatte seine alten Augen geschlossen. Statt dessen bedankte sie sich beim Steuermann.

»Du hättest unten bleiben sollen« war alles, was er sagte.

Sie brachte den Becher in die Kabine. Farder Coram nahm ein Bierglas, hielt den Zinnbecher verkehrt herum darüber und zog die Pappe weg, so daß die Kreatur ins Glas fiel. Dann hielt er das Glas hoch, so daß sie das wütende kleine Ding genauer betrachten konnten.

Es war ungefähr so lang wie Lyras Daumen und nicht schwarz, sondern dunkelgrün. Die Deckflügel waren aufgerichtet wie bei einem Marienkäfer, der gerade losfliegen will, und die inneren Flügel schlugen so rasend schnell, daß nur ein Flirren zu sehen war. Die sechs mit Klauen bewehrten Beine waren auf dem glatten Glas ständig in Bewegung.

»Was ist das?« fragte Lyra.

Pantalaimon, der immer noch eine Wildkatze war, kauerte zwei Handbreit davor auf dem Tisch und verfolgte mit seinen grünen Augen, wie das Geschöpf unermüdlich auf dem Boden des Glases im Kreis herumlief.

»Würde man es aufknacken, fände man in seinem Innern kein Leben«, sagte Farder Coram. »Ein Insekt ist das jedenfalls nicht. Ich habe einmal eins dieser Biester gesehen, hätte aber nie damit gerechnet, ihnen so weit nördlich zu begegnen. Sie stammen aus Afrika. In ihrem Innern läuft ein Uhrwerk, und an der Feder ist ein böser Geist mit einem verfluchten Herzen befestigt.«

»Aber wer hat es zu uns geschickt?«

»Dazu brauchst du nicht einmal das Alethiometer, Lyra; du errätst es so leicht wie ich.«

»Mrs. Coulter?«

»Natürlich. Sie hat nicht nur im Norden geforscht, auch in der Wildnis im Süden gibt es viele seltsame Dinge. Ich habe eins von diesen Dingern in Marokko gesehen. Solange der Geist in ihnen steckt, sind sie in Bewegung, und wenn man den Geist freiläßt, ist er so unbeschreiblich zornig, daß er den ersten, den er erwischt, tötet.«

»Aber hinter was war es her?«

»Es hat spioniert. Ich war ein verdammter Idiot, daß ich dich nach oben gelassen habe. Ich hätte dich auch vorhin nicht stören dürfen, als du mit den Symbolen beschäftigt warst.«

»Aber jetzt kapiere ich es!« rief Lyra plötzlich aufgeregt. »Das Echsendings bedeutet *Luft!* Das hatte ich zwar gesehen, aber ich verstand den Zusammenhang nicht, und als ich versuchte, ihn zu verstehen, entglitt mir die Bedeutung wieder.«

»Ach so«, sagte Farder Coram, »jetzt verstehe ich. Das Symbol ist nämlich gar keine Echse, sondern ein Chamäleon. Und es verkörpert Luft, weil das Chamäleon weder ißt noch trinkt, sondern nur von Luft lebt.«

»Und der Elefant ...«

»Afrika. Aha.«

Sie sahen sich an. Ihre Ehrfurcht vor dem Alethiometer wuchs mit jedem neuen Beweis seiner Macht.

»Es hat uns die ganze Zeit vor diesen Dingern gewarnt«, sagte Lyra. »Wir hätten genauer hinhören sollen. Aber was machen wir jetzt mit dem hier, Farder Coram? Können wir es irgendwie töten?«

»Ich glaube nicht, daß wir etwas tun können. Am besten setzen wir es in eine fest verschließbare Schachtel und lassen es nie mehr heraus. Viel mehr Sorgen macht mir, daß das andere entkommen konnte. Es fliegt jetzt bestimmt zu Mrs. Coulter zurück und sagt ihr, daß es dich gesehen hat. Verflucht, Lyra! Was bin ich nur für ein Idiot!«

Er klapperte in einem Schrank herum und fand eine Tabakdose von knapp acht Zentimeter Durchmesser, in der Schrauben aufbewahrt wurden. Er kippte die Schrauben heraus, wischte das Innere mit einem Lappen aus und stülpte das Glas darüber, dessen Öffnung noch immer durch die Pappe verschlossen war. Dann zog er die Pappe weg. Sie hielten beide den Atem an, als eins der Beine der Kreatur freikam und die Dose mit erstaunlicher Kraft wegzustoßen versuchte, doch dann hatten sie es gefangen und drehten den Deckel fest zu.

»Sobald wir das Schiff verlassen, löte ich den Deckel an, damit das Biese nicht ausbrechen kann«, sagte Farder Coram.

»Aber ist das Uhrwerk nicht irgendwann abgelaufen?«

»Wäre es ein normales Uhrwerk, dann ja. Aber wie gesagt, dieses wird durch den Geist, der in ihm steckt, ständig aufgezogen. Je mehr das Biest kämpft, desto mehr zieht es sich auf und desto stärker ist es. Aber laß uns das Ding jetzt wegräumen ...«

Er wickelte die Dose in ein Flanelltuch, um das unaufhörliche Summen und Brummen zu ersticken, und verstaute sie unter seiner Koje.

Inzwischen war es dunkel geworden, und Lyra sah durch das Fenster, wie die Lichter von Colby langsam näher kamen. Der Dunst verdichtete sich zu Nebel, und als sie am Kai entlang des Räuchermarktes festmachten, konnte man nur noch weiche und verschwommene Umrisse erkennen. Die Dunkelheit ging allmählich in einen silbergrau schimmernden Schleier über, der sich auf Lagerhäuser, Kräne und hölzerne Marktstände legte und das granitene Gebäude mit seinen vielen Schornsteinen einhüllte, nach dem der Markt benannt war und in dem Tag und Nacht im duftenden Rauch von Eichenholz Fische geräuchert wurden. Der Qualm aus den Schornsteinen machte die Luft noch klammer und rußiger, und selbst das Kopfsteinpflaster schien den Geruch von geräucherten Heringen, Makrelen und Schellfisch auszuströmen.

Lyra ging, in eine Ölhaut eingewickelt und das verräterische Haar unter einer großen Kapuze versteckt, zwischen Farder Coram und dem Steuermann. Die drei Dæmonen erkundeten wachsam die vor ihnen liegenden Ecken, spähten immer wieder nach hinten und lauschten auf den leisesten Schritt.

Doch außer ihnen war niemand zu sehen. Die Einwohner Colbys saßen alle in ihren Häusern und tranken wahrscheinlich gerade ein Gläschen Genever am warmen Ofen. Auf dem Weg zum Dock trafen sie keine Menschenseele, und dort angekommen, begegneten sie als erstem Tony Costa, der das Tor bewachte.

»Da seid ihr ja, Gott sei Dank«, sagte er leise und ließ sie hinein. »Wir haben soeben erfahren, daß Jack Verhoeven erschossen und sein Boot versenkt wurde, und keiner wußte, wo ihr steckt. John Faa ist bereits an Bord und will so bald wie möglich los.«

Das Schiff mit seinem Ruderhaus und dem Schornstein in der Mitte, dem hohen Vorderdeck und dem dicken Ladebaum über einer mit Segeltuch verhängten Luke kam Lyra riesig vor. Bullaugen und Kommandobrücke waren gelb erleuchtet, und an der Mastspitze brannte eine weiße Lampe. Drei oder vier Männer arbeiteten hektisch; woran, konnte Lyra nicht erkennen.

Sie sprang vor Farder Coram die hölzerne Gangway hinauf und sah sich aufgeregt um. Pantalaimon verwandelte sich in einen Affen und kletterte sogleich auf den Ladebaum, doch Lyra rief ihn wieder zurück; Farder Coram wollte, daß sie sich drinnen aufhielten, unter Deck.

Einige Stufen tiefer, am Ende eines Niedergangs, lag ein kleiner Salon, in dem John Faa leise mit Nicholas Rokeby sprach, dem Kapitän des Schiffes. John Faa überstürzte nichts. Lyra hatte erwartet, daß er sie begrüßen würde, aber er beendete zuerst das Gespräch über Gezeiten und Lotsen, bevor er sich den Neuankömmlingen zuwandte.

»Guten Abend, Freunde«, sagte er. »Wie ihr vielleicht schon gehört habt, ist der arme Jack Verhoeven tot. Und seine Jungs wurden gefangengenommen.«

»Auch wir haben schlechte Nachrichten.« Farder Coram berichtete von ihrer Begegnung mit den fliegenden Geistern.

John Faa schüttelte seinen großen Kopf, machte ihnen aber keine Vorwürfe.

»Wo steckt die Kreatur jetzt?« fragte er.

Farder Coram zog die Tabakdose heraus und stellte sie auf den Tisch. Das Summen, das aus der Dose zu hören war, war dermaßen wütend, daß sie von ganz allein langsam über das Holz rutschte.

»Gehört habe ich schon von diesen aufgezogenen Teufeln, aber gesehen habe ich noch keinen«, sagte John Faa. »Soviel ich weiß, kann man sie weder beruhigen noch abstellen, noch hätte es Sinn, sie mit Blei zu beschweren und im Ozean zu versenken, denn eines Tages würde die Dose durchrosten, und der Teufel käme heraus und würde sich auf das Kind stürzen, wo immer es ist. Nein, wir müssen ihn wohl hierbehalten und gut bewachen.«

Lyra war die einzige weibliche Person an Bord – John Faa hatte sich dagegen entschieden, Frauen mitzunehmen – und bekam eine Kabine für sich allein. Die Kabine war allerdings nicht groß, tatsächlich kaum größer als ein Schrank, und hatte eine Koje und eine Luke, wie das Bullauge eigentlich hieß. Lyra verstaute ihre Habseligkeiten in dem Schubfach unter der Koje und rannte dann aufgeregt nach oben, um an der Reling stehend England verschwinden zu sehen; doch sie mußte feststellen, daß England schon beinahe vollständig im Nebel verschwunden war.

Aber das Rauschen des Wassers unter ihr, der Fahrtwind, die unerschrocken in der Dunkelheit blinkenden Schiffslampen, das Rumpeln der Maschine und der Geruch nach Salz, Fisch und Kohlenspiritus waren schon aufregend genug. Wenig später, als das Schiff von der Dünung des Deutschen Ozeans erfaßt wurde, stellte sich ein weiteres Gefühl ein. Als Lyra zum Abendessen gerufen wurde, merkte sie, daß sie weniger hungrig war, als sie gedacht hatte, und im nächsten Augenblick beschloß sie auch schon, sich lieber hinzulegen, Pantalaimon zuliebe, denn dem armen Kerl war speiübel.

Und so begann ihre Reise in den Norden.

II

Bolvangar

Zehn

Der Konsul und der Bär

John Faa und die anderen Anführer hatten beschlossen, Kurs auf Trollesund zu nehmen, den wichtigsten Hafen Lapplands. Die Hexen hatten in der Stadt ein Konsulat, und John Faa wußte, daß es ohne ihre Hilfe oder zumindest wohlwollende Neutralität unmöglich war, die Kinder zu befreien.

Am nächsten Tag, als Lyras Seekrankheit etwas abgeklungen war, erklärte er Lyra und Farder Coram seinen Plan. Die Sonne schien hell vom Himmel, und die grünen Wellen klatschten an den Bug und entfernten sich auf beiden Seiten als schaumbekrönte Linien. An Deck, wo eine frische Brise wehte und das Meer als bewegte, glitzernde Fläche vor ihr lag, war Lyra nicht mehr übel; und als Pantalaimon begeistert als Möwe oder Sturmschwalbe über die Wellenkämme glitt, ließ Lyra sich von seiner Freude anstecken und hatte ihr Elend schnell vergessen.

John Faa, Farder Coram und zwei andere Männer saßen am Heck und besprachen, was als nächstes zu tun sei.

»Farder Coram kennt also die lappländischen Hexen«, meinte John Faa. »Und wenn ich ihn richtig verstanden habe, stehen sie sogar in seiner Schuld.«

»Das stimmt, John«, sagte Farder Coram. »Der Anlaß liegt zwar schon vierzig Jahre zurück, aber für eine Hexe ist das keine lange Zeit. Manche Hexen werden steinalt.«

»Wie kam es dazu, Farder Coram?« fragte Adam Stefanski, der Anführer der kleinen gyptischen Streitmacht.

»Ich habe einer Hexe das Leben gerettet. Sie wurde von einem großen roten Vogel verfolgt, wie ich nie zuvor einen gesehen hatte, stürzte verletzt vom Himmel und fiel in den Sumpf. Ich machte mich sofort auf die Suche nach ihr. Sie wäre beinahe ertrunken, aber ich konnte sie gerade noch an Bord meines Bootes hieven und erschoß den Vogel. Er fiel in ein Sumpfloch, sehr zu meinem Bedauern, denn er war so groß wie eine Rohrdommel und feuerrot.«

Die anderen Männer hingen wie gebannt an Farder Corams Lippen.

»Als ich sie in meinem Boot hatte«, fuhr er fort, »bekam ich den größten Schreck meines Lebens: Die junge Frau hatte keinen Dæmon.«

Er hätte genausogut sagen können: »Sie hatte keinen Kopf.« Schon der Gedanke war entsetzlich. Den Männern schauderte. Ihren Dæmonen sträubten sich Fell und Gefieder, sie schüttelten sich oder stießen ein heiseres Krächzen aus, und die Männer mußten sie beruhigen. Pantalaimon verkroch sich an Lyras Brust; sein Herz schlug genauso heftig wie ihres.

»Zumindest schien es so«, sagte Farder Coram. »Ich hatte schon vermutet, daß sie eine Hexe war, weil sie aus der Luft fiel. Sie sah wie eine ganz normale junge Frau aus, nur schlanker als viele und hübscher als die meisten, aber als ich ihren Dæmon nirgends entdecken konnte, bekam ich einen furchtbaren Schrecken.«

»Haben Hexen denn keine Dæmonen?« fragte der andere Mann, der Michael Canzona hieß.

»Wahrscheinlich sind ihre Dæmonen unsichtbar«, sagte Adam Stefanski. »Und ihr Dæmon war zwar die ganze Zeit da, aber Farder Coram konnte ihn nicht sehen.«

»Nein, Adam, du irrst dich«, widersprach Farder Coram. »Er war nicht da. Hexen können über viel größere Entfernungen von ihren Dæmonen getrennt sein als wir. Wenn es sein muß, können sie ihre Dæmonen mit dem Wind oder den Wolken oder über den Meeresboden weit wegschicken. Die Hexe, die ich kennenlernte, hatte sich gerade etwas ausgeruht, als ihr Dæmon angeflogen kam, denn natürlich hatte er ihre Angst und ihre Verletzung gespürt. Und ich bin überzeugt, auch wenn sie es nicht zugeben wollte, daß der große rote Vogel, den ich erschossen habe, der Dæmon einer anderen Hexe war, die sie verfolgte. Mein Gott! Wenn ich daran denke, überläuft es mich kalt. Hätte ich das geahnt, hätte ich das Gewehr stecken lassen und etwas anderes getan; aber nun war es geschehen. Jedenfalls hatte ich ihr ohne Zweifel das Leben gerettet, und sie schenkte mir ein Andenken und versprach, mir zu helfen, wenn ich Hilfe brauchte. Und einmal, als die Skrälinge mich mit einem vergifteten Pfeil angeschossen hatten, schickte sie mir tatsächlich Hilfe. Wir hatten auch noch andere Verbindungen … Zwar habe ich sie seit Jahren nicht mehr gesehen, aber sie erinnert sich bestimmt noch an mich.«

»Und lebt sie in Trollesund, diese Hexe?«

»Nein, nein. Hexen leben in Wäldern und in der Tundra, aber nicht in einem Seehafen unter Männern und Frauen. Sie bevorzugen ein ungebundenes Leben. Aber sie haben dort ein Konsulat, und seid versichert, ich werde sie benachrichtigen.«

Lyra hätte gern mehr über Hexen erfahren, aber die Unterhaltung der Männer wandte sich anderen Themen wie Brennstoff und Vorräten zu, und so ging sie neugierig daran, den Rest des Schiffes zu erforschen. Sie schlenderte über das Deck in Richtung Bug und machte bald die Bekanntschaft eines Matrosen, auf den sie Apfelkerne schnippte, die sie noch vom Frühstück aufbewahrt hatte. Der Matrose war ein untersetzter und im Grunde friedfertiger Mensch, und nachdem er sie zuerst beschimpft und danach sie ihn beschimpft hatte, wurden sie dicke Freunde. Er hieß Jerry, und von ihm lernte Lyra, daß man Seekrankheit vorbeugen konnte, wenn man sich mit etwas beschäftigte, und daß selbst eine Arbeit wie Deckschrubben Spaß machen konnte, solange sie auf Seemannsart getan wurde. Lyra war davon so begeistert, daß sie später die Decken auf ihrer Koje auf Seemannsart faltete und ihre Sachen auf Seemannsart in den Schrank legte und das dann ›verstauen‹ statt ›aufräumen‹ nannte.

Nach zwei Tagen auf See fand Lyra, daß sie immer so leben wollte. Sie durfte sich vom Maschinenraum bis zur Brücke überall frei bewegen, und bald duzte sie sich mit der ganzen Mannschaft. Kapitän Rokeby ließ sie am Griff der Dampfpfeife ziehen, um einer holländischen Fregatte ein Signal zu geben, der Koch ließ ihre Hilfe beim Rühren des Mehlpuddings über sich ergehen, und nur ein strenges Wort von Farder Coram hielt sie davor zurück, den Fockmast hinaufzuklettern, um vom Krähennest aus den Horizont abzusuchen.

Die ganze Zeit fuhren sie Richtung Norden, und täglich wurde es kälter. Man suchte im Schiffsbauch nach Ölzeug, das auf Lyras Größe zurechtgeschnitten werden konnte, und Jerry brachte ihr Nähen bei, eine Kunst, die sie bereitwillig von ihm lernte, obwohl sie sie in Jordan College verachtet hatte und Mrs. Lonsdales Anleitungen aus dem Weg gegangen war. Gemeinsam mit Jerry schneiderte sie einen wasserdichten Beutel für das Alethiometer, den sie um die Taille tragen konnte – falls sie ins Wasser fiel, wie sie sagte. Das Alethiometer sicher verpackt, stand sie in Ölzeug und Regenhut an der Reling, wenn die salzig in den Augen brennende Gischt über den Bug spritzte und über das Deck strömte. Manchmal, vor allem wenn der Wind auffrischte und das Schiff in graugrünen Wellenbergen versank, wurde sie noch immer seekrank. Dann war es Pantalaimons Aufgabe, sie abzulenken, indem er als Sturmschwalbe über die Wellen glitt. Sobald sie die unbändige Freude spürte, mit der er durch Wind und Wetter schoß, vergaß sie ihre Übelkeit. Hin und wieder versuchte er sich sogar als Fisch, und einmal schloß er sich sogar, zu deren freudiger Überraschung, einer Gruppe Delphinen an. Lyra stand frierend auf dem Vorderdeck und lachte vergnügt, als ihr geliebter Pantalaimon zusammen mit einem halben Dutzend anderer grauer Leiber in eleganten, kraftvollen Sprüngen aus dem Wasser schnellte. Ihre Freude war allerdings nicht ungetrübt, denn gleichzeitig quälte sie eine bange Frage. Angenommen, die Verlockungen des Lebens als Delphin wären stärker als seine Liebe zu ihr?

Ihr Freund, der Matrose, war in ihrer Nähe damit beschäftigt, das Segeltuch über der vorderen Luke zurechtzurücken. Er unterbrach seine Arbeit, um zuzuschauen, wie der Dæmon des kleinen Mädchens mit den Delphinen durch die Wellen glitt und aus dem Wasser sprang. Sein eigener Dæmon, eine Möwe, saß auf der Ankerwinde und hatte den Kopf unter den Flügel gesteckt. Jerry wußte, was Lyra empfand.

»Als ich das erste Mal zur See fuhr, hatte meine Belisaria noch nicht ihre endgültige Gestalt angenommen – so jung war ich damals –, und sie verwandelte sich für ihr Leben gern in einen Tümmler. Ich hatte Angst, daß sie irgendwann mal endgültig einer bleiben würde. Auf meinem ersten Schiff war nämlich ein alter Seemann, der überhaupt nie an Land gehen konnte, weil sein Dæmon für immer ein Delphin geworden war und das Wasser nicht verlassen konnte. Er war ein wunderbarer Seemann, der beste Navigator, den es jemals gab; er hätte in der Fischerei ein Vermögen machen können, aber er wollte nicht. Er war nie richtig glücklich, bis er starb und im Meer begraben werden konnte.«

»Warum nehmen Dæmonen irgendwann eine feste Gestalt an?« fragte Lyra. »Ich will, daß Pantalaimon sich immer verwandelt, und er will das auch.«

»Das war immer so und wird auch immer so sein. Es gehört zum Erwachsenwerden dazu. Eines Tages wirst du es leid sein, daß er sich verwandelt, und dann willst du, daß er eine feste Gestalt annimmt.«

»Das will ich nie!«

»Doch, glaube mir. Du wirst erwachsen sein wollen wie alle anderen Mädchen. Außerdem hat das auch einen Vorteil.«

»Was für einen denn?«

»Man weiß, was für ein Mensch man ist. Schau dir die alte Belisaria an. Sie ist eine Möwe, und das bedeutet, auch ich bin eine Art Möwe. Ich bin nicht schön oder sonstwie außergewöhnlich, aber ich bin ein zäher alter Kerl, der überall Freunde und etwas zum Beißen findet. So etwas ist gut zu wissen. Wenn dein Dæmon seine endgültige Gestalt annimmt, weißt du, zu welcher Sorte Mensch du gehörst.«

»Aber wenn er eine Gestalt annimmt, die ich nicht mag?«

»Tja, dann bist du natürlich unzufrieden. Was glaubst du, wieviele Leute sich einen Löwen als Dæmon wünschen und schließlich einen Pudel bekommen. Sie ärgern sich, bis sie lernen, sich mit dem zufriedenzugeben, was sie sind. Da ist aller Ärger umsonst.«

Trotzdem konnte Lyra sich nicht vorstellen, jemals erwachsen zu werden.

Eines Morgens hing ein fremdartiger Geruch in der Luft, und das Schiff machte seltsame Bewegungen. Statt wie bisher auf und ab über die Wellenberge zu stampfen, schaukelte es lebhaft von einer Seite auf die andere. Lyra war eine Minute nach dem Aufwachen an Deck und starrte begierig dem Land entgegen: Was für ein ungewohnter Anblick nach all dem Wasser! Denn obwohl sie nur wenige Tage auf See verbracht hatten, hatte Lyra das Gefühl, sie wären monatelang unterwegs gewesen. Unmittelbar vor dem Schiff ragte ein Berg mit grünen Hängen und schneebedecktem Gipfel auf. An seinem Fuß lag eine kleine Stadt mit einem Hafen; zu sehen waren Holzhäuser mit spitzen Dächern, der Turm eines Bethauses, Hafenkräne und Schwärme kreisender, schreiender Möwen. Es stank nach Fisch, vermischt mit Gerüchen vom Festland wie Kiefernharz, Erde, einem Geruch nach Tieren und Moschus und noch etwas Kaltem, Leerem und Wildem, vielleicht Schnee. Es war der Geruch des Nordens.

Seehunde tollten ums Schiff herum und streckten ihre Clownsgesichter aus dem Wasser, bevor sie lautlos wieder untertauchten. Der Wind, der die Gischt von den weißen Schaumkronen der Wellen wehte, war eisig und drang durch jede Ritze in Lyras Wolfspelz. Bald schmerzten ihre Hände, und ihr Gesicht war taub vor Kälte. Pantalaimon wärmte ihr zwar als Hermelin den Hals, aber es war trotzdem zu kalt, um lange untätig draußen herumzustehen, selbst wenn man dabei Seehunde beobachtete, und so ging Lyra unter Deck, aß im Salon ihren Haferbrei und sah zum Bullauge hinaus.

Im Hafen war das Wasser ruhig, und als sie an dem wuchtigen Wellenbrecher vorbeifuhren, hatte Lyra plötzlich Gleichgewichtsstörungen, weil jede Bewegung fehlte. Gespannt beobachteten sie und Pantalaimon, wie sich das schwerfällige Schiff zentimeterweise der Kaimauer näherte. In der folgenden Stunde waren alle mit Vorbereitungen für die Landung beschäftigt. Das Maschinengeräusch ging in ein gedämpftes Brummen über, und Befehle und Fragen wurden gebrüllt, Taue durch die Luft geschleudert, Gangways heruntergelassen und Luken geöffnet.

»Komm, Lyra!« sagte Farder Coram schließlich. »Hast du alles gepackt?«

Lyras wenige Sachen waren gepackt, seit sie aufgewacht war und Land gesehen hatte. Sie brauchte nichts weiter zu tun, als die Einkaufstasche aus der Kabine zu holen, und schon war sie fertig.

An Land machten sie und Farder Coram sich als erstes auf die Suche nach dem Haus des Hexenkonsuls. Sie brauchten nicht lange zu suchen; die Häuser der kleinen Stadt drängten sich um den Hafen, und die einzigen größeren Gebäude waren das Bethaus und das Haus des Gouverneurs. Der Hexenkonsul wohnte in einem grün gestrichenen Holzhaus mit Blick aufs Meer. Als sie an der Tür läuteten, tönte die Glocke schrill durch die ruhige Straße.

Ein Diener führte sie in einen kleinen Salon und brachte ihnen Kaffee. Bald darauf trat der Konsul ein und begrüßte sie. Er war ein beleibter Mann mit rosiger Gesichtsfarbe; er trug einen schlichten, dunklen Anzug und hieß Martin Lanselius. Sein Dæmon war eine kleine Schlange, genauso tiefgrün wie die Augen des Konsuls, die das einzig Hexenähnliche an ihm waren; obwohl Lyra gar nicht genau wußte, wie sie sich eigentlich eine Hexe vorgestellt hatte.

»Was kann ich für Sie tun, Farder Coram?« fragte er.

»Zweierlei, Doktor Lanselius. Erstens liegt mir viel daran, mich mit einer Hexe in Verbindung zu setzen, der ich vor Jahren in den Fens von East Anglia begegnet bin. Sie heißt Serafina Pekkala.«

Dr. Lanselius notierte sich etwas mit einem silbernen Stift.

»Wie lange liegt diese Begegnung zurück?« fragte er.

»An die vierzig Jahre. Aber ich glaube, daß sie sich daran erinnert.«

»Und Ihr zweites Anliegen?«

»Ich vertrete mehrere gyptische Familien, die Kinder verloren haben. Wir haben Grund anzunehmen, daß es eine Organisation gibt, die diese Kinder – unsere und andere – entführt und in den Norden bringt. Den Grund kennen wir nicht. Ich wüßte gern, ob Sie oder Ihr Volk von solchen Vorgängen gehört haben.«

Dr. Lanselius nippte am Kaffee, seine Miene war höflich.

»Es ist nicht ausgeschlossen, daß uns derartige Unternehmungen zu Ohren gekommen sind«, sagte er. »Verstehen Sie aber bitte, daß die Beziehungen zwischen meinem Volk und den Nordländern überaus herzlich sind und ich mir nicht erlauben darf, sie aufs Spiel zu setzen.«

Farder Coram nickte, als könne er das sehr gut verstehen.

»Natürlich«, sagte er. »Und ich brauchte Sie auch gar nicht darum zu bitten, wenn ich die Informationen auf einem anderen Weg bekommen könnte. Aus diesem Grund habe ich zuerst nach der Hexe gefragt.«

Jetzt war es an Dr. Lanselius, verständnisvoll zu nicken. Lyra sah diesem Hin und Her erstaunt und bewundernd zu. Unter der Oberfläche der Worte spielten sich die verschiedensten Dinge ab, und sie merkte, daß der Hexenkonsul einen Entschluß faßte.

»Also gut«, sagte er. »Sie haben natürlich ganz recht, und Sie wissen ja auch, Farder Coram, daß Ihr Name uns keineswegs unbekannt ist. Serafina Pekkala ist die Königin eines Hexenclans am Enara-See. Was Ihre andere Frage betrifft, so versteht sich von selbst, daß Sie die gewünschte Auskunft nicht durch mich erhalten.«

»Selbstverständlich.«

»Gut. In dieser Stadt befindet sich die Niederlassung einer Organisation mit dem Namen Gesellschaft zur Erforschung des Nordens, die angeblich nach Bodenschätzen sucht, in Wirklichkeit aber von der sogenannten General-Oblations-Behörde aus London gesteuert wird. Zufälligerweise weiß ich, daß diese Organisation Kinder importiert. In der Stadt ist das im großen und ganzen unbekannt, und offiziell weiß auch die norrowegische Regierung nichts davon. Die Kinder bleiben nicht lange hier, sondern werden weiter ins Landesinnere gebracht.«

»Wissen Sie wohin, Doktor Lanselius?«

»Nein. Ich würde es Ihnen sagen, wenn ich es wüßte.«

»Wissen Sie denn, was dort mit ihnen geschieht?«

Zum erstenmal sah Doktor Lanselius kurz zu Lyra hinüber.

Sie hielt seinem Blick stand, ohne mit der Wimper zu zukken. Der kleine grüne Schlangendæmon hob den Kopf vom Kragen des Konsuls und flüsterte ihm züngelnd etwas ins Ohr.

Daraufhin sagte der Konsul: »Ich habe gehört, wie in diesem Zusammenhang der Begriff *Maystadt-Verfahren* fiel. Offensichtlich verwenden sie diesen Begriff als Decknamen für ihr eigentliches Geschäft. Außerdem ist die Rede von *Interzision,* ich kann aber nicht sagen, was damit gemeint ist.«

»Sind gegenwärtig Kinder in der Stadt?« fragte Farder Coram.

»Nein, ich glaube nicht«, antwortete Dr. Lanselius. »Vor einer Woche kam eine etwa zwölfköpfige Gruppe hier an, sie hat die Stadt aber vorgestern wieder verlassen.«

»Aha, erst vorgestern? Dann besteht noch Hoffnung. Wie sind sie abgereist, Doktor Lanselius?«

»Mit Schlitten.«

»Und Sie haben keine Ahnung, wohin sie gefahren sein könnten?«

»Nein. Solche Dinge interessieren uns nicht.«

»Ich verstehe. Nachdem Sie nun meine Fragen so offen beantwortet haben, habe ich noch eine letzte. Wenn Sie an meiner Stelle wären, welche Frage würden Sie dem Konsul der Hexen stellen?«

Zum erstenmal lächelte Dr. Lanselius.

»Ich würde ihn fragen, wo ich die Dienste eines gepanzerten Bären bekommen könnte«, antwortete er.

Lyra setzte sich auf. Sie spürte, wie Pantalaimons Herz in ihren Händen schlug.

»Ich dachte immer, die Panzerbären ständen im Dienst der Oblations-Behörde«, erwiderte Farder Coram überrascht. »Ich meine natürlich, der Gesellschaft zur Erforschung des Nordens, oder wie sie sich nennt.«

»Es gibt zumindest einen, für den das nicht zutrifft. Sie finden ihn im Schlittendepot am Ende der Langlokur-Straße. Dort verdient er sich zur Zeit seinen Lebensunterhalt, aber es kann angesichts seines Temperaments und der Angst, die er den Hunden einjagt, sein, daß er seine Arbeit bald wieder verliert.«

»Er ist also ein Abtrünniger?«

»So könnte man sagen. Er heißt Iorek Byrnison. Sie wollten wissen, was ich fragen würde, und ich habe es Ihnen gesagt. Hören Sie jetzt noch, was ich tun würde: Ich würde mir die Gelegenheit, die Dienste eines Panzerbären zu bekommen, auf keinen Fall entgehen lassen, selbst wenn er nicht gerade in der Nähe wäre.«

Lyra hielt es kaum noch auf ihrem Stuhl aus. Farder Coram wußte jedoch, wie man sich bei Begegnungen wie dieser zu benehmen hatte, und nahm noch einen der aromatischen Honigkuchen vom Teller. Während er ihn aß, wandte sich Dr. Lanselius an Lyra.

»Soviel ich weiß, besitzt du ein Alethiometer«, sagte er zu ihrer großen Verwunderung. Woher konnte er das bloß wissen?

»Ja«, sagte sie und fügte, nachdem Pantalaimon sie gezwickt hatte, hinzu: »Möchten Sie es sehen?«

»Sehr gern.«

Linkisch zog sie das Samtpäckchen aus dem Beutel aus Ölhaut und reichte es ihm. Er wickelte es aus und hielt das Alethiometer ganz vorsichtig hoch. Dann starrte er auf das Zifferblatt wie ein Wissenschaftler auf ein seltenes Schriftstück.

»Herrlich!« sagte er. »Ich habe einmal ein anderes Exemplar gesehen, aber es war nicht so schön wie dieses. Besitzt du auch das Buch mit den Deutungen?«

»Nein«, begann Lyra, aber bevor sie noch etwas sagen konnte, sprach Farder Coram.

»Nein, es ist jammerschade. Zwar gehört Lyra das Alethiometer, aber wir wissen überhaupt nicht, wie man es liest. Es ist genauso geheimnisvoll wie die Tintenlachen, aus denen Hindus die Zukunft lesen. Und das nächste Buch der Deutungen, das ich kenne, befindet sich in der Abtei Sankt Johann in Heidelberg.«

Lyra wußte zwar, warum Farder Coram das sagte; er wollte nicht, daß Dr. Lanselius von Lyras Fähigkeit erfuhr. Aber sie merkte auch etwas, das Farder Coram nicht merken konnte: die plötzliche Aufregung von Dr. Lanselius' Dæmon. Schlagartig wurde ihr klar, daß es ein Fehler wäre, sich zu verstellen.

Deshalb sagte sie, halb an Dr. Lanselius und halb an Farder Coram gewandt: »Ich kann es übrigens doch lesen.«

»Das ist klug von dir«, sagte der Konsul. »Woher hast du das Alethiometer bekommen?«

»Der Rektor von Jordan College in Oxford hat es mir gegeben«, erwiderte sie. »Wissen Sie, wer diese Instrumente gemacht hat, Doktor Lanselius?«

»Angeblich stammen sie aus Prag. Der Wissenschaftler, der das erste Alethiometer erfunden hat, suchte offenbar nach einer Methode, mit der man den Einfluß der Planeten messen konnte, von dem die Astrologie spricht. Er wollte ein Gerät bauen, das sich nach dem Mars oder der Venus richtet wie ein Kompaß nach dem Norden. Damit ist er zwar gescheitert, aber der von ihm erfundene Mechanismus reagierte ganz eindeutig auf irgend etwas, wenn auch niemand wußte, was das war.«

»Und woher stammen die Symbole?«

»Oh, aus dem siebzehnten Jahrhundert. Damals gab es überall Symbole und Sinnbilder. Man sollte Bauwerke und Bilder wie Bücher lesen können. Alles stand gleichzeitig für etwas anderes; mit dem richtigen Wörterbuch konnte man selbst die Natur deuten. Deshalb ist es eigentlich nicht verwunderlich, daß Philosophen damals auch Erkenntnisse, deren Ursprung ihnen unerklärlich war, mit solchen Symbolen deuten wollten. Aber seit ungefähr zwei Jahrhunderten verwendet man diese Symbole eigentlich nicht mehr.«

Er gab Lyra das Instrument zurück. »Darf ich dich etwas fragen? Wie liest du es ohne das Buch der Symbole?«

»Ich konzentriere mich einfach, und dann ist es irgendwie so, als würde man ins Wasser schauen. Die Augen müssen die richtige Ebene finden, auf der sie scharf sehen. Oder so ähnlich.«

»Ob du mir das wohl einmal vormachen könntest?«

Lyra sah Farder Coram an. Sie hätte sofort zugestimmt, wollte aber sein Einverständnis abwarten. Der alte Mann nickte.

»Was soll ich fragen?«

»Was haben die Tataren mit Kamtschatka vor?«

Das war nicht schwer. Lyra richtete die Zeiger auf das Kamel, das Asien und damit die Tataren symbolisierte, auf das Füllhorn, das für Kamtschatka mit seinen Goldminen stand, und auf die Ameise, die Geschäftigkeit verkörperte, die wiederum Absichten und Pläne symbolisierte. Dann saß sie ganz ruhig da, konzentrierte sich auf alle drei Bedeutungsebenen zugleich und öffnete sich der Antwort, die beinahe umgehend eintraf. Die lange Nadel zuckte zu den Symbolen Delphin, Helm, Kleinkind und Anker und tanzte zwischen ihnen und dem Tiegel in einer komplizierten Folge hin und her, der Lyras Augen ohne zu zögern folgten, die für die beiden Männer aber unverständlich blieb.

Nachdem die Nadel die Bewegungen mehrere Male vollführt hatte, sah Lyra auf. Sie blinzelte ein- oder zweimal, als erwache sie aus einer Trance.

»Sie werden einen Angriff vortäuschen, aber nicht wirklich angreifen, denn Kamtschatka ist viel zu weit weg, und sie wären zu weit verstreut.«

»Erklärst du mir, woran du das abliest?«

»Am Delphin. Eine seiner tieferen Bedeutungen ist das Spielen im Sinn von Verspieltheit oder Schabernack«, erklärte Lyra. »Daß diese Bedeutung gemeint ist, erkenne ich daran, wie oft die Nadel an dieser Stelle stehenbleibt und daß ich nur diese Bedeutungsebene scharf sehen kann. Der Helm bedeutet Krieg, und beides zusammen bedeutet Krieg vortäuschen, ohne ihn wirklich vorzuhaben. Das kleine Kind steht für Schwierigkeiten; es wäre zu schwer für die Tataren, Kamtschatka anzugreifen, und der Anker sagt auch, weshalb: Ihre Reihen wären dann so auseinandergezogen und gespannt wie eine Ankerkette. Ich sehe das einfach so, verstehen Sie?«

Dr. Lanselius nickte.

»Bemerkenswert«, sagte er. »Ich bin dir sehr dankbar und werde das nicht vergessen.«

Er warf Farder Coram einen sonderbaren Blick zu, dann wandte er sich wieder an Lyra.

»Darf ich dich um noch eine Demonstration bitten?« fragte er sie. »Im Hof hinter dem Haus hängen Wolkenkiefernzweige an der Wand. Einen von ihnen hat Serafina Pekkala benutzt. Kannst du herausfinden, welchen?«

»Na klar!« meinte Lyra, immer bereit anzugeben, und nahm das Alethiometer und stürmte hinaus. Sie konnte es kaum erwarten, Wolkenkiefern zu sehen, denn die Hexen benutzten sie zum Fliegen, und sie hatte noch nie zuvor welche gesehen.

Als sie fort war, fragte der Konsul: »Wissen Sie eigentlich, wer dieses Kind ist?«

»Sie ist die Tochter von Lord Asriel«, antwortete Farder Coram. »Und ihre Mutter ist Mrs. Coulter von der Oblations-Behörde.«

»Und weiter?«

Der alte Gypter mußte den Kopf schütteln. »Nein«, sagte er, »mehr weiß ich nicht. Aber sie ist ein seltsames unschuldiges Wesen, und ich möchte um nichts in der Welt, daß ihr etwas zustößt. Wie sie es schafft, dieses Instrument zu lesen, ist mir ein Rätsel, aber ich glaube ihr, was sie sagt. Warum fragen Sie, Doktor Lanselius? Wissen Sie mehr?«

»Die Hexen sprechen seit Jahrhunderten von diesem Mädchen«, sagte der Konsul. »Sie leben ganz in der Nähe des Ortes, an dem die Welten nur durch einen dünnen Schleier voneinander getrennt sind, und hören deshalb manchmal jenes ewige Raunen, das von den Stimmen der Wesen herrührt, die zwischen den Welten wandeln. Und diese Wesen sprachen von einem Kind wie diesem, einem Kind, dem ein großes Schicksal bestimmt ist, das sich nur woanders erfüllen kann – nicht in dieser Welt, sondern weit jenseits davon. Ohne dieses Kind werden wir alle sterben, sagen die Hexen. Aber es muß sein Schicksal erfüllen, ohne zu wissen, was es tut; nur wenn es völlig ahnungslos ist, können wir gerettet werden. Verstehen Sie das, Farder Coram?«

»Nein«, antwortete Farder Coram, »das kann ich nicht behaupten.«

»Es bedeutet, daß es ihr freistehen muß, Fehler zu machen. Wir müssen hoffen, daß sie keine macht, aber wir dürfen sie nicht lenken. Ich bin froh, daß ich dieses Kind noch gesehen habe, bevor ich sterbe.«

»Aber woher wissen Sie, daß Lyra dieses Kind ist? Und was meinten Sie mit Wesen, die zwischen den Welten wandeln? Ich halte Sie für einen aufrichtigen Menschen, Doktor Lanselius, aber das verstehe ich nicht.«

Bevor jedoch der Konsul antworten konnte, ging die Tür auf, und Lyra kam triumphierend mit einem kleinen Kiefernzweig herein.

»Das ist er!« sagte sie. »Ich habe alle untersucht, und dieser ist es, da bin ich sicher.«

Der Konsul begutachtete den Zweig und nickte dann.

»Richtig«, meinte er. »Wirklich, Lyra, das ist beachtlich. Du kannst dich glücklich schätzen, ein solches Instrument zu besitzen, und ich wünsche dir alles Gute damit. Ich möchte dir zum Abschied etwas mitgeben ...«

Er nahm den Zweig und brach ein kleines Stück ab.

»Ist sie damit geflogen?« fragte Lyra ehrfürchtig.

»Ja. Ich kann dir nicht den ganzen Zweig geben, denn ich brauche ihn, um Kontakt mit ihr aufzunehmen, aber das hier wird reichen. Paß gut darauf auf.«

»Das mache ich bestimmt«, sagte sie. »Vielen Dank.«

Sie steckte den Zweig in den Beutel zum Alethiometer. Farder Coram berührte den Rest des Zweiges, als könne er ihm Glück bringen, und auf seinem Gesicht lag ein fast sehnsüchtiger Ausdruck, den Lyra noch nie zuvor bei ihm bemerkt hatte. Der Konsul brachte sie zur Tür, wo er zuerst Farder Coram und dann Lyra die Hand schüttelte.

»Ich wünsche euch viel Erfolg«, sagte er. Trotz der schneidenden Kälte blieb er in der Haustür stehen und sah ihnen nach, wie sie die kleine Straße hinuntergingen.

»Das mit den Tataren wußte er schon vor mir«, erzählte Lyra Farder Coram. »Das Alethiometer hat mir das gesagt, aber ich habe es für mich behalten. Es war der Tiegel.«

»Wahrscheinlich wollte er dich auf die Probe stellen, mein Kind. Aber es war richtig von dir, höflich zu sein, da wir nicht sicher sein konnten, was er bereits wußte. Und das mit dem Bären war ein nützlicher Hinweis. Ich weiß nicht, wie wir sonst davon erfahren hätten.«

Sie fanden das Depot, das aus ein paar Lagerhäusern aus Beton auf einem Gelände bestand, auf dem zwischen grauen Felsen und zugefrorenen Schlammpfützen spärliches Unkraut wuchs. Ein griesgrämiger Mann in einem Büro erklärte ihnen, daß der Bär ab sechs Uhr Feierabend habe, sie sich aber beeilen müßten, da er meist schnurstracks den Hof hinter Einarssons Bar aufsuchte, um sich zu betrinken.

Danach ging Farder Coram mit Lyra in das beste Kleidergeschäft der Stadt und kaufte ihr warme Kleider: einen Anorak aus Rentierfell, da Rentierhaare hohl sind und deshalb einen zuverlässigen Schutz gegen Kälte und Nässe bieten; die Kapuze war mit Marderpelz gefüttert, der das beim Atmen entstehende Eis abwies. Dann besorgten sie warme Unterwäsche, Einlagen aus Rentierkalbfell für die Stiefel und Seidenhandschuhe zum Unterziehen unter die großen Pelzfäustlinge. Stiefel und Fäustlinge waren aus der besonders strapazierfähigen Haut von Rentiervorderbeinen gefertigt, und die Stiefel waren mit Bartrobbenhaut besohlt, die genauso zäh wie Walroßleder war, aber etwas leichter. Zuletzt kauften sie noch ein Regencape aus durchscheinendem Seehunddarm, das Lyra ganz umhüllte.

Als sie alles angezogen und dazu noch einen dicken Seidenschal um den Hals geschlungen, eine Wollmütze über die Ohren gezogen und die große Kapuze aufgesetzt hatte, war ihr viel zu warm; aber schließlich würden sie ja noch in viel kältere Gegenden kommen.

John Faa, der das Entladen des Schiffes beaufsichtigt hatte, hörte sich aufmerksam an, was der Hexenkonsul gesagt hatte. Als er von dem Bären hörte, wurde er unruhig.

»Noch heute abend suchen wir ihn auf«, sagte er. »Habt Ihr jemals mit einer solchen Kreatur gesprochen, Farder Coram?«

»Ja, sogar gekämpft, wenn auch Gott sei Dank nicht eigenhändig. Wir müssen auf Verhandlungen mit ihm gefaßt sein, John. Er wird sicher eine Menge fordern und schlecht gelaunt und anspruchsvoll sein, aber wir brauchen ihn unbedingt.«

»O ja, unbedingt. Und was war mit Eurer Hexe?«

»Tja, sie ist weit weg und inzwischen Königin eines Hexenclans«, sagte Farder Coram. »Ich hatte gehofft, ich könnte ihr eine Nachricht zukommen lassen, aber es würde zu lange dauern, auf die Antwort zu warten.«

»Hm, ja. Aber hört zu, was *ich* entdeckt habe, alter Freund.«

John Faa konnte es kaum erwarten, ihnen das mitzuteilen. Er hatte am Kai einen Goldsucher getroffen, einen Neudänen namens Lee Scoresby aus Texas, und dieser Mann besaß doch tatsächlich einen Ballon. Die Expedition, der er sich ursprünglich hatte anschließen wollen, war, noch bevor sie Amsterdam verlassen konnte, aus Geldmangel gescheitert, und deshalb saß er jetzt hier fest.

»Stellt Euch vor, was wir mit der Hilfe eines Aeronauten alles machen könnten, Farder Coram!« sagte John Faa und rieb sich die Hände. »Ich habe ihn bereits angeheuert. Scheint ein Glückstreffer gewesen zu sein, daß wir hierhergekommen sind.«

»Noch besser wäre es, wenn wir genau wüßten, wohin wir müssen«, meinte Farder Coram, aber nichts konnte John Faas Begeisterung für die bevorstehende Expedition dämpfen.

Nach Einbruch der Dunkelheit, als Vorräte und Ausrüstung wohlbehalten ausgeladen waren und auf dem Kai bereitstanden, suchten Farder Coram und Lyra entlang der Uferpromenade nach Einarssons Bar. Sie war leicht zu finden: ein roher Betonschuppen mit einem roten Neonschild, das über der Tür flackerte. Durch die beschlagenen Fenster drang lautes Stimmengewirr.

Neben dem Schuppen führte eine holprige Gasse zum Metalltor eines Hinterhofs, wo auf dem gefrorenen Schlammboden ein windschiefer Anbau des Schuppens stand. Der trübe Lichtschein aus dem hinteren Barfenster fiel auf eine gewaltige helle Gestalt, die aufrecht hockend an einer Keule nagte, die sie mit beiden Händen festhielt. Lyra meinte, ein blutverschmiertes Maul und Gesicht, kleine, schwarze, bösartig funkelnde Augen und eine Unmenge schmutzig verfilzten, gelblichen Pelzes zu erkennen. Das Wesen machte beim Fressen abscheuliche knurrende, knirschende und schmatzende Geräusche.

Farder Coram blieb am Tor stehen und rief: »Iorek Byrnison!«

Der Bär hörte auf zu essen. Soweit sie es beurteilen konnten, sah er sie direkt an, aber es war unmöglich, irgendeine Regung in seinem Gesicht zu erkennen.

»Iorek Byrnison«, wiederholte Farder Coram, »kann ich mit dir sprechen?«

Lyras Herz hämmerte wild, denn die Gegenwart des Bären ließ sie erzittern; er strahlte Kälte, Gefahr und eine brutale Gewalt aus, eine durch Intelligenz gesteuerte Gewalt, die keine menschliche Intelligenz war und auch nichts Menschliches hatte, weil Bären natürlich keine Dæmonen besaßen. Die fremdartige, grobe Gestalt, die da an dem Fleisch nagte, war anders als alles, was sie sich jemals vorgestellt hatte, und sie empfand tiefe Bewunderung und unsägliches Mitleid mit der einsamen Kreatur.

Der Bär ließ die Rentierkeule in den Dreck fallen und kam auf allen vieren zum Tor. Dort richtete er sich zu seiner vollen Größe von über drei Metern auf, als wollte er ihnen zeigen, wie gewaltig er war und daß das Tor für ihn kein

Hindernis darstellte, und aus dieser Höhe sprach er zu ihnen.

»Also? Wer seid ihr?« Der Boden schien zu erzittern, so tief war seine Stimme. Der scharfe Geruch, der von seinem Körper ausströmte, nahm ihnen fast den Atem.

»Ich bin Farder Coram vom Volk der Gypter aus East Anglia, und das Mädchen hier ist Lyra Belacqua.«

»Was wollt ihr?«

»Wir bieten dir Arbeit an, Iorek Byrnison.«

»Ich habe bereits Arbeit.«

Der Bär ließ sich wieder auf alle viere fallen. Seine Stimme war so tief und gleichförmig, daß man überhaupt keinen Ausdruck aus ihr heraushörte, weder Ironie noch Wut.

»Was machst du im Schlittendepot?« fragte Farder Coram.

»Ich repariere kaputte Maschinen und Eisenteile und transportiere schwere Sachen.«

»Ist das eine Arbeit für einen *Panserbjørn?*«

»Es ist bezahlte Arbeit.«

Die Tür zur Bar hinter dem Bären ging einen Spalt auf, und ein Mann stellte einen großen irdenen Krug auf den Boden und starrte zu ihnen herüber.

»Wer ist das?«

»Fremde«, sagte der Bär.

Der Barkeeper schien noch etwas fragen zu wollen, aber der Bär machte plötzlich einen Satz auf ihn zu, und der Mann machte die Tür erschrocken wieder zu. Der Bär steckte eine Tatze durch den Griff des Kruges und hob ihn zum Mund. Lyra konnte den unverdünnten Schnaps riechen, der dabei herausspritzte.

Nachdem der Bär einige Schlucke getrunken hatte, setzte er den Krug ab und wandte sich, anscheinend ohne Farder Coram und Lyra weiter zu beachten, wieder seiner Keule zu. Doch dann sprach er erneut.

»Was ist das für eine Arbeit, die ihr mir anbietet?«

»Wahrscheinlich Kämpfen«, sagte Farder Coram. »Wir fahren nach Norden, um einige Kinder zu suchen, die dorthin entführt worden sind. Wenn wir sie finden, müssen wir wahrscheinlich kämpfen, um sie zu befreien; anschließend bringen wir sie zurück.«

»Und was bezahlt ihr?«

»Ich weiß nicht, was wir dir anbieten können, Iorek Byrnison. Wenn du Gold willst, wir haben Gold.«

»Interessiert mich nicht.«

»Was bekommst du im Schlittendepot?«

»Was ich hier zum Leben brauche, Fleisch und Schnaps.«

Der Bär verstummte, ließ den angenagten Knochen fallen, hob den Krug wieder an die Schnauze und trank den hochprozentigen Schnaps, als wäre er Wasser.

»Verzeih meine Frage, Iorek Byrnison«, sagte Farder Coram, »aber du könntest doch in Freiheit leben, auf dem Eis Seehunde und Walrosse jagen oder in den Krieg ziehen und reiche Beute machen. Was hält dich eigentlich in Trollesund und Einarssons Bar?«

Lyra spürte, wie sie überall eine Gänsehaut bekam. Eine solche Frage war doch fast schon eine Beleidigung und mußte den Bären in besinnungslose Wut versetzen. Wie konnte Farder Coram es wagen, sie zu stellen? Iorek Byrnison setzte den Krug ab, kam dicht ans Tor und starrte dem alten Mann ins Gesicht. Farder Coram zuckte nicht zurück.

»Ich kenne die Leute, die du suchst, die Kinderabschneider«, sagte der Bär. »Sie haben vorgestern die Stadt verlassen und sind wieder mit Kindern in den Norden gefahren. Von den Bewohnern der Stadt werdet ihr darüber nichts erfahren. Alle tun so, als sehen sie nichts, denn die Kinderabschneider bringen Geld und Arbeit. Ich mag sie allerdings nicht, deshalb beantworte ich deine Frage. Ich bin hier und trinke Schnaps, weil man mir hier meine Rüstung weggenommen hat, und ohne Rüstung kann ich zwar Seehunde jagen, aber nicht in den Krieg ziehen. Ich bin ein Panzerbär, und der Krieg ist das Meer, in dem ich schwimme, und die Luft, die ich atme. Doch die Männer dieser Stadt gaben mir so viel Schnaps zu trinken, bis ich eingeschlafen war, und dann nahmen sie mir die Rüstung weg. Wenn ich wüßte, wo sie sie aufbewahren, würde ich die Stadt in Schutt und

Asche legen, um sie wiederzubekommen. Wenn ihr wollt, daß ich euch diene, so ist das mein Preis: Besorgt mir meine Rüstung wieder. Tut ihr das, kämpfe ich für euch, bis ich tot bin oder ihr gesiegt habt. Der Preis ist meine Rüstung. Ich will sie zurückhaben. Dann werde ich nie mehr Schnaps brauchen.«

Elf

Die Rüstung

Nach ihrer Rückkehr auf das Schiff zogen sich Farder Coram, John Faa und die anderen Anführer zu einer langen Besprechung in den Salon zurück, und Lyra ging in ihre Kabine, um das Alethiometer zu befragen. Fünf Minuten später wußte sie, wo die Rüstung des Bären war und warum es sehr schwer sein würde, sie zurückzubekommen.

Lyra überlegte, ob sie zum Salon gehen und es John Faa und den anderen sagen sollte; aber die würden sie schon fragen, wenn sie es wissen wollten. Vielleicht wußten sie es ja schon.

Sie blieb also auf ihrer Koje liegen und dachte an den riesigen, wilden Bären. Wie achtlos er den Schnaps getrunken hatte, und wie einsam er in seiner schmutzigen Behausung sein mußte. Was für ein Glück, daß sie selbst ein Mensch war und einen Dæmon hatte, mit dem sie immer reden konnte. Das unaufhörliche Quietschen von Metall, und das Knarren des Holzes und das Rumpeln des Motors und das Klatschen der Wellen waren verstummt, und umgeben von der Ruhe des ankernden Schiffes schlief Lyra allmählich ein, den schlummernden Pantalaimon auf dem Kopfkissen neben sich.

Sie träumte gerade von ihrem gefangenen Vater, als sie plötzlich ohne jeden Grund aufwachte. Sie hatte keine Ahnung, wie spät es war. Ein schwacher Lichtschein, den sie für Mondlicht hielt, fiel in die Kabine, genau auf ihre neuen Winterpelze, die steif in der Ecke lagen. Bei ihrem

Anblick erlag sie der Versuchung, sie noch einmal anzuprobieren.

Kaum hatte sie alles angezogen, hielt sie es drinnen nicht mehr aus, und einen Augenblick später öffnete sie die Außentür der Kajüttreppe und trat hinaus auf das Deck. Sofort entdeckte sie die seltsame Erscheinung am Himmel. Zuerst dachte sie, es seien Wolken, die von heftigen Böen aufgerissen und auseinandergeweht wurden, aber Pantalaimon flüsterte: »Die Aurora!«

Sie mußte sich an der Reling festhalten, um nicht vor Staunen umzufallen.

Das Schauspiel erstreckte sich über den gesamten nördlichen Himmel in seiner unermeßlichen Weite. Gewaltige Vorhänge aus zartem Licht fielen wie vom Himmel herab und flimmerten in der Luft. Blaßgrün und rosarot schimmernd, durchscheinend wie hauchfeines Gewebe und mit einem Saum von tiefem, wie Höllenfeuer leuchtendem Karmesinrot, schwebten sie gelöster und anmutiger als jeder Tänzer durch den Raum. Lyra meinte sogar, sie zu hören: ein Raunen und Sausen aus unendlicher Ferne. Beim Anblick dieser vergänglichen Zartheit überkam sie ein ähnlich unergründliches Gefühl, wie sie es in der Nähe des Bären empfunden hatte. Sie war zutiefst ergriffen von dieser fast heiligen Schönheit; Tränen brannten in ihren Augen und brachen das Licht zu regenbogenfarbigen Splittern. Bald merkte sie, daß sie in eine ähnliche Trance fiel wie beim Lesen des Alethiometers. Vielleicht ließ ja das, was die Nadel des Alethiometers in Schwingungen versetzte, auch die Aurora leuchten, dachte sie. Am Ende war es Staub. Aber ihr war nicht bewußt, was sie dachte, und kurz darauf hatte sie es vergessen und sollte sich erst viel später wieder daran erinnern.

Und während sie noch staunte, entstand hinter den durchscheinenden farbigen Schleiern und Strömen das Bild einer Stadt mit Türmen und Kuppeln, goldenen Tempeln und Säulengängen, breiten Boulevards und sonnenbeschienenen Parks. Lyra wurde von einem Schwindelgefühl gepackt, als blicke sie nicht nach oben, sondern nach unten, über einen unüberwindbaren Abgrund, so breit, als trenne ein ganzes Universum sie von der Stadt auf der anderen Seite.

Aber bewegte sich da nicht etwas in der Luft? Lyra versuchte, ihre Augen darauf scharfzustellen, doch wurde ihr dabei ganz schwindlig, denn das kleine Ding, das sich bewegte, gehörte weder zur Aurora noch zu der anderen Welt dahinter. Es flog am Himmel über den Dächern der Stadt. Als sie es endlich deutlich sah, erwachte sie aus ihrer Trance. Die Himmelsstadt war verschwunden.

Das fliegende Etwas kam näher und umkreiste das Schiff mit ausgebreiteten Flügeln. Dann glitt es herab, landete unter heftigem Flattern seiner mächtigen Schwingen und kam ein paar Meter von Lyra entfernt auf dem Holzdeck zum Stehen.

Im Licht der Aurora erblickte sie einen großen Vogel, eine schöne graue Gans, deren Kopf von schneeweißen leuchtenden Federn gekrönt war. Und doch war es kein Vogel, sondern ein Dæmon, obwohl außer Lyra niemand zu sehen war. Vor lauter Angst wurde ihr fast schlecht.

»Wo ist Farder Coram?« fragte der Vogel.

Da erkannte Lyra, daß die Gans nur der Dæmon von Serafina Pekkala sein konnte, der Stammeskönigin und Hexenfreundin von Farder Coram.

»Ich … er … ich rufe ihn …«, stammelte sie.

Sie drehte sich um, sprang die Kajüttreppe zur Kabine von Farder Coram hinunter, öffnete die Tür und rief in die Dunkelheit hinein: »Farder Coram! Der Dæmon der Hexe ist da! Er wartet auf Deck! Er ist ganz allein hier – ich habe ihn am Himmel kommen sehen …«

»Bitte ihn, auf dem Achterdeck zu warten, Kind«, sagte der alte Mann.

Die Gans schritt zum Heck und sah sich dort um; sie war eine anmutige und zugleich wilde Erscheinung. Lyra war fasziniert und befremdet, es war, als hätte sie Besuch von einem Geist bekommen.

Dann kam, eingemummt in Wintersachen, Farder Coram herauf, dicht gefolgt von John Faa. Ehrfürchtig verneigten sich die beiden alten Männer vor dem Besucher, und auch ihre Dæmonen begrüßten ihn.

»Seien Sie gegrüßt, Kaisa«, sagte Farder Coram. »Ich bin glücklich und stolz, Sie wiederzusehen. Möchten Sie hereinkommen oder lieber draußen bleiben?«

»Danke, Farder Coram, ich bleibe lieber draußen. Ist Ihnen auch nicht kalt?«

Hexen und ihre Dæmonen frieren selbst nie, aber sie wissen, daß Menschen es tun.

Farder Coram versicherte, sie seien warm genug angezogen. Dann fragte er: »Wie geht es Serafina Pekkala?«

»Sie läßt Sie grüßen, Farder Coram. Es geht ihr gut, und sie ist gesund. Wer sind die beiden hier?«

Farder Coram stellte ihm John Faa und Lyra vor. Der Gänsedæmon blickte Lyra aufmerksam an.

»Von diesem Kind habe ich schon gehört«, sagte er. »Die Hexen sprechen oft von ihm. Sie sind also gekommen, um Krieg zu führen?«

»Nicht Krieg, Kaisa. Wir wollen die Kinder befreien, die uns weggenommen wurden. Und ich hoffe, die Hexen helfen uns dabei.«

»Sicher nicht alle. Einige Stämme arbeiten mit den Staub-Jägern zusammen.«

»Nennen Sie so die Mitglieder der Oblations-Behörde?«

»Diese Behörde kenne ich nicht. Die Staub-Jäger kamen vor zehn Jahren mit philosophischen Instrumenten in unsere Gegend. Sie gaben uns Geld, damit wir ihnen erlaubten, Stationen auf unserem Gebiet einzurichten, und behandelten uns höflich.«

»Was ist dieser Staub?«

»Er kommt vom Himmel. Einige sagen, es habe ihn schon immer gegeben, andere behaupten, er falle erst neuerdings auf die Erde. Auf jeden Fall bekommen alle, die davon erfahren, große Angst und setzen alles daran herauszubekommen, was dieser Staub ist. Für Hexen hat das allerdings keinerlei Bedeutung.«

»Und wo sind die Staub-Jäger jetzt?«

»Vier Tagesreisen nordöstlich von hier, an einem Ort

namens Bolvangar. Unser Stamm hat kein Abkommen mit ihnen geschlossen, und weil wir wegen damals noch in Ihrer Schuld stehen, Farder Coram, bin ich gekommen, um Ihnen zu erklären, wie Sie die Staub-Jäger finden.«

Farder Coram lächelte, und John Faa klatschte voller Genugtuung in die Hände.

»Besten Dank, Sir«, sagte er zu der Gans. »Aber sagen Sie doch, was wissen Sie sonst noch über die Staub-Jäger? Was treiben sie in diesem Bolvangar?«

»Sie haben aus Stahl und Beton Gebäude errichtet und unterirdische Räume angelegt. Als Brennmaterial verwenden sie Kohlenspiritus, den sie mit großem Aufwand herbeischaffen. Wir wissen nicht, was sie tun, aber wir wissen, daß an diesem Ort und im Umkreis von Meilen eine Atmosphäre von Haß und Angst herrscht. Hexen können solche Dinge sehen, für die andere blind sind. Auch Tiere meiden die Gegend. Die Vögel sind weggeflogen, Lemminge und Füchse geflüchtet. Daher der Name Bolvangar: Land des Bösen. Die Staub-Jäger nennen den Ort nicht so, sie sprechen nur von der Station. Aber für alle anderen heißt er Bolvangar.«

»Wie verteidigen sie sich?«

»Sie haben eine Kompanie Nordtataren, die mit Gewehren bewaffnet sind. Gute Soldaten, allerdings fehlt ihnen die Übung, denn die Siedlung wurde seit ihrem Bestehen noch nie angegriffen. Außerdem ist das Lager von einem anbarisch geladenen Drahtzaun umgeben. Möglicherweise gibt es noch andere Verteidigungseinrichtungen, von denen wir nichts wissen, da uns das Ganze wie gesagt nicht interessiert.«

Der Gänsedæmon merkte, daß Lyra vor Neugier fast platzte, und sah sie aufmunternd an.

»Warum sprechen die Hexen über mich?« fragte sie.

»Wegen deines Vaters und weil er soviel von den anderen Welten weiß«, antwortete der Dæmon.

Verblüfft sahen die drei einander an. Farder Coram begegnete Lyras Blick mit sanfter Verwunderung, und John Faa machte ein besorgtes Gesicht.

»Von den anderen Welten?« fragte er erstaunt. »Entschuldigen Sie, Sir, aber was für Welten sollen das sein? Meinen Sie die Sterne?«

»Keineswegs.«

»Vielleicht die Welt der Geister?« fragte Farder Coram.

»Nein, die auch nicht.«

»Bestimmt ist es die Stadt im Licht«, sagte Lyra. »So ist es doch, oder?«

Die Gans drehte ihr würdevoll den Kopf zu, der Blick ihrer schwarzen Augen, umrahmt von einem dünnen Rand reinsten Himmelblaus, war durchdringend.

»Ja«, sagte sie. »Hexen wissen seit Tausenden von Jahren, daß es andere Welten gibt. Man sieht sie manchmal im Nordlicht. Sie gehören nicht zu unserer Welt. Zwar dehnt sich unser Universum bis zu den fernsten Sternen aus, doch was wir im Nordlicht sehen, ist ein völlig anderes Universum. Es ist nicht weit weg, sondern durchdringt unsere Welt. Hier, auf diesem Deck, existieren Millionen von Welten, und keine weiß von der anderen ...«

Die Gans hob die Flügel, spreizte sie weit und legte sie wieder an.

»Da«, sagte sie, »gerade habe ich zehn Millionen andere Welten berührt, ohne daß sie es auch nur gemerkt hätten. Zwar sind die anderen Welten nicht einmal einen Herzschlag von uns entfernt, aber wir können sie, außer im Nordlicht, nicht berühren oder sehen oder hören.«

»Und wieso dann im Nordlicht?« fragte Farder Coram.

»Weil die geladenen Teilchen der Aurora imstande sind, die Materie unserer Welt so aufzulösen, daß wir für kurze Zeit hindurchsehen können. Das wußten wir Hexen zwar immer schon, doch wir sprechen nur selten davon.«

»Ich weiß jedenfalls, daß mein Vater daran glaubt«, sagte Lyra, »denn ich war dabei, als er von der Aurora erzählte und Bilder zeigte.«

»Hat das etwas mit Staub zu tun?« fragte John Faa.

»Wer weiß?« sagte der Gänsedæmon. »Alles, was ich Ihnen sagen kann, ist, daß die Staub-Jäger Staub fürchten, als wäre er ein tödliches Gift. Deshalb haben sie auch Lord Asriel eingesperrt.«

»Warum denn?« fragte Lyra.

»Sie glauben, daß er mit Hilfe von Staub eine Brücke zwischen unserer Welt und der Welt jenseits der Aurora bauen will.«

Lyras Kopf wurde plötzlich ganz leicht.

Sie hörte Farder Coram fragen: »Und will er das?«

»Ja«, sagte der Gänsedæmon. »Allerdings glauben sie nicht, daß er es schafft, denn sie halten schon den Glauben an andere Welten für verrückt. Aber das ist tatsächlich seine Absicht. Und er ist eine so mächtige Person, daß sie befürchten, er könnte ihre Pläne durchkreuzen. Um das zu verhindern, haben sie einen Pakt mit den Panzerbären geschlossen, damit die ihn gefangennehmen und in der Festung von Svalbard einsperren. Manche behaupten, als Gegenleistung hätten sie dem neuen Bärenkönig zu seinem Thron verholfen.«

»Wollen denn die Hexen, daß er die Brücke baut?« fragte Lyra. »Sind sie auf seiner Seite oder gegen ihn?«

»Diese Frage läßt sich nicht so einfach beantworten. Erstens sind die Hexen untereinander nicht einig. Es gibt Meinungsverschiedenheiten zwischen uns. Zweitens würde Lord Asriels Brücke zum gegenwärtigen Zeitpunkt zu einem Krieg zwischen einem Teil der Hexen und mehreren anderen Mächten führen, einige davon aus der geistigen Welt. Denn die Kontrolle über die Brücke, falls es sie je geben sollte, würde ihrem Besitzer, wer immer das auch sei, einen gewaltigen Vorteil verschaffen. Drittens gehört Serafina Pekkalas Stamm – mein Stamm also – bisher keinem Bündnis an, obwohl man uns drängt, uns für die eine oder andere Seite zu entscheiden. Wie du siehst, handelt es sich um brisante politische Fragen, die nicht leicht zu beantworten sind.«

»Und die Bären? Zu wem halten die?«

»Zu dem, der sie bezahlt. Sie interessieren sich nicht im geringsten für solche Fragen; sie haben keine Dæmonen, und menschliche Probleme sind ihnen völlig gleichgültig. Wenigstens haben sich die Bären bisher so verhalten. Allerdings haben wir gehört, daß sich unter ihrem neuen König einiges ändern soll ... Jedenfalls haben die Staub-Jäger sie dafür bezahlt, daß sie Lord Asriel einsperren, und deshalb werden sie ihn auf Svalbard festhalten – und wenn sie bis zum letzten Blutstropfen kämpfen müssen.«

»Aber so sind nicht alle Bären!« rief Lyra. »Einer ist überhaupt nicht auf Svalbard. Er wurde ausgestoßen und will mit uns kommen.«

Wieder sah der Gänsedæmon Lyra durchdringend an, und diesmal konnte Lyra sein Befremden deutlich spüren.

Farder Coram räusperte sich unbehaglich und sagte: »Das wird er kaum tun, Lyra. Wie wir gehört haben, muß er eine Zeitlang hier arbeiten. Er ist nicht frei, wie wir gedacht haben, sondern wurde verurteilt. Solange er nicht frei ist, kann er nicht einfach mit uns kommen, Rüstung hin oder her; außerdem bekommt er sie sowieso nie wieder zurück.«

»Aber er hat doch gesagt, sie hätten ihn reingelegt! Zuerst haben sie ihn betrunken gemacht, und dann haben sie seine Rüstung gestohlen!«

»Wir haben eine andere Geschichte gehört«, sagte John Faa. »Uns wurde gesagt, er sei ein gefährlicher Schurke.«

»Wenn ...«, Lyra war so entrüstet, daß sie kaum sprechen konnte, »... wenn das Alethiometer etwas sagt, weiß ich, daß es stimmt. Und als ich es vorhin fragte, hat es gesagt, der Bär hätte die *Wahrheit* gesagt; man hat ihn reingelegt; die anderen lügen, nicht er. Ich glaube ihm, Lord Faa! Farder Coram – Sie haben ihn doch auch gesehen und glauben ihm, nicht wahr?«

»Eigentlich ja, mein Kind, aber ich bin mir nicht so sicher wie du.«

»Aber wovor haben die denn Angst? Glauben sie vielleicht, daß er Leute umbringt, sobald er seine Rüstung trägt? Wenn er wollte, könnte er sie doch schon jetzt dutzendweise töten!«

»Das hat er auch«, sagte John Faa. »Gut, vielleicht nicht Dutzende, aber einige. Als man ihm das erstemal die Rüstung wegnahm, zog er auf der Suche nach ihr randalierend durch die Stadt. Er ist in die Polizeiwache und in die Bank eingebrochen, und wer weiß, wo noch überall, und mindestens zwei Männer sind dabei ums Leben gekommen. Der einzige Grund, weshalb man ihn nicht erschossen hat, ist sein erstaunliches Geschick im Umgang mit Metallen; er sollte für sie arbeiten.«

»Wie ein Sklave!« rief Lyra empört. »Dazu haben sie kein Recht!«

»Wie dem auch sei, man hätte ihn jedenfalls für seine Morde erschießen können, hat es aber nicht getan. Statt dessen hat man ihn dazu verurteilt, so lange für die Stadt zu arbeiten, bis er den Schaden abbezahlt und für die Morde gebüßt hat.«

»John«, sagte Farder Coram, »ich weiß nicht, was du denkst, aber ich glaube fest, daß man ihm seine Rüstung nie zurückgeben wird, denn je länger man ihn hier festhält, desto wütender wäre er, wenn er sie wiederbekäme.«

»Aber wenn *wir* sie ihm beschaffen, würde er bestimmt mit uns kommen und die Stadt für immer in Ruhe lassen«, sagte Lyra. »Ich verspreche es, Lord Faa.«

»Aber woher sollen wir sie bekommen?«

»Ich weiß, wo sie ist!«

In dem Schweigen, das plötzlich herrschte, konnten die drei den stechenden Blick, mit dem der Dæmon der Hexe Lyra anstarrte, beinahe körperlich spüren. Sie sahen ihn gleichzeitig an, auch ihre Dæmonen, die bis dahin vor lauter Höflichkeit nicht gewagt hatten, den Blick zu diesem einzigartigen Wesen zu erheben, das ohne seinen Körper erschienen war.

»Es wird dich nicht überraschen«, sagte die Gans an Lyra gewandt, »zu erfahren, daß das Alethiometer ein weiterer Grund dafür ist, weshalb sich die Hexen für dich interessieren. Unser Konsul hat uns von eurem Besuch heute morgen berichtet. Ich nehme an, es war Doktor Lanselius, der euch von dem Bären erzählt hat.«

»Das stimmt«, sagte John Faa. »Lyra und Farder Coram haben ihn aufgesucht und mit ihm gesprochen. Es kann ja sein, daß Lyra recht hat, aber wenn wir gegen die Gesetze der Bevölkerung hier verstoßen, bekommen wir nur Streit mit ihnen, dabei sollten wir eigentlich zusehen, daß wir nach Bolvangar kommen, Bär hin oder her.«

»Hm, aber du hast ihn nicht gesehen, John«, sagte Farder Coram. »Und ich glaube Lyra. Vielleicht könnten wir uns für ihn verbürgen. Und ihn dabeizuhaben könnte ein großer Vorteil für uns sein.«

»Was meinen Sie, Sir«, fragte John Faa den Dæmon der Hexe. »Wir haben nur selten mit Bären zu tun und kennen ihre Wünsche genauso wenig wie sie die unseren. Normalerweise gelten die Bären als zuverlässig, aber wenn dieser Bär ausgestoßen wurde, kann man ihm womöglich weniger trauen. Ihr müßt selbst entscheiden.«

»Das werden wir auch«, sagte John Faa fest. »Würden Sie uns jetzt erklären, wie man von hier nach Bolvangar kommt, Sir?«

Der Gänsedæmon begann den Weg zu beschreiben. Er sprach von Tälern und Hügeln, von der Baumgrenze und der Tundra und von Sternbildern als Orientierung. Lyra hörte eine Weile zu, dann legte sie sich in ihrem Liegestuhl zurück, Pantalaimon um den Hals, und gab sich der Vision hin, von der der Gänsedæmon gesprochen hatte. Eine Brükke zwischen zwei Welten … das war ja noch viel grandioser als alles, was sie jemals erhofft hatte! Nur ihr großartiger Vater konnte sich so etwas ausgedacht haben. Sobald sie die Kinder gerettet hatten, würde sie mit dem Bären nach Svalbard gehen und Lord Asriel das Alethiometer bringen; gemeinsam würden sie dann die Brücke bauen und als erste hinübergehen …

Irgendwann in der Nacht mußte John Faa sie zu ihrer Koje gebracht haben, denn dort wachte sie auf. Die fahle Sonne hatte ihren höchsten Stand, knapp eine Handbreit über dem Horizont, bereits erreicht, vermutete Lyra, es mußte also beinahe Mittag sein. Bald, wenn sie noch weiter in den Norden kamen, würde überhaupt keine Sonne mehr scheinen.

Rasch zog sie sich an und hastete an Deck, wo allerdings nicht viel los war. Sämtliche Vorräte waren ausgeladen, und die gemieteten Schlitten und Hundegespanne standen zur Abfahrt bereit. Es hätte losgehen können, trotzdem rührte sich nichts. Die meisten Gypter saßen in einem verrauchten

Café am Wasser an langen Holztischen und aßen Pfefferkuchen und tranken starken, süßen Kaffee. Über ihren Köpfen zischten und knisterten altersschwache anbarische Lampen.

»Wo ist Lord Faa«, fragte sie, als sie sich zu Tony Costa und seinen Freunden setzte. »Und Farder Coram? Holen sie die Rüstung für den Bären?«

»Sie sprechen gerade mit dem Sysselmann, wie sie hier statt Gouverneur sagen. Du hast den Bären gesehen, Lyra?«

»Ja!« sagte sie stolz, und während sie ihn beschrieb, zog ein Fremder einen Stuhl heran und setzte sich zu der Gruppe an den Tisch.

»Du hast also mit dem alten Iorek gesprochen?« fragte er.

Verblüfft sah sie den Neuankömmling an. Er war ein großer, hagerer Mann mit einem dünnen schwarzen Schnurrbart und zusammengekniffenen blauen Augen, die Lyra beharrlich mit einem Ausdruck kühler und spöttischer Belustigung musterten. Lyra fühlte sich sofort in seinen Bann gezogen, obwohl sie nicht genau wußte, ob das, was sie empfand, Zuneigung oder Abneigung war. Sein Dæmon, ein zerzauster Hase, sah genauso mager und zäh aus wie der Mann.

Mißtrauisch schüttelte sie die Hand, die der Mann ihr entgegenstreckte.

»Lee Scoresby«, stellte er sich vor.

»Der Aeronaut!« rief Lyra. »Wo ist Ihr Ballon? Kann ich mal mit aufsteigen?«

»Im Moment ist er eingepackt, Fräulein. Du mußt die berühmte Lyra sein. Wie hast du dich denn mit Iorek Byrnison verstanden?«

»Kennen Sie ihn denn?«

»Wir haben Seite an Seite im Tunguska-Feldzug gekämpft. Teufel noch mal, Iorek kenne ich seit Jahren. Bären sind ja wirklich Dickschädel, in jeder Beziehung, aber daß wir uns richtig verstehen, er ist ein besonders harter Brokken. Wie wär's, hätte vielleicht einer der Herren Lust, ein Spielchen zu wagen?«

Aus dem Nichts hatte er ein Kartenspiel hervorgezaubert. Er mischte, indem er die Karten aus zwei Stapeln knatternd ineinanderschnappen ließ.

»Ich habe schon viel von den Kartenkünsten Ihres Volkes gehört«, meinte Lee Scoresby, während er mit der einen Hand die Karten immer wieder trennte und ineinanderschob und mit der anderen eine Zigarre aus seiner Brusttasche fischte, »und da dachte ich mir, Sie schlagen es einem einfachen texanischen Reisenden bestimmt nicht ab, sich mit Ihnen zu messen und Sie zu einer Partie am Kartentisch herauszufordern. Was halten Sie davon, meine Herren?«

Die Gypter rühmten sich ihres Geschicks beim Kartenspiel, und ein paar Männer zeigten Interesse und zogen ihre Stühle heran. Während sie sich mit Lee Scoresby über Spiel und Einsatz einigten, gab sein Dæmon Pantalaimon mit dem Ohr ein Zeichen; Pantalaimon verstand sofort und hüpfte leichtfüßig in Gestalt eines Eichhörnchens an seine Seite.

Natürlich war das, was der Hase zu sagen hatte, auch für Lyras Ohren bestimmt, und sie hörte ihn leise sagen: »Geht auf dem schnellsten Weg zum Bären und erzählt ihm alles. Denn sobald die Leute hier wissen, was ihr vorhabt, verstekken sie seine Rüstung woanders.«

Lyra nahm ihren angebissenen Pfefferkuchen und stand auf; keiner merkte es, denn Lee Scoresby teilte bereits die Karten aus, und alle Augen waren voller Mißtrauen auf seine Hände gerichtet.

In der trüben Dämmerung eines endlosen Nachmittags machte sie sich auf den Weg zum Schlittendepot. Sie mußte es tun, das wußte sie, trotzdem war ihr dabei nicht wohl, und sie hatte Angst.

Der Bär arbeitete vor dem größten der Betonschuppen, und Lyra blieb am geöffneten Tor stehen, um ihn zu beobachten. Iorek Byrnison zerlegte gerade einen gasbetriebenen Motorschlitten, der durch einen Unfall beschädigt worden war; die Metallverkleidung des Motors war verbogen und verbeult, und eine Kufe krümmte sich nach oben. Der Bär hob das Blech ab, als sei es aus Pappe, und drehte es in seinen großen Händen hin und her, als wollte er prüfen, wozu es noch taugte; dann setzte er eine Hinterpfote auf eine Kante und bog das Blech, bis die Dellen heraussprangen. Als die ursprüngliche Form wiederhergestellt war, lehnte er es an die Wand, hob den schweren Schlitten mit einer Pfote hoch, legte ihn auf die Seite und bückte sich, um die verbogene Kufe zu untersuchen.

Dabei entdeckte er Lyra. Kalte Angst kroch in ihr hoch, so riesig und fremd kam er ihr vor. Vierzig Meter von ihm entfernt starrte sie durch den Maschendrahtzaun und überlegte, daß er die Entfernung leicht in ein, zwei Sätzen überwinden und den Draht wie ein Spinnennetz zerfetzen konnte. Fast hätte sie sich umgedreht und wäre weggerannt, aber da sagte Pantalaimon: »Halt! Laß mich zu ihm gehen und mit ihm reden.«

Er hatte sich in eine Seeschwalbe verwandelt, und ehe sie noch etwas erwidern konnte, war er schon vom Zaun heruntergeflogen und saß auf der anderen Seite auf dem gefrorenen Boden. Wenige Meter weiter stand ein Tor offen, und Lyra hätte ihm ohne weiteres folgen können, aber sie konnte sich nicht dazu entschließen. Pantalaimon sah sie an, dann verwandelte er sich in einen Dachs.

Lyra ahnte, was er vorhatte. Dæmonen können sich nur wenige Schritte von den Menschen entfernen, zu denen sie gehören, und wenn sie am Zaun stehenblieb, würde er es als Vogel niemals schaffen, in die Nähe des Bären zu kommen; also mußte er sie ziehen.

Sie war wütend und unglücklich. Pantalaimon grub seine Dachsklauen in den Boden und stemmte sich Schritt für Schritt vorwärts. Lyra spürte, wie er an der Verbindung zwischen ihnen zog und zerrte, und sie empfand eine ihr bisher unbekannte Qual, eine Mischung aus körperlichen Schmerzen tief in der Brust und einer heftigen Traurigkeit und Liebe. Und sie wußte, daß er dasselbe empfand. Alle Heranwachsenden probierten hin und wieder aus, wie weit sie sich voneinander entfernen konnten, doch wie groß war jedesmal die Erleichterung, wenn sie zueinander zurückkehrten.

Pantalaimon zerrte noch stärker.

»Nicht, Pan!«

Aber er hörte nicht auf. Der Bär sah regungslos zu. Die

Schmerzen in Lyras Brust wurden immer unerträglicher, und ein sehnsüchtiges Schluchzen stieg in ihrer Kehle auf.

»Pan ...«

Schon war Lyra durchs Tor gerannt und schlitterte über den gefrorenen Schlamm auf Pantalaimon zu. Er verwandelte sich in eine Wildkatze und sprang in ihre Arme. Sie klammerten sich ganz fest aneinander und schluchzten beide vor Kummer.

»Ich dachte schon, du wolltest *wirklich* ...«

»Nein ...«

»Ich hätte *nie* geglaubt, wie weh das tut ...«

Wütend wischte sie die Tränen weg und schniefte laut. Pantalaimon kuschelte sich in ihre Arme, und sie wußte, daß sie lieber sterben wollte, als noch einmal von ihm getrennt zu sein und diese Traurigkeit zu spüren; beim nächstenmal würde sie vor Kummer und Entsetzen verrückt werden. Auch wenn sie einmal starb, würden sie noch zusammensein, genau wie die Wissenschaftler in der Krypta von Jordan.

Dann blickten das Mädchen und sein Dæmon zu dem Bären auf. Er hatte keinen Dæmon. Er war allein, immer allein. Vor lauter Mitleid und Rührung hätte Lyra fast die Hand ausgestreckt und sein verfilztes Fell berührt, aber ihre Höflichkeit und der Blick seiner kalten, wilden Augen hielten sie zurück.

»Iorek Byrnison«, sagte sie.

»Ja?«

»Lord Faa und Farder Coram versuchen gerade, dir deine Rüstung wiederzuholen.«

Der Bär zuckte mit keiner Miene und sagte nichts. Es war klar, wie er ihre Chancen einschätzte.

»Und ich weiß, wo sie ist«, sagte Lyra. »Wenn ich es dir sage, kannst du sie dir dann nicht selbst holen?«

»Woher willst du denn wissen, wo sie ist?«

»Ich habe ein Instrument, von dem ich das ablesen kann. Und ich finde, ich sollte dir sagen, wo die Rüstung ist, denn schließlich haben sie dich ja zuerst reingelegt. Das war bestimmt nicht in Ordnung, das hätten sie nicht tun dürfen.

Lord Faa will dem Sysselmann das sagen, aber wahrscheinlich geben sie dir die Rüstung trotzdem nicht zurück. Wenn ich es dir verrate, kommst du dann mit uns und hilfst uns, die Kinder aus Bolvangar zu befreien?«

»Ja.«

»Ich ...« Sie wollte ihre Nase nicht in seine Angelegenheiten stecken, aber ihre Neugier siegte. »Wieso machst du dir eigentlich nicht einfach aus dem ganzen Blech hier eine neue Rüstung, Iorek Byrnison?«

»Weil die Bleche hier wertlos sind. Schau her.« Er hielt die Motorverkleidung mit einer Tatze hoch, fuhr an der anderen Tatze eine Kralle aus und schlitzte das Blech wie mit einem Dosenöffner auf. »Meine Rüstung besteht aus Himmelseisen und wurde extra für mich gemacht. Die Rüstung eines Bären ist seine Seele, so wie dein Dæmon deine Seele ist. Es wäre so, als würdest du *ihn«* – er zeigte auf Pantalaimon – »durch eine mit Sägespänen ausgestopfte Puppe ersetzen. Das ist der Unterschied! Also, wo ist meine Rüstung?«

»Hör zu, erst mußt du versprechen, daß du keine Rache nimmst. Sie hätten dir die Rüstung nicht wegnehmen dürfen, aber damit mußt du dich jetzt abfinden.«

»Einverstanden. Keine Rache hinterher, aber ich tue alles, um sie zu bekommen. Wenn sie mich daran hindern wollen, müssen sie sterben.«

»Der Priester hat sie in seinen Keller eingeschlossen«, sagte Lyra. »Er glaubt, daß ein Geist in ihr steckt, und versucht, ihn auszutreiben. Also, dort ist sie jedenfalls.«

Iorek Byrnison richtete sich auf und sah nach Westen. Die untergehende Sonne fiel auf sein Gesicht und ließ es in der düsteren Umgebung gelb aufleuchen. Lyra spürte die Kraft, die das große Tier wie Hitzewellen abstrahlte.

»Ich muß bis Sonnenuntergang arbeiten«, sagte er. »Das habe ich dem Meister heute morgen versprochen. Ein paar Minuten Arbeit schulde ich ihm also noch.«

»Wo ich bin, ist die Sonne schon untergegangen«, sagte Lyra. Aus ihrer Perspektive war die Sonne bereits hinter der felsigen Landspitze im Südwesten verschwunden.

Der Bär ließ sich auf alle viere fallen.

»Stimmt«, sagte er. Sein Gesicht war jetzt genauso im Schatten wie ihres. »Wie heißt du, Kind?«

»Lyra Belacqua.«

»Ich stehe jetzt in deiner Schuld, Lyra Belacqua«, sagte er.

Dann drehte er sich um und trottete über den gefrorenen Boden fort, so schnell, daß Lyra nicht Schritt halten konnte, sosehr sie auch rannte. Und wie sie rannte! Pantalaimon stieg als Möwe auf, um den Bären nicht aus den Augen zu verlieren, und rief ihr von oben zu, welche Richtung sie einschlagen mußte.

Iorek Byrnison eilte die enge Gasse entlang, an der das Depot lag, bog in die Hauptstraße ein, passierte den Hof der Residenz des Sysselmanns, in dem eine Fahne schlaff in der windstillen Luft am Mast hing und ein Wachtposten steif auf und ab marschierte, und trabte dann hangabwärts an der Straße vorbei, in der der Hexenkonsul wohnte. Als der Wachtposten schließlich gemerkt hatte, was los war, und sich von dem Schrecken erholte, bog Iorek Byrnison bereits um eine Ecke in der Nähe des Hafens.

Die Menschen blieben gaffend stehen oder brachten sich schnell in Sicherheit, wenn der Bär an ihnen vorbeikam. Der Wachtposten feuerte zweimal in die Luft und setzte dem Bären nach, verlor aber an Boden, weil er auf dem vereisten Hang ausrutschte und sich am nächsten Geländer festhalten mußte, um nicht zu stürzen. Lyra holte ihn fast ein. Als sie am Haus des Sysselmanns vorbeikam, sah sie mehrere Gestalten neugierig auf den Hof hinaustreten und meinte, auch Farder Coram unter ihnen zu erkennen, aber da war sie schon vorbei und sauste die Straße hinunter auf die Ecke zu, um die gerade der hinter dem Bären herjagende Wachmann verschwand.

Das Haus des Priesters war älter als die meisten anderen Häuser und aus teuren Ziegelsteinen erbaut. Drei Stufen führten zur Haustür hinauf, die nun jedoch zu Kleinholz zersplittert in den Angeln hing. Aus dem Innern des Hauses ertönten Schreie und das Zerbersten von weiterem Holz. Der Wachmann stand unschlüssig vor dem Eingang, das

Gewehr im Anschlag, als aber immer mehr Passanten stehenblieben und die Fenster auf der gegenüberliegenden Straßenseite aufgingen, sah er sich zum Handeln gezwungen und stürmte, nachdem er zuvor einmal in die Luft geschossen hatte, ins Haus.

Im nächsten Augenblick bebte das ganze Gebäude. Drei Fensterscheiben gingen zu Bruch, und ein Ziegel rutschte vom Dach. Ein Dienstmädchen kam in Panik herausgerannt; sein Dæmon, ein gackerndes Huhn, flatterte aufgeregt hinterher.

Dann ertönte ein weiterer Schuß, gefolgt von so markerschütterndem Gebrüll, daß das Dienstmädchen vor Schreck aufkreischte. Wie eine Kanonenkugel schoß der Priester heraus, hinter ihm in einem wilden Geflatter aus Federn und verletztem Stolz sein Dæmon, ein Pelikan. Lyra hörte, wie Befehle gebrüllt wurden, und als sie sich umdrehte, sah sie ein Polizeikommando um die Ecke hasten; einige der Polizisten trugen Pistolen, andere Gewehre. In kurzem Abstand folgten John Faa und der korpulente, aufgeregt fuchtelnde Sysselmann.

Ein Bersten und Splittern ertönte, und alle wandten sich wieder dem Haus zu. Klirrend zerbrach die Scheibe eines Fensters auf Bodenhöhe, das anscheinend zu einem Keller gehörte, dann zersplitterte krachend der hölzerne Rahmen. Der Posten, der Iorek Byrnison ins Haus gefolgt war, kam herausgerannt und stellte sich mit angelegtem Gewehr vor das Kellerfenster. Dann wurde das Fenster ganz herausgebrochen, und aus dem Loch kletterte Iorek Byrnison in voller Rüstung.

Er war schon ohne Rüstung furchterregend, aber mit ihr war er ein Ungeheuer. Sie war rostrot und aus verschieden großen Platten aus verfärbtem und verbeultem Metall, die bei jeder Bewegung quietschend und kratzend aneinander scheuerten, grob zusammengenietet. Der Helm lief spitz zu wie Ioreks Schnauze, hatte Schlitze für die Augen und ließ den Unterkiefer zum Reißen und Beißen frei.

Der Wachmann feuerte mehrere Schüsse ab, und auch die Polizisten zielten auf den Bären, doch Iorek Byrnison schüttelte die Kugeln ab, als wären es Regentropfen. Er stürzte sich mit seiner quietschenden, scheppernden Rüstung auf den Wachmann, bevor dieser fliehen konnte, und warf ihn zu Boden. Wie ein Blitz fuhr der Dæmon des Wachmanns, ein Husky, dem Bären an die Kehle, doch Iorek Byrnison beachtete ihn sowenig wie eine Fliege. Mit seiner gewaltigen Pranke zog er den Wachmann zu sich heran, beugte sich über ihn und nahm seinen Kopf zwischen die Kiefer. Lyra wußte genau, was als nächstes geschehen würde: Der Bär würde den Schädel des Mannes wie ein Ei zerquetschen, und dann käme es zu einem blutigen Kampf mit noch mehr Toten und zu weiteren Verzögerungen; und schließlich würden sie überhaupt nicht mehr loskommen – ob mit oder ohne den Bären.

Ohne nachzudenken, rannte sie zu ihm hin und legte die Hand auf die einzige ungeschützte Stelle des Bären, die Lükke zwischen dem Helm und der großen Schulterplatte, die entstand, wenn er den Kopf senkte, und durch die sie zwischen den rostigen Metallrändern das gelbweiße Fell schimmern sah. Sie grub die Finger in das Fell, und sofort flog auch Pantalaimon an diese Stelle und verwandelte sich in eine sprungbereite Wildkatze, um Lyra notfalls verteidigen zu können. Doch Iorek Byrnison rührte sich nicht, und daraufhin stellten die Schützen das Feuer ein.

»Iorek!« sagte Lyra heftig. »Hör mir zu! Du schuldest mir noch einen Gefallen, stimmt's? Jetzt kannst du dich revanchieren. Tu, was ich dir sage. Kämpfe nicht mit diesen Männern. Wir gehen jetzt einfach von hier weg. Wir *brauchen* dich, Iorek, du darfst nicht hier bleiben. Komm mit mir zum Hafen, und sieh dich nicht mehr um. Farder Coram und John Faa sollen für dich verhandeln, die kriegen das schon hin. Also laß den Mann hier los und komm mit ...«

Langsam öffnete der Bär das Maul. Der Kopf des Wachmanns blutete, war naß und kreidebleich; er schlug hart auf den Boden, als der Mann in Ohnmacht fiel. Sein Dæmon begann ihn sofort zu liebkosen, während sich der Bär Lyra zuwandte.

Niemand rührte sich. Alle beobachteten, wie der Bär auf

den Befehl des kleinen Mädchens mit dem Katzendæmon von seinem Opfer abließ, und erst als Iorek Byrnison an der Seite Lyras schwerfällig durch ihre Mitte in Richtung Hafen trottete, machten sie eilig Platz.

Lyra, die nur auf den Bären achtete, merkte nichts von der Verwirrung, die sie hinterließ, und von der Angst und der Wut, die sich entluden, sobald der Bär fort war. Sie ging einfach neben ihm her, und Pantalaimon sprang den beiden voraus, als wollte er ihnen den Weg bahnen.

Am Hafen angekommen, senkte Iorek Byrnison den Kopf, öffnete mit einer Klaue den Helm und ließ ihn scheppernd auf den gefrorenen Boden fallen. Gypter, die mitbekommen hatten, daß sich draußen etwas tat, kamen aus dem Café und beobachteten im Schein der anbarischen Lampen, die auf dem Schiffsdeck brannten, wie Iorek Byrnison auch die restliche Rüstung abschüttelte und auf einem Haufen auf dem Kai zurückließ. Wortlos trottete er zum Wasser, glitt hinein, ohne daß sich eine Welle kräuselte, und verschwand.

»Was ist passiert?« fragte Tony Costa, als er die empörten Stimmen von Einwohnern und Polizisten hörte, die aus den höher gelegenen Straßen zum Hafen hinunterstürzten.

Lyra erzählte ihm alles so ausführlich sie konnte.

»Aber wo steckt er denn jetzt?« fragte Tony. »Er kann doch nicht einfach seine Rüstung hier liegenlassen. Die holen sie sich doch zurück, sobald sie hier sind!«

Lyra befürchtete das auch, denn an der Ecke tauchte bereits der erste Polizist auf, gefolgt von weiteren, und dahinter kamen der Sysselmann und der Priester und zwanzig oder dreißig Schaulustige und schließlich John Faa und Farder Coram, die mit den anderen Schritt zu halten versuchten.

Doch als sie die Gruppe am Kai erblickten, blieben sie stehen, denn dort war mittlerweile noch jemand erschienen. Auf der Rüstung des Bären saß die langgliedrige Gestalt von Lee Scoresby. Er hatte einen Knöchel über das Knie geschlagen, hielt die längste Pistole, die Lyra jemals gesehen hatte, in der Hand und zielte damit ungerührt auf den stattlichen Bauch des Sysselmanns.

»Mir scheint, ihr habt nicht besonders gut auf die Rüstung meines Freundes aufgepaßt«, sagte er im Plauderton. »Nein wirklich, schaut euch bloß mal den Rost hier an! Und es würde mich überhaupt nicht überraschen, auch noch Motten darin zu entdecken. So, und jetzt bleibt ihr entweder schön ruhig da stehen, wo ihr seid, und rührt euch nicht, bis der Bär mit ein bißchen Schmiere zurückkommt. Oder ihr geht nach Hause und steckt die Nase in die Zeitung. Könnt's euch aussuchen.«

»Da kommt er«, sagte Tony und zeigte zu einer Rampe am anderen Ende des Kais, wo Iorek Byrnison gerade aus dem Wasser auftauchte; in den Zähnen hielt er einen dunklen Gegenstand. Oben auf dem Kai angelangt, schüttelte er sich so heftig, daß das Wasser nach allen Seiten sprühte, bis sein dickes Fell wieder buschig abstand. Dann senkte er den Kopf, nahm den schwarzen Gegenstand wieder zwischen die Zähne und brachte ihn zu der Stelle, an der seine Rüstung lag. Es war ein toter Seehund.

»Tag, Iorek«, sagte der Aeronaut und erhob sich träge, hielt aber die Pistole unverändert auf den Sysselmann gerichtet. »Alles klar?«

Der Bär sah kurz auf und brummte, dann schlitzte er mit einer Kralle den Seehund auf. Gebannt beobachtete Lyra, wie er säuberlich die Haut abzog und Streifen von dem wabbeligen Seehundspeck abriß, mit denen er seine Rüstung von oben bis unten einrieb und sorgfältig die Stellen schmierte, an denen sich die Platten übereinanderschoben.

»Gehörst du auch zu diesen Leuten?« fragte der Bär Lee Scoresby, ohne seine Arbeit zu unterbrechen.

»Klar. Schätze, wir sind beide angeheuert, Iorek.«

»Wo ist Ihr Ballon?« fragte Lyra den Texaner.

»Verpackt und auf zwei Schlitten verstaut«, sagte er. »Ah, da kommt ja der Chef.«

Zusammen mit dem Sysselmann und vier bewaffneten Polizisten kamen John Faa und Farder Coram den Kai entlang.

»Bär!« sagte der Sysselmann schrill. »Wir lassen dich in Begleitung dieser Leute gehen. Aber eins sage ich dir: Wenn du dich noch einmal innerhalb der Stadtgrenzen blicken läßt, kannst du keine Gnade mehr erwarten.«

Ohne von seinen Worten auch nur die geringste Notiz zu nehmen, fuhr Iorek Byrnison fort, seine Rüstung mit dem Seehundspeck einzufetten; die Sorgfalt und Aufmerksamkeit, mit der er bei der Arbeit war, erinnerte Lyra an ihre enge Verbindung mit Pantalaimon. Es war wohl so, wie der Bär gesagt hatte: Die Rüstung war seine Seele. Der Sysselmann und die Polizisten zogen sich zurück, und nach und nach machten auch die anderen Leute kehrt und zerstreuten sich. Nur ein kleines Häuflein Neugieriger blieb.

John Faa formte mit seinen Händen einen Trichter vor dem Mund und rief: »Gypter!«

Alle waren abmarschbereit. Seit sie von Bord gegangen waren, hatten sie ungeduldig darauf gewartet, endlich loszuziehen; die Schlitten waren bepackt, die Hundegespanne angeschirrt.

»Es wird Zeit, daß wir losfahren, Freunde«, sagte John Faa. »Wir sind vollzählig, und nichts hindert uns mehr. Mr. Scoresby, haben Sie alles aufgeladen?«

»Bereit zum Abmarsch, Lord Faa.«

»Und du, Iorek Byrnison?«

»Sobald ich die Rüstung angezogen habe«, sagte der Bär.

Er war mit dem Einfetten der Rüstung fertig. Weil er das Seehundfleisch nicht verschwenden wollte, hob er den Kadaver mit den Zähnen hoch und hievte ihn auf Lee Scoresbys Schlitten, der größer war als die anderen. Dann legte er die Rüstung an. Es war erstaunlich, mit welcher Leichtigkeit er das tat: Obwohl die Metallplatten an einigen Stellen über zwei Zentimeter dick waren, legte er sie an, als seien es Kleider aus Seide. Er brauchte dazu keine Minute, und diesmal quietschte nichts.

Eine knappe halbe Stunde später war die Expedition auf dem Weg nach Norden. Unter einem mit Sternen übersäten Himmel, an dem hell der Mond leuchtete, holperten und klapperten die Schlitten über Furchen und Steine, bis sie den glatten Schnee am Stadtrand erreichten, wo das Gepolter in das ruhige Knirschen des Schnees und das gelegentliche

Knarren von Holz überging. Ausgeruht legten die Hunde sich ins Zeug, und die Schlitten glitten schnell und sanft dahin.

Lyra saß dick eingemummt im hinteren Teil von Farder Corams Schlitten; nur ihre Augen waren unbedeckt. »Kannst du Iorek sehen?« flüsterte sie Pantalaimon zu.

»Er trottet neben dem Schlitten von Lee Scoresby her«, antwortete der Dæmon, der in Gestalt eines Hermelins an Lyras Kapuze aus Marderpelz hing und zurückschaute.

Vor ihnen, über den Bergen im Norden, begannen die blassen Bögen und Spiralen des Nordlichts zu glühen und zu flimmern. Lyra konnte sie durch ihre halbgeschlossenen Augen sehen, und bei der Vorstellung, unter der Aurora Richtung Norden dahinzugleiten, überlief sie noch im Halbschlaf ein Schauer vollkommenen Glücks. Pantalaimon wehrte sich gegen ihre Schläfrigkeit, doch sie war übermächtig, und so rollte er sich als Maus in Lyras Pelz zusammen. Was er ihr sagen wollte, hatte schließlich Zeit, bis sie aufwachte, und wahrscheinlich war es sowieso nur ein Marder oder ein Traum oder ein harmloser Geist aus der Gegend. Denn irgend jemand folgte dem Zug der Schlitten, sich behende von Ast zu Ast der dicht nebeneinander stehenden Kiefern schwingend, jemand, der Pantalaimon auf beklemmende Weise an einen Affen erinnerte.

Zwölf

Der verlorene Junge

Sie fuhren mehrere Stunden und hielten dann an, um zu essen. Während die Männer Feuer machten und Schnee schmolzen und Iorek Byrnison zusah, wie Lee Scoresby das Seehundfleisch briet, sprach John Faa mit Lyra.

»Lyra, glaubst du, du siehst genug, um das Instrument zu lesen?« fragte er.

Der Mond war seit langem untergegangen. Das Licht der Aurora leuchtete zwar heller als der Mond, flackerte aber auch stärker. Doch Lyra hatte scharfe Augen, und so wühlte sie in ihren Pelzen und zerrte schließlich das schwarze Samtpäckchen hervor.

»Ja, ich sehe genug«, sagte sie. »Aber ich weiß inzwischen sowieso, wo die meisten Symbole sind. Was soll ich denn fragen, Lord Faa?«

»Ich möchte mehr darüber wissen, wie dieses Bolvangar verteidigt wird.«

Automatisch stellten Lyras Finger die Zeiger auf Helm, Greif und Tiegel, und dann vertiefte sie sich in die jeweiligen Bedeutungen wie in ein kompliziertes dreidimensionales Diagramm. Sofort begann die Nadel auszuschlagen, vor, zurück, vor und so weiter, wie eine Biene, die vor dem Bienenkorb tanzt. Ruhig sah Lyra zu. Mochte am Anfang auch alles rätselhaft erscheinen, nach und nach würde sich eine Bedeutung herauskristallisieren, das wußte sie. Sie ließ die Nadel tanzen, bis sie sich eingependelt hatte.

»Es ist genau so, wie der Dæmon der Hexe gesagt hat,

Lord Faa. Die Station wird von einer Kompanie Tataren bewacht und ist von Stacheldraht umgeben. Der Symboldeuter sagt außerdem, daß sie nicht mit einem Angriff rechnen. Aber, Lord Faa ...«

»Was ist, mein Kind?«

»Er sagt noch etwas anderes. Im nächsten Tal liegt ein Dorf an einem See, dessen Bewohner von einem Geist heimgesucht werden.«

Ungeduldig schüttelte John Faa den Kopf. »Das ist doch jetzt nicht wichtig. Hier in den Wäldern soll es alle möglichen Geister geben. Erzähl mir lieber mehr von den Tataren. Zum Beispiel wie viele es sind und welche Waffen sie haben.«

Gehorsam befragte Lyra das Alethiometer und verkündete John Faa die Antwort.

»Es sind sechzig Mann mit Gewehren, aber sie haben auch noch größere Waffen, so eine Art Kanonen. Außerdem haben sie Flammenwerfer. Und ... das Alethiometer sagt, daß alle ihre Dæmonen Wölfe sind.«

Die älteren Gypter, die bereits gegen Tataren gekämpft hatten, waren sichtlich beunruhigt.

»Die sibirischen Regimenter haben Wolfsdæmonen«, sagte einer.

»Und zwar die wildesten, die mir je begegnet sind«, fügte John Faa hinzu. »Wir werden kämpfen müssen wie die Tiger. Und wir werden uns mit dem Bären beraten, er ist ein listiger Krieger.«

»Aber Lord Faa«, sagte Lyra ungeduldig, »der Geist – ich glaube, es ist der Geist von einem der Kinder!«

»Selbst wenn das stimmt, Lyra, wüßte ich nicht, was wir daran ändern könnten. Also sechzig sibirische Scharfschützen. Und Flammenwerfer ... Mr. Scoresby, würden Sie einen Moment herkommen?«

Während der Aeronaut zum Schlitten kam, schlich sich Lyra fort, um mit dem Bären zu sprechen.

»Iorek, warst du schon mal hier?«

»Einmal.« Er sprach mit tiefer ausdrucksloser Stimme.

»Hier in der Nähe ist ein Dorf, stimmt das?«

»Hinter diesem Berg«, sagte er und blickte durch die dürren Bäume nach oben.

»Ist es weit?«

»Für dich oder für mich?«

»Für mich«, sagte Lyra.

»Viel zu weit. Für mich ist es nur ein Katzensprung.«

»Wie lange würdest du brauchen, um hinzukommen?«

»Ich könnte dreimal hin- und zurücklaufen, bis der Mond wieder aufgeht.«

»Also es ist so, Iorek. Ich habe einen Symboldeuter, der mir Dinge sagt, und er sagt, ich müßte unbedingt in dieses Dorf, aber Lord Faa will mich nicht hingehen lassen. Er will so schnell wie möglich weiter. Das seh ich ja auch ein, aber wenn ich nicht hingeh und rauskriege, was da los ist, erfahren wir vielleicht nie, was die Gobbler eigentlich machen.«

Der Bär schwieg. Er saß aufrecht wie ein Mensch da, die großen Pranken im Schoß gefaltet, und seine dunklen Augen über der langen Schnauze blickten ruhig in Lyras. Er wußte, daß sie ihn um etwas bitten wollte.

Pantalaimon sprach es aus: »Schaffst du es, uns hinzubringen und die Schlitten später wieder einzuholen?«

»Wenn ich will, ja. Aber ich habe Lord Faa versprochen, daß ich nur ihm gehorche und niemandem sonst.«

»Und wenn er es mir erlaubt?« fragte Lyra.

»Dann ja.«

Sie drehte sich um und rannte durch den Schnee zurück.

»Lord Faa! Wenn Iorek Byrnison mich über diesen Berg zum Dorf bringen würde, könnten wir alles rauskriegen und später die Schlitten wieder einholen.« Und bittend fügte sie hinzu: »Er kennt den Weg doch. Ich würde bestimmt nicht fragen, aber es geht mir genau so wie neulich bei dem Chamäleon, wissen Sie noch, Farder Coram? Zuerst habe ich es nicht kapiert, aber hinterher haben wir entdeckt, daß es stimmte. Das gleiche Gefühl habe ich jetzt auch. Ich verstehe zwar nicht genau, was das Instrument sagt, aber ich weiß, daß es wichtig ist. Und Iorek Byrnison kennt den Weg und sagt, er könnte es bis zum nächsten Mondaufgang dreimal hin- und herschaffen. Und wenn er bei mir ist, kann mir doch nichts passieren, oder? Aber er geht nur, wenn Lord Faa es ihm erlaubt.«

Es wurde still. Farder Coram seufzte. John Faa runzelte die Stirn und verzog unter seiner Kapuze grimmig den Mund.

Doch noch ehe er antworten konnte, mischte sich der Aeronaut ein: »Lord Faa, wenn Iorek Byrnison sich um das Mädchen kümmert, ist es genauso sicher wie bei uns. Alle Bären sind ehrlich, und Iorek kenne ich seit Jahren. Er würde um nichts in der Welt sein Wort brechen. Vertrauen Sie ihm das Mädchen an, und er wird Sie bestimmt nicht enttäuschen. Und wenn Sie wissen wollen, wie schnell er ist – er kann stundenlang laufen, ohne müde zu werden.«

»Wäre es dann nicht besser, ein paar Männer hinzuschikken?«

»Aber die müßten dann doch zu Fuß gehen«, sagte Lyra, »denn mit dem Schlitten kommt man nicht über diesen Berg. Iorek Byrnison kommt hier viel schneller voran als ein Mensch, und ich bin so leicht, daß ihn mein Gewicht beim Laufen nicht stört. Und Lord Faa, ich verspreche, daß ich keine Sekunde länger als nötig dort bleibe und daß ich nichts von uns verrate und nichts Gefährliches mache.«

»Bist du sicher, daß du unbedingt hin mußt? Der Symboldeuter hält dich nicht zum Narren?«

»Das hat er noch nie getan, Lord Faa, und ich glaube, das könnte er auch gar nicht.«

Nachdenklich rieb sich John Faa das Kinn.

»Na gut. Zumindest wissen wir, wenn alles gut ausgeht, mehr als jetzt.« Er rief Iorek Byrnison her. »Bist du bereit zu tun, was dieses Kind von dir verlangt?«

»Ich tue, was Sie mir befehlen, Lord Faa. Sagen Sie mir, daß ich das Kind dorthin bringen soll, und ich tue es.«

»Also gut. Dann bringe sie hin, wohin sie möchte, und tu, was sie dir befiehlt. Und jetzt, Lyra, gebe ich *dir* einen Befehl, verstanden?«

»Ja, Lord Faa.«

»Sobald du gefunden hast, was du suchst, machst du sofort kehrt und kommst zurück. Iorek Byrnison, wir fahren inzwischen weiter, du mußt uns also wieder einholen.«

Der Bär nickte mit seinem großen Kopf.

»Sind in dem Dorf Soldaten?« fragte der Bär Lyra. »Brauche ich meine Rüstung? Ohne sie wären wir schneller.«

»Nein«, sagte sie, »du brauchst sie ganz sicher nicht, Iorek. Danke, Lord Faa, ich verspreche, daß ich alles tue, was Sie befohlen haben.«

Tony Costa gab ihr einen Streifen getrocknetes Seehundfleisch zum Kauen, und mit Pantalaimon als Maus in ihrer Kapuze kletterte Lyra auf den Rücken des Bären, griff mit ihren Fäustlingen in sein Fell und schloß die Knie um seinen schmalen, muskulösen Rücken. Sein Fell war dicht, und sie spürte seine ungeheuren Kräfte. Als würde sie nicht das geringste wiegen, drehte er sich um und trabte mit weit ausholenden Schritten davon, zwischen den niedrigen Bäumen hindurch hangaufwärts.

Es dauerte eine Weile, bis Lyra sich an die schaukelnde Bewegung gewöhnt hatte, aber dann überkam sie eine wilde Begeisterung. Sie ritt auf einem Bären! Über ihnen flimmerte in goldenen Bögen und Spiralen die Aurora, und sie waren umgeben von der bitteren arktischen Kälte und der unermeßlich tiefen Stille des Nordens.

Iorek Byrnison flog fast lautlos auf seinen Tatzen über den Schnee. Hier, am Rand der Tundra, waren die Bäume dürr und verkrüppelt, doch der Weg wurde immer wieder durch Brombeergestrüpp und niedrige Büsche versperrt. Der Bär stürmte hindurch, als seien es Spinngewebe.

Zwischen schwarzen Felsvorsprüngen erklommen sie den niedrigen Bergkamm, und schon bald konnten sie von den Zurückgebliebenen nicht mehr gesehen werden. Lyra hätte gern mit dem Bären gesprochen. Wenn er ein Mensch gewesen wäre, hätte sie bestimmt schon Freundschaft mit ihm geschlossen; aber er war so seltsam und wild und kalt, daß sie, vielleicht zum erstenmal in ihrem Leben, zu schüchtern war, ihn anzusprechen. Deshalb paßte sie sich nur seinen Bewegungen an, den langen Sätzen, in denen er unermüdlich dahinjagte, und schwieg. Vielleicht war ihm das sowieso lieber, überlegte sie, denn in den Augen eines Panzerbären war sie bestimmt nur ein daherplapperndes Junges, das gerade dem Säuglingsalter entwachsen war. Lyra hatte bisher nur selten über sich nachgedacht, und sie fand diese Erfahrung zwar interessant, aber unerfreulich und eigentlich genauso unbequem, wie auf einem Bären zu reiten. Iorek Byrnison bewegte beim Laufen immer beide Beine einer Seite zugleich und schaukelte in einem stetigen, kraftvollen Rhythmus hin und her. Lyra merkte, daß sie nicht einfach ruhig auf ihm sitzen konnte, sondern mit seinen Bewegungen mitgehen mußte.

Sie waren eine gute Stunde unterwegs; Lyra war steif und wundgeritten und deshalb sehr froh, als Iorek Byrnison langsamer wurde und stehenblieb.

»Sieh nach oben«, sagte er.

Lyra blickte auf, mußte sich aber erst die Augen mit der Innenseite des Handgelenks trocknen, denn ihr war so kalt, daß sie vor lauter Tränen alles nur verschwommen sah. Als sie wieder scharf sehen konnte, verschlug es ihr beim Anblick des Himmels beinahe den Atem. Die Aurora war zu einem flirrenden Glimmen verblaßt, aber die Sterne funkelten hell wie Diamanten, und über das dunkle, diamantenübersäte Firmament flogen Hunderte und Aberhunderte kleiner schwarzer Schatten aus Osten und Süden in Richtung Norden.

»Sind das Vögel?« fragte sie.

»Nein, Hexen«, antwortete der Bär.

»Hexen! Was haben sie vor?«

»Vielleicht fliegen sie in den Krieg. Ich habe noch nie so viele auf einmal gesehen.«

»Kennst du eigentlich irgendwelche Hexen, Iorek?«

»Ich habe einigen gedient und gegen einige auch gekämpft. Lord Faa müßte bei diesem Anblick jedenfalls einen ziemlichen Schreck bekommen. Wenn sie unterwegs sind, um unseren Feinden zu helfen, solltet ihr eigentlich alle Angst haben.«

»Lord Faa hätte bestimmt keine Angst. Du doch auch nicht, oder?«

»Noch nicht. Und wenn ich Angst bekomme, unterdrükke ich sie. Aber wir sollten Lord Faa auf jeden Fall von den Hexen erzählen, denn die Männer haben sie vielleicht nicht gesehen.«

Er trottete langsam weiter, und Lyra beobachtete den Himmel, bis die Kälte ihr wieder Tränen in die Augen trieb und den nicht enden wollenden Zug der nordwärts fliegenden Hexen verschwimmen ließ.

Schließlich blieb Iorek Byrnison stehen und sagte: »Da ist das Dorf.«

Sie blickten einen zerklüfteten, unwegsamen Hang hinab auf eine Siedlung von Holzhäusern neben einer weiten, vollkommen ebenen Schneefläche, die, wie Lyra annahm, der zugefrorene See sein mußte. Ein Holzsteg für Boote bestätigte ihre Vermutung. Sie waren höchstens noch fünf Minuten von dem Dorf entfernt.

»Was hast du jetzt vor?« fragte der Bär.

Lyra rutschte von seinem Rücken hinunter und merkte, daß sie kaum stehen konnte. Ihr Gesicht war starr vor Kälte, und sie hatte wackelige Beine, aber sie hielt sich an Ioreks Fell fest und stampfte mit den Füßen, bis sie spürte, wie ihre Kräfte zurückkehrten.

»Da unten lebt ein Kind oder ein Geist oder etwas Ähnliches«, sagte sie, »vielleicht auch in der Nähe des Dorfes, ich weiß es nicht. Ich muß das Kind finden und, wenn ich kann, zu John Faa und den anderen bringen. Eigentlich dachte ich, es sei ein Geist, aber vielleicht habe ich ja nicht richtig verstanden, was der Symboldeuter mir sagen wollte.«

»Wenn er sich draußen aufhält, braucht er irgendeinen Unterschlupf.«

»Und ich glaube nicht, daß er tot ist ...«, sagte Lyra, obwohl sie alles andere als sicher war. Das Alethiometer hatte etwas Unheimliches und Unnatürliches gezeigt, das ihr angst machte. Aber auf der anderen Seite: Sie war Lord Asriels Tochter! Und wer stand unter ihrem Kommando? Ein mächtiger Bär! Warum sollte sie da überhaupt Angst haben?

»Los, laß uns nachsehen«, sagte sie.

Sie kletterte wieder auf seinen Rücken, und Iorek machte

sich auf den Weg den zerklüfteten Hang hinunter, jetzt nicht mehr im Paßgang, sondern mit gleichmäßigen Schritten. Die Dorfhunde witterten oder hörten ihr Kommen schon von weitem und begannen, entsetzlich zu heulen; die Rentiere liefen aufgeregt in den Gehegen hin und her, und ihre Geweihe klapperten wie trockene Hölzer gegeneinander.

Als sie das erste Haus erreichten, drehte sich Lyra nach rechts und links und spähte angestrengt in die Dunkelheit. Die Aurora war bereits verblaßt, und der Mond würde erst viel später aufgehen. Hier und da flackerte Licht unter einem dick mit Schnee bedeckten Dach, und Lyra meinte, hinter manchen Fensterscheiben bleiche Gesichter zu sehen. Sie stellte sich vor, wie erstaunt die Dorfbewohner beim Anblick eines Kindes sein mußten, das auf einem großen, weißen Bären ritt.

In der Mitte des kleinen Dorfes, auf einer freien Fläche neben der Anlegestelle, lagen an Land gezogene Boote wie kleine Hügel unter dem Schnee. Das Gebell der Hunde war ohrenbetäubend, und gerade, als Lyra überlegte, daß inzwischen das ganze Dorf wach sein mußte, ging eine Tür auf, und ein Mann mit einem Gewehr kam heraus. Sein Dæmon, ein Marder, sprang auf einen Holzstoß neben der Tür, so daß der Schnee nur so stäubte. Sofort rutschte Lyra vom Rücken des Bären hinunter und stellte sich zwischen den Mann und Iorek Byrnison, denn schließlich hatte sie ja dem Bären gesagt, er brauche keine Rüstung.

Der Mann sagte etwas in einer Sprache, die sie nicht verstand. Iorek Byrnison antwortete in derselben Sprache, worauf der Mann einen kurzen, angstvollen Laut von sich gab.

»Er glaubt, wir seien Teufel«, erklärte Iorek Lyra. »Was soll ich ihm sagen?«

»Sag ihm, daß wir keine Teufel sind, aber Teufel als Freunde haben. Und wir suchen nach ... nur nach einem Kind, aber einem seltsamen Kind. Sag ihm das.«

Kaum hatte der Bär ausgesprochen, zeigte der Mann nach rechts auf eine etwas weiter entfernte Stelle und begann hastig zu reden.

»Er fragt, ob wir gekommen sind, um das Kind mitzunehmen«, sagte Iorek Byrnison. »Sie fürchten sich nämlich vor ihm und haben versucht, es zu verjagen, aber es kommt immer wieder zurück.«

»Sag ihm, daß wir es mitnehmen, aber daß sie sehr gemein zu ihm waren. Wo ist es?«

Der Mann erklärte es und fuchtelte dabei so aufgeregt mit den Händen herum, daß Lyra schon fürchtete, er könnte aus Versehen sein Gewehr abfeuern. Doch sobald er zu Ende gesprochen hatte, hastete er ins Haus zurück und warf die Tür hinter sich zu. Lyra sah jetzt hinter jedem Fenster Gesichter.

»Wo ist das Kind?« fragte sie.

»Im Fischerhaus«, antwortete der Bär. Er drehte sich um und trottete zur Bootsanlegestelle hinunter.

Lyra folgte ihm. Sie war schrecklich aufgeregt. Der Bär lief auf einen schmalen Holzschuppen zu, hob schnüffelnd den Kopf und wandte ihn hierhin und dorthin. An der Tür blieb er stehen und sagte: »Hier drin.«

Lyras Herz hämmerte wie verrückt, und sie konnte kaum atmen. Sie hob die Hand und wollte an die Tür klopfen, doch dann merkte sie, wie lächerlich das war. Also holte sie tief Luft, um zu rufen. Aber was sollte sie denn rufen? Wie dunkel es jetzt war! Hätte sie doch bloß eine Laterne mitgenommen!

Aber sie hatte keine Wahl, und außerdem wollte sie nicht, daß der Bär ihre Angst bemerkte. Hatte er nicht gesagt, er würde seine Angst meistern? Genau das mußte sie jetzt auch tun. Sie hob die Schlaufe aus Rentierleder, die den Riegel festhielt, und rüttelte an dem Eis, das die Tür blockierte. Mit einem Krachen sprang die Tür auf. Jetzt mußte sie nur noch mit den Füßen den Schnee an der Türschwelle aus dem Weg räumen, damit sie die Tür weiter aufziehen konnte; Pantalaimon, der als Hermelin wie ein weißer Schatten auf dem weißen Boden vor- und zurücklief und vor lauter Angst piepsige Töne ausstieß, war dabei keine große Hilfe.

»Pan, um Gottes willen!« sagte sie. »Sei eine Fledermaus. Geh rein und sieh für mich nach ...«

Aber er wollte nicht, und er wollte auch nicht sprechen.

Nur ein einziges Mal hatte sie ihn bisher so erlebt, und zwar damals, als sie und Roger in der Krypta von Jordan College die Münzen der Dæmonen in die falschen Schädel gelegt hatten. Pantalaimon hatte sogar noch mehr Angst als sie. Und was Iorek Byrnison betraf, der lag in der Nähe im Schnee und sah ihnen schweigend zu.

»Komm raus!« rief Lyra, so laut sie es wagte. »Komm raus!«

Kein Ton war zu hören. Sie zog die Tür etwas weiter auf. Da sprang Pantalaimon als Katze in ihre Arme, trommelte wild mit seinen Pfoten gegen ihre Brust und rief: »Geh weg! Bleib nicht hier! Bitte, Lyra, geh doch endlich! Schnell!«

Während sie versuchte, den zappelnden Pantalaimon festzuhalten, merkte sie, daß Iorek Byrnison sich erhob. Sie drehte sich um und sah eine Gestalt mit einer Laterne den Weg vom Dorf heruntereilen. Als die Gestalt sich ihnen auf Hörweite genähert hatte, hob sie die Laterne, damit sie ihr Gesicht erkennen konnten: Es war ein alter Mann mit einem breiten, runzligen Gesicht und Augen, die fast völlig in den unzähligen Falten verschwanden. Sein Dæmon war ein Polarfuchs.

Er sagte etwas, und Iorek Byrnison übersetzte: »Er behauptet, dies sei nicht das einzige Kind dieser Art. Im Wald hat er noch mehr gesehen. Manchmal sterben sie nach kurzer Zeit, manchmal leben sie weiter. Dieses hier sei zäh, sagt er. Aber für das Kind selbst wäre es besser, wenn es sterben würde.«

»Frage ihn, ob er mir seine Laterne leiht«, sagte Lyra.

Der Bär sagte ein paar Worte, und sofort gab der Mann ihr unter eifrigem Nicken die Laterne. Lyra merkte, daß er vom Dorf heruntergekommen war, um ihr die Lampe zu bringen. Sie dankte ihm, und wieder nickte er und trat dann ein Stück zurück, weg von ihr, der Hütte und dem Bären.

Plötzlich durchzuckte Lyra ein Gedanke: Wenn nun Roger das Kind war? Inständig betete sie, daß er es nicht sein möge. Pantalaimon, der wieder ein Hermelin war, klammerte sich an sie, die kleinen Krallen tief in ihren Anorak gebohrt. Sie hielt die Laterne hoch und machte einen Schritt in den Schuppen. Und dann sah sie, was die Oblations-Behörde tat und worin das Opfer bestand, das die Kinder bringen mußten.

Ein kleiner Junge saß zusammengekauert an dem hölzernen Trockenregal, in dem in Reihen übereinander ausgenommene Fische hingen, steif gefroren wie Bretter. Er preßte ein Stück Fisch an seine Brust, so wie Lyra mit beiden Händen Pantalaimon umklammert hielt, ganz fest an ihr Herz gedrückt. Das Stück getrockneter Fisch war alles, was er besaß, denn er hatte keinen Dæmon mehr! Die Gobbler hatten ihn abgeschnitten! Das also bedeutete *Interzision.* Der Junge war ein abgeschnittenes Kind.

Dreizehn

Der Fechtkampf

Fast hätte Lyra auf dem Absatz kehrtgemacht und wäre weggerannt, oder sie hätte sich übergeben. Ein Mensch ohne Dæmon – das war wie jemand ohne Gesicht oder mit offenem Brustkorb und herausgerissenem Herzen: Etwas so Abartiges und Unheimliches gehörte in die nächtliche Welt der Spukgeschichten, aber nicht in die taghelle Welt der Vernunft.

Lyra klammerte sich an Pantalaimon. Ihr wurde schwindlig und schlecht, und der kalte Schweiß, in den ihr Körper gebadet war, ließ sie in der Kälte der Nacht noch stärker frösteln.

»Ratter«, sagte der Junge. »Habt ihr Ratter gefunden?«

Lyra wußte genau, was er meinte.

»Nein«, sagte sie mit einer Stimme, die genauso schwach und ängstlich klang, wie sie sich fühlte. »Wie heißt du?«

»Tony Makarios«, antwortete er. »Wo ist Ratter?«

»Ich weiß nicht ...«, begann Lyra und schluckte heftig, um den Brechreiz zu unterdrücken. »Die Gobbler ...« Aber sie konnte nicht weitersprechen. Sie mußte den Schuppen verlassen und sich draußen allein in den Schnee setzen. Nur daß sie natürlich nicht allein war, sie war nie allein, denn Pantalaimon war ja immer bei ihr. Von ihm abgeschnitten zu sein wie dieser kleine Junge, der für immer von seinem Ratter getrennt war, war das Grauenhafteste auf der Welt! Sie hörte sich schluchzen, und auch Pantalaimon wimmerte, und beide empfanden heftiges Mitleid und tiefe Trauer für den halben Jungen.

Dann stand sie wieder auf.

»Komm«, rief sie mit zitternder Stimme. »Komm raus, Tony. Wir bringen dich in Sicherheit.«

Man hörte, wie sich im Fischerhaus etwas bewegte, dann erschien der Junge in der Tür, in der Hand noch immer den getrockneten Fisch. Er war zwar warm genug angezogen, aber sein dick wattierter Anorak aus Kohleseide und die Pelzstiefel sahen gebraucht aus und waren ihm zu groß. Im Freien, wo es aufgrund der letzten, blassen Schleier der Aurora und des schneebedeckten Bodens heller war, wirkte er noch verlorener und erbarmungswürdiger als zuvor im Laternenschein an den Fischregalen kauernd.

Der Dörfler, der die Laterne gebracht hatte, war ein paar Schritte zurückgewichen und rief ihnen etwas zu.

»Er sagt, du mußt den Fisch bezahlen«, übersetzte Iorek Byrnison.

Am liebsten hätte Lyra dem Bären befohlen, den Mann zu töten, aber sie sagte nur: »Immerhin haben sie es uns zu verdanken, daß sie das Kind los sind. Dafür können sie ja wohl einen Fisch opfern.«

Der Bär sprach mit dein Mann, woraufhin dieser zwar murrte, aber nicht widersprach. Lyra stellte die Laterne in den Schnee, nahm den abgeschnittenen Jungen an die Hand und führte ihn zum Bären. Tony folgte ihr unbeholfen, zeigte aber weder Erstaunen noch Angst beim Anblick des großen weißen Tieres, das so dicht vor ihnen stand, und als Lyra ihm auf Ioreks Rücken half, sagte er nur: »Ich weiß nicht, wo Ratter ist.«

»Wir wissen es auch nicht, Tony«, sagte Lyra. »Aber wir werden … wir werden die Gobbler bestrafen. Das tun wir, ich verspreche es dir. Iorek, kann ich auch aufsteigen, oder sind wir dir dann zu schwer?«

»Meine Rüstung wiegt viel mehr als zwei Kinder«, sagte Iorek.

Daraufhin kletterte Lyra hinter Tony auf Ioreks Rücken und forderte Tony auf, sich an dem langen, steifen Fell festzuhalten. Pantalaimon kuschelte sich in ihrer warmen Kapuze an sie; er war voller Mitleid. Lyra wußte, er hätte am liebsten die Pfoten ausgestreckt und das kleine halbe Kind umarmt, es abgeleckt, liebkost und gewärmt, wie der Dæmon des Kindes es getan hätte, aber das war natürlich undenkbar und tabu, und er tat es nicht.

Sie ritten durch das Dorf auf den Bergkamm zu, über den sie gekommen waren, und auf den Gesichtern der Dorfbewohner spiegelten sich Horror und ängstliche Erleichterung, als sie sahen, wie dieses grauenhaft verstümmelte Wesen von einem kleinen Mädchen und einem großen weißen Bären fortgebracht wurde.

In Lyras Herzen kämpften Abscheu und Mitgefühl, doch das Mitgefühl siegte schließlich, und sie legte beschützend die Arme um Tonys schmächtige Gestalt. Der Rückweg zu den anderen war kälter, anstrengender und dunkler als der Hinweg, obwohl er Lyra wegen der vielen Dinge, die sie bewegten, kürzer vorkam. Iorek Byrnison zeigte keine Müdigkeit, und Lyra ging inzwischen so automatisch mit seinen Bewegungen mit, daß sie keine Gefahr lief herunterzufallen. Allerdings war es nicht ganz einfach, den kalten Körper in ihren Armen festzuhalten, denn er war zwar leicht, saß aber stocksteif vor ihr, ohne sich den Bewegungen des Bären anzupassen.

Von Zeit zu Zeit murmelte er etwas.

»Was hast du gesagt?« fragte Lyra.

»Ich habe gefragt, ob er weiß, wo ich bin.«

»Ja, ganz bestimmt. Er wird dich schon finden, und sonst finden wir ihn. Halt dich jetzt gut fest, Tony, es ist nicht mehr weit ...«

Mit großen Sprüngen jagte der Bär durch die Nacht. Erst als sie die Gypter eingeholt hatten, merkte Lyra, wie müde sie war. Die Schlitten hatten angehalten, damit die Hunde sich ausruhen konnten, und plötzlich waren die beiden Kinder umringt von Farder Coram, Lord Faa, Lee Scoresby und den anderen; alle kamen herbeigestürzt, um zu helfen, doch kaum hatten sie die Gestalt neben Lyra erblickt, wichen sie zurück und verstummten. Lyra war so steif, daß sie nicht einmal mehr die Arme vom Körper des Jungen lösen konnte; John Faa mußte sie sanft öffnen und Lyra herunterheben.

»Du meine Güte, was ist das denn?« fragte er. »Lyra, Kind, was hast du da bloß gefunden?«

»Er heißt Tony«, murmelte sie mit vor Kälte gefühllosen Lippen. »Sie haben seinen Dæmon abgeschnitten. Das waren die Gobbler.«

Die Männer blieben ängstlich im Hintergrund stehen, aber da ergriff zum Staunen der erschöpften Lyra der Bär das Wort.

»Schämt euch!« sagte er. »Seht, was dieses Mädchen getan hat! Ihr solltet euch schämen, wenn ihr nicht wenigstens so viel Mut habt wie sie.«

»Du hast recht, Iorek Byrnison«, sagte John Faa. Dann befahl er: »Facht das Feuer wieder an, und wärmt etwas Suppe für das Kind auf. Für beide Kinder. Farder Coram, ist Euer Zelt aufgebaut?«

»Ja, John. Bring das Mädchen rüber, bei mir kann sie sich aufwärmen ...«

»Und der kleine Junge«, sagte jemand, »er soll auch etwas essen und sich wärmen, obwohl ...«

Lyra wollte John Faa von den Hexen erzählen, aber alle waren so beschäftigt, und sie war todmüde. In dem ganzen Durcheinander aus leuchtenden Laternen, Rauchschwaden und hin und her eilenden Gestalten mußte sie wohl eingenickt sein, denn plötzlich spürte sie, wie Pantalaimons Hermelinzähne sanft an ihrem Ohr knabberten, und als sie die Augen öffnete, sah sie in das Gesicht des Bären wenige Zentimeter vor sich.

»Die Hexen«, flüsterte Pantalaimon. »Ich habe Iorek gerufen.«

»Ach ja«, murmelte sie schlaftrunken. »Vielen Dank, Iorek, daß du mich hingebracht hast und wieder zurück. Vielleicht vergesse ich, Lord Faa von den Hexen zu erzählen. Sag du es ihm lieber.«

Sie hörte noch, wie der Bär zustimmte, dann schlief sie fest ein.

Als sie aufwachte, war es bereits so hell, wie es in diesen Breiten überhaupt werden konnte. Im Südosten war der Himmel fahl, und die Luft war von grauem Nebel erfüllt, durch den die Gypter wie unförmige Geister huschten, während sie die Schlitten beluden und die Hunde anschirrten.

Lyra lag unter einem Haufen Felle in Farder Corams Zelt, von wo aus sie alles beobachten konnte. Pantalaimon war schon hellwach und probierte gerade die Gestalt eines Polarfuchses aus, besann sich dann aber doch wieder auf sein Lieblingstier, das Hermelin.

Iorek Byrnison schlief im Schnee neben dem Schlitten, den Kopf auf seine mächtigen Tatzen gelegt. Farder Coram war jedoch bereits auf den Beinen, und kaum sah er Pantalaimon auftauchen, kam er angehumpelt, um Lyra zu wekken.

Als sie ihn kommen sah, setzte sie sich auf und sagte: »Farder Coram, jetzt weiß ich, was ich gestern nicht verstehen konnte! Das Alethiometer hat doch dauernd *Vogel* und *nicht* gesagt, und ich habe nicht kapiert, warum. Aber natürlich sollte das *kein Dæmon* heißen, ich konnte mir das nur nicht vorstellen ... Was ist denn?«

»Lyra, es tut mir leid, daß ich dir das nach allem, was du getan hast, sagen muß, aber der kleine Junge ist vor einer Stunde gestorben. Er blieb nirgendwo sitzen, sondern lief die ganze Zeit ruhelos umher und fragte nach seinem Dæmon, wo er wäre, ob er bald käme und so weiter. Und die ganze Zeit hielt er diesen gedörrten Fisch umklammert, als ob ... Ach, Kind, ich kann es nicht aussprechen. Aber zuletzt machte er einfach die Augen zu und wurde ganz ruhig, und da sah er zum ersten Mal friedlich aus, wie jeder andere Tote, dessen Dæmon sich auf natürlichem Wege aufgelöst hat. Wir haben versucht, ein Grab für ihn zu schaufeln, aber der Boden ist steinhart. Deshalb hat John Faa befohlen, ein Feuer anzuzünden. Er soll wegen der Aasfresser verbrannt werden.

Du warst tapfer, Kind, und hast ein gutes Werk getan, ich bin stolz auf dich. Jetzt wissen wir, zu welcher Niedertracht diese Menschen fähig sind, und sehen klarer denn je, was wir tun müssen. Du mußt dich ausruhen und etwas essen, denn gestern nacht bist du sofort eingeschlafen, und bei diesen Temperaturen mußt du essen, damit du nicht krank wirst ...«

Er machte sich in ihrer Nähe zu schaffen, zog die Felle zurecht, straffte die Schnüre, mit denen die Ladung auf dem Schlitten befestigt war, und ließ die Hundeleinen durch seine Hände laufen, um sie zu entwirren.

»Farder Coram, wo ist der kleine Junge jetzt? Haben sie ihn schon verbrannt?«

»Nein, Lyra, er liegt dort hinten.«

»Ich möchte zu ihm gehen und ihn sehen.«

Das konnte er ihr nicht verwehren, denn sie hatte schon schlimmere Dinge als einen Toten gesehen, und vielleicht beruhigte es sie ja auch. Lyra stapfte also mit Pantalaimon, der als Schneehase zaghaft neben ihr herhoppelte, an den Schlitten vorbei auf eine Stelle zu, an der ein paar Männer Reisig aufhäuften.

Die Leiche des Jungen lag am Wegrand unter einer karierten Decke. Lyra kniete nieder und hob die Decke mit ihren Fäustlingen hoch. Einer der Männer wollte sie daran hindern, aber die anderen schüttelten die Köpfe. Pantalaimon drängte sich ganz dicht an Lyra, während sie auf das ausgemergelte Gesicht hinabsah. Lyra zog die Hand aus dem Handschuh und strich über die Augen des Jungen. Sie waren kalt wie Marmor. Farder Coram hatte recht gehabt; der arme kleine Tony Makarios unterschied sich jetzt nicht mehr von Menschen, die zusammen mit ihren Dæmonen gestorben waren. Wenn ihr jemals Pantalaimon weggenommen würde! Sie nahm ihn in die Arme und preßte ihn an sich, als wollte sie ihn in ihr Herz hineindrücken. Und alles, was der kleine Tony besaß, war dieses jämmerliche Stück Fisch ...

Wo war es?

Sie zog die Decke fort. Es war verschwunden.

Sie sprang auf die Beine und funkelte wütend die umstehenden Männer an.

»Wo ist sein Fisch?«

Die Männer hielten verwirrt mir ihrer Arbeit inne, unsicher, was Lyra meinte; einige ihrer Dæmonen verstanden jedoch und warfen sich vielsagende Blicke zu. Dann begann einer der Männer unsicher zu grinsen.

»Lacht bloß nicht«, fauchte Lyra. »Ich reiße euch bei lebendigem Leib die Lungen heraus, wenn ihr lacht! Er hatte nur diesen alten, getrockneten Fisch zum Liebhaben und Trösten – statt seines Dæmons! Wer hat ihm den Fisch weggenommen? Wo ist er?«

Sie merkte nicht, daß sich Pantalaimon in einen fauchenden Schneeleoparden verwandelt hatte und aussah wie der Dæmon von Lord Asriel; für sie gab es nur noch Recht und Unrecht.

»Immer sachte, Lyra«, sagte einer der Männer.

»Wer hat ihn weggenommen?« brauste sie wieder auf, so zornig, daß der Gypter vor Schreck einen Schritt zurückwich.

»Ich wußte das nicht«, sagte ein anderer Mann bedauernd. »Ich dachte, er hätte ihn nur zum Essen dabeigehabt. Ich habe ihn aus seiner Hand genommen, weil ich dachte, es gehöre sich bei einem Toten so. Nur deshalb, Lyra.«

»Und wo ist er?«

Dem Mann war sichtlich unbehaglich zumute. »Ich hatte doch keine Ahnung, wozu er ihn brauchte. Ich habe ihn meinen Hunden gegeben. Ich bitte dich vielmals um Entschuldigung.«

»Da mußt du schon ihn bitten, nicht mich«, sagte Lyra kurz und wandte sich ab. Sie kniete wieder nieder und legte ihre Hand auf die eisige Wange des toten Kindes.

Dann kam ihr eine Idee, und sie durchwühlte ihre Pelze. Als sie den Anorak aufmachte, spürte sie die schneidende Kälte, aber sie hatte schnell gefunden, was sie suchte. Sie nahm eine Goldmünze aus ihrem Portemonnaie, dann mummte sie sich rasch wieder ein.

»Ich hätte gern dein Messer«, sagte sie zu dem Mann, der den Fisch genommen hatte, und als er es ihr gab, fragte sie Pantalaimon: »Wie hieß er noch mal?«

Pantalaimon verstand sofort und sagte: »Ratter.«

Lyra hielt die Münze mit der linken, in einem dicken Fäustling steckenden Hand fest, packte das Messer wie einen Stift und ritzte den Namen des verlorenen Dæmons in das Gold.

»So wird es bei den Wissenschaftlern von Jordan gemacht, hoffentlich ist es auch bei dir richtig«, flüsterte sie dem toten Jungen zu. Sie stemmte seine Zähne auseinander, um ihm die Münze in den Mund zu schieben. Es war schwer, aber sie schaffte es und drückte die Kiefer anschließend wieder zusammen.

Dann gab sie dem Mann das Messer zurück, drehte sich um und ging im Morgenlicht zu Farder Coram zurück.

Farder Coram nahm einen Becher mit Suppe vom Feuer und reichte ihn Lyra; gierig schlürfte sie die heiße Flüssigkeit.

»Was ist mit den Hexen, Farder Coram?« fragte sie. »Ob Ihre Hexe wohl auch dabei war?«

»*Meine* Hexe? Soweit würde ich nicht gehen, Lyra. Wer weiß, wohin sie fliegen. Im Leben von Hexen spielen die unterschiedlichsten Dinge eine Rolle, Dinge, die für uns unsichtbar sind, geheimnisvolle Krankheiten, denen sie zum Opfer fallen, über die wir aber nur mit den Achseln zucken, Kriege, deren Ursachen wir nicht annähernd verstehen, Freude und Trauer, die mit der Blüte kleiner Pflanzen in der Tundra zusammenhängen ... Ach, ich wünschte, ich hätte die Hexen fliegen sehen, Lyra. Wie hätte ich diesen Anblick genossen. Jetzt trink deine Suppe leer. Willst du noch mehr? Es gibt auch noch Pfannkuchen. Iß, Kind, denn wir brechen bald auf.«

Die Mahlzeit weckte Lyras Lebensgeister, und bald begann auch das Eis auf ihrer Seele zu tauen. Zusammen mit den anderen ging sie zum Scheiterhaufen, auf dem das abgeschnittene Kind lag. Bei John Faas Gebeten senkte sie den Kopf und schloß die Augen. Anschließend besprengten die Männer den Scheiterhaufen mit Kohlenspiritus und hielten brennende Streichhölzern daran. Sofort loderten die Flammen auf.

Sobald sie sicher waren, daß der Junge völlig verbrannt war, machten sie sich wieder auf den Weg. Es war eine gespenstische Reise. Nach kurzer Zeit begann es zu schneien, und bald bestand die Welt nur noch aus den grauen Schatten der vorauslaufenden Hunde, dem Schlingern und Knarren der Schlitten, der beißenden Kälte und einem Meer durcheinanderwirbelnder Flocken, die kaum dunkler waren als der Himmel und kaum heller als der Boden.

Mit erhobenen Schwänzen und dampfenden Atemwolken vor den Schnauzen rannten die Hunde unermüdlich weiter durch das Schneegestöber in Richtung Norden. Die fahle Mittagsstunde kam und ging, und dann versank die Welt wieder in der Dämmerung. In einer Mulde zwischen den Bergen machten sie Rast, um zu essen, zu trinken, auszuruhen und sich zu orientieren. Während John Faa mit Lee Scoresby besprach, wie man den Ballon am sinnvollsten einsetzen konnte, fiel Lyra der fliegende Spion ein, und sie erkundigte sich bei Farder Coram nach der Tabakdose, in der er die Kreatur eingesperrt hatte.

»Ich habe sie gut verstaut«, sagte er. »Sie ist ganz unten in diesem Seesack, aber da gibt es überhaupt nichts zu sehen, denn noch an Bord des Schiffes habe ich den Deckel verlötet, wie ich es ja angekündigt hatte. Ich habe ehrlich gesagt keine Ahnung, was wir mit dem Spion machen sollen; vielleicht können wir ihn in eine Feuermine werfen und ihn so loswerden. Aber du brauchst dir keine Sorgen zu machen, Lyra. Solange ich die Dose habe, kann dir nichts passieren.«

Bei der ersten Gelegenheit steckte Lyra den Arm tief in den Seesack aus steifgefrorenem Leinen und holte die kleine Dose heraus. Sie spürte das Summen, noch ehe sie es hörte.

Während Farder Coram sich mit den anderen Anführern besprach, brachte sie die Dose zu Iorek Byrnison und erklärte ihm ihren Plan. Die Idee war ihr gekommen, als ihr einfiel, wie mühelos der Bär das Blech der Motorverkleidung zerschnitten hatte.

Iorek hörte sie an, nahm dann den Deckel einer Keksdose

und verbog ihn geschickt zu einem kleinen, flachen Zylinder. Sie staunte über seine Fingerfertigkeit; anders als die meisten Bären hatten er und seine Artgenossen den anderen Klauen entgegengesetzte Daumenklauen, mit denen sie Gegenstände festhalten und bearbeiten konnten; außerdem besaß er ein angebotenes Gespür für die Härte und Biegsamkeit von Metall. Er brauchte das Blech nur ein- oder zweimal hochzunehmen und ein paarmal hin- und herzubiegen, dann kerbte er mit der Klaue einen Kreis ein, um es an dieser Stelle zu falzen. Er knickte die Enden so oft, bis sie zu einem Rand umgebogen waren, und fertigte anschließend noch einen Deckel an, der genau darauf paßte. Auf Lyras Bitte hin machte er zwei Dosen: eine von der Größe der ursprünglichen Tabakdose und eine, die so groß war, daß die andere Dose hineinpaßte, und außerdem noch Fell, Moos und Flechten, um den Lärm zu ersticken. Als die Dose verschlossen war, hatte sie die gleiche Größe und Form wie das Alethiometer.

Als das erledigt war, setzte sich Lyra neben Iorek Byrnison, der an einer steinhart gefrorenen Rentierkeule zu nagen begann.

»Iorek«, sagte sie, »ist es eigentlich schwer, keinen Dæmon zu haben? Bist du nicht manchmal einsam?«

»Einsam?« fragte er. »Ich weiß nicht. Die Leute sagen auch, hier sei es kalt, aber ich weiß nicht, was Kälte ist, denn ich friere nie. Genausowenig weiß ich, was Einsamkeit bedeutet. Bären sind nun mal allein.«

»Und die Bären von Svalbard?« fragte sie. »Es gibt doch Tausende von ihnen, oder? Jedenfalls habe ich das gehört.«

Iorek antwortete nicht, sondern riß mit einem splitternden Geräusch, als breche ein Baum auseinander, das Gelenk auseinander.

»Entschuldige, Iorek«, sagte Lyra. »Hoffentlich bist du jetzt nicht beleidigt. Weißt du, ich will einfach wegen meines Vaters soviel wie möglich über die Bären von Svalbard wissen.«

»Wer ist dein Vater?«

»Lord Asriel. Und er ist doch auf Svalbard gefangen. Ich

glaub, die Gobbler haben ihn verraten und den Bären Geld gegeben, damit sie ihn bewachen.«

»Das weiß ich nicht. Ich gehöre nicht zu den Bären von Svalbard.«

»Ich dachte, du wärst einer …«

»Nein. Ich habe zu ihnen gehört, aber jetzt nicht mehr. Ich wurde verbannt, weil ich einen anderen Bären getötet habe. Zur Strafe wurden mir mein Rang, mein Vermögen und meine Rüstung weggenommen, und ich wurde dazu verurteilt, am Rande der menschlichen Welt zu leben. Ich kämpfe, wenn mich jemand braucht, oder verrichte grobe Arbeiten und ertränke meine Erinnerungen in Schnaps.«

»Warum hast du einen Bären umgebracht?«

»Aus Zorn. Eigentlich legen wir Bären Auseinandersetzungen anders bei, aber ich habe die Beherrschung verloren. Deshalb habe ich ihn getötet und bin zu Recht bestraft worden.«

»Du warst also reich und mächtig«, sagte Lyra staunend. »Genau wie mein Vater, Iorek! Ihm ist nämlich nach meiner Geburt dasselbe passiert. Er hat auch jemanden getötet, und deshalb hat man ihm sein ganzes Vermögen weggenommen. Das war allerdings lange bevor er Gefangener auf Svalbard wurde. Ich weiß überhaupt nichts über Svalbard, außer, daß es im äußersten Norden liegt … Ist es eigentlich ganz von Eis bedeckt? Wie kommt man dahin? Über das zugefrorene Meer?«

»Nicht von dieser Küste aus, denn im Süden ist das Meer nur manchmal zugefroren. Man brauchte auf jeden Fall ein Boot.«

»Oder vielleicht einen Ballon.«

»Oder einen Ballon, ja, aber dazu braucht man den richtigen Wind.«

Er nagte weiter an der Rentierkeule, und Lyra, die wieder an die Hexen am nächtlichen Himmel denken mußte, hatte eine kühne Idee, aber sie sagte lieber nichts davon. Statt dessen fragte sie Iorek Byrnison über Svalbard aus und lauschte gespannt, als er ihr von den sich langsam vorwärts schiebenden Gletschern erzählte, von Felsen und Eisschollen, auf denen Hunderte von Walrossen mit ihren großen Hauern lagen, vom Meer, das vor Seehunden wimmelte, von Narwalen, die mit langen weißen Stoßzähnen durch die eisige Wasseroberfläche stachen, von der langen, zerklüfteten Küste und den über tausend Fuß hohen Klippen, auf denen die abscheulichen Klippenalpe hausten, die ab und zu auf Beutesuche zum Wasser herunterstießen, und von Kohlegruben und Feuerminen, in denen Bärenschmiede gewaltige Eisenplatten aus den Felsen hämmerten und zu Rüstungen vernieteten ...

»Aber wenn sie dir deine Rüstung weggenommen haben, Iorek, woher hast du denn dann diese?«

»Die habe ich mit eigenen Händen in Nowaja Semlja aus Himmelseisen gemacht. Davor war ich nur ein halber Bär.«

»Also können sich Bären ihre Seele selbst machen ...«, sagte Lyra. Es gab so vieles auf der Welt, wovon sie nichts wußte! »Wer ist der König von Svalbard?« fragte sie. »Oder haben Bären keinen König?«

»Er heißt Iofur Raknison.«

Der Name löste in Lyras Kopf ein schwaches Echo aus. Wo hatte sie ihn schon einmal gehört? Jedenfalls weder aus dem Munde eines Bären noch aus dem eines Gypters. Die Stimme, die ihn ausgesprochen hatte, war die eines Wissenschaftlers gewesen, präzise, pedantisch und überheblich; eigentlich konnte es nur eine Stimme aus Jordan College sein. Lyra versuchte, sich zu erinnern. Es lag ihr auf der Zunge!

Und dann fiel es ihr ein: das Ruhezimmer! Die Wissenschaftler hatten Lord Asriel zugehört, und der Palmer-Professor hatte etwas von Iofur Raknison erzählt. Er hatte das Wort *Panserbjørne* gebraucht, das Lyra damals noch nicht kannte, und sie hatte auch nicht gewußt, daß Iofur Raknison ein Bär war. Aber was hatte er bloß gesagt? Daß der König von Svalbard eitel war und man ihm schmeicheln konnte. Aber da war noch etwas anderes gewesen, wenn sie sich bloß erinnern könnte, aber seitdem war ja so viel geschehen ...

»Wenn dein Vater ein Gefangener der Bären von Svalbard ist«, sagte Iorek Byrnison, »hat er keine Chance zu entkommen. Auf Svalbard gibt es kein Holz, um ein Boot zu bauen. Andererseits, wenn er ein Adliger ist, wird er auch gut behandelt. Dann bekommt er ein Haus und einen Diener und genügend Essen und Brennstoff.«

»Kann man die Bären denn überhaupt besiegen, Iorek?«

»Nein.«

»Aber vielleicht überlisten?«

Er hörte auf, am Knochen zu nagen, und sah sie an. Dann sagte er: »Man kann Panzerbären nicht besiegen. Meine Rüstung kennst du ja schon, aber nun schau dir mal meine Waffen an.«

Er ließ das Fleisch fallen und streckte ihr seine Tatzen mit den Innenflächen nach oben entgegen. Die Ballen waren von einer mehrere Zentimeter dicken Hornhaut bedeckt, und jede der messerscharfen Klauen war so lang wie Lyras Hand oder länger. Iorek ließ Lyra staunend mit den Fingern darüberstreichen.

»Ein Schlag reicht aus, um den Schädel eines Seehundes zu zertrümmern«, sagte er. »Oder einem Menschen das Rückgrat zu brechen oder ihm ein Glied auszureißen. Und beißen kann ich auch. Hättest du mich in Trollesund nicht zurückgehalten, hätte ich den Kopf des Mannes wie ein Ei zerquetscht. Soviel zu meiner Kraft, und jetzt zu den Tricks. Du kannst einen Bären nicht hereinlegen. Willst du den Beweis? Nimm einen Stock und fechte mit mir.«

Begierig, es auszuprobieren, brach Lyra einen Zweig von einem dick verschneiten Busch ab, entfernte alle Triebe und ließ ihn probeweise wie einen Degen durch die Luft sausen. Iorek Byrnison setzte sich auf die Hinterbeine und wartete mit in den Schoß gelegten Vorderpfoten. Als Lyra fertig war, trat sie vor ihn, wollte aber nicht zustechen, weil er so friedlich dasaß. Sie fuchtelte also nur mit dem Zweig herum und täuschte Angriffe nach rechts und links vor, ohne Iorek wirklich treffen zu wollen. Er rührte sich nicht. Sie wiederholte ihre Manöver ein paarmal, aber er zuckte nicht einmal zusammen.

Schließlich beschloß sie, ihm tatsächlich einen Stoß zu versetzen, aber nicht fest, sie wollte einfach nur mit dem

Stock seinen Bauch anstupsen. Blitzschnell streckte er die Tatze aus und schlug den Stecken zur Seite.

Überrascht versuchte sie es erneut – mit dem gleichen Ergebnis. Iorek bewegte sich viel schneller und sicherer als sie. Nun versuchte sie ihn ernsthaft zu treffen und schwang den Stock wie ein Florett, aber kein einziges Mal landete er auf seinem Körper. Der Bär schien im voraus zu wissen, was sie vorhatte: Wenn sie nach seinem Kopf stieß, fegte die große Tatze den Stock weg, und wenn sie nur einen Angriff vortäuschte, bewegte Iorek sich gar nicht erst.

Erbittert stach, hieb, stieß und prügelte sie in einer wilden Attacke auf ihn ein, aber was sie auch anstellte, sie kam einfach nicht an seinen Tatzen vorbei. Sie schienen überall gleichzeitig zu sein, parierten jeden Stoß und schützten immer genau die richtige Stelle.

Schließlich hielt sie eingeschüchtert inne. Sie schwitzte in ihren Pelzen, war außer Atem und erschöpft, und der Bär saß immer noch völlig ungerührt da. Selbst bei einem echten Schwert mit tödlicher Spitze hätte er keinen Kratzer abbekommen.

»Ich wette, du könntest sogar Kugeln abfangen«, sagte sie und warf den Stock weg. »Wie *schaffst* du das bloß?«

»Ich bin eben kein Mensch«, erwiderte Iorek. »Und deshalb könntest du auch nie einen Bären reinlegen. Tricks und Täuschungen sind für uns etwas so Sichtbares wie für andere Arme und Beine. Wir haben einen Blick, den die Menschen verlernt haben. Aber du kennst das ja, schließlich kannst du den Symboldeuter lesen.«

»Das ist doch nicht dasselbe«, sagte Lyra. Der Bär flößte ihr jetzt mehr Angst ein als bei seinem Wutanfall.

»Es ist dasselbe«, sagte er. »Soviel ich weiß, können Erwachsene ihn nicht lesen. Was ich für Menschen bin, die gegen mich kämpfen, bist du mit dem Alethiometer für Erwachsene.«

»Vielleicht hast du recht«, gab sie verwirrt und widerstrebend zu. »Heißt das etwa, ich kann das Alethiometer nicht mehr lesen, wenn ich älter bin?«

»Wer weiß. Ich habe nie zuvor ein solches Instrument

gesehen, geschweige denn jemanden, der es hätte lesen können. Vielleicht bist du ja anders als die anderen.«

Er ließ sich wieder auf alle viere fallen und setzte seine Mahlzeit fort. Lyra hatte ihre Pelze aufgemacht, doch jetzt spürte sie die schneidende Kälte und mußte sie wieder zumachen. Sie war zutiefst verunsichert und hätte am liebsten an Ort und Stelle das Alethiometer befragt, aber dazu war es zu kalt, außerdem riefen die anderen nach ihr, denn es war Zeit aufzubrechen. Sie nahm die beiden Dosen, die Iorek Byrnison gemacht hatte, stopfte die leere in Farder Corams Seesack und die mit dem fliegenden Spion zusammen mit dem Alethiometer in ihre Bauchtasche. Sie war froh, daß es weiterging.

Die Anführer hatten mit Lee Scoresby ausgemacht, bei der nächsten Rast den Ballon aufzublasen, damit er die Gegend aus der Luft auskundschaften konnte. Natürlich brannte Lyra darauf, mit ihm zu fliegen, und natürlich durfte sie nicht, aber sie fuhr auf dem Weg zur nächsten Rast auf seinem Schlitten mit und löcherte ihn mit Fragen.

»Mr. Scoresby, wie würden Sie nach Svalbard fliegen?«

»Man brauchte ein Luftschiff mit Gasmotor, zum Beispiel einen Zeppelin, oder man brauchte einen kräftigen Südwind. Aber Teufel noch mal, ich würde es nicht wagen. Kennst du Svalbard? Es ist das trostloseste, ödeste, unwirtlichste und gottverlassenste Nirgendwo.«

»Ich habe bloß überlegt, ob Iorek Byrnison vielleicht zurück will ...«

»Man würde ihn töten. Iorek ist verbannt. Sobald er einen Fuß auf die Insel setzt, würden die Bären ihn in Stücke reißen.«

»Wie wird Ihr Ballon eigentlich aufgeblasen, Mr. Scoresby?«

»Es gibt zwei Möglichkeiten. Ich kann Wasserstoff herstellen, indem ich Schwefelsäure auf Eisenspäne gieße. Das dabei freigesetzte Gas fange ich auf und fülle damit nach und nach den Ballon. Für die andere Möglichkeit müßte man in der Nähe einer Feuermine eine Erdgasquelle finden.

Unter dem Boden hier gibt es jede Menge Gas und außerdem Erdöl. Notfalls könnte ich Gas aus Erdöl oder Kohle gewinnen, das ist nicht schwer. Aber am schnellsten geht es mit Erdgas. Bei einem guten Loch könnte man den Ballon in einer Stunde füllen.«

»Wie viele Leute können Sie mitnehmen?«

»Sechs, wenn es sein muß.«

»Könnten Sie Iorek Byrnison samt seiner Rüstung mitnehmen?«

»Das habe ich schon getan. Ich hab ihn einmal vor den Tataren gerettet. Sie hatten ihm den Rückzug abgeschnitten und wollten ihn aushungern – das war während des Tunguska-Feldzuges; ich bin hingeflogen und hab ihn da rausgeholt. Das klingt jetzt einfach, aber Teufel noch mal, ich mußte das Gewicht des alten Burschen schätzen. Und dann mußte ich darauf hoffen, daß ich unter der Eisburg, die er sich gebaut hatte, Erdgas finden würde. Aber da ich aus der Luft die Art des Bodens erkennen konnte, war ich mir eigentlich ziemlich sicher. Immerhin, um zu landen, muß ich Gas aus dem Ballon ablassen, aufsteigen kann ich aber nur wieder, wenn ich neues nachfülle. Na ja, jedenfalls haben wir es geschafft, mit Rüstung und allem.«

»Wissen Sie, daß die Tataren Löcher in die Köpfe von Menschen bohren, Mr. Scoresby?«

»Ja, natürlich. Das machen sie seit Tausenden von Jahren. Im Tunguska-Feldzug haben wir fünf Tataren gefangengenommen, von denen drei ein Loch im Schädel hatten. Einer hatte sogar zwei.«

»Sie bohren sich die Löcher *gegenseitig* in den Kopf?«

»Allerdings. Zuerst schneiden sie einen Halbkreis in die Kopfhaut, damit sie einen Hautlappen hochklappen und den Knochen freilegen können. Dann schneiden sie ein kleines, kreisförmiges Stück Knochen aus dem Schädel, ganz vorsichtig, damit sie das Gehirn nicht beschädigen, und danach nähen sie die Kopfhaut wieder an.«

»Ich dachte, sie tun das nur bei ihren Feinden!«

»Teufel, nein! Das ist ein großes Privileg. Sie tun es, damit die Götter zu ihnen sprechen können.«

»Haben Sie schon mal was von einem Forscher namens Stanislaus Grumman gehört?«

»Grumman? Aber sicher. Ich traf einen aus seiner Mannschaft, als ich vor zwei Jahren über den Jenissei flog. Damals wollte er gerade zu den Tatarenstämmen da oben, um eine Weile bei ihnen zu leben. Ich glaube übrigens, *er* hatte auch ein solches Loch im Schädel, als Teil eines Initiationsritus. Aber der Mann, der mir davon erzählte, wußte nicht so genau Bescheid.«

»Also ... wenn er so was wie ein Ehrenbürger der Tataren war, hätten sie ihn doch bestimmt nicht getötet, oder?«

»Wieso getötet? Ist er denn tot?«

»Ja, ich habe seinen Kopf gesehen«, sagte Lyra stolz. »Mein Vater hat ihn gefunden. Ich habe ihn gesehen, als er ihn den Wissenschaftlern von Jordan College zeigte. Man hat ihn skalpiert und alles.«

»Wer hat ihn skalpiert?«

»Na ja, die Tataren. Das dachten jedenfalls die Wissenschaftler ... Aber vielleicht stimmt es gar nicht.«

»Vielleicht war es gar nicht der Kopf von Grumman«, sagte Lee Scoresby. »Vielleicht wollte dein Vater nur, daß die Wissenschaftler das glaubten.«

»Könnte sein«, meinte Lyra nachdenklich. »Er wollte Geld von ihnen.«

»Und gaben sie es ihm, als sie den Kopf sahen?«

»Ja.«

»Guter Trick. Die Leute erschrecken, wenn sie so was sehen, und sehen lieber nicht so genau hin.«

»Vor allem Wissenschaftler«, sagte Lyra.

»Hm, das weißt du besser als ich. Aber wenn es wirklich Grummans Kopf war, wette ich, daß es nicht die Tataren waren, die ihn skalpiert haben. Sie skalpieren ihre Feinde, nicht ihre Stammesangehörigen, und Grumman hatten sie ja in ihren Stamm aufgenommen.«

Lyra dachte über all das nach, während sie weiterfuhren. Um sie herum gingen die unerklärlichsten Dinge vor: die grausamen Gobbler und ihre Angst vor dem Staub, die Stadt in der Aurora, ihr Vater in Svalbard, ihre Mutter ...

Welche Rolle spielte sie selbst dabei? Oder das Alethiometer oder die nordwärts fliegenden Hexen? Und der arme kleine Tony Makarios, der aufgezogene fliegende Spion und Iorek Byrnison mit seinem unheimlichen Geschick beim Fechten …

Sie schlief ein. Und mit jeder Stunde kamen sie Bolvangar näher.

Vierzehn

Die Lichter von Bolvangar

Die Tatsache, daß die Gypter noch nichts von Mrs. Coulter gehört oder gesehen hatten, beunruhigte Farder Coram und John Faa mehr, als sie Lyra merken ließen; sie wußten nicht, daß auch Lyra sich Sorgen machte. Lyra fürchtete sich vor Mrs. Coulter und mußte oft an sie denken. Im Unterschied zu Lord Asriel, der jetzt ihr Vater war, konnte sie Mrs. Coulter nicht als Mutter akzeptieren. Schuld daran war Mrs. Coulters Dæmon, der goldene Affe, den Pantalaimon so heftig verabscheute und der, wie Lyra vermutete, ihr nachspioniert und das Alethiometer entdeckt hatte.

Außerdem waren sie hinter ihr her; es wäre dumm, etwas anderes zu glauben – der fliegende Spion war Beweis genug. Doch als der Feind dann zuschlug, war es nicht Mrs. Coulter.

Die Gypter hatten beschlossen, anzuhalten und die Hunde ausruhen zu lassen, ein paar Schlitten zu reparieren und ihre Waffen für den Angriff auf Bolvangar vorzubereiten. John Faa hoffte, daß Lee Scoresby Erdgas zum Füllen des kleineren Ballons finden würde – offenbar hatte er zwei Ballons – und aufsteigen konnte, um die Gegend zu erkunden. Der Aeronaut, der das Wetter so sorgfältig wie ein Seemann beobachtete, prophezeite allerdings Nebel, und tatsächlich, kaum hatten sie angehalten, senkte sich dichter Nebel herab. Lee Scoresby wußte, daß er aus der Luft nichts sehen würde, er begnügte sich deshalb damit, seine Ausrüstung noch einmal durchzusehen, obwohl alles bereits in penibler Ordnung war. Dann, ohne jede Warnung, flog aus der Dunkelheit ein Hagel von Pfeilen.

Drei Gypter wurden getroffen und starben so lautlos, daß niemand etwas hörte. Erst als sie über den Hundegeschirren zusammensackten und sich nicht mehr bewegten, merkten die Männer in ihrer Nähe, was geschah, doch da war es bereits zu spät, schon kamen weitere Pfeile angeflogen. Verwirrt sahen einige auf, als ringsum mit einem schnellen, unregelmäßigen Trommeln Pfeile auf Holz und gefrorenes Leinen prallten.

Als erster kam John Faa wieder zu sich und brüllte den umstehenden Männern Befehle zu. Mit kalten Händen und starren Gliedern gehorchten sie, während die Pfeile wie ein tödlicher Platzregen auf sie niederprasselten.

Lyra war im Freien, als die Pfeile über ihren Kopf schwirrten. Pantalaimon hörte sie zuerst, verwandelte sich in einen Leoparden und stieß Lyra um, damit sie kein so leichtes Ziel abgab. Sie wischte sich den Schnee aus den Augen, rollte auf den Bauch und versuchte zu erkennen, was geschah. Das Halbdunkel um sie drohte in Chaos und Lärm zu versinken. Sie hörte ein gewaltiges Brüllen und das Scheppern und Rasseln von Iorek Byrnisons Rüstung und sah gerade noch, wie er in seinem Panzer über die Schlitten sprang und im Nebel verschwand. Im nächsten Moment zerrissen Schreie die Luft, begleitet von Knurren und Fauchen, dumpfen Schlägen und knirschenden und reißenden Geräuschen. Angstschreie gellten auf, während der Bär im Nebel wütete.

Aber *wer* waren ihre Gegner? Bis jetzt hatte Lyra noch keinen zu Gesicht bekommen. Die Gypter schwärmten umher, um die Schlitten zu verteidigen, gaben dadurch allerdings, wie sogar Lyra erkannte, noch bessere Zielscheiben ab. Handschuhe und Fäustlinge erschwerten es den Männern, die Gewehre abzufeuern; während der Pfeilhagel unausgesetzt anhielt, hatte Lyra erst vier oder fünf Schüsse gehört. Und ein Mann nach dem anderen fiel.

Ach, John Faa! dachte sie angstvoll. Das hast du nicht vorhergesehen, und ich habe dir nicht geholfen!

Sie hatte den Gedanken noch nicht zu Ende gedacht, da stieß Pantalaimon ein lautes Knurren aus, und schon stürzte sich etwas – ein fremder Dæmon – auf ihn und schlug ihn nieder, so daß auch Lyra um Atem ringen mußte. Sie spürte, wie Hände an ihr zerrten und sie hochgerissen wurde; jemand preßte ihr einen stinkenden Handschuh auf den Mund und warf sie durch die Luft in die Arme eines anderen, die sie der Länge nach wieder in den Schnee stießen, so daß ihr zugleich schwindlig wurde, die Luft wegblieb und alles weh tat. Ihre Arme wurden nach hinten gezerrt, bis es in den Schultern knackte, dann wurde ihr eine Kapuze über den Kopf gestülpt, um ihre Schreie zu ersticken, denn jetzt schrie sie aus vollem Halse.

»Iorek! Iorek Byrnison! Hilf mir!«

Ob er sie überhaupt hörte? Sie wußte es nicht. Sie wurde hin und her geworfen und schließlich auf etwas Hartes gedrückt, das sofort schlingernd und holpernd wie ein Schlitten losfuhr. Wilder Lärm drang an ihr Ohr. Sie bildete sich ein, das Brüllen von Iorek Byrnison zu hören, aber es klang weit entfernt, und weiter ging die Fahrt über den holprigen Boden, mit auf dem Rücken gefesselten Armen und geknebeltem Mund. Lyra begann vor lauter Wut und Angst zu schluchzen. Sie hörte fremde Stimmen.

»Pan!« japste sie.

»Ich bin hier, pst! Ich helfe dir, damit du wieder Luft bekommst. Sei still …«

Mit Mäusepfoten zerrte er an der Kapuze über ihrem Mund, bis sie wieder besser atmen konnte. Gierig schnappte sie nach der eisigen Luft.

»Wer ist das?« flüsterte sie.

»Sie sehen aus wie Tataren. Ich glaube, John Faa ist getroffen worden.«

»Nein …«

»Ich habe gesehen, wie er hinfiel. Er hätte doch mit so einem Angriff rechnen müssen. Das war doch klar.«

»Aber wir hätten ihm helfen müssen! Wir hätten das Alethiometer befragen sollen!«

»Pst! Tu so, als wärst du bewußtlos.«

Eine Peitsche knallte, und die Schlittenhunde jaulten. So wie Lyra hin und her geschleudert wurde, mußten sie in einem Höllentempo fahren. Angestrengt lauschte sie auf Kampflärm. Sie hörte eine vereinzelte Salve von Schüssen, die sich in der Ferne verlor, und dann nur noch das Knarren des Schlittens und das leise Tappen der Pfoten im Schnee.

»Sie bringen uns bestimmt zu den Gobblern«, flüsterte sie.

Das Wort *abgeschnitten* fiel ihr ein. Schreckliche Angst packte sie, und Pantalaimon kuschelte sich ganz dicht an sie.

»Ich werde kämpfen«, sagte er.

»Ich auch. Ich bringe sie um.«

»Das tut Iorek auch, wenn er uns findet. Er wird ihnen den Schädel eindrücken.«

»Wie weit ist es bis Bolvangar?«

Pantalaimon wußte es auch nicht, aber sie vermuteten beide, daß es keinen Tag mehr entfernt war. Die Fahrt schien endlos, und Lyra wurde schon von Krämpfen gepeinigt, als das Tempo auf einmal langsamer wurde und ihr jemand die Kapuze vom Kopf riß.

Über sich, im flackernden Schein einer Laterne, erblickte sie ein breites, asiatisches Gesicht unter einer Kapuze aus Marderpelz. Die schwarzen Augen glitzerten zufrieden, besonders als Pantalaimon aus Lyras Anorak schlüpfte und fauchend die weißen Hermelinzähne bleckte. Der Dæmon des Mannes, ein großer, schwerer Marder, knurrte ebenfalls, aber Pantalaimon zuckte nicht zurück.

Der Mann zerrte Lyra hoch und setzte sie an die seitliche Lehne des Schlittens. Doch sie kippte dauernd wieder um, weil ihre Hände immer noch auf dem Rücken gefesselt waren, bis der Mann ihr schließlich die Füße zusammenband und die Handfesseln löste.

Durch das Schneetreiben und den dichten Nebel sah sie, wie kräftig der Mann und auch der Fahrer des Schlittens waren, wie geschickt sie mit dem Schlitten umgingen und wie sehr sie in diesem Land zu Hause waren – im Unterschied zu den Gyptern.

Der Mann begann zu sprechen, aber Lyra verstand natürlich kein Wort. Er probierte es in einer anderen Sprache – mit demselben Ergebnis. Dann versuchte er es mit Englisch.

»Wie du heißen?«

Pantalaimons Fell sträubte sich warnend, und Lyra begriff sofort, was er meinte. Die Männer wußten nicht, wer sie war! Sie hatten sie also nicht deshalb entführt, weil sie Mrs. Coulter kannte; vielleicht arbeiteten sie ja gar nicht für die Gobbler.

»Lizzie Brooks«, antwortete sie.

»Lissie Broogs«, wiederholte er. »Wir dich bringen an schönes Ort. Nette Leute.«

»Wer seid ihr?«

»Samojeden. Jäger.«

»Wohin bringt ihr mich?«

»Schönes Ort. Nette Leute. Du haben *Panserbjørn?*«

»Als Schutz.«

»Nix gut! Ha, ha, Bär nix gut! Wir dich gekriegt haben auch so!«

Er lachte dröhnend. Lyra beherrschte sich und schwieg.

»Wer sein andere Leute?« fragte der Mann und deutete in die Richtung, aus der sie gekommen waren.

»Händler.«

»Händler? ... Was sie handeln mit?«

»Felle, Schnaps, Tabak.«

»Verkaufen Tabak, kaufen Felle?«

»Ja.«

Der Mann sprach mit seinem Begleiter, der kurz etwas erwiderte. Währenddessen raste der Schlitten unaufhaltsam weiter, und Lyra versuchte, sich bequemer hinzusetzen und zu erkennen, wohin sie fuhren. Doch der Schnee fiel in dichten Flocken, und der Himmel war dunkel, und bald wurde ihr zu kalt, um noch länger hinauszuspähen, und sie legte sich wieder hin. Sie und Pantalaimon konnten gegenseitig ihre Gedanken erfühlen und versuchten, ruhig zu bleiben, aber die Vorstellung, daß John Faa tot sein könnte ... Und was war mit Farder Coram passiert? Ob Iorek es schaffen würde, die anderen Samojeden zu töten? Und ob sie Lyra je finden würden?

Zum erstenmal verspürte Lyra so etwas wie Selbstmitleid.

Geraume Zeit später schüttelte der Mann sie an der Schulter und gab ihr einen Streifen getrocknetes Seehundfleisch zum Kauen. Es schmeckte ranzig und war zäh, aber sie hatte Hunger, und außerdem war es nahrhaft. Als sie es zerkaut hatte, ging es ihr ein wenig besser. Langsam schob sie die Hand unter ihre Pelze und vergewisserte sich, daß das Alethiometer noch da war. Dann zog sie vorsichtig die Dose mit dem fliegenden Spion heraus und steckte sie in ihren Pelzstiefel. Pantalaimon kroch als Maus hinterher und drückte die Dose so weit nach unten, wie er konnte, bis zum untersten Ende der Rentiergamasche.

Dann machte Lyra die Augen zu. Die Angst hatte sie angestrengt, und bald fiel sie in unruhigen Schlaf.

Sie erwachte, weil das Geholper plötzlich aufgehört hatte und der Schlitten weich dahinglitt. Als sie die Augen öffnete, sah sie über sich helle Lampen vorbeiziehen, die sie so sehr blendeten, daß sie zuerst die Kapuze ein Stück über den Kopf ziehen mußte, bevor sie erneut hinausspähen konnte. Ihre Glieder waren steif, und sie fror, aber es gelang ihr, sich so weit aufzurichten, daß sie sehen konnte, wie der Schlitten zwischen zwei Reihen hoher Masten mit grellen anbarischen Lampen entlangfuhr. Während sie noch um sich sah, fuhren sie durch ein geöffnetes Eisentor am Ende der Lichterallee auf eine große freie Fläche, die wie ein leerer Marktplatz oder ein Sportplatz aussah. Die Fläche war vollkommen eben, glatt und weiß und hatte einen Durchmesser von ungefähr hundert Metern. An ihrem Rand lief ein hoher Drahtzaun.

Am anderen Ende des Platzes hielt der Schlitten vor einer Reihe niedriger Gebäude, auf denen dicker Schnee lag. Lyra hatte den Eindruck, daß die Gebäude durch Tunnel miteinander verbunden waren, die sie als Wülste unter dem Schnee zu erkennen meinte. Daneben stand ein dicker Eisenmast, der ihr bekannt vorkam, obwohl sie sich nicht erinnerte, woher.

Bevor sie noch mehr erkennen konnte, schnitt der Mann im Schlitten die Schnur um ihre Knöchel durch und zerrte sie grob vom Schlitten herunter, während der Fahrer die Hunde anbrüllte, damit sie aufhörten zu bellen. In dem nur wenige Meter entfernten Gebäude öffnete sich eine Tür, eine anbarische Lampe ging an und richtete sich wie ein Suchscheinwerfer auf sie.

Ohne Lyra loszulassen, stieß ihr Fänger sie wie eine Kriegsbeute vorwärts und sagte etwas. Eine Gestalt in einem wattierten Anorak aus Kohleseide antwortete in derselben Sprache. Lyra konnte das Gesicht des Mannes sehen: Er war kein Samojede oder Tatar; er hätte ein Wissenschaftler aus Jordan sein können. Er musterte Lyra, vor allem aber Pantalaimon.

Wieder sagte der Samojede etwas, und der Mann aus Bolvangar fragte Lyra: »Sprichst du Englisch?«

»Ja«, antwortete sie.

»Hat dein Dæmon immer diese Gestalt?«

Mit dieser Frage hatte Lyra am allerwenigsten gerechnet. Sie staunte und rührte sich nicht. Aber Pantalaimon antwortete auf seine Weise, indem er sich in einen Falken verwandelte und von Lyras Schulter auf den Dæmon des Mannes herunterstieß, ein großes Murmeltier, das sogleich mit einer flinken Bewegung nach Pantalaimon schlug und nach ihm spuckte, während er es mit schwungvollen Flügelschlägen umkreiste.

»Ah, ich sehe schon«, sagte der Mann, als Pantalaimon auf Lyras Schulter zurückkehrte, und es klang zufrieden.

Die Samojeden blickten erwartungsvoll, woraufhin der Mann nickte, einen Fäustling auszog und in eine Tasche griff. Er zog einen zugeschnürten Geldbeutel heraus und zählte den Jägern ein Dutzend schwere Münzen in die Hand.

Die beiden Männer zählten das Geld nach, teilten es unter sich und verstauten es sorgfältig. Ohne einen Blick zurückzuwerfen, bestiegen sie ihren Schlitten. Der Fahrer knallte mit der Peitsche und trieb schreiend die Hunde an, und schon rasten sie über die weiße Arena und in die Lichterallee, immer schneller, bis sie schließlich in der Ferne in der Dunkelheit verschwanden.

Der Mann machte die Tür hinter sich wieder auf.

»Komm schnell rein«, sagte er. »Drinnen ist es warm und gemütlich. Bleib nicht draußen in der Kälte stehen. Wie heißt du?«

Er sprach ein Englisch, aus dem Lyra keinen Akzent heraushören konnte, und er klang wie die Leute, die sie bei Mrs. Coulter kennengelernt hatte: klug, gebildet und wichtig.

»Lizzie Brooks«, sagte sie.

»Komm rein. Wir kümmern uns hier um dich, keine Sorge.«

Obwohl sie viel länger draußen gewesen war, fror er mehr als sie und konnte es kaum erwarten, wieder ins Warme zu kommen. Sie beschloß, sich dumm und langsam zu stellen, und schlurfte zögernd über die hohe Schwelle ins Gebäude.

Zwei Türen mit einem breiten Zwischenraum sorgten dafür, daß nicht zuviel Wärme entweichen konnte. Kaum hatte sich die innere Tür hinter ihnen geschlossen, meinte Lyra vor Hitze umzukommen. Sie mußte sofort ihre Pelze aufreißen und die Kapuze zurückschieben.

Sie standen in einem etwa vier Quadratmeter großen Raum. Rechts und links zweigten Gänge ab, vor ihr befand sich eine Art Rezeption, wie man sie in Krankenhäusern sieht. Alles war hell erleuchtet, und überall blitzten glänzendweiße Oberflächen und rostfreier Stahl. Es roch nach Essen, ein vertrauter Geruch nach Speck und Kaffee, vermischt mit einem schwachen Geruch nach Krankenhaus, und von den Wänden ging ein leises, fast unhörbares Summen aus, eins von jenen Geräuschen, an die man sich entweder gewöhnt, oder man wird verrückt.

Pantalaimon, der sich in einen Goldfink verwandelt hatte, flüsterte Lyra ins Ohr: »Stell dich ganz dumm. Tu so, als ob du überhaupt nichts kapierst.«

Drei Erwachsene blickten zu ihr herunter: der Mann, der sie hereingebracht hatte, ein Mann in einem weißen Kittel und eine Frau in Schwesterntracht.

»Engländer«, sagte der erste Mann. »Anscheinend Händler.«

»Dieselben Jäger wie sonst? Dieselbe Geschichte?«

»Vom selben Stamm, soweit ich das beurteilen kann. Schwester Clara, würden Sie die kleine ... ähm, mitnehmen und sich um sie kümmern?«

»Natürlich, Doktor. Komm mit, Schatz«, sagte die Schwester. Gehorsam folgte Lyra.

Sie gingen einen kurzen Flur entlang, mit Türen auf der rechten Seite und einer Kantine auf der linken, aus der Besteckklappern, Stimmen und Essensgerüche drangen. Die Schwester mußte etwa genauso alt sein wie Mrs. Coulter, schätzte Lyra. Sie hatte ein munteres und verständiges, aber nichtssagendes Gesicht, konnte bestimmt eine Wunde nähen oder einen Verband wechseln, aber sicher keine Geschichten erzählen. Ihr Dæmon, ein weißes Hündchen, trottete brav hinter ihr her; Lyra fröstelte bei seinem Anblick kurz, doch schon einen Moment später wußte sie nicht mehr, weshalb eigentlich.

»Wie heißt du denn, Schatz?« fragte die Schwester und öffnete eine schwere Tür.

»Lizzie.«

»Nur Lizzie?«

»Lizzie Brooks.«

»Und wie alt bist du?«

»Elf.«

Lyra hatte schon oft gehört, sie sei klein für ihr Alter, was auch immer das heißen mochte. Ihr Selbstbewußtsein hatte das nie erschüttert, und jetzt erkannte sie, daß diese Tatsache ihr helfen würde, sich in ein schüchternes, aufgeregtes und unscheinbares Mädchen zu verwandeln. Als sie das Zimmer betrat, machte sie sich deshalb noch etwas kleiner.

Eigentlich hatte sie erwartet, daß Schwester Clara sie fragen würde, woher sie kam und wer sie gebracht hatte, und sich schon passende Antworten zurechtgelegt. Aber der Schwester fehlte es offenbar nicht nur an Fantasie, sondern auch an jeglicher Neugier. Sie war so desinteressiert, daß man hätte meinen können, Bolvangar läge am Stadtrand von London und nichts sei selbstverständlicher, als daß die ganze Zeit Kinder ankamen. Und genauso munter und teilnahmslos wie sie war auch ihr geschniegelter kleiner Dæmon, der ihr auf den Fersen folgte.

In dem Zimmer, das sie betreten hatten, befanden sich eine Couch, ein Tisch, zwei Stühle, ein Aktenschrank, ein Glasschrank mit Medikamenten und Binden und ein Waschbecken. Die Schwester zog Lyra sofort den Anorak aus und ließ ihn auf den glänzenden Fußboden fallen.

»Runter mit den restlichen Sachen, Schatz«, sagte sie. »Jetzt untersuchen wir dich kurz, damit wir auch sicher sind, daß du richtig gesund bist und weder Frostbeulen noch eine laufende Nase hast, und dann sehen wir mal, ob wir ein paar schöne, saubere Sachen zum Anziehen für dich finden. Und vorher stecken wir dich noch unter die Dusche«, fügte sie hinzu, denn Lyra hatte ihre Kleider seit Tagen nicht gewechselt und sich nicht gewaschen, was in der Wärme, die sie jetzt umgab, immer offensichtlicher wurde.

Pantalaimon begehrte flatternd auf, aber Lyra unterdrückte seinen Protest mit einer Grimasse. Er ließ sich auf der Couch nieder, während Lyra ein Kleidungsstück nach dem anderen ausziehen mußte, sehr zu ihrem Ärger und ihrer Scham. Immerhin war sie so geistesgegenwärtig, das zu verbergen. Sie gehorchte willig und stellte sich weiter begriffsstutzig.

»Jetzt noch den Gürtel mit dem Geld, Lizzie«, sagte die Schwester und öffnete ihn mit energischen Fingern. Sie wollte ihn schon auf den Haufen mit Lyras anderen Sachen werfen, als sie die Kante des Alethiometers spürte und innehielt.

»Was ist denn das?« fragte sie und knöpfte den Beutel aus Ölzeug auf.

»Nur ein Spielzeug«, antwortete Lyra. »Es gehört mir.«

»Wir wollen es dir ja auch gar nicht wegnehmen, Schatz«, sagte Schwester Clara und faltete den schwarzen Samt auseinander. »Ach, ist das hübsch, wie ein Kompaß. Aber jetzt unter die Dusche mit dir.« Sie schlug einen Vorhang aus Kohleseide in der Ecke zurück.

Widerwillig schlüpfte Lyra unter den warmen Wasserstrahl und seifte sich ein. Pantalaimon hockte währenddessen auf der Vorhangstange. Sie wußten beide, daß Pantalaimon nicht zu lebhaft wirken durfte, denn die Dæmonen von begriffsstutzigen Leuten sind ebenfalls etwas schwer von Begriff. Als Lyra sauber und trocken war, kontrollierte die Schwester ihre Temperatur und inspizierte Augen, Ohren und Hals. Anschließend maß sie noch Lyras Größe und stellte sie auf eine Waage und notierte dann etwas auf einem Klemmbrett. Dann gab sie Lyra einen Schlafanzug und einen Bademantel. Beides war sauber und von guter Qualität wie der Anorak von Tony Makarios, wirkte aber ebenfalls gebraucht. Lyra war sehr unbehaglich zumute.

»Das sind nicht meine Sachen«, sagte sie.

»Nein, Schatz. Deine Kleider müssen erst einmal gründlich gewaschen werden.«

»Bekomme ich sie wieder?«

»Ich denke doch. Ja, natürlich.«

»Wo sind wir hier?«

»In der sogenannten Versuchsstation.«

Das war keine richtige Antwort, und Lyra wollte es schon sagen und weitere Fragen stellen, doch da fiel ihr ein, daß Lizzie Brooks das bestimmt nicht tun würde. Also nahm sie die Antwort schweigend hin und schlüpfte ergeben in die neuen Kleider.

»Ich will mein Spielzeug wiederhaben«, sagte sie trotzig, als sie angezogen war.

»Nimm es dir, Schatz«, sagte die Schwester. »Hättest du denn nicht lieber einen schönen Teddybären? Oder eine hübsche Puppe?«

Sie zog eine Schublade auf, in der ein paar Spielsachen lagen – leblose Gegenstände. Lyra überwand sich und tat, als würde sie einen Moment überlegen, dann suchte sie sich eine Stoffpuppe mit großen, leeren Augen aus. Sie hatte nie gern mit Puppen gespielt, wußte aber, was von ihr erwartet wurde, und drückte sie geistesabwesend an die Brust.

»Und mein Geldbeutel?« fragte sie. »Ich möchte mein Spielzeug hineintun.«

»Nimm ihn dir, Schatz«, sagte Schwester Clara, die gerade ein rosafarbenes Formular ausfüllte.

Lyra zog den ungewohnten Schlafanzug hoch und band sich den Beutel aus Ölzeug um die Taille.

»Und mein Anorak und meine Stiefel?« fragte sie. »Und meine Handschuhe und die anderen Sachen?«

»Wir waschen sie für dich«, sagte die Schwester zerstreut.

Ein Telefon summte, und als die Schwester den Hörer abnahm, bückte sich Lyra schnell, griff nach der Dose, in der sich der fliegende Spion befand, und stopfte sie zum Alethiometer in den Beutel.

»Komm mit, Lizzie«, sagte die Schwester und legte den Hörer auf. »Wir besorgen dir jetzt etwas zu essen. Du hast doch bestimmt Hunger.«

Lyra folgte Schwester Clara zur Kantine, in der ein Dutzend runde weiße Tische standen, alle mit Krümeln übersät und voller klebriger Ringe von achtlos hingestellten Gläsern. Auf einem Teewagen stapelte sich schmutziges Geschirr. Der Raum hatte keine Fenster, statt dessen war, um Licht und Weite vorzutäuschen, eine Wand mit dem riesigen Photogramm eines tropischen Strandes mit strahlend blauem Himmel, weißem Sand und Kokospalmen bedeckt.

Der Mann, der sie ins Haus geführt hatte, nahm ein volles Tablett aus der Durchreiche.

»Iß«, forderte er Lyra auf.

Es gab keinen Grund zu hungern, deshalb ließ sie sich den Eintopf mit Kartoffelbrei schmecken. Zum Nachtisch gab es Pfirsiche aus der Dose und Eis. Während sie aß, unterhielten sich der Mann und die Schwester leise an einem anderen Tisch, und als sie fertig war, brachte ihr die Schwester ein Glas warme Milch und nahm das Tablett fort.

Der Mann setzte sich ihr gegenüber. Sein Dæmon, das Murmeltier, war nicht so desinteressiert und gleichgültig wie der Hund der Schwester, sondern saß höflich auf der Schulter des Mannes, beobachtete Lyra und hörte zu.

»So, Lizzie«, sagte der Mann. »Bist du satt geworden?«

»Ja, danke.«

»Dann erzähle mir jetzt doch, woher du kommst. Kannst du das?«

»Aus London«, sagte sie.

»Und was suchst du so hoch im Norden?«

»Ich bin mit meinem Vater hergekommen«, murmelte sie. Sie sah nach unten, um nicht dem forschenden Blick des Murmeltiers zu begegnen, und versuchte so zu wirken, als sei sie den Tränen nahe.

»Mit deinem Vater? Verstehe. Und was macht er in diesem Teil der Welt?«

»Er ist Händler. Wir sind mit einer Ladung Tabak aus Neudänemark gekommen und wollten Felle kaufen.«

»War dein Vater allein?«

»Nein, meine Onkel waren auch dabei, und noch andere Männer«, sagte sie unbestimmt, weil sie nicht wußte, was die samojedischen Jäger ihm erzählt hatten.

»Wieso hat er dich auf eine solche Reise mitgenommen, Lizzie?«

»Weil ... Vor zwei Jahren hat er meinen Bruder mitgenommen und mir versprochen, daß er mich beim nächstenmal mitnimmt. Dann hat er es doch nicht gemacht. Also habe ich immer wieder gefragt, bis er es endlich getan hat.«

»Und wie alt bist du?«

»Elf.«

»Sehr gut. Also Lizzie, du hast wirklich Glück gehabt. An einen besseren Ort hätten die Jäger, die dich gefunden haben, dich gar nicht bringen können.«

»Sie haben mich überhaupt nicht gefunden«, sagte sie argwöhnisch. »Wir mußten kämpfen. Sie waren in der Überzahl und schossen mit Pfeilen ...«

»Nein, das glaube ich nicht. Du hast dich sicher verirrt, weil du zu weit von den Leuten deines Vaters weggelaufen bist. Du warst mutterseelenallein, als die Jäger dich fanden, und sie haben dich auf dem schnellsten Weg hierher gebracht. So und nicht anders ist es gewesen, Lizzie.«

»Ich habe aber gesehen, wie sie gekämpft haben«, sagte Lyra. »Sie haben mit Pfeilen geschossen und ... Ich will zu meinem Papa.« Sie wurde lauter und merkte, daß sie zu weinen anfing.

»Hier kann dir nichts passieren, bis er kommt«, sagte der Arzt.

»Aber ich habe doch gesehen, daß sie mit Pfeilen geschossen haben!«

»Das hast du dir bloß eingebildet. So etwas passiert in der eisigen Kälte oft, Lizzie. Man schläft ein und träumt schlecht, und hinterher weiß man nicht mehr, was wirklich passiert ist. Es gab keinen Kampf, sei ganz beruhigt. Dein Vater ist gesund und munter, und er sucht dich bestimmt schon und wird bald hier sein, denn das ist der einzige bewohnte Ort im Umkreis von Hunderten von Meilen. Und was glaubst du, wie überrascht er sein wird, wenn er dich hier wohlbehalten antrifft! Jetzt bringt Schwester Clara dich in den Schlafsaal, wo du noch andere kleine Mädchen und Jungen kennenlernen wirst, die sich genau wie du in der Wildnis verirrt haben. Also, ins Bett mit dir. Morgen früh unterhalten wir uns weiter.«

Lyra stand auf, die Puppe fest in der Hand. Pantalaimon hüpfte ihr auf die Schulter, und die Schwester öffnete die Tür und führte sie hinaus.

Wieder gingen sie durch Gänge. Lyra war todmüde, so müde, daß sie ununterbrochen gähnen mußte und kaum noch die Füße in den Wollpantoffeln, die man ihr gegeben hatte, heben konnte. Pantalaimon war so erschöpft, daß er sich in eine Maus verwandelte und in die Tasche ihres Bademantels kroch. Undeutlich nahm Lyra eine Reihe von Betten, Kindergesichter und ein Kopfkissen wahr, und dann war sie auch schon eingeschlafen.

Jemand rüttelte sie. Als erstes faßte sie sich an die Taille – beide Dosen waren noch da, gut verpackt. Dann versuchte sie, die Augen zu öffnen, aber es fiel ihr unendlich schwer; noch nie war sie so schläfrig gewesen.

»Wach auf! Wach auf!«

Das Flüstern kam von verschiedenen Stimmen. Mit ungeheurer Anstrengung, als müßte sie einen Felsblock einen Berg hinaufschieben, zwang Lyra sich dazu, aufzuwachen.

Im Dämmerschein einer anbarischen Funzel über der Tür

sah sie drei Mädchen vor ihrem Bett stehen. Sie konnte nicht viel erkennen, denn sie sah alles unscharf, aber die Mädchen schienen ungefähr in ihrem Alter zu sein und sprachen Englisch.

»Sie ist wach.«

»Die haben ihr Schlaftabletten gegeben, ganz bestimmt ...«

»Wie heißt du?«

»Lizzie«, murmelte Lyra schlaftrunken.

»Ist wieder eine neue Ladung Kinder gekommen?« fragte eins der Mädchen.

»Keine Ahnung. Nur ich.«

»Woher haben sie dich denn dann?«

Lyra versuchte, sich aufzusetzen. Sie konnte sich nicht erinnern, eine Schlaftablette genommen zu haben, aber vielleicht war in ihrem Getränk eine gewesen. Ihr Kopf fühlte sich wie Watte an, und hinter den Augen spürte sie einen schwachen, pochenden Schmerz.

»Wo sind wir?«

»Mitten im Nirgendwo. Sie sagen es uns nicht.«

»Meistens werden mehrere Kinder auf einmal hergebracht ...«

Lyra brauchte eine Weile, bis sie ihre betäubten Sinne wieder halbwegs beisammen hatte. Neben ihr begann sich Pantalaimon zu regen. »Was passiert mit ihnen?« fragte sie schließlich.

»Keine Ahnung«, sagte das Mädchen, das die meiste Zeit sprach. Es war groß, hatte rote Haare und einen ausgeprägten Londoner Akzent. Nervös gestikulierte es mit den Händen. »Sie machen irgendwelche Messungen mit uns und untersuchen uns und dann ...«

»Sie messen Staub«, sagte ein nett aussehendes, dickes Mädchen mit dunklen Haaren.

»Das weißt du doch gar nicht«, sagte das erste Mädchen.

»Doch«, sagte das dritte, ein verschüchtert wirkendes Kind, und drückte seinen Kaninchendæmon an sich. »Ich habe sie davon sprechen hören.«

»Und dann bringen sie uns der Reihe nach weg«, sagte

die Rothaarige. »Das ist alles, was wir wissen. Keiner kommt zurück.«

»Aber der eine Junge glaubt ...«, begann das dicke Mädchen.

»Erzähl ihr das nicht!« sagte die Rothaarige. »Noch nicht.«

»Gibt es denn hier auch Jungen?« fragte Lyra.

»Ja. Wir sind ziemlich viele. Ungefähr dreißig, schätze ich.«

»Mehr«, sagte das dicke Mädchen. »Eher vierzig.«

»Aber sie bringen ständig welche weg«, sagte die Rothaarige. »Meistens bringen sie zuerst einen ganzen Haufen hierher, dann sind wir ziemlich viele, und dann verschwindet einer nach dem anderen wieder.«

»Das sind Gobbler«, sagte das dicke Mädchen. »Du kennst doch bestimmt die Gobbler. Wir hatten alle Angst vor denen, und jetzt haben sie uns gefangen ...«

Lyra wurde immer wacher. Die Dæmonen der Mädchen saßen, von dem Kaninchen abgesehen, in der Nähe der Tür und horchten. Es wurde nur geflüstert. Lyra fragte sie nach ihren Namen. Das rothaarige Mädchen hieß Annie, das dunkelhaarige, dicke Bella und das unscheinbare Martha. Die Namen der meisten Jungen kannten sie nicht, denn sie hielten sich hauptsächlich woanders auf.

Die Kinder wurden nicht schlecht behandelt.

»Ist gar nicht so übel hier«, meinte Bella. »Es gibt nicht viel zu tun, außer wenn wir untersucht werden oder Gymnastik machen müssen oder wenn sie Staub und Fieber und so was messen. Eigentlich ist es nur langweilig.«

»Außer wenn Mrs. Coulter kommt«, sagte Annie.

Lyra unterdrückte einen Schrei, und Pantalaimon flatterte so heftig mit den Flügeln, daß die anderen Mädchen ihn mißtrauisch ansahen.

»Er ist nervös«, sagte Lyra und beruhigte ihn. »Die haben uns anscheinend wirklich Schlaftabletten gegeben, wie ihr gesagt habt, wir sind jedenfalls ganz beduselt. Wer ist denn Mrs. Coulter?«

»Sie hat uns in die Falle gelockt, jedenfalls die meisten

von uns«, sagte Martha. »Alle Kinder sprechen von ihr. Wenn sie kommt, weiß jeder, daß wieder welche verschwinden.«

»Es macht ihr Spaß, die Kinder zu beobachten, wenn einer von uns weggebracht wird; sie sieht sich gern an, was die hier mit uns anstellen. Dieser Simon glaubt, daß sie uns umbringen und daß Mrs. Coulter dabei zuschaut.«

»Sie bringen uns um?« fragte Lyra und schauderte.

»Bestimmt. Denn keiner kommt wieder.«

»Mit den Dæmonen wird dasselbe gemacht«, sagte Bella. »Sie werden gewogen und gemessen und ...«

»Sie fassen eure *Dæmonen* an?«

»Nein! Gott, nein! Sie holen eine Waage, und dein Dæmon muß sich draufstellen und die Gestalt wechseln, und davon machen sie dann Notizen und Fotos. Und dann stekken sie dich in so einen komischen Schrank und messen Staub. Immer und ewig messen sie Staub.«

»Was für Staub?« fragte Lyra.

»Keine Ahnung«, antwortete Annie. »Irgendwas aus dem Weltraum. Jedenfalls kein richtiger Staub. Wenn sie keinen Staub an einem messen, ist das gut. Aber zuletzt kriegt jeder Staub ab.«

»Wißt ihr, was ich von Simon gehört habe?« sagte Bella. »Er hat gesagt, daß die Tataren Löcher in ihre Schädel bohren, um den Staub hineinzulassen.«

»Ja, gerade der wird das wissen«, sagte Annie verächtlich. »Ich glaube, ich frage Mrs. Coulter, wenn sie kommt.«

»Das traust du dich nicht!« sagte Martha bewundernd.

»Doch.«

»Wann kommt sie denn?« fragte Lyra.

»Übermorgen«, sagte Annie.

Lyra lief es vor Entsetzen kalt den Rücken hinunter, und Pantalaimon kroch ganz dicht an sie heran. Ihr blieb nur ein einziger Tag, um Roger zu finden und soviel wie möglich über diesen Ort herauszubekommen, ein Tag, um zu fliehen oder gerettet zu werden. Und wer würde den Kindern helfen, in der eisigen Wildnis zu überleben, wenn alle Gypter getötet worden waren?

Die anderen Mädchen unterhielten sich weiter, während Lyra und Pantalaimon sich unter der Bettdecke aneinanderkuschelten und gegenseitig zu wärmen versuchten. Sie wußten, daß im Umkreis von Hunderten von Meilen die Angst regierte.

Fünfzehn

Die Dæmonenkäfige

Lyra neigte nicht zum Grübeln. Sie war ein optimistisches und praktisch veranlagtes Kind und hatte außerdem nicht besonders viel Fantasie. Kein Kind mit Fantasie hätte es ernsthaft für möglich gehalten, daß es den weiten Weg hierher finden und seinen Freund Roger befreien könnte, oder es hätte sich zumindest die verschiedensten Einwände ausgemalt. Ein geübter Lügner zu sein bedeutet noch lange nicht, daß man auch viel Fantasie hat. Viele gute Lügner haben überhaupt keine Fantasie, und das macht ihre Lügen so überzeugend.

Deshalb wurde Lyra nun, da sie in die Hände der Oblations-Behörde geraten war, auch nicht von panischer Angst über das Schicksal der Gypter gequält. Die Gypter waren alle gute Kämpfer, und auch wenn Pantalaimon gesehen haben wollte, daß John Faa niedergeschossen worden war, konnte er sich ebensogut geirrt haben, oder vielleicht war John Faa nicht ernsthaft verletzt worden. Daß sie den samojedischen Jägern in die Hände gefallen war, war Pech gewesen, aber die Gypter würden schon bald dasein, um sie zu befreien, und falls sie es wider Erwarten nicht schafften, würde Iorek Byrnison alles dransetzen, sie hier herauszuholen. Und dann würden sie im Ballon von Lee Scoresby nach Svalbard fliegen und Lord Asriel retten.

So einfach stellte sie es sich wenigstens vor.

Deshalb war sie, als sie am nächsten Morgen im Schlafsaal erwachte, neugierig und bereit, es mit allem aufzunehmen, was der Tag bringen würde. Sie konnte es kaum erwarten, Roger zu sehen – vor allem wollte sie ihn sehen, bevor er sie sah.

Lyra mußte sich nicht lange gedulden. Um halb acht wurden die Kinder in den verschiedenen Schlafsälen von den für sie zuständigen Schwestern geweckt. Sie wuschen sich, zogen sich an und gingen dann mit den anderen zum Frühstück in die Kantine.

Und dort war Roger.

Er saß mit fünf anderen Jungen an einem Tisch gleich an der Tür. Die Schlange zur Durchreiche führte direkt an ihnen vorbei, und Lyra tat so, als sei ihr ein Taschentuch hinuntergefallen und als müsse sie sich danach bücken. Dabei kam sie Rogers Stuhl so nah, daß Pantalaimon mit Rogers Dæmon Salcilia sprechen konnte.

Salcilia, ein Buchfink, flatterte so aufgeregt, als er Pantalaimon sah, daß Pantalaimon sich in Gestalt einer Katze auf ihn stürzen und ihn zu Boden drücken mußte, damit er ihm etwas zuflüstern konnte. Solche Rangeleien zwischen Dæmonen von Kindern waren glücklicherweise nichts Ungewöhnliches, deshalb achtete auch niemand besonders darauf, nur Roger wurde plötzlich bleich. Lyra hatte noch nie jemanden so weiß werden sehen. Er sah auf und begegnete ihrem hochmütig starren Blick, und dann strömte die Farbe in seine Wangen zurück, als sein Herz vor Hoffnung, Aufregung und Freude überfloß. Hätte Pantalaimon Salcilia nicht so energisch geschüttelt, Roger wäre mit einem Schrei aufgesprungen, um die Spielkameradin aus Jordan zu begrüßen.

Mit größtmöglicher Verachtung sah Lyra weg und verdrehte vor ihren neuen Freundinnen abschätzig die Augen. Sie überließ es Pantalaimon, Salcilia alles zu erklären. Die vier Mädchen nahmen ihre Tabletts mit Cornflakes und Toast und setzten sich zusammen an einen Tisch, abseits von den anderen, um ungestört über diese tratschen zu können.

Eine große Kinderschar an einem Ort muß pausenlos beschäftigt werden, deshalb ähnelte Bolvangar in mancher

Hinsicht einer Schule mit Stundenplänen für Fächer wie Turnen und ›Kunst‹. Außer in den Pausen und bei den Mahlzeiten waren Jungen und Mädchen getrennt, so daß Lyra erst in der zweiten Hälfte des Vormittags, nach anderthalbstündigem Nähunterricht bei einer der Schwestern, Gelegenheit hatte, mit Roger zu sprechen. Die Schwierigkeit bestand allerdings darin, daß es ganz natürlich aussehen mußte. Die Kinder waren alle mehr oder weniger in dem Alter, in dem Jungen nur mit Jungen und Mädchen nur mit Mädchen sprechen und jeder sich auffallende Mühe gibt, das andere Geschlecht zu übersehen.

Die Gelegenheit bot sich wieder in der Kantine, als die Kinder sich dort zu einem kleinen Imbiß versammelten. Lyra schickte Pantalaimon als Fliege los, damit er an der Wand neben ihrem Tisch mit Salcilia sprach, während sie und Roger unauffällig bei ihren jeweiligen Freundinnen und Freunden saßen und ihre Milch schlürften. Weil es schwierig war, sich zu unterhalten, solange die Aufmerksamkeit des Dæmons auf etwas anderes gerichtet war, machte Lyra ein mürrisches und rebellisches Gesicht. Mit ihren Gedanken war sie halb bei dem leisen Gesumm der beiden Dæmonen, und sie hörte dem Gespräch der Mädchen kaum zu, als plötzlich eines mit auffallend hellblonden Haaren einen Namen erwähnte, der sie hochfahren ließ.

Es war der Name von Tony Makarios. Als Lyras Aufmerksamkeit abgelenkt wurde, erstarb Pantalaimons Flüstern mit Rogers Dæmon, und die beiden Kinder lauschten dem blonden Mädchen.

Aufgeregt steckten alle die Köpfe zusammen.

»Nein, ich weiß, warum sie ihn weggebracht haben«, sagte das Mädchen. »Sein Dæmon hat sich nämlich nicht verwandelt. Sie hielten ihn für älter, als er aussah oder behauptete, und glaubten, er sei in Wirklichkeit gar kein kleines Kind mehr. Aber sein Dæmon hat sich deshalb nicht besonders oft verwandelt, weil sich Tony nie viel Gedanken über irgendwas gemacht hat. Ich habe mal gesehen, wie er sich verwandelt hat. Er hieß Ratter …«

»Warum interessieren die Leute hier sich so für Dæmonen?« fragte Lyra.

»Das weiß keiner«, antwortete das blonde Mädchen.

»Doch, ich weiß es«, sagte ein Junge, der zugehört hatte. »Sie töten deinen Dæmon, um festzustellen, ob du dann auch stirbst.«

»Aber warum machen sie das mit so vielen verschiedenen Kindern?« fragte jemand. »Dann würde doch eigentlich einmal reichen, oder?«

»Ich *weiß,* was sie machen«, sagte das Mädchen.

Alle sahen sie an. Aber weil sie nicht wollten, daß das Personal merkte, worüber sie sich unterhielten, wandten sie sich gleich wieder ab und taten gleichgültig und desinteressiert, während sie wie gebannt lauschten.

»Woher?« fragte jemand.

»Weil ich bei ihm war, als sie ihn abholten. Wir waren in der Wäschekammer.«

Sie lief dunkelrot an. Aber die höhnischen Bemerkungen oder Hänseleien, die sie vielleicht erwartet hatte, blieben aus. Die Kinder waren still und grinsten nicht einmal.

»Wir waren ganz leise«, fuhr das Mädchen fort, »und dann kam auf einmal die Schwester rein, die mit der sanften Stimme, und sagte: ›Komm mit, Tony, ich weiß, daß du hier bist. Komm mit, wir tun dir nicht weh ...‹ Und er fragte: ›Was tun sie denn mit mir?‹ Und sie sagte: ›Du darfst ein bißchen schlafen, und wir machen eine kleine Operation, und dann wachst du gesund und munter wieder auf.‹ Aber Tony glaubte ihr nicht. Er sagte ...«

»Die Löcher!« sagte jemand. »Ich *wette,* die machen einem ein Loch in den Kopf wie die Tataren!«

»Sei still! Was hat die Schwester noch gesagt?« sagte jemand anders. Inzwischen drängten sich ein gutes Dutzend wißbegieriger Kinder mit ihren nicht weniger neugierigen Dæmonen um den Tisch des Mädchens und lauschten gespannt und mit aufgerissenen Augen.

»Tony wollte wissen, was sie mit Ratter vorhatten«, sagte das Mädchen. »Die Schwester sagte: ›Er schläft auch, genau wie du.‹ Und dann sagte Tony: ›Sie wollen ihn töten, stimmt's? Ich weiß es. Das wissen wir doch alle.‹ Und die Schwester sagte: ›Nein, das ist nicht wahr. Es ist nur eine kleine Operation, ein kleiner Schnitt. Es tut nicht einmal weh. Daß wir dich dabei schlafen lassen, ist nur eine Vorsichtsmaßnahme.‹«

Im ganzen Raum herrschte jetzt Totenstille. Die aufsichtführende Schwester war kurz hinausgegangen, und die Durchreiche zur Küche war geschlossen, so daß auch dort niemand etwas hören konnte.

»Was denn für ein Schnitt?« fragte ein Junge mit leiser, ängstlicher Stimme. »Hat sie das gesagt?«

»Sie hat nur gesagt, daß man davon schneller erwachsen würde. Und daß es bei jedem gemacht werden müßte und daß sich deswegen die Dæmonen von Erwachsenen nicht mehr verwandeln wie unsere. Also mit dem Schnitt kriegen sie hin, daß die Dæmonen für immer dieselbe Form behalten, und so wird man dann erwachsen.«

»Aber ...«

»Heißt das ...«

»Wie? Haben alle Erwachsenen so einen Schnitt machen lassen?«

»Was ist mit ...«

Plötzlich brachen die Stimmen ab, als wären auch sie abgeschnitten worden, und alle Augen richteten sich auf die Tür. Dort stand Schwester Clara, sanft und freundlich und sachlich, und neben ihr ein Mann in einem weißen Kittel, den Lyra noch nicht gesehen hatte.

»Bridget McGinn«, rief er.

Das blonde Mädchen stand zitternd auf. Sein Eichhörnchendæmon krallte sich an seine Brust.

»Ja, Sir?« fragte sie mit kaum hörbarer Stimme.

»Trink aus und begleite Schwester Clara«, sagte er. »Ihr anderen geht in eure Klassen.«

Gehorsam stapelten die Kinder ihre Becher auf dem Teewagen aus rostfreiem Stahl und gingen schweigend hinaus. Keiner außer Lyra sah Bridget an, und nur Lyra bemerkte die panische Angst im Gesicht des blonden Mädchens.

Den restlichen Vormittag verbrachten sie beim Sport. Da

Sport im Freien während der langen Polarnacht unmöglich war, gab es in der Station eine kleine Turnhalle, in der die verschiedenen Kindergruppen unter Aufsicht einer Schwester abwechselnd spielten. Sie mußten Mannschaften bilden und Ball spielen, und Lyra, die das noch nie in ihrem Leben getan hatte, wußte zunächst weder aus noch ein. Aber weil sie flink und sportlich und eine geborene Anführerin war, machte ihr das Spiel schon bald großen Spaß. Die kleine Turnhalle war von Kindergeschrei und dem Quietschen und Gejohle der Dæmonen erfüllt, und bald waren alle ängstlichen Gedanken verscheucht – was natürlich der Zweck der Übung war.

Als die Kinder zur Mittagszeit wieder in der Kantine anstanden, hörte Lyra, wie Pantalaimon jemand begrüßte, und als sie sich umdrehte, stand direkt hinter ihr Billy Costa.

»Roger hat mir erzählt, du wärst hier«, murmelte er.

»Dein Bruder kommt und John Faa und eine ganze Gruppe von Gyptern«, sagte Lyra. »Sie holen dich nach Hause.«

Fast hätte Billy vor Freude aufgeschrien, doch er konnte den Schrei gerade noch zu einem Husten unterdrücken.

»Und du mußt mich Lizzie nennen«, sagte Lyra, »*auf gar keinen Fall* Lyra. Und du mußt mir alles erzählen, was du weißt, ja?«

Sie setzten sich zusammen mit Roger an einen Tisch, was beim Mittagessen, wenn die Kinder häufig zwischen den Tischen und der Durchreiche hin und her gingen und die Kantine überfüllt war, leichter war als sonst. Übertönt vom Geklapper des Bestecks und der Teller erzählten Billy und Roger alles, was sie wußten. Wie Billy von einer Schwester erfahren hatte, wurden die Kinder nach der Operation oft in weiter südlich gelegene Heime gebracht, was erklären konnte, wieso Tony Makarios in der Wildnis umhergeirrt war. Aber Roger hatte Lyra noch etwas Interessanteres zu berichten.

»Ich habe ein Versteck entdeckt«, sagte er.

»Was? Wo?«

»Sieh dir mal das Bild an.« Er meinte das große Photogramm mit dem tropischen Strand. »Siehst du die Deckenplatte über der Ecke rechts oben?«

Die Decke bestand aus großen rechteckigen Platten, befestigt in einem Gitter aus Metallstreben, und die Ecke der Platte über dem Bild war leicht angehoben.

»Als ich das gesehen habe, dachte ich, daß es bei den anderen ähnlich sein könnte. Also habe ich sie angehoben, und sie sind tatsächlich alle locker. Sie lassen sich ganz einfach hochdrücken. Bevor dieser Junge weggebracht wurde, haben wir beide es einmal nachts in unserem Schlafsaal ausprobiert. Über den Platten ist ein Zwischenraum, in den man hineinkriechen kann ...«

»Wohin kommt man dann?«

»Keine Ahnung. Wir sind nur ein kleines Stück hineingekrochen. Wir haben gedacht, notfalls könnten wir uns dort oben verstecken, aber man würde uns wahrscheinlich finden.«

Man konnte sich da oben nicht nur verstecken, dachte Lyra, sondern auch irgendwohin gelangen. Das war das beste, was sie seit ihrer Ankunft gehört hatte. Aber bevor sie sich weiter unterhalten konnten, klopfte ein Arzt energisch mit einem Löffel auf den Tisch und begann zu sprechen.

»Kinder«, sagte er, »hört mir bitte genau zu. Wir müssen ab und zu einen Probealarm durchführen. Dabei ist sehr wichtig, daß wir uns alle ordentlich anziehen und dann ganz ruhig nach draußen gehen. Deshalb üben wir heute nachmittag Feueralarm. Wenn die Klingel läutet, müßt ihr sofort alles unterbrechen, was ihr gerade macht, und tun, was die Erwachsenen in eurer Nähe sagen. Merkt euch, wohin ihr gebracht werdet. Dorthin müßt ihr nämlich gehen, wenn es wirklich einmal brennt.«

Hm, dachte Lyra, keine schlechte Idee!

Am frühen Nachmittag wurden Lyra und vier andere Mädchen nach Staub untersucht. Die Ärzte sagten das zwar nicht, doch war es leicht zu erraten. Die Mädchen wurden nacheinander in ein Labor geführt, und natürlich zitterten sie vor Angst. Wie schrecklich wäre es, dachte Lyra, wenn sie umkäme, bevor sie zuschlagen konnte!

Aber offenbar sollte die Operation jetzt noch nicht durchgeführt werden.

»Wir wollen ein paar Messungen vornehmen«, erklärte der Arzt. Es war schwer, diese Leute voneinander zu unterscheiden: Die Männer sahen sich in ihren weißen Kitteln und mit ihren Blöcken und Stiften zum Verwechseln ähnlich, und die Frauen wirkten in ihren Trachten und mit ihrem seltsam sanften und ruhigen Benehmen, als wären sie alle miteinander verwandt.

»Ich bin doch gestern schon gemessen worden«, sagte Lyra.

»Aber heute messen wir etwas anderes. Stell dich auf die Metallplatte – ach, zieh bitte zuerst die Schuhe aus. Deinen Dæmon kannst du ruhig festhalten. Die Augen nach vorn – ja, so – sieh genau auf das kleine grüne Licht. So ist es brav ...«

Es blitzte. Der Arzt drehte sie herum, dann nach links und nach rechts, und jedesmal klickte und blitzte es.

»Ausgezeichnet. Jetzt tritt bitte an diesen Apparat und lege deine Hand in die Röhre. Es tut nicht weh, ich verspreche es. Streck die Finger aus. Gut so.«

»Was messen Sie eigentlich?« fragte Lyra. »Staub?«

»Wer hat dir denn das gesagt?«

»Eins von den anderen Mädchen, ich weiß nicht, wie sie heißt. Sie hat gesagt, wir wären alle voller Staub. Aber ich bin nicht staubig, jedenfalls glaub ich das nicht. Ich hab erst gestern geduscht.«

»Aber das ist eine andere Art von Staub. Mit den Augen kannst du ihn nicht sehen. Es ist ein besonderer Staub. Jetzt mach eine Faust – genau so. Gut. Wenn du da drin herumtastest, findest du eine Art Griff – hast du ihn? Halte ihn fest, so ist es brav. Und jetzt lege deine andere Hand hier drauf – auf diese Messingkugel. Gut. Ausgezeichnet. Jetzt spürst du gleich ein leichtes Kribbeln, nichts Schlimmes, nur eine kleine anbarische Spannung ...«

Pantalaimon strich, aufs äußerste gespannt und wachsam, in Gestalt einer Wildkatze mit mißtrauisch gehetztem Blick um den Apparat. Zwischendurch kehrte er immer wieder zu Lyra zurück, um sich an ihr zu reiben.

Sie war mittlerweile überzeugt, daß die Operation jetzt noch nicht an ihr vorgenommen würde und daß ihre Tarnung als Lizzie Brooks sicher war. Deshalb riskierte sie eine Frage.

»Wieso schneiden Sie den Menschen die Dæmonen ab?«

»Was? Wer hat dir denn das erzählt?«

»Das Mädchen, dessen Namen ich nicht weiß. Sie hat gesagt, Sie würden den Menschen die Dæmonen abschneiden.«

»Unsinn ...«

Er war jedoch ziemlich erregt.

»Weil Sie ein Kind nach dem anderen wegbringen und nie eins zurückkommt«, fuhr Lyra fort. »Einige sagen, daß Sie sie einfach töten, und andere sagen etwas anderes, und dieses Mädchen sagte, Sie schneiden ...«

»Das stimmt überhaupt nicht. Wenn wir Kinder fortbringen, dann nur deshalb, weil es Zeit für sie ist, woanders hinzugehen. Sie werden erwachsen. Deine Freundin regt sich leider ganz unbegründet auf. Nichts davon ist wahr! Denk gar nicht darüber nach. Wer ist denn deine Freundin?«

»Ich bin erst gestern angekommen und kenne noch niemand beim Namen.«

»Wie sieht sie denn aus?«

»Hab ich vergessen. Ich glaube, sie hatte braune Haare ... hellbraune vielleicht ... keine Ahnung.«

Der Arzt besprach leise etwas mit der Schwester. Während die beiden berieten, beobachtete Lyra ihre Dæmonen. Die Schwester hatte einen hübschen Vogel, der genauso gepflegt und teilnahmslos wirkte wie Schwester Claras Hund, und der Dæmon des Arztes war eine große, dicke Motte. Keiner von beiden rührte sich. Sie waren zwar wach, denn die Augen des Vogels glänzten und die Fühler der Motte bewegten sich träge, aber sie waren nicht so lebendig, wie Lyra eigentlich erwartet hätte. Sie schienen beide weder Sorge noch Neugier zu kennen.

Kurz darauf kam der Arzt zurück, und sie setzten die Untersuchung fort: Lyra und Pantalaimon wurden einzeln gewogen, dann wurde Lyra hinter einem speziellen Wandschirm untersucht, ihr Puls wurde gemessen, und schließlich wurde sie unter eine kleine Düse gestellt, aus der es zischte und ein Geruch nach frischer Luft kam.

Mitten in einer dieser Untersuchungen begann plötzlich eine Klingel zu schrillen. Das Klingeln hörte nicht mehr auf.

»Der Feueralarm«, sagte der Arzt seufzend. »Also schön, Lizzie, dann geh mit Schwester Betty.«

»Aber ihre warmen Sachen sind alle unten im Schlafsaal. So kann sie nicht raus. Finden Sie nicht, wir sollten zuerst hinuntergehen?«

Der Arzt war verärgert, weil er seine Experimente hatte unterbrechen müssen, und schnippte wütend mit den Fingern.

»Vermutlich sollen genau solche Dinge bei der Übung aufgedeckt werden«, sagte er. »Wie ärgerlich!«

»Als ich gestern ankam«, sagte Lyra hilfsbereit, »hat Schwester Clara meine anderen Sachen in einen Schrank in dem Zimmer gelegt, in dem sie mich untersucht hat. Das Zimmer nebenan. Die könnte ich doch anziehen.«

»Eine gute Idee!« sagte die Schwester. »Also dann, schnell.«

Innerlich jubelnd eilte Lyra der Schwester nach, holte ihre eigenen Pelze, Gamaschen und Stiefel aus dem Schrank und zog sie rasch an, während die Schwester in einen Anorak aus Kohleseide schlüpfte.

Dann hasteten sie hinaus. Auf dem weiten Platz vor den Hauptgebäuden befanden sich schon etwa hundert Erwachsene und Kinder; einige waren aufgeregt, andere ärgerlich und viele einfach nur verwirrt.

»Sehen Sie?« sagte gerade ein Erwachsener. »Eine solche Übung lohnt sich schon allein deshalb, weil sie uns zeigt, was für ein Chaos bei einem wirklichen Feuer ausbrechen würde.«

Jemand blies in eine Trillerpfeife und fuchtelte mit den Armen, aber niemand beachtete ihn. Lyra sah Roger und winkte ihn zu sich. Roger hakte Billy Costa unter, und bald liefen sie zu dritt durch das Gewühl der anderen Kinder.

»Keiner merkt, wenn wir uns ein wenig umsehen«, sagte

Lyra. »Sie brauchen eine Ewigkeit, um alle zu zählen, und wir sagen einfach, wir wären hinter jemand anders hergelaufen und hätten uns verirrt.«

Sie warteten, bis die Erwachsenen in die andere Richtung sahen, dann kratzte Lyra mit den Händen etwas Schnee zusammen, klopfte ihn zu einem pulverigen Schneeball fest und schleuderte ihn aufs Geratewohl in die Menge. Im nächsten Augenblick taten alle Kinder dasselbe, und schon flogen lauter Schneebälle durch die Luft. Die Rufe, mit denen die Erwachsenen versuchten, die Ordnung wiederherzustellen, gingen in dem Gejohle völlig unter, und dann waren die drei Kinder auch schon um die Ecke verschwunden.

Wegen des hohen Schnees kamen sie zwar nur langsam voran, doch da ihnen niemand folgte, war das nicht weiter schlimm. Sie kletterten über das gewölbte Dach eines Tunnels und standen plötzlich in einer seltsamen Mondlandschaft aus regelmäßig geformten Buckeln und Mulden, die weiß verhüllt unter dem schwarzen Himmel lagen, nur beleuchtet vom Licht der Lampen um den großen Platz.

»Was suchen wir eigentlich?« fragte Billy.

»Keine Ahnung. Wir sehen uns einfach mal um«, sagte Lyra und ging voraus zu einem etwas abseits stehenden, niedrigen, quadratischen Gebäude, an dessen Ecke eine schwache anbarische Lampe brannte.

Der Tumult hinter ihnen war immer noch laut zu hören, kaum gedämpft durch die Entfernung. Die Kinder nutzten ihre Freiheit aus, und Lyra hoffte, sie würden es möglichst lange tun. Auf der Suche nach einem Fenster lief sie um das quadratische Gebäude herum. Das Haus war nur ungefähr zwei Meter hoch und im Unterschied zu den anderen Gebäuden nicht durch einen Tunnel mit der übrigen Station verbunden.

Es gab zwar kein Fenster, aber sie entdeckte eine Tür. Darüber stand in roten Buchstaben: EINTRITT STRENG VERBOTEN. Lyra wollte gerade ausprobieren, ob sich die Tür öffnen ließ, doch bevor sie noch die Klinke drücken konnte, rief Roger: »Seht mal! Ein Vogel! Oder …«

Seinem *Oder* waren deutliche Zweifel anzuhören, denn

was da vom Himmel herabstieß, war gar kein Vogel. Lyra hatte dieses Wesen schon einmal gesehen.

»Der Dæmon der Hexe!«

Die Gans landete mit ausgebreiteten Schwingen inmitten einer Schneewolke.

»Sei gegrüßt, Lyra«, sagte sie. »Ich bin dir hierher gefolgt, auch wenn du mich nicht gesehen hast. Ich habe die ganze Zeit darauf gewartet, daß du ins Freie kommst. Was ist passiert?«

Rasch berichtete Lyra ihr alles. »Wo sind die Gypter?« fragte sie dann. »Ist John Faa verletzt? Konnten sie die Samojeden abwehren?«

»Den meisten geht es gut. John Faa wurde verwundet, allerdings nicht schwer. Die Männer, die dich entführt haben, waren Jäger, die oft Reisende überfallen und ausrauben, und sie sind allein natürlich schneller als eine große Gruppe. Die Gypter brauchen noch einen Tag, bis sie hier sind.«

Die beiden Jungen starrten den Gänsedæmon ängstlich an. Sie staunten, daß Lyra ihn so gut kannte, denn natürlich hatten sie nie zuvor einen Dæmon ohne seinen Menschen gesehen und wußten fast nichts über Hexen.

»Hört mal«, sagte Lyra zu ihnen, »haltet lieber Wache, ja? Billy, du gehst da rüber, und du, Roger, bewachst den Weg, den wir gekommen sind. Wir haben nicht viel Zeit.«

Die beiden rannten sofort los, und Lyra wandte sich wieder der Tür zu.

»Warum willst du da hinein?« fragte der Gänsedæmon.

»Weil an diesem Ort schreckliche Dinge geschehen. Sie schneiden nämlich« – Lyra senkte die Stimme – »sie schneiden Menschen die Dæmonen ab. Den Kindern. Und vielleicht tun sie es hier drin. Jedenfalls ist hier etwas faul, und ich wollte nachsehen. Aber die Tür ist abgeschlossen …«

»Ich kann sie aufmachen«, sagte die Gans und schlug ein paarmal mit den Flügeln. Schnee wirbelte gegen die Tür, und Lyra hörte, wie sich im Schloß etwas drehte.

»Jetzt geh vorsichtig hinein«, sagte der Dæmon.

Lyra zog die Tür gegen den Widerstand des Schnees auf und schlüpfte hinein. Der Gänsedæmon folgte ihr. Pantalaimon zitterte vor Angst, weil er aber dem Dæmon der Hexe seine Angst nicht zeigen wollte, suchte er Zuflucht an Lyras Brust und versteckte sich in ihren Pelzen.

Sobald sich Lyras Augen an die Dunkelheit gewöhnt hatten, sah sie, weshalb: Auf Regalen an den Wänden standen Glasbehälter aufgereiht, in denen sich geisterhafte Wesen in Gestalt von Katzen, Vögeln, Ratten und anderen Tieren bewegten, alle zutiefst verstört, verängstigt und aschfahl: die Dæmonen der abgeschnittenen Kinder.

Der Dæmon der Hexe stieß einen zornigen Laut aus, und Lyra drückte Pantalaimon an sich und sagte: »Sieh nicht hin! Sieh bloß nicht hin!«

»Wo sind die Kinder dieser Dæmonen?« fragte der Gänsedæmon. Er bebte vor Wut.

Den Tränen nahe, erzählte Lyra von ihrer Begegnung mit dem kleinen Tony Makarios und sah dabei über die Schulter zu den armen, eingesperrten Dæmonen hin, die in ihren Behältern nach vorn gekommen waren und die bleichen Gesichter an die Scheiben preßten. Lyra hörte leise, qualvolle Schmerzensschreie. Im dämmrigen Licht einer schwachen anbarischen Birne sah sie, daß an der Vorderseite der Behälter Namensschilder angebracht waren, und wahrhaftig, da stand auch ein leerer Behälter mit dem Namen *Tony Makarios.* Es gab insgesamt fünf oder sechs leere Kästen mit Namensschildern.

»Ich lasse diese armen Dinger frei!« sagte sie wild entschlossen »Ich schlage die Scheiben ein und lasse sie hinaus ...«

Suchend sah sie sich nach einem geeigneten Werkzeug um, aber der Raum war völlig leer.

»Warte«, sagte der Gänsedæmon.

Er war nicht nur der Dæmon einer Hexe, sondern auch wesentlich älter und stärker als Lyra. Sie mußte tun, was er sagte.

»Die Leute müssen glauben, jemand hätte vergessen, die Tür zu verriegeln und die Käfige zu schließen«, erklärte er. »Wenn sie Scherben und Fußstapfen im Schnee entdecken, erwischen sie dich schnell. Aber sie dürfen dir nicht auf die

Spur kommen, bis die Gypter hier sind. Tu jetzt genau, was ich dir sage: Hole eine Handvoll Schnee, und wenn ich es sage, bläst du der Reihe nach ein wenig davon an jeden Käfig.«

Lyra rannte hinaus. Roger und Billy standen noch Wache, und von dem großen Platz drang immer noch Geschrei und Gelächter herüber, denn in der Zwischenzeit war höchstens eine Minute vergangen.

Lyra schaufelte sich die Hände voll Pulverschnee und kehrte in das Gebäude zurück, um zu tun, was die Gans gesagt hatte. Jedesmal, wenn sie etwas Schnee an einen Käfig blies, ließ die Gans ein schnalzendes Geräusch ertönen, und der Riegel an der Vorderseite der Behälter sprang auf.

Als Lyra alle Käfige entriegelt hatte, hob sie die Klappe des ersten an, und die bleiche Gestalt eines Spatzen flatterte hinaus. Bevor der Spatz sich allerdings fangen und fliegen konnte, fiel er auf den Boden. Zärtlich beugte die Gans sich hinunter und stupste ihn mit dem Schnabel an, um ihn aufzurichten. Daraufhin verwandelte sich der Spatz in eine Maus, die verstört hin und her rannte. Pantalaimon sprang hinab, um die Maus zu beruhigen.

Lyra beeilte sich, sosehr sie konnte, und innerhalb weniger Minuten waren alle Dæmonen befreit. Einige versuchten zu sprechen, sie scharten sich um ihre Füße oder versuchten sogar, an ihren Gamaschen zu zupfen, obwohl ein Tabu sie zurückhielt. Lyra verstand die armen Dinger; sie vermißten die Wärme und Geborgenheit ihrer Menschen und sehnten sich danach, sich an ein schlagendes Herz zu pressen. Pantalaimon wäre es nicht anders ergangen.

»Nun aber schnell«, sagte die Gans. »Lauf wieder zu den anderen Kindern zurück, Lyra. Sei tapfer, Kind, die Gypter kommen, so schnell sie können. Ich muß jetzt diesen armen Dæmonen helfen, ihre Menschen wiederzufinden …« Sie kam näher und sagte leise: »Sie werden nie wieder mit ihnen eins werden. Sie sind für immer getrennt. Das ist wirklich die größte Schandtat, die ich je gesehen habe … Laß nur die Fußabdrücke, ich verwische sie schon. Beeil dich lieber …«

»Bitte, noch eins, bevor du gehst! Die Hexen ... Sie können doch fliegen, oder? Ich habe doch nicht geträumt, als ich sie neulich nachts fliegen sah?«

»Ja, Kind. Warum?«

»Könnten sie einen Ballon ziehen?«

»Sicher, aber ...«

»Kommt Serafina Pekkala?«

»Ich habe jetzt keine Zeit, um dir die Politik der Hexenvölker zu erklären. Dabei sind gewaltige Kräfte am Werk, und Serafina Pekkala muß die Interessen ihres Stammes wahren. Aber vielleicht ist das, was hier geschieht, ein Teil von dem, was anderswo geschieht. Jetzt lauf aber, Lyra, du wirst sicher schon vermißt. Lauf!«

Lyra rannte los. Roger, der mit aufgerissenen Augen die bleichen Dæmonen aus dem Gebäude herausströmen sah, stapfte ihr mühsam durch den hohen Schnee entgegen.

»Das sind – das sind ja Dæmonen! Wie in der Krypta in Jordan.«

»Ja, aber pst! Sag Billy nichts davon. Sag es noch keinem! Komm, wir müssen zurück.«

Hinter ihnen schlug die Gans mächtig mit den Flügeln und wehte Schnee über die Fußspuren der Kinder. Um sie herum sammelten sich die verlorenen Dæmonen, die vor Einsamkeit und Sehnsucht traurig piepsten. Als die Fußabdrücke verwischt waren, drehte die Gans sich um und trieb die bleichen Dæmonen zusammen. Sie sprach zu ihnen, und nacheinander verwandelten sich alle in Vögel, wenn auch mit sichtlicher Anstrengung. Als wären sie gerade erst flügge geworden, flatterten und fielen und rannten sie durch den Schnee hinter dem Dæmon der Hexe her und hoben schließlich unter großen Mühen ab. Nacheinander stiegen sie auf, geisterhaft bleiche Wesen vor einem tiefschwarzen Himmel, und gewannen langsam an Höhe, auch wenn einige vor lauter Schwäche taumelten und andere aufgaben und wieder hinunterflatterten. Aber die große graue Gans umkreiste sie, stupste sie zurück und trieb sie sanft vorwärts, bis sie in der tiefen Dunkelheit verschwunden waren.

Roger zerrte Lyra am Arm.

»Schnell«, sagte er, »sie sind fast fertig.«

Sie rannten stolpernd zu Billy, der ihnen von der Ecke des Hauptgebäudes aus zuwinkte. Entweder die Kinder waren mittlerweile müde geworden, oder die Erwachsenen hatten sich wieder durchgesetzt, jedenfalls bildeten sich unter großem Gedrängel und Geschubse am Haupteingang gerade unordentliche Reihen. Lyra und die beiden Jungen huschten aus dem Schatten der Ecke, um sich unter die Kinder zu mischen.

»Sagt allen Kindern«, wies Lyra sie zuletzt noch an, »sie sollen sich bereit machen zur Flucht. Sie müssen wissen, wo ihre Wintersachen sind und sie sofort holen und ins Freie rennen, sobald wir ihnen das Zeichen geben. Sie dürfen aber niemandem etwas davon sagen, verstanden?«

Billy nickte und Roger fragte: »Was für ein Zeichen?«

»Der Feueralarm«, sagte Lyra. »Wenn es soweit ist, löse ich ihn aus.«

Sie warteten darauf, abgezählt zu werden. Wenn ein Mitglied der Oblations-Behörde Erfahrung mit Schulkindern gehabt hätte, wäre wahrscheinlich alles besser organisiert worden. So aber mußte, da die Kinder nicht zu bestimmten Gruppen gehörten, jedes Kind einzeln von der gesamten, natürlich nicht alphabetisch geordneten Liste abgehakt werden, und da außerdem offensichtlich keiner der Erwachsenen gewohnt war, für Ordnung zu sorgen, herrschte, obwohl mittlerweile niemand mehr herumrannte, ein großes Durcheinander.

Lyra beobachtete alles aufmerksam. Von Ordnung verstand man hier jedenfalls kaum etwas. So vieles war schlampig geregelt: Die Angestellten murrten über Probealarm, hatten keine Ahnung, wo die warmen Kleider aufbewahrt wurden, und brachten es nicht einmal fertig, daß Kinder sich in ordentlichen Reihen aufstellten. Vielleicht konnte sie sich diese Nachlässigkeit ja zunutze machen.

Kurz bevor man mit dem Abzählen fertig war, kam eine neue Ablenkung, allerdings war, was jetzt geschah, aus Lyras Sicht das Schlimmste, was überhaupt passieren konnte.

Sie hörte das Geräusch gleichzeitig mit den anderen Kindern. Köpfe drehten sich nach oben und suchten den Himmel nach dem Zeppelin ab, dessen pochender Gasmotor die Stille zerriß.

Glücklicherweise kam der Zeppelin nicht aus der Richtung, in die der Gänsedæmon geflogen war, sondern aus der entgegengesetzten. Aber das war auch der einzige Trost. Wenig später war das Luftschiff in Sichtweite, und ein aufgeregtes Murmeln ging durch die Menge. Der elegant gewölbte, silberne Rumpf schwebte über die Lichterallee, und die Lichter am Bug und in der unterhalb des Rumpfes hängenden Gondel strahlten hell nach unten.

Der Pilot drosselte die Geschwindigkeit und begann mit dem komplizierten Manöver der Landung. Nun erkannte Lyra auch den Zweck des dicken Mastes: Es war natürlich ein Ankermast. Während die Erwachsenen die Kinder, die immer wieder auf das Luftschiff zeigten und ihren Blick nicht davon losreißen konnten, ins Gebäude zurückführten, kletterte die Bodenmannschaft die Leitern im Mast hoch, um die Ankerseile entgegenzunehmen und zu befestigen. Die Motoren heulten, Schnee wirbelte auf, und an den Fenstern der Gondel erschienen die Gesichter der Passagiere.

Lyra sah hinüber – nein, ein Irrtum war ausgeschlossen. Pantalaimon klammerte sich an sie, verwandelte sich in eine Wildkatze und fauchte haßerfüllt, denn aus einem der Fenster blickte neugierig der schöne, von dunklem Haar umrahmte Kopf von Mrs. Coulter, und auf ihrem Schoß saß der goldene Affe.

Sechzehn

Die silberne Guillotine

Sofort zog Lyra den Kopf unter die schützende Kapuze aus Marderpelz und schob sich mit den anderen Kindern durch die Doppeltüren. Was sie sagen wollte, wenn sie Mrs. Coulter gegenüberstand, konnte sie sich später noch überlegen, zuerst mußte sie ein anderes Problem lösen: Wo konnte sie ihre Kleider aus Fell verstecken, damit sie nicht um Erlaubnis fragen mußte, wenn sie sie brauchte?

Zum Glück herrschte im Haus, wo die Erwachsenen die Kinder zur Eile antrieben, um den Weg für die Passagiere aus dem Zeppelin frei zu machen, ein solches Durcheinander, daß niemand Lyra weiter beachtete. Sie schlüpfte aus Anorak, Gamaschen und Stiefeln, wickelte alles zu einem möglichst kleinen Bündel zusammen und drängelte dann durch die überfüllten Gänge zu ihrem Schlafsaal.

Dort schob sie rasch einen Spind in die Ecke, stieg hinauf und drückte gegen die Zimmerdecke. Die Platte ließ sich anheben, genau wie Roger gesagt hatte, und Lyra schob Stiefel und Gamaschen in den Zwischenraum darüber. Sie überlegte kurz, dann nahm sie auch das Alethiometer aus dem Beutel, versteckte es in der innersten Tasche des Anoraks und stopfte beides in dieselbe Lücke.

Sie sprang vom Spind herunter, rückte ihn wieder an seinen Platz zurück und sagte flüsternd zu Pantalaimon: »Wir stellen uns einfach dumm, bis sie uns sieht, und dann sagen wir, wir wären entführt worden. Und kein Wort über die Gypter und schon gar nicht über Iorek Byrnison.«

Denn jetzt merkte Lyra, wenn sie es nicht schon die ganze Zeit gewußt hatte, daß ihre ganze Angst sich auf Mrs. Coulter richtete wie eine Kompaßnadel auf den Pol. Mit all den anderen Dingen, die sie gesehen hatte, war sie fertig geworden, sogar mit der unmenschlich grausamen Interzision, denn sie war stark. Doch jedesmal, wenn sie an das freundliche Gesicht und die sanfte Stimme dachte und sich den verspielten, goldenen Affen vorstellte, krampfte sich ihr Magen zusammen, und sie wurde blaß und hätte sich am liebsten übergeben.

Aber die Gypter waren ja auf dem Weg hierher. Daran mußte sie denken. Und an Iorek Byrnison. Und sie durfte sich nicht verraten. Langsam ging sie zur Kantine zurück, aus der ihr schon von weitem Lärm entgegenkam.

Die Kinder standen Schlange nach heißen Getränken, einige von ihnen noch in den Anoraks aus Kohleseide. Alle Gespräche kreisten um den Zeppelin und seinen Passagier.

»Sie *war* es, ich habe sie erkannt ... mit dem Affendæmon ...«

»Hat sie dich auch hergelockt?«

»Sie hat gesagt, sie schreibt meiner Mum und meinem Dad, aber ich wette, sie hat es nie getan ...«

»Daß Kinder umgebracht werden, hat sie nicht gesagt. Kein Wort davon.«

»Der Affe, der ist wirklich am schlimmsten ... er hat meine Karossa gefangen und hätte sie fast getötet ... mir wurde ganz schlecht ...«

Die Kinder hatten genauso viel Angst wie Lyra. Sie entdeckte Annie und ihre Freundinnen und setzte sich zu ihnen an den Tisch.

»Hört zu«, sagte sie, »könnt ihr ein Geheimnis bewahren?«

»Klar!«

Die drei blickten sie erwartungsvoll an.

»Es gibt nämlich einen Fluchtplan«, sagte Lyra leise. »Und zwar kommen ein paar Leute her, um uns zu befreien. Sie müßten ungefähr in einem Tag hier sein, vielleicht auch schon früher. Jedenfalls müßt ihr euch bereit halten. Sobald das Zeichen gegeben wird, müssen alle sofort ihre Wintersachen holen und rausrennen. Ihr dürft dann nicht mehr warten und rumstehen, sondern müßt gleich losrennen. Aber ihr braucht unbedingt eure Anoraks und Stiefel, sonst kommt ihr in der Kälte um.«

»Was für ein Zeichen?« fragte Annie.

»Der Feueralarm, wie heute nachmittag. Es ist alles organisiert. Wir müssen allen Kindern Bescheid sagen, aber so, daß es die Erwachsenen nicht erfahren. Vor allem darf *sie* es nicht wissen.«

Die Augen der Mädchen leuchteten vor Hoffnung und Aufregung. Nach und nach verbreitete sich die Nachricht in der ganzen Kantine, und Lyra spürte deutlich, wie die Stimmung umschlug. Draußen hatten die Kinder noch ausgelassen gespielt, und dann waren sie, kaum daß sie Mrs. Coulter gesehen hatten, vor unterdrückter Angst und Hysterie ganz außer sich gewesen; jetzt dagegen machten sie einen gefaßten und entschlossenen Eindruck. Lyra staunte, was Hoffnung alles bewirkte.

Aufmerksam spähte sie durch die offene Tür, bereit, sich sofort zu ducken, denn auf dem Flur näherten sich Stimmen von Erwachsenen, und dann war Mrs. Coulter selbst kurz zu sehen, sie sah herein und lächelte den Kindern zu. Wie gut die Kleinen es hier doch hatten, im Warmen und mit heißen Getränken und Kuchen! Ein Schauer lief durch die Kantine, und die Kinder verstummten und starrten Mrs. Coulter an.

Mrs. Coulter lächelte und ging weiter, ohne etwas zu sagen. Nach und nach wurden die Gespräche wiederaufgenommen.

»Wohin gehen sie, wenn sie sich unterhalten wollen?« fragte Lyra.

»Meistens ins Konferenzzimmer«, sagte Annie. »Einmal wurden wir da auch hingebracht«, fügte sie hinzu. Damit meinte sie sich und ihren Dæmon. »Es waren ungefähr zwanzig Erwachsene anwesend, und einer von ihnen hat einen Vortrag gehalten, und ich mußte mich hinstellen und tun, was er sagte, zum Beispiel ausprobieren, wie weit sich mein Kyrillion von mir entfernen konnte. Und dann hat er mich hypnotisiert und noch andere Sachen gemacht ... Es ist ein großer Raum mit vielen Stühlen und Tischen und einem kleinen Podium; er liegt direkt hinter dem Empfangsbüro. He, ich wette, sie tun jetzt so, als ob der Probealarm wunderbar geklappt hätte. Ich könnte wetten, daß sie genauso Angst vor ihr haben wie wir ...«

Den Rest des Tages, beim Turnen, Nähen, Abendessen und beim anschließenden Spielen, hielt sich Lyra in der Nähe der anderen Mädchen auf, sprach wenig, sah aufmerksam um sich und verhielt sich möglichst unauffällig. Gespielt wurde im Gemeinschaftsraum, einem großen, heruntergekommenen Zimmer, in dem es Brettspiele, ein paar zerfledderte Bücher und eine Tischtennisplatte gab. Irgendwann bemerkten Lyra und die anderen Kinder, daß offenbar etwas nicht stimmte, denn die Erwachsenen hasteten aufgeregt ins Zimmer und wieder hinaus oder standen in besorgten Gruppen zusammen und redeten aufeinander ein. Sie hatten die Flucht der Dæmonen entdeckt, vermutete Lyra, und wunderten sich jetzt, wie das möglich war.

Zu ihrer Erleichterung sah sie jedoch nirgends Mrs. Coulter. Als es Zeit zum Schlafengehen war, beschloß sie, die anderen Mädchen in ihren Plan einzuweihen.

»Sagt mal«, fragte sie, »gehen die Schwestern eigentlich immer noch einmal durch die Zimmer und kontrollieren, ob wir schlafen?«

»Sie sehen einmal rein«, sagte Bella, »und leuchten kurz mit der Laterne herum, schauen aber eigentlich nicht richtig nach.«

»Gut. Ich will mich nämlich ein bißchen umsehen. Ein Junge hat mir gezeigt, daß es einen Gang über der Decke gibt ...«

Sie erklärte den Mädchen, was sie wußte, und noch ehe sie fertig war, sagte Annie: »Ich komme mit!«

»Nein, besser nicht. Es fällt nicht so auf, wenn nur eine fehlt. Und ihr könnt dann alle sagen, ihr hättet geschlafen und wüßtet nicht, wo ich sei.«

»Aber wenn ich mitkäme ...«

»Erwischen sie uns nur leichter«, sagte Lyra.

Die beiden Dæmonen der Mädchen starrten sich an, Pantalaimon in Gestalt einer Wildkatze, Annies Kyrillion als Fuchs. Beide zitterten. Pantalaimon stieß sein leisestes Fauchen aus und bleckte die Zähne, worauf Kyrillion sich umdrehte und sich wie unbeteiligt zu putzen begann.

»Na gut«, meinte Annie resigniert.

Streitfälle zwischen Kindern wurden häufig dadurch geschlichtet, daß ein Dæmon nach kurzem Kräftemessen die Überlegenheit des anderen anerkannte. Da die Menschen eine solche Entscheidung meist ohne Groll akzeptierten, wußte Lyra, daß Annie tun würde, was sie von ihr verlangte.

Alle steuerten Kleidungsstücke bei, um Lyras Bett so auszustopfen, als liege sie unter der Decke, und versprachen, so zu tun, als ob sie von nichts wußten. Lyra horchte an der Tür, um sicherzugehen, daß niemand kam, schwang sich auf den Spind, drückte die Deckenplatte nach oben und zog sich hinauf.

»Verratet bloß nichts«, flüsterte sie den drei Gesichtern zu, die zu ihr heraufsahen.

Sie ließ die Platte sacht an ihren Platz zurückgleiten und blickte sich um.

Sie kauerte in einer schmalen Metallrinne, die von einem Gerüst von Trägern und Verstrebungen getragen wurde. Die Deckenplatten ließen etwas Licht von unten durch, und in ihm sah Lyra, daß sich der niedrige, nur gut einen halben Meter hohe Zwischenraum nach allen Richtungen ausdehnte. In dem Gewirr aus Leitungen und Rohren konnte man sich zwar leicht verirren, aber solange sie auf den Metallträgern blieb, die Platten nicht belastete und keinen Lärm machte, müßte sie eigentlich von einem Ende der Station zum anderen gelangen können.

»Genau wie damals in Jordan, Pan«, flüsterte sie, »als wir uns ins Ruhezimmer geschlichen haben.«

»Hättest du das nicht getan, wäre das alles nicht passiert«, flüsterte er zurück.

»Dann muß ich das auch wiedergutmachen, findest du nicht, Pan?«

Sie sah sich um, überlegte, wo das Konferenzzimmer liegen mußte, und machte sich auf den Weg. Es war alles andere als leicht. Der Zwischenraum war so niedrig, daß sie nur auf allen vieren kriechen konnte, und ab und zu mußte sie sich auch noch unter einem breiten Lüftungsschacht hindurchzwängen oder über Heizungsrohre rutschen. Soweit sie beurteilen konnte, verliefen die Metallrinnen, durch die sie kroch, auf den Mauern der Zimmerwände und machten einen vertrauenerweckend stabilen Eindruck. Dafür waren sie sehr schmal und hatten so scharfe Kanten, daß sie sich Knöchel und Knie daran aufschnitt und nach kurzer Zeit überall wund, voller Staub und vom Bücken ganz verkrampft war.

Aber sie wußte ungefähr, wo sie sich befand, und sah auch den dunklen Kleiderhaufen, den sie in die Decke über dem Schlafsaal gestopft hatte und der ihr als Orientierung für den Rückweg dienen konnte. Leere Zimmer erkannte sie an den dunklen Deckenplatten. Gelegentlich hörte sie Stimmen von unten und hielt inne, um zu lauschen, aber es waren nur die Angestellten in der Küche oder die Schwestern in ihrem Aufenthaltsraum, wie Lyra mit ihren in Jordan gemachten Erfahrungen vermutete. Da sie über nichts Interessantes sprachen, kroch Lyra weiter.

Schließlich kam sie an die Stelle, wo ihren Berechnungen nach das Konferenzzimmer sein mußte, und tatsächlich lag eine Fläche ohne Rohrleitungen vor ihr, ein großes Rechteck gleichmäßig erleuchteter Platten, an dessen Ende verschiedene Rohre für Klimaanlage und Heizung hinunterführten. Sie legte das Ohr auf eine Platte, und als sie leise Männerstimmen hörte, wußte sie, daß sie am Ziel war.

Sie horchte eine Weile, dann schob sie sich zentimeterweise so nah es ging an die Sprechenden heran. Schließlich lag sie der Länge nach in der Metallrinne, den Kopf über den Rand gestreckt, um möglichst viel zu verstehen.

Anscheinend aßen sie, während sie sich unterhielten, denn ab und zu klapperte Besteck, oder es klirrte ein Glas, wenn eingeschenkt wurde. Sie hörte vier Stimmen, einschließlich der von Mrs. Coulter. Die anderen drei waren Männerstimmen. Offenbar sprachen sie über die entflohenen Dæmonen.

»Wer ist eigentlich für die Überwachung dieses Bereichs zuständig?« fragte die sanfte, melodische Stimme von Mrs. Coulter.

»Einer unserer Forscher namens McKay«, antwortete einer der Männer. »Aber wir haben automatische Vorrichtungen eingebaut, um solche Vorfälle zu verhindern ...«

»Sie haben nicht funktioniert.«

»Mit Verlaub, doch, Mrs. Coulter. Wie McKay uns versichert, hat er alle Käfige verriegelt, als er heute um elf das Gebäude verließ. Die Außentür war sowieso zu, da er wie immer durch die Tür im Inneren hinein- und hinausging. Um die Schlösser zu kontrollieren, muß ein Code in den Ordinator eingegeben werden, und daß er das getan hat, wurde aufgezeichnet. Wenn das nicht geschieht, wird ein Alarm ausgelöst.«

»Aber der Alarm wurde nicht ausgelöst«, sagte sie.

»Doch, nur leider waren in diesem Moment alle draußen und nahmen am Probealarm teil.«

»Aber als Sie wieder hereinkamen ...«

»Dummerweise gehören beide Alarmsysteme zu ein und demselben Stromkreis, ein Konstruktionsfehler, der behoben werden muß. Folglich wurde nach der Übung nicht nur der Feueralarm, sondern zugleich auch der Alarm im Labor abgeschaltet. Doch selbst dann hätten wir es eigentlich noch entdecken müssen, da wir normalerweise nach jeder außerplanmäßigen Unterbrechung Kontrollen durchführen. Aber genau zu diesem Zeitpunkt sind Sie, Mrs. Coulter, unerwartet eingetroffen und wollten, wenn Sie sich erinnern, ausgerechnet das Laborpersonal sofort in ihrem Zimmer sprechen. Deshalb kam erst einige Zeit später wieder jemand ins Labor.«

»Ich verstehe«, sagte Mrs. Coulter kalt. »Also müssen die Dæmonen während des Probealarms befreit worden sein. Das heißt, daß alle Erwachsenen der Station zum Kreis der Verdächtigen gehören. Haben Sie das bedacht?«

»Haben Sie daran gedacht, daß es auch ein Kind gewesen sein kann?« fragte eine andere Männerstimme.

Mrs. Coulter schwieg, und der andere Mann fuhr fort:

»Jeder Erwachsene hatte eine bestimmte Aufgabe, die seine ganze Konzentration erforderte, und alle Aufgaben wurden erfüllt. Deshalb kann unmöglich jemand vom Personal die Labortür geöffnet haben. Also ist entweder jemand von außerhalb ins Labor eingedrungen, oder eins der Kinder hat das Labor ausfindig gemacht und Tür und Käfige geöffnet, um anschließend unbemerkt auf den Platz vors Hauptgebäude zurückzukehren.«

»Und wie wollen Sie das feststellen?« sagte Mrs. Coulter. »Nein, ich will es gar nicht wissen. Bitte, Doktor Cooper, verstehen Sie, daß ich Sie nicht aus Bösartigkeit kritisiere, aber wir müssen einfach extrem vorsichtig sein. Beide Alarmsysteme in denselben Stromkreis zu legen war ein ungeheuerlicher Fehler, der sofort behoben werden muß. Vielleicht kann der für die Wache zuständige tatarische Offizier Ihnen bei der Untersuchung helfen. Ich erwähne das lediglich als Möglichkeit. Wo waren überhaupt die Tataren während des Probealarms? Ich nehme an, Sie haben das bereits geklärt.«

»Ja, das haben wir«, antwortete der Mann mißmutig. »Die Wachsoldaten waren vollzählig auf ihrer Runde durch das Gelände. Sie führen penibel Buch darüber.«

»Ich bin überzeugt, daß Sie Ihr Bestes tun«, sagte Mrs. Coulter. »Tja, jetzt können wir es nicht mehr ändern. Ein Jammer! Aber gut, erzählen Sie mir lieber vom neuen Separator.«

Lyra überlief ein Angstschauder. Das konnte nur eines bedeuten.

»Jawohl«, sagte der als Doktor Cooper angesprochene Mann, offenbar erleichtert, daß die Unterhaltung zu einem anderen Thema wechselte. »Damit haben wir wirklich Fortschritte gemacht. Beim ersten Modell konnten wir das Risiko, daß der Patient an Schock starb, ja nicht völlig ausschalten, doch diese Schwachstelle haben wir nun entscheidend verbessert.«

»Die Skrälinge waren mit der Hand besser«, meinte ein Mann, der bisher noch nichts gesagt hatte.

»Jahrhundertelange Übung«, sagte der andere Mann.

»Einfaches *Auseinanderreißen* war eben eine Zeitlang die einzige Möglichkeit«, sagte daraufhin der Wortführer, »so qualvoll das auch für die die Operation durchführenden Erwachsenen war. Wie Sie sich vielleicht erinnern, mußten wir eine beträchtliche Zahl von ihnen wegen streßbedingter Angstzustände entlassen. Der erste große Durchbruch gelang schließlich mit dem Einsatz des anbarischen Maystadt-Skalpells unter Narkose. Dadurch konnten wir die Sterblichkeitsrate durch operationsbedingten Schock auf unter fünf Prozent drücken.«

»Und das neue Gerät?« fragte Mrs. Coulter.

Lyra zitterte, und das Blut pochte in ihren Ohren. Pantalaimon preßte sich in Gestalt eines Hermelins an sie und flüsterte: »Pst, Lyra, das werden sie nicht tun – wir werden es nicht zulassen ...«

»Na ja, im Grunde verdanken wir die neue Methode einer merkwürdigen Entdeckung von Lord Asriel. Er fand heraus, daß Dæmonen sich mit einer Legierung aus Mangan und Titan vom menschlichen Körper isolieren lassen. Was ist eigentlich mit Lord Asriel passiert?«

»Vielleicht haben Sie es noch nicht gehört«, sagte Mrs. Coulter, »aber Lord Asriel wurde zum Tode verurteilt, die Strafe wurde allerdings noch ausgesetzt. Zu den Bedingungen seiner Verbannung nach Svalbard gehörte auch, daß er seine philosophische Arbeit völlig aufgab. Bedauerlicherweise gelang es ihm trotzdem, sich Bücher und Material zu beschaffen und seine ketzerischen Untersuchungen so weit voranzutreiben, daß es ausgesprochen gefährlich wäre, ihn am Leben zu lassen. Jedenfalls denkt das Geistliche Disziplinargericht inzwischen offenbar über die Vollstreckung des Urteils nach, und vermutlich wird es dazu kommen. Aber nun zu Ihrem neuen Gerät, Doktor. Erklären Sie mir, wie es funktioniert.«

»Ach – zum Tode verurteilt, sagen Sie? Großer Gott ... das tut mir aber leid. Tja, also das neue Gerät ... Wir untersuchen gerade die Auswirkungen der Interzision bei nichtbetäubten Patienten, was natürlich mit dem Maystadt-Verfahren unmöglich war. Dazu haben wir eine Art ... Guillotine entwickelt, wie man es nennen könnte, mit einer Klinge aus einer Mangan-Titan-Legierung. Kind und Dæmon kommen in zwei einzelne, aber miteinander verbundene Kabinen – kleine Zellen, sozusagen – aus einem Maschendraht aus derselben Legierung. Solange die beiden Kabinen miteinander verbunden sind, besteht natürlich auch die Verbindung zwischen Kind und Dæmon weiter, aber sobald die Klinge herunterfällt, wird die Verbindung abgeschnitten, und von da an sind sie getrennte Wesen.«

»Das möchte ich mir ansehen«, sagte Mrs. Coulter, »und zwar möglichst bald. Doch jetzt bin ich müde und werde wohl schlafen gehen. Morgen will ich alle Kinder sehen. Wir finden schon heraus, wer diese Tür geöffnet hat.«

Stühle wurden zurückgeschoben, dann wurden höfliche Abschiedsworte gewechselt und eine Tür geschlossen. Lyra hörte, wie die Männer sich wieder setzten und sich weiterunterhielten, allerdings leiser als zuvor.

»Was hat Lord Asriel vor?«

»Er hat meiner Meinung nach eine grundsätzlich andere Auffassung vom Wesen des Staubes. Weil aber das Geistliche Disziplinargericht natürlich nur die offizielle Deutung zuläßt, macht er sich damit im höchsten Maße der Ketzerei schuldig. Außerdem plant er Experimente ...«

»Experimente? Mit Staub?«

»Pst! Nicht so laut ...«

»Glauben Sie, daß Mrs. Coulter einen negativen Bericht schreibt?«

»Nein, nein. Ich finde, Sie sind sehr geschickt mit ihr umgegangen.«

»Ihre Einstellung macht mir Sorgen ...«

»Sie halten sie für unphilosophisch?«

»Genau. Sie verfolgt *persönliche* Interessen. Ich sage es nur ungern, aber ich finde das fast schon makaber.«

»Das ist doch übertrieben.«

»Aber erinnern Sie sich denn nicht mehr an die ersten Versuche, als sie es kaum erwarten konnte, zu sehen, wie sie auseinandergerissen wurden ...«

Unwillkürlich entfuhr Lyra ein Aufschrei. Sie zuckte am

ganzen Körper zusammen und stieß mit dem Fuß gegen einen Eisenträger.

»Was war das?«

»In der Decke …«

»Schnell!«

Man hörte Stühlerücken und hastige Schritte, und ein Tisch wurde über den Boden geschoben. Lyra versuchte rückwärts wegzukriechen, aber es war zu eng, und sie hatte erst ein kleines Stück zurückgelegt, als die Deckenplatte vor ihr hochgestoßen wurde und sie direkt in das entsetzte Gesicht eines Mannes blickte. Es war so nah, daß sie jedes einzelne Haar seines Schnurrbartes erkennen konnte. Der Mann erschrak genauso wie sie. Aber er konnte sich freier bewegen als sie. Er streckte seinen Arm aus und bekam Lyras Handgelenk zu fassen.

»Ein Kind!«

»Halten Sie es fest …«

Lyra grub die Zähne in die große sommersprossige Hand. Der Mann schrie auf, ließ aber nicht los, auch dann nicht, als sie Blut schmeckte. Pantalaimon knurrte und spuckte, aber es nützte nichts, der Mann war viel stärker als Lyra und zerrte unerbittlich an ihr, bis sie den Eisenträger, den sie verzweifelt mit der anderen Hand umklammerte, loslassen mußte und kopfüber ins Zimmer hinunterrutschte.

Immer noch blieb sie stumm. Die Beine in den scharfen Rand der Metallrinne über ihr eingehakt, wehrte sie sich, mit dem Kopf nach unten hängend, in verzweifelter Wut. Sie kratzte, biß, boxte und spuckte, und die Männer keuchten vor Anstrengung und stöhnten vor Schmerzen auf, aber sie zogen immer weiter. Und auf einmal verließen Lyra all ihre Kräfte. Als hätte eine fremde Hand tief in sie hineingegriffen, dorthin, wo keine Hand etwas zu suchen hatte, und etwas gepackt, was ihr unendlich viel bedeutete.

Vor Schock war sie wie gelähmt, und ihr wurde schwindlig und übel.

Einer der Männer *hielt* Pantalaimon *fest*.

Mit seinen menschlichen Händen hatte er Lyras Dæmon

gepackt, und der arme Pan, vor Entsetzen und Ekel ganz außer sich, zitterte jämmerlich. Sein Wildkatzenfell verlor im einen Augenblick vor Schwäche allen Glanz, dann wieder sprühte es anbarische Funken ... Er streckte sich zu Lyra hinüber, und Lyra streckte beide Hände nach ihm aus ...

Dann gaben sie auf. Sie waren gefangen.

Diese Hände ... Lyra spürte sie wie an ihrem eigenen Körper ... Dabei war es doch *verboten* ... Man *durfte* Dæmonen nicht berühren ... ein *Frevel*.

»War sie allein?«

Ein Mann spähte in den Zwischenraum über der Decke.

»Scheint so ...«

»Wer ist sie?«

»Das neue Kind.«

»Das die samojedischen Jäger ...«

»Ja.«

»Meinen Sie nicht, daß *sie* vielleicht ... die Dæmonen ...«

»Durchaus möglich. Aber doch wohl kaum allein.«

»Sollten wir Mrs. Coulter davon ...«

»Das würde das Faß zum Überlaufen bringen, meinen Sie nicht auch?«

»Doch. Besser, sie erfährt überhaupt nichts davon.«

»Aber was machen wir mit dem Mädchen?«

»Sie kann unmöglich wieder zu den anderen Kindern zurück.«

»Ausgeschlossen!«

»Mir scheint, wir haben nur *eine* Möglichkeit.«

»Jetzt gleich?«

»Es bleibt uns nichts anderes übrig, wir können es nicht auf morgen verschieben. Sie will doch dabei zusehen.«

»Wir könnten es einfach tun, ohne daß jemand etwas davon erfährt.«

Der dritte Mann, anscheinend der Vorgesetzte der anderen beiden, die Lyra und Pantalaimon festhielten, schlug sich unschlüssig mit dem Daumennagel an die Zähne. Unruhig schossen seine Augen hin und her. Schließlich nickte er.

»Also gut, jetzt, tun Sie es jetzt«, sagte er. »Sonst redet sie noch. Der Schock wird das wenigstens verhindern. Sie wird sich nicht erinnern können, wer sie ist und was sie gesehen und gehört hat … Los!«

Lyra brachte keinen Ton heraus und bekam kaum Luft. Hilflos mußte sie zulassen, daß sie durch die Station getragen wurde, durch weiße, menschenleere Gänge, vorbei an Räumen, in denen anbarischer Strom summte, vorbei an den Schlafsälen, in denen die Kinder schlummerten, neben sich auf den Kopfkissen ihre Dæmonen, von denen sie nicht einmal beim Träumen getrennt waren; und keine Sekunde ließ sie Pantalaimon aus den Augen, und auch er blickte sie ununterbrochen an und streckte die Pfote nach ihr aus.

Schließlich blieben sie vor einer Tür stehen, die mit Hilfe eines großen Rades geöffnet wurde; Luft zischte, und dann standen sie in einem hell erleuchteten Raum mit blendend weißen Kacheln und glänzendem Stahl. Die Angst verursachte Lyra beinahe körperliche Schmerzen, und dann tat es wirklich weh, als sie und Pantalaimon zu einem großen Käfig aus silbrigem Maschendraht gezerrt wurden, über dem eine große, glänzende Klinge schwebte, die sie für immer und ewig trennen würde.

Endlich fand sie ihre Stimme wieder und schrie. Ohrenbetäubend hallte ihr Geschrei von den glänzenden Wänden und Oberflächen wider, doch da hatte sich die schwere Tür schon zischend geschlossen. Lyra konnte schreien, solange sie wollte – kein Laut würde nach außen dringen.

Aber als Antwort auf ihr Schreien wand Pantalaimon sich aus den verhaßten Händen und stürzte sich fauchend, kratzend und beißend auf die Männer, die gar nicht so schnell reagieren konnten, wie er sich verwandelte: Als Löwe mit nadelspitzen Krallen, als Adler mit wild schlagenden Schwingen, dann als Wolf, als Bär oder als Iltis sprang und flog er so rasch von einem Ort zum anderen, daß sie mit ihren Händen ins Leere griffen.

Doch natürlich hatten auch sie Dæmonen, und so kämpften nicht zwei gegen drei, sondern zwei gegen sechs. Die Dæmonen der Männer, ein Dachs, eine Eule und ein Pavian, versuchten alle gleichzeitig, Pantalaimon zu Boden zu drükken. »Warum? Warum tut ihr das?« schrie Lyra verzweifelt. »So helft uns doch! Wie könnt ihr denen helfen?«

Und sie trat und biß noch heftiger als zuvor, bis der Mann, der sie festhielt, aufschrie und einen Moment lang losließ. Schon war sie frei, und Pantalaimon sprang wie ein Blitz zu ihr, und sie preßte ihn heftig atmend an die Brust. Tief grub er seine Wildkatzenkrallen in ihr Fleisch, doch der stechende Schmerz war wie Balsam für ihre Seele.

»Nein! Nein! Nein!« schrie sie, und mit dem Rücken zur Wand war sie bereit, Pantalaimon bis zum letzten Blutstropfen zu verteidigen.

Aber dann fielen sie wieder über sie her, die drei großen, brutalen Männer, und sie war doch nur ein verschrecktes und verängstigtes Kind. Sie entrissen ihr Pantalaimon, stießen sie in den einen Teil des Drahtkäfigs und sperrten ihn, der sich noch immer drehte und wand, in den anderen. Auch wenn sie jetzt durch Maschendraht voneinander getrennt waren – noch war er ein Teil von ihr, noch waren sie miteinander verbunden. Für eine Sekunde, vielleicht auch für zwei, war er noch ihre Seele.

Über dem Keuchen der Männer, ihrem eigenen Schluchzen und dem gellenden Heulen ihres Dæmons hörte Lyra ein summendes Geräusch. Sie sah, wie ein aus der Nase blutender Mann eine Reihe von Schaltern betätigte. Die beiden anderen Männer blickten nach oben. Lyra folgte ihrem Blick. Langsam fuhr die große, helle Silberklinge zur Decke; sie blitzte und funkelte in dem grellen Licht. Der letzte Augenblick ihres Lebens würde bei weitem der schlimmste sein.

»Was geht hier vor?« fragte eine helle, melodische Stimme – ihre Stimme. Alle erstarrten.

»Was machen Sie denn da? Und was ist das für ein Kind ...«

Sie sprach das Wort *Kind* nicht zu Ende, denn in diesem Moment erkannte sie Lyra. Durch einen Tränenschleier sah Lyra, wie sie zu einer Bank wankte und sich daran festklammerte. Das so schöne und beherrschte Gesicht wirkte auf einmal grau und eingefallen und von namenlosem Grauen gezeichnet.

»Lyra«, flüsterte sie.

Wie der Blitz schoß der goldene Affe von ihrer Schulter und zerrte Pantalaimon aus dem Drahtkäfig, während Lyra sich aus eigener Kraft befreite. Pantalaimon strampelte sich sofort aus den fürsorglichen Affenpfoten und taumelte in Lyras Arme.

»Nie, nie«, hauchte sie in sein Fell, und er preßte sein klopfendes Herz an ihre Brust.

Wie Schiffbrüchige, die an einer einsamen Küste gestrandet waren, klammerten sie sich zitternd aneinander. Lyra hörte Mrs. Coulter mit den Männern sprechen, aber so undeutlich, daß sie nicht wußte, ob sie ärgerlich war oder nicht. Dann verließen sie den schrecklichen Raum. Auf dem Flur mußte Mrs. Coulter Lyra halb tragen, und schließlich kamen sie zu einer Tür und betraten ein Schlafzimmer. Das Licht war gedämpft, Parfüm hing in der Luft.

Sanft legte Mrs. Coulter Lyra auf das Bett. Lyra hielt Pantalaimon so fest umklammert, daß ihr Arm zitterte. Zärtlich strich eine Hand ihr über den Kopf.

»Mein liebes Kind«, sagte die melodische Stimme. »Wie kommst du denn hierher?«

Siebzehn

Die Hexen

Lyra stöhnte und zitterte so unbeherrscht, als sei sie gerade halb erfroren aus eisigem Wasser gezogen worden. Pantalaimon war in ihre Kleider gekrochen, lag ganz ruhig an ihre Haut geschmiegt und brachte Lyra mit seiner Liebe langsam wieder zu sich, ohne dabei jedoch Mrs. Coulter aus den Augen zu lassen, die damit beschäftigt war, ein Getränk zuzubereiten, und erst recht beobachtete er den goldenen Affen, dessen ledrige kleine Finger in einem Moment, in dem nur Pantalaimon sie sah, über Lyras Körper gehuscht waren und an ihrer Taille nach dem Beutel aus Ölzeug und seinem Inhalt getastet hatten.

»Setz dich, Liebes, und trink das hier.« Sanft schlang Mrs. Coulter ihren Arm um Lyras Rücken, um sie aufzurichten.

Lyra zuckte zusammen, entspannte sich jedoch sofort wieder, als Pantalaimon ihr in Gedanken zu verstehen gab: Denk dran, wir müssen uns verstellen, sonst kriegen die alles raus. Sie schlug die Augen auf, stellte fest, daß sie voller Tränen waren, und begann zu ihrer eigenen Überraschung und Beschämung, heftig zu schluchzen.

Sogleich redete Mrs. Coulter ihr tröstend zu. Sie drückte dem Affen das Getränk in die Hände und tupfte Lyras Augen mit einem parfümierten Taschentuch trocken.

»Weine nur, soviel du willst, Schatz«, sagte die sanfte Stimme, und Lyra beschloß, so schnell wie möglich damit aufzuhören. Sie versuchte krampfhaft, die Tränen zurückzuhalten, preßte die Lippen zusammen und würgte die Schluchzer hinunter, von denen sie noch immer geschüttelt wurde.

Pantalaimon verwandelte sich in eine Maus, kroch aus Lyras Ärmel und schnupperte ängstlich an dem Getränk, das der Affe in den Pfoten hielt. Aber es war nur harmloser Kamillentee, nichts weiter. Er krabbelte auf Lyras Schulter und flüsterte: »Du kannst es trinken.«

Lyra setzte sich auf, nahm die heiße Tasse in beide Hände und blies und schlürfte abwechselnd. Dabei hielt sie den Blick gesenkt. Sie mußte sich jetzt verstellen, wie sie es noch nie in ihrem Leben getan hatte.

»Lyra, Liebes«, murmelte Mrs. Coulter und strich ihr übers Haar. »Ich dachte schon, wir hätten dich für immer verloren! Was ist bloß passiert? Hast du dich verlaufen? Hat dich jemand aus der Wohnung entführt?«

»Ja«, flüsterte Lyra.

»Wer war das, Liebes?«

»Ein Mann und eine Frau.«

»Waren es Gäste auf der Party?«

»Ich glaube, ja. Der Mann sagte, Sie brauchten etwas von unten, und als ich es holen wollte, packten sie mich und brachten mich mit einem Auto weg. Aber als sie anhielten, bin ich schnell rausgesprungen und weggerannt, und sie haben mich nicht mehr erwischt. Aber ich wußte überhaupt nicht, wo ich war ...«

Wieder wurde Lyra von einem kurzen Weinkrampf geschüttelt, wenn auch nicht mehr so heftig wie am Anfang, und sie tat so, als habe ihre Geschichte ihn ausgelöst.

»Und als ich dann überlegte, wie ich wieder zu Ihnen zurückfinden konnte, haben mich die Gobbler gefangen ... und mich zusammen mit anderen Kindern in einen Lieferwagen gesperrt und irgendwohin gebracht, in ein großes Gebäude, aber wo es war, weiß ich nicht.«

Mit jeder Sekunde, die verging, und mit jedem Satz, den sie sprach, spürte sie deutlicher, wie ihre Kräfte zurückkehrten. Was sie jetzt tat, war schwierig und vertraut zugleich und zudem unberechenbar – nämlich lügen. Es gab ihr eine gewisse Überlegenheit, dasselbe Gefühl der Kompetenz, das sie beim Lesen des Alethiometers empfand. Sie mußte aufpassen, daß sie nichts offensichtlich Unmögliches sagte; in manchen Dingen durfte sie sich nur vage ausdrücken, in anderen dagegen mußte sie glaubhafte Einzelheiten erfinden; kurzum, sie mußte ein Könner sein.

»Wie lange haben sie dich denn in dem Gebäude festgehalten?« fragte Mrs. Coulter.

Lyras Reise auf den Kanälen und ihr Aufenthalt bei den Gyptern hatten Wochen gedauert; für diese Zeit mußte sie sich etwas einfallen lassen. Sie erfand eine Reise mit den Gobblern nach Trollesund und dann eine Flucht, die sie mit allen Einzelheiten spickte, die sie von der Stadt noch in Erinnerung hatte; sie erzählte, daß sie in Einarssons Bar eine Zeitlang Mädchen für alles gewesen sei und danach eine Weile bei einer Bauernfamilie im Landesinnern gearbeitet habe, wo sie schließlich von den Samojeden gefangen und nach Bolvangar gebracht worden sei.

»Und vorhin wollten sie uns gerade – auseinander ...«

»Pst, Liebes, pst! Ich werde schon herausfinden, was da passiert ist.«

»Aber warum wollten die das machen? Ich habe doch gar nichts Schlimmes getan! Alle Kinder haben Angst vor dem, was hier passiert, aber niemand weiß, was das ist. Aber es ist schrecklich. Schlimmer als alles ... Warum tun die das, Mrs. Coulter? Wie können die so grausam sein?«

»Ist ja gut ... jetzt kann dir nichts mehr passieren, Liebes. Sie werden es nie wieder tun. Du bist doch jetzt bei mir und in Sicherheit, und du wirst nie wieder in Gefahr sein. Niemand wird dir etwas tun, Lyra, Liebling. Niemand wird dir jemals weh tun ...«

»Aber sie machen es bei den anderen Kindern! Warum?«

»Ach, Liebes ...«

»Wegen Staub, stimmt's?«

»Haben sie dir das erzählt? Haben die Ärzte das gesagt?«

»Die Kinder wissen es. Alle Kinder reden darüber, aber

niemand weiß es genau! Und fast hätten sie es bei mir gemacht – Sie müssen mir sagen, warum! Sie haben kein Recht, es geheimzuhalten, jetzt nicht mehr!«

»Ach, Lyra … Lyra, Lyra. Liebling, Staub und all diese Dinge sind viel zu kompliziert, als daß sich Kinder darum kümmern sollten. Aber glaube mir, was die Ärzte tun, dient nur dem Wohl der Kinder. Staub ist etwas sehr Schlechtes, ein heimtückisches Übel. Erwachsene und ihre Dæmonen sind bereits so stark damit infiziert, daß für sie jede Hilfe zu spät kommt … Kinder können durch eine kleine Operation davor bewahrt werden. Dann haftet der Staub nicht mehr an ihnen, sie sind immun und glücklich und …«

Lyra dachte an den kleinen Tony Makarios, und plötzlich beugte sie sich vor und übergab sich. Mrs. Coulter ließ sie los und wich zurück.

»Ist dir übel, Liebes? Geh ins Badezimmer …«

Lyra schluckte heftig und wischte sich die Tränen weg.

»Sie brauchen das nicht zu tun«, sagte sie. »Lassen Sie uns doch einfach in Ruhe. Ich wette, Lord Asriel würde das niemals zulassen. Wenn er mit Staub infiziert ist und Sie und der Rektor von Jordan und alle anderen Erwachsenen, kann Staub doch gar nicht schlimm sein. Wenn ich hier rauskomme, sage ich das allen Kindern auf der Welt. Und außerdem, wenn es so gut ist, wieso haben Sie diese Männer dann daran gehindert, es bei mir zu machen? Wenn es gut ist, hätten Sie es zulassen sollen. Sie hätten sich darüber freuen müssen.«

Mrs. Coulter schüttelte den Kopf und lächelte traurig und wissend.

»Liebling«, sagte sie, »es ist nun einmal so, daß manches von dem, was gut für uns ist, uns gleichzeitig ein bißchen weh tut, und natürlich macht es andere unglücklich, wenn *du* unglücklich bist … Aber das heißt doch nicht, daß dir dein Dæmon weggenommen wird. Er bleibt bei dir! Meine Güte, bei vielen Erwachsenen hier wurde die Operation durchgeführt. Und die Schwestern wirken doch eigentlich ganz glücklich, oder?«

Lyra starrte sie an, und plötzlich begriff sie, warum die

Schwestern so seltsam leere und gleichgültige Gesichter hatten und ihre Dæmonen zu schlafwandeln schienen.

Bloß nichts sagen, dachte sie und preßte die Lippen zusammen.

»Liebling, kein Mensch würde auch nur im Traum daran denken, an einem Kind eine Operation vorzunehmen, die nicht vorher getestet wurde. Und in tausend Jahren würde niemand einem Kind den Dæmon ganz wegnehmen! Es wird lediglich ein kleiner Schnitt gemacht, und alles hat seine Ruhe, und zwar für immer! Weißt du, solange du jung bist, ist ein Dæmon ein wunderbarer Freund und Kamerad. Aber in dem Alter, das man Pubertät nennt, und in das du auch bald kommst, bringen einen die Dæmonen auf alle möglichen dummen Gedanken und Gefühle, und dadurch kann Staub in den Körper eindringen. Eine schnelle kleine Operation, und schon ist man alle Probleme für immer los. Und dein Dæmon bleibt ja bei dir, nur ... nicht mehr mit dir verbunden. Er ist dann wie ein ... wie ein kleines Schäfchen, wenn du willst. Das liebste Schäfchen der Welt! Wäre das nicht toll?«

Diese gemeine Lügnerin! Wie schamlos sie log! Selbst wenn Lyra nicht gewußt hätte, daß es Lügen waren, und wenn sie weder Tony Makarios noch die eingesperrten Dæmonen gesehen hätte, hätte sie sie aus tiefstem Herzen verabscheut. Ihre Seele, ihr allerliebster Freund sollte abgeschnitten und zu einem flauschigen *Kuscheltier* degradiert werden? Lyra glühte geradezu vor Haß, und Pantalaimon verwandelte sich in ihren Armen in einen fauchenden Iltis, seine häßlichste und bösartigste Gestalt überhaupt.

Aber sie sagten beide nichts. Lyra hielt Pantalaimon fest und duldete, daß Mrs. Coulter ihr übers Haar strich.

»Trink deinen Kamillentee aus«, sagte Mrs. Coulter sanft. »Wir lassen hier noch ein Bett für dich aufstellen. Meine kleine Assistentin braucht doch nicht in einem Schlafsaal mit vielen anderen Mädchen zu schlafen, jetzt, wo ich sie endlich wiederhabe. Meine liebste Assistentin! Die beste Assistentin der Welt. Weißt du, daß wir ganz London nach dir abgesucht haben, Liebes? Und wir haben die Polizei alle

Städte nach dir durchsuchen lassen. Wie sehr ich dich vermißt habe! Ich kann dir gar nicht sagen, wie glücklich ich bin, daß ich dich wiedergefunden habe ...«

Der goldene Affe strich die ganze Zeit unruhig umher; hatte er gerade noch mit nervös zuckendem Schwanz auf dem Tisch gehockt, klammerte er sich schon im nächsten Moment an Mrs. Coulter und zwitscherte ihr leise etwas ins Ohr, um kurz darauf mit erhobenem Schwanz über den Fußboden zu marschieren. Deutlicher hätte er Mrs. Coulters Ungeduld kaum verraten können, und schließlich konnte sie sich nicht länger beherrschen.

»Lyra, Liebes«, sagte sie, »der Rektor von Jordan hat dir vor deiner Abreise doch etwas gegeben, oder? Ein Alethiometer. Das Problem ist nur, daß er das gar nicht hätte tun dürfen, denn es gehörte ihm nicht, sondern war ihm nur zur Aufbewahrung anvertraut worden. Weißt du, es ist wirklich viel zu wertvoll, um durch die Gegend getragen zu werden, denn es gibt nur zwei oder drei davon auf der Welt! Ich nehme an, der Rektor hat es dir in der Hoffnung gegeben, es würde Lord Asriel in die Hände fallen. Hat er dir nicht auch gesagt, du solltest mir nichts davon erzählen?«

Lyra verzog den Mund.

»Aha, es stimmt also. Aber mach dir nichts draus, Liebes, du hast es mir ja nicht gesagt, oder? Also hast du dein Wort auch nicht gebrochen. Aber hör zu, Liebes, auf so etwas muß man wirklich gut aufpassen. Es ist leider so selten und empfindlich, daß wir ab jetzt unbedingt besser darauf achtgeben müssen.«

»Warum soll Lord Asriel es nicht bekommen?« fragte Lyra, ohne sich zu bewegen.

»Wegen seiner Pläne. Du weißt doch, daß er verbannt wurde, weil er etwas Gefährliches und Böses vorhat. Um sein Vorhaben zu vollenden, braucht er das Alethiometer, aber glaub mir, Liebes, er darf es unter gar keinen Umständen bekommen. Der Rektor von Jordan hat sich leider geirrt. Aber jetzt, wo du alles weißt, wäre es nicht besser, wenn du es mir geben würdest? Es würde dir die Sorge ersparen, es immer mit dir herumtragen und darauf aufpassen zu müssen – es ist dir sicher sowieso ein Rätsel, wozu so ein dummes altes Ding gut sein soll ...«

Lyra fragte sich, wie sie diese Frau jemals faszinierend und klug hatte finden können.

»Wenn du es also hast, Liebes, gib es besser zur Aufbewahrung mir. Es steckt doch in dem Gürtel um deinen Bauch, ja? Wie schlau von dir, es dort zu verstecken ...«

Lyra spürte ihre Hände an ihrem Rock, und dann öffnete sie das steife Ölzeug. Lyra spannte alle Muskeln an. Der goldene Affe kauerte am Fuß des Bettes, hatte die kleinen, schwarzen Hände vor den Mund geschlagen und zitterte vor Erwartung. Mrs. Coulter zog den Gürtel von Lyras Taille und knöpfte den Beutel auf. Ihr Atem ging schneller. Sie nahm das schwarze Samtpäckchen und wickelte die Blechdose aus, die Iorek Byrnison angefertigt hatte.

Pantalaimon war inzwischen wieder eine Katze und duckte sich sprungbereit. Lyra zog die Beine an und schwang sie an Mrs. Coulter vorbei auf den Boden, so daß auch sie rechtzeitig losrennen konnte.

»Was ist denn das?« fragte Mrs. Coulter belustigt. »Was für eine komische alte Dose! War das als Schutz gedacht, Liebes? Und all das Moos ... Du warst wirklich vorsichtig. Da ist ja noch eine Dose drin! Sogar verlötet! Wer hat das gemacht, Liebes?«

Aber sie wartete die Antwort gar nicht ab, so begierig war sie, die Dose zu öffnen. Sie holte ein Messer aus ihrer Handtasche, an dem sich noch andere Werkzeuge befanden, klappte eine Klinge auf und bohrte sie unter den Dekkel.

Sofort ertönte ein wütendes Summen.

Lyra und Pantalaimon bewegten sich nicht. Verblüfft und neugierig bog Mrs. Coulter den Deckel hoch, und der goldene Affe beugte sich interessiert über die Dose.

Bevor sie begriffen, wie ihnen geschah, kam ein schwarzes Etwas, der fliegende Spion, aus der Dose geschossen und knallte mit voller Wucht in das Gesicht des Affen.

Schreiend warf sich der Affe nach hinten, und Mrs. Coulter, die natürlich dasselbe spürte wie er, stimmte vor

Schmerzen und Angst in das Geschrei ein. Und dann schwirrte der kleine mechanische Teufel an ihrer Brust und ihrer Kehle vorbei zu ihrem Gesicht hinauf.

Lyra zögerte keine Sekunde. Pantalaimon sprang zur Tür, und sie war mit einem Satz bei ihm, riß die Tür auf und rannte so schnell wie noch nie in ihrem Leben.

Pantalaimon flog vor ihr her und kreischte: »Feueralarm!«

An der nächsten Ecke sah sie einen Feuermelder, und mit einem verzweifelten Faustschlag zertrümmerte sie das Glas und drückte den Knopf. Dann rannte sie weiter in die Richtung der Schlafsäle und zerschmetterte das Glas von zwei weiteren Feuermeldern. Immer mehr Menschen traten auf die Gänge und hielten nach dem Feuer Ausschau.

Kurz vor der Küche brachte Pantalaimon Lyra auf eine Idee, und sie stürzte hinein. Im nächsten Augenblick hatte sie alle Gashähne aufgedreht und warf ein Streichholz auf die nächste Brennstelle. Anschließend zog sie ein Päckchen Mehl aus einem Regal und schleuderte es gegen eine Tischkante, so daß es aufplatzte und sich eine weiße Wolke ausbreitete; sie hatte nämlich gehört, Mehlstaub würde in der Nähe von Feuer explodieren.

Dann rannte sie hinaus und so schnell sie konnte zu ihrem Schlafsaal. Die Gänge hatten sich inzwischen gefüllt. Kinder rannten aufgeregt hin und her, denn das Wort *Flucht* hatte sich mittlerweile herumgesprochen. Die Älteren trieben die Jüngeren eilig vor sich her zu den Kammern, in denen die Kleider aufbewahrt wurden. Erwachsene versuchten, die Übersicht zu behalten, aber keiner wußte, was eigentlich los war. Überall brüllten, schubsten, schrien und drängelten Menschen.

Wie Fische schossen Lyra und Pantalaimon durch dieses Durcheinander in Richtung Schlafsaal, und in dem Moment, in dem sie ihn erreichten, ließ eine dumpfe Explosion hinter ihnen das Gebäude erzittern.

Die anderen Mädchen mußten schon geflohen sein, denn der Raum war leer. Lyra schob den Spind in die Ecke, schwang sich hinauf, zerrte ihre Pelze aus dem Spalt über der Decke und tastete nach dem Alethiometer. Es war noch da. Hastig warf sie sich die Pelze über und zog die Kapuze über den Kopf, und als Pantalaimon, der als Spatz an der Tür saß, »Jetzt!« rief, rannte sie hinaus. Zum Glück rannten gerade ein paar Kinder, die bereits warme Kleider gefunden hatten, den Flur entlang in Richtung Haupteingang, und Lyra schloß sich ihnen an. Sie schwitzte, ihr Herz hämmerte wild, und sie wußte, daß es jetzt fliehen hieß oder sterben.

Doch der Weg war blockiert. Das Feuer in der Küche hatte sich in Windeseile ausgebreitet, und das explodierende Mehl oder Gas hatte Teile des Daches zum Einstürzen gebracht. Kinder und Erwachsene kletterten über umgeknickte Pfeiler und Balken nach oben, um in die bitterkalte Luft hinauszukommen. Der Gasgeruch war durchdringend. Dann kam es erneut zu einer Explosion, lauter und näher als die erste. Ihre Wucht warf mehrere Leute um, und Angst- und Schmerzensschreie gellten durch die Luft.

Lyra rappelte sich auf und stieg über die Trümmer, immer hinter Pantalaimon her, der ihr über das Geschrei und Geflatter der anderen Dæmonen hinweg zurief, wohin sie gehen sollte. Die Luft, die sie einatmete, war eisig, und sie hoffte, daß die anderen Kinder warme Kleider aufgetrieben hatten, denn was hatte es für einen Sinn, zu fliehen, wenn man dann draußen erfror.

Die Flammen des Feuers loderten mächtig auf. Als Lyra auf dem Dach stand, über sich den nächtlichen Himmel, sah sie, wie die Flammen an den Rändern eines großen Loches in der Wand des Gebäudes leckten. Wie bereits am Nachmittag hatte sich am Haupteingang eine Schar von Kindern und Erwachsenen versammelt, nur waren diesmal die Erwachsenen aufgeregter und die Kinder ängstlicher, viel ängstlicher.

»Roger!« rief Lyra. »Roger!« Pantalaimon, der mit scharfen Eulenaugen um sich spähte, krächzte, er hätte ihn entdeckt.

Einen Moment später standen sie voreinander.

»Sag den Kindern, sie sollen mir folgen!« brüllte Lyra ihm ins Ohr.

»Sie wollen nicht – sie haben viel zuviel Angst ...«

»Dann sag ihnen, was mit den Kindern passiert, die verschwinden! Daß man ihnen mit einem großen Messer die Dæmonen abschneidet! Erzähl ihnen, was du heute nachmittag gesehen hast – die vielen Dæmonen, die wir freigelassen haben! Sag ihnen, daß ihnen dasselbe passiert, wenn sie hierbleiben!«

Roger starrte sie mit offenem Mund entsetzt an, doch dann riß er sich zusammen und rannte zu einer Gruppe von Kindern, die unschlüssig in der Nähe standen. Dasselbe tat Lyra, und als die Nachricht die Runde machte, schrien einige Kinder auf und drückten angstvoll ihre Dæmonen an sich.

»Kommt mit!« brüllte Lyra. »Bald werden wir gerettet! Wir müssen aus dem Lager raus! Los, vorwärts!«

Als die Kinder das hörten, folgten sie ihr und rannten über den Platz auf die Lichterallee zu. Ihre Stiefel knirschten bei jedem Schnitt im festgetretenen Schnee.

Hinter ihnen brüllten Erwachsene Befehle, und dann stürzte polternd und krachend ein weiterer Teil des Gebäudes ein. Funken stoben in die Luft, und das Prasseln der aus dem Haus schlagenden Flammen klang, als würde Stoff zerrissen. Dann schnitt plötzlich ein anderes Geräusch durch diesen Lärm, schrecklich nah und bedrohlich. Auch wenn Lyra es nie zuvor gehört hatte, erkannte sie es sofort: Es war das Geheul der Wolfsdæmonen der tatarischen Wachen. Sie war wie gelähmt. Viele Kinder wollten vor Angst gleich wieder kehrtmachen, blieben jedoch stolpernd stehen, denn da kam bereits mit geschmeidigen Schritten der erste tatarische Wachsoldat angelaufen, ein Gewehr in den Händen und neben sich den grauen Schatten seines Dæmons.

Hinter ihm folgten weitere Soldaten, alle in gefütterten Panzern und scheinbar ohne Augen – zumindest konnte man sie hinter den Schneeschlitzen ihrer Helme nicht sehen. Die einzigen Augen, die man sehen konnte, waren die schwarzen Mündungen ihrer Gewehre und die gelb glühenden Augen der Wolfsdæmonen über ihren geifernden Fängen.

Lyra stockte. Nicht einmal im Traum hätte sie sich die Wölfe so schrecklich vorgestellt. Und jetzt, da sie wußte, wie ungerührt die Menschen in Bolvangar das große Tabu brachen, schauderte sie beim Gedanken an diese geifernden Zähne zurück.

Die Tataren stellten sich am Tor zum Eingang der Lichterallee in einer Reihe auf, Seite an Seite mit ihren disziplinierten und militärisch ausgebildeten Dæmonen. Immer mehr Soldaten strömten herbei, und im nächsten Moment hatte sich bereits eine zweite Reihe gebildet. Kinder können nicht gegen Soldaten kämpfen, dachte Lyra voller Verzweiflung. Das war etwas anderes als die Kämpfe in den Lehmgruben von Oxford, wo die Kinder aus der Stadt die Kinder der Ziegelbrenner mit Lehmklumpen beworfen hatten.

Oder war es vielleicht doch dasselbe? Sie erinnerte sich daran, wie sie einem Ziegelbrennerjungen, der sie zu Boden geworfen hatte, eine Handvoll Lehm in das breite Gesicht geschleudert hatte. Sofort hatte er sie losgelassen, um sich den Lehm aus den Augen zu reiben, und die Stadtkinder hatten sich auf ihn gestürzt. Damals hatte sie im Matsch gestanden, jetzt stand sie im Schnee.

Wie am Nachmittag, diesmal jedoch in tödlichem Ernst, kratzte sie eine Handvoll Schnee zusammen und schleuderte dem nächstbesten Soldaten einen Schneeball ins Gesicht.

»Werft sie in ihre Augen!« brüllte sie und warf schon den nächsten Schneeball.

Andere Kinder folgten ihrem Beispiel, und plötzlich kam ein Dæmon auf die Idee, als Mauersegler neben den Schneebällen herzufliegen und ein wenig nachzuhelfen, damit sie genau in die Augenschlitze der Opfer drangen. Jetzt machten alle mit, und kurz darauf stolperten die Tataren spukkend und fluchend umher und versuchten den festgedrückten Schnee aus den Schlitzen vor ihren Augen zu kratzen.

»Vorwärts!« brüllte Lyra und stürzte durch das Tor in die Lichterallee.

Alle Kinder strömten ihr nach, wichen den schnappenden Mäulern der Wölfe aus und rannten, so schnell sie konnten, durch die Allee auf die schützende Dunkelheit zu.

Hinter ihnen brüllte ein Offizier einen barschen Befehl, und auf der Stelle wurden Dutzende von Gewehren durchgeladen. Ein weiteres Kommando ertönte, dann war es totenstill. Nur noch das Trampeln der Füße und das Keuchen der fliehenden Kinder waren zu hören.

Die Männer legten an. Sie würden ihr Ziel nicht verfehlen.

Doch noch ehe die Tataren schießen konnten, stieß einer ein würgendes Röcheln aus, und ein anderer schrie überrascht auf.

Lyra blieb stehen und drehte sich um. Im Schnee lag ein Mann mit einem graugefiederten Pfeil im Rücken. Zuckend wand er sich auf dem Boden und hustete Blut. Die anderen Soldaten sahen sich suchend nach allen Seiten um, aber von dem Schützen war keine Spur zu sehen.

Und dann kam ein Pfeil senkrecht vom Himmel herunter und traf einen Tataren im Genick. Er ging sofort zu Boden. Der Offizier brüllte etwas, und alle sahen zum dunklen Himmel hinauf.

»Hexen!« rief Pantalaimon.

Und da waren sie: bizarre, stromlinienförmige Schatten auf Wolkenkiefernzweigen, die pfeifend durch den Wind schnitten. Lyra sah, wie eine Hexe herabstieß und einen Pfeil abschoß. Ein weiterer Mann fiel.

Die Tataren zielten mit ihren Gewehre nach oben und feuerten in die Dunkelheit, aber sie schossen auf nichts, auf Schatten und Wolken, und immer mehr Pfeile regneten auf sie herab.

Doch da merkte ihr Befehlshaber, daß die Kinder schon fast entkommen waren, und befahl einigen Soldaten, hinter ihnen herzurennen. Und plötzlich begannen einige Kinder zu schreien, und dann schrien immer mehr und weigerten sich weiterzugehen und wandten sich völlig verstört um, denn zu ihrem Entsetzen raste eine unheimliche Gestalt aus dem Dunkel hinter der Lichterallee auf sie zu.

»Iorek Byrnison!« schrie Lyra außer sich vor Freude.

Der angreifende Panzerbär schien das Gewicht seiner Rüstung überhaupt nicht zu spüren. Wie der Blitz schoß er an Lyra vorbei und krachte in die tatarischen Reihen. Soldaten, Dæmonen und Gewehre flogen nach allen Seiten. Dann wirbelte er herum und streckte mit zwei gewaltigen Hieben nach rechts und links die ihm am nächsten stehenden Soldaten nieder.

Ein Wolfsdæmon stürzte sich auf ihn, wurde aber mitten im Sprung von einem Schlag des Bären getroffen. Helle Flammen loderten aus seinem Körper, als er in den Schnee fiel und sich zischend und heulend auflöste. Im selben Moment starb der Mensch des Dæmons.

Angesichts dieses doppelten Angriffs verlor der Tatarenoffizier keine Zeit. Er brüllte mit sich überschlagender Stimme zahlreiche Befehle, und seine Armee teilte sich auf: Eine Abteilung sollte die Hexen in Schach halten, die andere, größere, den Bären überwältigen. Die Soldaten waren überaus mutig. In Vierergruppen knieten sie sich hin, feuerten die Gewehre ab, als seien sie auf dem Schießplatz, und wichen keinen Zentimeter zurück, als der riesige Bär auf sie zuraste. Im nächsten Augenblick waren sie tot.

Wütend knurrend kämpfte der Bär mit seinen Pranken weiter, während ihm die Kugeln wie Wespen oder Fliegen um die Ohren flogen, ohne ihm etwas anhaben zu können. Lyra trieb die Kinder vorwärts, hinaus in die Dunkelheit jenseits der Lichter. Sie mußten hier weg, denn so gefährlich die Tataren waren, noch viel gefährlicher waren die Erwachsenen von Bolvangar.

Deshalb rief, winkte und schubste sie, um die Kinder anzutreiben. Sie liefen die langen Schatten entlang, die die Lichter hinter ihnen auf den Schnee warfen, und Lyras Herz klopfte vor Freude angesichts der tiefen Dunkelheit der arktischen Nacht und der klaren Kälte. Mit neuer Kraft stürmte sie voran, und Pantalaimon sprang fröhlich als Hase um sie herum.

»Wohin gehen wir?« fragte jemand.

»Hier kommt doch nur noch Schnee!«

»Eine Rettungsmannschaft ist auf dem Weg«, erklärte Lyra, »mindestens fünfzig Gypter. Ich wette, daß auch Verwandte von euch dabei sind; alle gyptischen Familien, die ein Kind vermissen, haben nämlich jemanden losgeschickt.«

»Ich bin aber kein Gypter«, sagte ein Junge.

»Das macht nichts. Sie nehmen dich trotzdem mit.«

»Wohin?« fragte jemand verdrossen.

»Nach Hause«, antwortete Lyra. »Ich bin doch hergekommen, um euch zu retten, und ich hab die Gypter mitgebracht, damit sie euch wieder nach Hause bringen. Wir müssen nur noch ein kleines Stückchen weitergehen, dann treffen wir sie. Der Bär war bei ihnen, also können sie nicht weit weg sein.«

»Habt ihr diesen Bären gesehen!« sagte ein Junge. »Als er den Dæmon aufschlitzte, starb der Mann, als ob ihm jemand das Herz herausgerissen hätte, einfach so!«

»Ich wußte gar nicht, daß man Dæmonen töten kann«, meinte jemand anders.

Alle redeten jetzt durcheinander; Aufregung und Erleichterung hatten ihnen die Zunge gelöst. Und warum sollten sie sich nicht unterhalten, solange sie dabei nicht stehenblieben.

»Stimmt es eigentlich, tun sie das wirklich in der Station?« fragte ein Mädchen.

»Ja«, sagte Lyra. »Ich hätte nie gedacht, daß ich je einen Menschen ohne Dæmon sehen würde. Aber auf dem Weg nach Bolvangar haben wir einen Jungen entdeckt, der ganz allein war, ohne Dæmon. Er hat dauernd gefragt, wo sein Dæmon sei und ob er ihn wiederfinden würde. Er hieß Tony Makarios.«

»Den kenne ich!« rief jemand, und andere stimmten ein: »Ja, sie haben ihn vor ungefähr einer Woche weggebracht ...«

»Sie haben seinen Dæmon abgeschnitten«, erzählte Lyra. Sie wußte, wie schrecklich die Kinder diese Vorstellung finden würden. »Kurz nachdem wir ihn gefunden haben, ist er gestorben. Die abgeschnittenen Dæmonen haben sie in Käfigen in einem viereckigen Gebäude dahinten eingesperrt.«

»Das stimmt«, sagte Roger. »Und Lyra hat sie während des Feueralarms freigelassen.«

»Ja, ich war auch dabei!« sagte Billy Costa. »Zuerst wußte

ich gar nicht, was das ist, aber dann habe ich gesehen, wie sie mit dieser Gans weggeflogen sind.«

»Aber wieso tun sie das?« fragte ein Junge. »Wieso schneiden sie den Menschen die Dæmonen ab? Das ist doch Folter! Warum tun sie so was?«

»Staub«, meinte jemand unsicher.

Der Junge lachte verächtlich. »Staub!« sagte er. »Daß ich nicht lache! Den haben die doch bloß erfunden! Ich glaub jedenfalls nicht dran.«

»Da, seht mal, was mit dem Zeppelin passiert!« rief jemand.

Alle sahen zurück. Das große Luftschiff jenseits der blendenden Lichter, unter denen der Kampf noch immer tobte, schwebte nicht mehr oben an seinem Ankermast; sein freies Ende hing schlaff herab, und dahinter stieg ein riesiger Ball auf …

»Der Ballon von Lee Scoresby!« rief Lyra und klatschte vor Freude in die Hände, die in dicken Fausthandschuhen steckten.

Die anderen Kinder starrten sie verblüfft an, aber Lyra trieb sie weiter. Sie war erstaunt, daß der Aeronaut mit seinem Ballon so weit gekommen war. Was er jetzt machte, war klar – eine großartige Idee: Er füllte den Ballon mit dem Gas des Zeppelins und schüttelte so ihre Verfolger ab!

»Los, lauft weiter, sonst erfriert ihr«, rief Lyra, denn einige Kinder zitterten und jammerten schon vor Kälte, und ihre Dæmonen gaben ein hohes, schwaches Wimmern von sich.

Das ärgerte Pantalaimon, und in der Gestalt eines Marders fuhr er barsch einen Eichhörnchendæmon an, der leise weinend auf der Schulter eines Mädchens lag: »Kriech gefälligst in ihren Mantel! Pluster dich dort auf und wärme sie!«

Der Dæmon des Mädchens erschrak und kroch sofort in den Anorak aus Kohleseide.

Das Problem war, daß diese Anoraks, auch wenn sie noch so dick mit hohlen Fasern aus Kohleseide gefüttert waren, lange nicht so warm hielten wie richtige Felle. Einige der Kinder sahen aus wie wandelnde Riesenboviste, so unförmig waren sie, aber trotzdem bot ihre Kleidung kaum Schutz vor der Kälte, denn sie stammte aus Fabriken und Labors einer Gegend, in der keine derartigen Temperaturen herrschten. Lyras Pelze sahen zwar zerlumpt aus und stanken, aber sie hielten wenigstens warm.

»Wenn wir die Gypter nicht bald finden, halten die anderen Kinder nicht durch«, flüsterte sie Pantalaimon zu.

»Sorge dafür, daß sie weiterlaufen«, flüsterte er zurück. »Sobald sie sich hinlegen, ist es aus mit ihnen. Du weißt, was Farder Coram gesagt hat ...«

Farder Coram hatte Lyra oft von seinen Reisen in den Norden erzählt – genau wie Mrs. Coulter, wenn sie nicht gelogen hatte –, und eines hatten beide immer wieder betont: Man durfte auf keinen Fall stehenbleiben.

»Wie weit ist es denn noch?« fragte ein kleiner Junge.

»Die bringt uns doch nur von der Station weg, um uns zu töten«, sagte ein Mädchen.

»Ich bin trotzdem lieber hier draußen als dort«, sagte jemand.

»Ich nicht! In der Station ist es warm, und es gibt zu essen und heiße Getränke und überhaupt alles.«

»Aber die brennt doch lichterloh!«

»Und was sollen wir hier draußen? Hier verhungern wir doch ...«

Viele Fragen schossen Lyra durch den Kopf, dunkel und unfaßbar wie Hexen, aber tief im Innersten, an einer Stelle, an die sie mit ihren Gedanken nicht kam, empfand sie einen Stolz und eine Begeisterung, die sie sich nicht erklären konnte.

Aber dieses Gefühl beflügelte ihre Kräfte, und sie zog ein Mädchen aus einer Schneewehe und schubste einen trödelnden Jungen vorwärts. »Geht weiter!« rief sie den Kindern zu. »Folgt den Spuren des Bären! Er ist zusammen mit den Gyptern gekommen, also führen seine Spuren uns direkt zu ihnen! Geht ihnen einfach nach!«

Es begann in dicken Flocken zu schneien, und bald würde der Schnee Iorek Byrnisons Spuren zudecken. Die Lichter von Bolvangar waren verschwunden und das Flammenmeer nur noch ein schwaches Glühen in der Ferne. Das einzig Helle war der matt schimmernde Schnee auf dem Boden. Dicke Wolken bedeckten den Himmel, so daß weder Mond noch Nordlicht leuchteten, aber wenn die Kinder sich anstrengten, konnten sie noch die tiefe Spur erkennen, wo Iorek Byrnison den Schnee durchpflügt hatte. Und wo immer es nötig war, war Lyra zur Stelle, ermutigte, kommandierte und beschwor die Kinder, stieß und schob oder zog sie vorwärts, stützte sie und half ihnen vorsichtig wieder auf die Beine, wenn sie hingefallen waren. Pantalaimon, der wußte, wie den Dæmonen zumute war, sagte Lyra, was jeweils zu tun war.

Ich bringe sie zu den Gyptern, redete sie sich immer wieder ein. Ich bin gekommen, um sie zu holen, und ich hole sie, verflucht noch mal!

Roger folgte ihrem Beispiel, während Billy, der schärfere Augen als die meisten hatte, ihnen den Weg wies. Bald fiel der Schnee so dicht, daß sie sich aneinander festhalten mußten, damit niemand verlorenging. Vielleicht wenn alle sich dicht nebeneinander legten und sich gegenseitig wärmten, dachte Lyra ... und Löcher in den Schnee gruben ...

Sie glaubte verschiedene Geräusche zu hören. Irgendwo brummte ein Motor, aber es klang nicht wie das tiefe Dröhnen des Zeppelins, sondern höher, eher wie das Summen einer Hornisse. Im einen Augenblick war das Geräusch da, dann war es wieder weg.

Und Geheul ... Hunde? Schlittenhunde? Aber auch dieses Geräusch, gedämpft durch Millionen von Schneeflocken und von Windböen hin und her geweht, war zu weit entfernt, um es eindeutig zu bestimmen. Vielleicht waren es tatsächlich die Schlittenhunde der Gypter, aber es konnten auch die wilden Geister der Tundra sein oder die befreiten Dæmonen, die um die verlorenen Kinder weinten.

Auch glaubte sie, Lichter zu sehen ... Leuchtete da nicht etwas im Schnee? Auch das mußten Geister sein ... wenn sie nicht sowieso im Kreis gelaufen und nach Bolvangar zurückgekehrt waren.

Aber das war schwaches gelbes Licht von Laternen, nicht

das grelle Weiß anbarischer Lampen. Außerdem bewegten die Lichter sich, und das Heulen kam näher, und ehe Lyra noch mit Sicherheit wußte, ob sie nicht eingeschlafen war, war sie bereits von vertrauten Gestalten umgeben und wurde von in Pelze vermummten Männern umarmt. John Faa hob sie mit seinen starken Armen hoch in die Luft, und Farder Coram lachte vor Freude; und soweit Lyra durch den Schneesturm sehen konnte, hoben überall Gypter Kinder in die Schlitten, deckten sie mit Fellen zu und gaben ihnen Seehundfleisch zum Kauen. Und da war ja auch Tony Costa. Er umarmte Billy und versetzte ihm einen sanften Rippenstoß, nur um ihn gleich wieder in die Arme zu nehmen und vor lauter Freude zu schütteln. Und Roger …

»Roger kommt mit uns«, sagte Lyra zu Farder Coram. »Schließlich bin ich vor allem seinetwegen gekommen. Wenn alles vorbei ist, gehen wir wieder nach Jordan zurück. Was ist das für ein Lärm …«

Wieder ertönte das seltsame Motorgebrumm, ähnlich dem manischen Summen des fliegenden Spions, nur tausendmal lauter.

Jemand versetzte ihr einen Schlag, der sie der Länge nach umwarf. Pantalaimon konnte sie nicht verteidigen, denn der goldene Affe …

Mrs. Coulter …

Erbittert rangen die beiden Dæmonen miteinander. Der goldene Affe biß und kratzte Pantalaimon, und Lyras Dæmon, der kaum zu sehen war, so schnell wechselte er die Gestalt, wehrte sich nach Kräften und fiel stechend, schlagend und zerrend über den Affen her. Unterdessen versuchte Mrs. Coulter, deren von Pelzen eingerahmtes Gesicht zu einer haßerfüllten Maske verzerrt war, Lyra auf den Rücksitz ihres Motorschlittens zu zerren, aber Lyra kämpfte mit der gleichen Verbissenheit wie ihr Dæmon. Der Schnee fiel so dicht, daß sie isoliert von den anderen in einem eigenen kleinen Schneesturm gefangen schien. Nur die direkt vor ihrer Nase tanzenden Flocken waren im anbarischen Scheinwerferlicht des Schlittens zu sehen.

»Hilfe!« schrie Lyra. Die Gypter mußten ganz in der

Nähe sein, konnten sie aber nicht sehen. »Hilfe! Farder Coram! Lord Faa! O Gott, Hilfe!«

Mit scharfer Stimme erteilte Mrs. Coulter in der Sprache der Nordtataren einen Befehl. Der Wirbel aus Schnee lichtete sich kurz, und da standen sie: ein ganzer Trupp Tataren, mit Gewehren bewaffnet und knurrende Wolfsdæmonen an der Seite. Als der Anführer sah, wie Mrs. Coulter sich abmühte, hob er Lyra mit einer Hand hoch, als wäre sie eine Puppe, und warf sie in den Schlitten, wo sie vor Schrecken wie benommen liegenblieb.

Als die Gypter merkten, was geschah, knallte ein Schuß und kurz darauf noch einer. Aber auf ein unsichtbares Ziel zu schießen ist gefährlich, wenn man auch die eigenen Leute nicht sieht. Die Tataren, die einen dichten Ring um den Schlitten gebildet hatten, konnten nach Belieben in den Schnee feuern, aber die Gypter wagten nicht zurückzuschießen, aus Angst, sie könnten Lyra treffen.

Lyra war verbittert und müde.

Benommen und mit dröhnendem Kopf richtete sie sich auf und sah, daß Pantalaimon immer noch verzweifelt mit dem Affen kämpfte. Mit seinen Marderzähnen hielt er einen goldenen Arm fest. Er verwandelte sich jetzt nicht mehr, sondern blieb einfach an dem Arm hängen.

Dann kam Roger, der Mrs. Coulter mit Fäusten und Füßen traktierte und seinen Kopf gegen ihren Kopf stieß. Aber schon im nächsten Moment wurde er von einem Tataren beiseite gewischt, als wäre er eine Fliege. Was folgte, war wie ein Traum, ein Wirbel aus Schwarz und Weiß, ein grünes Etwas, das vor Lyras Augen vorbeischoß, bizarre Schatten, ein Lichtblitz …

Ein gewaltiger Luftstoß riß den Schneevorhang auf, und mitten hinein in die Lücke sprang Iorek Byrnison. Die Eisenplatten seiner Rüstung quietschten und schepperten, und seine gewaltigen Kiefer schnappten nach rechts und links, eine Tatze schlitzte eine gepanzerte Brust auf, weiße Zähne, schwarzes Eisen, ein rotes, nasses Fell …

Lyra wurde mit einem kräftigen Ruck hochgezogen, und sie konnte gerade noch Roger packen und ihn den Händen

Mrs. Coulters entreißen. Die Dæmonen der beiden Kinder, zwei Vögel, kreischten erstaunt auf und flatterten aufgeregt um sie herum, während über ihnen etwas anderes, Größeres flatterte. Und dann sah Lyra neben sich in der Luft zum Anfassen nah eine Hexe, einen jener stromlinienförmigen, bizarren Schatten, die sie am Himmel gesehen hatte. Die Hexe hielt einen Bogen in ihren bloßen Händen, spannte kraftvoll die Sehne – ihre Arme waren nackt, trotz der beißenden Kälte – und schoß einen Pfeil genau in den nur ein oder zwei Schritt entfernten Augenschlitz eines furchteinflößenden Tatarenhelms …

Der Pfeil durchbohrte den Schädel und kam hinten zur Hälfte wieder heraus, und der Wolfsdæmon des Mannes löste sich mitten im Sprung auf, noch ehe er wieder auf dem Boden aufsetzte.

Lyra und Roger wurden hinaufgerissen und klammerten sich mit zitternden Fingern an den Wolkenkiefernzweig, auf dem aufrecht und anmutig die junge Hexe saß. Wenig später senkte sie den Zweig bereits wieder, machte eine Kurve nach links, etwas Großes kam bedrohlich näher – und schon waren sie wieder auf dem Boden.

Sie purzelten in den Schnee neben den Korb von Lee Scoresbys Ballon.

»Rein mit dir«, rief der Texaner, »und bring deinen Freund mit. Hast du den Bären gesehen?«

Lyra sah, daß drei Hexen ein um einen Felsblock geschlungenes Seil hielten, damit der mächtige Auftrieb den gasgefüllten Ballon nicht in die Höhe riß.

»Steig ein!« brüllte sie Roger zu, kletterte über den mit Leder verkleideten Rand des Korbes und fiel drinnen auf einen Schneehaufen. Einen Augenblick später landete Roger auf ihr, und dann ließ ein gewaltiger Lärm, ein schnarrendes Gebrüll den Erdboden erzittern.

»Auf, Iorek, Kamerad! An Bord mit dir!« schrie Lee Scoresby, und der Bär stieg über den Rand, so daß Weidenruten und Holz sich bogen und häßlich knarrten.

Wieder wirbelte ein Luftstoß für einen Moment Nebel und Schnee auseinander, und in der plötzlich klaren Luft sah Lyra, was um sie herum geschah. Eine Gruppe Gypter, angeführt von John Faa, verfolgte die tatarische Nachhut und trieb sie zu den glühenden Überresten von Bolvangar zurück, andere Gypter halfen einem Kind nach dem anderen, in die Schlitten zu steigen, und deckten sie mit warmen Fellen zu, Farder Coram blickte sich, auf seinen Stock gestützt, besorgt um, während sein braungoldener Dæmon suchend durch den Schnee sprang.

»Farder Coram!« schrie Lyra. »Ich bin hier!«

Der alte Mann hörte sie, drehte sich um und sah erstaunt zu dem am Seil zerrenden Ballon und den Hexen, die ihn am Boden hielten. Lyra winkte ihm wie wild aus dem Korb zu.

»Lyra!« schrie er. »Alles in Ordnung, Kind? Bist du in dem Ballon gut aufgehoben?«

»So gut wie noch nie!« brüllte sie zurück. »Auf Wiedersehen, Farder Coram! Auf Wiedersehen! Bringen Sie die Kinder heil nach Hause!«

»Das werden wir, so wahr ich lebe! Leb wohl, Kind – leb wohl – leb wohl, Liebes ...«

In diesem Moment senkte der Aeronaut den Arm als Zeichen für die Hexen, die daraufhin das Seil losließen.

Sofort hob der Ballon ab und strebte mit einer Geschwindigkeit, die Lyra nie für möglich gehalten hätte, inmitten des Schneegestöbers nach oben. Kurz darauf war der Erdboden im Nebel verschwunden, und sie stiegen immer schneller. Schneller als jede Rakete, dachte Lyra. Die Beschleunigung drückte sie auf den Korbboden, wo sie sich an Roger festhielt.

Lee Scoresby schrie und lachte und stieß wilde texanische Freudenschreie aus. Iorek Byrnison zog in aller Ruhe seine Rüstung aus; geschickt hakte er eine Klaue in die Verschlüsse und zog sie auf, dann stapelte er die einzelnen Teile zu einem Haufen. Von irgendwo draußen war das Pfeifen und Rauschen der Wolkenkiefernzweige und Hexenkleider im Wind zu hören, offenbar begleiteten die Hexen sie bis in die höheren Luftschichten.

Allmählich kam Lyra wieder zu Atem. Ihr Puls verlangsamte sich, sie wurde ruhiger. Sie setzte sich auf und blickte um sich.

Der Korb war viel größer, als sie gedacht hatte. An den Rändern waren philosophische Instrumente festgebunden, außerdem gab es stapelweise Felle, Sauerstoffflaschen und eine Reihe anderer Dinge, die zu klein waren oder zu unübersichtlich aufeinanderlagen, um sie in dem dichten Nebel, durch den sie aufstiegen, erkennen zu können.

»Ist das eine Wolke?« fragte Lyra.

»Was sonst? Wickel deinen Freund in ein paar Felle, bevor er sich in einen Eiszapfen verwandelt. Es ist kalt hier, und es wird noch kälter.«

»Wie haben Sie uns gefunden?«

»Die Hexen. Hier ist übrigens eine Hexendame, die sich mit dir unterhalten möchte. Sobald wir aus der Wolke raus sind und die Lage gepeilt haben, können wir ein wenig miteinander plaudern.«

»Iorek«, sagte Lyra, »danke, daß du gekommen bist.«

Der Bär grunzte und ließ sich nieder, um das Blut aus seinem Fell zu lecken. Weil er so schwer war, neigte sich der Korb nach seiner Seite, aber das machte nichts. Roger hielt Abstand von ihm, aber Iorek Byrnison schenkte ihm nicht mehr Beachtung als einer Schneeflocke. Zufrieden hielt Lyra sich am Rand des Korbes fest, der ihr bis ans Kinn reichte, wenn sie stand, und sah mit großen Augen in die Wolke, die sie einschloß.

Schon wenige Augenblicke später kam der Ballon aus der Wolke heraus und stieg, immer noch sehr schnell, zum Himmel empor.

Was für eine Aussicht!

Direkt über ihnen blähte sich das gewaltige Rund des Ballons. Über und vor ihnen schimmerte die Aurora mit einem Glanz und einer Pracht, wie Lyra es noch nie gesehen hatte. Sie waren fast vollständig von der Aurora umgeben, geradezu ein Teil von ihr. Riesige, gleißende Schwaden standen zitternd vor ihnen und teilten sich, als würden Engel mit den Flügeln schlagen; Kaskaden kalt leuchtender Pracht stürzten über unsichtbare Klippen in schäumende

Bassins oder hingen wie gewaltige Wasserfälle vom Himmel herab.

Der Anblick verschlug Lyra den Atem. Doch dann sah sie unter ihnen etwas, das beinahe noch wunderbarer war.

In alle Richtungen dehnte sich, so weit das Auge reichte, ein weißes Wolkenmeer bis ans Ende des Horizonts aus. Hier und da erhoben sich sanfte Gipfel oder gähnten dampfende Spalten, doch der größte Teil sah aus wie eine kompakte Eismasse.

Und von ihm stiegen einzeln, zu zweit oder in größeren Gruppen kleine schwarze Schatten auf, bizarre, stromlinienförmige Gestalten – die Hexen auf ihren Wolkenkiefernzweigen.

Rasch und mühelos flogen sie zum Ballon empor; ihre Zweige steuerten sie, indem sie sich mal nach dieser, mal nach jener Seite lehnten. Eine von ihnen, die Schützin, die Lyra vor Mrs. Coulter gerettet hatte, kam direkt neben den Ballon, und nun konnte Lyra sie zum erstenmal deutlich sehen.

Sie war noch jung – jünger als Mrs. Coulter – und sehr schön, und sie hatte leuchtend grüne Augen. Wie die anderen Hexen war auch sie mit schwarzen Seidentüchern bekleidet und trug weder Pelze noch Kapuze oder Handschuhe. Doch sie schien überhaupt nicht zu frieren. Um ihre Stirn wand sich eine einfache Kette aus kleinen roten Blumen. Sie ritt ihren Wolkenkiefernzweig, als wäre er ein feuriges Pferd, das sie knapp einen Meter vor Lyras staunenden Augen zügelte.

»Lyra?«

»Ja! Bist du Serafina Pekkala?«

»Die bin ich.«

Lyra begriff, warum Farder Coram diese Hexe liebte und warum diese Liebe ihm das Herz gebrochen hatte, obwohl sie von diesen Dingen eigentlich noch gar nichts wußte. Farder Coram war alt geworden, ein alter gebrochener Mann, und die Hexe würde noch viele Menschenalter jung bleiben.

»Hast du den Symboldeuter?« fragte die Hexe. Ihre Stimme klang wie der hohe, wilde Gesang der Aurora, so melodisch, daß Lyra den Sinn der Frage fast überhört hätte.

»Ja, in meiner Tasche. Dort ist er sicher.«

Sie hörte das Sausen mächtiger Schwingen, und schon glitt der graue Gänsedæmon neben sie. Er sprach kurz mit der Hexe, drehte dann wieder ab und kreiste in großem Abstand um den noch immer aufsteigenden Ballon.

»Die Gypter haben Bolvangar verwüstet«, sagte Serafina Pekkala. »Sie haben zweiundzwanzig Wächter und neun Angestellte getötet und alles angezündet, was von den Gebäuden noch stand. Sie wollen die Anlage vollständig zerstören.«

»Was ist mit Mrs. Coulter passiert?«

»Sie ist spurlos verschwunden.«

Die Hexe stieß einen wilden Schrei aus, und einige andere Hexen kamen angeflogen und umkreisten den Ballon.

»Mr. Scoresby«, sagte sie, »das Seil, wenn ich bitten darf.«

»Meine Dame, ich bin Ihnen sehr dankbar. Noch steigen wir, und ich schätze, das werden wir auch noch eine Weile tun. Wie viele von Ihnen sind denn nötig, um uns nach Norden zu ziehen?«

»Wir sind stark«, sagte Serafina Pekkala nur.

Lee Scoresby befestigte eine Rolle mit einem dicken Seil an dem lederüberzogenen Eisenring, in dem die den Ballon umspannenden Seile zusammenliefen und an dem der Korb aufgehängt war. Dann warf er das lose Ende des Seiles über Bord, und sofort schossen sechs Hexen darauf zu, packten es, trieben ihre Wolkenkiefernzweige an und zogen den Ballon in Richtung Polarstern.

Als sie den Ballon auf Kurs gebracht hatten, hockte sich Pantalaimon in Gestalt einer Seeschwalbe auf den Korbrand. Auch Rogers Dæmon warf einen kurzen Blick hinaus, kroch aber bald wieder zurück, denn Roger schlief genau wie Iorek Byrnison tief und fest. Nur Lee Scoresby war wach, kaute gelassen auf einem Zigarillo und wachte über die Instrumente.

»Lyra«, sagte Serafina Pekkala, »warum willst du eigentlich zu Lord Asriel?«

Lyra war überrascht. »Ich will ihm natürlich das Alethiometer bringen.«

Sie hatte nie über diese Frage nachgedacht, so klar war die Antwort. Dann fiel ihr auf einmal ihr ursprüngliches Anliegen ein. Fast hätte sie es vergessen, so viel Zeit war inzwischen vergangen.

»Oder eigentlich ... wollten wir ihm bei der Flucht helfen. Ja, genau, wir wollen ihm helfen zu fliehen.«

Aber als sie das sagte, merkte sie, wie absurd es klang. Aus Svalbard fliehen? Unmöglich!

»Oder es jedenfalls versuchen«, setzte sie trotzig hinzu.

»Warum?«

»Ich glaube, ich muß dir vorher noch ein paar Dinge sagen«, sagte Serafina Pekkala.

»Über Staub?«

»Ja, unter anderem. Aber du bist jetzt müde, und es wird ein langer Flug. Wir unterhalten uns, wenn du geschlafen hast.«

Lyra gähnte. Es war ein tiefes, herzhaftes Gähnen, das ihre Kiefern knacken ließ und gar nicht mehr aufhören wollte, und sosehr Lyra auch gegen ihre Müdigkeit kämpfte, sie konnte ihr zuletzt nicht widerstehen. Serafina Pekkala streckte eine Hand über den Korbrand und strich ihr über die Augen. Als Lyra auf den Boden sank, flatterte auch Pantalaimon hinunter, verwandelte sich in ein Hermelin und kroch zu seinem Schlafplatz an ihrem Hals.

Die Hexe richtete sich wieder auf und flog dann ruhig auf ihrem Zweig neben dem Korb her in Richtung Norden – nach Svalbard.

III

Svalbard

Achtzehn

Nebel und Eis

Lee Scoresby deckte Lyra mit einigen Fellen zu. Das Mädchen kuschelte sich an Roger, und so schliefen sie Seite an Seite, während der Ballon weiter in Richtung Pol flog. Der Aeronaut überprüfte von Zeit zu Zeit seine Instrumente, kaute auf der Zigarre, die er angesichts des feuergefährlichen Wasserstoffes nicht angezündet hatte, und zog seine eigenen Felle noch fester um sich.

»Das kleine Mädel ist ziemlich wichtig, wie?« fragte er nach einer Weile.

»Wichtiger, als sie weiß«, erwiderte Serafina Pekkala.

»Heißt das, wir müssen uns auf einen Waffengang gefaßt machen? Verstehen Sie mich richtig, ich spreche als praktisch denkender Mensch, der sein Brot verdienen muß. Ich kann mir nicht leisten, mir die Knochen brechen oder mich in Stücke schießen zu lassen, ohne daß vorher irgendeine Kompensation vereinbart wurde. Ich will nicht kleinlich erscheinen, wirklich nicht, aber das Honorar, das John Faa und die Gypter mir zahlen, deckt nur Zeitaufwand, Leistung und die normale Abnutzung des Ballons, nicht mehr. Es schließt keine Versicherung gegen kriegerische Handlungen ein. Und ich sage Ihnen eins, Madame: Wenn wir mit Iorek Byrnison auf Svalbard landen, dann ist das eine kriegerische Handlung.«

Er spuckte geschickt einige Krümel Tabak über Bord.

»Und deshalb wüßte ich gern, was wir in puncto Krawall und Schlägerei zu erwarten haben«, schloß er.

»Es kann zu Kämpfen kommen«, sagte Serafina Pekkala. »Aber Sie haben doch auch in der Vergangenheit gekämpft.«

»Sicher, wenn ich bezahlt wurde. Tatsache ist, daß ich in diesem Fall von einer einfachen Personenbeförderung ausging und eine entsprechende Rechnung stellte. Und nach dem kleinen Zusammenstoß da unten, ja, da frage ich mich, wozu ich verpflichtet bin. Ob man zum Beispiel von mir erwarten kann, daß ich in einem Krieg der Bären Leben und Ausrüstung riskiere. Oder ob das Kind auf Svalbard ähnlich heißblütige Feinde hat wie in Bolvangar. Ich erwähne das lediglich, weil wir gerade darüber sprechen.«

»Ich wünschte, ich könnte Ihre Frage beantworten, Mr. Scoresby«, sagte die Hexe. »Ich kann nur sagen, daß wir alle, Menschen, Hexen und Bären, uns bereits mitten in einem Krieg befinden, auch wenn das nicht alle wissen. Ob Sie nun auf Svalbard am Krieg teilnehmen oder vorher wegfliegen, Sie sind Rekrut, Soldat.«

»Hm, das scheint mir doch etwas voreilig. Ich finde, man sollte selbst entscheiden können, ob man kämpft oder nicht.«

»Das kann man genauso wenig, wie man entscheiden kann, ob man geboren wird oder nicht.«

»Aber ich treffe gern Entscheidungen«, sagte er. »Ich entscheide gern selbst, welchen Auftrag ich annehme, wohin ich gehe, was ich esse und mit welchen Freunden ich zusammen bin. Geht Ihnen das manchmal nicht auch so?«

Serafina Pekkala dachte einen Augenblick nach und sagte dann: »Vielleicht meinen wir nicht dasselbe, Mr. Scoresby. Hexen haben keinen Besitz, es interessiert uns deshalb auch nicht, einen Wert zu erhalten oder Gewinn zu machen. Und was die Wahl zwischen zwei Dingen angeht: Wer viele hundert Jahre lebt, weiß, daß jede Gelegenheit wiederkehrt. Wir haben andere Bedürfnisse. Ich sehe ein, daß Sie Ihren Ballon reparieren und instand halten müssen und daß das Zeit und Arbeit kostet, aber wir brauchen zum Fliegen nur den Zweig einer Wolkenkiefer abzureißen, einen beliebigen Zweig, und davon gibt es genügend. Wir frieren nicht, also brauchen wir keine warmen Kleider. Wir können nichts austauschen außer gegenseitiger Hilfe. Wenn eine Hexe etwas braucht, dann wird eine andere es ihr geben. Wenn ein Krieg ansteht, spielen bei unserer Entscheidung, ob wir kämpfen sollen oder nicht, die Kosten keine Rolle. Wir kennen auch keinen Ehrenkodex wie zum Beispiel Bären. Für einen Bären ist eine Kränkung eine tödliche Sache. Für uns ist das ... unvorstellbar. Wie kann man eine Hexe kränken? Was würde es ausmachen?«

»Gut, soweit versteh ich Sie. Über Worte läßt sich trefflich streiten, aber sie sind den Streit nicht wert. Aber, Madame, ich hoffe, Sie verstehen mein Dilemma. Ich bin ein einfacher Aeronaut und würde meine Tage gern in Frieden beschließen. Mir vielleicht eine kleine Farm kaufen, mit ein paar Kühen, einigen Pferden ... Wohlgemerkt, kein Luxus. Kein Palast, keine Sklaven oder Berge von Gold. Nur der Abendwind über dem Gras, eine Zigarre und ein Glas Bourbon. Das Problem ist nur, das alles kostet Geld. Also fliege ich für Geld, und nach jedem Auftrag schicke ich einen Teil an die Wells Fargo Bank, und wenn ich genug habe, verkaufe ich diesen Ballon und buche einen Platz auf einem Dampfer nach Port Galveston, und dann bleibe ich für immer am Boden.«

»Auch darin unterscheiden wir uns, Mr. Scoresby. Eine Hexe könnte das Fliegen genauso wenig aufgeben wie das Atmen. Erst beim Fliegen sind wir ganz wir selbst.«

»Ich verstehe und beneide Sie, Madame, aber diese Art der Selbstverwirklichung ist mir nicht zugänglich. Fliegen ist für mich ein Job, ich bin nur ein Handwerker. Ich könnte genausogut irgendwelche Ventile einstellen oder anbarische Leitungen verlegen. Aber ich habe mich für meinen Beruf entschieden. Aus freien Stücken. Und deshalb sagt mir die Vorstellung eines Krieges, von dem ich nichts weiß, wenig zu.«

»Auch Iorek Byrnisons Streit mit seinem König gehört zu diesem Krieg«, sagte die Hexe. »Dem Mädchen ist es bestimmt, dabei eine Rolle zu spielen.«

»Sie sprechen von Bestimmung«, sagte Lee Scoresby, »als

ob alles schon entschieden sei. Das gefällt mir im Grunde genauso wenig wie ein Krieg, an dem ich teilnehme, ohne es zu wissen. Wo bleibt bitte schön mein freier Wille? Ich habe übrigens den Eindruck, Lyra hat mehr freien Willen als alle, die ich kenne. Wollen Sie denn sagen, das Mädchen sei nur eine Art mechanisches Spielzeug, das man aufzieht und dann in eine Richtung marschieren läßt, an der es nichts ändern kann?«

»Wir sind alle dem Schicksal unterworfen«, sagte die Hexe, »aber wir müssen so tun, als seien wir es nicht, sonst würden wir vor Verzweiflung sterben. Diesem Mädchen geht eine merkwürdige Prophezeiung voraus: Es ist ihr Schicksal, das Ende des Schicksals herbeizuführen. Sie muß das jedoch tun, ohne zu wissen, was sie tut, als sei es in ihrer Natur angelegt und nicht vom Schicksal bestimmt. Sagte man ihr, was sie tun muß, wäre alles vergebens; es wäre der Sieg des Todes in allen Welten und der Triumph der Verzweiflung für alle Zeiten. Die Welten wären nur noch ein Räderwerk, blind und ohne Geist, Gefühl, Leben ...«

Sie sahen auf Lyra nieder, deren Stirn – soweit unter der Kapuze sichtbar – noch im Schlaf leicht gerunzelt war.

»Ich glaube, ein Teil von ihr weiß das«, sagte der Aeronaut. »Jedenfalls wirkt sie irgendwie vorbereitet. Aber der kleine Junge? Wissen Sie, daß das Mädchen nur deshalb herkam, um ihn vor diesen Teufeln zu retten? Die beiden waren Spielkameraden, in Oxford oder sonstwo. Wußten Sie das?«

»Ja. Lyra hat etwas von ungeheurem Wert bei sich, und offenbar hat das Schicksal sie dazu ausersehen, dieses Etwas ihrem Vater zu überbringen. Sie kam auf der Suche nach ihrem Freund hierher, ohne zu wissen, daß ihr Freund vom Schicksal in den Norden geführt wurde, damit sie ihm folgen und ihrem Vater etwas bringen kann.«

»Das ist Ihre Deutung, oder?«

Die Hexe wirkte zum erstenmal verunsichert. »Es scheint jedenfalls so zu sein ... Aber wir können das Dunkel nicht lesen, Mr. Scoresby. Es ist durchaus möglich, daß ich mich irre.«

»Was haben *Sie* eigentlich mit dieser Sache zu tun, wenn ich fragen darf?«

»Wir sind zutiefst davon überzeugt, daß das, was die Menschen in Bolvangar tun, falsch ist. Lyra ist ihr Feind, also sind wir ihre Freunde. Mehr wissen wir nicht. Aber dazu kommt noch, daß mein Clan mit den Gyptern befreundet ist; diese Freundschaft geht auf jene Zeit zurück, als Farder Coram mir das Leben rettete. Wir handeln auf die Bitte der Gypter hin, und sie wiederum sind Lord Asriel verpflichtet.«

»Verstehe. Sie schleppen den Ballon also den Gyptern zuliebe nach Svalbard. Geht diese Freundschaft so weit, daß Sie uns auch auf dem Rückweg helfen? Oder müssen wir dann warten, bis der Wind günstig steht, und bis dahin hoffen, daß die Bären ein Einsehen haben? Noch einmal, Madame, ich frage in aller Freundschaft und lediglich aus Neugier.«

»Wenn wir Ihnen nach Trollesund zurückhelfen können, Mr. Scoresby, werden wir das tun. Wir wissen allerdings nicht, was uns auf Svalbard erwartet. Der neue König der Bären hat vieles geändert, und alte Bräuche sind in Verruf geraten. Es könnte eine schwierige Landung werden. Außerdem weiß ich nicht, wie Lyra zu ihrem Vater gelangen soll und was Iorek Byrnison vorhat. Ich weiß nur, daß sein Schicksal mit ihrem verknüpft ist.«

»Auch ich weiß nicht mehr, Madame. Ich glaube, Iorek hat sich dem Mädchen als eine Art Beschützer angeschlossen. Sie hat ihm geholfen, seine Rüstung zurückzubekommen. Wer weiß schon, was Bären fühlen? Aber wenn je ein Bär einen Menschen geliebt hat, dann er sie. – Auf Svalbard zu landen war noch nie leicht. Immerhin, wenn ich mich darauf verlassen kann, daß Sie mich in die richtige Richtung ziehen, beruhigt mich das einigermaßen. Wenn ich mich dafür irgendwie revanchieren kann, lassen Sie es mich bitte wissen. Nur zu meiner Information: Könnten Sie mir sagen, auf wessen Seite ich in diesem unsichtbaren Krieg stehe?«

»Wir stehen beide auf Lyras Seite.«

»Oh, das bestimmt.«

Sie flogen weiter. Wie schnell sie flogen, war aufgrund der Wolken unter ihnen nicht zu sehen. Während man in einem Ballon den Wind normalerweise nicht spürt, weil er mit der Geschwindigkeit des Windes dahintreibt, bewegte er sich jetzt, gezogen von den Hexen, durch die Luft statt mit ihr. Der Luftwiderstand war dabei beträchtlich, da der gasgefüllte Ball nicht so stromlinienförmig und glatt war wie ein Zeppelin. Als Folge schwang der Korb hin und her und wurde viel stärker durchgeschüttelt als bei einem normalen Flug.

Lee Scoresby sorgte sich freilich weniger um seine Bequemlichkeit als vielmehr um seine Instrumente, deshalb überzeugte er sich, daß sie fest an den Verstrebungen des Korbes vertäut waren. Dem Höhenmesser zufolge befanden sie sich in zehntausend Fuß Höhe. Die Temperatur betrug minus zwanzig Grad. Lee Scoresby hatte schon kältere Temperaturen überstanden, allerdings nicht viel kältere, und er wollte nicht, daß sie noch weiter abfiel. Deshalb entrollte er die Zeltplane, die er für ein Notbiwak dabeihatte, und breitete sie vor den schlafenden Kindern als Windschutz aus. Dann legte er sich Rücken an Rücken mit seinem alten Waffenbruder Iorek Byrnison und schlief ein.

Als Lyra aufwachte, stand der Mond hoch am Himmel, und um sie herum war alles wie mit Silber übergossen, von der unter ihr dahingleitenden Wolkendecke bis zu den Eiszapfen an den Leinen des Ballons.

Roger schlief noch, ebenso wie Lee Scoresby und der Bär. Doch neben dem Korb flog unermüdlich die Hexenkönigin.

»Wie weit ist es noch bis Svalbard?« sagte Lyra.

»Wenn wir keinen stärkeren Gegenwind bekommen, sind wir in zwölf Stunden dort.«

»Wo landen wir?«

»Das hängt vom Wetter ab. Natürlich werden wir die Felsenküste möglichst meiden. Dort leben Kreaturen, die alles fressen, was sich bewegt. Wenn es geht, setzen wir euch im Inneren ab, weit weg von Iofur Raknisons Palast.«

»Was geschieht, wenn ich Lord Asriel finde? Kommt er mit mir nach Oxford zurück? Ich weiß gar nicht, ob ich ihm sagen soll, daß ich weiß, daß er mein Vater ist. Vielleicht will er weiter so tun, als sei er mein Onkel. Ich kenne ihn ja kaum.«

»Er kommt sicher nicht mit nach Oxford, Lyra. Offenbar gibt es in einer anderen Welt etwas zu tun, und Lord Asriel ist der einzige, der die Kluft zwischen dieser anderen und unserer Welt überwinden kann. Allerdings braucht er dabei Hilfe.«

»Das Alethiometer!« rief Lyra. »Der Rektor von Jordan hat es mir gegeben, und ich hatte das Gefühl, er wollte etwas über Lord Asriel sagen, nur kam er dann nicht dazu. Ich wußte, daß er ihn nicht *wirklich* vergiften wollte. Vielleicht braucht Lord Asriel das Instrument, um zu erfahren, wie er die Verbindung zur anderen Welt herstellen kann. Ich wette, ich kann ihm dabei helfen. Ich lese das Instrument inzwischen wahrscheinlich so gut wie sonst kaum jemand.«

»Hm«, sagte Serafina Pekkala. »Wie er die Verbindung herstellen will und was seine genaue Aufgabe sein wird, wissen wir nicht. Es gibt Mächte, die zu uns sprechen, und Mächte über diesen, und es gibt Dinge, die selbst den höchsten Mächten verborgen sind.«

»Das Alethiometer würde es mir sagen! Ich kann es ja gleich probieren ...«

Aber es war zu kalt, Lyra hätte das Instrument nicht in der Hand halten können. Sie wickelte ihren Pelz fester um sich und zog die Kapuze wegen des eisigen Windes so weit zu, bis nur noch ein Schlitz zum Durchsehen offen war. Vom Korbring des Ballons erstreckte sich ein langes Seil weit nach vorn; an ihm zogen sechs oder sieben Hexen, die auf Ästen aus Wolkenkiefer saßen. Die Sternen funkelten hell, kalt und hart wie Diamanten.

»Warum friert ihr Hexen nicht, Serafina Pekkala?«

»Wir spüren die Kälte, aber sie macht uns nichts aus, denn sie schadet uns nicht. Wenn wir uns gegen die Kälte warm anziehen würden, könnten wir andere Dinge nicht mehr spüren, das Kribbeln der Sterne oder die Musik der Aurora oder am besten von allem die seidige Glätte des Mondlichtes auf der Haut. Dafür lohnt es sich, die Kälte zu ertragen.«

»Kann ich das auch spüren?«

»Nein, du würdest ohne deine warmen Kleider sterben. Behalte sie also an.«

»Wie alt werden Hexen, Serafina Pekkala? Farder Coram sagt, viele hundert Jahre. Aber du siehst überhaupt nicht alt aus.«

»Ich bin dreihundert Jahre alt oder älter. Unsere älteste Hexenmutter ist fast tausend. Eines Tages wird Yambe-Akka sie holen, und eines Tages auch mich. Sie ist die Göttin der Toten. Wenn sie freundlich lächelnd zu dir kommt, weißt du, daß es Zeit ist, zu sterben.«

»Sind auch Männer Hexen? Oder nur Frauen?«

»Es gibt Männer, die uns dienen, wie der Konsul in Trollesund. Und andere Männer sind unsere Liebhaber und Gefährten. Du bist noch jung, Lyra, zu jung, um das zu verstehen, aber ich sage es dir trotzdem, dann verstehst du es später: Männer kommen und gehen vor unseren Augen wie Schmetterlinge, Geschöpfe einer kurzen Jahreszeit. Wir lieben sie; sie sind tapfer, stolz, schön und klug und sterben gleich wieder. Sie sterben so schnell, daß der Kummer uns ständig das Herz zerreißt. Wir gebären ihre Kinder; aus den Mädchen werden Hexen, aus den jungen Menschen wie du; und dann, im nächsten Augenblick, haben sie uns schon wieder verlassen, niedergestreckt, tot, verloren. Auch unsere Söhne. Wenn ein kleiner Junge heranwächst, hält er sich für unsterblich. Seine Mutter weiß, daß er es nicht ist. Das ist von Mal zu Mal schmerzhafter, bis uns schließlich das Herz bricht. Vielleicht ist das der Augenblick, in dem uns Yambe-Akka holt. Sie ist älter als die Tundra. Vielleicht ist für sie ein Hexenleben so kurz wie für uns ein Menschenleben.«

»Hast du Farder Coram geliebt?«

»Ja. Weiß er es?«

»Keine Ahnung, aber ich weiß, daß er dich liebt.«

»Als er mich rettete, war er jung und stark und stolz und schön. Ich verliebte mich auf Anhieb in ihn. Ich hätte mein Wesen geändert, ich hätte auf das Kribbeln der Sterne und die Musik der Aurora verzichtet, auf das Fliegen – all das hätte ich aufgegeben, sofort und ohne nachzudenken, um eine gyptische Bootsfrau zu werden, für ihn zu kochen, das Bett mit ihm zu teilen und seine Kinder zu gebären. Aber man kann nicht ändern, was man ist, nur was man tut. Ich bin eine Hexe, er ist ein Mensch. Ich blieb lange genug bei ihm, um ihm ein Kind zu gebären ...«

»Das hat er nie erzählt! War es ein Mädchen? Eine Hexe?«

»Nein, ein Junge. Er starb an der großen Seuche, die vor vierzig Jahren aus dem Osten kam, der Arme. Er trat ins Leben und mußte gleich wieder gehen, wie eine Eintagsfliege. Es zerriß mir schier das Herz, wie jedesmal. Coram war verzweifelt. Und dann wurde ich aufgefordert, zu meinem Volk zurückzukehren, weil Yambe-Akka meine Mutter geholt hatte und ich Clan-Königin geworden war. Ich mußte also gehen.«

»Und du hast Farder Coram nie wieder gesehen?«

»Nie wieder. Ich hörte von seinen Taten. Ich hörte, daß ein vergifteter Pfeil der Skrälinge ihn verwundet hatte, und schickte Kräuter und Zaubermittel zu seiner Genesung, aber ich war nicht stark genug, ihn zu besuchen. Ich hörte, daß er danach ein gebrochener Mann war und daß seine Weisheit wuchs, weil er viel studierte und las, und ich war stolz auf ihn und die guten Dinge, die er tat. Aber ich hielt mich fern von ihm, denn es waren gefährliche Zeiten für meinen Clan. Hexenkriege drohten, und außerdem glaubte ich, er würde mich vergessen und eine Frau unter den Menschen finden ...«

»Das würde er nie«, sagte Lyra entschieden. »Du mußt ihn besuchen. Er liebt dich immer noch, ganz bestimmt.«

»Aber er würde sich für sein Alter schämen, und das will ich nicht.«

»Vielleicht. Aber ich finde, dann solltest du ihm wenigstens eine Nachricht schicken.«

Serafina Pekkala schwieg lange Zeit. Pantalaimon verwandelte sich in eine Seeschwalbe und flog auf ihren Ast, um ihr zu verstehen zu geben, daß Lyra sie nicht hatte kränken wollen.

Schließlich sagte Lyra: »Warum haben eigentlich alle Menschen Dæmonen, Serafina Pekkala?«

»Das fragen alle, und keiner weiß eine Antwort. Solange es Menschen gibt, gibt es auch Dæmonen. Das unterscheidet uns von den Tieren.«

»Stimmt! Von denen unterscheiden wir uns wirklich ... Zum Beispiel von den Bären. Seltsame Tiere, die Bären, oder? Man denkt, sie sind ja wie Menschen, und dann tun sie plötzlich etwas so Seltsames oder Grausames, daß man das Gefühl hat, man wird sie nie verstehen ... Aber Iorek, weißt du, also Iorek sagte zu mir, daß seine Rüstung für ihn dasselbe bedeutet wie für die Menschen ihr Dæmon. Sie ist seine Seele, sagt er. Aber das ist auch wieder anders als bei uns, weil er seine Rüstung selbst gemacht hat. Seine erste Rüstung wurde ihm weggenommen, als man ihn in die Verbannung schickte, er hat sich also einige Stücke Himmelseisen zusammengesucht und daraus eine neue Rüstung gemacht, also eine neue Seele. Wir können unsere Dæmonen ja nicht selber machen. Und die Leute in Trollesund, also die haben ihn mit Alkohol betrunken gemacht und ihm dann die Rüstung gestohlen, und ich habe herausgefunden, wo sie ist, und er hat sie wiederbekommen ... Aber was ich nicht verstehe: Warum kommt er mit nach Svalbard? Sie werden gegen ihn kämpfen. Vielleicht töten sie ihn sogar ... Ich habe Iorek lieb. Ich habe ihn so lieb, daß ich wünschte, er käme nicht mit.«

»Hat er dir gesagt, wer er ist?«

»Nur seinen Namen. Und den hat uns der Konsul in Trollesund gesagt«

»Er ist von vornehmer Abstammung, ein Prinz. Wenn er nicht ein schweres Verbrechen begangen hätte, wäre er jetzt sogar König der Bären.«

»Aber er sagte mir, der König der Bären sei Iofur Raknison.«

»Iofur Raknison wurde König, als Iorek Byrnison verbannt wurde. Natürlich ist Iofur auch ein Prinz, sonst hätte er nicht König werden dürfen; aber er ist schlau nach Art der Menschen. Er schließt Bündnisse und Verträge, er lebt nicht wie andere Bären in Eisburgen, sondern in einem neuen Palast, und er redet davon, mit den Nationen der Menschen Botschafter auszutauschen und mit Hilfe menschlicher Ingenieure die Feuerminen auf Svalbard zu erschließen … Er ist sehr geschickt und listig. Einige sagen, er hätte Iorek zu der Tat provoziert, für die er verbannt wurde, andere sagen, auch wenn er das nicht getan hat, hat er zumindest das Gerücht gefördert, weil man ihn dann für noch raffinierter und listiger hält.«

»Aber was genau hat Iorek denn getan? Ich mag Iorek nämlich auch deshalb, weil mein Vater dasselbe getan hat wie er und auch dafür bestraft wurde. Ich finde, daß die beiden sich darin gleichen. Iorek hat mir erzählt, er habe einen anderen Bären umgebracht, aber er hat nicht gesagt, warum.«

»Der Kampf ging um eine Bärin. Der Bär, den Iorek tötete, wollte sich nicht mit seiner Niederlage abfinden, als klar war, daß Iorek stärker war. Bären erkennen bei allem Stolz immer an, wenn ein anderer Bär ihnen überlegen ist, und unterwerfen sich, aber dieser Bär tat das aus irgendeinem Grund nicht. Einige meinen, Iofur Raknison hätte ihn dazu angestiftet oder ihm Kräuter zu essen gegeben, die seinen Verstand verwirrten. Jedenfalls wollte der junge Bär nicht einlenken, und Iorek Byrnison verlor die Beherrschung. Der Fall war klar: Er hätte den Bären nur verwunden dürfen, nicht töten.«

»Dann wäre er jetzt König«, sagte Lyra. »Ich habe schon vom Palmer-Professor in Jordan von Iofur Raknison gehört; der Professor ist im Norden gewesen und hat ihn kennengelernt. Er sagte … wenn ich mich bloß erinnern könnte, was er sagte … Ich glaube, Iofur sei durch irgendwelche Intrigen auf den Thron gekommen … Dabei hat Iorek mir einmal gesagt, Bären könne man nicht überlisten, und er zeigte mir, daß ich ihn nicht reinlegen konnte. Anscheinend sind beide reingelegt worden, er und der andere Bär. Vielleicht können nur Bären andere Bären überlisten, nicht Menschen. Außer … Die Leute in Trollesund, die haben ihn doch überlistet, nicht wahr? Indem sie ihn betrunken gemacht und seine Rüstung gestohlen haben.«

»Wenn Bären sich wie Menschen verhalten, kann man sie vielleicht überlisten«, sagte Serafina Pekkala, »und wenn sie sich wie Bären verhalten, vielleicht nicht. Normalerweise trinkt kein Bär Alkohol. Iorek Byrnison trank, um die Schande seiner Verbannung zu vergessen, und nur deshalb konnten die Menschen in Trollesund ihn überlisten.«

»Genau«, sagte Lyra und nickte. Diese Erklärung leuchtete ihr vollkommen ein. Sie bewunderte Iorek fast grenzenlos und war froh, seine edle Gesinnung bestätigt zu finden. »Du bist wirklich klug«, sagte sie. »Darauf wäre ich nie gekommen, wenn du es mir nicht gesagt hättest. Wahrscheinlich bist du noch klüger als Mrs. Coulter.«

Sie flogen weiter. Lyra kaute auf einem Stück Seehundfleisch, das sie in ihrer Tasche gefunden hatte.

»Serafina Pekkala«, sagte sie nach einer Weile, »was ist dieser *Staub?* Denn mir scheint, daß es bei dem ganzen Streit immer um Staub geht, nur will mir keiner sagen, was das ist.«

»Ich weiß es nicht«, erwiderte Serafina Pekkala. »Die Hexen hat das nie interessiert. Ich weiß nur, daß man überall dort, wo es Priester gibt, Angst vor Staub hat. Mrs. Coulter ist natürlich keine Priesterin, aber dafür eine mächtige Agentin des Magisteriums. Sie hat die Oblations-Behörde gegründet und die Kirche dazu überredet, Bolvangar zu finanzieren, weil sie sich für Staub interessiert. Wir verstehen zwar nicht, warum, aber es gibt viele Dinge, die wir nicht verstehen. Wenn wir sehen, daß die Tataren sich Löcher in die Schädel bohren, können wir uns nur wundern. Staub mag also eine merkwürdige Sache sein, die wir nicht verstehen, aber wir geraten deshalb nicht in Panik und reißen Dinge auseinander, um dem Phänomen auf die Spur zu kommen. Das überlassen wir der Kirche.«

»Der Kirche?« rief Lyra. Ihr war eingefallen, wie sie mit Pantalaimon in den Fens darüber gerätselt hatte, was wohl die Nadel des Alethiometers bewegte. Sie hatten sich an die Photomühle auf dem Hochaltar von Gabriel College erinnert, deren kleine Flügel von Elementarteilchen bewegt wurden. Der dortige Fürsprecher hatte ganz eindeutig von einem Zusammenhang zwischen Elementarteilchen und Religion gesprochen. »Könnte sein«, sagte sie und nickte. »Die Kirche hält ja so viele Sachen geheim. Aber dabei handelt es sich meist um ganz alte Dinge, und dazu gehört Staub nicht, soviel ich weiß. Ich frage mich, ob Lord Asriel mir mehr darüber sagen kann ...«

Sie gähnte.

»Ich lege mich lieber wieder hin«, sagte sie zu Serafina Pekkala, »sonst erfriere ich wahrscheinlich noch. Ich hab' schon drunten auf der Erde gefroren, aber so kalt wie jetzt war mir noch nie. Ich glaube, ich sterbe, wenn mir noch kälter wird.«

»Dann leg dich hin und wickle dich gut in die Pelze ein.«

»Das mach ich. Aber wenn ich sterben müßte, dann viel lieber hier oben als unten. Als wir uns unter dieses Messer stellen mußten, glaubte ich schon, das sei das Ende ... Wir glaubten es beide. Es war schrecklich. Aber jetzt legen wir uns hin. Weck uns, wenn wir ankommen.« Unbeholfen und mit vor Kälte starren und schmerzenden Gliedern legte Lyra sich auf die am Boden ausgebreiteten Felle und kuschelte sich so dicht wie möglich an den schlafenden Roger.

Und schlafend schwebten die vier Reisenden in ihrem eisverkrusteten Ballon weiter auf die Felsen und Gletscher, die Feuerminen und Eisburgen von Svalbard zu.

Serafina Pekkala rief Lee Scoresby etwas zu, und dieser fuhr aus dem Schlaf hoch, noch ganz benommen vor Kälte. Er merkte sofort an der Bewegung des Ballons, daß etwas nicht stimmte. Geschüttelt von starken Böen, schwang der Ballon heftig hin und her, und die Hexen konnten das Seil, an dem sie ihn zogen, kaum noch halten. Wenn sie losließen, würde der Ballon sofort abgetrieben werden, und ein kurzer Blick auf den Kompaß sagte dem Aeronauten, daß sie dann mit einer Geschwindigkeit von fast hundert Meilen pro Stunde auf Nowaja Semlja zurasen würden.

»Wo sind wir?« hörte Lyra ihn rufen. Die heftigen Bewegungen hatten sie aus dem Schlaf gerissen, und ihre Glieder waren taub vor Kälte.

Sie hörte nicht, was die Hexe antwortete, aber durch ihre halbgeschlossene Kapuze sah sie im Schein einer anbarischen Laterne, wie Lee Scoresby sich an eine Verstrebung klammerte und an einem Seil zog, das vom Ballon herunterhing. Er zog einmal kräftig daran, als ob es sich verklemmt hätte, sah in das von Windstößen durchtobte Dunkel hinauf und schlang das Seil dann um einen Pflock am Korbring.

»Ich lasse etwas Gas ab«, rief er Serafina Pekkala zu. »Wir müssen runter, wir fliegen viel zu hoch.«

Die Hexe rief etwas als Antwort, aber wieder konnte Lyra nichts verstehen. Neben ihr wachte Roger auf. Das Knarren des Korbes hätte den tiefsten Schläfer geweckt, von dem heftigen Schaukeln und Rütteln ganz zu schweigen. Rogers Dæmon und Pantalaimon klammerten sich wie Krallenaffen aneinander, und Lyra versuchte, ganz ruhig liegenzubleiben und nicht in Panik zu geraten.

»Alles bestens«, sagte Roger fröhlich, während Lyra gar nicht wohl in ihrer Haut war. »Sobald wir unten sind, machen wir Feuer und wärmen uns auf. Ich habe ein paar Streichhölzer in der Tasche, die ich in Bolvangar aus der Küche geklaut habe.«

Der Ballon sank tatsächlich, denn im nächsten Augenblick umhüllte sie eine dicke, eisige Wolke. Nebelfetzen flogen durch den Korb, und plötzlich wurde alles dunkel. Es war der dickste Nebel, den Lyra je erlebt hatte. Dann hörten sie wieder Serafina Pekkala etwas rufen, und der Aeronaut wickelte das Seil vom Pflock und ließ es los. Es sprang durch seine Hände nach oben, und Lyra hörte oder spürte über dem Knarren des Korbes und dem Rütteln und Heulen des Windes in den Leinen irgendwo weit oben einen gewaltigen, dumpfen Schlag.

Lee Scoresby sah Lyras aufgerissene Augen.

»Das ist das Gasventil«, rief er. »Es arbeitet mit einer Feder und hält das Gas im Ballon. Wenn ich daran ziehe, entweicht oben Gas, und wir verlieren an Auftrieb und sinken.«

»Sind wir denn schon …«

Lyra konnte den Satz nicht beenden, denn etwas Schreckliches geschah. Eine Kreatur, halb so groß wie ein Mensch, mit ledrigen Flügeln und gebogenen Klauen kroch über den Rand des Korbes und auf Lee Scoresby zu. Sie hatte einen flachen Kopf, hervorquellende Augen und ein breites, froschähnliches Maul und sonderte Schwaden eines entsetzlichen Gestanks ab. Bevor Lyra schreien konnte, hatte Iorek Byrnison die Tatze ausgestreckt und die Kreatur weggeschubst. Sie fiel aus dem Korb und verschwand mit einem gellenden Schrei.

»Ein Klippenalp«, sagte Iorek kurz.

Im nächsten Moment erschien Serafina Pekkala und hielt sich am Rand des Korbes fest.

»Die Klippenalpe greifen an«, sagte sie eindringlich. »Wir bringen den Ballon jetzt nach unten, und dann müssen wir uns verteidigen. Sie sind ...«

Der Rest ihrer Worte ging in einem markerschütternden Reißgeräusch unter, dann kippte alles zur Seite. Ein furchtbarer Schlag wirbelte die drei Menschen an die Wand des Korbes, an der Iorek Byrnisons Rüstung lag. Iorek streckte seine mächtige Tatze aus, um zu verhindern, daß sie hinausfielen, denn der Korb schwankte immer heftiger. Serafina Pekkala war verschwunden. Der Lärm war ohrenbetäubend, und über allem war das Kreischen der Klippenalpe zu hören. Lyra sah, wie sie um den Korb schossen, und roch ihren faulen Gestank.

Dann folgte ein zweiter Schlag, so plötzlich, daß er sie wieder auf den Boden warf, und der Korb begann, sich um die eigene Achse drehend, mit furchterregender Geschwindigkeit zu sinken. Es war, als hätte er sich vom Ballon losgerissen und fiel nun, durch nichts mehr gehalten, ins Bodenlose. Eine weitere Serie von Schlägen und Stößen folgte, und der Korb wurde so schnell von einer Seite zur anderen geworfen, als springe er zwischen zwei Felswänden hin und her.

Als letztes sah Lyra, wie Lee Scoresby mit einer langen Pistole mitten in das Gesicht eines Klippenalps feuerte. Dann machte sie die Augen fest zu und hielt sich in panischer Angst an Iorek Byrnisons Fell fest. Gellende Schreie, das Peitschen und Pfeifen des Windes und das Knarren des Korbes wie eine gequälte Kreatur erfüllten die turbulente Luft mit einem entsetzlichen Lärm.

Ein gewaltiger Ruck erschütterte den Korb, und Lyra verlor jeden Halt und wurde hinausgeschleudert. Der Aufprall verschlug ihr den Atem, und sie wußte nicht mehr, wo oben und unten war. Ihr Gesicht in der fest zugezogenen Kapuze war über und über mit einem Pulver bedeckt, das aus trokkenen, kalten Kristallen bestand ...

Es war Schnee; sie war in einer Schneewehe gelandet. Sie war so zerschlagen, daß sie kaum denken konnte. Einige Sekunden lang blieb sie wie tot liegen, dann begann sie kraftlos, den Schnee in ihrem Mund auszuspucken, und genauso kraftlos schneuzte sie sich, um wenigstens etwas Luft durch die Nase zu bekommen. Sie schien nicht verletzt zu sein, sie fühlte sich lediglich völlig ausgepumpt. Vorsichtig bewegte sie Hände, Füße, Arme und Beine und hob den Kopf.

Sie konnte nichts sehen, weil ihre Kapuze immer noch mit Schnee gefüllt war. Mit großer Anstrengung, als ob jede ihrer Hände eine Tonne schwer sei, wischte sie sich den Schnee aus den Augen und spähte nach draußen. Sie sah eine Welt ganz in Grau, in hellen und dunklen Grautönen und in Schwarz, durch die geisterhafte Nebelschwaden waberten.

Die einzigen Geräusche, die sie hörte, waren die entfernten Schreie der Klippenalpe hoch über ihr und in einiger Entfernung das Donnern einer Brandung.

»Iorek!« rief sie. Ihre Stimme war schwach und zittrig. Sie versuchte es noch einmal, aber niemand antwortete. Dann rief sie nach Roger, doch ebenfalls vergeblich.

Sie hätte allein auf der Welt sein können, was sie natürlich nicht war, denn in diesem Augenblick kroch Pantalaimon in Gestalt einer Maus aus ihrem Anorak, um ihr Gesellschaft zu leisten.

»Ich habe das Alethiometer überprüft«, sagte er, »es funktioniert noch. Es ist nichts zerbrochen.«

»Wir sind verloren, Pan!« sagte Lyra. »Hast du die Klippenalpe gesehen? Und wie Mr. Scoresby auf sie schoß? Wenn die uns hier entdecken, dann gnade uns Gott ...«

»Vielleicht sollten wir den Korb suchen«, sagte Pantalaimon.

»Wir dürfen nicht rufen«, sagte sie. »Ich habe es gerade getan, aber die Klippenalpe könnten uns hören. Wenn ich nur wüßte, wo wir sind.«

»Vielleicht ist es ganz gut, wenn wir es nicht wissen«, sagte Pantalaimon. »Vielleicht sitzen wir am Fuß eines Felsens, zu dem kein Weg hinaufführt, und sind den Klippenalpen ausgeliefert, sobald sich der Nebel lichtet.«

Lyra ruhte noch einige Minuten aus, dann tastete sie durch den Nebel und stellte fest, daß sie in einem Spalt zwischen zwei eisbedeckten Felsen gelandet war. Eisiger Nebel hüllte alles ein. Die Brandung auf der einen Seite schien, dem Lärm nach zu schließen, etwa fünfzig Meter entfernt, die Schreie der Klippenalpe über ihr schienen etwas leiser geworden zu sein. Lyra konnte nicht weiter als zwei bis drei Schritte sehen, und sogar Pantalaimon war trotz seiner Eulenaugen hilflos.

Mühsam und immer wieder ausrutschend und stolpernd, kletterte Lyra über die unebenen Felsen von der Brandung weg den Strand hinauf. Wohin sie auch sah, sie erblickte nur Felsen und Schnee, von dem Ballon und seinen Passagieren keine Spur.

»Sie können doch nicht spurlos verschwunden sein«, flüsterte sie.

Pantalaimon sprang in Gestalt einer Katze über die Felsen neben ihr und stieß dabei auf vier schwere Sandsäcke, die aufgeplatzt waren. Der ausgelaufene Sand war bereits steinhart gefroren.

»Ballast«, sagte Lyra. »Lee Scoresby muß die Säcke abgeworfen haben, um wieder aufzusteigen.«

Sie schluckte hart, um den Klumpen in ihrer Kehle oder die Angst in ihrer Brust oder beides nicht aufsteigen zu lassen.

»Mein Gott, ich hab Angst«, sagte sie. »Hoffentlich ist ihnen nichts Schlimmes passiert.«

Pantalaimon sprang auf ihren Arm und verschwand in Gestalt einer Maus in ihrer Kapuze. Lyra hörte ein Geräusch, wie ein Kratzen auf Stein, und drehte sich um.

»Iorek!«

Aber sie brach mitten im Wort ab, denn das war nicht Iorek Byrnison, sondern ein fremder Bär in einer glänzenden Rüstung. Die Wassertropfen auf der Rüstung waren gefroren, und auf dem Helm wippte ein Federbusch.

Der Bär blieb etwa zwei Meter vor ihr stehen, und Lyra hielt ihr Ende für gekommen.

Dann riß der Bär das Maul auf und brüllte. Die Klippen warfen das Echo zurück, und das Kreischen über ihr verstärkte sich. Aus dem Nebel tauchte ein zweiter Bär auf, und dann noch einer. Lyra erstarrte und ballte ihre kleinen Fäuste.

Die Bären bewegten sich nicht. Dann sagte der erste: »Name?«

»Lyra.«

»Woher kommst du?«

»Vom Himmel.«

»In einem Ballon?«

»Ja.«

»Komm mit. Du bist unsere Gefangene. Los jetzt! Schnell!«

Müde und verängstigt stolperte Lyra hinter dem Bären über die harten, rutschigen Felsen. Sie wußte nicht, wie sie sich aus dieser Situation je wieder herausreden sollte.

Neunzehn

Gefangen

Die Bären führten Lyra eine Felsrinne hinauf, in der der Nebel noch dicker lag als an der Küste. Die Schreie der Klippenalpe und das Donnern der Wellen wurden leiser, je höher sie stiegen, und bald war nur noch das ewige Schreien der Seevögel zu hören. Schweigend stiegen sie über Felsen und Schneewehen, und obwohl Lyra angestrengt in das sie umgebende Grau starrte und auf ein Geräusch ihrer Freunde lauschte, hatte sie das Gefühl, der einzige Mensch auf Svalbard zu sein. Und Iorek war vielleicht tot.

Der Bärenfeldwebel sagte nichts, bis sie ebenes Gelände erreicht hatten. Dort hielten sie an. Dem Geräusch der Brandung nach zu schließen, standen sie oben auf den Klippen, aber Lyra wagte es nicht, wegzurennen, aus Furcht, dabei über den Rand zu fallen.

»Schau nach oben«, sagte der Bär, als ein leichter Wind aufkam und den dichten Nebel vor ihnen teilte.

Zwar wurde es dadurch nicht viel heller, aber Lyra blickte gehorsam nach oben und sah, daß sie am Fuß eines gewaltigen steinernen Gebäudes stand. Es war mindestens so hoch wie der höchste Turm von Jordan College, hatte aber viel dickere Mauern und war über und über mit kriegerischen Darstellungen bedeckt, mit Bären in Siegerpose und unterworfenen Skrälingen, mit Tataren in Ketten, die als Sklaven in den Feuerminen arbeiteten, und mit aus aller Welt eintreffenden Zeppelinen, die Geschenke und Tributzahlungen zum König der Bären brachten, zu Iofur Raknison. – Zumindest erklärte der Bärenfeldwebel die Aussage der Reliefs so. Lyra mußte ihm glauben, denn auf jedem Vorsprung und Sims der behauenen Fassade hockten krächzend und kreischend Raubmöwen und Tölpel, und weitere Vögel kreisten ständig über ihnen, und ihre Exkremente bedeckten das Gebäude über und über mit einer dicken, schmutzigweißen Schicht.

Die Bären schienen den Dreck freilich gar nicht zu sehen und gingen Lyra voraus über den vereisten, ebenfalls mit Vogelkot verdreckten Boden durch einen riesigen Torbogen. Dahinter folgten ein Hof, steile Treppen und weitere Tore, und überall waren Bären in Rüstungen postiert, die die Ankömmlinge anhielten und nach der Parole fragten. Ihre Panzer waren poliert und glänzten, und alle hatten Federbüsche auf ihren Helmen. Unwillkürlich verglich Lyra jeden Bär, den sie sah, mit Iorek Byrnison, und der Vergleich fiel immer zu seinen Gunsten aus. Er war stärker und geschmeidiger, und seine Rüstung war eine wirkliche Rüstung, befleckt mit Rost und Blut und vom Kampf eingedellt, nicht gepflegt und dekorativ bemalt wie die meisten, die sie hier sah.

Je weiter sie gingen, desto wärmer wurde es, und noch etwas anderes nahm zu. In Iofurs Palast stank es erbärmlich nach ranzigem Seehundfett, Blut und allen möglichen Abfällen. Lyra schob die Kapuze zurück, um sich Kühlung zu verschaffen, und rümpfte unwillkürlich die Nase. Sie hoffte nur, daß Bären die menschliche Mimik nicht lesen konnten. Alle paar Meter steckte in einem eisernen Halter eine Tranlampe, in deren flackerndem Licht man nicht immer sah, wohin man trat.

Schließlich blieben sie vor einer schweren Eisentür stehen. Eine Wache schob einen massiven Riegel zurück, und der Feldwebel versetzte Lyra mit dem Kopf einen so plötzlichen Stoß, daß sie vornüber durch die Tür stolperte. Bevor sie sich aufrappeln konnte, hörte sie, wie die Tür hinter ihr verriegelt wurde.

Es war stockdunkel, aber Pantalaimon verwandelte sich in ein Glühwürmchen und verbreitete einen schwachen

Schein. Sie befanden sich in einer engen Zelle mit Wänden, von denen das Wasser tropfte. Das einzige Möbelstück war eine Steinbank, und in der Ecke gegenüber lag ein Haufen Lumpen, die offensichtlich das Bett darstellten. Mehr konnte Lyra nicht sehen.

Mit Pantalaimon auf der Schulter setzte sie sich und tastete in ihren Kleidern nach dem Alethiometer.

»Es hat ganz schön viele Stöße abbekommen, Pan«, flüsterte sie. »Hoffentlich funktioniert es noch.«

Pantalaimon flog auf ihr Handgelenk, um dort zu leuchten, während Lyra versuchte, ihre Gedanken zu sammeln. In einer entfernten Ecke ihres Bewußtseins wunderte sie sich, wie sie hier inmitten der schrecklichsten Gefahr so ruhig dasitzen und sich auf das Alethiometer konzentrieren konnte; und doch war das Lesen des Alethiometers inzwischen so sehr ein Teil von ihr geworden, daß die kompliziertesten Fragen sich wie von selbst in die ihnen zugeordneten Symbole auflösten; ein Vorgang, der beinahe so natürlich war, wie Lyras Muskeln ihre Glieder bewegten. Sie brauchte kaum darüber nachzudenken.

Sie drehte die Zeiger und formulierte in Gedanken die Frage: »Wo ist Iorek?«

Die Antwort ließ nicht auf sich warten: »Eine Tagesreise entfernt. Der Ballon brachte ihn nach eurem Zusammenstoß dorthin, aber er ist bereits auf dem Weg hierher.«

»Und Roger?«

»Ist bei ihm.«

»Was hat Iorek vor?«

»Er will in den Palast eindringen und dich trotz aller Schwierigkeiten befreien.«

Lyra verstaute das Alethiometer wieder. Sie hatte jetzt noch mehr Angst als zuvor.

»Sie werden ihn nicht hereinlassen«, sagte sie. »Sie sind in der Überzahl. Ich wünschte, ich wäre eine Hexe, Pan, dann könntest du wegfliegen, ihn suchen und ihm eine Botschaft überbringen und so weiter, und wir könnten uns einen Plan ausdenken ...« Dann erschrak sie, wie sie noch nie erschrocken war.

Aus dem Dunkel ertönte, nur wenige Meter von ihr entfernt, die Stimme eines Mannes. »Wer ist da?«

Mit einem entsetzten Schrei sprang Lyra auf. Pantalaimon verwandelte sich augenblicklich in eine Fledermaus und flog kreischend um ihren Kopf, während sie zur Wand zurückwich.

»Hm? Hin?« sagte der Mann wieder. »Wer ist da? Sag doch! Raus mit der Sprache!«

»Sei wieder ein Glühwürmchen, Pan«, flüsterte Lyra mit zittriger Stimme. »Aber fliege nicht zu dicht ran.«

Ein kleiner, flimmernder Lichtpunkt tanzte durch das Dunkel und umkreiste den Kopf des Sprechers. Was Lyra gesehen hatte, war kein Lumpenhaufen, sondern ein graubärtiger, an die Wand geketteter Mann mit wirren, schulterlangen Haaren, dessen Augen in Pantalaimons Schein glänzten. Sein Dæmon, eine trübe dreinblickende Schlange, lag in seinem Schoß; nur ihre Zunge schoß ab und zu heraus, wenn Pantalaimon in ihre Nähe kam.

»Wie heißen Sie?« fragte Lyra.

»Jotham Santelia«, erwiderte er. »Ich bin Regius-Professor für Kosmologie an der Universität Gloucester. Und du?«

»Lyra Belacqua. Weshalb hat man Sie hier eingesperrt?«

»Aus Bosheit und Eifersucht ... Wo kommst du denn her? Hm?«

»Aus Jordan College«, sagte Lyra.

»Was? Aus Oxford?«

»Ja.«

»Ist dieser Schurke Trelawney immer noch dort, hm?«

»Der Palmer-Professor? Ja.«

»Tatsächlich, bei Gott! Hm? Man hätte ihn schon längst zum Rücktritt zwingen sollen. Den miesen Plagiator! Den dreisten Narr!«

Lyra murmelte etwas Unbestimmtes.

»Hat er seinen Artikel über die Gammastrahlen-Photonen schon veröffentlicht?« Das Gesicht des Professors befand sich auf einmal dicht unter dem Lyras, und sie wich zurück.

»Keine Ahnung«, sagte sie, und dann fuhr sie aus reiner Gewohnheit fort: »Nein, jetzt erinnere ich mich. Er sagte, er müsse noch einige Zahlen überprüfen. Und … er sagte, er würde auch über Staub schreiben, genau.«

»Schurke! Dieb! Erpresser! Gauner!« rief der alte Mann und zitterte so heftig, daß Lyra schon fürchtete, er könnte einen Anfall haben. Sein Dæmon glitt träge von seinem Schoß, als der Professor begann, sich mit den Fäusten auf die Schenkel zu schlagen. Speicheltropfen flogen ihm aus dem Mund.

»Ja«, sagte Lyra, »ich habe ihn auch immer für einen Dieb gehalten. Und einen Gauner und alles andere.«

Wie unwahrscheinlich es war, daß ein schmutzstarrendes kleines Mädchen in seiner Zelle auftauchen und seinen Intimfeind kennen sollte, fiel dem Regius-Professor gar nicht auf. Er *war* verrückt, der Arme, kein Wunder, aber vielleicht, so hoffte Lyra, konnte er ihr trotzdem mit einigen nützlichen Informationen weiterhelfen. Sie setzte sich vorsichtig in seine Nähe, nicht so nah, daß er sie berühren konnte, aber nah genug, daß sie ihn deutlich sah, wenn Pantalaimon leuchtete.

»Professor Trelawney«, sagte sie, »hat immer besonders gern damit angegeben, wie gut er den König der Bären kennt …«

»Angegeben! Hm? Hm? Das will ich meinen! Der eitle Geck! Und Pirat! Von wegen eigene Forschung! Alles von größeren Geistern geklaut!«

»Tja, stimmt«, gab Lyra ernsthaft zu. »Und wenn er mal selbst was tut, macht er alles verkehrt!«

»Ja! Ja! Absolut! Kein Talent, keine Fantasie, ein Schwindler von Kopf bis Fuß!«

»Ich wette zum Beispiel«, sagte Lyra, »daß Sie viel mehr über Bären wissen als er.«

»Bären«, sagte der Alte, »ha! Darüber könnte ich Bücher schreiben! Deshalb haben sie mich doch hier eingesperrt!«

»Ach ja?«

»Ich weiß zuviel über sie, und sie trauen sich nicht, mich umzubringen. Trauen sich nicht, auch wenn sie gerne wollten. Das weiß ich genau. Ich habe Freunde, ja! Mächtige Freunde.«

»Ach so«, sagte Lyra. »Und ich wette, Sie sind ein ausgezeichneter Lehrer, bei so viel Wissen und Erfahrung.«

Sogar in den Abgründen seiner Verrücktheit schlummerte noch ein kleiner Rest gesunder Menschenverstand, und er sah sie scharf an, fast als argwöhne er Ironie. Aber Lyra hatte ihr ganzes Leben mit mißtrauischen und verschrobenen Wissenschaftlern zugebracht, und sie starrte ihn mit einer solch unschuldigen Bewunderung an, daß er besänftigt war.

»Lehrer«, sagte er, »Lehrer ... ja, ich könnte unterrichten. Verschaffe mir den richtigen Schüler, und ich setze seine Gedanken in Brand!«

»Ihr Wissen darf schließlich nicht einfach verlorengehen«, sagte Lyra ermutigend. »Es muß weitergegeben werden, damit die Menschen sich an Sie erinnern.«

»Ja«, sagte er und nickte ernst. »Ein kluger Gedanke, Kind. Wie heißt du?«

»Lyra«, sagte sie noch einmal. »Könnten Sie mich nicht über die Bären unterrichten?«

»Die Bären ...«, sagte er zweifelnd.

»Ich wüßte wirklich gern mehr über Kosmologie und Staub und all das, aber dazu bin ich nicht schlau genug. Dafür brauchen Sie wirklich gescheite Schüler. Aber das mit den Bären könnte ich lernen. Darin könnten Sie mich unterrichten. Und vielleicht können wir dabei üben und uns bis zum Staub hocharbeiten.«

Er nickte wieder. »Ja«, sagte er, »ja, ich glaube, du hast recht. Es besteht ein Zusammenhang zwischen Mikrokosmos und Makrokosmos! Die Sterne leben, Kind. Wußtest du das? Da draußen ist alles lebendig, und im All hat alles Sinn und Zweck! Das Universum steckt voller *Absichten*, mußt du wissen. Alles geschieht zu einem Zweck. Dein Zweck ist es, mich daran zu erinnern. Gut, gut – ich hatte es in meiner Verzweiflung schon vergessen. Gut! Ausgezeichnet, Kind!«

»Haben Sie den König denn schon einmal gesehen? Iofur Raknison?«

»Ja, o ja. Ich kam doch auf seine Einladung hierher. Er

wollte eine Universität gründen und mich zu ihrem Vizekanzler machen. Das hätte das Royal Arctic Institute ins Mark getroffen, hm! Hm? Und diesen Schurken Trelawney! Ha!«

»Was ist passiert?«

»Ich wurde von Geringeren verraten, unter ihnen natürlich Trelawney. Er war hier, mußt du wissen, hier in Svalbard. Verbreitete Lügen und Verleumdungen über mich. Verleumdungen! Diffamierungen! Wer hat denn den letzten Beweis für die Barnard-Stokes-Hypothese erbracht, hm? Hm? Richtig, das war Santelia. Trelawney hat das nicht verkraftet. Log, daß sich die Balken bogen. Und Iofur Raknison ließ mich hier einsperren. Aber eines Tages bin ich wieder draußen und Vizekanzler, o ja. Dann soll Trelawney vor mir um Gnade winseln! Und der Publikationsausschuß des Royal Arctic Institute soll es ruhig wagen, meine Beiträge abzulehnen! Ha! Demütigen werde ich sie alle!«

»Ich denke, Iorek Byrnison wird Ihnen glauben, wenn er wiederkommt«, sagte Lyra.

»Iorek Byrnison? Darauf warte ich lieber nicht. Der kommt nie wieder.«

»Er ist auf dem Weg hierher.«

»Dann werden sie ihn töten. Er ist kein Bär, mußt du wissen, sondern ein Ausgestoßener, wie ich. Degradiert, ohne Recht auf die Privilegien, die die anderen Bären haben.«

»Mal angenommen, Iorek Byrnison käme doch wieder«, sagte Lyra. »Und angenommen, er forderte Iofur Raknison zum Kampf heraus ...«

»Das würden die Bären nie zulassen«, sagte der Professor verächtlich. »Und Iofur Raknison würde nie zugeben, daß Iorek Byrnison überhaupt das Recht hat, gegen ihn zu kämpfen. Er ist völlig rechtlos. Genausogut könnte er statt eines Bären ein Seehund sein oder ein Walroß. Oder noch schlimmer ein Tatar oder ein Skräling. Sie würden nicht ehrenhaft gegen ihn kämpfen; sie würden ihn mit Flammenwerfern töten, bevor er ihnen zu nahe kommen könnte. Aussichtslos, gnadenlos.«

»Oh«, sagte Lyra, und tiefe Verzweiflung überkam sie.

»Und was ist mit den anderen Gefangenen der Bären? Wissen Sie, wo man sie gefangenhält?«

»Andere Gefangene?«

»Ja, wie ... Lord Asriel.«

Schlagartig veränderte sich das Verhalten des Professors. Er zuckte zurück und schüttelte warnend den Kopf.

»Pst! Still! Sie könnten dich hören!« flüsterte er.

»Warum dürfen wir nicht von Lord Asriel sprechen?«

»Verboten! Sehr gefährlich! Iofur Raknison duldet nicht, daß man von ihm spricht!«

»Aber warum?« sagte Lyra und kam näher. Sie flüsterte jetzt selbst, um den Professor nicht zu erschrecken.

»Lord Asriel gefangenzuhalten ist ein besonderer Auftrag, den Iofur von der Oblations-Behörde bekommen hat«, flüsterte der alte Mann zurück. »Mrs. Coulter kam persönlich zu Besuch und bot Iofur alle möglichen Belohnungen an, wenn er Lord Asriel in Verwahrung nähme. Ich weiß das deshalb, weil ich zu dieser Zeit selbst noch bei Iofur in Gnade stand. Ich lernte Mrs. Coulter kennen, jawohl! Ich hatte ein langes Gespräch mit ihr. Iofur war ganz vernarrt in sie. Er redete unaufhörlich von ihr, daß er alles für sie tun würde. Wenn sie wollte, daß Lord Asriel in völliger Abgeschiedenheit gefangengehalten wurde, bitte sehr. Für Mrs. Coulter alles, wirklich alles. Wußtest du, daß er seine Hauptstadt nach ihr benennen will?«

»Er läßt also niemanden zu Lord Asriel?«

»Nein! Niemanden! Aber zugleich fürchtet er ihn. Iofur spielt ein schwieriges Spiel, aber er ist schlau. Er will es mit beiden nicht verderben. Er läßt niemanden zu Lord Asriel, um Mrs. Coulter zu gefallen, und er stellt Lord Asriel alle Instrumente zur Verfügung, die er haben will, um ihm zu gefallen. Ein prekäres Gleichgewicht. Instabil. Es beiden Seiten recht machen wollen, hm? Die Situation wird sich hochschaukeln, und das wird schon bald zum Zusammenbruch führen, das weiß ich aus verläßlicher Quelle.«

»Wirklich?« Lyra war mit ihren Gedanken anderswo gewesen und versuchte sich zu erinnern, was er gesagt hatte.

»Ja. Mein Dæmon kann mit seiner Zunge schmecken, was wahrscheinlich ist.«

»Meiner auch. Wann bekommen wir zu essen, Professor?«

»Zu essen?«

»Sie müssen uns doch ab und zu etwas bringen, sonst würden wir verhungern. Und auf dem Boden liegen Knochen, wahrscheinlich von Seehunden, oder?«

»Seehunde ... ich weiß nicht. Vielleicht.«

Lyra stand auf und tastete sich zur Tür. Natürlich hatte die Tür keinen Griff und auch kein Schlüsselloch, und sie schloß unten und oben so dicht, daß kein Licht durchschien. Lyra preßte ihr Ohr dagegen, aber sie hörte nichts. Hinter ihr murmelte der alte Mann etwas zu sich selbst. Sie hörte seine Kette rasseln, als er sich erschöpft auf die andere Seite legte, und bald begann er zu schnarchen.

Sie tastete sich zur Bank zurück. Pantalaimon, der es müde war, zu leuchten, war wieder eine Fledermaus geworden, was ihn zu amüsieren schien. Leise quietschend flatterte er herum, während Lyra auf der Bank saß und an einem Fingernagel kaute. Plötzlich, ohne jede Vorwarnung, fiel ihr ein, was sie den Palmer-Professor damals im Ruhezimmer hatte sagen hören. Irgend etwas hatte in ihr rumort, seit sie von Iorek Byrnison zum erstenmal Iofurs Namen gehört hatte, und jetzt wußte sie, was es war: Am meisten, hatte der Professor gesagt, wünsche Iofur Raknison sich einen Dæmon.

Natürlich hatte sie nicht verstanden, was er meinte; er hatte von *Panserbjørne* gesprochen, statt das englische Wort zu benutzen, deshalb hatte sie nicht gewußt, daß er von Bären sprach, und keine Ahnung gehabt, daß Iofur Raknison kein Mensch war. Ein Mensch hätte ja auch einen Dæmon gehabt, die Worte des Professors hatten für Lyra also keinen Sinn ergeben.

Aber jetzt war es klar, und alles, was sie über den Bärenkönig gehört hatte, fügte sich zusammen: Der größte Wunsch des mächtigen Iofur Raknison war es, ein Mensch zu sein, ein Mensch mit einem eigenen Dæmon.

Und als Lyra das verstand, wuchs in ihr ein Plan, wie sie Iofur Raknison dazu bringen konnte, etwas zu tun, das er sonst nie tun würde, wie sie Iorek Byrnison zu dem ihm zustehenden Thron verhelfen konnte und wie sie schließlich an den Ort gelangen konnte, an den man Lord Asriel verschleppt hatte, um ihm das Alethiometer zu überbringen.

Noch schillerte die Idee unwirklich wie eine Seifenblase, und Lyra wagte nicht, sie zu genau zu betrachten, damit sie nicht zerplatzte. Aber sie war mit solchen Ideen vertraut, und so ließ sie sie schillern und sah weg und dachte an etwas anderes.

Sie war fast eingeschlafen, als die Riegel klapperten und die Tür aufging. Licht fiel herein, und Lyra sprang auf. Pantalaimon hatte sie schnell noch in ihrer Tasche versteckt.

Als der Bär, der ihnen das Essen brachte, den Kopf senkte, um die Seehundlende aufzuheben und in die Zelle zu werfen, stand Lyra neben ihm.

»Bring mich zu Iofur Raknison«, sagte sie. »Wenn du es nicht tust, bekommst du Schwierigkeiten. Es ist dringend.«

Der Bär ließ das Fleisch fallen und sah auf. Es war nicht leicht, die Miene eines Bären zu lesen, aber er wirkte verärgert.

»Es geht um Iorek Byrnison«, sagte Lyra schnell. »Ich weiß etwas von ihm, das der König wissen muß.«

»Sag mir, was es ist, und ich richte es ihm aus«, sagte der Bär.

»Das wäre nicht richtig, denn niemand darf es wissen, bevor der König es weiß«, sagte Lyra. »Tut mir leid, ich will nicht unhöflich sein, aber es ist nun mal so, daß der König alles zuerst wissen muß.«

Der Bär schien etwas begriffsstutzig. Jedenfalls hielt er eine Weile inne, dann warf er das Fleisch in die Zelle. »Also gut«, sagte er schließlich. »Komm mit.«

Er ging mit ihr ins Freie, wofür sie dankbar war. Der Nebel hatte sich gelichtet, und am Himmel über dem von hohen Mauern umschlossenen Hof glitzerten Sterne. Die Wache sprach mit einem anderen Bären, der daraufhin auf Lyra zukam. »Du kannst nicht mit Iofur Raknison sprechen, wann es dir beliebt«, sagte er. »Du mußt warten, bis er mit dir sprechen will.«

»Aber was ich ihm zu sagen habe, ist dringend«, erwiderte sie. »Es geht um Iorek Byrnison. Ich bin sicher, daß Seine Majestät es wissen will, aber ich kann es leider niemand anders sagen, verstehst du? Es wäre nicht höflich. Und er würde sich mächtig ärgern, wenn er erfahren würde, daß wir nicht höflich waren.«

Das schien den Bären immerhin zu beeindrucken oder zumindest zu verwirren. Lyra war überzeugt, daß sie zum richtigen Mittel gegriffen hatte: Iofur Raknison hatte so viele neue Verhaltensregeln eingeführt, daß kein Bär wußte, wie er sich benehmen sollte, und diese Verunsicherung konnte sie sich zunutze machen, um zu Iofur vorgelassen zu werden.

Der zweite Bär zog sich zurück, um mit dem nächsthöheren Bären zu sprechen, und bald wurde Lyra wieder in den Palast geholt, diesmal allerdings in die Staatsgemächer. Dort war es nicht sauberer als in der Zelle, und die Luft war sogar noch stickiger, denn zu dem natürlichen Gestank kam noch ein aufdringliches, klebrig süßes Parfüm. Lyra mußte im Gang warten, dann in einem Vorzimmer und zuletzt vor einer großen Tür, und während die Bären ihren Fall erörterten und geschäftig hin und her eilten, hatte sie Zeit, sich ihre protzig aufgedonnerte Umgebung anzusehen: Die Wände waren überreich mit vergoldetem Stuck verziert, der aber zum Teil bereits abblätterte oder in der Feuchtigkeit zerbröselte, und die mit Mustern überladenen Teppiche starrten vor Schmutz.

Endlich ging die große Tür von innen auf. Dahinter erstrahlten ein halbes Dutzend Kronleuchter, auf dem Boden lag ein karmesinroter Teppich, und die Luft war geschwängert von dem klebrigen Parfüm. Die Gesichter etwa eines Dutzend Bären waren auf Lyra gerichtet; die Bären trugen keine Rüstung, aber jeder war auf irgendeine Weise geschmückt – mit einer goldenen Halskette, einem Kopfputz aus purpurroten Federn oder einer karmesinroten Schärpe.

Seltsamerweise war der Raum auch mit Vögeln bevölkert; Tölpel und Raubmöwen hockten auf den Stucksimsen und schossen immer wieder hinunter, um Fischstückchen aufzuschnappen, die aus den Nestern in den Kronleuchtern fielen.

Auf einer Plattform am anderen Ende des Raumes erhob sich ein gewaltiger Thron. Er bestand aus einem massiven Granitblock, war aber wie so viele andere Dinge in Iofurs Palast überreich mit Girlanden und Gehängen verziert, die an dem granitenen Gebirge wie läppischer Flitterkram wirkten.

Auf dem Thron saß der größte Bär, den Lyra je gesehen hatte. Iofur Raknison war sogar noch größer und massiger als Iorek, und sein Gesicht war viel beweglicher und ausdrucksvoller; es hatte beinahe menschliche Züge, wie Lyra sie bei Iorek nie bemerkt hatte. Wenn Iofur sie ansah, wirkte er wie einer der Männer, die sie bei Mrs. Coulter kennengelernt hatte, wie ein geschickter, machtgewohnter Politiker. Um den Hals trug er eine schwere Goldkette, an der ein bunter Edelstein hing, und seine gut fünfzehn Zentimeter langen Klauen waren mit Blattgold überzogen. Er strahlte eine ungeheure Stärke, Tatkraft und Verschlagenheit aus, und zu ihm paßte der groteske Pomp; an ihm wirkte er nicht aufgesetzt, sondern verstärkte noch den Eindruck einer barbarischen Urgewalt.

Lyras Mut sank. Ihr Plan schien ihr plötzlich albern.

Doch als sie ein paar Schritte nach vorn machte, sah sie, daß Iofur etwas auf den Knien hielt, dort, wo bei Menschen manchmal eine Katze sitzt – oder ein Dæmon.

Es war eine große, ausgestopfte Puppe, ein Männchen mit einem leeren menschlichen Gesicht. Die Puppe war wie Mrs. Coulter angezogen und hatte auch sonst eine gewisse Ähnlichkeit mit ihr. Iofur tat so, als habe er einen Dæmon! In diesem Augenblick wußte Lyra, daß ihr nichts passieren konnte.

Sie ging bis vor den Thron und verbeugte sich tief, während Pantalaimon in ihrer Tasche saß und keinen Mucks machte.

»Ich entbiete Euch unsere Grüße, großer König«, sagte sie feierlich. »Oder besser gesagt, *meine* Grüße, nicht seine.«

»Nicht wessen Grüße?« fragte Iofur. Seine Stimme war heller, als Lyra erwartet hatte, aber geschmeidig und ausdrucksvoll. Beim Sprechen wedelte er mit der Pfote vor dem Mund, um die Fliegen zu verscheuchen, die sich dort versammelt hatten.

»Iorek Byrnisons Grüße, Eure Majestät«, sagte sie. »Ich muß Euch ein sehr wichtiges Geheimnis mitteilen, aber ich glaube, ich sollte es Euch unter vier Augen sagen.«

»Etwas über Iorek Byrnison?«

Sie trat dicht vor ihn hin, wobei sie vorsichtig über den auf dem Boden verteilten Vogelkot stieg, und verscheuchte die Fliegen, die um ihr Gesicht summten.

»Über Dæmonen«, sagte sie so, daß nur er es hören konnte.

Sein Gesichtsausdruck änderte sich. Lyra konnte ihn nicht lesen, aber der Bärenkönig schien zweifellos mächtig interessiert. Plötzlich machte er einen Schritt nach vorn, so daß sie zur Seite springen mußte, und brüllte einen Befehl an die anderen Bären. Sie verbeugten sich und verschwanden rückwärts durch die Tür. Die Vögel, die erschrocken aufgeflogen waren, flatterten noch eine Weile kreischend unter der Decke hin und her, bevor sie sich wieder auf ihre Nester setzten.

Als der Thronsaal bis auf Iofur Raknison und Lyra leer war, wandte sich der König aufmerksam Lyra zu.

»Also?« sagte er. »Sag mir, wer du bist. Was willst du mir über Dæmonen sagen?«

»Ich *bin* ein Dæmon, Eure Majestät«, sagte sie.

Er erstarrte. »Wessen Dæmon?« fragte er.

»Der von Iorek Byrnison.«

Es war das Gefährlichste, das sie je gesagt hatte. Sie merkte genau, daß er sie nur deshalb nicht auf der Stelle tötete, weil er so verblüfft war. Sie sprach sofort weiter.

»Bitte, Eure Majestät, hört mich an, bevor Ihr mir etwas antut. Ich bin auf eigene Gefahr hierhergekommen, wie Ihr seht, und ich kann Euch nicht gefährlich werden. Im Gegenteil, ich bin gekommen, weil ich Euch helfen will. Iorek Byrnison hat als erster Bär einen Dæmon bekommen, aber eigentlich hättet Ihr der erste sein sollen. Ich will viel lieber Euer Dæmon sein als seiner, deshalb bin ich hier.«

»Wie?« sagte der Bärenkönig atemlos. »Wie kommt ein Bär zu einem Dæmon? Und warum ausgerechnet er? Und wie kommt es, daß du dich so weit von ihm entfernen kannst?«

Die Fliegen flogen von seinem Mund auf wie winzige Wörter.

»Ganz einfach: Ich kann mich von ihm entfernen, weil ich wie der Dæmon einer Hexe bin. Wißt ihr, daß Hexendæmonen sich viele hundert Meilen von ihren menschlichen Partnern entfernen können? So ist es. Und bekommen hat Iorek mich in Bolvangar. Ihr habt sicher von Bolvangar gehört. Mrs. Coulter muß Euch davon erzählt haben, aber sie hat Euch wahrscheinlich nicht alles gesagt, was dort vorgeht.«

»Das Schneiden ...«, sagte er.

»Ja, unter anderem das, das Schneiden. Aber man macht dort außerdem noch alle möglichen Dinge, zum Beispiel künstliche Dæmonen. Oder Experimente mit Tieren. Als Iorek Byrnison davon hörte, bot er sich selbst als Versuchskaninchen an, um einen Dæmon zu bekommen, und es gelang. Der Dæmon war ich. Ich heiße Lyra. So wie Menschen Tiere als Dæmonen haben, haben Bären Dæmonen in Menschengestalt. Und ich bin sein Dæmon. Ich kann seine Gedanken lesen und weiß genau, was er tut, wo er ist und ...«

»Wo ist er jetzt?«

»Auf Svalbard. Er befindet sich auf dem schnellstmöglichen Weg hierher.«

»Warum? Was will er? Er ist doch verrückt! Wir reißen ihn in Stücke!«

»Er will mich. Er kommt, um mich zu holen. Aber ich will nicht sein Dæmon sein, Iofur Raknison, sondern Eurer. Denn als die Leute in Bolvangar sahen, wie mächtig ein Bär mit Dæmon ist, beschlossen sie, dieses Experiment nie mehr durchzuführen. Iorek Byrnison sollte der einzige Bär bleiben, der einen Dæmon hat. Und mit meiner Hilfe könnte er an der Spitze der anderen Bären gegen Euch kämpfen. Deshalb ist er nach Svalbard gekommen.«

Der Bärenkönig brüllte vor Wut. Er brüllte so laut, daß die Kristalle in den Kronleuchtern klirrten, die Vögel im Saal kreischten und Lyra die Ohren sausten.

Aber sie war ihm ebenbürtig.

»Deshalb mag ich Euch von allen am meisten«, sagte sie zu Iofur Raknison, »weil Ihr so leidenschaftlich und stark seid und außerdem so klug. Ich mußte einfach herkommen und Euch alles sagen, weil ich nicht will, daß er König der Bären wird. Das steht allein Euch zu. Es gäbe da natürlich eine Möglichkeit, wie Ihr mich von ihm losbekommen und zu Eurem Dæmon machen könntet, aber ich müßte Euch schon sagen, wie, sonst kämpft Ihr gegen ihn wie gegen andere verbannte Bären, also ich meine, Ihr kämpft dann nicht richtig, sondern tötet ihn mit Flammenwerfern oder so was. Und wenn Ihr das tut, würde ich wie eine Kerze ausgehen und mit ihm sterben.«

»Aber du – wie kann ...«

»Doch, ich kann Euer Dæmon werden«, sagte sie, »aber nur, wenn Ihr Iorek Byrnison im Zweikampf besiegt. Dann geht seine Kraft auf Euch über und meine Gedanken verbinden sich mit Euren, und wir werden wie eine Person sein und denken, was der andere denkt. Ihr könnt mich dann als Eure Spionin weit weg schicken oder mich in der Nähe behalten, wie es Euch beliebt. Und wenn Ihr wollt, helfe ich Euch, an der Spitze der Bären Bolvangar zu erobern und die Wissenschaftler zu zwingen, Dæmonen für Eure Freunde zu machen. Oder wenn Ihr lieber der einzige Bär seid, der einen Dæmon hat, könnten wir Bolvangar für immer zerstören. Zusammen, Iofur Raknison, wären wir unschlagbar!«

Die ganze Zeit über hatte Lyra ihre zitternde Hand um Pantalaimon in ihrer Tasche gelegt, und Pantalaimon, der sich in die kleinste Maus verwandelt hatte, in deren Gestalt er je geschlüpft war, verhielt sich so still, wie er nur konnte. Iofur Raknison, der vor Erregung zu bersten schien, marschierte auf und ab.

»Zweikampf?« sagte er. »Ich? Ich soll gegen Iorek Byrnison kämpfen? Unmöglich! Er ist geächtet! Wie soll das also möglich sein? Wie kann ich gegen ihn kämpfen? Geht es denn nur so?«

»Nur so«, sagte Lyra, obwohl sie wünschte, es gäbe eine andere Möglichkeit, weil Iofur Raknison ihr mit jeder Minute größer und wilder erschien. Sosehr sie Iorek liebhatte und sosehr sie an ihn glaubte, sie konnte sich nicht vorstellen, daß er diesen riesigsten aller Bären je bezwingen würde. Aber es war ihre einzige Chance. Wenn Iorek aus der Ferne von Feuerwerfern niedergestreckt wurde, war alles aus.

Iofur Raknison fuhr plötzlich herum.

»Beweise es!« sagte er. »Beweise, daß du ein Dæmon bist!«

»Also gut«, sagte sie, »das ist nicht schwer. Ich kann alles in Erfahrung bringen, was nur Ihr wißt und sonst niemand, Dinge, die nur ein Dæmon herausfinden kann.«

»Dann sage mir, wer das erste Wesen war, das ich umgebracht habe.«

»Ich muß dazu allein sein«, sagte Lyra. »Wenn ich erst Euer Dæmon bin, könnt Ihr dabeisein, wenn ich es mache, aber bis dahin muß ich allein sein.«

»Hinter diesem Zimmer befindet sich ein Vorzimmer. Geh da rein und komm wieder, sobald du die Antwort hast.«

Lyra öffnete die Tür und betrat einen nur von einer Fackel erleuchteten Raum, der bis auf einen kleinen Mahagonischrank mit angelaufenen Silberbeschlägen leer war. Sie holte das Alethiometer heraus und fragte: »Wie lange braucht Iorek noch?«

»Noch vier Stunden. Er beeilt sich inzwischen noch mehr als vorhin.«

»Wie stelle ich es an, daß er von meinem Plan erfährt?«

»Vertraue ihm.«

Besorgt überlegte sie, wie müde Iorek sein würde. Aber dann fiel ihr ein, daß sie ja nicht tat, was das Alethiometer ihr soeben geraten hatte: Iorek vertrauen.

Sie verdrängte den Gedanken an Iorek und fragte das Instrument, was Iofur Raknison wissen wollte. Wer war sein erstes Opfer?

Die Antwort ließ nicht auf sich warten: sein eigener Vater.

Lyra fragte weiter und erfuhr, daß Iofur bei seinem ersten Jagdausflug auf dem Eis als junger Bär einem anderen Bären begegnet war, der wie er allein war. Die beiden hatten gestritten und gekämpft, und Iofur hatte den anderen getötet. Als er danach erfuhr, daß er seinen Vater getötet hatte – da Bären bei ihren Müttern aufwuchsen, sahen sie ihre Väter selten –, verheimlichte er, was er getan hatte. Außer ihm wußte es niemand.

Lyra steckte das Alethiometer weg und überlegte, wie sie Iofur die Antwort mitteilen sollte.

»Schmeichle ihm!« flüsterte Pantalaimon. »Dann ist er zufrieden.«

Lyra machte die Tür auf und sah, daß Iofur Raknison bereits ungeduldig auf sie wartete. In seiner Miene mischten sich Triumph, Verschlagenheit, Mißtrauen und Gier.

»Also?«

Lyra kniete vor ihm nieder und verbeugte sich, bis ihr Kopf seine linke, stärkere Vordertatze berührte – denn die Bären waren Linkshänder.

»Ich bitte Euch um Verzeihung, Iofur Raknison!« sagte sie. »Ich wußte nicht, daß Ihr so stark und mächtig seid!«

»Was soll das heißen? Beantworte meine Frage!«

»Euer erstes Opfer war Euer Vater. Ihr müßt ein neuer Gott sein, Iofur Raknison, ganz bestimmt. Nur ein Gott hätte die Kraft, das zu tun.«

»Du weißt es! Du bist eine Hellseherin!«

»Ja, eben weil ich ein Dæmon bin, wie ich gesagt habe.«

»Dann sage mir noch etwas. Was hat Lady Coulter mir versprochen, als sie hier war?«

Wieder ging Lyra in das leere Zimmer und befragte das Alethiometer. Dann kehrte sie mit der Antwort zurück.

»Sie hat Euch versprochen, daß sie vom Magisterium in Genf die Erlaubnis einholt, daß Ihr als Christ getauft werdet, obwohl Ihr damals noch keinen Dæmon hattet. Hm, ich fürchte, sie hat das nicht getan, Iofur Raknison, und ich glaube ehrlich gesagt auch nicht, daß das Magisterium dem zustimmen würde, solange Ihr keinen Dæmon habt. Ich glaube, Mrs. Coulter wußte das auch und hat Euch nicht die Wahrheit gesagt. Aber wenn Ihr mich erst als Euren Dæmon habt, könnt ihr Euch taufen lassen, wenn Ihr wollt, denn dann kann keiner mehr etwas dagegen haben. Ihr könntet es einfach verlangen, und niemand könnte es Euch abschlagen.«

»Ja ... stimmt genau, das hat sie gesagt. Wort für Wort. Und sie hat mich getäuscht? Ich habe ihr vertraut, und sie hat mich getäuscht?«

»Ja, das hat sie, aber das ist jetzt nicht wichtig. Entschuldigt bitte, Iofur Raknison, ich will nicht unhöflich erscheinen, aber Iorek Byrnison ist nur noch vier Stunden von hier entfernt, und vielleicht sagt Ihr besser Euren Wachen, daß sie ihn nicht angreifen sollen, wie sie es normalerweise tun würden. Wenn Ihr mit Iorek Byrnison um mich kämpfen wollt, müßt ihr ihn in den Palast kommen lassen.«

»Ja, natürlich ...«

»Und wenn er kommt, tue ich am besten so, als sei ich immer noch sein Dæmon. Ich könnte ja sagen, ich hätte mich verirrt oder so. Er wird mir glauben. Ich täusche ihn einfach. Werdet Ihr den anderen Bären sagen, daß ich Ioreks Dæmon bin und Euch gehöre, sobald Ihr ihn besiegt habt?«

»Ich weiß nicht ... Soll ich das tun?«

»Ich finde, Ihr solltet noch warten. Wenn wir erst zusammen sind, Ihr und ich, können wir uns überlegen, was wir am besten tun, und uns entsprechend entscheiden. Jetzt müßt Ihr den anderen Bären erst einmal erklären, warum Ihr Euch Iorek im Zweikampf stellt, obwohl er doch geächtet ist, sonst verstehen sie das nicht. Ich meine, sie werden natürlich in jedem Fall tun, was Ihr sagt, aber wenn sie auch noch begreifen, warum sie es tun, werden sie Euch noch mehr bewundern.«

»Ja. Was sollen wir ihnen sagen?«

»Sagt ihnen ... Sagt ihnen, Ihr hättet Iorek Byrnison zum Zweikampf herbestellt, um Eure Stellung als König für immer zu sichern; denn der Sieger solle für alle Zeiten über die Bären herrschen. Wenn sie glauben, er komme auf Euer Geheiß und nicht aus eigenem Willen, werden sie wirklich beeindruckt sein. Sie werden denken, Ihr seid imstande, ihn von weit weg hierher zu rufen. Sie werden glauben, daß Ihr alles könnt.«

»Ja …«

Hilflos stand der große Bär vor ihr. Lyra war wie berauscht von ihrer Macht über ihn, und wenn Pantalaimon sie nicht kräftig in die Hand gezwickt hätte, um sie an die Gefahr zu erinnern, in der sie beide nach wie vor schwebten, hätte Lyra sich womöglich noch um Kopf und Kragen geredet.

Aber sie kam zu sich und hielt sich bescheiden im Hintergrund, während die Bären nach Iofurs aufgeregten Anweisungen den Ort für den Zweikampf mit Iorek Byrnison absteckten. Zur gleichen Zeit kam Iorek immer näher, ohne zu wissen, daß er bald um sein Leben würde kämpfen müssen. Lyra wünschte, sie hätte ihn irgendwie warnen können.

Zwanzig

Auf Messers Schneide

Kämpfe zwischen Bären waren nichts Ungewöhnliches und Gegenstand zahlreicher Rituale. Daß ein Bär den anderen dabei tötete, war allerdings selten; wenn das passierte, war es im allgemeinen ein Unfall oder ein Mißverständnis, wie im Fall Iorek Byrnisons. Noch seltener war der unverblümte Mord, wie Iofurs Mord an seinem Vater.

Gelegentlich kam es freilich auch vor, daß ein Streit nur durch einen Kampf um Leben und Tod gelöst werden konnte. In diesem Fall war ein umfangreiches Zeremoniell vorgeschrieben.

Sobald Iofur angekündigt hatte, daß Iorek Byrnison auf dem Weg nach Svalbard sei und ein Zweikampf stattfinden würde, wurde der Kampfplatz gekehrt und geglättet, und aus den Feuerminen kamen Waffenmeister herauf, um Iofurs Rüstung zu überprüfen. Jede Niete wurde untersucht, jedes Gelenk getestet und die Platten mit feinem Sand poliert. Dieselbe Sorgfalt wurde seinen Klauen gewidmet. Das Blattgold wurde abgerieben, dann wurde jede fünfzehn Zentimeter lange Klaue so spitz zugefeilt, bis sie eine tödliche Waffe war. Lyras Magen begann zu revoltieren, als sie diese Vorbereitungen sah. Um Iorek Byrnison kümmerte sich niemand; er war seit fast vierundzwanzig Stunden ohne Pause und ohne etwas zu essen auf dem Eis unterwegs, und vielleicht hatte er sich bei dem Zusammenstoß verletzt. Und sie hatte ihm diesen Zweikampf eingebrockt, ohne daß er davon wußte. Als Iofur Raknison dann noch die

Schärfe seiner Krallen an einem frisch getöteten Walroß erprobte, dessen Haut er wie Papier aufschlitzte, und anschließend die Wucht seiner Schläge am Schädel des Walrosses demonstrierte, den er mit zwei Schlägen zertrümmerte wie ein Ei, verließ Lyra Iofur unter einem Vorwand, um allein zu sein; diesmal weinte sie vor Angst.

Nicht einmal Pantalaimon, der Lyra sonst immer aufheiterte, fiel etwas ein, das ihr Hoffnung machen konnte. Sie konnte lediglich das Alethiometer noch einmal befragen. Iorek werde in einer Stunde hier sein, sagte es, und dann sagte es noch einmal, Lyra müsse ihm vertrauen. Lyra hatte sogar das Gefühl – allerdings war das schwerer zu lesen –, das Alethiometer tadle sie dafür, dieselbe Frage zweimal gestellt zu haben.

Inzwischen hatte sich die Nachricht vom Zweikampf überall verbreitet, und auf dem dafür vorgesehenen Platz wimmelte es von Bären. Hochrangige Bären besetzten die besten Plätze, und ein besonderer Bereich war für die Bärinnen, darunter natürlich Iofurs Frauen, abgeteilt worden. Lyra hätte zu gern mehr über die Bärinnen gewußt, aber jetzt war nicht die Zeit, herumzugehen und Fragen zu stellen. Statt dessen hielt sie sich in Iofur Raknisons Nähe. Sie beobachtete, wie die Höflinge in seiner Umgebung ihren Rang gegenüber gewöhnlichen Bären von außerhalb herauskehrten, und versuchte, die Bedeutung der verschiedenen Helmbüsche, Spangen und Abzeichen zu erraten, die alle Bären zu tragen schienen. Einige der höchstrangigen Bären trugen kleine Stoffpuppen mit sich herum, die wie Iofurs Ersatzdæmon aussahen; vielleicht wollten sie sich bei ihm einschmeicheln, indem sie die von ihm initiierte Mode nachahmten. Lyra empfand eine hämische Freude, als sie sah, wie ratlos die Bären waren, sobald sie merkten, daß Iofur seine Puppe weggelegt hatte. Sollten sie ihre Puppen auch wegwerfen? Waren sie jetzt in Ungnade gefallen? Wie sollten sie sich benehmen?

Denn das war die bei Hofe vorherrschende Stimmung, wie Lyra allmählich erkannte: Niemand wußte, woran er war. Diese Bären waren nicht charakterfest und standhaft wie Iorek Byrnison; sie lebten in einer Atmosphäre ständiger Verunsicherung. Jeder beobachtete den anderen, und alle beobachteten Iofur.

Und sie beobachteten Lyra mit unverhüllter Neugier. Lyra hielt sich bescheiden neben Iofur, sagte nichts und schlug die Augen nieder, wenn ein Bär sie ansah.

Der Nebel hatte sich inzwischen gelichtet, und die Luft war klar. Zufällig war die kurze Spanne um Mittag, in der es etwas heller wurde, auch die Zeit, in der Iorek nach Lyras Schätzung eintreffen mußte. Zitternd stand sie auf einer kleinen Anhöhe aus festgetretenem Schnee am Rand des Kampfplatzes, sah zu dem hellen Schein am Himmel hinauf und wünschte sich mit der ganzen Macht ihres Herzens, eine Schar zerzauster schwarzer Gestalten möge vom Himmel herabkommen und sie mitnehmen oder die geheimnisvolle Stadt in der Aurora würde vor ihr erscheinen und sie könnte in aller Ruhe im hellen Sonnenschein über die breiten Boulevards schlendern. Oder Ma Costa würde sie in ihre starken Arme schließen, wo es warm nach ihrem Körper und nach Essen roch …

Lyra merkte, daß ihr Tränen über die Wangen liefen, Tränen, die fast sofort gefroren und die sie unter Schmerzen wieder wegkratzen mußte. Sie hatte solche Angst. Bären weinten nicht und verstanden deshalb auch nicht, wie Lyra zumute war; sie hielten es für eine menschliche Eigentümlichkeit, die keine weitere Bedeutung hatte. Und Pantalaimon konnte Lyra natürlich nicht trösten, wie er es sonst tat, obwohl sie die Hand in der Tasche fest um die warme, kleine Maus geschlossen hatte und er mit seiner Nase ihre Finger liebkoste.

Neben ihr legten die Schmiede letzte Hand an Iofur Raknisons Rüstung. Iofur ragte in die Höhe wie ein Turm aus glänzend poliertem Stahl. Die einzelnen Platten waren mit Golddraht eingelegt, der Helm umschloß den oberen Teil seines Kopfes wie eine gleißende Hülle in Silbergrau mit tiefen Augenschlitzen, und der untere Teil seines Körpers war durch ein eng anliegendes Kettenhemd geschützt. Als Lyra diese Rüstung sah, wurde ihr klar, daß sie Iorek Byrnison verraten hatte, denn Iorek hatte nichts Vergleichbares. Seine Rüstung schützte nur Rücken und Seiten. Wieder sah Lyra Iofur Raknison an, diese elegante, kraftvolle Erscheinung, und sie spürte in sich eine tiefe Verzweiflung, eine Mischung aus Schuld und Angst.

»Entschuldigt, Eure Majestät«, sagte sie, »vielleicht erinnert Ihr Euch, was ich vorher gesagt habe ...«

Ihr Stimme zitterte und klang im Freien dünn und schwach. Abgelenkt von dem toten Seehund, den drei Bären vor ihm hochhielten, damit er ihn mit seinen spitz zugefeilten Krallen zerfetzen konnte, wandte Iofur Raknison ihr seinen mächtigen Kopf zu.

»Ja? Was ist denn?«

»Erinnert Ihr Euch, daß ich vorhin sagte, ich müßte zuerst mit Iorek Byrnison sprechen und so tun, als ...«

Sie hatte den Satz noch nicht beendet, als lautes Gebrüll von den Bären auf dem Wachturm kam. Die anderen Bären wußten, was das bedeutete, und stimmten triumphierend in das Gebrüll ein. Iorek war gesichtet worden.

»Ja?« drängte Lyra. »Ich halte ihn also zum Narren, Ihr werdet sehen.«

»Ja, ja. Geh schon. Geh und rede ihm gut zu!«

Iofur Raknison war so durcheinander vor Zorn und Aufregung, daß er kaum sprechen konnte.

Allein ging Lyra über den leergeräumten Kampfplatz, hinter sich im Schnee eine Spur kleiner Fußstapfen. Die Bären auf der anderen Seite machten Platz, um sie durchzulassen. Zwischen ihren massigen Körpern kam im fahlen Dämmerlicht der Horizont in Sicht. Wo war Iorek Byrnison? Sie konnte ihn nicht sehen, aber natürlich war der Wachturm hoch, und von dort sah man weiter. Sie konnte nur weiter durch den Schnee stapfen.

Er sah sie, bevor sie ihn sah. Ein letzter Satz und lautes Klappern von Metall, dann stand inmitten einer Schneewolke Iorek Byrnison vor ihr.

»Iorek! Ich habe etwas Schreckliches getan! Du mußt gegen Iofur Raknison kämpfen, und du bist überhaupt nicht vorbereitet – du bist müde und hungrig, und deine Rüstung ist ...«

»Was hast du Schreckliches getan?«

»Ich habe ihm gesagt, daß du kommst, weil ich es auf dem Symboldeuter gelesen habe. Er will unbedingt wie ein Mensch sein und einen Dæmon haben, um jeden Preis. Also habe ich so getan, als sei ich dein Dæmon und als wollte ich dich verlassen und statt dessen sein Dæmon werden, aber damit das passieren könne, müsse er gegen dich kämpfen. Weil sonst, Iorek, sonst hätten sie dich gar nicht kämpfen lassen, sie wollten dich einfach verbrennen, bevor du ihnen zu nahe kommen kannst ...«

»Du hast Iofur Raknison überlistet?«

»Ja. Ich habe ihn dazu überredet, daß er gegen dich kämpft, statt dich einfach wie einen Geächteten zu töten, und der Sieger soll dann König der Bären sein. Ich mußte das tun, weil ...«

»Belacqua? Nein, Lyra, die Listenreiche solltest du heißen«, sagte er. »Ich will nichts anderes als gegen ihn kämpfen. Komm mit, kleiner Dæmon.«

Sie sah Iorek Byrnison an, wie er hager und wild in seiner zerbeulten Rüstung vor ihr stand, und ihr Herz wollte platzen vor Stolz.

Nebeneinander marschierten sie auf den gewaltig vor ihnen aufragenden Palast Iofurs zu, vor dessen Mauern sich der Kampfplatz erstreckte. Auf den Zinnen drängten sich Bären, weiße Gesichter füllten jedes Fenster, und um den Platz standen Bären wie eine dichte, trübweiße Mauer mit schwarzen Punkten für Augen und Nasen. Als sie näher kamen, teilten die Bären sich in zwei Reihen, um Iorek Byrnison und seinen Dæmon durchzulassen. Die Augen sämtlicher Bären waren auf sie gerichtet.

Auf dem Platz angekommen, stellte sich Iorek vor Iofur Raknison. Der König stieg von der Anhöhe aus festgetretenem Schnee herunter, und die beiden Bären blickten sich aus einigen Metern Entfernung an.

Lyra stand so dicht neben Iorek, daß sie ein Zittern in ihm spürte wie das eines großen Dynamos, der anbarische Energie erzeugte. Sie berührte ihn kurz am Hals unter dem Rand seines Helms und sagte: »Alles Gute, Iorek, mein Lieber. Du bist der wirkliche König, nicht er. Er ist nichts.«

Dann trat sie zurück.

»Bären!« brüllte Iorek Byrnison. Laut hallte das Echo von den Palastwänden zurück und schreckte die Vögel aus ihren Nestern. »Die Bedingungen dieses Zweikampfes sind die folgenden: Wenn Iofur Raknison mich tötet, wird er für immer König sein, und keine Herausforderung und kein Zweifel können ihm dann noch etwas anhaben. Wenn ich Iofur Raknison töte, werde ich euer König. Als erstes werde ich euch befehlen, diesen Palast einzureißen, dieses geschleckte und parfümierte Narrenhaus, und das ganze Gold und den Marmor ins Meer zu kippen. Das Metall der Bären ist Eisen, nicht Gold. Iofur Raknison hat Svalbard beschmutzt. Ich bin hier, um es zu reinigen. Iofur Raknison, ich fordere dich hiermit zum Kampf heraus.«

Iofur machte einen Satz nach vorn, als könne er sich kaum noch bezähmen.

»Bären!« brüllte er seinerseits. »Iorek ist zurückgekommen, weil ich ihn dazu aufgefordert habe. Ich habe ihn kommen lassen. Deshalb stelle ich in diesem Zweikampf die Bedingungen, und sie lauten so: Wenn ich Iorek Byrnison töte, soll er in Stücke gerissen und sein Fleisch den Klippenalpen vorgeworfen werden. Sein Kopf wird auf den Zinnen meines Palastes ausgestellt. Jede Erinnerung an ihn wird gelöscht. Seinen Namen auszusprechen wird mit dem Tode bestraft ...«

Er sprach noch eine Weile weiter, und dann kam wieder Iorek an die Reihe und nach ihm noch einmal Iofur. Rede und Gegenrede erfolgten nach einer festen Formel, einem getreulich befolgten Ritual. Lyra beobachtete die beiden so grundverschiedenen Bären mit gespannter Aufmerksamkeit: den geschniegelten, vor Kraft und Gesundheit strotzenden Iofur in seiner prächtigen Rüstung, eine stolze, königliche Erscheinung, und den etwas kleineren Iorek, obwohl Lyra nie gedacht hätte, daß er ihr je klein vorkommen würde, in seiner schäbigen Rüstung, dem rostigen und zerbeulten Panzer. Aber Ioreks Rüstung war seine Seele. Er hatte sie gemacht, und sie paßte ihm wie angegossen. Er war eins mit ihr, während Iofur nicht mit seiner Rüstung zufrieden war. Iofur wollte noch eine andere Seele. Er war ruhelos, während Iorek in sich ruhte.

Lyra merkte, daß auch die Bären einen ähnlichen Vergleich anstellten. Iorek und Iofur waren mehr als nur zwei Bären. Sie standen für zwei entgegengesetzte Arten des Bärentums, für zweierlei Zukunft, zwei verschiedene Schicksale. Iofur hatte die Bären in die eine Richtung geführt, Iorek würde sie in eine andere führen, und wenn die Entscheidung für die eine Zukunft gefallen wäre, würde der Weg in die andere für immer versperrt sein.

Allmählich ging das Kampfritual in die zweite Runde. Die beiden Bären begannen, unruhig und mit hin und her schwingenden Köpfen auf dem Schnee auf und ab zu gehen und sich langsam einander zu nähern. Die Zuschauer erstarrten, nur ihre Augen folgten ihnen. Dann sprangen die Bären mit lautem Gebrüll und inmitten einer Wolke aufgewirbelten Schnees aufeinander zu. Wie zwei große Felsmassen auf benachbarten Berggipfeln, die, durch ein Erdbeben losgerissen, mit wachsender Geschwindigkeit talwärts rollen, über Gletscherspalten hinwegfegen und Bäume zu Splittern zermalmen und zuletzt mit elementarer Wucht aufeinanderprallen und in Staub und Gesteinssplittern zerstieben: so stießen die beiden Bären aufeinander. Der Aufprall erschütterte den Boden, und gewaltig donnernd kam das Echo von den Palastmauern zurück. Die Bären zerbrachen allerdings nicht, wie Stein zerbrochen wäre. Sie fielen beide auf die Seite, und als erster erhob sich Iorek wieder. Geschmeidig sprang er auf und stürzte sich erneut auf Iofur, dessen Rüstung durch den Zusammenstoß beschädigt worden war und der den Kopf nicht mehr richtig heben konnte. Iorek versuchte, an den verwundbaren Spalt in Iofurs Hals zu kommen. Mit der Tatze fuhr er durch das weiße Fell, dann hakte er seine Krallen unter dem Rand von Iofurs Helm ein und bog ihn nach vorn.

Iofur merkte die Gefahr und schüttelte sich fauchend, wie Lyra Iorek sich am Ufer in Trollesund hatte schütteln sehen; Fontänen von Wassertropfen waren damals hoch in die Luft gespritzt. Iorek verlor das Gleichgewicht und fiel um, und Iofur stellte sich auf die Hinterbeine; die stählernen Rückenplatten seiner Rüstung kreischten, als er sie durch schiere Körperkraft geradebog. Dann stürzte er sich wie eine Lawine auf Iorek, der immer noch am Boden lag.

Die Wucht des Aufpralls verschlug Lyra den Atem. Sogar die Erde unter ihr bebte. Wie konnte Iorek das überstehen? Er drehte und wand sich zwar mit aller Macht und suchte nach einem festen Halt am Boden, aber er lag auf dem Rücken, und Iofur hatte sich in der Nähe seiner Kehle verbissen. Blutstropfen flogen durch die Luft, und einer landete auf Lyras Pelz. Sie preßte ihre Hand darauf wie auf ein Liebespfand.

Dann schlug Iorek seine hinteren Tatzen in die Glieder von Iofurs Kettenhemd und riß es auf. Der ganze vordere Teil ging ab, und Iofur sprang zur Seite, um den Schaden zu begutachten, während Iorek sich wieder aufrappelte.

Um Atem ringend standen die beiden Bären einander gegenüber. Das Kettenhemd bot keinen Schutz mehr, sondern behinderte Iofur; es hing immer noch an seinem Hinterteil fest, so daß er es um die Hinterbeine nachzog. Iorek war allerdings schlimmer dran. Er blutete heftig aus einer Wunde am Hals und keuchte schwer.

Doch sprang er Iofur an, bevor der König sich aus dem Kettenhemd befreien konnte, warf ihn um und war mit einem Satz an der Blöße am Hals, wo er den Rand des Helmes verbogen hatte. Iofur warf ihn ab, und wieder rollten die beiden Bären über den Boden. Fontänen von Schnee spritzten nach allen Seiten, so daß zwischendurch nicht zu sehen war, wer die Oberhand hatte.

Lyra wagte kaum zu atmen und preßte ihre Hände so stark zusammen, daß sie schmerzten. Sie meinte zu sehen, wie Iofur eine Wunde in Ioreks Bauch riß, aber das konnte nicht sein, denn im nächsten Augenblick, nach einer weiteren, gewaltigen Explosion von Schnee, standen beide Bären aufrecht wie Boxer da, und Iorek schlug mit seinen mächtigen Pranken nach Iofurs Gesicht, während Iofur genauso wild zurückschlug.

Die Wucht der Schläge ließ Lyra erzittern. Es war, als ob ein Riese mit einem Schmiedehammer zuschlüge, einem Hammer, der mit fünf stählernen Spitzen besetzt war ...

Eisen prallte auf Eisen, Zähne schlugen aneinander, der Atem ging stoßweise, und Füße stampften über die gefrorene Erde. Der Schnee war mit Rot bespritzt und meterweit zu einem karmesinroten Matsch zertrampelt.

Iofurs Rüstung war inzwischen in einem erbärmlichen Zustand. Die Panzerplatten waren aufgerissen und zerbeult, der Golddraht hing heraus oder war dick mit Blut beschmiert, den Helm hatte er verloren. Ioreks Rüstung befand sich, so unansehnlich sie war, in besserem Zustand. Eingedellt, aber intakt, hielt sie den wuchtigen Hammerschlägen des Bärenkönigs stand, und die brutalen, fünfzehn Zentimeter langen Krallen glitten an ihr ab.

Auf der anderen Seite war Iofur größer und stärker als Iorek, und Iorek war müde und hungrig und hatte mehr Blut verloren. Er war am Bauch verwundet, an beiden Armen und am Hals, während Iofur nur am Unterkiefer blutete. Lyra wünschte, sie könnte ihrem Freund helfen, aber was konnte sie tun?

Und es stand jetzt zunehmend schlechter um Iorek. Er hinkte, und jedesmal, wenn er die Vorderpfote aufsetzte, sah man, daß sie sein Gewicht kaum trug. Er schlug damit nicht mehr zu, und die Schläge seiner rechten Hand wurden auch schwächer; sie wirkten eher wie ein Tätscheln, verglichen mit den mächtigen Hieben, die er wenige Minuten zuvor ausgeteilt hatte.

Auch Iofur bemerkte das. Er begann Iorek zu verspotten, beschimpfte ihn als lahme Ente, winselnden Welpen, rostzerfressenes Wrack und einen dem Tod Geweihten und deckte ihn die ganze Zeit mit Schlägen von rechts und links ein, die Iorek nicht mehr parieren konnte. Schritt für Schritt mußte Iorek zurückweichen, und immer tiefer duckte er sich unter dem Hagel von Schlägen, den der Bärenkönig mit höhnischen Bemerkungen auf ihn niedergehen ließ.

Lyra war in Tränen aufgelöst. Ihr tapferer und furchtloser Beschützer würde sterben, und sie durfte ihn nicht verraten, indem sie wegblickte, denn wenn er sie ansah, sollte er ihre strahlenden Augen voller Liebe und Glauben sehen, kein feige verhülltes Gesicht oder eine furchtsam abgewandte Schulter.

Also sah sie hin, aber durch den Tränenschleier sah sie nicht, was wirklich geschah, und vielleicht hätte sie es sowieso nicht erkannt. Iofur jedenfalls sah es ganz sicher nicht.

Denn Iorek wich nur deshalb zurück, weil er festen, trokkenen Boden unter den Füßen brauchte und einen Felsblock, von dem er sich abdrücken konnte; der nutzlos herunterhängende linke Arm war in Wirklichkeit ausgeruht und stark. Einen Bären hätte er nicht hereinlegen können, aber Lyra hatte ihm ja gesagt, daß Iofur kein Bär sein wollte, sondern ein Mensch; deshalb konnte Iorek ihn überlisten.

Schließlich fand er, was er brauchte: einen festen, tief im gefrorenen Boden verankerten Felsen. Er stellte sich mit dem Rücken dagegen, sammelte alle Kraft in den Beinen und paßte den richtigen Augenblick ab.

Der Augenblick kam, als Iofur sich hoch aufrichtete, in Triumphgeheul ausbrach und den Kopf höhnisch nach links auf Ioreks scheinbar schwache Seite drehte.

Jetzt erwachte Iorek zum Leben. Wie eine Welle, die sich im Meer über Tausende von Kilometern aufbaut und im tiefen Wasser nicht zu sehen ist, sich aber dann, wenn sie das seichte Küstengewässer erreicht, himmelhoch auftürmt und die Menschen an der Küste in Angst und Schrecken versetzt, bevor sie mit unwiderstehlicher Kraft an Land kracht – so erhob sich Iorek Byrnison gegen Iofur, stieß sich mit Urgewalt von dem festen, trockenen Felsen ab und versetzte mit seiner entfesselten linken Pranke dem ungeschützten Kiefer Iofur Raknisons einen gewaltigen Schlag.

Die Wucht, mit der er zuschlug, war grauenhaft. Der untere Teil des Kiefers wurde abgerissen, flog durch die Luft und bespritzte den Schnee meterweit mit Blut.

Iofurs Zunge quoll rot über die aufgerissene Kehle. Auf einmal war der Bärenkönig stumm, hilflos und konnte nicht mehr beißen. Darauf hatte Iorek gewartet. Er machte einen Satz nach vorn und grub seine Zähne in Iofurs Kehle. Er schüttelte ihn hierhin und dorthin, hob den gewaltigen Körper auf und schmetterte ihn zu Boden, als sei Iofur ein Seehund.

Dann riß er seinen Kopf nach oben, und Iofur Raknison hauchte unter dem Biß seiner Zähne sein Leben aus.

Noch ein letztes Ritual mußte vollzogen werden. Iorek schlitzte die ungeschützte Brust des toten Königs auf und zog das Fell zurück, bis man die dicht nebeneinander liegenden weißen Rippen sah wie die Spanten eines umgekippten Bootes. Iorek faßte in die Rippen, riß Iofurs rotes, dampfendes Herz heraus und verschlang es an Ort und Stelle, vor Iofurs Untertanen.

Dann ertönte Beifallsgeschrei. Ein Höllenlärm entstand, und die Bären stürzten nach vorn, um Iofurs Bezwinger ihre Ehrerbietung zu erweisen.

Iorek Byrnison erhob seine Stimme über den Lärm.

»Bären! Wer ist euer König?«

Die Antwort war ein Schrei wie das Donnern sämtlicher Brandungen an allen Stränden der Welt in einem Orkan.

»Iorek Byrnison!«

Die Bären wußten, was sie jetzt zu tun hatten. Sie entledigten sich sofort sämtlicher Abzeichen, Schärpen und Krönchen, trampelten verächtlich mit den Füßen darauf herum und hatten sie im nächsten Moment schon vergessen. Sie waren jetzt Ioreks Bären, und zwar richtige Bären, keine Möchtegernmenschen, die sich immer ihrer Minderwertigkeit bewußt waren. Sie strömten zum Palast und begannen, von den Türmen große Marmorblöcke herunterzuwerfen, und sie rüttelten mit ihren mächtigen Tatzen an den zinnengekrönten Mauern, bis sich die Steine lösten, und schleuderten sie dann über die Klippen hinunter, wo sie auf der Anlegestelle einige hundert Meter tiefer auftrafen.

Iorek beachtete sie nicht weiter, sondern hakte seinen Panzer los, um sich die Wunden zu lecken. Doch noch bevor er das tun konnte, war Lyra neben ihm, stampfte mit dem Fuß auf dem gefrorenen, tiefroten Schnee auf und rief den Bären zu, sie sollten aufhören, den Palast einzureißen, weil sich drinnen Gefangene befänden. Die Bären hörten sie nicht, wohl aber Iorek, und als er einen Befehl brüllte, hielten die Bären mit ihrem Zerstörungswerk sofort inne.

»Menschen?« fragte er.

»Ja … Iofur Raknison hat sie ins Verließ geworfen … man muß sie befreien und woanders hinbringen, so werden sie durch die herunterfallenden Steine getötet.«

Iorek gab schnell entsprechende Anweisungen, und einige Bären eilten in den Palast, um die Gefangenen freizulassen. Lyra wandte sich Iorek zu.

»Laß mich dir helfen … lieber Iorek, hoffentlich bist du nicht zu schlimm verletzt … oh, wenn ich doch wenigstens etwas zum Verbinden hätte! Der Schnitt auf deinem Bauch sieht ja schrecklich aus …«

Ein Bär legte einen Mundvoll eines steifgefrorenen grünen Zeugs auf den Boden vor Ioreks Füßen.

»Blutmoos«, sagte Iorek. »Lege es für mich auf die Wunden, Lyra. Dann lege die Haut darüber zusammen und halte Schnee darauf, bis es gefroren ist.«

Bären ließ er nicht an sich heran, auch wenn sie beflissen ihre Hilfe anboten. Außerdem hatte Lyra geschickte Hände, und sie wollte unbedingt helfen. Das kleine Mädchen beugte sich also über den großen Bärenkönig, häufte das Blutmoos auf seine Wunden und kühlte das rohe Fleisch, bis es aufhörte zu bluten. Als sie fertig war, waren ihre Fäustlinge blutgetränkt, doch Iorek blutete nicht mehr.

Inzwischen waren die Gefangenen herausgekommen – ein zitterndes Häuflein von Männern, die verwirrt um sich sahen. Es hatte keinen Zweck, mit dem Professor zu reden, dachte Lyra, denn der Arme war ja verrückt. Zwar hätte sie gern gewußt, wer die anderen waren, aber es gab so viele wichtige Dinge zu tun. Und sie wollte Iorek nicht stören, der in rascher Folge Befehle erteilte und Bären hierhin und dorthin schickte. Sie hatte Angst um Roger und Lee Scoresby und um die Hexen, und sie war hungrig und müde … Vielleicht war es das beste, im Moment nicht im Weg herumzustehen.

In einer ruhigen Ecke des Kampfplatzes rollte sie sich zusammen; Pantalaimon hatte sie sich als Marder wärmend um die Schultern gelegt. Dann deckte sie sich mit Schnee zu, wie es die Bären taten, und schlief ein.

Jemand berührte sie am Fuß, und eine fremde Bärenstimme sagte: »Lyra Listenreich, der König möchte dich sprechen.«

Lyra war fast tot vor Kälte und konnte die Augen nicht öffnen, weil sie zugefroren waren. Erst als Pantalaimon sie leckte, schmolz das Eis auf den Lidern, und bald sah sie vor sich im Mondlicht den jungen Bären, der zu ihr gesprochen hatte.

Sie versuchte aufzustehen, fiel aber zweimal wieder um.

»Reite auf mir«, sagte der Bär und kniete sich hin. Sie stieg auf seinen breiten Rücken und hielt sich schwankend fest, während er sie zu einer tiefen Senke brachte, in der sich viele Bären versammelt hatten.

Unter den Bären befand sich eine kleine Gestalt, die jetzt auf Lyra zurannte und deren Dæmon aufsprang, um Pantalaimon zu begrüßen.

»Roger!« schrie Lyra.

»Iorek Byrnison hat gesagt, ich solle im Schnee warten, bis er dich holt – wir sind aus dem Ballon gefallen, Lyra! Nachdem du rausgefallen warst, sind wir noch viele Meilen weitergeflogen, und dann hat Mr. Scoresby noch mehr Gas herausgelassen, und wir sind mit einem Berg zusammengestoßen, und dann sind wir einen Hang hinuntergepurzelt, der so steil war, wie du dir gar nicht vorstellen kannst! Und ich weiß nicht, wo Mr. Scoresby jetzt ist oder die Hexen. Da waren nur ich und Iorek Byrnison. Er machte sich sofort auf den Weg, um dich zu suchen. Ich habe von dem Kampf gehört ...«

Lyra sah sich um. Die Gefangenen bauten auf Anweisung eines älteren Bären aus Treibholz und Leinwandfetzen einen Unterstand. Sie schienen froh, daß sie etwas zu tun hatten. Einer versuchte mit einem Feuerstein, Feuer zu machen.

»Da ist etwas zu essen«, sagte der junge Bär, der Lyra aufgeweckt hatte.

Auf dem Schnee lag ein frischer Seehund. Der Bär schlitzte ihn mit einer Kralle auf und zeigte Lyra, wo die Nieren waren. Lyra aß eine davon roh; sie war warm und weich und schmeckte unvorstellbar köstlich.

»Iß auch den Speck«, sagte der Bär und riß ein Stück für sie ab. Der Speck schmeckte nach Sahne mit Haselnüssen. Roger zögerte, folgte dann aber Lyras Beispiel. Gierig aßen sie, und schon wenige Minuten später war Lyra ganz wach, und die Wärme kehrte in ihre Glieder zurück.

Sie wischte sich den Mund ab und sah sich um, aber Iorek war nirgends zu sehen.

»Iorek Byrnison bespricht sich mit seinen Beratern«, sagte der junge Bär. »Er möchte dich sehen, sobald du gegessen hast. Komm mit.«

Er führte sie über eine Anhöhe im Schnee zu einer Stelle, wo Bären aus Eisblöcken eine Mauer errichteten. Iorek saß inmitten einer Gruppe älterer Bären und stand auf, um sie zu begrüßen.

»Lyra Listenreich«, sagte er, »komm und höre, was man mir berichtet.«

Er erklärte den anderen Bären nicht, wer sie war; vielleicht wußten sie es ja schon. Jedenfalls machten sie ihr Platz und behandelten sie mit ausgesuchter Höflichkeit, als sei sie eine Königin. Lyra platzte fast vor Stolz darüber, unter den Strahlen der Aurora am Polarhimmel neben ihrem Freund Iorek Byrnison zu sitzen und an dem Gespräch der Bären teilzunehmen.

Wie sich herausstellte, war Iofur Raknisons Herrschaft wie ein böser Zauber gewesen. Einige machten dafür den Einfluß von Mrs. Coulter verantwortlich, die Iofur schon vor Ioreks Verbannung besucht hatte, ohne daß Iorek davon wußte, und Iofur verschiedene Dinge geschenkt hatte.

»Sie gab ihm eine Droge«, sagte ein Bär, »die er heimlich Hjalmur Hjalmurson gab und die Hjalmur den Verstand verwirrte.«

Hjalmur Hjalmurson, schloß Lyra, mußte der Bär sein, den Iorek getötet hatte und dessen Tod schuld an Ioreks Verbannung war. Also steckte Mrs. Coulter auch dahinter! Aber das war noch längst nicht alles.

»Einige von den Dingen, die sie vorhatte, sind nach den Gesetzen der Menschen verboten, aber diese Gesetze gelten nicht auf Svalbard. Sie wollte hier eine Station wie Bolvangar einrichten, nur noch schlimmer, und Iofur wollte ihr das erlauben, allem Bärenbrauch zuwider; denn Menschen kommen zwar als Besucher oder Gefangene nach Svalbard, sie haben hier aber nie gelebt und gearbeitet. Mrs. Coulter wollte ihre Macht über Iofur Raknison und seine Macht über uns nach und nach immer weiter ausdehnen, bis wir nur noch ihre Geschöpfe wären, ihre Befehle ausführten und ihr ermöglichten, ihre schrecklichen Pläne auszuführen ...«

Der alte Bär, der das sagte, hieß Søren Eisarson. Er war ein Berater des Königs, einer, der unter Iofur Raknison sehr gelitten hatte.

»Was macht Mrs. Coulter jetzt, Lyra?« fragte Iorek Byrnison. »Und was wird sie tun, wenn sie von Iofurs Tod erfährt?«

Lyra holte das Alethiometer heraus. Das Licht war so schlecht, daß man die Symbole kaum sah, und Iorek befahl, eine Fackel zu bringen.

»Was ist mit Mr. Scoresby passiert?« fragte Lyra, während sie warteten. »Und mit den Hexen?«

»Die Hexen wurden von einem anderen Hexenclan angegriffen. Ich weiß nicht, ob dieser andere Clan mit den Kinderabschneidern verbündet war, jedenfalls griffen sie scharenweise an, als der Sturm ausbrach. Ich habe nicht gesehen, was mit Serafina Pekkala passierte. Was Lee Scoresby angeht, so stieg der Ballon wieder auf, nachdem der Junge und ich herausgefallen waren, und nahm ihn mit. Aber dein Symboldeuter sagt dir sicher, was den beiden zugestoßen ist.«

Ein Bär kam mit einem Schlitten, auf dem ein Kessel mit glühender Holzkohle stand. Er stieß einen harzigen Ast hinein, der sofort Feuer fing, und im Licht der Flammen drehte Lyra die Zeiger des Alethiometers und befragte es nach Lee Scoresby.

Wie sich herausstellte, war er immer noch in der Luft, und die Winde trugen ihn nach Nowaja Semlja. Die Klippenalpe hatten ihm nichts anhaben können, den anderen Hexenclan hatte er erfolgreich abgewehrt.

Lyra sagte das Iorek, und Iorek nickte zufrieden.

»In der Luft ist er sicher«, sagte er. »Und Mrs. Coulter?«

Die Antwort darauf war schwieriger. Lyra mußte lange über die Reihenfolge nachdenken, in der die Nadel von Symbol zu Symbol schwang. Die Bären starrten sie neugierig an, hielten sich aber höflich zurück aus Achtung vor Iorek Byrnison und weil sie wußten, daß Iorek Byrnison seinerseits Lyra achtete. Lyra verdrängte die Anwesenheit der Bären aus ihrem Bewußtsein und versenkte sich in das Alethiometer.

Endlich verstand sie den Zusammenhang der verschiedenen Symbole. Es war eine schlimme Botschaft.

»Es sagt, daß Mrs. Coulter ... Sie hat erfahren, daß wir hierher geflogen sind, und sie hat einen mit Maschinengewehren bewaffneten Transportzeppelin organisiert – wenn ich die Symbole richtig lese –, und sie sind in diesem Augenblick auf dem Weg nach Svalbard. Natürlich weiß sie noch nicht, daß Iofur Raknison geschlagen ist, aber sie wird es bald wissen, weil ... Ach ja, weil einige Hexen es ihr sagen werden, die es von den Klippenalpen wissen. Der Himmel ist anscheinend voller Spione, Iorek. Sie kommt, weil sie ... angeblich weil sie Iofur Raknison helfen will, aber in Wirklichkeit will sie die Macht von ihm übernehmen mit Hilfe eines Tatarenregiments, das mit dem Schiff unterwegs ist. Sie könnten schon in wenigen Stunden hier sein.

Und sobald sie kann, wird sie Lord Asriel in seinem Gefängnis aufsuchen und ihn töten lassen. Weil ... Jetzt wird mir etwas klar, das ich bisher nie verstanden habe, Iorek! Nämlich warum sie Lord Asriel töten will: Weil sie weiß, was er vorhat, und davor Angst hat, und weil sie es selber tun will und die Macht an sich reißen will, bevor er es kann ... Es muß die Stadt am Himmel sein, ja! Sie will sie als erste erreichen! Und da lese ich noch etwas anderes ...«

Lyra beugte sich über das Instrument und konzentrierte sich verbissen auf die Nadel, die hierhin und dorthin zuckte, so rasch, daß man ihr kaum folgen konnte. Roger, der Lyra über die Schulter blickte, sah nicht einmal, wo sie jeweils stehenblieb; er sah lediglich ein schnelles Wechselspiel zwischen Lyras Fingern, die an den Zeigern drehten, und der darauf antwortenden Nadel. Das Ganze schien mit einer Sprache sowenig zu tun zu haben wie das Nordlicht.

»Ja«, sagte Lyra schließlich, sie ließ das Instrument in den Schoß sinken und seufzte und sah sich verwirrt um, als sie aus ihrer tiefen Versenkung erwachte. »Ja, jetzt verstehe ich das. Sie ist wieder hinter mir her. Sie will etwas, das ich habe, weil Lord Asriel es auch will. Sie braucht es für dieses ... dieses Experiment, was immer es ist.«

Lyra brach ab und holte tief Luft. Etwas machte ihr zu schaffen, und sie wußte nicht, was. Sie war überzeugt, daß dieses *Etwas,* das so wichtig war, das Alethiometer war. Schließlich hatte Mrs. Coulter das Alethiometer doch haben wollen, und was konnte es sonst sein? Zugleich konnte es nicht das Alethiometer sein, denn das Alethiometer drückte sich anders aus, wenn es von sich selbst sprach, nicht so.

»Wahrscheinlich ist es das Alethiometer«, sagte sie unglücklich. »Das vermute ich schon lange. Ich muß es unbedingt Lord Asriel geben, bevor sie es an sich bringt. Wenn *sie* es bekommt, müssen wir alle sterben.«

Als sie das sagte, war sie so erschöpft, allem überdrüssig und traurig bis ins Mark, daß der Tod eine Erlösung gewesen wäre. Aber das Beispiel Ioreks hinderte sie daran, das zuzugeben. Sie steckte das Alethiometer ein und setzte sich auf.

»Wann wird sie hier sein?« fragte Iorek.

»In wenigen Stunden. Ich denke, ich sollte Lord Asriel das Alethiometer so schnell wie möglich bringen.«

»Ich komme mit«, sagte Iorek.

Lyra widersprach nicht. Während Iorek Befehle erteilte und eine bewaffnete Truppe zusammenstellte, die sie auf dem letzten Teil ihrer Reise in den Norden begleiten sollte, saß sie ganz ruhig da und versuchte, ihre Kräfte zu sammeln. Sie hatte das Gefühl, daß das Lesen des Alethiometers sie ihre letzte Kraft gekostet hatte. Dann machte sie die Augen zu und schlief ein, doch schon wenig später wurde sie geweckt, und sie brachen auf.

Einundzwanzig

Lord Asriels Willkommen

Lyra ritt auf einem starken jungen Bären, neben ihr Roger auf einem anderen, während Iorek unermüdlich vorauslief und eine mit einem Feuerwerfer bewaffnete Truppe die Nachhut bildete.

Der Weg war lang und beschwerlich. Das Innere von Svalbard war gebirgig, mit schroffen Gipfeln und zerklüfteten Bergkämmen, durchschnitten von tiefen Schluchten und steilen Tälern, und die Kälte war ungeheuerlich. Sehnsüchtig dachte Lyra an die weich dahingleitenden Schlitten der Gypter auf dem Weg nach Bolvangar; wie schnell und bequem ihr diese Art zu reisen jetzt erschien. Hier war die Luft noch eisiger als alles, was sie je erlebt hatte; oder vielleicht war auch nur der Bär, auf dem sie ritt, nicht so leichtfüßig wie Iorek, oder sie war einfach vollkommen erschöpft und ausgelaugt. Jedenfalls war die Reise furchtbar anstrengend.

Lyra wußte weder, in welcher Richtung ihr Ziel lag, noch, wie weit es weg war. Sie wußte nur, was der alte Bär Søren Eisarson ihr erzählt hatte, als sie den Feuerwerfer für die Reise vorbereitet hatten. Eisarson hatte an den Verhandlungen mit Lord Asriel über die Bedingungen seiner Haft teilgenommen und erinnerte sich noch lebhaft daran.

Zuerst, sagte er, hätten die Bären von Svalbard keinen Unterschied zwischen Lord Asriel und den anderen Politikern, Königen und Unruhestiftern festgestellt, die auf ihre öde Insel verbannt wurden. Solche Gefangenen seien immer wichtig, sonst hätten ihre Landsleute sie gleich umgebracht;

sie könnten eines Tages also auch für die Bären wichtig werden, wenn ihr politisches Schicksal umschlug und sie in ihren Ländern wieder an die Macht kamen. Es konnte sich für die Bären also auszahlen, sie nicht grausam oder verächtlich zu behandeln.

Deshalb hatte Lord Asriel auf Svalbard weder schlechtere noch bessere Bedingungen angetroffen als Hunderte Verbannte vor ihm. Bestimmte Umstände hatten allerdings dazu geführt, daß seine Wächter bei ihm wachsamer waren als bei anderen Gefangenen. Eine Aura des Geheimnisvollen und spirituell Verderblichen umgab alles, was mit Staub zu tun hatte; auf den Gesichtern derer, die Lord Asriel gebracht hatten, hatte ganz deutlich Panik gestanden; und schließlich gab es noch die privaten Gespräche von Mrs. Coulter mit Iofur Raknison.

Außerdem hatten die Bären noch nie jemanden mit Lord Asriels hochmütigem und gebieterischem Wesen kennengelernt, gegen das sogar Iofur Raknison nicht angekommen war. Nachdrücklich und sprachgewandt hatte Lord Asriel den Bärenkönig dazu überredet, ihn selbst entscheiden zu lassen, wo er wohnen wollte.

Die ihm zuerst zugewiesene Wohnung liege zu tief, hatte er gesagt. Er brauche eine hochgelegene Wohnung über dem Rauch und dem Lärm der Feuerminen und Schmieden. Er zeichnete den Bären auf, wie die Wohnung aussehen sollte, und sagte ihnen, wo sie liegen sollte. Dann bestach er sie mit Gold und schmeichelte und drohte Iofur Raknison so lange, bis die Bären verwirrt gehorchten und sich an die Arbeit machten. Schon bald erhob sich auf einer nach Norden gerichteten Landzunge ein großes, festes Haus mit offenen Kaminen, in denen in großen Stücken die von den Bären geförderte und herbeigeschaffte Kohle brannte, und mit großen Fenstern aus echtem Glas. Dort residierte er, der Gefangene, wie ein König.

Und dort ging er daran, ein Laboratorium zusammenzustellen.

Mit verbissenem Eifer bestellte er Bücher, Instrumente, Chemikalien und die verschiedensten Werkzeuge und sonstigen Ausrüstungsgegenstände. Und irgendwie hatte er alles bekommen, aus den verschiedensten Quellen, zum Teil offen, zum Teil eingeschmuggelt von Besuchern, auf deren Besuch er als ihm zustehend gedrungen hatte. Über Land, zu Wasser und auf dem Luftweg hatte Lord Asriel seine Materialien zusammengetragen, und ein halbes Jahr nach seiner Gefangennahme hatte er alles, was er brauchte.

Und nun arbeitete, dachte, plante und rechnete er und wartete nur noch auf das eine, das er brauchte, um die Aufgabe zu vollenden, vor der die Oblations-Behörde solche Angst hatte. Und dieses Letzte, das er brauchte, war bereits zu ihm unterwegs.

Lyra sah das Gefängnis ihres Vaters zum erstenmal, als Iorek Byrnison am Fuß eines Gebirgskammes anhielt, damit die Kinder ihre Glieder bewegen und strecken konnten, da sie gefährlich ausgekühlt und steif gefroren waren.

»Sieh, da oben«, sagte er.

Ein breiter, zerfurchter und mit Eis- und Felsbrocken übersäter Hang, in den man mühsam einen Pfad gehauen hatte, führte zu einer Felsnase, die sich schwarz und spitz vor dem Himmel abhob. Die Aurora schien nicht, aber die Sterne glitzerten. Auf dem Gipfel der Felsnase stand ein großes Gebäude, das hell durch die Nacht leuchtete. Was Lyra sah, war weder das rußige, unruhige Flackern von Tranlampen noch das grelle Weiß anbarischer Scheinwerfer, sondern das warme, cremefarbene Licht von Naphthalampen.

Auch die Fenster, durch die das Licht schien, zeigten, wie mächtig Lord Asriel war. Glas war teuer, und durch große Fensterscheiben verschwendete man in diesen extremen Breiten Unmengen von Heizmaterial. Lord Asriels Haus zeugte von einem noch größeren Reichtum und Einfluß als Iofur Raknisons aufgedonnerter Palast.

Sie stiegen zum letztenmal auf ihre Bären, und Iorek ging ihnen voraus den Pfad zum Haus hinauf. Oben gelangten sie in einen tief verschneiten Hof, um den eine niedrige Mauer lief. Als Iorek das Tor aufstieß, hörten sie drinnen im Haus eine Klingel.

Lyra kletterte von ihrem Bären herunter; sie konnte kaum noch stehen. Dann half sie Roger beim Absteigen, und sich gegenseitig stützend stolperten die Kinder durch den bis zu den Oberschenkeln reichenden Schnee zur Eingangstreppe.

Wie warm es im Haus sein würde! Wie ruhig und friedlich!

Lyra streckte die Hand nach der Klingel aus, doch noch bevor sie klingeln konnte, ging die Tür auf. Dahinter erschien ein kleiner, schwach erleuchteter Flur, der die Wärme im Haus halten sollte, und unter der Flurlampe stand jemand, den Lyra kannte: Lord Asriels Diener Thorold mit seinem Dæmon Anfang, einem Pinscher.

Erschöpft schlug Lyra die Kapuze zurück.

»Wer …«, begann Thorold, doch als er sah, wer es war, rief er: »Doch nicht Lyra? Die kleine Lyra? Träum ich denn?«

Er langte hinter sich, um die innere Tür zu öffnen.

Die Tür führte in einen saalartigen Raum, in dessen steinernem Kamin ein Kohlenfeuer loderte. Warmes Naphthalicht schien auf Teppiche, Ledersessel und poliertes Holz … Lyra hatte so etwas nicht mehr gesehen, seit sie Jordan College verlassen hatte, und sie spürte plötzlich einen Kloß im Hals.

Lord Asriels Dæmon, die Schneeleopardin, knurrte.

Dann stand auf einmal ihr Vater da, mit seinem energischen Gesicht mit den dunklen Augen, aus denen wilde Entschlossenheit, Triumph und Tatkraft blitzten. Doch dann wich plötzlich alle Farbe aus seinem Gesicht, und seine Augen weiteten sich in namenlosem Entsetzen, als er seine Tochter erkannte.

»Nein! Nein!«

Er stolperte zurück und hielt sich am Kaminsims fest. Lyra war wie gelähmt.

»Verschwinde!« schrie Lord Asriel. »Dreh dich um und verschwinde, los! *Ich habe nicht nach dir geschickt.*«

Lyra konnte nicht sprechen. Sie öffnete den Mund zweimal, dreimal, und dann brachte sie heraus: »Nein, nein, ich bin doch hier, weil …«

Er schüttelte nur fortwährend den Kopf und streckte die Hände aus, wie um sie abzuwehren. Lyra wollte ihren Augen nicht trauen.

In der Absicht, ihn zu beruhigen, trat sie einen Schritt auf ihn zu, und Roger folgte ihr nervös. Ihre Dæmonen flatterten in die Wärme, und einen Augenblick später strich sich Lord Asriel mit der Hand über die Schläfe. Er schien sich etwas erholt zu haben, und die Farbe kehrte allmählich in seine Wangen zurück, als er auf die beiden Kinder heruntersah.

»Lyra«, sagte er. »Bist du es, Lyra?«

»Ja, Onkel Asriel«, sagte sie. Jetzt schien nicht der richtige Zeitpunkt, ihre wirkliche verwandtschaftliche Beziehung zu erörtern. »Ich bringe dir das Alethiometer des Rektors von Jordan College.«

»Ja, natürlich«, sagte er. »Wer ist das?«

»Das ist Roger Parslow«, erwiderte sie, »der Küchenjunge von Jordan College. Aber …«

»Wie seid ihr hergekommen?«

»Ich wollte es gerade sagen. Draußen wartet Iorek Byrnison, er hat uns hergebracht. Er hat mich den ganzen Weg von Trollesund herbegleitet, und wir haben Iofur überlistet …«

»Wer ist Iorek Byrnison?«

»Ein gepanzerter Bär. Er hat uns hergebracht.«

»Thorold«, rief Lord Asriel, »laß für die Kinder ein heißes Bad einlaufen, und gib ihnen etwas zu essen. Dann müssen sie schlafen. Ihre Kleider sind schmutzig; suche ihnen etwas zum Anziehen heraus. Bitte gleich, während ich mit diesem Bären spreche.«

Lyra spürte, wie in ihrem Kopf alles verschwamm. Vielleicht war es die Wärme, vielleicht die Erleichterung. Sie sah zu, wie der Diener sich verbeugte und hinausging und wie Lord Asriel in den Flur trat und die Tür hinter sich schloß. Dann sank sie in den nächsten Sessel.

Im nächsten Augenblick, so schien ihr, sprach Thorold sie an.

»Folgen Sie mir, Miß«, sagte er, und sie stemmte sich

hoch und folgte ihm mit Roger in ein warmes Badezimmer, in dem an einem beheizten Halter weiche Handtücher hingen und im Naphthalicht eine mit Wasser gefüllte Wanne dampfte.

»Geh du zuerst rein«, sagte Lyra. »Ich bleibe hier, dann können wir uns unterhalten.«

Also stieg Roger in die Wanne, um sich zu waschen. Er zuckte zusammen und keuchte, so heiß war das Wasser. Sie waren schon oft nackt zusammen schwimmen gewesen und hatten in der Isis oder im Cherwell mit anderen Kindern getobt, aber das hier war anders.

»Ich hab Angst vor deinem Onkel«, sagte Roger durch die offene Tür. »Ich meine, vor deinem Vater.«

»Nenne ihn lieber weiter meinen Onkel. Ich habe manchmal auch vor ihm Angst.«

»Als wir vorhin hereinkamen, sah er mich überhaupt nicht. Er sah nur dich und war entsetzt, bis er auch mich sah. Dann beruhigte er sich sofort.«

»Er war einfach überrascht«, sagte Lyra. »Das würde jedem so gehen, der plötzlich jemanden sieht, den er nicht erwartet hat. Er hat mich zuletzt damals im Ruhezimmer gesehen. Das muß doch ein Schock sein.«

»Nein«, sagte Roger, »das war nicht nur ein Schock. Er sah mich an wie ein Wolf oder so was.«

»Das bildest du dir nur ein.«

»Nein. Ich hab mehr Angst vor ihm als damals vor Mrs. Coulter, wirklich.«

Roger seifte sich ein, und Lyra holte das Alethiometer heraus.

»Soll ich den Symboldeuter danach fragen?« sagte Lyra.

»Hm, weiß nicht. Es gibt Dinge, die ich gar nicht wissen will. Ich hab' das Gefühl, daß ich, seit die Gobbler nach Oxford gekommen sind, immer nur von schlechten Dingen höre. Es ist nichts Schönes dabei, höchstens mal etwas ganz Kleines in der unmittelbaren Zukunft, wie das schöne Bad hier oder das warme Handtuch. Und wenn ich mich abgetrocknet habe, freue ich mich vielleicht auf etwas zu essen, aber weiter denke ich nicht. Und wenn ich gegessen habe, freue ich mich vielleicht auf ein bequemes Bett, in dem ich pennen kann. Aber was danach kommt: Ich weiß nicht, Lyra. Wir haben schreckliche Dinge erlebt, oder? Und sehr wahrscheinlich stehen uns noch mehr schreckliche Dinge bevor. Ich denke mir also, am besten man weiß gar nicht, was die Zukunft bringt. Ich halte mich an die Gegenwart.«

»Ja«, sagte Lyra müde. »Manchmal geht es mir genauso.«

Sie behielt das Alethiometer zwar noch eine Weile in der Hand, aber nur um sich zu trösten. Sie drehte nicht an den Zeigern und achtete nicht auf das Ausschwingen der Nadel. Pantalaimon beobachtete das Instrument stumm.

Nachdem sie sich beide gewaschen und ein Käsebrot gegessen und mit warmem Wasser verdünnten Wein getrunken hatten, sagte der Diener Thorold: »Der Junge soll schlafen gehen; ich zeige ihm, wo. Sie, Miß Lyra, bittet seine Lordschaft noch zu sich in die Bibliothek.«

Er führte Lyra in ein Zimmer, durch dessen große Fenster man weit unten das gefrorene Meer sah. Auch hier brannte in einem großen Kamin ein Kohlenfeuer, und eine Naphthalampe war so heruntergedreht, daß der Blick aus dem Zimmer nach draußen auf das öde, nur von Sternen beschienene Panorama kaum durch störende Spiegelungen beeinträchtigt wurde. Lord Asriel saß in einem großen Armsessel auf der einen Seite des Feuers und bedeutete Lyra, sich in den anderen Sessel ihm gegenüber zu setzen.

»Dein Freund Iorek Byrnison ruht sich draußen aus«, sagte er. »Er ist lieber in der Kälte.«

»Hat er dir von dem Zweikampf mit Iofur Raknison erzählt?«

»Nur in groben Zügen. Wenn ich ihn richtig verstehe, ist er jetzt König von Svalbard. Stimmt das?«

»Natürlich. Iorek lügt nie.«

»Er scheint sich zu deinem Beschützer ernannt zu haben.«

»Nein, John Faa hat ihm gesagt, er solle sich um mich kümmern, deshalb tut er es. Er befolgt nur die Anweisungen John Faas.«

»Was hat John Faa damit zu tun?«

»Das sag ich dir, wenn du mir was anderes sagst. Du bist mein Vater, nicht wahr?«

»Ja. Warum?«

»Du hättest mir das schon früher sagen sollen, deshalb. Du darfst solche Sachen anderen Leuten nicht verschweigen, weil sie sich dann, wenn sie es herausfinden, dumm vorkommen, und das ist gemein. Was macht es denn, wenn ich weiß, daß ich deine Tochter bin? Du hättest es mir schon vor Jahren sagen können. Du hättest es mir sagen können, und du hättest mich bitten können, es geheimzuhalten, und wenn du mich darum gebeten hättest, hätte ich das auch getan, egal wie alt ich gewesen wäre. Ich wäre so stolz gewesen, daß niemand das Geheimnis von mir erfahren hätte. Aber das hast du nicht. Du hast es anderen gesagt, aber nicht mir.«

»Wer behauptet das?«

»John Faa.«

»Hat er dir gesagt, wer deine Mutter ist?«

»Ja.«

»Mehr kann ich dir auch nicht sagen. Und ich lasse mich nicht von einer frechen kleinen Rotznase ausfragen und beschimpfen. Ich will hören, was du auf dem Weg hierher gesehen und getan hast.«

»Ich habe dir doch das blöde Alethiometer gebracht, oder?« platzte Lyra heraus, den Tränen nahe. »Auf dem ganzen Weg von Jordan bis hierher habe ich darauf aufgepaßt, es versteckt und behütet, egal was passierte, und ich habe gelernt, wie man es liest, und es den ganzen Weg hergebracht, obwohl ich auch hätte zu Hause bleiben und es mir bequem machen können, und du bedankst dich nicht mal und zeigst durch nichts, daß du dich freust, mich zu sehen. Ich weiß nicht, warum ich es überhaupt getan hab'. Aber ich hab's getan, und ich hab' immer weitergemacht, auch in Iofur Raknisons stinkendem Palast unter all den Bären hab' ich weitergemacht, ganz allein, und ich hab' Iofur durch eine List dazu überredet, daß er mit Iorek kämpft, damit ich deinetwegen hierherkommen kann ... Und als du mich dann gesehen hast, bist du fast ohnmächtig umgefallen, als ob ich eine schreckliche Sache wäre, die du nie wieder sehen willst. Du bist kein Mensch, Lord Asriel. Du bist nicht mein Vater. Mein Vater würde mich nicht so behandeln. Väter lieben ihre Töchter doch. Du liebst mich nicht, und ich liebe dich nicht, und dabei bleibt es. Ich hab' Farder Coram lieb, und ich hab' Iorek Byrnison lieb; ich hab' einen Panzerbären lieber als meinen Vater. Und ich wette, Iorek Byrnison hat mich lieber als du.«

»Du hast eben selbst gesagt, daß er nur einen Befehl John Faas ausführt. Wenn du jetzt sentimental wirst, verschwende ich meine Zeit nicht damit, mit dir zu reden.«

»Dann nimm doch dein blödes Alethiometer, und ich geh mit Iorek wieder.«

»Wohin denn?«

»Zum Palast zurück. Er kann gegen Mrs. Coulter und die Oblations-Behörde kämpfen, wenn sie kommen. Wenn er verliert, sterbe ich auch, aber das ist mir egal. Wenn er gewinnt, holen wir Lee Scoresby, und ich fahre in seinem Ballon weg und …«

»Wer ist Lee Scoresby?«

»Ein Aeronaut. Er hat uns hergebracht, und dann hatten wir einen Zusammenstoß. Bitte schön, hier hast du das Alethiometer. Es ist alles heil.«

Lord Asriel machte keine Anstalten, das Instrument zu nehmen, deshalb legte Lyra es auf das Messinggitter der Feuerstelle.

»Und eigentlich müßte ich dir auch sagen, daß Mrs. Coulter auf dem Weg nach Svalbard ist, und sobald sie hört, was mit Iofur Raknison passiert ist, kommt sie sicher hierher, in einem Zeppelin zusammen mit ganz vielen Soldaten. Und dann werden sie uns alle töten, auf Befehl des Magisteriums.«

»Sie bekommen uns nicht in die Hände«, sagte Lord Asriel gelassen.

Er wirkte so ruhig und gelöst, daß Lyras wilde Empörung schrumpfte.

»Das weißt du nicht«, sagte sie unsicher.

»Doch.«

»Heißt das, du hast noch ein anderes Alethiometer?«

»Dazu brauche ich kein Alethiometer. Jetzt will ich von deiner Reise hierher hören, Lyra. Bitte von Anfang an und ohne etwas auszulassen.«

Lyra gehorchte. Sie begann damit, wie sie sich im Ruhezimmer versteckt hatte, und erzählte, wie die Gobbler Roger entführt hatten, wie sie zu Mrs. Coulter gekommen und was danach passiert war.

Es war eine lange Geschichte, und als sie fertig war, sagte sie: »Eines wüßte ich gern, und ich finde, ich hab' ein Recht darauf, es zu wissen, wie ich das Recht hatte zu wissen, wer ich bin. Und da du mir das nicht gesagt hast, beantworte mir zum Ausgleich jetzt meine Frage. Also: Was ist Staub? Und warum haben alle solche Angst davor?«

Er sah sie an, als überlege er, ob sie verstehen würde, was er ihr sagen wollte. Noch nie hatte er sie so ernst angesehen, dachte sie; bis jetzt war er immer wie ein Erwachsener gewesen, der nachsichtig auf die Streiche eines Kindes herabsieht. Jetzt dagegen schien er sie einer Antwort für würdig zu halten.

»Staub ist das, was das Alethiometer antreibt«, sagte er.

»Ah ... habe ich mir fast gedacht! Aber was noch? Wie hat man ihn entdeckt?«

»Die Kirche wußte im Grunde schon immer davon. Dort predigt man seit Jahrhunderten von Staub, nur nannte man es anders. Aber vor einigen Jahren entdeckte ein Moskowiter namens Boris Michailowitsch Rusakow ein neues Elementarteilchen. Hast du von Elektronen, Photonen, Neutrinos und solchen Dingen gehört? Man nennt sie Elementarteilchen, weil man sie nicht weiter aufspalten kann; sie enthalten nur sich selbst. Gut, und dieses neue Elementarteilchen ließ sich zwar auch nicht aufspalten, aber es war nur sehr schwer meßbar, weil es auf keine der üblichen Arten reagierte. Am schwierigsten war für Rusakow zu verstehen, warum das neue Teilchen sich überall dort zu konzentrieren schien, wo Menschen waren, als ob es von uns angezogen würde, ganz besonders von Erwachsenen. Zwar zogen auch Kinder es an, aber nicht annähernd so stark, solange ihre Dæmonen noch keine feste Gestalt angenommen hatten. In der Zeit der Pubertät beginnen sie den Staub dann stärker anzuziehen, bis er sich genauso stark an sie heftet wie an Erwachsene. Nun haben alle Entdeckungen dieser Art Auswirkungen auf die Lehre der Kirche und müssen deshalb durch das Magisterium in Genf abgesegnet werden. Rusakows Entdeckung war aber so unwahrscheinlich und seltsam, daß der Inspektor des Geistlichen Disziplinargerichts argwöhnte, Rusakow sei vom Teufel besessen. Er führte in seinem Labor eine Teufelsaustreibung durch und verhörte Rusakow nach den Regeln der Inquisition, doch schließlich mußte die Kirche sich damit abfinden, daß Rusakow weder ein Lügner noch ein Betrüger war: Staub existierte tatsächlich.

Damit standen sie vor dem Problem, daß sie entscheiden mußten, was Staub war. Und angesichts des Wesens der Kirche konnten sie nur eine Entscheidung treffen. Das Magisterium entschied, Staub sei der physikalische Beweis der Erbsünde. Weißt du, was das ist?«

Lyra nagte auf ihren Lippen. Sie fühlte sich an Jordan erinnert, wenn sie Fragen zu etwas gestellt bekam, von dem sie im Unterricht einmal gehört hatte.

»So ungefähr«, sagte sie.

»Nein, du weißt es nicht. Geh an das Regal neben dem Schreibtisch und bringe mir die Bibel.«

Lyra gehorchte und gab ihrem Vater das große, schwarze Buch.

»Kennst du die Geschichte von Adam und Eva?«

»Klar«, sagte sie. »Eva durfte den Apfel nicht essen, aber die Schlange führte sie in Versuchung, und dann tat sie es doch.«

»Und was geschah dann?«

»Hm … Sie wurden rausgeworfen. Gott warf sie aus dem Paradies heraus.«

»Gott hatte ihnen verboten, von der Frucht zu essen, weil sie sonst sterben würden. Sie waren ja nackt im Garten, sie waren wie Kinder, und ihre Dæmonen konnten jede beliebige Gestalt annehmen. Die Geschichte geht so.«

Er schlug das dritte Kapitel der Genesis auf und las:

»Da sprach das Weib zu der Schlange: Wir essen von den Früchten der Bäume im Garten;

aber von den Früchten des Baumes mitten im Garten hat Gott gesagt: Esset nicht davon, rühret sie nicht an, daß ihr nicht sterbet!

Da sprach die Schlange zum Weibe: Ihr werdet keineswegs des Todes sterben,

sondern Gott weiß: an dem Tage, da ihr davon esset, werden eure Augen aufgetan, und ihr werdet sein wie Gott und wissen, was gut und böse ist.

Und das Weib sah, daß von dem Baum gut zu essen wäre und daß er eine Lust für die Augen wäre und verlockend, weil er dem Dæmon des Menschen seine wahrhafte Gestalt gab. Und sie nahm von der Frucht und aß und gab ihrem Mann, der bei ihr war, auch davon, und er aß.

Da wurden ihnen beiden die Augen aufgetan, und sie sahen die wahre Gestalt ihrer Dæmonen und sprachen mit ihnen.

Doch als der Mann und das Weib ihre Dæmonen erkannten, wußten sie, daß ein großer Wandel über sie gekommen war, denn bis dahin waren sie eins gewesen mit den Geschöpfen der Erde und der Luft, und es hatte keinen Unterschied zwischen ihnen gegeben.

Und sie sahen den Unterschied und wußten, was gut und böse war; sie schämten sich und flochten Feigenblätter zusammen und machten sich Schurze, um ihre Blöße zu bedecken.«

Lord Asriel klappte das Buch zu.

»Und so kam die Sünde in die Welt«, sagte er, »die Sünde, die Scham und der Tod. Das alles kam in dem Augenblick, in dem ihre Dæmonen eine feste Gestalt annahmen.«

»Aber ...« Lyra suchte nach Worten. »Aber die Geschichte ist doch gar nicht wahr, oder? Nicht wahr wie Chemie oder Maschinenbau, nicht diese Art von wahr. Adam und

Eva gab es doch nicht wirklich? Der Cassington-Stipendiat meinte, das sei nur eine Art Märchen.«

»Das Cassington-Stipendium wird der Tradition gemäß einem Freidenker verliehen; seine Aufgabe ist, den Glauben der anderen Wissenschaftler herauszufordern. Also sagt er natürlich so was. Aber stelle dir Adam und Eva als imaginäre Zahlen vor, wie die Wurzel aus minus eins: Man kann ihre Existenz letztlich nicht beweisen, aber wenn man sie in Gleichungen einbezieht, kann man alle möglichen Dinge rechnen, die man ohne sie nicht rechnen könnte. Jedenfalls lehrt die Kirche das seit Tausenden von Jahren. Und als Rusakow den Staub entdeckte, gab es endlich auch einen physikalischen Beweis dafür, daß sich etwas verändert, wenn Unschuld zu Erfahrung wird. Übrigens kommt die Bezeichnung Staub auch aus der Bibel. Zuerst sprach man von Rusakow-Teilchen, aber dann machte jemand auf einen merkwürdigen Vers gegen Ende des dritten Kapitels der Genesis aufmerksam, in dem Gott Adam verflucht, weil er von der Frucht gegessen hat.«

Lord Asriel schlug die Bibel auf und zeigte Lyra die Stelle. Sie las:

> »Im Schweiße deines Angesichts sollst du dein Brot essen,
> bis du wieder zu Erde werdest, davon du genommen bist.
> Denn du bist Staub und sollst zu Staub werden.«

»Den kirchlichen Gelehrten hat die Übersetzung dieses Verses immer Kopfzerbrechen bereitet«, sagte Lord Asriel. »Einige meinen, es dürfe nicht heißen ›du sollst zu Staub werden‹, sondern ›du sollst Staub unterworfen sein‹, andere sagen, in Wirklichkeit handle es sich um das Eingeständnis Gottes, daß er selbst mit einem Teil seines Wesens ein Sünder sei. Jeder sagt etwas anderes, und das kann auch gar nicht anders sein, denn der Text ist verdorben. Aber es war ein so schönes Wort, deshalb nannte man die Teilchen kurzerhand Staub.«

»Und wer sind die Gobbler?« fragte Lyra.

»Die General-Oblations-Behörde ... die Komplizen deiner Mutter. Wirklich klug von ihr, sich genau zum richtigen Zeitpunkt eine eigene Machtbasis zu schaffen, aber sie ist ja auch eine intelligente Frau, wie du sicher schon gemerkt hast. Das Magisterium hat nichts dagegen, wenn es alle möglichen verschiedenen Behörden gibt. Es kann sie gegeneinander ausspielen; wenn eine Behörde erfolgreich ist, tut man im Magisterium so, als habe man sie schon die ganze Zeit unterstützt, und wenn eine scheitert, tut man so, als handle es sich um lauter Verräter, die sowieso ohne Genehmigung gearbeitet hätten.

Deine Mutter hat immer nach Macht gestrebt, mußt du wissen. Zuerst wollte sie sie auf normale Weise erlangen, durch Heirat, aber das klappte nicht, wie du wahrscheinlich gehört hast. Also mußte sie sich an die Kirche wenden. Natürlich konnte sie nicht denselben Weg einschlagen wie ein Mann und Priester werden und so weiter – sie brauchte eine besondere Methode. Sie mußte eine eigene Ordnung gründen, Beziehungen aufbauen, die sie dann spielen lassen konnte. Sich auf Staub zu spezialisieren war ein kluger Schachzug. Davor hatten alle Angst, und niemand wußte, was er dagegen tun konnte. Als sie also anbot, eine Untersuchung zu leiten, war man im Magisterium so erleichtert, daß man sie mit Geld und allen notwendigen Hilfsmitteln unterstützte.«

»Aber sie *schneiden* –« Lyra brachte es nicht über sich, weiterzusprechen, es würgte sie regelrecht. »Du weißt, was sie getan haben! Warum hat die Kirche das zugelassen?«

»Es gibt einen Präzedenzfall. Etwas Ähnliches wurde schon einmal gemacht. Weißt du, was das Wort *Kastration* bedeutet? Es bedeutet, daß man einem Jungen die Geschlechtsorgane abschneidet, so daß er sich nicht zu einem normalen Mann entwickeln kann. Ein Kastrat hat sein Leben lang eine hohe Sopranstimme, und die Kirche hatte auch nichts gegen diese Praxis: Kastraten hörten sich in der Kirchenmusik so schön an. Einige wurden große Sänger, wunderbare Künstler. Viele wurden aber nur dicke, aufgedunsene Männer, die eigentlich gar keine waren, und einige starben auch an den Folgen der Operation. Die Kirche schreckt vor einem kleinen Schnitt jedenfalls nicht zurück, und es gibt einen Präzedenzfall. Und heute kann man das ja viel hygienischer machen als damals, als man weder Betäubungsmittel noch sterile Verbände, noch entsprechende Pflege kannte. Es wäre eine vergleichsweise harmlose Sache.«

»Ist es nicht!« sagte Lyra heftig. »Wirklich nicht!«

»Nein, natürlich nicht. Deshalb mußten sie sich ja auch hoch im Norden verstecken, wo es dunkel und neblig ist. Die Kirche war natürlich froh, daß so jemand wie dein Mutter das Unternehmen leitete. Wer hätte einer so charmanten, reizenden und vernünftigen Frau mit so guten Beziehungen mißtrauen können? Zugleich war das Unternehmen ja geheim und inoffiziell, deshalb konnte das Magisterium im Bedarfsfall auch jede Verbindung mit ihr bestreiten.«

»Aber wer kam überhaupt auf die Idee mit dem Schneiden?«

»Das war deine Mutter. Sie vermutete, daß es einen Zusammenhang zwischen zwei Ereignissen zur Zeit der Pubertät gab: zwischen der Änderung der Gestalt des Dæmons und der Tatsache, daß die Jugendlichen Staub anzogen. Wenn man nun den Dæmon vom Körper trennte, würden wir dem Staub – der Erbsünde – vielleicht nicht mehr unterworfen sein. Die Frage war, ob es möglich ist, Dæmon und Körper zu trennen, ohne daß der Mensch stirbt. Deine Mutter hat viele Reisen unternommen und alle möglichen Dinge gesehen. Sie ist auch in Afrika gewesen. Die Afrikaner haben eine Methode, durch die sie Menschen zu Sklaven machen, zu sogenannten *Zombies*. Das sind willenlose Geschöpfe, die Tag und Nacht arbeiten, ohne wegzurennen oder sich zu beklagen. Sie sehen aus wie Leichen …«

»Menschen ohne Dæmon!«

»Genau. Deine Mutter wußte also, daß es möglich war, beides zu trennen.«

»Und … Tony Costa hat mir von schrecklichen Gespenstern erzählt, die es in den Wäldern im Norden gibt. Wahrscheinlich sind das auch Menschen ohne Dæmon.«

»Richtig. Jedenfalls entstand aus solchen Ideen und aus der Besessenheit der Kirche mit der Erbsünde die General-Oblations-Behörde.«

Lord Asriels Dæmon zuckte mit den Ohren, und er legte der Leopardin die Hand auf den schönen Kopf.

»Noch etwas geschah, wenn sie den Schnitt machten«, fuhr er fort, »auch wenn sie es nicht merkten. Die Energie, die Körper und Dæmon verbindet, ist ungeheuer stark. Wird der Schnitt gemacht, wird diese Energie im Bruchteil einer Sekunde freigesetzt. Man hat das nicht bemerkt, weil man diese Energie falsch als Schock, Abscheu oder moralische Empörung interpretierte und sich antrainierte, dabei nichts zu empfinden. Man begriff also nicht, was man mit dieser Energie anstellen konnte, und dachte nicht daran, sie nutzbar zu machen ...«

Lyra konnte nicht mehr stillsitzen. Sie stand auf, ging zum Fenster und starrte blicklos in die weite, dunkle Ödnis hinaus. Es gab so viel Grausamkeit. Egal, wie wichtig es war, das mit der Erbsünde herauszufinden: Was man Tony Makarios und den anderen Kindern angetan hatte, war zu grausam. Dafür gab es keine Rechtfertigung.

»Und was hast du getan?« fragte sie. »Hast du auch Dæmonen abgeschnitten?«

»Ich interessiere mich für etwas ganz anderes. Ich glaube, die Oblations-Behörde geht nicht weit genug. Ich möchte zur Quelle des Staubes vorstoßen.«

»Zur Quelle? Wo kommt der Staub denn her?«

»Von jenem anderen Universum, das wir durch die Aurora sehen können.«

Lyra drehte sich zu ihm um. Entspannt lehnte ihr Vater in seinem Sessel, aber aus seinen Augen sprachen eine ungezügelte Kraft und eine Wildheit, die der seines Dæmons ebenbürtig war. Sie liebte ihn nicht, und sie konnte ihm nicht trauen, aber sie bewunderte ihn und den extravaganten Luxus, den er in dieser Einöde zusammengetragen hatte, und seinen gewaltigen Ehrgeiz.

»Was ist das für ein anderes Universum?« fragte sie.

»Eine von Milliarden von Welten, die nebeneinander existieren. Die Hexen wissen seit Jahrhunderten davon, aber die ersten Theologen, die die Existenz dieser Welten mathematisch bewiesen, wurden vor gut fünfzig Jahren exkommuniziert. Dabei existieren sie, unbestreitbar. Allerdings hielt es bisher keiner für möglich, von einer Welt in die andere hinüberzutreten. Dadurch, so glaubten wir, würden elementare Gesetze verletzt. Nun, wir hatten unrecht. Es gelang uns, die Welt da oben zu sehen. Und wenn Licht dort hinüberkommt, können wir das auch. Wir mußten einfach erst *lernen,* diese Welt zu sehen, Lyra, wie du gelernt hast, das Alethiometer zu benutzen.

Diese Welt entstand nun wie jede andere Welt als Folge einer Möglichkeit. Es ist, als würde man eine Münze werfen: Sie kann mit Kopf oder Zahl herunterfallen, aber wir wissen es erst, wenn sie heruntergefallen ist. Liegt der Kopf oben, heißt das, die Möglichkeit, daß die Zahl oben liegt, ist ausgeschieden. Bis zu diesem Moment waren beide Möglichkeiten gleichberechtigt.

Aber in einer anderen Welt liegt die Zahl oben. Wenn das geschieht, brechen die beiden Welten auseinander. Ich verwende das Beispiel mit der Münze zur Veranschaulichung. Daß bestimmte Möglichkeiten ausscheiden, passiert auch auf der Ebene der Elementarteilchen auf genau dieselbe Art: Im einen Moment sind noch mehrere Dinge möglich, im nächsten wird aus einer Möglichkeit Wirklichkeit, und die anderen Möglichkeiten gibt es nicht mehr. Es sei denn, es entstehen andere Welten, in denen diese Möglichkeiten verwirklicht wurden.

Und ich werde die Welt jenseits der Aurora betreten, weil ich glaube, daß aus ihr der Staub in diese Welt kommt. Du hast die Lichtbilder gesehen, die ich den Wissenschaftlern im Ruhezimmer gezeigt habe. Du hast die Stadt selbst gesehen. Wenn Licht die Barriere zwischen den Welten überwinden kann, wenn der Staub das kann und wenn wir diese Stadt sehen können, dann können wir auch eine Brücke hinüberbauen und sie überqueren. Dazu braucht man allerdings einen ungeheuren Schub an Energie. Aber ich kann es schaffen. Irgendwo von da draußen kommen Staub, Tod,

Sünde, Elend und die ganze Zerstörungswut auf dieser Welt. Die Menschen können nichts sehen, ohne es gleich zerstören zu wollen, Lyra. *Das* ist die eigentliche Erbsünde. Und ich werde sie vernichten. Der Tod wird sterben.«

»Haben sie dich deshalb hier eingesperrt?«

»Ja. Sie haben schreckliche Angst. Und mit gutem Grund.«

Er stand auf, und auch sein Dæmon erhob sich, stolz, schön und tödlich. Lyra saß regungslos da. Sie hatte Angst vor ihrem Vater; zugleich bewunderte sie ihn zutiefst, und sie hielt ihn für völlig verrückt. Aber durfte sie sich ein Urteil anmaßen?

»Geh schlafen«, sagte er. »Thorold zeigt dir dein Zimmer.«

Er wandte sich zum Gehen.

»Du hast das Alethiometer liegenlassen«, sagte sie.

»Ach ja, aber ich brauche es jetzt eigentlich gar nicht«, sagte er. »Ohne die Bücher würde es mir sowieso nichts nützen. Ich glaube mehr, der Rektor von Jordan wollte es *dir* geben. Hat er wirklich gesagt, du solltest es mir bringen?«

»Ja, natürlich!« sagte sie. Aber dann dachte sie noch einmal nach, und ihr fiel ein, daß der Rektor das nicht gesagt hatte. Sie hatte es die ganze Zeit angenommen, denn warum hätte er es ihr sonst geben sollen? »Nein«, sagte sie, »ich weiß nicht. Ich dachte ...«

»Tja, ich will es nicht. Es gehört dir, Lyra.«

»Aber ...«

»Gute Nacht, Kind.«

Sprachlos und zu verwirrt, um eine der vielen Fragen stellen zu können, die sie bedrängten, nahm Lyra das Alethiometer und wickelte es in den schwarzen Samt. Am Feuer sitzend sah sie ihm nach, wie er das Zimmer verließ.

Zweiundzwanzig

Verrat

Sie wachte auf, weil ein Fremder sie am Arm schüttelte. Erst als Pantalaimon hochfuhr und knurrte, erkannte sie Thorold. Er hielt eine Naphthalampe, und seine Hand zitterte.

»Miß ... Miß ... stehen Sie schnell auf. Ich weiß nicht, was ich tun soll. Er hat keine Anweisungen hinterlassen. Ich glaube, er ist verrückt, Miß.«

»Was? Was ist passiert?«

»Lord Asriel, Miß. Er war wie im Delirium, nachdem Sie zu Bett gegangen sind. Ich habe ihn noch nie so rasend erlebt. Er hat eine Menge Instrumente und Batterien in einen Schlitten gepackt, die Hunde angespannt und ist fort. Aber er hat den Jungen dabei, Miß!«

»Roger? Er hat Roger mitgenommen?«

»Er sagte, ich solle ihn wecken und anziehen, und ich habe ihm nicht widersprochen ... das habe ich nie ... der Junge fragte die ganze Zeit nach Ihnen, Miß ... aber Lord Asriel wollte nur ihn ... wissen Sie noch, wie Sie durch die Tür traten, Miß? Wie er sie sah und seinen Augen nicht trauen wollte und sagte, sie sollten verschwinden?«

Lyras Kopf war ein solches Durcheinander aus Erschöpfung und Angst, daß sie nichts denken konnte und nur »Ja? Ja?« sagte.

»Das war, weil er ein Kind brauchte, um sein Experiment zu beenden, Miß! Und Lord Asriel hat eine ganz besondere Art, sich zu beschaffen, was er braucht, er verlangt es einfach und schon ...«

In Lyras Kopf brach ein Aufruhr los, als ob sie versuchte, etwas, das sie wußte, aus ihrem Bewußtsein zu verdrängen.

Sie stieg aus dem Bett und wollte nach ihren Kleidern greifen, als sie plötzlich zusammenbrach und sich ihr ein wilder Schrei der Verzweiflung entrang. Zwar war es Lyra, die schrie, aber der Schrei war größer als sie, gleichsam als schreie die Verzweiflung selbst. Ihr waren Lord Asriels Worte eingefallen: *Die Energie, die Körper und Dæmon verbindet, ist ungeheuer stark,* und um die Kluft zwischen den Welten zu überqueren, brauche man *einen ungeheuren Schub an Energie …*

Sie hatte soeben gemerkt, was sie getan hatte.

Sie hatte sich bis hierher durchgekämpft, um Lord Asriel etwas zu bringen, und hatte geglaubt, zu wissen, was er brauchte. Dabei war es überhaupt nicht das Alethiometer. Lord Asriel brauchte ein Kind.

Sie hatte ihm Roger gebracht.

Deshalb hatte er, als er sie gesehen hatte, geschrien: »Ich habe nicht nach dir geschickt!« Er hatte nach einem Kind geschickt, und das Schicksal hatte ihm die eigene Tochter gebracht. Das hatte er zumindest geglaubt, bis sie zur Seite getreten und sein Blick auf Roger gefallen war.

Lyra litt Seelenqualen. Sie hatte Roger *retten* wollen, dabei hatte sie die ganze Zeit alles getan, ihn zu verraten …

Sie zitterte und schluchzte, rasend vor Schmerz. Es durfte nicht wahr sein.

Thorold versuchte, sie zu trösten, aber er kannte den Grund ihrer Qual nicht und konnte ihr nur nervös die Schulter tätscheln.

»Iorek …«, schluchzte sie und stieß den Diener zur Seite. »Wo ist Iorek Byrnison? Der Bär? Ist er noch draußen?«

Der alte Mann zuckte hilflos die Schultern.

»So hilf mir doch!« schrie sie, zitternd vor Schwäche und Angst. »Hilf mir beim Anziehen. Ich muß weg. *Bitte!* Mach *schnell!*«

Thorold stellte die Lampe ab und tat, wie ihm geheißen. Wenn Lyra in diesem gebieterischen Ton Befehle erteilte, war sie auch mit tränennassem Gesicht und zitternden Lippen ihrem Vater sehr ähnlich. Während Pantalaimon mit dem Schwanz heftig auf den Boden schlug und sein Fell geradezu Funken sprühte, brachte Thorold Lyra eilends ihre steifen, stinkenden Pelze und half ihr beim Anziehen. Sobald alle Knöpfe zu und alle losen Enden festgesteckt waren, ging Lyra zur Tür und öffnete sie. Die Kälte traf ihren Hals wie ein Schwert, und die Tränen auf ihren Wangen gefroren sofort.

»Iorek!« rief sie. »Iorek Byrnison! Komm her, denn ich brauche dich!«

Im Schnee schüttelte sich etwas, Metall klapperte, und der Bär stand vor ihr. Er hatte seelenruhig unter dem fallenden Schnee geschlafen. Im Licht der Lampe, die Thorold ans Fenster hielt, sah Lyra den langen Kopf mit den dunklen Augenhöhlen und einen Schimmer weißen Fells unter dem rotschwarzen Metall, und sie hätte Iorek am liebsten umarmt und sich trostsuchend an ihn gedrückt, an seinen eisernen Helm und sein vereistes Fell.

»Also?« sagte er.

»Wir müssen hinter Lord Asriel her. Er hat Roger mitgenommen und will ... ich kann gar nicht daran denken – Iorek, ich flehe dich an, mach ganz schnell!«

»Steig auf«, sagte er, und sie sprang auf seinen Rücken.

Er brauchte nicht zu fragen, welche Richtung er einschlagen sollte: Schlittenspuren führten schnurgerade aus dem Hof und über die Ebene, und Iorek begann ihnen nachzutraben. Lyra hatte sich seine Bewegungen inzwischen so sehr zu eigen gemacht, daß sie ganz automatisch das Gleichgewicht hielt. Schneller als je zuvor rannte Iorek über die dicke Schneedecke, die den felsigen Grund bedeckte, und die Platten seines Panzers verschoben sich unter Lyra im regelmäßigen Rhythmus seiner großen Schritte.

Hinter ihnen folgten leichtfüßig die anderen Bären mit dem Feuerwerfer. Der Weg lag deutlich vor ihnen, denn der Mond stand hoch am Himmel, und das Licht, mit dem er die verschneite Landschaft übergoß, war hell und tauchte die Welt in glänzendes Silber und tiefes Schwarz. Die Schlittenspuren liefen geradewegs auf eine Kette wildgezackter

Berge zu, merkwürdiger, spitz zulaufender Formen, die so schwarz wie das Samttuch des Alethiometers in den Himmel schnitten. Von dem Schlitten selbst war nichts zu sehen – oder bewegte sich ganz in der Ferne an der Flanke des höchsten Berges etwas? Angestrengt starrte Lyra geradeaus, und Pantalaimon flog, so hoch er konnte, und spähte mit den scharfen Augen einer Eule in dieselbe Richtung.

»Ja«, sagte er einen Augenblick später, als er wieder auf ihrem Handgelenk saß, »es ist Lord Asriel. Er treibt seine Hunde an wie wahnsinnig, und hinten im Schlitten sitzt ein Kind …«

Lyra merkte, wie Iorek Byrnison seinen Schritt änderte. Etwas hatte seine Aufmerksamkeit erregt. Er wurde langsamer und schwenkte den erhobenen Kopf nach links und rechts.

»Was ist los?« fragte Lyra.

Iorek antwortete nicht, sondern lauschte aufmerksam. Lyra hörte nichts. Doch dann hörte sie etwas: ein geheimnisvolles, weit entferntes Knistern und Rauschen. Sie hatte das Geräusch schon einmal gehört: das Rauschen der Aurora. Aus dem Nichts tauchte ein heller Schein auf, der wie ein schimmernder Vorhang vor dem nördlichen Himmel hing. All die unsichtbaren Milliarden und Billionen geladener Teilchen, darunter vielleicht auch Staub, trugen zu jenem Leuchten in den oberen Schichten der Atmosphäre bei. Offenbar stand ein außergewöhnliches Spektakel bevor, wie Lyra es noch nicht gesehen hatte, als ob die Aurora wüßte, was für ein Drama sich hier unten abspielte, und es mit entsprechend eindrucksvollen Effekten ausleuchten wollte.

Doch die Bären sahen nicht nach oben. Ihre Aufmerksamkeit galt ausschließlich dem Erdboden. Also war es nicht die Aurora, die Ioreks Aufmerksamkeit fesselte. Er stand jetzt völlig bewegungslos da, und Lyra glitt von seinem Rücken, da sie wußte, daß seine Sinne sich sonst nicht frei entfalten konnten. Irgend etwas beunruhigte ihn.

Lyra drehte sich um und sah über die endlos weite Ebene zurück zu Lord Asriels Haus und zu dem Gebirge, das sie am Vortag überquert hatten, doch bemerkte sie nichts Verdächtiges. Das Leuchten der Aurora wurde unterdessen immer stärker. Die ersten Schleier zitterten und rasten zur Seite, und über ihnen falteten und entfalteten sich immer neue bizarre Vorhänge, die von Minute zu Minute größer wurden und intensiver leuchteten; Bögen und Schlingen wirbelten von Horizont zu Horizont und schickten ihr gleißendes Licht bis zum Zenit. Deutlicher denn je hörte Lyra das kosmische Singen und Brausen gewaltiger, unsichtbarer Kräfte.

»Hexen!« rief die Stimme eines Bären, und Lyra wandte sich froh und erleichtert um.

Doch eine harte Schnauze stieß sie zurück, und atemlos und in stummem Entsetzen sah sie, daß an dem Platz, an dem sie eben noch gestanden hatte, das Ende eines grüngefiederten Pfeiles aus dem Schnee ragte. Spitze und Schaft versanken im Schnee.

Unmöglich! dachte sie schwach, aber es stimmte, denn ein zweiter Pfeil prallte klappernd von Ioreks Rüstung, der über ihr stand, ab. Das waren nicht Serafina Pekkalas Hexen, sondern Hexen eines anderen Clans. Ein Dutzend oder mehr kreisten über ihnen, stießen herunter, um ihre Pfeile abzuschießen, und stiegen wieder auf. Lyra fluchte mit den schlimmsten Wörtern, die sie kannte.

Iorek Byrnison erteilte rasche Befehle. Die Bären waren ganz offensichtlich erfahren im Kampf gegen Hexen, denn sie hatten sich sofort zur Verteidigung formiert, während die Hexen ebenfalls ohne Verzug zum Angriff übergingen. Sie konnten nur aus nächster Entfernung genau zielen, und um keine Pfeile zu verschwenden, stießen sie herunter, schossen am tiefsten Punkt ihres Abwärtsfluges und stiegen dann sofort wieder hinauf. Wenn sie allerdings am tiefsten Punkt angelangt und ihre Hände mit Pfeil und Bogen beschäftigt waren, waren sie verwundbar, und die Bären schnellten mit ausgestreckten Tatzen hoch, um sie herunterzuholen. Mehr als eine Hexe stürzte ab und wurde sofort getötet.

Lyra duckte sich neben einem Felsen, um sich vor den Hexen zu schützen. Einige schossen auf sie, aber die Pfeile verfehlten ihr Ziel weit; und als Lyra wieder aufblickte, sah sie, daß der größte Teil des Hexenschwarmes kehrtmachte und zurückflog.

Lyra war erleichtert, allerdings nur kurz. Aus der Richtung, in die die Hexen flogen, sah sie zahlreiche neue kommen, die sich ihnen anschlossen. In ihrer Mitte schwebte eine Reihe heller Lichter, und über der weiten, von der Aurora überstrahlten Ebene von Svalbard hörte Lyra ein Geräusch, das sie kannte und fürchtete: das harte Klopfen eines Gasmotors. Dort näherte sich der Zeppelin mit Mrs. Coulter und ihren Soldaten an Bord.

Iorek knurrte einen Befehl, und die Bären formierten sich sofort neu. Im gespenstisch flackernden Licht des Himmels sah Lyra, wie sie eilig den Feuerwerfer vom Schlitten luden. Die Vorhut des neuen Hexenschwarmes hatte die Bären jetzt auch entdeckt, und die Hexen stießen herunter und überschütteten sie mit einem Pfeilhagel. Die Bären vertrauten aber ihren Rüstungen und fuhren unbeeindruckt fort, den Feuerwerfer mit seinem langen, schräg zum Himmel aufragenden Arm, der Schale oder Schüssel mit einem Durchmesser von einem Meter und dem großen eisernen Behälter, aus dem es rauchte und dampfte, aufzubauen.

Lyra sah, wie aus dem eisernen Behälter eine Stichflamme herausschlug, und dann trat die Mannschaft der Bären auch schon mit geübten Handgriffen in Aktion. Zwei holten den langen Arm des Feuerwerfers nieder, ein anderer schaufelte das Feuer auf die Schale, und auf Kommando ließen sie den Arm hochschnellen, und der schleuderte den brennenden Schwefel hoch in den dunklen Himmel hinauf.

Die Hexen flogen so dicht gedrängt über ihnen, daß schon beim ersten Schuß drei in Flammen aufgingen. Lyra merkte allerdings bald, daß das eigentliche Ziel der Bären der Zeppelin war. Der Pilot hatte entweder noch nie einen Feuerwerfer gesehen, oder er unterschätzte dessen Wirkung. Jedenfalls flog er weiter geradeaus auf die Bären zu, ohne aufzusteigen oder einen Millimeter vom Kurs abzuweichen.

Bald wurde klar, daß auch die Besatzung des Zeppelins über eine wirkungsvolle Waffe verfügte, ein auf die Nase der Gondel montiertes Maschinengewehr. Lyra sah, wie Funken von den Rüstungen einiger Bären stoben und wie die Bären sich duckten, noch bevor sie das Rattern des Gewehrs hörte. Sie schrie vor Angst auf.

»Den Bären passiert nichts«, sagte Iorek Byrnison. »Durch so einen Panzer kommt man mit kleinen Kugeln nicht durch.«

Sie setzten wieder den Feuerwerfer ein. Diesmal flog der grell aufleuchtende Schwefel senkrecht nach oben auf die Gondel zu und zerbarst dort in einer Kaskade brennender Teilchen, die nach allen Seiten flogen. Der Zeppelin legte sich nach links und entfernte sich dröhnend in einem großen Bogen. Dann kam er wieder auf die Bären zu, die den Feuerwerfer neu luden, so schnell sie konnten. Als der Zeppelin näher kam, senkte sich der Arm des Feuerwerfers knarrend. Das Maschinengewehr hustete und spuckte, zwei Bären fielen um, und Iorek Byrnison knurrte leise etwas. Als das Luftschiff fast genau senkrecht über ihnen stand, brüllte ein Bär einen Befehl, und von einer Feder getrieben schnellte der Arm des Feuerwerfers wieder nach oben.

Diesmal schleuderte er den Schwefel gegen die gasgefüllte Hülle des Zeppelins. Über einen festen Rahmen war eine Haut aus geölter Seide gespannt, und diese Haut hielt zwar kleineren Kratzern stand, nicht aber einer zentnerschweren Ladung glühenden Gesteins. Die Seide riß von oben bis unten auf, und Schwefel und Wasserstoff verbanden sich in einem furchtbaren Flammenmeer.

Schlagartig wurde die Seide durchsichtig, und das Skelett des Zeppelins hob sich dunkel vor einem Inferno aus Orange, Rot und Gelb ab. Wie von Geisterhand gehalten, hing es noch einen Moment in der Luft, dann sank es fast widerwillig und schlug auf dem Boden auf. Kleine Gestalten, die sich schwarz vor dem Schnee und dem Feuer abhoben, rannten stolpernd davon, und die Hexen kamen heruntergeflogen, um sie von den Flammen wegzuzerren. Eine Minute später war der Zeppelin nur noch eine Masse aus verbogenem Metall, eingehüllt in eine Rauchglocke, aus der ab und zu noch Flammen schlugen.

Die Soldaten an Bord und auch die anderen Passagiere – Lyra war zwar zu weit weg, um Mrs. Coulter erkennen zu können, aber sie wußte, daß sie da war – verloren keine Zeit. Mit Hilfe der Hexen zogen sie das Maschinengewehr aus dem schwelenden Haufen, stellten es auf und setzten den Kampf am Boden fort.

»Wir müssen weiter«, sagte Iorek. »Die werden noch lange aushalten.«

Er brüllte etwas, und eine Gruppe Bären trennte sich von der Hauptmacht und griff die Tataren auf der rechten Flanke an. Lyra spürte, wie gern Iorek sich mit ihnen ins Getümmel gestürzt hätte, aber in ihr schrie es unablässig: Weiter! Weiter!, und sie hatte die ganze Zeit Bilder von Roger und Lord Asriel vor Augen. Iorek Byrnison wußte das. Er wandte sich vom Kampf ab und dem vor ihnen liegenden Berg zu und überließ es seinen Bären, die Tataren aufzuhalten.

Sie kletterten weiter. Lyra spähte angestrengt voraus, aber nicht einmal Pantalaimons Eulenaugen konnten an der Flanke des Berges, den sie emporstiegen, eine Bewegung ausmachen. Jedoch waren Lord Asriels Schlittenspuren deutlich zu sehen, und Iorek folgte ihnen im Eiltempo. Mit federnden Sprüngen setzte er durch den Schnee und wirbelte ihn hoch auf. Was jetzt hinter ihnen geschah, ging sie nichts mehr an. Lyra hatte es zurückgelassen. Sie hatte das Gefühl, die Welt überhaupt zu verlassen, so konzentriert auf ihre Aufgabe und entfernt von allem anderen war sie, so hoch stiegen sie hinauf und so seltsam und gespenstisch war das Licht, das sie umfloß.

»Iorek«, sagte sie, »wirst du Lee Scoresby finden?«

»Lebend oder tot, ich finde ihn.«

»Und wenn du Serafina Pekkala siehst …«

»Ich sage ihr, was du getan hast.«

»Danke, Iorek.«

Ein Zeitlang sprachen sie nicht mehr. Lyra verfiel in eine Art Trance zwischen Schlafen und Wachen, in einen Wachtraum, in dem ihr war, als trügen die Bären sie zu einer Stadt in den Sternen.

Gerade wollte sie Iorek Byrnison den Traum erzählen, als er seinen Schritt verlangsamte und stehenblieb.

»Die Spuren gehen weiter«, sagte er, »aber ich kann ihnen nicht folgen.«

Lyra stieg ab und trat neben ihn. Iorek stand am Rand eines Abgrunds. Es war schwer zu sagen, ob es sich um eine Spalte im Eis oder im Felsen handelte, und im Grunde war es auch egal. Entscheidend war, daß die Spalte ins bodenlose Dunkel abstürzte.

Die Spuren von Lord Asriels Schlitten führten bis an den Rand ... und hinüber, über eine Brücke aus zusammengebackenem Schnee.

Der schwere Schlitten hatte der Brücke allerdings deutlich zugesetzt. Sie hatte am anderen Ende der Kluft einen Riß, und auf der ihnen zugewandten Seite des Risses hatte sie sich einen halben Meter gesenkt. Das Gewicht eines Kindes mochte sie noch tragen, das Gewicht eines Panzerbären sicher nicht mehr.

Lord Asriels Spuren führten jenseits der Brücke hangaufwärts. Wenn Lyra weiter wollte, mußte sie allein gehen.

Sie sah Iorek Byrnison an.

»Ich muß hinüber«, sagte sie. »Danke für alles, was du getan hast. Ich weiß nicht, was passiert, wenn ich ihn einhole. Vielleicht müssen wir ja sowieso alle sterben, ob ich ihn nun einhole oder nicht. Aber wenn ich zurückkomme, dann bedanke ich mich noch richtig bei dir, König Iorek Byrnison.«

Sie legte ihm die Hand auf den Kopf, und er ließ es geschehen und nickte sanft.

»Leb wohl, Lyra Listenreich«, sagte er.

Ihr Herz pochte schmerzhaft vor Liebe, als sie sich umdrehte und den Fuß auf die Brücke setzte. Der Schnee knackte unter ihr, und Pantalaimon flog hinüber und ließ sich am anderen Ende der Brücke im Schnee nieder, um ihr von dort aus Mut zu machen. Lyra setzte einen Fuß vor den anderen und überlegte bei jedem Schritt, ob sie losrennen und hinüberspringen sollte oder ob sie besser langsam ging und so leicht wie möglich auftrat, wie sie es jetzt tat. Auf halbem Weg hinüber knackte es erneut laut. Hinter ihrem Fuß löste sich ein Stück und verschwand lautlos im Abgrund, und die Brücke sackte wieder einige Zentimeter ab.

Lyra erstarrte. Pantalaimon saß in Gestalt eines Leoparden geduckt am andere Ende, bereit hinunterzuspringen, um sie aufzuhalten.

Die Brücke hielt. Lyra machte einen Schritt, dann noch einen, und dann spürte sie, wie unter ihren Füßen etwas nachgab, und sprang mit aller Kraft ans andere Ende. Sie landete in dem Augenblick bäuchlings im Schnee, in dem hinter ihr die gesamte Brücke mit einem leisen Sausen in die Spalte stürzte.

Pantalaimon hatte seine Krallen in ihren Pelz geschlagen und hielt sie fest.

Eine Minute später machte sie die Augen auf und entfernte sich kriechend vom Rand der Spalte. Zurück konnte sie nicht mehr. Sie stand auf und grüßte den Bären, der sie beobachtete, mit erhobener Hand. Iorek Byrnison richtete sich auf die Hinterbeine auf und grüßte ebenfalls, dann wandte er sich um und eilte hangabwärts, um seinen Untertanen im Kampf gegen Mrs. Coulter und die Soldaten aus dem Zeppelin beizustehen.

Lyra war allein.

Dreiundzwanzig

Die Brücke zu den Sternen

Sobald Iorek Byrnison außer Sicht war, überkam Lyra eine ungeheure Erschöpfung. Blind drehte sie sich um und tastete nach Pantalaimon.

»Ach Pan, lieber Pan, ich kann nicht mehr! Ich habe solche Angst ... und ich bin so müde ... der lange Weg und jetzt diese Todesangst! Ich wünschte, jemand anders wäre an meiner Stelle, wirklich!«

Ihr Dæmon kuschelte sich in Gestalt einer Katze warm und tröstlich an ihren Hals.

»Ich weiß einfach nicht mehr, was wir tun sollen«, schluchzte Lyra. »Es ist zuviel für uns, Pan, wir können doch nicht ...«

Sie klammerte sich an ihn und wiegte sich langsam vor und zurück, ihr heftiges Schluchzen tönte laut über den endlosen Schnee.

»Und selbst wenn ... wenn Mrs. Coulter zuerst zu Roger käme, würde ihn das auch nicht retten, weil sie ihn wieder nach Bolvangar oder einen noch schlimmeren Ort bringen würde, und mich würden sie aus Rache umbringen ... Warum tun sie Kindern so etwas an, Pan? Hassen sie Kinder denn so sehr, daß sie sie auseinanderreißen wollen? Warum tun sie das bloß?«

Aber Pantalaimon wußte auch keine Antwort darauf, er konnte sich nur an Lyra drücken. Und ganz allmählich ließ der Sturm der Gefühle nach, und Lyra kam wieder zu sich. Sie war immer noch Lyra, auch wenn sie fror und Angst hatte.

»Ich wünschte ...«, sagte sie und brach ab. Wünschen allein brachte gar nichts. Ein letzter Schluchzer schüttelte sie, dann war sie bereit weiterzugehen.

Der Mond war untergegangen, und der südliche Himmel war tiefschwarz, obwohl Milliarden von Sternen an ihm funkelten wie Diamanten auf Samt. Ihr Licht wurde freilich bei weitem, ja hundertfach überstrahlt vom Licht der Aurora. Nie hatte Lyra sie so hell und dramatisch leuchten sehen; mit jedem Zucken und Zittern tanzten neue wunderbare Lichterscheinungen über den Himmel, und hinter dem ständig sich verändernden Lichtschleier war klar und deutlich jene andere Welt, jene sonnenbeschienene Stadt zu sehen.

Je höher sie kamen, desto weiter breitete sich das öde Land unter ihnen aus. Im Norden lag das gefrorene Meer, hier und da zu Bergkämmen aufgeschichtet, wo zwei Eisschollen gegeneinander geschoben worden waren, sonst aber eine flache, weiße, endlose Fläche, die bis zum Pol reichte und darüber hinaus, gestaltlos, ohne Leben, ohne Farbe und unvorstellbar trostlos. Im Osten und Westen erhoben sich weitere Berge, gewaltig aufragende, gezackte Gipfel, deren steile Hänge dick mit Schnee bedeckt waren, den der Wind zu scharfkantigen, klingenähnlichen Gebilden verweht hatte. Aus dem Süden waren sie gekommen, und Lyra blickte sehnsüchtig zurück, ob sie irgendwo ihren lieben Freund Iorek Byrnison und seine Kampfgenossen erspähen konnte, doch nichts bewegte sich auf der weiten Ebene. Sie war sich nicht einmal sicher, ob sie das ausgebrannte Wrack des Zeppelins sah und den scharlachroten Schnee um die Leichen der Krieger.

Pantalaimon flog in Gestalt einer Eule hoch hinauf und stieß schon kurze Zeit später wieder auf ihr Handgelenk herunter.

»Sie sind gleich hinter dem Gipfel dort!« rief er. »Lord Asriel hat seine Instrumente ausgebreitet, und Roger kommt nicht los ...«

Als er das sagte, flackerte das Licht der Aurora, wurde schwächer wie eine anbarische Birne, deren Ende gekommen ist, und ging dann aus. Im Dunkel spürte Lyra jedoch die Gegenwart des Staubes, denn die Luft schien geladen mit finsteren Absichten gleich den Schemen noch nicht geborener Gedanken.

Inmitten der sie umhüllenden Dunkelheit hörte sie den Schrei eines Kindes: »Lyra! Lyra!«

»Ich komme!« schrie sie zurück und stolperte, kletterte, rutschte und kämpfte sich vorwärts. Obwohl am Ende ihrer Kräfte angelangt, schleppte sie sich unermüdlich weiter und weiter durch den geisterhaft schimmernden Schnee.

»Lyra! Lyra!«

»Ich bin gleich da«, keuchte sie. »Gleich da, Roger!«

Pantalaimon verwandelte sich aufgeregt in ein Tier nach dem anderen: Löwe, Hermelin, Adler, Wildkatze, Hase, Salamander, Eule, Leopard, alle Gestalten, die er je angenommen hatte, eine Vielfalt von Formen im Angesicht des Staubes …

»Lyra!«

Dann hatte sie den Gipfel erreicht und sah, was auf der anderen Seite geschah.

Fünfzig Meter vor ihr stand im Sternenlicht Lord Asriel und drehte zwei Drähte zusammen, die zu seinem Schlitten führten. Der Schlitten war umgedreht, und auf ihm standen eine ganze Reihe von Batterien, Gefäßen und verschiedenen Instrumenten, die der Frost bereits mit einer Eisschicht überzogen hatte. Lord Asriel war in schwere Pelze vermummt, sein Gesicht wurde vom Schein einer Naphthalampe erleuchtet. Neben ihm kauerte wie eine Sphinx sein Dæmon, die Schneeleopardin mit dem schön gefleckten Fell, unter dem sich glänzend die Muskeln abzeichneten; ihr Schwanz schlug träge auf den Schnee.

Im Maul hielt sie Rogers Dæmon.

Das kleine Geschöpf wehrte sich und schlug um sich und flatterte, jetzt ein Vogel, dann ein Hund, eine Katze, eine Ratte und wieder ein Vogel, und es rief immer wieder nach Roger, der sich nur wenige Meter entfernt verzweifelt gegen die unerbittliche Kraft stemmte, mit der die Schneeleopardin seinen Dæmon festhielt, und vor Schmerzen und Kälte schrie. Er schrie den Namen seines Dæmons und den Lyras und rannte zu Lord Asriel und zerrte ihn am Arm, aber Lord Asriel stieß ihn zur Seite. Er versuchte es wieder, weinte und schluchzte, bat und flehte, aber Lord Asriel hörte ihm nicht zu und stieß ihn nur immer wieder zurück.

Sie standen am Rand einer Klippe. Jenseits war nichts außer einer grenzenlosen Finsternis. Sie befanden sich tausend Fuß oder mehr über dem gefrorenen Meer. All das sah Lyra im Licht der Sterne. Doch dann, als Lord Asriel die Drähte zusammenschloß, erstrahlte die Aurora plötzlich wieder in hellem Glanz wie ein Energieblitz, der zwischen zwei Polen hin- und herzuckt, nur daß er hier tausend Meilen hoch und zehntausend Meilen lang war, ein fallender und steigender, wellenförmig sich fortpflanzender glorreicher Katarakt des Lichtes.

Lord Asriel war der Herr des ganzen Spektakels …

Oder er gewann daraus Energie, denn von einer riesigen Rolle auf dem Schlitten lief ein Draht geradewegs nach oben zum Himmel. Aus dem Dunkel stieß ein Rabe herunter, den Lyra als Dæmon einer Hexe erkannte. Eine Hexe half Lord Asriel, und sie hatte den Draht nach oben getragen.

Die Aurora strahlte wieder.

Lord Asriel war fast bereit.

Er drehte sich zu Roger um und winkte ihn heran, und Roger gehorchte hilflos; er schüttelte den Kopf, flehte und weinte, aber er kam hilflos näher.

»Nein! Lauf weg!« schrie Lyra und stürzte den Hang hinunter auf ihn zu.

Pantalaimon sprang die Schneeleopardin an und entriß Rogers Dæmon ihren Fängen. Blitzschnell setzte die Leopardin ihm nach, und Pantalaimon ließ Rogers Dæmon los. Die beiden jungen Dæmonen wechselten die Gestalt und stürzten sich dann in den Kampf mit dem großen, gefleckten Tier.

Die Leopardin schlug mit ihren nadelscharfen Krallen nach rechts und links, und ihr wildes Knurren und Fauchen übertönte sogar Lyras Schreie. Auch die beiden Kinder kämpften gegen sie oder vielmehr gegen die Gestalten in der trüben Luft, jene finsteren Absichten, die in Massen mit dem Staub auf sie herunterströmten.

Und über ihnen wogten die Schleier der Aurora, deren unstetes Licht im einen Moment ein Gebäude, dann einen See oder eine Reihe Palmen beschien, so daß man den Eindruck hatte, man könnte einfach von dieser Welt in jene hinübertreten.

Lyra sprang auf und packte Roger bei der Hand. Sie zog daran, und sie rissen sich von Lord Asriel los und rannten Hand in Hand weg, doch Roger schrie und wand sich, denn die Leopardin hatte seinen Dæmon wieder gepackt, und Lyra kannte die Folterqualen, die er litt, und versuchte anzuhalten …

Aber sie konnten nicht mehr anhalten.

Der Boden unter ihnen hatte sich in Bewegung gesetzt.

Ein ganzes Schneebrett glitt unaufhaltsam nach unten …

Auf das gefrorene Meer zu, tausend Fuß unter ihnen …

»LYRA!«

Ihr Herz raste …

Ihre Hände klammerten sich aneinander …

Und dann – Rogers Körper leblos in ihren Armen; und hoch über ihnen das größte Wunder.

Die mit Sternen übersäte, weite Himmelskuppel bekam plötzlich, wie von einem Speer durchbohrt, ein Loch.

Ein Lichtstrahl, ein Strahl reiner Energie, schoß nach oben wie ein Pfeil, der von der Bogensehne schnellt. Die Ströme farbigen Lichts der Aurora rissen mit einem knirschenden, mahlenden Geräusch auseinander, das von einem Ende des Universums zum anderen zu hören war, und mitten am Himmel erschien Land …

Sonnenlicht!

Sonnenlicht auf dem Fell eines goldenen Affen …

Denn die Bewegung des Schneebretts war zum Stillstand gekommen, vielleicht hatte ein unsichtbarer Felsvorsprung es aufgehalten, und Lyra sah, wie über dem zertrampelten Schnee des Gipfels der goldene Affe aus der Luft auf die Seite der Leopardin sprang und wie die beiden Dæmonen sich mit gesträubtem Fell und gespannten Muskeln mißtrauisch beäugten. Der Schwanz des Affen zeigte senkrecht nach oben, der Schwanz der Leopardin schlug machtvoll hin und her. Dann streckte der Affe vorsichtig eine Pfote aus, die Leopardin senkte in einer anmutigen Bewegung den Kopf, sie berührten sich …

Und als Lyra aufsah, stand Mrs. Coulter selbst da, und Lord Asriel hatte die Arme um sie geschlungen. Licht umspielte die beiden, ähnlich den Funken und Strahlen einer gewaltigen anbarischen Energie. Lyra konnte nur ahnen, was geschehen war: Irgendwie mußte Mrs. Coulter über die Spalte gekommen und ihr hierher herauf gefolgt sein …

Ihre Eltern, zusammen!

Und in leidenschaftlicher Umarmung, nie hätte Lyra sich das träumen lassen.

Sie hatte die Augen weit aufgerissen. Roger lag tot in ihren Armen, still, friedlich, endlich zur Ruhe gekommen. Sie hörte, wie ihre Eltern miteinander sprachen.

»Das werden sie nie erlauben«, sagte ihre Mutter.

»Was heißt erlauben?« sagte ihr Vater. »Wir brauchen keine Erlaubnis, schließlich sind wir keine Kinder mehr. Dank mir kann jeder, der will, da rüber.«

»Aber sie haben es verboten! Sie werden den Weg versperren und jeden exkommunizieren, der es versucht!«

»Zu viele werden es versuchen, man wird sie nicht daran hindern können. Es wird das Ende der Kirche sein, Marisa, das Ende des Magisteriums, das Ende von Jahrhunderten der Dunkelheit! Sieh das Licht da oben: die Sonne einer anderen Welt! Spürst du nicht die Wärme auf deiner Haut?«

»Aber sie sind stärker als alle, Asriel! Du weißt nicht …«

»Ich weiß nicht? Ich? Niemand auf der Welt weiß besser als ich, wie stark die Kirche ist! Aber dafür ist sie nicht stark genug. Durch den Staub wird sich sowieso alles ändern, und das läßt sich jetzt nicht mehr aufhalten.«

»Ist es das, was du wolltest? Daß wir alle in Sünde und Finsternis ersticken und umkommen?«

»Ich will ausbrechen, Marisa! Und das habe ich getan. Sieh doch, wie die Palmen am Strand sich wiegen! Spürst du den Wind? Den Wind einer anderen Welt! Fühle ihn in deinen Haaren, auf deinem Gesicht …«

Lord Asriel schlug Mrs. Coulters Kapuze zurück, drehte

ihr Gesicht dem Wind zu und fuhr ihr mit den Händen durch das Haar. Lyra sah atemlos zu und wagte nicht, sich zu rühren.

Die Frau klammerte sich an ihn wie betäubt und schüttelte unglücklich den Kopf. »Nein ... nein ... sie kommen, Asriel – sie wissen, wo ich bin ...«

»Dann komm mit, weg von hier und dieser Welt!«

»Das wage ich nicht ...«

»Du? Du wagst es nicht? Deine Tochter würde mitkommen. Sie würde alles wagen und ihre Mutter beschämen.«

»Dann nimm doch sie mit, bitte sehr. Sie gehört mehr zu dir als zu mir.«

»Das ist nicht wahr. Du hast sie aufgenommen, du hast versucht, sie zu erziehen. Du wolltest sie doch damals.«

»Aber sie war zu ungezogen, zu dickköpfig. Ich habe zu lange gewartet ... Wo ist sie eigentlich jetzt? Ich bin ihren Fußstapfen hier herauf gefolgt ...«

»Willst du sie denn immer noch zu dir nehmen? Zweimal hast du versucht, sie festzuhalten, und zweimal ist sie geflohen. Ich an ihrer Stelle würde lieber weglaufen, ganz weit weglaufen, als dir eine dritte Chance geben.«

Seine Hände, die immer noch ihren Kopf hielten, griffen plötzlich zu, und er zog Mrs. Coulter an sich und küßte sie leidenschaftlich, ein Kuß mehr der Grausamkeit als der Liebe, wie es Lyra schien. Als ihr Blick auf die Dæmonen der beiden fiel, bot sich ihr ein seltsamer Anblick: Die Leopardin kauerte geduckt da, die Krallen im Fleisch des goldenen Affen, und der Affe lag selig und halb ohnmächtig im Schnee.

Dann stieß Mrs. Coulter Lord Asriel heftig zurück und sagte: »Nein, Asriel – mein Platz ist in dieser Welt, nicht dort drüben ...«

»Komm mit!« drängte er sie. »Komm mit und arbeite mit mir!«

»Wir können nicht zusammenarbeiten, du und ich.«

»Nein? Wir zwei, wir könnten das ganze Universum auseinandernehmen und wieder zusammensetzen, Marisa! Wir könnten die Quelle des Staubes finden und sie für immer zuschütten! Und wie gern wärst du bei dieser großartigen Aufgabe dabei, das weiß ich doch genau. Du kannst mir alles vorlügen, über die Oblations-Behörde, über deine Liebhaber – ja, ich weiß das mit Boreal, und es ist mir egal –, über die Kirche und sogar über das Kind, aber nicht über deine wirklichen Wünsche …«

Und wieder preßten sie, getrieben von einer unersättlichen Gier, ihre Münder aufeinander. Ihre Dæmonen liebkosten sich heftig; die Schneeleopardin rollte sich auf den Rükken, der Affe fuhr mit seinen Krallen durch das weiche Fell an ihrem Hals, und sie knurrte ganz tief vor Wohlbehagen.

»Wenn ich nicht mitkomme, wirst du versuchen, mich zu vernichten«, sagte Mrs. Coulter und riß sich los.

»Warum sollte ich?« rief er lachend, und das Licht der anderen Welt umfloß seinen Kopf. »Komm mit, arbeite mit mir, und dein Leben wird mir wichtig sein. Bleibe hier, und du bist mir völlig egal. Bilde dir nicht ein, ich würde dann noch einen Gedanken an dich verschwenden. Also bleibe und spinne deine Intrigen in dieser Welt, oder komm mit!«

Mrs. Coulter zögerte; ihre Augen gingen zu, und sie wankte, als ob sie ohnmächtig würde. Doch sie hielt sich aufrecht und öffnete die Augen wieder. In ihnen lag eine unendlich schöne Traurigkeit.

»Nein«, sagte sie, »nein.«

Ihre Dæmonen hatten sich wieder getrennt. Lord Asriel beugte sich nach unten und drehte seine starken Finger in das Leopardenfell. Dann wandte er sich um und ging ohne ein weiteres Wort hinauf und verschwand. Der goldene Affe sprang in Mrs. Coulters Arme, gab unglückliche Laute von sich und sah der Schneeleopardin mit sehnsüchtig ausgestreckten Armen nach, Mrs. Coulters Gesicht war eine Maske aus Tränen. Lyra sah sie glänzen, sie waren echt. Dann wandte auch ihre Mutter sich um, geschüttelt von stummem Schluchzen, ging den Berg hinunter und verschwand.

Lyra sah ihr unbeteiligt nach, dann blickte sie zum Himmel auf.

Leer und still hing die Stadt über ihr, wie neu gebaut, als warte sie noch auf ihre Bewohner oder als schlafe sie und warte darauf, aufgeweckt zu werden. Die Sonne der anderen Welt schien in diese Welt herüber; sie vergoldete Lyras Hände, schmolz das Eis auf Rogers Kapuze aus Wolfspelz, machte seine bleichen Wangen durchsichtig und schimmerte in seinen offenen, blicklosen Augen.

Der Kummer zerriß Lyra fast, vermischt mit Wut. Sie hätte ihren Vater umbringen können; wenn sie ihm das Herz hätte herausreißen können, hätte sie es auf der Stelle getan, für das, was er Roger angetan hatte und ihr selbst: Er hatte sie hintergangen – wie konnte er es wagen?

Sie hielt immer noch Rogers Leiche. Pantalaimon sagte etwas, aber in Lyras Kopf herrschte ein solcher Tumult, daß sie ihn erst hörte, als er seine Katzenkrallen in ihren Handrücken drückte. Sie fuhr auf.

»Was? Was?«

»Staub!« sagte er.

»Wovon redest du?«

»Vom Staub. Er sucht die Quelle des Staubes, um sie zu zerstören, oder?«

»Das hat er gesagt.«

»Und die Oblations-Behörde, die Kirche, Bolvangar und Mrs. Coulter und alle anderen wollen sie auch zerstören, ja?«

»Ja ... oder verhindern, daß er weiter auf die Menschen einwirkt ... Warum?«

»Wenn *sie* alle glauben, daß Staub etwas Schlechtes ist, muß er etwas Gutes sein.«

Lyra sagte nichts, aber irgendwo tief in ihr erwachte etwas.

»Wir haben sie von Staub sprechen hören«, fuhr Pantalaimon fort, »und daß sie solche Angst davor haben, und weißt du was? Wir haben ihnen geglaubt, obwohl wir doch erlebt haben, daß sie nur schlechte und böse Dinge taten ... Wir hielten Staub für etwas Schlechtes, weil die Erwachsenen das sagten. Wenn er nun gar nichts Schlechtes ist? Was ist, wenn er ...«

»Ja«, rief Lyra atemlos. »Was ist, wenn er *gut* ist ...«

Sie sah Pantalaimon an, und in seinen grünen Wildkatzenaugen spiegelte sich ihre eigene Erregung. Ihr war schwindlig, als drehe sich die Welt unter ihr.

Wenn Staub gut war ... etwas Erstrebenswertes, Willkommenes, Segensreiches ...«

»Wir könnten uns auch auf die Suche machen, Pan!« sagte sie.

Das hatte er hören wollen.

»Vielleicht finden wir ihn vor Lord Asriel«, sagte er, »und ...«

Sie schwiegen beide angesichts dieser gigantischen Aufgabe. Lyra sah zum lodernden Himmel auf. Wie klein sie war, sie und ihr Dæmon, verglichen mit der erhabenen Größe des Universums, und wie wenig sie wußten, verglichen mit den tiefen Geheimnissen da oben.

»Wir könnten es schaffen«, beharrte Pantalaimon. »Wir sind doch auch den ganzen Weg hierher gekommen. Wir könnten es schaffen.«

»Aber wir wären allein. Iorek Byrnison könnte uns nicht begleiten und uns helfen. Auch Farder Coram nicht oder Serafina Pekkala oder Lee Scoresby oder sonst jemand.«

»Dann ist das eben so. Ist doch egal. Außerdem sind wir doch nicht allein, jedenfalls nicht wie ...«

Sie wußte, was er meinte: *nicht wie Tony Makarios, nicht wie diese unglückseligen, verlorenen Dæmonen in Bolvangar; wir sind immer noch ein Wesen, wir zwei sind eins.*

»Und wir haben das Alethiometer«, sagte sie. »Ja, ich denke, wir müssen es tun, Pan. Wir gehen da rauf und suchen nach dem Staub, und wenn wir ihn gefunden haben, werden wir wissen, was wir tun sollen.«

Rogers Leiche lag immer noch in ihren Armen. Sanft bettete sie ihn auf den Boden.

»Und das tun wir dann«, sagte sie.

Sie wandte sich um. Hinter ihnen lagen Schmerzen, Tod und Angst, vor ihnen Zweifel, Gefahren und unergründliche Geheimnisse. Aber sie waren nicht allein.

Lyra und ihr Dæmon kehrten der Welt, in der sie geboren worden waren, den Rücken, wandten sich der Sonne zu und gingen mitten in den Himmel hinein.

Inhalt

I
Oxford

Eins
Die Karaffe 9

Zwei
Der Norden 23

Drei
Lyras Jordan 39

Vier
Das Alethiometer 72

Fünf
Die Cocktailparty 87

Sechs
Im Netz 104

Sieben
John Faa 117

Acht
Enttäuschung 137

Neun
Die Spione 149

II
Bolvangar

Zehn
Der Konsul und der Bär 171

Elf
Die Rüstung 191

Zwölf
Der verlorene Junge 213

Dreizehn
Der Fechtkampf 224

Vierzehn
Die Lichter von Bolvangar 242

Fünfzehn
Die Dæmonenkäfige 260

Sechzehn
Die silberne Guillotine 277

Siebzehn
Die Hexen 292

III
Svalbard

Achtzehn
Nebel und Eis 319

Neunzehn
Gefangen 337

Zwanzig
Auf Messers Schneide 356

Einundzwanzig
Lord Asriels Willkommen 373

Zweiundzwanzig
Verrat 391

Dreiundzwanzig
Die Brücke zu den Sternen 401